Gisa Pauly

SONNENDECK

Ein Sylt-Krimi

Piper München Berlin Zürich

Mehr über unsere Autoren und Bücher:
www.piper.de

Von Gisa Pauly liegen im Piper Verlag vor:
Die Tote am Watt
Gestrandet
Tod im Dünengras
Flammen im Sand
Inselzirkus
Küstennebel
Kurschatten
Strandläufer
Sonnendeck

MIX
Papier aus verantwor-
tungsvollen Quellen
FSC
www.fsc.org   **FSC® C083411**

Originalausgabe
Mai 2015
© 2015 Piper Verlag GmbH, München
Umschlaggestaltung und Artwork: Eisele Grafik-Design, München,
unter Verwendung der Bilder von adamson/Bigstock (Rettungsring),
Winnie Au/GettyImages (Reling), nmedia/Bigstock (Flugzeug),
Life of White/Bigstock (Schaf), Olegkalina/Bigstock (Brille), kunertuscom/
Bigstock (Leuchtturm)
Satz: Kösel Media GmbH, Krugzell
Gesetzt aus der Scala
Papier: Pamo Super von Arctic Paper Mochenwangen GmbH, Deutschland
Druck und Bindung: CPI books GmbH, Leck
Printed in Germany   ISBN 978-3-492-30363-7

Der Bäcker stand vor seinem Laden und blickte die Straße hinab. Vielleicht war er mit jemandem verabredet, vielleicht wollte er auch nur die Sonne genießen oder aber seinen Kunden zeigen, dass sie erwartet wurden und auf freundliche Bedienung, leckeren Kuchen und duftende frische Brötchen hoffen durften. Erik kam es auch so vor, als präsentierte er sich. Das Gefühl, das ihn überkam, wenn er mit Klaas Poppingas Attraktivität konfrontiert wurde, war noch das gleiche wie zu Schulzeiten. Neben ihm war jeder andere Junge fade und unscheinbar geworden. Auch jetzt kam Erik sich prompt alt und reizlos vor. Ihm schoss sogar der Gedanke durch den Kopf, dass er seine ausgebeulte Cordhose gegen die neue Jeans hätte eintauschen können und den Pullunder gegen ein flottes Sweatshirt. Aber er hatte sich mal wieder für das Bequemste entschieden. Klaas würde sich immer für das entscheiden, was seine Figur am besten zur Geltung brachte. Er war groß und schlank, Erik dagegen nur von mittelgroßer Statur. Was sich an Klaas in die Höhe reckte, ging bei Erik in die Breite. Sein kantiger Schädel sorgte für dieses Breite, zusätzlich unterstrichen wurde sie von seinem Schnauzer und letzten Endes auch von der Breitcordhose, die er so gern trug, und den Pullundern, die er ebenfalls liebte, besonders wenn sie über der Brust quer gestreift waren.

Schon als Halbwüchsiger war Klaas auf jeder Party der umschwärmte Mittelpunkt gewesen. Die Mädchen liebten ihn, die Jungs beneideten ihn, und so war es geblieben. Sowohl im dunklen Anzug als auch im lässigen Freizeitdress und sogar in seiner Arbeitskleidung sah er blendend aus. Die schwarz-weiß karierte Hose saß knapp, die weiße Jacke war blütenrein, Klaas' Haut war gebräunt, seine hellen Augen leuchteten, sein dunkles, leicht gewelltes Haar glänzte in der Sonne. Ein stattlicher Mann! Auch dadurch, dass er eine sympathische Ausstrahlung hatte. Neider und Rivalen hatten es nie geschafft, lange an ihrer Abneigung festzuhalten. Sobald sie Klaas näher kennenlernten, mussten sie zugeben, dass er ein netter Kerl war. Auch das noch!

Erik warf einen Blick zur Seite und ließ sich bestätigen, was er schon vermutet hatte: Seine Schwiegermutter war auf Klaas aufmerksam geworden. So war es eben. Alle Frauen, egal welchen Alters, wurden aufmerksam, wenn Klaas Poppinga auftauchte.

Erik fuhr an den Straßenrand, kam direkt vor den Füßen des Bäckers zum Stehen und ließ die Scheibe herunter. »Moin.«

Poppinga beugte sich herab. »Moin, Erik!« Er lächelte in Mamma Carlottas Gesicht und reckte den Hals, um die Kinder zu begrüßen. Die siebzehnjährige Carolin blinzelte durch die Haarsträhnen, die vor ihrem Gesicht baumelten, und reagierte mit einem kaum hörbaren Murmeln, während ihr zwei Jahre jüngerer Bruder ein lässiges »Hi, Klaas« von sich gab.

»Familienausflug?«, fragte Klaas Poppinga lachend. »Ein Fischfilet bei Gosch? Den Kaffee könnt ihr anschließend bei mir trinken. Ich lade euch ein.«

»Gute Idee«, gab Erik zurück, obwohl die drei Stehtische, an denen in der Bäckerei Poppinga der Kaffee eingenommen wurde, nicht besonders einladend wirkten. »Dann können wir noch kurz über das Treffen schnacken.«

Klaas richtete sich auf und machte lachend eine zackige Handbewegung an die Stirn. »Aye, aye, Sir! Die Hotelzimmer sind mir bestätigt worden. Ein kleines Wunder in der Hauptsaison. Immer gut, wenn man Beziehungen hat.«

Erik fiel auf, dass seine Schwiegermutter noch kein Wort gesagt hatte. Es schien sogar, als hätte ihr Klaas' geballte Attraktivität die Sprache verschlagen. Erik legte den ersten Gang ein und blickte in den Außenspiegel. »Bis später also!«

Als er die Fahrt fortsetzte, fand seine Schwiegermutter ihre Worte wieder. »Dio mio, was für ein attraktiver Mann! Schön wie ein Filmstar!«

Erik ärgerte sich prompt, wie er sich schon als Sechzehnjähriger geärgert hatte, wenn in seiner Gegenwart von Klaas Poppinga geschwärmt wurde. »Okay, er sieht ganz gut aus«, brummte er. »Aber was hat er davon? Obwohl er jede Frau haben konnte, hat er sich nie für eine entscheiden können. Und beruflich läuft's auch nicht so toll. Die Bäckerei wirft nicht viel ab, die Billigbäcker machen die alten Meisterbetriebe kaputt. Klaas braucht dringend ein neues Konzept. Doch was soll er machen? Er hat kein Geld für An- und Umbauten.«

Felix mischte sich ein. »Aber er spielt supergeil Gitarre.«

»Super... come?« Seine Großmutter war immer an neuen Vokabeln interessiert. »Was war das für ein Wort, Felice? Was meinst du damit?«

»Wunderschön«, korrigierte Felix und grinste breit, ohne dass Mamma Carlotta es bemerkte.

»Ah, bello!«

Felix hatte sich selbst zum Musikexperten ernannt, seit er eine Gitarre besaß und Unterricht bekam. Für ihn war klar, dass er es anders machen würde als Klaas Poppinga. Gitarrist in einer Schulband und im Alter seines Vaters in einer Oldie-Band, die außerhalb von Sylt niemand kannte? Nein, Felix Wolf hatte höherfliegende Pläne. Dass er einmal Fußballstar und sogar Rennfahrer werden wollte, war inzwischen vergessen. Jetzt übte er täglich auf seinem neuen Instrument, damit er später so berühmt wurde wie sein Idol: Breiti, der Gitarrist der Toten Hosen.

»Klaas hätte es in irgendeiner tollen Band versuchen sollen«, meinte er, »statt in List kleine Brötchen zu backen.«

»Warum versucht er es nicht mit großen Brötchen?«, fragte seine Nonna arglos, die sich weder mit Jugendsprache noch mit deutschen Sprichwörtern auskannte. »Wenn der Panettiere in unserem Dorf kleinere Panini backen würde als sein Kollege in Città di Castello, würde ich sie auch nicht kaufen.«

»Es sei denn, sie wären billiger«, warf Carolin ein und legte den Kopf in den Nacken, sodass ihre Haarsträhnen zurückfielen und sie einen freien Blick auf die Welt hatte.

Mamma Carlotta beglückwünschte sie zu diesem belangvollen Einwand. Nicht nur, weil sie grundsätzlich jeden halbwegs vernünftigen Satz eines Enkelkindes mit Lob bedachte, sondern vor allem, weil sie sich freute, dass Carolin sich überhaupt äußerte. Die Wortkargheit ihrer Enkelin, die so ganz nach ihrem Vater kam, brachte sie oft genug zur Verzweiflung. Nach wie vor hoffte sie, dass ständiger Zuspruch und viel Ermutigung in Carolin irgendwann das italienische Erbe wecken könnte, das Felix im Übermaß erkennen ließ.

Die Geschwister unterschieden sich auch äußerlich stark voneinander. Felix hatte dunkle Locken und braune Augen, Carolin dagegen hatte die blasse Haut und die hellen Augen ihres Vaters geerbt, und auch ihre aschblonden Haare waren sein Erbteil. Zurzeit war sie entschlossen, sie wachsen zu lassen, bis sie ihr zur Taille reichten. Ihre Nonna begrüßte diese Idee mit viel Zuspruch, wenngleich sie auch versuchte, ihre Enkelin in der Auswahl ihrer Frisuren zu mäßigen. Aber wenigstens entwickelte Carolin sich endlich zu einer reizvollen jungen Frau! Lucia war früher daran verzweifelt, dass ihre Tochter sich so unauffällig wie möglich kleidete und partout keinen bunten Haarschmuck haben wollte. Noch am Tag vor dem schrecklichen Autounfall hatte Lucia ihrer Mutter am Telefon erzählt, dass sie einen Haarreif für ihre Tochter gekauft habe, den diese jedoch kategorisch zurückgewiesen hatte. Lucia hatte geklagt, dass sie als Mädchen in Carolins Alter alles für einen solchen Haarreif gegeben hätte. Aber Carolin hatte sich mit dem Gummiband begnügt, mit dem sie ihre Haare im Nacken zusammenfasste, und alles andere abgelehnt. Nun aber trug sie eine derart abenteuerliche Frisur, dass Mamma Carlotta in jedem Laden, den sie gemeinsam betraten, ein paar entschuldigende Worte fallen ließ, weil sie fürchtete, dass sie in Begleitung eines jungen Mädchens mit einem schwarzen Vogelnest auf dem Kopf und blond gefärbten Haarspiralen vor den Augen nicht bedient werden könnte.

Seit Carolin siebzehn geworden war, bemühte sie sich darum, anderen Siebzehnjährigen ähnlich zu sein. Sie fand, dass sie nun endlich einen festen Freund brauchte, benutzte Make-up und trug keine andere Kleidung als die, die unter allen Siebzehnjährigen als der letzte Schrei galt. Die Sache mit dem festen Freund war bis jetzt allerdings trotzdem ein unerfüllter Wunsch geblieben. Das lag vielleicht daran, dass sich die Schlichtheit ihres Temperaments nicht verwandelt hatte und sie trotz ihrer auffälligen Frisur unauffällig geblieben war. Wo ihr Bruder Sorglosigkeit ausstrahlte, umgab Carolin Ernsthaftigkeit. Während Felix die Türen schlug und das Radio aufdrehte, damit das Haus mit Leben gefüllt wurde, setzte Carolin sich zu ihrem Vater und genoss mit ihm das Schweigen. Das blieb auch so, nachdem Carolin erfahren hatte, dass sie unter den gleichaltrigen Jungen in ihrer Schule langweilig genannt wurde. Sie kam einfach nicht aus ihrer Haut.

Erik bog in den Kreisverkehr vor dem Lister Hafen ein. Carolin war bereits wieder verstummt, Felix dagegen überlegte laut, welche berühmte Band mit einem Gitarristen wie Klaas Poppinga noch erfolgreicher geworden wäre, und Mamma Carlotta fiel prompt ein Bewohner ihres italienischen Dorfes ein, der trotz seiner außergewöhnlichen Attraktivität nicht glücklich geworden war. »Eine Ehefrau hatte Romero zwar, aber er konnte einfach nicht treu sein. Wie auch, wenn die Frauen ihm ständig schöne Augen machten? Irgendwann wurde es Rosita zu viel, und sie hat ihn rausgeworfen. Kurz darauf hat er sich von der Frau seines Chefs verführen lassen, und damit verlor er auch seine Anstellung. Madonna, er soll am Ende auf der Straße gelandet sein! Und wie man hört, ist das seinem Aussehen gar nicht gut bekommen.«

Erik warf einen Blick zur Seite auf die vibrierenden dunklen Locken seiner Schwiegermutter, ihre braunen Augen, in denen stets Neugier und Abenteuerlust blitzten, und sah schnell wieder nach vorn, als er die kurzen, schnellen Bewegungen ihres Kopfes wahrnahm, die flinken Blicke, die überall und ständig woanders waren. Dass Mamma Carlotta pausenlos in Bewegung war, machte ihn nervös. Eigentlich war er es ja von Lucia gewöhnt. Auch seine Frau hatte nicht still sitzen können und in den ersten Jahren ihres Zusammenlebens sogar versucht, auch ihn zur Eile anzutreiben. Richtig glücklich war seine Ehe erst geworden, als Lucia endlich einsah, dass ein Friese sein Tempo nicht veränderte, nur weil die Zeit knapp war. Danach hatte nicht nur Lucia sein Phlegma, sondern er auch ihr quirliges Temperament ertragen können, was ihm bei Mamma Carlotta nach wie vor schwerfiel. Lucia war eben seine Frau gewesen, die Frau, die er liebte, an der er alles liebte, auch das, was ihm bei seiner Schwiegermutter auf die Nerven ging. Lucia hatte nichts falsch machen können. Das italienische Temperament, das Erik bei Mamma Carlotta anstrengte, hatte zu Lucia gehört wie ihre schönen dunklen Augen und ihre überwältigende Emotionalität.

Wie immer, wenn Erik nachdenklich war, fuhr er sehr bedächtig, denn Grübeleien und hohes Tempo passten für ihn nicht zusammen. Noch etwas, das Lucia erst nach Jahren hatte akzeptieren können, die mit Brüdern aufgewachsen war, die ihre Männlichkeit über die Pferdestärken ihrer Autos bezogen. Auch seine Schwiegermutter wurde gelegentlich nervös, wenn er nicht, wie jeder italienische Macho, das Gaspedal durchdrückte. Aber jetzt war sie zufrieden, weil sie Zeit hatte, sich umzusehen, denn List, den nördlichsten Ort von Sylt, kannte sie noch nicht.

Im Kreisverkehr blitzte das Meer hinter der Mauer der Strandpromenade auf, blau gewellt, unter einem ebenso blauen Himmel, der mit weißen Wolken betupft war. Der Blick war hier ohne Grenzen, er konnte bis zum Horizont fliegen, wo das Meer sich mit dem Himmel verband.

Mamma Carlotta begann prompt zu jubeln. »Meraviglioso, dieses eisige Licht! Und das im Hochsommer! So kalt ist das Sonnenlicht in Umbrien nur im Winter!« Sie wies mit überschäumender Geste zum Meer. »Das Ende der Welt! Nur noch il mare!«

Erik wurde von den fuchtelnden Armen seiner Schwiegermutter durcheinandergebracht, wollte einwenden, dass der nördlichste Zipfel Deutschlands nicht das Ende der Welt bedeute, musste aber gleichzeitig rechts abbiegen und bewies, dass Multitasking nicht sein Ding war. Er erwischte prompt die Ausfahrt aus dem Kreisverkehr, die den Reisebussen vorbehalten war.

»Nächste Ausfahrt!«, schrie Felix, was Erik derart erschreckte, dass er auf die Bremse trat. Der Kleinbus, der hinter ihnen abgebogen war, hatte nicht mit der Vollbremsung rechnen können und kam nur mit quietschenden Reifen zum Stehen. Allerdings nicht rechtzeitig. Der Ruck, der durch Eriks Wagen ging, ließ Böses vermuten.

Der Fahrer des Kleinbusses war kein gebürtiger Friese. Er sprang mit einer Behändigkeit aus dem Wagen, die Erik selbst als Zwanzigjähriger nicht aufgebracht hätte, und stand schon neben der Fahrertür, als Erik sich gerade abgeschnallt hatte. Von dem Redeschwall, der auf ihn herabprasselte, als er die Tür öffnete, verstand er kein Wort. Er war nur froh, dass der Mann durch das Öffnen der Tür zurückgedrängt wurde und ihn so nicht tätlich angreifen konnte, was Erik andernfalls befürchtet hätte.

Wortlos ging er nach hinten, betrachtete das Heck seines Wagens, das ihm unversehrt erschien, dann die Stoßstange des Kleinbusses, die ihm ebenso unversehrt erschien, und kam zu dem Schluss, dass er an jemanden geraten war, der aus einer Lappalie einen größeren Schaden machen wollte, um sein überaltertes Fahrzeug auf Kosten einer Versicherung gründlich überholen lassen zu können. Dem Kerl war anscheinend nicht klar, dass er schuld an diesem Unfall war. Schließlich hatte er den nötigen Sicherheitsabstand nicht eingehalten.

Erik fingerte in der Innentasche seiner Jacke nach seinem Dienstausweis, um den aufgeregten Mann in seine Schranken zu weisen, ehe dieser auf die Idee kam, mit der Polizei zu drohen.

Aber er kam nicht dazu. Seine Schwiegermutter hatte sich der Angelegenheit bereits angenommen, und erst jetzt wurde ihm klar, warum er den Fahrer des Kleinbusses nicht verstanden hatte. Wie alle Italiener hatte der Mann in seiner Aufregung vergessen, dass er sich im deutschen Sprachraum aufhielt, und seiner Wut Ausdruck verliehen, als hätte sich der kleine Unfall im Hafen von Neapel oder Palermo zugetragen. Dass ihm mit gleichen Vokabeln heimgezahlt wurde, schien er zunächst gar nicht zu bemerken. Als es ihm schließlich klar wurde, war er derart verblüfft und gleichzeitig hocherfreut, dass die Wut von ihm abfiel, als hätte es sie nie gegeben. »Una italiana?«

Erik steckte seinen Dienstausweis zurück, sah zu, wie die beiden, die als Kontrahenten aufeinander zugegangen waren, sich verbrüderten, schritt nicht ein, als seine Schwiegermutter an der breiten Brust des Busfahrers landete, lehnte sich gegen seinen Wagen, während die beiden sich über ihre Geburtsorte informierten, und stöhnte nur ganz leise, als seine Schwiegermutter feststellte, dass der Busfahrer in einem Ort das Licht der Welt erblickt hatte, in dem der Pfarrer ihres Dorfes das Wort Gottes verkündet hatte, ehe er nach Panidomino versetzt worden war. Die beiden kamen in Sekundenschnelle überein – das verstand Erik trotz seiner dürftigen Italienischkenntnisse –, dass der Pfarrer mit großer Wahrscheinlichkeit die fromme Familie des Busfahrers kannte und diese Tatsache unbedingt zur Sprache kommen musste, wenn Mamma Carlotta nach Umbrien zurückgekehrt war. Denn natürlich würden sich alle wahnsinnig freuen, wenn eine alte Bekanntschaft aufgefrischt werden konnte, und dass dies ausgerechnet am nördlichsten Zipfel von Deutschland in Gang gebracht worden war, würde in jedem der beiden Dörfer für Ergriffenheit sorgen. Dass diese sich erst nach mehrtägigen Freudenfesten auf der Piazza auflösen würde, erschien beiden, Mamma Carlotta und dem Busfahrer, sehr wahrscheinlich.

Erik machte sich nun nicht mehr die Mühe, seine Ungeduld zu verbergen. Immer diese Übertreibungen! Jeder der beiden wusste, dass Mamma Carlotta den Fahrer vergessen haben würde, wenn sie nach Italien zurückkehrte, und der Busfahrer musste sich darüber im Klaren sein, dass das Interesse des Pfarrers an der Wiederbelebung einer längst vergessenen Bekanntschaft möglicherweise gering war. Warum also dieses Theater? Erik betrachtete kopfschüttelnd die beiden, die sich aufführten, als schnappten sie vor Freude über. Schrecklich, diese Italiener! Ein Friese meinte, was er sagte, und sagte, was er meinte. Dass Italiener sich gegenseitig etwas vormachten und darüber auch noch glücklich waren, würde er nie verstehen. Aber zum Glück war nicht mehr die Rede davon, dass Eriks Bremsmanöver derart unerwartet gekommen war, dass kein Autofahrer damit hatte rechnen können und er deswegen schuld an dem Unfall war.

Mamma Carlotta wickelte sich in ihre Strickjacke und ließ sich freudestrahlend vor der Fischhalle unter einem roten Sonnenschirm nieder. Neben ihr Erik, der erst umständlich seine Hose glatt strich, ehe er sich setzte, ihre Enkel auf der anderen Seite des schmalen Tisches. Sie genoss die Situation so sehr, dass sie sogar darauf verzichtete, Felix zu ermahnen, nicht mehr an seinem Ohrring zu drehen, und Carolin zu bitten, die Haarsträhne von ihrem linken Auge zu entfernen, damit sie nicht irgendwann zu schielen begann. Mamma Carlotta bekam selten die Gelegenheit, auswärts zu essen, und an Ausflügen konnte sie sich auch nicht oft erfreuen. Beides vermisste sie nicht, weil sie mit ihrem Alltag zufrieden war und nie mehr hatte haben wollen, als sie tatsächlich besaß. Vielleicht konnte sie es deswegen mit so großer Freude genießen, wenn ihr das Leben etwas bot, und dann sogar von unverdientem Luxus sprechen.

Der große Platz dehnte sich vor ihr aus, der Blick nach rechts auf die alte Tonnenhalle wurde nur durch die vielen Urlauber gestört, die über den Platz flanierten.

»Was sind das für Tonnen, Enrico«, fragte Mamma Carlotta, »die in der Tonnenhalle gelagert wurden? Für Matjes oder Rum?«

Erik lachte, Carolin öffnete den Mund, um zu antworten, aber Felix war schneller. »Tonnen sind Seezeichen, Nonna! Sieh doch, vor dem Eingang von Gosch! Die alte, verrostete Tonne!«

Mamma Carlotta betrachtete sie ausgiebig, lobte Felix' Sachverstand und entdeckte dann direkt gegenüber, in der flachen Ladenzeile, ein italienisches Eiscafé. Links wimmelte es von Menschen, die zum Fähranleger wanderten oder auf ein Ausflugsboot warteten. »Fantastico!«

Die Menschen, die sie beobachtete, waren alle gut gekleidet, und sie war froh, sich für das neue rote Kleid entschieden zu haben, für das sie sich in Panidomino bei ihren gleichaltrigen Nachbarinnen würde entschuldigen müssen. In ihrem Dorf trug eine Frau ihres Alters kein rotes Kleid. Sie würde lange reden müssen, bis man ihr glaubte, dass auf Sylt andere Regeln galten, dass man dort in einer schwarzen Kittelschürze genauso auffiel wie auf der Piazza eines umbrischen Bergdorfes in einem roten Kleid.

Die Weite, die Sonne, der kühle Wind, all das, was Sylt ausmachte und was sie inzwischen lieben gelernt hatte, gab es hier im Übermaß. Mamma Carlotta fragte sich nicht, warum es trotz der vielen Menschen so still war, warum der Akkordeonspieler durch die Reihen ging, ohne dass jemand mitsang oder zu seiner Musik tanzte, und Fremde nebeneinandersaßen, ohne sich bekannt zu machen und darüber zu debattieren, welche Zutaten der Koch für das Scampi-Risotto verwendet hatte. Sie wusste mittlerweile, dass die Deutschen anders waren als ihre Lands-leute, erst recht die Norddeutschen, die wie Erik schmerzhaft das Gesicht verzogen, wenn in ihrer Gegenwart laut gelacht wurde. Aber schön war es hier trotzdem. »Magnifico!«

Felix und Carolin erklärten sich bereit, zur Theke zu gehen und für Getränke zu sorgen, während Mamma Carlotta und ihr Schwiegersohn die Speisekarte studierten.

Erik brauchte nicht lange zu überlegen. Seine Wahl fiel auf ein gebratenes Fischfilet mit Kartoffelsalat.

Mamma Carlotta verzog das Gesicht. »Panierter Fisch? Und Patate mit matschiger Mayonnaise?« Sie schüttelte sich.

Aber Erik grinste nur. »Lucia wollte mir auch nie Fischfilet mit Kartoffelsalat machen. Nur, wenn ich beim Fisch auf die Pa-nade verzichtete und sie den Kartoffelsalat auf italienische Art zubereiten durfte.«

Mamma Carlotta nickte. »Mit Aceto e Olio.«

Sie waren unterschiedlicher Meinung, aber dennoch zufrie-den. Mamma Carlotta fühlte sich sogar derart wohl, dass sie auf die mimische Darstellung ihres Ekels verzichtete, als ihre Enkel sich für Fischbrötchen entschieden. Ein feuchter Brathering, zu-sammen mit riesigen Zwiebelringen in zwei Brötchenhälften eingeklemmt, das war für sie beinahe noch schlimmer als Labs-kaus oder Grünkohl.

Kurz darauf pries sie die Spaghetti mit Lachs und Basilikum-soße und vermied es, Erik beim Verzehr des Kartoffelsalates und Felix bei dem Versuch zuzusehen, von seinem Fischbröt-chen abzubeißen, ohne dass ihm die Zwiebelringe in den Schoß fielen. Sie verzichtete sogar auf eine Bemerkung, als sie sah, dass Carolin eine der Haarsträhnen zwischen die Zwiebelringe geriet, die sie morgens sorgfältig aus ihrer aufgetürmten Fri-sur löste und unter Zuhilfenahme von viel Gel vom Haaransatz zur Kinnspitze bog, als wären sie mit Blumendraht verstärkt worden.

»Delizioso!«, rief Mamma Carlotta. Und ohne ihren Schwiegersohn anzusehen, fragte sie: »Warst du mit Lucia häufig hier?«

Erik strich sich den Schnauzer glatt, das einzig Extravagante an ihm. Er starrte eine Weile sein Fischfilet an, dann erst sagte er: »Noch am Tag vor dem Unfall. Das Wetter war nicht so gut wie heute. Deswegen haben wir auf dem Hafendeck gegessen. Lucia hatte es das erste Mal mit Sushi versucht. Aber es hat ihr nicht geschmeckt.«

Zwischen den weißen Wölkchen am Himmel tauchte eine dunkle auf, senkte sich über den Tisch und ließ die Familie verstummen, deren Erinnerungen ihr fünftes Familienmitglied in ihre Mitte geholt hatte. Erik stocherte in seinem Kartoffelsalat herum, Carolin zupfte die Zwiebelringe aus ihrem Fischbrötchen, während Felix so lange hustete, bis alle glaubten, dass er sich verschluckt hatte. Keiner von ihnen sprach aus, was er dachte, niemand erwähnte den Lkw-Fahrer, der die Gewalt über sein Fahrzeug verloren hatte, als Lucia ihm zwischen Niebüll und der Verladerampe entgegengekommen war. Jeder von ihnen war froh über die Ablenkung, als jemand rief: »Die Arabella liegt auf Reede!«

Mamma Carlotta ließ die aufgewickelten Spaghetti sinken und machte einen langen Hals. »›Arabella‹? Was soll das sein?«

»Ein Kreuzfahrtschiff«, antwortete Erik. »Es kommt von Hamburg und legt alle zwei Wochen vor Sylt an. Jedenfalls in der Hochsaison. Danach fährt es nach Amsterdam, Southampton und Guernsey, dann weiter bis Lissabon.«

»Das Schiff ist zu groß für den Lister Hafen?«, fragte Mamma Carlotta mit fachkundiger Miene.

Erik bestätigte es. »Die Passagiere, die die Insel besichtigen wollen, kommen mit Tenderbooten an Land.«

»Und heute Abend«, ergänzte Felix, »gibt's in der Sansibar eine wilde Party. Nur für die ›Arabella‹-Passagiere.«

Mamma Carlotta hielt es nicht lange auf ihrem Platz. Als sie gegessen und getrunken hatte, wurde sie unruhig und rutschte auf der Bank hin und her. »Wo legen die Tenderboote an? Ich würde gerne die Menschen sehen, die sich eine solche Kreuzfahrt leisten können.«

Erik seufzte und stemmte sich in die Höhe. »Das sind ganz normale Leute. Die Zeiten sind vorbei, in denen auf Kreuzfahrtschiffen nur Millionäre saßen.«

Aber Mamma Carlotta weigerte sich, ihm zu glauben. Und damit Erik das prächtige Bild nicht zerstören konnte, das sie sich vom Kreuzfahren machte, seit sie von der Titanic gehört hatte, ließ sie ihn einfach nicht mehr zu Wort kommen. »Lasst uns nachschauen, wo die Tenderboote anlegen. Prego!«

Erik konnte sich nicht einmal über die Aufregung seiner Schwiegermutter amüsieren. Darüber, dass sie tatsächlich ernüchtert war, als Passagiere aus dem Tenderboot stiegen, die weder nach Adel noch nach Reichtum aussahen, konnte er nur den Kopf schütteln. Dann aber sagte er sich, dass es kein Wunder war, dass sie die Welt, die sie nicht kannte, mit den Augen eines großen Kindes sah. Sie war in einem winzigen Bergdorf in Umbrien geboren und aufgewachsen, hatte dort mit sechzehn Jahren geheiratet und sieben Kinder zur Welt gebracht. Dann war sie durch die jahrelange Pflege ihres Mannes ans Haus gefesselt gewesen und hatte sich schließlich, erst nach seinem Tod, das erste Mal aus ihrem Leben herausgetraut, indem sie nach Sylt reiste, um die Familie ihrer verstorbenen Tochter zu besuchen. War es da ein Wunder, dass in ihr noch die Märchen schlummerten, an die erwachsene Frauen eigentlich nicht mehr glaubten?

Er zog seine Pfeife heraus und setzte sie umständlich in Brand. Dass er dabei die Augen überall hatte, fiel niemandem auf. Dann trat er einen Schritt zurück, um heimlich die Besatzungsmitglieder zu beobachten, die die Passagiere an Land gebracht hatten und ihnen nun beim Aussteigen halfen. Auch diejenigen betrachtete er genau, die unter dem kleinen Pavillon warteten, der an der Stelle aufgebaut worden war, an der die Tenderboote anlegten und wieder abfuhren. Dort fanden sich bereits die ersten Passagiere wieder ein, um an Bord zurückzukehren, mussten ihre Bordkarten vorzeigen und ihre Hände desinfizieren. Warum das nötig war, konnte Erik seiner Schwiegermutter nicht erklären, aber er wusste, dass es üblich war, denn er hatte es schon häufig beobachtet. »Vermutlich, damit niemand eine Krankheit an Bord schleppt.«

Die ›Arabella‹ lag seit dem frühen Morgen auf Reede, viele Passagiere waren gleich nach dem Frühstücken zu einer Fahrt über die Insel aufgebrochen und kamen jetzt zurück, um das Mittagessen an Bord einzunehmen. Weder die Kinder noch Mamma Carlotta wussten, dass Erik aus gutem Grunde gerade heute mit ihnen diesen Ausflug gemacht hatte. Jedes Mal, wenn das Kreuzfahrtschiff vor List auf Reede ging, läuteten im Polizeirevier die Alarmglocken. Noch immer war der ›Arabella-Dieb‹, wie er polizeiintern genannt wurde, nicht gefasst worden. Und vermutlich würde es auch diesmal so sein, dass während der Zeit, in der Passagiere und Besatzungsmitglieder der ›Arabella‹ sich auf Sylt aufhielten, Wertsachen und große Geldbeträge gestohlen wurden. Schon seit dem Morgen galt erhöhte Aufmerksamkeit unter den Beamten.

Am Abend zuvor hatte Erik einen Anruf von der Staatsanwältin erhalten. Wie immer hatte sie darauf verzichtet, sich mit ihrem Namen zu melden oder das Telefongespräch zumindest mit einem kurzen Gruß zu beginnen. »Es ist wieder so weit, Wolf! Ich hoffe, Sie finden endlich eine Spur.«

Erik hatte geseufzt. Nicht nur, weil er mit den Ermittlungen nicht weiterkam, sondern auch, weil ihm der militärisch knappe Redestil der Staatsanwältin zusetzte. »Ich wäre schon froh, wenn sich ein Indiz ergäbe, das eindeutig auf die ›Arabella‹ weist. Dann könnten Sie endlich einen Durchsuchungsbeschluss ausstellen.«

Aber dazu war es bisher nicht gekommen. Und die Staatsanwältin hatte natürlich recht, wenn sie sagte, dass die Beweislage nicht ausreichte. Der Kapitän weigerte sich verständlicherweise, das Schiff durchsuchen zu lassen, denn er wollte keine Unruhe unter den Passagieren stiften und vor allem die Abfahrtszeiten nicht verzögern. Er war auch nicht bereit, Auskünfte über die Besatzung zu geben, und behauptete, er könne für seine Leute die Hand ins Feuer legen. Allein die Tatsache, dass es auf Sylt immer dann zu Einbrüchen kam, während die ›Arabella‹ vor List auf Reede lag, war kein hinreichendes Indiz, erst recht kein Beweis.

»Der Kerl weiß genau, wo was zu holen ist. Das muss einer sein, der sich auf Sylt auskennt.«

Damit hatte sie Erik nichts Neues gesagt. Und wenn er der Staatsanwältin versicherte, dass längst alle infrage kommenden Inselbewohner gecheckt worden waren, so war das ebenfalls nicht neu. »Aber da wir keinen Einblick in die Besatzungsliste der ›Arabella‹ nehmen können, hilft uns das nicht weiter. Manchmal frage ich mich sogar, ob es reiner Zufall ist, dass die Diebstähle immer dann geschehen, wenn die ›Arabella‹ auf Reede liegt.«

»Unsinn, Wolf!« Die Stimme der Staatsanwältin hatte ungehalten geklungen. »Irgendeinen Zusammenhang muss es geben. Und es wird Zeit, dass Sie endlich dahinterkommen.«

Erik hatte ihr schon oft vorgeschlagen, die Bevölkerung zu warnen, damit sie in diesen Tagen besonders vorsichtig war, aber Frau Dr. Speck hatte davon nichts hören wollen. »Die Pferde scheu machen? Unmöglich! Und was meinen Sie, was uns der Kapitän erzählt, wenn er das hört? Verleumdung wäre noch das freundlichste Wort, das er uns an den Kopf werfen würde!«

Bevor er mit der Familie nach List aufgebrochen war, hatte Erik mit Sören Kretschmer, dem jungen Kommissar, mit dem er schon seit Jahren zusammenarbeitete, über den Fall gesprochen. »Es muss einen Zusammenhang mit der ›Arabella‹ geben«, hatte auch Sören gesagt. »Das kann kein Zufall sein.«

Anfang April war es zum ersten Mal geschehen. Im A-Rosa-

Hotel war aus dem Büro ein beträchtlicher Geldbetrag verschwunden, der ein paar Minuten später in den Tresor gewandert wäre. Zwei Wochen später hatte ein Gast desselben Hotels den Diebstahl von zwanzigtausend Euro angezeigt. Nach dem nächsten Einlaufen der ›Arabella‹ war, nur eine Stunde nachdem das erste Tenderboot angelegt hatte, in den Zweitwohnsitz eines reichen Berliners eingebrochen und alles, was nicht niet- und nagelfest war, entwendet worden. Damals war der Name Arabella-Dieb entstanden, dem der Gesuchte seitdem alle Ehre machte. Auch in dieser Woche hatte es einen Einbruch in eine Ferienvilla gegeben. Drei kostbare Armbanduhren, zwei Fotoapparate, ein Handy und jede Menge Bargeld waren gestohlen worden. Und die Spuren, die gesichert werden konnten, hatten keine Hinweise auf den Täter gegeben. Alles wie immer!

Sören war Eriks Meinung gewesen. »Wir müssen endlich was finden, womit sich der Verdacht gegen die Arabella-Besatzung erhärtet. Wir brauchen ein handfestes Indiz, das einen Durchsuchungsbeschluss rechtfertigt. Der Kapitän muss gezwungen werden, uns die Arbeitspläne der Besatzung vorzulegen. Wir müssen endlich wissen, wer wann von Bord geht, wenn das Schiff vor Sylt liegt.«

Erik stellte sich vor, was passieren würde, wenn ein Dutzend Polizisten an Deck der ›Arabella‹ aufmarschierte. »Das Indiz muss schon sehr handfest sein«, hatte er gesagt, und seine Stimme hatte verzagt geklungen.

Dass Sören Kretschmer den Verdacht geäußert hatte, es könne sich beim Arabella-Dieb auch um einen Passagier handeln, hatte Erik gegenüber der Staatsanwältin unerwähnt gelassen. Wenn er ihr auch gern möglichst viele Überlegungen präsentierte, so hatte er Sörens Einwand genauso unwillig abgeschüttelt, wie Frau Dr. Speck es getan hätte. »Kein Passagier fährt Woche für Woche dieselbe Strecke. Es muss sich um ein Besatzungsmitglied handeln.«

Erik löste sich von seinen schweren Gedanken, als er mitbekam, dass in seiner Nähe ein Streit entbrannte. Felix war davon überzeugt, dass Michael Breitkopf, der Gitarrist der Toten Hosen, dem er nacheiferte, niemals eine Kreuzfahrt antreten würde. »Das ist dem viel zu dekadent.«

Carolin zog ihre Haarsträhnen zur Seite, als wollte sie einen Vorhang öffnen und ihrer Miene einen großen Auftritt verschaffen. »Punkrock wollen Kreuzfahrer sowieso nicht hören.«

»Auch privat würde Breiti niemals einen Fuß auf ein Kreuzfahrtschiff setzen«, beharrte Felix.

»Mit zerrissenen Jeans käme der auch gar nicht in den Speisesaal.« Carolin wies auf Felix' Jeans mit den Löchern auf dem rechten Oberschenkel, die er zum Entsetzen seiner Großmutter cool nannte und ihr auf keinen Fall in den Flickkorb legen wollte. »Du übrigens auch nicht.«

»Als wenn ich das wollte«, gab Felix verächtlich zurück. »Kreuzfahrten sind ja so was von megaspießig.«

»Finito!«, ging seine Großmutter dazwischen. »Ihr könnt davon halten, was ihr wollt, ich würde gerne mal auf der ›Arabella‹ mitfahren.«

Erik sah auf die Uhr. »Ich muss zurück.« Er hängte seine Pfeife in den rechten Mundwinkel, stieß kleine Rauchwolken aus und wartete auf verständnisvolle Zustimmung.

Mamma Carlotta strich sich ihr rotes Kleid glatt und ordnete mit ein paar Handgriffen ihre Frisur. »Aber wir machen noch einen Besuch bei diesem attraktiven Bäcker? Der uns zum Kaffee eingeladen hat?«

Erik brummte etwas Bejahendes und schob Schwiegermutter und Kinder Richtung Parkplatz. In den nächsten Tagen würde Klaas Poppinga vermutlich öfter bei ihm zu Hause auftauchen. Nur Klaas und er selbst waren auf der Insel geblieben, ihre vier Freunde, mit denen sie als Jungen Fußball gespielt hatten, waren aufs Festland gezogen. Jetzt aber wollten sie sich wiedersehen, nachdem sie sich vor fast zwanzig Jahren aus den Augen verloren hatten. Mamma Carlotta würde noch häufig die Gelegenheit haben, sich an der Attraktivität des Bäckers zu erfreuen. Hoffentlich vergaß sie darüber das Kochen nicht.

Erik fühlte Unruhe in sich aufsteigen. Er hatte Urlaub beantragt, damit er Zeit haben würde, mit seinen früheren Freunden etwas zu unternehmen. Schon die Abende, an denen er gemeinsam mit Klaas Poppinga Adressen herausgesucht und viele Telefonate geführt hatte, waren voller lustiger Erinnerungen gewesen. Es würde Spaß machen, mit den anderen in den Andenken zu kramen, die sie in ihren Herzen oder in alten Fotoalben trugen, von denen jeder eins im Gepäck haben würde. Sören würde währenddessen allein wegen des Arabella-Diebs ermitteln müssen. Blieb nur zu hoffen, dass er die Hilfe seines Chefs nicht brauchte.

Klaas Poppinga winkte ihnen von der Theke aus zu, als sie die Bäckerei betraten. Freundlich lächelnd fertigte er eine Kundin ab, überließ die nächste seiner Verkäuferin und lief zu einem der Stehtische, um ihn abzuwischen und den winzigen Tischschmuck in die Mitte zu rücken. »Kaffee? Oder Espresso? Und für die Kinder Kakao?« Schon verschwand er im Hintergrund des Ladens und hantierte an einem großen Kaffeeautomaten herum.

»Wie in einer italienischen Bar«, stellte Mamma Carlotta fest, als sie bemerkte, dass Erik vergeblich nach einer bequemen Haltung suchte und schließlich den rechten Ellbogen auf den Stehtisch stützte und die Beine überkreuzte. »Italiener sind es gewöhnt, den Espresso im Stehen einzunehmen.«

Sie sahen sich schweigend um. Weder Erik noch Mamma Carlotta kommentierten die unbehagliche Umgebung. Auf dem schwarz-weiß gefliesten Fußboden gab es viele abgetretene Stellen, das helle Holz der Theke und der Regale passte nicht zum Boden. Was für den Bäckerladen gereicht hätte, war für das Café, wenn es auch nur ein Stehcafé war, zu wenig. Die drei Stehtische waren in eine Ecke gedrängt, in der sich kein Gast wohlfühlen konnte, Zuckerdose und Milchkännchen bestanden aus Plastik, die Papierservietten gehörten zu den billigsten, die im Gastronomie-Großhandel zu haben waren.

»Hier fehlt die Hand einer Frau«, sagte Carlotta leise.

Als Klaas Poppinga zu ihnen zurückkehrte, hatte er nicht nur die gewünschten Getränke dabei, sondern auch einen großen Kuchenteller, der voller Berliner war. Mit seinem sympathischen Lächeln erkundigte er sich, ob jemand lieber ein Stück Friesentorte hätte oder gar ein belegtes Brötchen. Erst als Mamma Carlotta ihm versichert hatte, dass seine Gastfreundschaft vorbildlich sei und die Berliner köstlich schmeckten, wandte er sich an Erik: »Ich freue mich schon darauf, mit den anderen im neuen Gosch am Kliff zu essen und dann einen Zug durch Westerland zu machen. So wie früher! Wie wär's, wenn wir alle Kneipen noch einmal besuchen, in denen wir uns die Nase begossen haben, als wir den FC Amrum besiegt hatten?«

Erik lachte. »Aber nur, wenn wir nicht wieder so heillos betrunken durch die Stadt stolpern wie damals. Ich habe einen Ruf zu verlieren. Weißt du noch, dass Erasmus vors Rathaus gekotzt hat?«

Klaas lachte mit ihm. »Damals konnten wir nichts vertragen.«

»Was für ein Zufall«, sagte Erik, »dass es im Kliffkieker mal wieder ›Tanz op de Deel‹ gibt. So wie früher.«

»… und meine Band da spielen darf«, ergänzte Klaas. »Obwohl … eigentlich würde ich lieber mit euch zusammensitzen und schnacken.«

Das konnte Erik verstehen. »Aber die anderen werden sich freuen, dich mal wieder mit deiner Gitarre zu erleben.«

Klaas wehrte bescheiden ab. »Die sind längst was Besseres gewöhnt. Die ›Hungerhaken‹ werden sie nicht vom Stuhl reißen.«

Felix mischte sich ein. »Habt ihr auch was von den Toten Hosen im Programm?«

Klaas schüttelte zu seiner Enttäuschung den Kopf. »Wir spielen Musik aus den Siebzigern und Achtzigern. Wir sind ja eine Oldie-Band.« Er wandte sich wieder an Erik. »Ob Coord immer noch mit Geeske zusammen ist? Und hast du eigentlich mitbekommen, dass Remko seinen Doktor gemacht hat?«

Die Kinder fingen an sich zu langweilen, nachdem sie zunächst interessiert zur Kenntnis genommen hatten, dass ihr Vater all das in seiner Jugend erlebt hatte, was in ihrem eigenen Erfahrungsschatz auf keinen Fall vorkommen sollte. Mamma Carlotta dagegen hörte weiter aufmerksam zu und freute sich über Klaas' Begeisterung, als sie den Vorschlag machte, an einem Abend ein schönes italienisches Essen für die Freunde zu kochen. »Das wäre wunderbar, Signora!«

»Wir können auch im Garten grillen«, wehrte Erik ab, als hätte er Angst, dass der Abend statt mit den gemeinsamen Erinnerungen mit Geschichten aus Panidomino enden könnte.

Aber Mamma Carlotta, die Klaas Poppinga auf ihrer Seite wähnte, machte eine verächtliche Geste. »Verkohltes Fleisch! Das ist doch kein richtiges Essen.«

Bevor sie erörtern konnte, wie für eine Italienerin ein richtiges Essen aussah, klingelte Eriks Handy. Er machte eine entschuldigende Geste, als er sah, dass der Anruf von seinem Mitarbeiter kam. »Tut mir leid, da muss ich rangehen.«

Als er das Handy wieder wegsteckte, sah er bedrückt aus. »Wieder der Arabella-Dieb«, murmelte er.

Klaas runzelte die Stirn. »Arabella-Dieb? Du meinst die Raubserie, von der du neulich erzählt hast?«

Mamma Carlotta sah, dass Erik erschrak. Der Name, der ihm herausgerutscht war, sollte wohl polizeiintern bleiben.

»Vergiss bitte sofort wieder, was du gehört hast, Klaas.«

Der Bäcker machte eine wegwerfende Handbewegung. »Keine Sorge, ich kann schweigen.«

Trotz dieser Zusicherung blieb Erik angespannt. »Hoffentlich streicht mir die Staatsanwältin das freie Wochenende nicht.«

Klaas Poppinga sah ihn bestürzt an. »Der Job könnte dir einen Strich durch die Rechnung machen?«

Erik zuckte mit den Schultern. »Mal sehen«, erwiderte er vage.

Mehr war aus ihm nicht herauszubekommen, was Mamma Carlotta überhaupt nicht gefiel. Noch weniger gefiel ihr, dass Klaas Poppinga sogar mehr wusste als sie. Während Erik die Toilette aufsuchte, tuschelte er ihr zu: »Als ich kürzlich bei Erik war, rief gerade die Staatsanwältin an. Da habe ich was mitbekommen von diesen Diebstählen. Immer, wenn die ›Arabella‹ auf Reede liegt! Aber von mir erfährt keiner was.«

Mamma Carlotta war verstimmt. »Davon weiß ich nichts.«

Klaas legte einen Finger auf die Lippen. »Pscht, Dienstgeheimnis! Nicht, dass Erik noch sauer auf mich ist.«

Natürlich wollte Mamma Carlotta den attraktiven Bäcker auf keinen Fall in Schwierigkeiten bringen und würde kein Wort über diese Diebstähle verlieren. Außerdem war sie davon überzeugt, dass sie über kurz oder lang durch gezielte Fragen auch ohne Poppingas Hilfe herausbekommen würde, was es damit auf sich hatte. Das wäre ja noch schöner, wenn ein Freund mehr über Eriks Arbeit erfuhr als sie, seine Schwiegermutter!

Doch sie riss sich zusammen, als Erik zurückkehrte, und lächelte, als hätte sie mit Klaas Poppinga nur ein wenig übers Kreuzfahren geplaudert, über die Passagiere der ›Arabella‹, die mit denen der Titanic nicht viel gemein hatten, und über ihren Wunsch, auch einmal ein paar Tage auf einem Kreuzfahrtschiff zu verbringen. »Aber das ist natürlich nur … un castello in aria. Wie sagt man hier?«

Erik konnte die Frage beantworten: »Ein Luftschloss.« Er stürzte den Kaffee herunter und ging zur Tür, wo Carolin und Felix schon warteten. »Darüber kannst du mit Klaas bei anderer Gelegenheit reden. Jetzt muss ich los.«

»Vielleicht heute Abend?«, schlug Mamma Carlotta vor. »Ich koche uns was Schönes.«

»Was für eine wunderbare Idee!«, rief Klaas.

Auch Erik lächelte erfreut, wenn seine Miene auch schnell wieder zusammenfiel. »Könnte aber sein, dass ich heute länger zu tun habe und nicht pünktlich Feierabend machen kann ...«

»Macht nichts«, meinte Klaas. »Ich werde mit deiner Schwiegermutter so lange am Aperitif nippen, bis du da bist.«

»Che bello!« Mamma Carlotta schob hocherfreut den Rest des Berliners in den Mund und stand schon neben Erik, als sie von Klaas noch einmal aufgehalten wurden. »Eine Sekunde, Signora!« Er lief zu einem Regal und kehrte mit einer Postkarte zurück. »Ein Preisausschreiben! Jemand vom Touristenbüro hat diese Karten vor ein paar Tagen gebracht. Die ›Arabella‹ ist anscheinend nicht ausgebucht. Einige Kabinen werden verlost. Wer morgen als Gewinner gezogen wird, kann übermorgen an der Reling stehen und winken.«

Erik wartete geduldig, bis seine Schwiegermutter die zuckrigen Finger abgeleckt und feierlich ihren Namen auf die Karte gesetzt hatte. Sie gab sie erst zurück, nachdem sie ihr einen innigen Kuss verpasst hatte, der das Glück anlocken sollte.

Während Klaas sie in dieser Hoffnung bestärkte, verdrehte Erik die Augen. »Was für ein Blödsinn!«

Aber Mamma Carlotta ließ sich nicht beirren. »Habe ich dir nie von Signora Andreotti erzählt, Enrico? Sie wollte, dass der Mann, mit dem ihre Tochter schon seit drei Jahren zusammen war, endlich einen Heiratsantrag machte.«

»Was hat das mit diesem Preisausschreiben zu tun?« Erik verabschiedete sich von Klaas und schob erst die Kinder und dann seine Schwiegermutter aus der Bäckerei.

Carlotta beschwor Klaas noch schnell, die Karte so einzuwerfen, dass sie ganz oben zu liegen kam, und rief ihm sowohl deutsche als auch italienische Abschiedsworte zu. Dann erst fuhr sie fort: »Bei der nächsten Lotterie hat sie es so gemacht wie ich. Sie hat den Tippschein geküsst und ihm zugeflüstert, dass er ihr die Tochter verheiraten soll.«

Erik schloss das Auto auf und nötigte sie zum zügigen Einsteigen. Als er neben ihr saß, gab er sich interessiert. »Danach wurde Verlobung gefeiert?«

»No, no! Signora Andreotti hat eine Menge Geld gewonnen, die Tochter hat damit ein Geschäft eröffnet und ihrem Freund den Laufpass gegeben. Einen Ernährer brauchte sie von da an nicht mehr. Was Signora Andreotti erreicht hatte, war zwar ganz anders, aber viel besser.«

Erik gab Gas und kümmerte sich nicht um Höchstgeschwindigkeiten. »So, als hätte jemand die Abfahrt der Titanic verpasst und sich sehr geärgert.«

»Sì! Das Unglück war in Wirklichkeit ein großes Glück.« Mamma Carlotta versicherte, dass sie unter diesen Umständen zunächst warten wolle, ob die ›Arabella‹ in einer Woche unversehrt wieder vor Sylt ankommen werde. »Erst danach werde ich mich darüber ärgern, dass ich nicht im Preisausschreiben gewonnen habe.«

Die beiden Enden von Eriks Schnurrbart, die ihm in die Mundwinkel wuchsen, hoben sich, und Mamma Carlotta war erfreut, dass er sich nicht nur auf dieses Gespräch einließ, sondern sich sogar darüber amüsierte. Er kümmerte sich eigentlich lieber um Tatsachen, wenn sie auch noch so unerfreulich waren. Luftschlösser, falsche Hoffnungen, überspannte Wünsche und ausufernde Phantasie wehrte er sonst ärgerlich ab. Trotzdem wurde ihr erst auf Höhe der Norddörfer Halle klar, aus welchem Grund er sich erzählen ließ, dass seine Schwiegermutter den Film ›Titanic‹ im Kino von Città di Castello gesehen hatte, sie nicht unterbrach, als sie ihm einen Überblick über die Handlung gab, und nur mit einem milden Lächeln reagierte, als sie vermutete, dass auch auf der ›Arabella‹ die Passagiere der teuren Kabinen vor denjenigen in die Rettungsboote kommen würden, die sich nur die Innenkabinen leisten konnten. Er erklärte ihr sogar mit großer Ausführlichkeit, warum er sicher sei, dass sämtliche Passagiere im Ernstfall gleich behandelt würden, und damit begriff sie endlich, dass er vor allem nicht mit ihr darüber reden wollte, warum Sören Kretschmer ihn angerufen hatte.

So kam ihre Frage viel zu spät: »Was ist eigentlich passiert, Enrico? Etwa ein Mord?«

Sie waren im Süder Wung angekommen, Erik hielt vor dem Haus und trieb seine Schwiegermutter und die Kinder an, so schnell wie möglich auszusteigen, damit er schleunigst weiterkam. Mamma Carlottas Frage ignorierte er.

»Wiebke kommt heute Abend aus Hamburg«, rief er noch, ehe er wieder anfuhr. »Ich hoffe, dass ich bis dahin fertig bin und sie vom Bahnhof abholen kann. Wenn nicht, rufe ich Klaas an. Der hat sicherlich nichts dagegen, einen Abstecher nach Westerland zu machen.«

Verärgert sah Carlotta ihm nach. Da war sie also das Opfer ihrer eigenen Redseligkeit geworden! Nun würde es wohl noch eine Weile dauern, bis sie herausbekam, was auf Sylt geschehen war! Nicht, dass sie neugierig war! No! Sie hatte nur Interesse an dem spannenden Beruf ihres Schwiegersohns, das war alles. Und ihr Lehrer hatte früher immer gesagt, dass ein Mensch, der neugierig war und Interesse am Unbekannten hatte, am Ende seines Lebens gebildeter sei als diejenigen, die sich abspeisen ließen oder gar nicht erst fragten. Also tat sie etwas für ihre Bildung, wenn sie sich nach Eriks neuem Fall erkundigte. Ein schöner Gedanke! Es gab kein Enkelkind, das nicht stolz auf eine gebildete Großmutter war!

Das Restaurant ›Silberner Hering‹ lag an der Nordmarkstraße, eines der ersten Häuser hinter dem Norderplatz. Ein flacher, lang gestreckter Bau, der jahrelang weiß verputzt gewesen, vor Kurzem jedoch rot verklinkert worden war. Aber das war nicht die einzige Modernisierung. Als Erik mit Lucia gelegentlich in den ›Silbernen Hering‹ zum Fischessen gegangen war, hatte es noch dunkle Holzvertäfelungen und Butzenscheiben an Türen und Fenstern gegeben, die wenig Licht hereinließen. Nicht schön, aber doch behaglich. Als der Wirt aus Altersgründen das Lokal verkauft hatte, verschwand alles Dunkle. Die Wände wurden weiß gestrichen, die neuen Möbel bestanden aus hellem Holz, Tischdecken und Stuhlpolster leuchteten mintgrün. Auch bei der Dekoration hatte der neue Besitzer streng auf die vorgegebene Farbauswahl geachtet. Während vorher kunterbunte künstliche Blumen die Tische geziert und Leuchttürme neben bemalten Muscheln auf den Fensterbänken gestanden hatten, gab es nun überall frische Blumen, und jedes farblich abgestimmte Accessoire war sorgsam ausgesucht und platziert worden. Der alte Wirt dagegen hatte einfach alles an die Wände gehängt, was ihm im eigenen Wohnzimmer nicht mehr gefiel.

Der silberne Hering allerdings, das Wahrzeichen des Hauses, war geblieben. Seine silbernen Schuppen und die mit goldener Farbe bemalten Kiemen glänzten, wie nach Eriks Meinung nur Talmi glänzen konnte. Über das menschliche Gesicht des Herings amüsierten sich diejenigen, die ihn genauer betrachteten, allen anderen fiel zumeist gar nicht auf, dass der Schöpfer des Fisches sich diese Besonderheit hatte einfallen lassen. Das menschliche Gesicht des Herings hatte eine wulstige Nase, einen fast lippenlosen Mund und schielende Augen, die ausdruckslos zur Decke glotzten. Dieser etwa sechzig Zentimeter große Hering schmückte den Gastraum auch nach der Renovierung und hatte sogar seinen alten Platz behalten: in einer Vitrine in der hinteren Ecke des Raums, die beleuchtet wurde, sobald das Restaurant seine Tür für die Gäste öffnete.

Obwohl alles viel schöner geworden war, hatte Lucia dafür gesorgt, dass sie ihren Fisch von da an woanders aßen. Als Erik auf die Eingangstür zuging, fragte er sich, warum. Er erinnerte sich daran, dass die Küche nach wie vor gut war und die Preise sich nur geringfügig erhöht hatten. Es lag wohl daran, dass Lucia sich das Alte hatte bewahren wollen, obwohl das Neue viel schöner war.

»Moin, Herr Hauptkommissar!«

Erik fuhr herum, als er von hinten angesprochen wurde, Felix' Gitarrenlehrer sah ihn freundlich an. Eckhard Diekmann war ein junger Mann von Mitte zwanzig, blass, mit strähnigen blonden Haaren, die er nervös aus dem Gesicht strich. Anscheinend eine Angewohnheit, denn er strich sie sich auch nach hinten, wenn sie ihm gar nicht in die Stirn gefallen waren.

»Ist hier was passiert?«

Nun fiel Erik ein, dass Felix in dem Haus auf der gegenüberliegenden Straßenseite seinen Gitarrenunterricht erhielt. Am liebsten hätte er mit einem lapidaren Satz geantwortet, aber dann entschloss er sich doch, dem jungen Musiklehrer die Wahrheit zu sagen.

Eckhard Diekmann war entsetzt, als er vom Tod des Restaurantbesitzers erfuhr. »Das ist ja schrecklich.«

»Kannten Sie Gregor Imhoff?«, fragte Erik.

Diekmann schüttelte den Kopf. »Ich war hier nie essen.«

Erik lächelte aufmunternd, als wollte er zu verstehen geben, dass Eckhard Diekmann sich irgendwann vielleicht auch ein Fischrestaurant dieser Qualität würde leisten können. »Sollten Sie etwas hören, würden Sie mir dann Bescheid sagen?«

»Natürlich, Herr Hauptkommissar!«

»Danke.« Erik wandte sich wieder der Eingangstür zu. Es waren keine Stimmen dahinter zu vernehmen, aber er spürte dennoch die Unruhe, die dort herrschte. Stühlerücken war zu hören, Schritte, das Klappern von Gerätschaften. Sein Assistent, Kommissar Sören Kretschmer, bemerkte ihn sofort, als er eintrat, und kam auf ihn zu, während die Mitarbeiter der kriminaltechnischen Untersuchungsstelle weitermachten, ohne ihn zur Kenntnis zu nehmen. Alle steckten sie in ihren weißen Overalls, suchten den Gastraum ab und sicherten Spuren.

»Moin, Chef!« Sörens rundes Gesicht mit den stets roten Wangen glänzte, sein schütteres helles Haar klebte am Schädel. Es war sehr warm im Raum, Sören trug nur Jeans und ein

T-Shirt. In vielem war er seinem Chef ähnlich geworden. Auch für Sören gab es nur wenige Kleidungsvarianten, im Sommer Jeans und T-Shirt, in der Übergangszeit Jeans und Hemd und im Winter Jeans und Pullover. So ähnlich hielt es auch Erik. Seine geliebten Cordhosen tauschte er nur bei schönstem Sommerwetter gegen eine leichte Baumwollhose aus, ansonsten reagierte er auf die Wetterlage, indem er, wenn der Tag kühl begann, einen Pullunder über sein Hemd zog und, wenn es kalt und stürmisch war, eine Strickjacke.

Erik nickte zu der zusammengekauerten Gestalt am Fuß der Theke, halb liegend, halb sitzend, den Kopf auf die linke Schulter gesunken, die Beine abgewinkelt. Die Arme waren kraftlos zur Seite gefallen, die Handflächen zeigten nach oben. Die Lider hatten sich gesenkt, waren aber nicht ganz geschlossen.

Erik merkte nicht, dass er das Gesicht verzog, als er sich vorbeugte, um den Verlauf der Blutspur zu betrachten, die über die rechte Schulter gesickert und in dem T-Shirt des Toten geronnen war. Ein Teil des Blutes war auch an der Theke heruntergelaufen, hatte den Boden erreicht und war dort in einer kleinen Lache erstarrt.

Dr. Hillmot, der dicke Gerichtsmediziner, der sich über den Toten beugte, richtete sich auf. »Moin, Wolf! Die Sache ist eindeutig. Von hinten erschlagen.« Er wies auf den Kopf des Toten. »Die Wunde am Hinterkopf ist beachtlich. Und lange ist das noch nicht her. Vor etwa drei bis vier Stunden, würde ich sagen. Die Totenstarre ist noch nicht ganz ausgeprägt.«

»Eine Tatwaffe ist nicht gefunden worden«, ergänzte Sören.

»Ich tippe auf ein scharfes Werkzeug«, sagte Dr. Hillmot. »Etwas Metallenes. Die Verletzung ist tief, fast wie bei einer Stichverletzung, aber die Tatwaffe ist nicht zum Schneiden oder Stechen, sondern zum Schlagen benutzt worden. Etwas Scharfkantiges! Daher ist die Wunde nicht so klar wie nach einem Stich, sondern wüster. Der Schädelknochen wurde zertrümmert.«

»Fällt eine Frau damit als Täterin aus?«, erkundigte sich Erik.

Dr. Hillmot zögerte, dann schüttelte er den Kopf. »Zwar sieht es bei einer solchen Verletzung so aus, als wäre der Täter besonders brutal vorgegangen. Aber wenn die Hemmschwelle erst einmal überwunden ist, schlägt ein Täter meist mehrmals zu und richtet dann ein solches Gemetzel an.« Er seufzte tief auf. »Eine Frau genauso wie ein Mann. Jemand, der so etwas tut, will Blut sehen. Er ist zu allem entschlossen. Frau wie Mann!« Der Gerichtsmediziner betrachtete den Toten, als könnte sich an seiner Einstellung zum Tatverlauf etwas geändert haben. Dann aber bekräftigte er: »Anscheinend ist das Opfer überrascht worden. Sieht so aus, als hätte er mit diesem Angriff von hinten nicht gerechnet. Ich stelle mir das so vor …« Er drehte sich zur Theke, fuhr dann plötzlich zusammen, als würde er von hinten attackiert, drehte sich um wie jemand, der seinem Angreifer ins Gesicht sehen möchte, schloss dann aber die Augen, um zu demonstrieren, dass dem Opfer in diesem Augenblick die Sinne geschwunden sein mussten. »Dann ist er auf dem Boden zusammengesackt.«

Erik machte einen Schritt auf den Toten zu und versuchte den Blick auf die schreckliche Kopfwunde zu vermeiden, die sich in ihrer ganzen Grausamkeit zeigte, wenn man über dem Toten stand und auf ihn herabsah.

Gregor Imhoff, der Besitzer des ›Silbernen Herings‹, war ein Mann von Anfang dreißig, groß und kräftig, mit zupackenden Händen und ausgeprägter Muskulatur. Auch der Tod hatte ihm keine Schwäche gegeben, sein lebloser Körper wirkte noch immer stark. Er trug schwarze Jeans, dazu ein blasses, verwaschenes T-Shirt, als wäre es ihm an diesem Tag nicht auf gute Kleidung angekommen. An den Füßen trug er heruntergetretene alte Turnschuhe, in die er nach dem Aufstehen hineingeschlüpft sein musste, ohne sich Strümpfe anzuziehen.

»Jemand hat sich also von hinten angeschlichen?«, murmelte Erik.

Sören bestätigte es. »Der Doc hat es ja gerade demonstriert. Er stand an der Theke, drehte dem Gastraum den Rücken zu. Er scheint sich noch nach seinem Angreifer umgesehen zu haben ... dann brach er zusammen, fiel rücklings gegen die Theke und rutschte dann zu Boden.«

»Der Täter könnte durch die Küche gekommen sein?«

»Oder Imhoff war mit jemandem zusammen, und dann ...« Sören machte eine Bewegung mit dem rechten Arm, die jedes weitere Wort erübrigte.

»Wer hat ihn gefunden?«

»Eine Küchenhilfe. Sie wollte das Abendgeschäft vorbereiten. Gemüse putzen, Kartoffeln schälen ... Sie hat die Notrufzentrale verständigt. Die Schutzpolizei ist mitsamt dem Rettungsdienst angerückt, aber beide haben sich nicht lange aufgehalten und stattdessen uns verständigt.«

»Der ›Silberne Hering‹ hat nur abends geöffnet?«

Sören nickte und wies auf die Papiere, die auf einem der Tische lagen. »Sieht so aus, als hätte er an einer neuen Speisekarte gearbeitet.«

»Dann hat er gehört, dass jemand im Haus war, und ist aufgestanden, um nachzusehen?«

»So könnte es gewesen sein.«

»Oder er hatte Besuch und wollte etwas zu trinken holen.«

»Dann geht er hinter die Theke. Imhoff stand aber davor.«

Sören wies auf die Bierdeckel auf der Theke. »Vielleicht wollte er die zunächst holen.«

»Auch möglich.«

»Und dann hat der Besucher die Gelegenheit genutzt ...« Erik sprach den Satz nicht zu Ende, sondern fragte stattdessen: »War die Eingangstür abgeschlossen?«

»Der Schlüssel steckte von innen«, berichtete Sören. »Nicht abgeschlossen. Aber die Tür war ins Schloss gefallen und damit von außen nicht ohne Schlüssel zu öffnen. Edda Bakkers hat einen Schlüssel für den Hintereingang. Sie sagt, Imhoff hätte immer abends nach dem letzten Gast alles sorgfältig verschlossen.«

»Edda Bakkers ist die Küchenhilfe?«

Sören bestätigte es. »Wir können also davon ausgehen, dass Imhoff heute Morgen irgendwann den Schlüssel umgedreht hat.«

»Um jemanden hereinzulassen?«

»Vielleicht seinen Mörder«, antwortete Sören. »Die Kollegen von der Schutzpolizei haben sofort die Nachbarschaft durchkämmt und alle Anwohner befragt. Niemand hat etwas beobachtet.«

Erik ging in die Küche, wo eine Frau auf einem Hocker in der Nähe des Fensters saß und hinausstarrte. »Frau Bakkers?«

Sie blickte auf und nickte. Erik stellte fest, dass sie noch sehr jung war, höchstens Mitte zwanzig. Ihre Körperhaltung, der gebeugte Rücken, die müden Schultern, der hängende Kopf, das alles ließen sie älter wirken. Ihre Augen jedoch waren noch jung, sie sprühten vor Leben, und ihrem Mund sah man an, dass er lachen konnte. Die Tätowierungen auf Armen und Beinen und die Piercings in Ober- und Unterlippe, in den Nasenflügeln und Augenbrauen machten jedoch die Sympathie, die Erik kurz für sie empfunden hatte, wieder zunichte. Er konnte nicht begreifen, was einen jungen Menschen dazu trieb, sich derart zu verunstalten. So nannte er es zwar nur noch heimlich, nachdem seine Kinder ihm vorgehalten hatten, wie intolerant er sei, aber bei seiner Meinung war er dennoch geblieben. Der Anblick von durchstochenen oder tätowierten Körperteilen verursachte ihm eine Gänsehaut.

Er zog einen Hocker heran und setzte sich zu Edda Bakkers. »Wie war das, als Sie heute zur Arbeit kamen?«

Ihre Stimme war leise und verzagt, als sie ihm schilderte, dass sie ahnungslos den Hintereingang aufgeschlossen hatte und in die Küche gegangen war. Sie hatte gleich mit der Arbeit angefangen, das Gemüse aus der Kühlung geholt und damit begonnen, Möhren und Kohlrabi zu schälen und zu schneiden. »Aber dann ist mir irgendwann der Geruch aufgefallen.«

Sie suchte nach Worten, um zu beschreiben, was sie wahrgenommen und warum es sie alarmiert hatte. Aber Erik winkte ab. Er kannte den Geruch des Todes und wusste, was mit dem Körper eines Verstorbenen geschah. Die komplette Erschlaffung der Muskulatur bewirkte irgendwann auch, dass sich Blase und Darm entleerten.

»Sie sind in den Gastraum gegangen?«

Edda Bakkers nickte. »Und da sah ich ihn.«

»Was wissen Sie von Ihrem Chef? Hatte er Feinde?«

Edda Bakkers schüttelte den Kopf, ohne lange zu überlegen. »Ich arbeite erst seit ein paar Wochen hier. Ich kenne ihn nicht besonders gut. Als Chef war er in Ordnung, und sonst ...« Sie hob die Schultern und ließ sie wieder fallen. »Ganz normal«, ergänzte sie dann. »Er hat nicht viel geredet.«

»Hat er Familie?«

»Er wohnt allein.« Sie nickte Richtung Garten. »Im Anbau.«

Mit den Angaben zu ihrer eigenen Person waren sie ebenfalls schnell fertig. Sie war vierundzwanzig Jahre alt, verheiratet und bereits Mutter von drei Kindern. Das Einkommen ihres Mannes reichte für ein gutes Leben nicht aus, nur fürs Überleben. So hatte sie sich eine Arbeit gesucht, um etwas dazuzuverdienen, wenn die beiden Ältesten im Kindergarten waren und sie das Baby bei ihrer Schwiegermutter abgeben konnte. Was sie nicht erzählte, war dennoch in ihren Augen zu lesen. Sie war todunglücklich und bereute es vermutlich bitter, so früh geheiratet und Kinder bekommen zu haben. Das Piercing – das verstand Erik nun – sollte allen zeigen, dass sie eigentlich jung und unkonventionell war, nur zurzeit gerade nicht so leben konnte, wie sie es mit ihrem Äußeren ausdrücken wollte. Erik hatte große Zweifel, dass es ihr jemals gelingen würde, sich ihre Jugend zurückzuholen und den Traum vom Glück zu Ende zu träumen.

»Ich habe Zahnarzthelferin gelernt«, fügte sie noch an. »Aber die Arbeitszeiten sind mit Haushalt und drei Kindern nicht kompatibel.« Und nuschelnd ergänzte sie kaum hörbar: »Hat mir meine Mutter gleich gesagt.«

Erik hätte ihr am liebsten auf die Schulter geklopft und ihr Mut zugesprochen, aber das wäre natürlich völlig unangemessen gewesen. So beließ er es bei einem verständnisvollen Nicken und hoffte inständig, dass Carolins Leben einen anderen Verlauf nehmen würde. Und seine dringendste Hoffnung war, dass keins seiner Kinder auf die Idee kommen würde, den Körper mit Piercings und Tätowierungen zu verunstalten.

Er räusperte sich, als wollte er zeigen, dass es nun nicht mehr um Edda Bakkers, sondern um deren Chef gehen sollte, der tot im Gastraum lag. »Haben Sie nie ein privates Wort mit dem Wirt gewechselt? Hat er nicht mal irgendwas erwähnt, was Ihnen unwichtig erschien, was aber jetzt von Bedeutung sein könnte?«

Edda Bakkers dachte nach, dann antwortete sie zögernd: »Da gab's eine Frau, die ihm ... na ja, gewissermaßen nachstellte.«

Erik horchte auf. »Nachstellte? Was wollte sie von ihm?«

»Liebe.«

Erik war verblüfft. »Sie ist in ihn verliebt, aber er erwiderte ihre Gefühle nicht? Wollen Sie das sagen?«

Edda Bakkers nickte. »Ich habe sie nie gesehen, aber sie rief häufig an. Und jedes Mal war er dann genervt. Anscheinend wollte sie sich mit ihm verabreden, und manchmal hat er sich auch darauf eingelassen, wenn ihm einfach keine Ausrede einfiel. Aber meistens hat er sie abgewimmelt. Mit so fadenscheinigen Gründen, dass eigentlich jede Frau hätte merken müssen, was Sache ist. Er wollte einfach nichts von ihr.«

»Den Namen kennen Sie nicht?«

»Er hat ihn nie genannt. Trotzdem habe ich immer gemerkt, wenn er sie am Ohr hatte. Seine Stimme klang dann sofort gereizt. Einmal hat er sogar gesagt: Nun fang nicht schon wieder an zu heulen, das ist ja nicht auszuhalten.« Sie schüttelte den

Kopf. »Eine erwachsene Frau! Heult wie ein kleines Kind, damit sie bekommt, was sie will!«

»Wissen Sie, woher er sie kannte?«

»Wie gesagt, er redete nicht viel. Über Privates schon gar nicht. Aber … er hat mal erwähnt, dass er sie auf einem Polterabend kennengelernt hat. Er hatte zu viel getrunken und sich auf einen Flirt mit ihr eingelassen. Mir kam es sogar so vor, als hätte er auch die Nacht mit ihr verbracht. Aber mehr als einen One-Night-Stand wollte er nicht.«

»Wohnt die Frau auf Sylt?«

»Vermutlich. Sonst hätte sie doch nicht immer wieder vorgeschlagen, sich zu treffen. Es war nie die Rede davon, dass einer der beiden dann erst über den Hindenburgdamm müsste.«

Erik dachte nach. War die Kränkung einer zurückgewiesenen Frau ein Mordmotiv? Konnte es sein, dass diese Frau Gregor Imhoff im ›Silbernen Hering‹ aufgesucht hatte, um sich für die Ablehnung zu rächen? Er stellte sich vor, dass sie überraschend in der Tür gestanden hatte, mit einer Waffe in der Handtasche. Sie wusste, dass Gregor Imhoff zu dieser Zeit allein war, er war ärgerlich, als er sie sah, wandte sich ab, wischte über die Theke oder machte sich irgendwie dort zu schaffen, um ihr zu zeigen, dass ihr Besuch nicht willkommen war, sie fühlte sich ein weiteres Mal zurückgewiesen, trat hinter Gregor …

Sören unterbrach seine Gedanken. »Kommen Sie mal rüber, Chef! Ich habe was entdeckt!«

Mamma Carlotta war allein. Ein unerträglicher Zustand! Wenn sie in Italien gefragt wurde, was ihr auf Sylt nicht gefiel, dann berichtete sie davon, dass man auf dieser Insel viel zu oft allein war. Sylter verzichteten auf Gesellschaft, sie taten nichts, um das Alleinsein möglichst schnell zu beenden. Frauen, deren Angehörige aus dem Haus gingen, blieben allein, liefen nicht zu ihrer Nachbarin und gingen nicht in den Garten in der Hoffnung, dass sich jemand an den Zaun stellte, um sich nach ihrem

Befinden zu erkundigen. Auf Sylt gab es auch vor den Häusern keine Sitzgelegenheiten, auf denen eine ältere Verwandte der Bewohner darauf wartete, dass sich jemand zu ihr setzte. Nein, auf Sylt blieben die Häuser geschlossen. Und wenn Mamma Carlotta sich auf die Treppenstufen vor der Haustür gesetzt hätte, wäre vermutlich irgendwann ein Krankenwagen aufgetaucht, alarmiert von einem besorgten Menschen, der von einer hilflos wirkenden älteren Person gesprochen hatte, die einen orientierungslosen Eindruck machte.

Nein, Carlotta Capella hatte längst gelernt, dass man auf Sylt, wenn man nicht allein sein wollte, einen guten Grund finden musste, um sich in Gesellschaft zu begeben. Die Begründung »Ich wollte nicht allein sein« reichte hier auf keinen Fall. Wenn sie zu der Nachbarin gehen wollte, wurde erwartet, dass ihr das Mehl ausgegangen war oder sie einen Handfeger ausleihen wollte, und wenn sie zu Feinkost Meyer ging, musste sie tatsächlich etwas einkaufen. Allein der Wunsch, sich mit einer Kassiererin zu unterhalten, wurde nicht akzeptiert.

Zum Glück gab es eine Möglichkeit, für Geselligkeit zu sorgen, die nicht erklärt werden musste: der Besuch einer Gaststätte. Natürlich nicht irgendeiner, denn in den meisten Restaurationsbetrieben Sylts saß man allein an einem Tisch, ließ sich bedienen, schaffte es nicht, die Kellnerin zu einem Plausch an den Tisch zu bitten, und wurde vom Tischnachbarn irritiert angeblickt, wenn man mit ihm ein Gespräch begann. Nur gut, dass Carlotta Capella wusste, wo sie einkehren und sich unterhalten konnte, ohne dass jemand Anstoß daran nahm! Sie zögerte, während sie nach dem Fahrradschlüssel suchte. Doch, einer würde Anstoß daran nehmen, wenn er wüsste, dass sie einen Besuch in Käptens Kajüte machen wollte, um sich dort an die Theke zu setzen. Aber Erik hatte ja mit einem neuen Fall zu tun, er würde nicht mitbekommen, dass sie sich einen Cappuccino von einem Wirt machen ließ, der polizeibekannt war und vor dem er sie mehr als einmal gewarnt hatte.

Ihren Skrupel überwand sie jedoch schnell. Tove Griess war einer der ersten Menschen gewesen, den sie auf Sylt kennengelernt hatte. Ebenso sein Stammgast Fietje Tiensch, der Strandwärter von Wenningstedt. So etwas verband! Und beide freuten sich darüber, dass die Schwiegermutter des Kriminalhauptkommissars sie zu ihren Bekannten zählte, während die meisten anderen Sylter nichts mit ihnen zu tun haben wollten. Aus gutem Grunde, das musste Carlotta zugeben. Doch sie wusste, dass es hinter der Unehrlichkeit und der Gewalttätigkeit des Wirtes auch etwas gab, was einen guten Freund ausmachte, und dass Fietje Tiensch zwar als Spanner bekannt, aber trotzdem ein feiner Mensch war. Dass sie in Umbrien von ihnen als ihre Sylter Freunde sprach, wussten nicht einmal die beiden selbst.

Entschlossen holte sie Lucias Fahrrad aus dem Schuppen, und schon zehn Minuten später stellte sie es vor Käptens Kajüte ab. Die Tür der Imbissstube stand weit offen, Tove Griess hatte sogar zwei Tische vors Haus gestellt, damit seine Gäste die Sonne genießen konnten. Zurzeit saß jedoch niemand dort, vielleicht weil die alten Tische mit den karierten Papierdecken und die wackeligen Stühle nicht besonders einladend aussahen. Zwar hatte der Wirt neue Sitzkissen angeschafft, aber viel hatten sie zum gepflegten Ambiente nicht beigetragen. Wie auch die Musik, die aus der Tür drang: »Schön ist es, auf der Welt zu sein«. Die Welt, so wie Tove Griess sie schön fand, schlug nun mal viele andere in die Flucht. Da half es auch nichts, dass die Sonne schien, dass es in windgeschützten Ecken sogar richtig warm war und die Plätze an der frischen Luft bei den Feriengästen hart umkämpft waren. Vor Toves Imbissstube wollte dennoch niemand Platz nehmen.

Der Wirt stand wie immer hinter der Theke, vor dem Bauch eine Schürze, die vermutlich so alt war wie die Imbissstube, und in einem karierten Hemd mit hochgekrempelten Ärmeln, die seine behaarten Arme zeigten. Die Haare wuchsen ihm auch aus dem Kragen und sogar aus Nase und Ohren. Auch seine großen Hände waren auf dem Handrücken und den Fingern dunkel behaart. Seine Haltung war angriffslustig, die Grillzange führte er wie eine Waffe, die sich schnurstracks gegen einen Zechpreller oder einen Gast richten konnte, der etwas zu beanstanden hatte. Auch wie immer. Aber Mamma Carlotta merkte sofort, dass trotzdem etwas anders war als sonst. Noch nie hatte sie Verlegenheit auf seinen groben Zügen gesehen, erst recht kein Einfühlungsvermögen oder echte Anteilnahme. Tove Griess behauptete, er sei früher als Käpten zur See gefahren, habe so manche Meuterei niedergeschlagen und den einen oder anderen Schiffbruch überlebt. Am Ende habe er sich vor Gibraltar schwimmend an Land gerettet und sich erst danach entschieden, sein Leben als Landratte zu beschließen. Fietje behauptete zwar, das sei erstunken und erlogen, aber gelegentlich hielt Carlotta Capella es durchaus für möglich, dass Tove eine bewegte Vergangenheit besaß, in der es ganz eigene Gesetze gegeben hatte. Er war kein freundlicher Zeitgenosse, nicht einmal zur Kundengewinnung brachte er Konzilianz auf. Barsch war er, widerborstig, cholerisch und immer auf eine Schlägerei aus. Jetzt jedoch stand er verlegen da, wischte seine Grillzange ab, die bereits vor Sauberkeit glänzte, und wirkte so betroffen, als sei er von einem echten Gefühl überwältigt worden.

»Buon giorno!« Mamma Carlotta war bereits beim Eintreten von Toves Veränderung angesteckt worden und rief ihren Gruß nicht wie sonst so laut zur Theke, dass der Wirt dort vor Schreck ins Schwanken geriet und dem Grill zu nahe kam, sondern vorsichtig und fragend, weil es ihr so vorkam, als dringe sie in etwas ein, was sie nichts anging. Langsam näherte sie sich und versuchte den Mann zu erkennen, der mit hängendem Kopf vor der Theke saß. »Come sta?«, fragte sie vorsichtig.

So viel Italienisch hatte Tove Griess inzwischen von ihr gelernt. »Geht so«, antwortete er mürrisch und griff nach einer Tasse. »Cappuccino?«

Der Fremde, der einen Espresso vor sich stehen hatte, saß auf dem Barhocker, den Mamma Carlotta mittlerweile als ihren Stammplatz bezeichnete. Unzufrieden nahm sie daher auf der Bank an der schmalen Seite der Theke Platz, wo sonst immer der Strandwärter Fietje Tiensch hockte. Das hatte den Vorteil, dass sie dem Mann ins Gesicht sehen konnte, ohne sich den Hals verdrehen zu müssen und für neugierig gehalten zu werden.

»Sie können auch einen Rotwein aus Montepulciano haben«, bot Tove Griess an. »Oder ist es dafür noch zu früh?«

Mamma Carlotta lehnte ab. »Sie wissen doch, Alkohol erst, wenn die Sonne untergegangen ist.«

Tove nickte, als hätte er nichts anderes erwartet, sah dem Kaffee beim Einlaufen in die Tasse zu, löffelte Milchschaum darauf und stäubte so viel Kakao darüber, dass auch seine Schürze braun überrieselt war.

Mamma Carlotta hatte vorgehabt, ihm von dem Ausflug nach List zu erzählen, von dem leckeren Essen bei Gosch, von dem schönen Wetter, dem attraktiven Bäcker und natürlich von dem Kreuzfahrtschiff, das sie gesehen hatte. Damit hätte sie sicherlich zu tun gehabt, bis es Zeit wurde, fürs Abendessen einzukaufen, denn sie erzählte gerne und vor allem ausführlich und genoss es in Käptens Kajüte besonders, weil sie dort selten unterbrochen wurde. Tove Griess und auch Fietje Tiensch staunten sie meist nur an und waren froh, wenn sie ihren vielen Worten folgen konnten. Auf eigene Beiträge bestanden sie selten.

Auch diesmal blieb alles stumm. Der Mann an der Theke sah so niedergeschlagen aus und hatte anscheinend sogar Tove mit seiner Weltuntergangsstimmung angesteckt, dass sie es nicht fertigbrachte, mit einer fröhlichen Erzählung auf die schweren Gedanken der beiden Männer einzureden. Sie fragte nur vorsichtig: »Tutto bene? Alles in Ordnung?«

»Geht so«, antwortete Tove, während der Mann an der Theke weiterhin in sein Glas starrte und nicht reagierte. »Das ist übrigens mein Cousin Habbo Albertsen«, sagte Tove. »Er war seit fast achtzehn Jahren nicht mehr auf Sylt. Habbo, das ist die italienische Signora, von der ich dir eben erzählt habe. Die Schwiegermutter von Hauptkommissar Wolf.«

Nun kam Mamma Carlotta zu der Ansicht, dass die trübe Stimmung nichts anderes als die mangelnde Kommunikationsfreude der Friesen war. Wie oft hatte sie schon geglaubt, wenn sie Käptens Kajüte betrat und Tove und Fietje schweigend dort vorfand, es sei jemand gestorben, Fietje habe seinen Job verloren oder Tove mal wieder Besuch vom Gewerbeaufsichtsamt gehabt. Jedes Mal hatte sie dann zu hören bekommen, dass alles in Ordnung sei und dass man als Friese auch bestens gelaunt sein könne, wenn man in sein Bier starrte oder wortlos die Bratwürste auf dem Grill hin und her schob. Wenn Tove Griess seinem Cousin sogar von ihr erzählt hatte, dann musste es richtig sein, dessen Erwartungen zu erfüllen und ein langes Gespräch mit einer heiteren Episode aus ihrer Heimat zu beginnen …

Aber bevor sie zu den ersten Worten ansetzen konnte, sagte Tove zu seinem Cousin: »Am besten, du erzählst der Signora, was damals auf Sylt passiert ist. Vielleicht kann sie ihren Schwiegersohn überreden, den Fall noch einmal aufzurollen.«

Aber Habbo Albertsen winkte ab. »Da gibt es keine Hoffnungen mehr.« Nun sah er auf und blickte Mamma Carlotta an. Sie stellte fest, dass er die gleiche Augenfarbe hatte wie Tove und auch so dichte Brauen. Aber er hatte eine freundlichere Ausstrahlung, wirkte höflich und zugänglich. »Ich bin hier, um abzuschließen.«

Tove schien in diesem Augenblick zu merken, dass Roy Black und Anita, die noch immer fanden, dass es schön sei, auf der Welt zu sein, nicht die passende Geräuschkulisse boten. Er drückte so lange an seinem Kassettenrekorder herum, bis er eine gefühlvolle Melodie fand, die ihm angemessen erschien: »Wunder gibt es immer wieder«. Wollte er seinem Cousin einreden, dass auch er auf ein Wunder hoffen dürfe?

»Ich habe Habbo und seine Frau seitdem nicht wiedergesehen«, erklärte Tove. »Sie wollten nie wieder nach Sylt kommen.«

»Du hättest uns in Mönchengladbach besuchen können«, wandte Habbo Albertsen ein.

Aber Tove winkte ab. »Die Verwandtschaft hat doch nie was mit uns zu tun haben wollen. Mein Vater war niemandem gut genug. Und ich auch nicht! Von euch hat eben noch keiner im Knast gesessen.«

Nun reichte es Mamma Carlotta. Sie wollte endlich, dass aus den Andeutungen eine Geschichte wurde, die sie kommentieren, in ihrem Herzen bewegen und weitererzählen konnte. »Was ist denn nun eigentlich passiert vor achtzehn Jahren?«

Habbo Albertsen sah seinen Cousin an, als wollte er ihn bitten, das Erzählen zu übernehmen, das ihm selbst zu schwer fiel. Wütend warf Tove die Grillzange zur Seite und wischte sich die Hände an seiner Schürze ab. »Damals hat ihm jemand sein Kind geklaut«, blaffte er Mamma Carlotta an. Wie immer reagierte er, wenn es ihm zu emotional wurde, mit Jähzorn. »Am Strand von Wenningstedt! Ein paar Minuten aus den Augen gelassen, und weg war der Lütte.«

Mamma Carlotta starrte ihn mit offenem Mund an. »Come?« Sie war sicher, dass sie etwas falsch verstanden hatte, dass ihre Deutschkenntnisse nicht ausreichten oder Tove einen sensiblen Sachverhalt in der ihm eigenen Art wiedergegeben hatte: grob, verkürzt und damit unkenntlich gemacht.

Aber nun ergänzte Habbo: »Wir haben vergeblich auf eine Lösegeldforderung gewartet. Zwar haben wir uns gefragt, warum ausgerechnet unser Baby gekidnappt wird – wir sind doch keine reichen Leute –, trotzdem haben wir unser Erspartes zusammengekratzt, haben uns Geld bei der Bank geliehen, haben Verwandte und Freunde gebeten, uns zu helfen, aber …« Er brach ab, schüttelte den Kopf und seufzte tief auf.

»Es ist nie eine Lösegeldforderung gekommen«, führte Tove

den Satz zu Ende. »Die Polizei hat den Jungen gesucht, aber nie gefunden.« Nun schimpfte er los, als ginge es um ein gestohlenes Bierfass oder um den Verlust seiner Tageseinnahmen: »Der Lütte war drei Wochen alt! Ein halbes Jahr später konnte man mit den Fotos, die überall in den Zeitungen erschienen waren, nichts mehr anfangen. Da hatte sich der Bengel ja schon viel zu sehr verändert, um ihn anhand der Fotos zu erkennen.«

»Er wäre vor vier Wochen volljährig geworden«, ergänzte Habbo Albertsen tonlos. »Achtzehn Jahre.«

Es kam selten vor, dass es Mamma Carlotta die Sprache verschlug. Dies war einer dieser denkwürdigen Momente. Als Fietje Tiensch hereingeschlurft kam, ging es ihm so wie Carlotta Capella kurz vorher. Auch er stockte und spürte, dass in Käptens Kajüte etwas anders war als sonst. Nicht nur, dass Mamma Carlotta an seinem Platz saß! Auch dass sie um Fassung rang und dabei kein einziges Wort von sich gab, verwirrte ihn. Er blieb vor seinem Stammplatz stehen, ohne die drei freien Barhocker vor der Theke eines Blickes zu würdigen, und sah Mamma Carlotta an, bis diese begriff, dass Fietje, wenn sich schon das Gesprächsklima in Käptens Kajüte auf geradezu beängstigende Weise verändert hatte, wenigstens den Platz bekommen musste, an den er gewöhnt war. Veränderungen konnte Fietje nicht gut ertragen. Wenn er sich an etwas Neues gewöhnen musste, war es umso wichtiger, dass alles andere so blieb, wie es war.

Mamma Carlotta räumte die Bank, und zufrieden nahm Fietje seinen Platz ein, schob die Bommelmütze, die er von morgens bis abends und sommers wie winters auf dem Kopf hatte, ein wenig zurück und öffnete den Reißverschluss seines Troyers, den er ebenfalls bei jedem Wetter trug.

»Was gut ist gegen die Kälte, ist auch gut gegen die Hitze«, war sein Kommentar, wenn Mamma Carlotta unter seinem Troyer einen Hitzestau befürchtete.

Fietje Tiensch war ein mittelgroßer Mann von zierlichem Körperbau, der kleiner wirkte, als er war, weil er eine schlechte Haltung hatte und sich meist gebückt vorwärtsbewegte. Sein Gesicht wurde von einem ungepflegten Bart überwuchert, sodass man meinen konnte, er wolle sich hinter ihm und unter der Bommelmütze verstecken. Obwohl er als Strandwärter arbeitete, wirkte er auf viele Menschen wie ein Obdachloser, und es war schon vorgekommen, dass ihm jemand ein Geldstück zugesteckt hatte. Wer sich jedoch die Mühe machte, ihn genauer zu betrachten, der konnte in Fietjes Augen etwas entdecken, was die Zeit und die Veränderung seines Schicksals überdauert hatte. Sein Blick war intelligent und gefühlvoll, und manchmal ließ er sogar durchblicken, dass er eine Bildung genossen hatte, was Tove dann jedes Mal in Wut versetzte.

Mamma Carlotta rutschte, immer noch wortlos, auf einen Hocker, auf dem sie sich nicht wohlfühlte, weil er wackelte und sie in dieser Sitzposition einen alten Putzlappen am Boden sehen konnte, der in dem Spalt zwischen Grill und Kühlschrank steckte. Dort pflegte Tove ihn mit dem Fuß hervorzuholen, weil er sich nicht gern bückte. Mit dem Fuß sorgte er dann auch dafür, dass seine unmittelbare Umgebung von Fett und Ketchupklecksen befreit wurde, damit er beim Bierzapfen nicht ausrutschte. Und wieder mit dem Fuß wurde der Lappen dann zurückgeschoben, was Tove anscheinend seit vielen Jahren so praktizierte, möglicherweise sogar immer mit demselben grauen Fetzen. Mamma Carlotta hätte sich den Anblick dieses Putzlappens gern erspart und war froh, dass es in diesem Moment Wichtigeres gab.

»Haben Sie nicht auf Ihr Baby aufgepasst?«, wandte sie sich vorwurfsvoll an Toves Cousin.

Habbo Albertsen hob unglücklich die Schultern. »Es waren nur ein paar Minuten. Wir hatten die Tragetasche mit dem Kleinen in den Strandkorb gestellt, er schlief friedlich. Dann gab es an der Wasserkante einen Aufruhr. Ein junges Mädchen hatte im Wasser einen Schwächeanfall erlitten, ein anderer hatte es aufs Trockene gezogen, und dort wurden Wiederbelebungsversuche unternommen. Meine Frau kannte sich damit aus und wollte helfen ...«

Fietje wurde von der Erzählung nicht berührt, ihm war sie augenscheinlich nicht neu. Unbeeindruckt verlangte er nach seinem Jever und brummte, während Tove zu zapfen begann: »Ist mir ein Rätsel, warum keiner was gemerkt hat.« Danach kraulte er seinen Bart und sorgte dann mit geübtem Handgriff dafür, dass ihm die längsten Flusen nicht ins Bier gerieten.

Habbo Albertsens Stimme wurde schneidend. »Glauben Sie mir etwa nicht?«

Diese Frage war Fietje viel zu konkret. Sie verlangte nach einer ebenso konkreten Antwort, und das war nicht seine Sache.

Mamma Carlotta, die Unfrieden witterte, lenkte mit einer anderen Frage ab: »Was ist mit der Mutter des Jungen? Wie hat sie den Verlust ihres Kindes ertragen? Haben Sie weitere Bambini bekommen, Signor Albertsen?«

Toves Cousin trank seinen Espresso aus, der Wirt hantierte am Grill herum, Fietje starrte in sein Bier und zog seine Bommelmütze so tief ins Gesicht, dass seine Augen kaum noch zu sehen waren.

Die Antwort stand im Raum, ohne dass sie zu hören war. Niemand wollte sie aussprechen, Tove nicht, Habbo Albertsen erst recht nicht, und Fietje war nicht bereit, den beiden die Qual des Antwortens abzunehmen. Mamma Carlotta starrte einen nach dem anderen an und fühlte, wie ihr eine Gänsehaut den Rücken heraufkroch.

Sie standen vor der schmalen, hohen Glasvitrine in der hinteren Ecke des Gastraums, der bis zu diesem Augenblick niemand einen Blick geschenkt hatte. Es gab sie seit Jahren dort, das Einzige, was Gregor Imhoff bei der Renovierung unangetastet gelassen hatte. Auch die indirekte Beleuchtung war geblieben und sogar die schmale Ummauerung am Fuß der Vitrine, in die der Vorbesitzer bunte Primeln gesetzt hatte, im Frühling echte, später dann, wenn das Primelangebot aus den Blumenläden verschwunden war, künstliche. Nun wuchsen feine Gräser die Vitrine hinauf. Dass die Tür offen stand, war zunächst niemandem aufgefallen.

»Nicht zu glauben«, murmelte Erik. »Wer macht denn so was?«

»Das Ding war nicht einmal schön.« Sören war ebenso ratlos.

»Trotzdem fehlt es«, ergänzte Erik.

»Sie meinen, das war die Tatwaffe?«

Erik dachte kurz nach, versuchte sich an den silbernen Hering zu erinnern, dann schüttelte er den Kopf. »So stabil war der Hering nicht. Ich kann mich erinnern, dass er biegsam war. Die silbernen Schuppen waren so auf dem Fischkörper angebracht, dass sich schlängelnde Bewegungen ergaben, zum Beispiel wenn die Tür ins Schloss gedonnert wurde oder jemand an die Vitrine stieß.«

»Also kein Gegenstand, mit dem man einen Mann erschlagen kann.«

»Nein! Er wurde wohl gestohlen.«

»Sie meinen, Gregor Imhoff wurde deswegen umgebracht?«, fragte Sören zweifelnd. »Raubmord?«

Erik zögerte, dann schüttelte er wieder den Kopf. »Wenn der silberne Hering wertvoll gewesen wäre, hätte Imhoff ihn gesichert.«

Sören bestätigte die Worte seines Chefs. »Das Ding konnte sich jeder schnappen.« Er sah noch genauer hin. »Die Vitrine kann man nicht mal abschließen.«

Erik winkte einen Mitarbeiter der KTU herbei und bat ihn, die Vitrine genau zu untersuchen. Dann ging er zur Eingangstür, wo es ein Regal gab, das Prospekte enthielt. Er nahm eins heraus und kehrte zu Sören zurück. Auf dem Faltblatt, das er in Händen hielt, prangte das Symbol des Fischrestaurants: der silberne Hering. Er hatte an einer Kette gehangen, die sich nach wie vor in der Vitrine befand, fest an deren Decke verankert. Am Ende dieser Kette gab es einen Haken, von dem der Hering vermutlich leicht zu lösen gewesen war.

Erik ging in die Küche, wo Edda Bakkers das Gemüse in den Kühlschrank räumte, da ihr wohl aufgegangen war, dass es keinen Sinn machte, Möhren und Kohlrabi zu würfeln, wenn der Inhaber des Restaurants tot im Gastraum lag.

Erik hielt ihr das Bild hin. »Wissen Sie etwas von dem silbernen Hering? Er ist weg.«

Edda starrte das Bild eine Weile an, dann schüttelte sie den Kopf. »Er hing immer in der Vitrine«, war ihre Antwort. »Mehr weiß ich nicht.«

Erik hatte nichts anderes erwartet. »Hatte Herr Imhoff ein Büro?« Als Edda Bakkers nickte, fuhr er fort: »Zeigen Sie mir bitte auch seine Privaträume.« Während sie ihm voranging, ergänzte er noch: »Und schreiben Sie mir Ihre Adresse und Ihre Telefonnummer auf, falls ich noch Fragen habe ...« Er stockte, als Edda eine Tür öffnete, die in ein kleines Büro führte. Bedächtig trat er ein und sah sich um, ehe er seine Bitte vollendete: »Überlegen Sie noch einmal, welche privaten Kontakte Herr Imhoff hatte. Gab es Freunde, die er regelmäßig traf? Hatte er Verwandte? Familie?«

Edda Bakkers sah ihn ratlos an. »Ich kannte ihn ja kaum. Herr Imhoff wohnte noch nicht lange auf Sylt. Er ist erst auf die Insel gekommen, als er dieses Restaurant gekauft hat.«

»Wissen Sie, wo er früher wohnte?«

»In Niebüll.«

»Dann hatte er hier wohl noch keine Freunde gefunden?«

»Ich weiß jedenfalls nichts von Freunden. Von Verwandten auch nicht. Nur ein einziges Mal hatten wir ein privates Gespräch. Da hat er mir erzählt, dass er ein Einzelkind ist. Seine Mutter ist früh gestorben, sein Vater hat später wieder geheiratet. Aber diese Frau ist auch tot, sein Vater ebenfalls.« Sie sah Erik ängstlich an. »Was wird denn nun aus mir?«

Dazu konnte er ihr nichts sagen. »Mal sehen, wer den Laden

erben oder übernehmen wird. Vielleicht haben Sie Glück, und der neue Besitzer beschäftigt Sie weiter.«

Sie band ihre Schürze ab. »Jetzt kann ich vermutlich nach Hause gehen?« Sie wartete seine Antwort nicht ab, sondern wandte sich schon zum Gehen. »Tschüs.«

Ihre Haltung war so mutlos, als sie verschwand, dass Erik ihr am liebsten nachgelaufen wäre und ihr etwas zugesichert hätte, was ihr ein bisschen Hoffnung gegeben hätte. Aber ihm fiel nichts ein, und so beruhigte er sein Mitgefühl damit, dass es auf Sylt in der Hochsaison genug Arbeit gab. Auch Edda Bakkers würde etwas finden.

Als Sören zu ihm kam, sagte Erik: »Lassen Sie uns seine Papiere durchsehen, und dann nehmen wir uns seine Wohnung vor. Vielleicht finden wir irgendwo einen Hinweis auf das Motiv.«

»Denken Sie an den Arabella-Dieb?«, fragte Sören.

Erik schüttelte den Kopf. »Der ist auf Geld aus.«

»Sicherlich auch auf Gegenstände, die sich zu Geld machen lassen.«

Erik sah seinen Assistenten nachdenklich an, betrachtete sein rundes Gesicht und seine roten Wangen, als fiele ihm jetzt erst Sörens gesundes Aussehen auf. »Wenn ich glauben könnte, dass es ihm auf den silbernen Hering angekommen ist, dann ja. Dann könnte er von Gregor Imhoff überrascht worden sein.« Er schüttelte ärgerlich den Kopf und erhob sich. »Wegen so einem lächerlichen Hering wird niemand erschlagen. Der würde auf dem Flohmarkt bestenfalls zwanzig Euro bringen.«

Carlotta Capella wischte sich über die feuchten Augen, Fietje zog die Nase hoch, Tove schenkte sich wütend einen Genever ein und knallte die Flasche so heftig auf die Theke, dass Habbo Albertsen erschrocken zurückwich. Dessen Gesicht war voller Tränen. Mit dem Handrücken wischte er sie weg, aber schon rollten die nächsten seine Wangen herab. Tove sah aus, als wollte er ihn daran erinnern, dass ein Mann niemals weinte, aber er unterließ es, weil er wohl einsah, dass gegen diese Trauer auch seine Wut nichts ausrichten konnte.

»Ich habe sie in die Nordseeklinik gebracht«, schluchzte Habbo Albertsen. »Die Ärzte sagen, länger als ein halbes Jahr wird es nicht mehr dauern.«

Mamma Carlotta hatte sich so weit gefasst, dass sie sich in der Lage fühlte, etwas zu sagen, ohne dass ihre Stimme schwankte. »Sie will ihr Leben dort beschließen, wo sie ihr Kind verlor?«

Habbo Albertsen flüsterte: »Meine Frau glaubt, dass sie unserem kleinen Lukas auf Sylt noch einmal ganz nah sein kann.«

Tove rettete sich erneut in hilflosen Zorn. »Krebs ist echt eine Scheißkrankheit«, schimpfte er, als hätte er nun einen Schuldigen gefunden, den er sich vornehmen und so lange ohrfeigen konnte, bis er die Flucht ergriff.

Tatsächlich schien seinem Cousin der Ausbruch zu helfen. Erneut wischte Habbo sich die Tränen ab, setzte sich aufrecht hin und räusperte sich. Nun hatte er seine Trauer im Griff. »Das Schrecklichste ist, dass Lukas nie gefunden wurde.«

»Wie ist das möglich?« Mamma Carlotta brauchte nun doch einen Rotwein aus Montepulciano. So viel Dramatik war allein mithilfe eines Cappuccinos nicht zu bewältigen. »Die Polizei hat doch sicherlich alles versucht.«

Habbo nickte. »Sämtliche Kinderärzte Deutschlands waren informiert. Lukas hatte einen missgebildeten Zeh, daran wäre er zu erkennen gewesen.« Erneut schossen ihm die Tränen in die Augen. Beinahe unhörbar flüsterte er: »Vermutlich wurde er umgebracht. Aber warum? Und warum hat man seine Leiche nie gefunden?«

Mamma Carlottas Gedanken jagten von einem ihrer sieben Kinder zum anderen, durch die Schar ihrer Enkelkinder, vom kleinsten, das erst ein paar Monate alt war, bis zum ältesten, das schon mit dem Motorrad durch Panidomino knatterte. Wie kostbar jedes einzelne Kind für sie war! Dann umarmte sie in Gedanken ihre Tochter Lucia. Die Wunde, die ihr Tod gerissen hatte, würde niemals verheilen. Das Leben jeder Mutter veränderte sich, wenn sie am Grab ihres Kindes stand, und wurde nie wieder so wie vorher. Aber wenn sie daran dachte, wie oft sie vor Lucias Grab Zwiesprache mit ihrer Tochter hielt, sich von ihr Unklarheiten nehmen ließ oder Bestätigung holte, dann war sie dennoch dankbar. Wie viel schwerer war das Schicksal von Habbo Albertsen und seiner Frau! Keinen Ort zu haben, wo sie trauern konnten, nicht einmal zu wissen, was mit dem Kind geschehen war … etwas Schlimmeres konnte Mamma Carlotta sich nicht vorstellen.

»Ich werde mit meinem Schwiegersohn darüber sprechen«, erklärte sie und fühlte sich ein wenig besser, weil schon diese Worte Optimismus in ihr erzeugten.

Aber Tove holte sie schlagartig auf den Boden der Tatsachen zurück. »Ihr Schwiegersohn wird keinen Finger rühren, wenn er erfährt, dass das verschwundene Kind mit mir verwandt ist.«

Entrüstet wies Mamma Carlotta seine Behauptung zurück. Erik war ein Mann von starkem Charakter, der unvoreingenommen an seine Fälle heranging. Für ihn war jeder Mensch gleich, ob er mit einem cholerischen, gewalttätigen Wirt verwandt war oder mit dem Bundespräsidenten. »Enrico hilft jedem, wenn er kann.«

»Mag sein«, antwortete Habbo Albertsen. »Aber die Polizei hat damals getan, was sie konnte. Nach so langer Zeit wird Ihr Schwiegersohn nichts mehr machen können, auch wenn er wollte.«

»Und vor allem«, ergänzte Fietje mit leiser Stimme, »wird er Sie fragen, wie Sie von dem Fall erfahren haben.«

Damit hatte er den Finger in eine Wunde gelegt, die prompt zu schmerzen begann. Erik wusste nicht, dass seine Schwiegermutter regelmäßig in Käptens Kajüte einkehrte, den Wirt und seinen verlodderten Stammgast gut kannte und hier Rotwein aus Montepulciano trank, den Tove Griess extra für sie unter der Theke stehen hatte.

»Mir fällt schon was ein«, sagte sie entschlossen. »Ich kann ja behaupten, ich hätte Herrn Albertsen bei Feinkost Meyer von seinem verschwundenen Sohn reden hören.«

Die Möblierung des Gastraums setzte sich im Büro fort. Das gleiche Design, die gleichen Stofffarben, die gleichen Materialien. Die Vasen, die Gregor Imhoff auf die Fensterbank gestellt hatte, waren die gleichen wie die, die auf den Tischen im Restaurant standen, auch hier enthielten sie eine weiße Rose mit ein paar hellen Gräsern, an denen eine phantasievolle Floristin weiße Perlen befestigt hatte.

Es gab im Büro aber auch etwas, was nicht in das Dekor des Hauses passte: ein Foto in einem schäbigen Rahmen, dunkel und wuchtig, das ein altes Haus zeigte, vor dem sich die Bewohner aufgestellt hatten und verlegen in die Kamera blickten. Die Aufnahme musste schon viele Jahre alt sein. Die Frauen trugen lange Röcke mit großen Schürzen, die Männer standen in abgetragener Arbeitskleidung da, mit Holzschuhen an den Füßen. Erik gefiel es, dass Gregor Imhoff hier dem Privaten gestattet hatte, den Gesamteindruck einzuschränken.

Der Tote war ein ordentlicher Mann gewesen. Seine Aktenordner standen in Reih und Glied im Regal, alle penibel beschriftet und nach Sachgruppen geordnet. Sich einen ersten Überblick über sein Vermögen zu verschaffen war leicht. Er hatte den ›Silbernen Hering‹ mit seinem Erbe bezahlt, für die Renovierung und den Anbau hatte er ohne Weiteres einen Kredit bekommen.

»Sieht nicht so aus«, sagte Erik nach einem ersten flüchtigen Durchblättern der Ordner, »als wäre das Mordmotiv im geschäftlichen Bereich zu suchen.«

»Glaube ich auch nicht«, bestätigte Sören. »Aber wie bekommen wir heraus, wie sein Privatleben aussah?«

»Indem wir uns seine Wohnung vornehmen«, antwortete Erik. »Jeder Mensch hat Kontakte. Sicherlich hat er auch Verwandte.«

»Auf Sylt wohl nicht«, meinte Sören. »Gregor Imhoff ist noch nicht lange hier. Er kommt aus Niebüll.«

»Ich weiß.« Erik wies zu dem Telefon, das auf dem Schreibtisch stand. Ein rotes Lämpchen blinkte in einem schnellen Rhythmus. »Da scheint ein Anruf eingegangen zu sein.«

Sören drückte auf eine Taste, und kurz darauf drang die Stimme einer Frau ins Zimmer. »Hallo, Gregor! Ich bin's! Hast du vergessen, dass du mich anrufen wolltest? Ich habe den ganzen Abend gewartet. Bitte, melde dich. Ich habe mir für morgen freigenommen. Wir wollten doch einen Strandspaziergang machen. Du hattest es mir versprochen ...« Es folgte eine kurze Pause, dann fügte die Stimme in weinerlichem Tonfall an: »Ich hoffe, dir ist nicht schon wieder was dazwischengekommen. Dann hätte ich meine Schüler umsonst umbestellt.« Wieder trat eine Pause ein. Ein tiefes Luftholen, dann schien die Anruferin bemüht, sich mit dem energischen Klang ihrer Stimme einen guten Abgang zu verschaffen. »Also, bis später!« Es klickte in der Leitung, die Frau hatte aufgelegt.

»Sie hat keinen Namen genannt«, stellte Sören nachdenklich fest. »Also kennen sich die beiden gut.«

»Von Schülern hat sie gesprochen.«

»Eine Lehrerin? Eine Frau, die Nachhilfeunterricht gibt?« Sören wartete nicht darauf, dass sein Chef antwortete, sondern ging zur Tür. »Kommen Sie! Sehen wir uns seine Wohnung an!«

Doch Erik rührte sich nicht und starrte das Telefon an. »Die Stimme kommt mir bekannt vor«, murmelte er. »Die habe ich schon mal gehört.«

»Ehrlich?« Sören kam zu ihm zurück und machte Anstalten, die Nachricht noch einmal abzuhören.

Aber Erik hielt ihn zurück. »Das hat Zeit. Vielleicht ist das die

Frau, von der Edda Bakkers gesprochen hat. Die Gregor Imhoff verfolgt, seit er einen One-Night-Stand mit ihr hatte.«

Sie traten aus dem Büro auf den Gang, der die Gaststätte mit den Wohnräumen verband, die Gregor Imhoff hatte anbauen lassen, nachdem er Besitzer des ›Silbernen Herings‹ geworden war. Das Grundstück war groß genug, zwar nicht besonders breit, aber sehr tief, sodass er Nägel mit Köpfen gemacht hatte. Dort, wo er arbeitete, hatte er auch wohnen wollen.

Die Tür, die in den Anbau führte, war nicht verschlossen. Der große Raum, den Erik betrat, war, wie er nicht anders erwartet hatte, geschmackvoll eingerichtet, wenn auch in einem ganz anderen Stil als die Gaststätte und das Büro. In Gregor Imhoffs Wohnraum, der gleichzeitig auch Küche und Esszimmer war, dominierte schlichtes Weiß. Weiße Wände mit nur wenigen Bildern, weiße Gardinen, weiße Sofas, weiße Schränke und ein weißer Teppich auf schwarzem Marmor. Kerzenleuchter, Aschenbecher, Vasen und Blumentöpfe waren ausnahmslos schwarz. Nur die Küchenmöbel leuchteten knallrot, alle Küchengeräte jedoch waren ebenfalls entweder schwarz oder weiß. Das Pendant zu der Küche bildete ein alter Ohrensessel in der Nähe des Fensters, der mit einem roten Stoff bezogen worden war. Bodentiefe Fenster und Türen öffneten den Raum zum Garten hin, der auf ansehnliche Weise verwildert war.

Erik warf einen kurzen Blick ins Schlafzimmer und ins Bad. Überall war es bemerkenswert ordentlich und sauber. Zwar hatte Gregor Imhoff sein Bett noch nicht gemacht, aber es lag keine schmutzige Wäsche herum, und die Dusche sowie das Waschbecken und der Spiegel darüber wiesen keine Spuren auf. So, als hätte Imhoff das Bad am Morgen noch nicht benutzt. Da Erik das jedoch ausschloss, musste er nach der Morgentoilette bereits alles geputzt haben. Auch auf dem glänzenden schwarzen Marmorboden des Badezimmers gab es keinen Staub, auch keine Wasserflecken. Dass sich in dem Regal ausschließlich schwarz-weiße Handtücher befanden, beeindruckte Erik. Auch der Zahnputzbecher und sogar die Zahnbürste waren schwarzweiß. Das Aftershave, eine Feuchtigkeitscreme und eine Bodylotion, deren bunte Verpackungen Farbe in die Badgestaltung gebracht hätten, waren in den Badezimmerschrank verbannt worden.

Erik kehrte zu Sören zurück. »Vetterich muss mit seinen Leuten hier die Spuren sichern. So bald wie möglich! Sagen Sie ihm Bescheid.«

Während Sören verschwand, starrte Erik die Schrankwand an und versuchte sich zu erinnern, woher er die Stimme der Frau kannte, die auf den Anrufbeantworter gesprochen hatte. Aber es wollte ihm nicht einfallen. Nur so viel war sicher: Sehr vertraut war sie ihm nicht, aber dass er diese schwankende Stimme schon einmal gehört hatte, wusste er genau. Sie konnte innerhalb von Sekunden von einem ruhigen Tonfall ins Schrille wechseln, in einem Augenblick langsam, geradezu phlegmatisch reden, im nächsten hektisch und überkippend.

Er unterbrach seine Gedanken, als er das Handy bemerkte, das in einem offenen Fach der Schrankwand lag. Das Handy des Toten! Er zog sich Gummihandschuhe über, ehe er sich die Anrufliste ansah, nach SMS-Nachrichten guckte, das eingespeicherte Adressbuch öffnete und von einem Namen zum nächsten scrollte. Plötzlich stutzte er, sein Daumen schwebte über der Tastatur. Nun wusste er, wer die Frau war, die auf den Anrufbeantworter gesprochen hatte!

Mamma Carlotta war voll von schweren, aufwühlenden Gedanken, als sie aufs Fahrrad stieg. Sie nahm den sanften Wind nicht wahr, der kühl über ihre Haut strich, und auch die Sonne nicht, die gerade in diesem Moment durch die Wolken brach. Dass sie über die Insel hinweggezogen waren und einem leuchtenden Blau Platz gemacht hatten, bemerkte sie ebenfalls nicht. Ein Schicksal hatte sie berührt, so mächtig, so aufrührend, so einschneidend, dass es ein Leben aus den Angeln heben konnte!

Was sie gehört hatte, ließ sich unmöglich verdrängen, es folgte ihr, ließ sich nicht abstreifen.

»Madonna!« Was für ein Drama! Der tapfere Vater, die bedauernswerte Mutter und das arme Kind, das einem Gewaltverbrechen zum Opfer gefallen war, davor womöglich missbraucht, misshandelt, verwahrlost, es hatte vielleicht gehungert, gefroren, jämmerlich geweint, voller Sehnsucht nach seiner Mama …

Carlotta Capella fühlte die Gänsehaut auf ihrem Rücken und ließ das Rad auslaufen, bis es zu schwanken begann und sie absteigen musste. Wenn sie derart aufgewühlt war, konnte sie unmöglich ihre Bewegungen koordinieren und erst recht nicht auf Verkehrsvorschriften achten. Also war es wohl besser, sie schob das Rad, bis sie sich besser fühlte. Sie fror trotz des leuchtenden, warmen Sommertages, ein inneres Frieren, als brauchte ihre Seele eine Strickjacke. Wie grausam doch das Schicksal zuschlagen konnte! Wie unbarmherzig und wie ungerecht! Sie würde direkt nach ihrer Rückkehr Signora Buccirosso davon erzählen, damit diese endlich lernte, dass es viel schlimmere Verhängnisse gab als das, unter dem sie zu leiden hatte. Signora Buccirosso hatte ihre Tochter an einen Nichtsnutz von Mann verloren, was zweifellos schlimm war, aber sie tat so, als hätte man ihr das Kind geraubt und als würde es irgendwo in beklagenswerten Verhältnissen gewaltsam festgehalten und daran gehindert, zu seiner Mutter zurückzukehren. Wenn sie diese Geschichte von dem entführten kleinen Jungen zu hören bekam, würde sie hoffentlich zu schätzen lernen, dass es für sie immerhin die Hoffnung gab, dass ihre Tochter den Mann durchschaute, sich scheiden ließ und nach Panidomino zurückkehrte. Für den armen Habbo Albertsen und seine todkranke Frau dagegen gab es keinerlei Hoffnung. Die Tatsache, dass die Leiche ihres Sohnes nie gefunden worden war, machte die Sache sogar noch schlimmer. Eine wirkliche Hoffnung ließ sich aus dieser Tatsache nicht schöpfen, sie machte es im Gegenteil unmöglich, endlich so um das Kind zu trauern, dass die Tränen irgendwann versiegen konnten und an die Stelle des Leides eine Kraft trat, die die schmerzbewegten Eltern auf einen neuen Weg führte. Dorthin, wo sie trotz des schweren Verlustes zu einem neuen Lebenssinn finden konnten.

Als Mamma Carlotta an der Einmündung des Hochkamps in die Westerlandstraße angekommen war, stellte sie zufrieden fest, dass die Standpauke, die sie Signora Buccirosso in Gedanken gehalten hatte, ihren Gemütsbewegungen zuträglich gewesen war. Sie fühlte sich nun stark genug, um nach Westerland zu radeln. Es wurde Zeit, dass sie fürs Abendessen einkaufte, denn schließlich wurde der attraktive Klaas Poppinga bei Tisch erwartet, und der sollte etwas Gutes vorgesetzt bekommen.

Dass sie der Urlaubsvertretung des Filialleiters von Feinkost Meyer am Morgen die Drohung entgegengeschleudert hatte: »Solange Sie hier was zu sagen haben, sehen Sie mich nicht wieder!«, war womöglich unüberlegt gewesen. Aber wie hätte sie sonst der Arroganz dieser Frau begegnen sollen? Diese hatte sich tatsächlich erlaubt, Mamma Carlotta darauf hinzuweisen, dass die Kassiererinnen dazu angehalten seien, keine Privatgespräche mit einer Kundin zu führen, erst recht nicht, wenn sich hinter dieser Kundin ein Stau gebildet hatte, der bis zum Getränkeregal reichte.

Carlotta Capella war empört gewesen. Eine gute Kundin wie sie musste sich von einer mindestens zwanzig Jahre jüngeren Frau derart maßregeln lassen? So etwas hätte in Panidomino niemand gewagt. Dort wäre auch kein Mensch auf die absonderliche Idee gekommen, Privatgespräche zu unterbinden, weil in ihrem Dorf das Miteinander großgeschrieben wurde und nicht nur die Kassiererinnen, sondern auch die Ladeninhaber Interesse am Schicksal ihrer Kunden und natürlich an jedem Klatsch hatten, der ihnen zu Ohren kam. Aber auf Sylt war eben alles anders. Mamma Carlotta seufzte und bog rechts ab. In der Nähe des Westerländer Bahnhofs gab es einen großen, sehr gut sortierten Supermarkt, der Famila hieß. Dort würde sie also einkaufen und vielleicht sogar die Schlussfolgerung treffen, dass das Angebot in diesem Laden noch besser war als bei Feinkost Meyer in Wenningstedt. Und die Fahrt dorthin war ein Klacks, da die Straße leicht abschüssig war und sie sich kaum anzustrengen brauchte. Dass es auf dem Rückweg anders sein würde, verdrängte sie schleunigst aus ihren Gedanken.

Das Rad rollte, ihr heller Sommerrock flatterte, die Haare wehten ihr ums Gesicht. Am liebsten hätte sie die Augen geschlossen, um die rasende Fahrt noch mehr genießen zu können, aber das verbot sich natürlich von selbst. Stattdessen ließ sie an sich vorüberfliegen, was sie auf dem Weg nach Westerland überholte: die bummelnden Fußgänger, das dürre Wäldchen, das altmodische Schild, das das Seebad Westerland ankündigte und auf dem sich eine Frau in eine heranrollende Welle warf, und den Eingang zur Nordsee-Klinik. An dieser Stelle betätigte sie kurz die Rücktrittbremse. Gegenüber des Kliniktors gab es einen Lebensmittelladen, der ›nah & frisch‹ hieß. Ihn hatte sie einmal mit Carolin aufgesucht. Ob sie versuchen sollte, dort ihre Einkäufe zu erledigen und sich den Rest des Weges zu ersparen? Aber sie ließ ihr Rad gleich wieder rollen, als ihr einfiel, dass der Laden klein und das Angebot begrenzt war. Dort würde es keine Hühnerleber geben, die sie für die Crostini con fegatini brauchte, und wenn sie dort nach Kalbskoteletts fragte, würde man ihr vermutlich mit Schweinefleisch kommen. Wenn sie sich richtig erinnerte, gab es dort keine Fleischtheke, hinter der ein Metzger die Kunden beriet, sondern nur eine Selbstbedienungstheke mit abgepacktem Fleisch. Und ob in dem Gemüseregal Artischocken zu finden sein würden, war mehr als ungewiss. Nein, sie brauchte einen Supermarkt mit einem größeren Angebot. Was es in ihrer Heimat an jedem Marktstand gab, war in Deutschland nur in Feinkostläden zu bekommen.

Mamma Carlotta verringerte ihre Geschwindigkeit kaum, als sie in der Stadt ankam, umrundete den Norderplatz im Eiltempo, zwang sich, nicht vor den Schaufenstern des Einrichtungshauses auf der Norderstraße zu stoppen, deren Auslagen sie sich so gerne ansah, und umfuhr die nächsten Ampeln, indem sie vom Radweg auf den Bürgersteig auswich und damit die Privilegien der Fußgänger zu ihren eigenen machte. Das Hotel Stadt Hamburg ließ sie rechts liegen, die Sparkasse auch, die folgende Ampel, die dafür sorgte, dass die Fußgänger sicher aus der Friedrichstraße herauskamen, überflog sie so schnell, dass die Passanten, die dort warteten, erschrocken zurücksprangen. Dann bog sie am Technikhaus Jensen links ab und fuhr den kopfsteingepflasterten Weg an der Kirche vorbei. Nun konnte sie auf der anderen Straßenseite den Bahnhof erkennen. Sie überquerte die Straße und war im Nu an dem großen Supermarkt angekommen.

Schon eine halbe Stunde später befand sie sich wieder auf dem Rückweg, den Korb auf dem Gepäckträger gut gefüllt, je einen Einkaufsbeutel links und rechts an der Lenkstange. Sie hatte alles bekommen, sogar den Fontina-Schmelzkäse, jetzt musste sie sehen, dass sie schnell nach Hause kam, um mit den Vorbereitungen für das Abendessen zu beginnen.

Sie entschloss sich, statt der Norderstraße die schmalere, weniger belebte Parallelstraße zu nehmen, denn die Nordmarkstraße stieg auch weniger an und würde nicht so viel Anstrengung von ihr fordern. Dennoch konnte sie nicht mehr beiseiteschieben, dass sie wohl ihre ganze Kraft brauchen würde, wenn sie so zügig nach Wenningstedt zurückkommen wollte, wie sie nach Westerland geradelt war. Vielleicht war es doch falsch gewesen, der Urlaubsvertretung des Filialleiters Paroli zu bieten? Was ihr noch große Befriedigung verschafft hatte, als sie Feinkost Meyer verließ, wurde ihr schon jetzt zur Last. Wie lange mochte der Filialleiter verreist sein? Würde sie etwa während ihres ganzen Aufenthaltes auf Sylt nach Westerland radeln müssen, um einzukaufen? Ihre Rachegedanken, die sie beflügelt hatten, erhielten bereits das eine oder andere Fragezeichen.

Würde sich die Vertreterin des Filialleiters wirklich darüber ärgern, dass die Schwiegermutter des Kriminalhauptkommissars den Laden mied? Oder war es ihr vielleicht sogar vollkommen egal?

Mamma Carlotta schnaufte im Rhythmus ihrer Bewegungen. Anscheinend hatte der Wind gedreht. Sie war ganz sicher, dass er ihr auf dem Hinweg entgegengekommen war, wie also konnte es sein, dass sie sich ihm jetzt ebenfalls entgegenstemmen musste? So tief wie möglich beugte sie sich über den Lenker, um den Wind über sich hinwegfahren zu lassen. Das aber schränkte ihre Sicht auf die Straße ein, wo gerade ein Lieferwagen schnell und schwungvoll in ein Grundstück einbog. Sein Heck ragte noch auf die Fahrbahn und zwang Mamma Carlotta, die das Hindernis erst im letzten Augenblick bemerkte, zum ruckartigen Ausweichen. Die Einkaufsbeutel an ihrem Lenker gerieten in Aufruhr, stießen an den Fahrradrahmen und verliehen ihrer Überraschung damit weitere Dynamik. Mehr, als gut war! Der Lenker schwankte, von den Einkaufstaschen mal nach rechts, mal nach links gestoßen, und schließlich sah Mamma Carlotta ihr Heil nur noch im beherzten Abspringen. Zwar war sie erleichtert, als sie ohne Blessuren neben dem Rad stand und auch ihre Einkäufe unversehrt geblieben waren, an ihrem Zorn änderte das jedoch nichts.

»Spericolato!«, schimpfte sie. »Was für ein rücksichtsloser Kerl! Maleducato! Pirata della Strada! Sie … Drummelkopp!« Diesen Begriff hatte sie erst vor ein paar Tagen von Tove Griess gelernt, der ihn jemandem hinterhergebrüllt hatte, den er der Zechprellerei verdächtigte. Das Wort hatte Mamma Carlotta gefallen, und es besänftigte ihren Zorn ein wenig, dass sie es jetzt anwenden konnte, als gehörte sie zu den alteingesessenen Syltern. Jemand, den sie Drummelkopp nannte, würde schnell begreifen, dass er mit ihr nicht umgehen konnte wie mit einer überspannten Touristin!

Ein paar Augenblicke später war jedoch alles vergessen. Denn dem Lieferwagen entstieg ein Mann, so attraktiv, wie Carlotta selten einen gesehen hatte. Und jetzt bemerkte Mamma Carlotta auch den Aufdruck an der Seite des Wagens: ›Bäckerei Poppinga‹.

Klaas sprang aus dem Wagen und kam mit so besorgter Miene auf sie zu, dass die Wut umgehend von ihr abfiel. Zudem stand das schlechte Gewissen in seinen ebenmäßigen Zügen und machte Mamma Carlotta wehrlos. Dass Klaas Poppinga ihr das Fahrrad abnahm, es an die Seite stellte, nach ihrem Arm griff, sie zu einer Bank führte und sie nötigte, sich hinzusetzen, tat ein Übriges. Mamma Carlotta war in Sekundenschnelle durch und durch versöhnt.

»Signora, es tut mir so leid! Ich habe Sie zu spät gesehen.«

Natürlich tat Mamma Carlotta nun auch der ›Drummelkopp‹ leid und alles andere, was sie herausgeschimpft hatte, ebenfalls. Gegenseitig versicherten sie sich ein ums andere Mal, wie sehr sie sowohl Leichtsinn als auch Unaufmerksamkeit bedauerten und wie glücklich sie beide seien, dass es zu keinem Unglück gekommen war. Als Mamma Carlotta endlich klar denken konnte, war ihre Neugier ebenfalls wieder auf der Höhe. »Was machen Sie hier?«, fragte sie und betrachtete das Schild, das über der Eingangstür hing. »›Silberner Hering‹«, las sie. »Sie wollen doch nicht etwa hier essen gehen? Haben Sie vergessen …?«

Aber Klaas Poppinga unterbrach sie lachend. »Ihre Einladung? Aber, Signora! Niemals!« Er wurde ernst, während Mamma Carlotta versicherte, dass sie ihn für einen Mann hielt, dem ein Versprechen heilig war. Dann ergänzte er: »Ihr Schwiegersohn hat mich herbestellt.« Er verzog das Gesicht, während er das Haus betrachtete. »Ich fürchte, das hier ist der Tatort, zu dem er gerufen wurde, als Sie bei mir in List waren.«

»Madonna!« Jetzt erst entdeckte Mamma Carlotta Eriks Auto auf der anderen Straßenseite und auch die Fahrzeuge des Gerichtsmediziners und der Kriminaltechnischen Untersuchungsstelle, die sie mittlerweile kannte. »Ist hier etwa ein Mord geschehen?« Durch ihren Kopf schoss umgehend die Frage, wie sie es schaffen könnte, Klaas Poppinga unauffällig an den Tatort zu folgen, da setzte er der Sympathie, die sie für ihn empfand, die Krone auf: »Ich fahre Sie selbstverständlich mit dem Wagen nach Hause. Das bin ich Ihnen schuldig. Ihr Fahrrad passt ganz bequem in meinen Lieferwagen.« Er griff nach ihren Einkaufstaschen. »Ich frage Erik, wie lange es dauern wird. Ich habe ja keine Ahnung, wie ich ihm helfen kann.«

So selbstverständlich trug er die Einkaufstaschen zum Eingang der Gaststätte, dass Mamma Carlotta ihm freudig folgte, in dem schönen Gefühl, mit voller Rechtfertigung einen Tatort zu betreten. Das würde Erik einsehen müssen, wenn ihm klar wurde, dass sie quasi von Klaas genötigt worden war, ihm zu folgen. Selbstverständlich musste sie dort sein, wo ihre Einkäufe waren. Und sollte er ihr mal wieder Neugier unterstellen, würde sie ihm auseinandersetzen, dass sie beinahe das Opfer eines schweren Verkehrsunfalls geworden wäre und er eigentlich froh sein müsse, dass sie noch am Leben war, und ihre Gesundheit nichts anderes brauchte als ein paar Minuten Ruhe und ein Glas Wasser. Dass sie diese Zeit der Erholung zufällig an einem Tatort nötig hatte ... was konnte sie dafür?

Erik hörte Klaas' ärgerliche Stimme im Garten. »Warum kann ich nicht die Eingangstür benutzen? Warum muss ich hintenrum gehen? Was soll das eigentlich?«

Einer der Spurensicherer murmelte etwas Begütigendes, aber scheinbar hatte er nicht die richtigen Worte gefunden. Klaas' Stimme wurde noch eine Spur gereizter. »Überzieher? Was soll das?«

Erik legte die Akte beiseite, in der er gerade geblättert hatte, verließ Imhoffs Büro und lief ins Wohnzimmer, wo Klaas an der offenen Terrassentür festgehalten wurde. »Tut mir leid!«, rief er ihm zu. »Es geht nicht anders.«

Klaas Poppinga sah ihn ungehalten an. »Ich hoffe, du hast

einen guten Grund, mich aus meinem Laden zu holen und mich dann hier schlecht behandeln zu lassen.«

Erik wartete, bis Klaas' Schuhe durch Plastiküberzieher geschützt waren, dann winkte er ihn herein. Zügig ging er ihm ins Büro voraus.

»Was ist hier passiert?«, fragte Klaas ahnungsvoll.

»Du kanntest Gregor Imhoff?«, fragte Erik zurück.

»Kannte?« Klaas' starrte ihn an, als wollte er nicht verstehen. Dann aber wurde ihm klar, was Eriks Ausdrucksweise bedeutete. »Willst du damit sagen, dass Gregor Imhoff …?«

Erik nickte. »Erschlagen. Heute Morgen.«

Klaas stieß die Luft aus und ließ sich auf einen Stuhl fallen. »Weißt du schon, wer's war?«

Erik schüttelte den Kopf. »Wie gut kanntest du ihn?«

»Nur flüchtig. Ich habe ihm manchmal Kuchen geliefert. Wir standen auch in Verhandlungen wegen täglicher Brötchenlieferungen, aber er hatte sich noch nicht entschieden.«

»Private Kontakte gab es nicht zwischen euch?«

Klaas schüttelte den Kopf. »Man kam schwer an ihn ran. Redselig war er nicht gerade.« Er runzelte die Stirn und sah Erik fragend an. »Wie kommst du überhaupt darauf, dass ich Gregor Imhoff kenne?«

»Wir haben deinen Namen im Speicher seines Handys gefunden. Es war der einzige Name, der mir vertraut war. Deswegen dachte ich, ich fange mit dir an.«

»Aha …« Klaas lehnte sich zurück. Er schien immer noch Schwierigkeiten zu haben, die Neuigkeit zu verdauen.

»Und dann ist da noch etwas …« Erik drückte den Knopf des Anrufbeantworters. »Hör dir das mal an.«

Er sah gleich, dass er mit seiner Vermutung recht gehabt hatte. Klaas zuckte zusammen, als die Stimme der Frau ertönte, und setzte sich aufrecht hin. »Sünje! Was hatte die mit Gregor Imhoff zu tun?«

»Du weißt es nicht?«

Klaas schüttelte den Kopf. »Wir haben nicht viel Kontakt.«

Erik sah ihn verwundert an. »Früher hast du dich intensiv um deine Schwester gekümmert.«

Klaas sah nun sehr unglücklich aus. »Sünje war immer Mamas Liebling. Als unsere Mutter starb, war sie völlig hilflos. Wie ein Kind! Obwohl sie doch längst erwachsen war!«

Erik runzelte nachdenklich die Stirn. »Dein Vater ist ein Jahr vor deiner Mutter gestorben. Habe ich das richtig in Erinnerung?«

Klaas nickte. »Von ihm hat Sünje sich immer zurückgewiesen gefühlt. Sie hat nicht um ihn trauern können, sein Tod hat sie kaum berührt. Dass er ihr fehlte, hat sie nur beteuert, wenn sie Geld brauchte, was sie von ihm bekommen hätte. Vater hat sie immer mit Geld abgespeist.«

»Wohnt Sünje noch in List?«

»Sie ist nach Kampen gezogen. Direkt nach Mutters Tod. Einerseits wollte sie nicht mehr dort wohnen, wo unsere Mutter gelebt hatte, andererseits erschien sie nach ihrem Tod täglich bei mir im Laden, weil dort einmal der Platz unserer Mutter gewesen war. Sie tat dann gern so, als lebte Mama noch und wäre nur gerade in die Backstube gegangen.« Klaas seufzte tief auf. »Ich habe es irgendwann nicht mehr ertragen. Bei jedem kleinen Problem rief Sünje mich an. Ich musste ihr helfen, wenn eine Glühbirne kaputt war, wenn ihre Waschmaschine repariert werden musste, wenn ein Klavierschüler besonders schwierig war … Irgendwann habe ich ihr gesagt: ›Werd endlich erwachsen. Wenn du das geschafft hast, kannst du dich wieder bei mir melden.‹« Er blickte Erik schuldbewusst an. »Kann sein, dass ich zu hart zu ihr war.«

Erik winkte beschwichtigend ab, er hatte Verständnis für Klaas. »Gibst du mir bitte Sünjes Adresse? Ich will heute noch mit ihr reden.«

»Du glaubst doch nicht etwa …?« Klaas starrte Erik mit großen Augen an.

Doch der winkte beruhigend ab. »Natürlich nicht. Aber wir wissen wenig von Gregor Imhoff. Vielleicht kann sie uns mehr erzählen. Oder ... weißt du, wie seine Lebensumstände waren?«

Klaas zuckte mit den Schultern. »Privat haben wir nicht viel geredet.«

»Familie? Freunde? Verwandte?«

»Keine Ahnung, Erik.«

»Gut, dann will ich mal sehen, ob ich von deiner Schwester was erfahre.«

Er blickte nachdenklich das Telefon an, es blieb eine Weile still zwischen ihnen. Schließlich sagte Klaas: »Echt blöde! Jetzt hast du nicht nur den Arabella-Dieb am Hals, sondern sogar einen Mord! Ausgerechnet jetzt!«

Erik wusste, dass Klaas an das Treffen mit den alten Freunden dachte. »Kann sein, dass die beiden Fälle zusammenhängen.«

»Der Arabella-Dieb als Mörder?«

Erik stand auf und kontrollierte, ob die Tür im Schloss saß. »Sei vorsichtig, Klaas! Ich hätte dir gegenüber nie von dem Arabella-Dieb reden dürfen. Es wäre unangenehm für mich, wenn sich herausstellt, dass ich mich einmal verplappert habe.«

Klaas winkte ab. »Mach dir keine Sorgen. Niemand wird erfahren, dass ich zufällig was vom Arabella-Dieb gehört habe.«

»Die Staatsanwältin hält mich für einen Versager, weil ich dem Kerl nicht auf die Spur komme.«

»Das scheint keine angenehme Dame zu sein.«

»Da hast du den Nagel auf den Kopf getroffen. Sollte der Arabella-Dieb jemals hinter Gittern landen, hoffe ich, dass ich selbst dafür sorgen durfte und nicht irgendein Verkehrspolizist, der ihn zufällig erwischt. Die Staatsanwältin würde es mir jahrelang vorhalten.«

»Dann werde ich auch die Augen offen halten.«

Aber davon wollte Erik nichts hören. »Das ist Sache der Polizei.«

Klaas sah sich um, als wollte er sich umgehend als V-Mann nützlich machen. »Ist der Arabella-Dieb jetzt auch zum Mörder geworden? Glaubst du das?«

Erik schüttelte den Kopf. »Es sieht nicht so aus, als wäre etwas Wertvolles oder viel Geld gestohlen worden. Nur der silberne Hering ist nicht mehr da. Aber der war sicherlich nicht viel wert.«

»Das uralte hässliche Ding?« Klaas lachte.

Erik wollte mitlachen, horchte dann jedoch auf. Ungläubig sah er zur Tür, hörte einen Spurensucher lachen und dann eine schnelle Aneinanderreihung von Wörtern, in denen mehrmals ›Madonna‹ und ›mein Schwiegersohn‹ vorkamen. Zu der Frage, was, um Himmels willen, seine Schwiegermutter am Tatort zu suchen hatte, kam er nicht mehr.

Die Tür wurde aufgestoßen, und Mamma Carlotta stand im Büro. Auch sie trug Überzieher an den Schuhen. Kommissar Vetterich und seine Leuten hatten anscheinend nicht gewagt, sie abzuweisen, schließlich war jeder von ihnen schon einmal in den Genuss ihrer köstlichen Antipasti gekommen, die sie am ersten Tag ihres Aufenthaltes auf Sylt einlegte und später im Kommissariat von Westerland verteilte.

»Arabella-Dieb? Was willst du damit sagen, Enrico? Dio mio! Che cos'è?«

Mamma Carlottas Frage war natürlich viel zu direkt gewesen. Sie hatte Erik überfallen und ihm gezeigt, dass er in List, in der Bäckerei Poppinga, unvorsichtig gehandelt hatte, als ihm die Bezeichnung ›Arabella-Dieb‹ herausgerutscht war. So hatte er ihr nur mit der Warnung geantwortet, dass sie dieses Wort niemals und unter gar keinen Umständen vor fremden Ohren wiederholen dürfe.

Selbstredend hatte sie alles zugesichert, was er von ihr hören wollte, und sich sogar widerspruchslos von Sören ins Wohnzimmer führen lassen, wo er ihr einen bequemen Stuhl und ein

Glas Wasser anbot. »Herr Poppinga wird Sie gleich nach Hause fahren, Signora. Es dauert sicherlich nicht lange.«

Auf ihre Frage, ob auch er ihr die Freude machen würde, zum Abendessen zu erscheinen, lächelte er verlegen und nickte dann, als schäme er sich seiner Zusage. Dabei war es längst Gewohnheit geworden, dass Sören sämtliche Mahlzeiten im Hause Wolf einnahm, wenn Mamma Carlotta dort schaltete und waltete und so gut und reichlich kochte, dass Sören nach ihrer Abreise täglich ins Fitnessstudio ging und jedes Hefeteilchen zurückwies, das Erik ihm vom Bäcker mitbrachte. »Aber Sie erwarten Besuch«, fügte Sören vorsichtshalber an. »Und Frau Reimers wird heute auch nach Sylt kommen, sagt Ihr Schwiegersohn.«

Doch Mamma Carlotta winkte ab. »Was tut das zur Sache? Herr Poppinga ist ein alter Freund von Enrico, und mit Wiebke Reimers haben Sie schon oft zusammen am Tisch gesessen. Kein Besuch also. E allora?«

Während sie Sören Geflügelleber auf Toast in Aussicht stellte, Pappa al pomodoro, eine dickliche Tomatensuppe, Kalbskoteletts mit Artischocken und Frittelle zum Nachtisch, lauschte sie auf das, was im Büro gesprochen wurde. Selbstverständlich hatte sie dafür gesorgt, dass die Tür offen geblieben war, und als Sören in den Gastraum zurückging und die Mitarbeiter der KTU stillschweigend ihre Arbeit fortsetzten, ohne sich um sie zu kümmern, rückte sie den Stuhl ein, zwei Meter zur Tür. Mit etwas Anstrengung konnte sie nun das Gespräch zwischen Erik und Klaas verfolgen.

»Ich war mir nicht sicher, ob es sich wirklich um Sünjes Stimme handelte«, sagte Erik. »Vor allem deswegen habe ich dich herbestellt.«

Mamma Carlotta hörte ein Räuspern und das leise Knarzen eines Holzstuhles, als wäre es Klaas unangenehm, über seine Schwester zu sprechen, und rutsche nervös auf seinem Stuhl hin und her.

Eriks Stimme wurde nun vorsichtig. Anscheinend war er in

Sorge, etwas Falsches zu sagen. »Die Küchenhilfe hat ausgesagt, dass Gregor Imhoff von einer Frau bedrängt wurde. Sie eine Stalkerin zu nennen wäre wohl übertrieben, aber anscheinend hat sie ihn immer wieder aufgefordert, sich mit ihr zu treffen. Sie hat nicht gemerkt oder nicht merken wollen, dass er nicht die Absicht hatte, die Beziehung fortzusetzen.«

Was Klaas antwortete, klang bedrückt: »Typisch für Sünje.«

»Ist so was schon öfter vorgekommen?«

»Zwei-, dreimal, soviel ich weiß. Sie redet nicht mit mir darüber. Was ich weiß, habe ich im Laden gehört, wenn über Sünje getuschelt wurde. Du weißt ja … sie war psychisch immer sehr labil. So wird man wohl, wenn man hohe Erwartungen erfüllen soll und genau weiß, dass man es niemals schaffen wird.« Klaas stieß ein bitteres Lachen aus. »Ich durfte zum Glück Bäcker werden. Wie mein Vater und mein Großvater auch.«

Eriks Stimme signalisierte Verständnis, aber auch Mitgefühl. »Seit es die Billigbäcker gibt, sieht es in deinem Job auch nicht mehr rosig aus.«

Aber Klaas schien dennoch optimistisch zu sein. »Mein Bausparvertrag ist fällig geworden. Ich kann in Kürze den Laden renovieren. Ein Café wollte ich schon immer anbauen. Du hast recht, die Bäckerei alleine wirft kaum mehr genug ab.«

»Das freut mich«, antwortete Erik herzlich. »Dann geht es dir vermutlich besser als Sünje. Mit Klavierstunden den Lebensunterhalt zu verdienen stelle ich mir schwierig vor.«

Mamma Carlotta hörte, dass Klaas Poppinga aufstand und ein paar Schritte hin und her machte. »Auch deswegen, weil sie pädagogisch nicht sonderlich begabt ist. Sie hat nur wenige Klavierschüler, die sie regelmäßig unterrichtet. Die meisten Kinder halten es nicht lange bei ihr aus. Sie überfordert ihre Schüler, wie sie selbst überfordert worden ist. Im Sommer geht's ihr besser, wenn die Leute nach Kampen kommen, deren Kinder nicht mal in den Ferien vergessen dürfen, dass sie als Pianisten Karriere machen sollen.«

»Kommt sie finanziell klar?«

Klaas' Schritte stockten. »Keine Ahnung«, flüsterte er. »Früher hat meine Mutter ihr oft was zugesteckt. Sünje wurde von ihr verhätschelt. Ich weiß nicht, ob Mama sie damit entschädigen wollte, dass Papa mich mehr liebte als Sünje ...«

»War das so?«, warf Erik ein.

Es herrschte kurzes Schweigen, dann antwortete Klaas, und seine Stimme klang sehr entschlossen: »Ja, das war so.«

Nun stand auch Erik auf. »Nett, dass du meine Schwiegermutter nach Hause bringen willst. Wir sehen uns dann hoffentlich heute Abend. Mal sehen, wie lange ich hier noch zu tun habe.«

»Alles klar!« Klaas' Schritte näherten sich der Tür. Mamma Carlotta schob ihren Stuhl leise an seinen ursprünglichen Platz zurück und nippte an ihrem Wasserglas, als hätte sie in den letzten Minuten nichts anderes getan. »Bis später also.« Nun war seine Stimme ganz nah, anscheinend war er auf den Gang getreten.

Erik war ihm offenbar gefolgt. »Etwas noch, Klaas ... Könntest du meine Freundin vom Bahnhof abholen, wenn ich nicht rechtzeitig fertig werde? Ihr Zug kommt um sechs an. Du kennst Wiebke doch, oder?«

»Gesprochen habe ich noch nicht mit ihr«, entgegnete Klaas. »Aber ich weiß, dass sie rote Locken hat und ungefähr zweitausend Sommersprossen im Gesicht.«

Erik lachte. »Fünfhundert davon auf der Nase. Und soll ich dir was sagen? Ich liebe jede einzelne.«

Klaas lachte mit. »Kann ich verstehen.«

In diesem Augenblick machte ein Mitarbeiter der KTU ein paar Schritte auf seinen Vorgesetzten Kommissar Vetterich zu, der mit einem Pinsel an der Terrassentür arbeitete und dort verdächtigen Fingerabdrücken auf der Spur war. »Kommen Sie mal bitte? Ich habe da etwas Interessantes entdeckt.«

Erik wartete, bis Klaas mit seiner Schwiegermutter den ›Silbernen Hering‹ verlassen hatte, dann erst folgte er Kommissar Vetterich. Der Leiter der Kriminaltechnischen Untersuchungsstelle blieb in dem kleinen Flur stehen, der vom Wohn- in den Schlafbereich führte. Dort stand direkt neben der Schlafzimmertür eine weiße Korbtruhe.

»Eine winzige Blutspur«, erklärte er. »Mit dem bloßen Auge nicht wahrnehmbar. Sie endet an dieser Truhe.« Er öffnete den Deckel und wies auf den Inhalt. »Auch hier haben wir schwache Blutpartikel entdeckt.«

»Das heißt?«

Kommissar Vetterich drückte sich wie immer vorsichtig und zögerlich aus: »Jemand ist erst mit dem Blut im Gastraum in Berührung gekommen und dann zu dieser Truhe gegangen, um sie zu durchsuchen.«

»Vorher hat er seine Schuhe gereinigt?«

Vetterich grinste souverän. »Aber nicht gut genug.«

Erik kniete sich vor die Truhe und sichtete den Inhalt. Sören sah ihm über die Schulter. »Irgendwas Aufschlussreiches?«

Erik zuckte mit den Schultern. »Auf den ersten Blick nicht. Alles Erinnerungen. Fotos, alte Urkunden, viele Briefe seiner verstorbenen Eltern. Obenauf eine Akte, die im Regal des Büros fehlt. Wir nehmen die Truhe mit ins Kommissariat und sehen uns den Inhalt dort gründlich an.«

»Wenn der Täter gefunden hat, was er suchte, wird uns das nicht viel helfen«, entgegnete Sören, gab aber bereitwillig einem Mitarbeiter der Kriminaltechnischen Untersuchungsstelle einen Wink, damit er sich um den Transport der Korbtruhe kümmerte. »In die KTU«, ordnete er an. »Wir brauchen die DNA. Wir müssen wissen, ob das Blut vom Opfer stammt oder vom Täter.«

Nun erst erhob Erik sich und ärgerte sich darüber, wie schwerfällig er in die Höhe kam. Wie war es nur möglich, dass seine Schwiegermutter, die zwölf Jahre älter war, stets so behände wieder auf die Füße sprang, nachdem sie unter einem Schrank nach einem abgesprungenen Knopf gesucht hatte, als absolvierte sie täglich ein Fitnesstraining. Vielleicht musste man in Panido-mino, wo jeder Weg steil bergauf oder bergab ging, aufgewach-sen sein und ohne fahrbaren Untersatz gelebt haben, sieben Kinder den Berg hinauf- und wieder heruntergetragen haben, sich für jedes Gemüse, das in der Küche verarbeitet werden sollte, über ein Beet gebeugt haben und für jede Torta di mele in einen Baum gestiegen sein, um erst mal die Äpfel zu pflücken.

Als Sören sich wieder zu ihm umdrehte, stand Erik aufrecht da und lockerte seine Beine. »Lassen Sie uns nach Kampen fah-ren«, sagte er und holte den Zettel aus der Hosentasche, auf dem Klaas die Adresse seiner Schwester notiert hatte. »Sünje Poppinga ist im Moment die Einzige, die uns mehr über Gregor Imhoff erzählen kann.«

Sören nickte. »Ich habe schon Rudi Engdahl und Enno Mie-rendorf darauf angesetzt, über Gregor Imhoff zu recherchieren. Mal sehen, was die herausbekommen. Sicherlich gibt es in Nie-büll Verwandte, die wir aufsuchen können.«

»Gute Idee«, lobte Erik. »Auf der Fahrt rufe ich die Staats-anwältin an.«

»Schon auf dem Hinweg oder erst auf dem Rückweg?«

Erik zögerte. »Rückweg«, sagte er dann. »Sonst muss ich sie am Ende, wenn Sünje Poppinga uns was Interessantes zu erzäh-len hat, noch einmal anrufen.«

Carlotta Capella hatte noch nie neben einem Mann in der Küche gearbeitet, der gut kochen konnte und der das Kochen sogar als sein Hobby bezeichnete. In ihrem Dorf hatten Männer, die sich für die Domäne der Frauen interessierten, keinen guten Ruf, und Dino, Carlottas verstorbener Ehemann, hätte sich den Fin-ger abgehackt, wenn er um Hilfe beim Zwiebelschneiden gebe-ten worden wäre, nur um zu beweisen, dass Männer für die Küchenarbeit nicht gemacht waren.

Klaas Poppinga dagegen würfelte die Hühnerleber so gekonnt, dass Mamma Carlotta prompt der Sohn von Signora Salviati einfiel. Und da jede Arbeit noch flotter von der Hand ging, wenn man sich dabei gut unterhielt, erzählte sie Klaas von Dario, der sich Memme und Muttersöhnchen hatte nennen lassen müssen, weil er seiner Mama gern in der Küche half. Aber nur so lange, bis er sich entschloss, Koch zu werden. Als er in Città di Castello in die Lehre ging, war er mit einem Mal ein Mann mit einem interessanten Beruf. Angeblich war es etwas ganz anderes, wenn ein Mann in einer Restaurantküche im Schweiße seines Angesichts mit dem Kochen sein Geld verdiente. »Aber sich als Mann zum Zeitvertreib an den Herd stellen? Oder weil er besser kochen kann als seine Frau? No! Dafür hat in meinem Dorf niemand Verständnis. A casa ist das Kochen Frauensache. Und ein Mann, der seiner Frau zur Hand geht, ist ein ... come si dice?«

»Vielleicht ein Pantoffelheld?«, versuchte es Klaas.

»Sì! Aber als Dario Chefkoch einer römischen Trattoria wurde und viel Geld verdiente, wollte sich niemand mehr daran erinnern, dass er einmal gehänselt worden war.«

Mit Klaas' Hilfe war der Aufstrich für die Crostini im Nu fertig geworden, und Mamma Carlotta konnte sich ganz den Tomaten für die Pappa al pomodoro widmen.

»Es hätte sich nicht gelohnt, nach List zurückzufahren«, sagte Klaas mit einem Blick zur Uhr. »Eriks Freundin kommt in einer halben Stunde in Westerland an. Ich denke, ich mache mich jetzt auf den Weg, um sie vom Bahnhof abzuholen.«

Während Carlotta die Kalbskoteletts klopfte, die Artischocken in Scheiben schnitt und in Zitronenwasser legte, fragte sie sich, warum sie von einem unguten Gefühl beschlichen wurde. Noch während sie die Grießbällchen, die Frittelle, vorbereitete, konnte sie sich ihre Vorahnung nicht erklären.

Zum Glück lenkte Felix sie ab, der in die Küche kam, um sie mit dem Song ›Zehn kleine Jägermeister‹ zu unterhalten. So laut sang er und derart heftig traktierte er seine Gitarre, dass Mamma Carlotta ihr Gefühl zwar nicht abstreifen konnte, aber immerhin keine Gelegenheit mehr fand, darüber nachzudenken. Wer konnte bei einem solchen Lärm schon einen klaren Gedanken fassen?

Erleichtert nahm sie kurz darauf zur Kenntnis, dass Felix nach den vielen Strophen, die das Lied umfasste, endlich zum Ende kam. Er malträtierte die Saiten seiner Gitarre in einem furiosen Finale und hüpfte währenddessen auf einem Bein durch die Küche, weil Breiti das bei irgendeinem Konzert angeblich auch so gemacht hatte. Anschließend erwartete Felix von seiner Nonna frenetischen Applaus, den er selbstverständlich erhielt.

»Bravissimo, Felice!« Erleichtert stellte Mamma Carlotta fest, dass Felix sein Instrument zur Seite legte und sie ihn nicht zu einer Zugabe nötigen musste, um ihm den Lerneifer zu erhalten. »Wo ist dein Gitarrenkoffer?«, fragte sie. »Dein Vater hat gesagt, du sollst die Gitarre in dem Koffer aufbewahren, damit sie keinen Schaden nimmt.«

Felix nahm die Gitarre und verschwand kommentarlos aus der Küche … und in diesem Augenblick wusste Mamma Carlotta mit einem Mal, was ihr ungutes Gefühl zu bedeuten hatte. Sie sah durch das Küchenfenster, wie der Lieferwagen der Bäckerei Poppinga vor dem Haus hielt und Klaas zur Beifahrertür lief, um Wiebke beim Aussteigen zu helfen. So etwas hatte Erik noch nie getan! Wiebke zeigte sich schwer beeindruckt von Klaas' guten Manieren. War es womöglich unklug von Erik gewesen, einen Mann wie Klaas Poppinga darum zu bitten, seine Freundin vom Bahnhof abzuholen?

Wer Wiebke Reimers nicht so gut kannte wie Mamma Carlotta, wäre womöglich sogar auf die Idee gekommen, dass sie in diesem Moment völlig kopflos war, denn sie bemerkte nicht, dass sich die Strickjacke, die sie sich um die Taille gebunden hatte, löste und ihr auf die Füße fiel, sodass sie sich prompt darin verhedderte. Derart abrupt wurde sie gestoppt, dass ihr Oberkörper nicht rechtzeitig mitbekam, was sich in Höhe ihrer Füße abspielte, und schon an der ersten Stufe angekommen war, als der Rest ihres Körpers noch einen Meter davon entfernt war. Aber Mamma Carlotta kannte das und war immer darauf eingestellt, Wiebke aufzufangen. So war sie auch diesmal rechtzeitig zur Stelle, riss die Tür auf und konnte gerade noch verhindern, dass Wiebke mit den Knien auf die Treppenstufen prallte. Klaas Poppinga, der nicht wusste, wie oft Wiebke strauchelte, über die kleinste Hürde stolperte und die meisten Hindernisse übersah, stand fassungslos daneben und war zu erschrocken, um zuzuspringen und Wiebke vor einem Sturz zu bewahren.

»Danke, Signora!« Wiebke selbst war nicht halb so erschrocken wie Klaas und Mamma Carlotta. Für sie gehörten solche Zwischenfälle zur Tagesordnung. Sie warf einen Blick zurück, dann fragte sie: »Wird Erik lange zu tun haben?«

Mamma Carlotta zog sie ins Haus und winkte Klaas herein. »Man weiß nie, wie lange sich die Ermittlungen hinziehen.«

Wiebke warf Klaas einen Blick zu, den auch die wohlwollendste Schwiegermutter kokett nennen musste. »Meine Mutter hat immer gesagt, ich darf nicht zu fremden Männern ins Auto steigen. Und da schickt Erik mir einfach jemanden zum Bahnhof, den ich gar nicht kenne!«

Mamma Carlotta stand sofort auf der Seite ihres Schwiegersohns. »Freu dich, dass Enrico sich darum kümmert, wie du nach Wenningstedt kommst. Bei einem neuen Mordfall hat er weiß Gott genug anderes zu tun.«

»Ein Mordfall?« Wiebke horchte auf. »In Promikreisen?«

Mamma Carlotta winkte ärgerlich ab. Wiebke war als freie Journalistin ständig auf der Jagd nach Sensationen. Nicht selten hatte es Konflikte mit Erik gegeben, wenn Wiebke von ihm bevorzugt mit Informationen versorgt werden wollte und er nicht bereit war, mit seinen Dienstgeheimnissen rauszurücken. Sie war froh, Wiebke mitteilen zu können, dass es diesmal um einen Gastwirt ging, der ganz sicher nicht zu den Prominenten der Insel gehörte.

Wiebke war zufrieden, trat an den Herd, lüpfte einen Deckel, verbrannte sich, ließ den Deckel fallen, sprang zum Wasserhahn, um ihre Finger unter kaltes Wasser zu halten, warf dabei ein Glas um, das prompt zersplitterte, und rutschte am Ende noch auf den Spritzern der Tomatensoße aus, die sich beim Aufprall des Deckels auf dem Küchenboden verteilt hatten. Klaas sprang erschrocken herbei und griff nach Wiebkes Arm, obwohl Mamma Carlotta das lieber selbst getan hätte.

»Du meine Güte!«, rief er entsetzt. »Sie sind ja völlig mit den Nerven fertig! Hatten Sie einen stressigen Tag?«

Ehe Wiebke antworten konnte, setzte Mamma Carlotta ihn in Kenntnis: »Bei Wiebke ist das immer so. Die kann kein Haus betreten, ohne Chaos anzurichten.«

Aber zu ihrer großen Beunruhigung sah Klaas nicht so aus, als würde er davon abgeschreckt. Er wirkte im Gegenteil sehr amüsiert. Carlotta Capella war aufs Höchste besorgt.

Sünje Poppinga kam ganz nach ihrer Mutter. Genau wie Klaas. Beiden Kindern hatte sie das gute Aussehen vererbt, aber nur bei dem Sohn war es zum Leuchten gekommen. Sünje war trotz ihres ebenmäßigen Gesichtes und ihrer wohlproportionierten Figur blass geblieben. Ihre Haare und ihre Augen waren blass, und erst recht war es ihr Auftreten. Ihr fehlte die Ausstrahlung, die ihr Bruder besaß, die Sicherheit schöner Menschen, die wissen, dass sie etwas Besonderes sind, weil sie überall Aufmerksamkeit erregen. Sünje Poppinga aber hatte niemals Aufsehen erregt, sie war eine Frau, die man schnell wieder vergaß. Trotz ihrer Schönheit war sie unscheinbar geblieben, was an ihrer großen Nase liegen mochte, die die Proportionen ihres Gesichtes beeinträchtigte. Klaas hatte eine feine, zierliche Nase wie seine Mutter, Sünjes Nase jedoch war breit und großporig und rötete sich leicht wie die Nase eines Säufers. Das Gefühl, das

Erik bei ihrem Anblick ergriff, war ihm noch vertraut, obwohl er sie lange nicht gesehen hatte. Mitleid! Eigentlich hatte Sünje alles, um als attraktiv zu gelten, aber ihr fehlendes Selbstvertrauen hatte verhindert, dass aus einem hübschen Mädchen eine schöne Frau wurde.

Als sich die Tür zu ihrer Wohnung einen Spaltbreit öffnete und Sünje wie ein ängstliches Kind hindurchspähte, fiel Erik wieder ein, wie oft sie früher ausgelacht worden war und wie hilflos sie dem Spott begegnet war. Sünje hatte keine beste Freundin gehabt, die sie stark machte, Sünje hatte sich nichts zugetraut, sie war immer als Letzte in eine Mannschaft gewählt und zu den Partys nie eingeladen worden. Natürlich hatte sich auch nie ein Junge in sie verliebt. Und irgendwann war Sünje aus der Welt, in der sie nicht dazugehörte, geflüchtet und hatte von da an ihre gesamte Freizeit am Klavier verbracht. Nur bei Schulkonzerten hatte sie allen anderen etwas voraus gehabt. Zwar war sie dann jedes Mal ängstlich zum Flügel geschlichen und trotz des großen Beifalls wie ein geprügelter Hund zu ihrem Platz zurückgekehrt, aber während des Spielens hatte jeder erkennen können, dass es in ihr etwas gab, was nur hätte geweckt werden müssen. Die Musik konnte es wecken, die Menschen, unter denen sie lebte, nicht.

Erik hielt ihr seinen Ausweis hin. »Moin, Sünje! Ich hoffe, du kennst mich noch.«

»Erik?« Die Tür öffnete sich weiter. Dennoch sah Sünje immer noch so ängstlich aus, als fürchtete sie, verhaftet zu werden.

»Ich bin dienstlich hier.« Erik zeigte auf Sören. »Das ist Kommissar Kretschmer. Können wir reinkommen?«

Sie fragte nicht, was passiert war, wie es andere taten, die unverhofften Besuch von der Polizei erhielten. Sie wirkte nicht einmal sonderlich erstaunt.

Erik hatte Gelegenheit, sie zu betrachten, während sie ihnen ins Wohnzimmer vorausging. Noch immer hatte sie eine sehr gute Figur, die jedoch in dem unförmigen Overall nicht zur Geltung kam. Wie ein großer Strampelanzug wirkte er, und die rosa Frotteeschläppchen machten den Eindruck komplett. Erik kam es so vor, als ginge ein großes Kind vor ihm her. Sünje bewegte sich auch wie eine Zehnjährige. Sie drückte sich an der Wand entlang, blieb an der Wohnzimmertür stehen, als wüsste sie nicht, ob es richtig war, die beiden Männer einzulassen. Sie zögerte, wies mit einer hilflosen Geste ins Zimmer und drängte sich dann genau in dem Augenblick, in dem Erik den Raum betrat, ebenfalls hinein, sodass sich ihre Körper berührten. Ihre Unsicherheit tat Erik weh, und er bemühte sich um ein aufmunterndes Lächeln, wie man es einem Kind schenkt, dem suggeriert werden soll, dass es alles richtig macht.

Sünjes Wohnung lag in der ersten Etage eines heruntergekommenen Einfamilienhauses, das einem alten Ehepaar gehörte, denen der finanzielle Wert ihres Eigentums nichts bedeutete und das von den Möglichkeiten des Fremdenverkehrs nichts hören wollte. Sie hatten die Absicht, bis zu ihrem Tode so zu wohnen, wie sie es schon vor sechzig Jahren getan hatten, als sie die Ehe eingegangen waren, und niemals die Idee gehabt, die Räume, die nach dem Auszug ihrer Kinder frei geworden waren, für viel Geld an Touristen zu vermieten. Durch Eriks Kopf schoss der Gedanke, dass Sünje diese Wohnung, sobald die alten Leute gestorben waren, verlieren würde. Sicherlich würden die Erben das Haus und das Grundstück danach anders verwenden wollen. Vermutlich war es allen Nachbarn – ausnahmslos reiche Zweitwohnungsbesitzer – schon ein Dorn im Auge. Wie ein fauler Zahn in einem sonst blendend weißen Gebiss.

In Sünjes Wohnzimmer erkannte er Möbel, die früher in der Wohnung der Poppingas gestanden hatten, einfach nebeneinandergestellt, zueinandergeschoben, damit sie hineinpassten, ohne Rücksicht darauf, ob die Kombination der Einrichtungsgegenstände ein harmonisches Bild ergaben. Nur das Klavier hatte einen Platz erhalten, der mit Bedacht ausgesucht worden war. Es prunkte in der Nähe des Fensters, alt und massiv, hochglänzend, mit Kerzenleuchtern über der Tastatur, in denen jedoch keine Kerzen steckten. Der Deckel war aufgeklappt, der Tastenschoner, ein langer Filzläufer, aber nicht entfernt worden. Ohne dieses Klavier hätte Sünjes Wohnzimmer ausgesehen wie ein Abstellraum, den jemand okkupiert hatte, um darin zu wohnen.

Sünje sah zu, wie Erik und Sören auf alten, knirschenden Korbsesseln Platz nahmen, und ließ sich dann selbst auf einem Sofa nieder, auf dem ein schäbiger Überwurf lag, weil die Polster vermutlich noch schäbiger waren. Mit fahrigen Fingern zupfte sie an ihrem BH herum, als säße er nicht richtig, hob den Unterkörper leicht an und zerrte ihren Slip so zurecht, dass es ihr bequem war. Plötzlich erinnerte sich Erik an diese merkwürdige Angewohnheit, die Sünje bereits als junges Mädchen gehabt hatte. Schon damals hatte sie immer, wenn sie sich niederließ, ihre Unterwäsche unter der Kleidung zurechtgezogen. Es wäre Erik nicht weniger obszön erschienen, wenn sie zu diesem Zweck unter den Rock oder den Pulli gegriffen hätte. Und auch jetzt hätte er am liebsten weggesehen, damit er von dieser Marotte verschont blieb.

Erstaunlicherweise nahm sie selbst das Gespräch in die Hand. »Es geht um Gregor? Klaas hat mich angerufen und mir gesagt, dass er tot ist.«

»Erschlagen«, sagte Erik.

»Und warum kommst du zu mir?«

»Das hat Klaas dir nicht erzählt? Wir haben deine Nachricht auf dem AB gefunden.«

»Macht mich das etwa verdächtig?«

»Das nicht.« Erik zögerte. »Dennoch hätte ich gern gewusst, wo du dich heute Morgen aufgehalten hast.«

»Ich bin heute noch nicht aus dem Haus gegangen.«

»Kann das jemand bezeugen?«

Sie starrte ihn aus großen Augen an, als verstünde sie seine Frage nicht. Dann stieß sie hervor: »Nein! Ich bin hier ja ganz allein.«

»Und deine Vermieter?«

»Wenn sie nicht schwerhörig wären, hätten sie vielleicht meine Schritte gehört. Aber die sind ja fast taub.«

Erik war froh, dass Sören nun die Gesprächsführung übernahm. »Scheinbar kennen Sie Gregor Imhoff näher.« Er wartete, bis Sünje zustimmend genickt hatte, dann fragte er: »Wie nah?«

Sünjes Gesicht nahm einen widerspenstigen Ausdruck an. »Er ist mein Freund. Wir gehen miteinander.«

»Ihr geht mit…?« Erik brach verblüfft ab. Dieser Begriff passte nicht zu einer erwachsenen Frau. So hatten sie es als Jugendliche ausgedrückt, wenn man in Gegenwart anderer Händchen hielt und deswegen als Paar galt. »Seit wann geht …« Er stockte, weil er den altmodischen Ausdruck nicht über die Lippen brachte. »Seit wann seid ihr zusammen?«

»Seit vier Wochen«, kam es wie aus der Pistole geschossen zurück. Sünje hatte nun an Sicherheit gewonnen. Aber immer noch wirkte sie auf Erik wie ein Kind, von dem die Schüchternheit abgefallen war, weil er ein Thema angeschnitten hatte, in dem Sünje sich wohlfühlte. So hatte auch Carolin reagiert, nachdem sie in die Schule gekommen war. Wenn man sie nach ihrer Lehrerin fragte und nach ihren Fortschritten im Schreiben und Lesen, war die Schüchternheit ebenfalls von ihr abgefallen, und sie hatte voller Stolz zum Besten gegeben, was sie bereits gelernt hatte. »Wo habt ihr euch kennengelernt?«

»Auf einem Polterabend«, sagte Sünje, und plötzlich klang ihre Stimme leise und verzagt. »Eigentlich mag ich solche Feiereien ja nicht. Aber Klaas spielte dort mit den ›Hungerhaken‹. Und er hat gesagt, es würde Zeit, dass ich mal wieder ausgehe. Tanze, Spaß habe …«

»Und du hast getanzt und Spaß gehabt?«

Über Sünjes Gesicht ging ein Lächeln. »Erst nicht. Aber dann hat mich Gregor zum Tanzen aufgefordert, und danach … danach hatte ich Spaß.«

Erik betrachtete sie lange und nachdenklich. Als er aufsah, merkte er, dass auch Sörens Augen an Sünje hingen. Er sah so ratlos aus, wie Erik sich fühlte, und schien sich genau wie er zu fragen, ob Sünje eigentlich realisiert hatte, dass Gregor Imhoff tot war.

Erik dachte an die Worte der Küchenhilfe. »Du hast die Nacht mit ihm verbracht?«

Nun wurde Sünje rot. »Das war nicht richtig, ich weiß. Aber Gregor liebt mich, sonst hätte er das nicht gewollt.«

Erik beugte sich vor und suchte Sünjes Blick, der sich jedoch nicht von den Spitzen ihrer rosa Frotteeschläppchen löste. »Gregor ist tot, Sünje.«

Sie sah immer noch nicht auf. »Klaas hat es mir erzählt.« Und leise, sehr leise fügte sie an: »Aber jetzt kann keiner mehr sagen, ich würde niemals einen Mann bekommen, ich wäre hässlich, langweilig und …«

Als hätte sie erst jetzt begriffen, was geschehen war, begann sie so unvermittelt zu weinen, dass Erik zu Tode erschrak. Sie begann zu schluchzen, sie weinte laut und herzzerreißend, die Tränen strömten über ihr Gesicht.

Erschrocken sprang Erik auf, setzte sich neben sie und griff nach ihrer Hand. »Es tut mir leid, Sünje.«

»Er hätte mich geheiratet«, schluchzte sie. »Er hat mich geliebt.«

Wiebke bekam die Aufgabe, das Brot zu rösten, das später mit der pürierten Geflügelleber bestrichen werden sollte, um die Klaas sich nach wie vor aufopferungsvoll bemühte. Immer wieder goss er Vin Santo an, ließ ihn verkochen, füllte die Pfanne erneut auf und zerdrückte nebenbei die Kapern, die zuletzt dazukommen sollten. Währenddessen belegte Mamma Carlotta die Kalbskoteletts mit Käse und Artischocken.

Mittlerweile hatte sich die Kunde verbreitet, dass Klaas Poppinga im Haus war. Felix erschien nebst Gitarre in der Küche und bot an, die Arbeit mit einem Song der Toten Hosen zu versüßen, auch damit der Gitarrist der Sylter ›Hungerhaken‹ sich von seinen Fortschritten überzeugen konnte. Klaas wehrte höflich ab, Wiebke und Mamma Carlotta sehr entschieden. Doch Felix sah aus, als wollte er notfalls den Schlüssel in der Küchentür umdrehen, um sein Publikum zum Zuhören zu zwingen. Er nahm die Abfuhr nicht zur Kenntnis und begann mit ›All die ganzen Jahre‹. Erst Carolins Erscheinen unterbrach seine lautstarke Darbietung. Sie verbat sich den Lärm, weil es nicht möglich sei, ein Telefonat zu Ende zu führen, wenn ihr Bruder seine Gitarre in der Hand habe. Prompt entspann sich eine Diskussion über Musik, die Felix hohe Kunst und Carolin Geräuschbelästigung nannte. Klaas hielt sich raus, Wiebke verdrehte nur die Augen, Mamma Carlotta gab mal Felix und mal Carolin recht und bat schließlich darum, den Streit in die erste Etage des Hauses zu verlegen, damit in der Küche eine Unterhaltung in normaler Lautstärke möglich war. Wiebke unterstützte diesen Wunsch, was ihr prompt Ärger mit beiden Kindern einbrachte, die sich ebenso prompt in spontaner Eintracht zusammenschlossen, um sich gegen die Frau zu stellen, die sich in ihr Familienleben drängte.

»Wetten, du würdest mit deiner Kamera hinter Breiti herrennen, wenn er auf Sylt herumliefe?«

»Und hinter Campino erst recht«, ergänzte Carolin bissig.

Felix kam immer schnell in Fahrt, wenn es darum ging, der Frau etwas anzuhängen, die seinem Vater wichtiger geworden war, als es ihm lieb war. »Spätestens wenn er dann noch eine Tussi bei sich hätte, mit der er nicht verheiratet ist, wäre er plötzlich interessant für dich.«

Auch Carolin ließ keine Gelegenheit aus, Wiebke anzugreifen. Und was eignete sich dafür besser als ihr Beruf, der sie zwang, Prominenten aufzulauern, ohne sich um deren Recht auf Privatsphäre zu scheren? »Du würdest Campino sogar im Bett fotografieren und viel Geld dafür kassieren.«

Wiebkes psychische Kräfte waren an diesem Tag voll auf der Höhe. Sie schaffte es, nicht zu antworten, und zog ein Gesicht, als ginge sie dieses Gespräch nichts an. Mamma Carlotta war voller Bewunderung. Wiebke hatte beste Aussichten, den Sieg davonzutragen, ohne ein Wort von sich gegeben zu haben.

Carolin pustete eine Haarsträhne aus ihrem Gesicht und sah Wiebke so lange streitsüchtig an, bis die blonde Strähne sich wieder gesenkt hatte und ihre Aggression verbarg. Felix dagegen machte weiter mit seinen Mutmaßungen, Vorwürfen und Unterstellungen … so lange, bis seiner Nonna der Kragen platzte.

»Felice! Carolina! Finito!«

Wer sieben Kinder großgezogen hatte, hatte auch gelernt, einen Streit mit der Kraft der Stimme zu beenden. Notfalls mit einem Gegenstand, der im Idealfall den Schuldigen traf und am Ohr des Unschuldigen haarscharf vorbeiflog. Carlotta Capella konnte schreien, dass dem Messdiener in der Dorfkirche das Weihwasser aus der Hand fiel, aber mit ihrer Zielsicherheit war es nicht weit her. Das Spültuch flog zwischen Carolin und Felix hindurch, landete an der Wand und hinterließ dort einen feuchten Fleck. Um den beiden Querköpfen einen Schreck einzujagen, war Carlottas Aufwallung trotzdem tauglich gewesen. Carolin hob entgeistert das Spültuch auf, wagte aber nicht, es zurückzulegen, weil sie sich dann in die Nähe ihrer Großmutter hätte begeben müssen, was ihr scheinbar zu gefährlich erschien.

»Schämt euch! Am besten, ihr geht in eure Zimmer!«

Mamma Carlotta hatte großes Verständnis für die Nöte ihrer Enkelkinder, aber genauso viel Verständnis für Wiebke, die sich nichts Schlimmeres hatte zuschulden kommen lassen, als sich in den Vater von Felix und Carolin zu verlieben. Ihre Enkel mussten endlich einsehen, dass er ein Recht auf Liebe hatte und dass die Erinnerung an ihre Mutter dadurch keinen Schaden nahm. Aber natürlich musste auch Wiebke einsehen, dass es für die Kinder nicht einfach war, einer anderen Frau den Platz zu überlassen, der ihrer Mutter gehört hatte, so wie Carlotta selbst alle Kraft hatte zusammennehmen müssen, um zu akzeptieren, dass Erik seine Liebe, die für Lucia da gewesen war, neu verschenkt hatte. Jeder bekam ihr Verständnis, nicht aber diejenigen, die die Wohlerzogenheit fahren ließen und mit unfairen Mitteln kämpften. Da war sie mit Leib und Seele Italienerin, der Höflichkeit über alles ging. »Ihr hört sofort auf, Signorina Reimers zu beleidigen. Subito! Piccole pesti! Ihr seid einfach … impertinente!«

Wiebke brannten zwei Brotscheiben an, Klaas gerieten zu viele Kapern in die Hühnerleber, und der Teig für die Grießbällchen schien zu schrumpfen. Klaas zog den Kopf ein, Wiebke sah aus dem Fenster, als wünschte sie sich weit weg, Carolin verschlug es die Sprache, und sogar Felix suchte nur ganz kurz nach Gegenargumenten, zog es dann aber vor, den Kriegsschauplatz zu verlassen, gefolgt von seiner Schwester, die das Spültuch mitnahm. Sämtliche Enkelkinder, die in Umbrien genauso wie die beiden auf Sylt, wussten, wann sie Gefahr liefen, die eigentlich unverbrüchliche Loyalität ihrer Nonna zu verlieren. Und dies war so ein Moment, das war Carolin schlagartig klar geworden, und auch Felix in dem Augenblick, in dem der Trotz von ihm abfiel. Wortlos verschwanden die beiden aus der Küche, Wiebke kümmerte sich um das Toasten der nächsten Brotscheiben, und Klaas bat mit so zuvorkommender Stimme um einen Pürierstab, als traute er dem Frieden noch nicht.

Das Schweigen begann gerade zur Last zu werden, da räusperte sich Mamma Carlotta, um zu beweisen, dass sie neben der Zähmung von Jugendlichen noch etwas sehr gut beherrschte: den Themenwechsel. »Allora … ich habe da heute eine unglaubliche Geschichte gehört …« Wo man ihr von dem armen Baby erzählt hatte, das den Eltern am Strand von Wenningstedt geraubt worden war, brauchte sie zum Glück nicht zu erwähnen. Wiebke und Klaas warfen sich erleichtert auf das Drama, betrachteten es von allen Seiten, versuchten das Entsetzen der armen Eltern nachzuempfinden und überlegten lang und breit, wie es möglich war, dass der kleine Junge nie gefunden worden war. Danach war das Gezänk der Kinder vergessen.

»Ich könnte eine Serie anbieten«, überlegte Wiebke. »Verschwundene Kinder! Es gibt ja so viele ungeklärte Fälle.«

»È vero?« Mamma Carlotta war entsetzt. »Kinder, die nie wieder auftauchen?«

»Ich müsste mal ins Archiv steigen und nach den spektakulärsten Fällen suchen. Die Eltern dieses Jungen, der in Wenningstedt verschwunden ist, nehmen wir dann als Aufmacher.«

Mamma Carlotta wurde es unbehaglich. Dass Habbo Albertsen damit einverstanden war, kam ihr unwahrscheinlich vor, und dass dessen Frau ihr Schicksal in einer Zeitschrift ausgebreitet sehen wollte, konnte sie auch nicht glauben.

»Ich weiß ja gar nicht, wie der Mann heißt.« Sie schämte sich zwar ihrer Lüge, beruhigte sich aber damit, dass Notlügen sogar vom Pfarrer als lässliche Sünden betrachtet wurden.

»Das kriege ich raus«, meinte Wiebke. »Mal sehen, ob eine Redaktion an so einer Serie Interesse hat.«

Nun schien auch Klaas den Streit, der kurz vorher durch die Küche gebrandet war, endlich vergessen zu haben. »Erik wird sicherlich Fakten dazu liefern können«, sagte er, und Mamma Carlotta stellte fest, dass dieser Satz bei Wiebke auf Wohlwollen stieß. Der anerkennende Blick, den sie ihm zuwarf, gefiel ihr gar nicht.

Während sie die Kalbskoteletts anbriet, dachte sie darüber nach, wie sie Wiebke die Idee ausreden könnte, über den Fall Albertsen zu berichten. Wiebke gehörte zwar zu den wenigen, die von ihren Besuchen in Käptens Kajüte wusste, dennoch wollte Mamma Carlotta ihre Verschwiegenheit nicht herausfordern und nur ungern verraten, dass sie gerade dort von dem Schicksal des verschwundenen Kindes gehört hatte. Auch Erik würde dann über kurz oder lang erfahren, dass Habbo Albertsen der Cousin von Tove Griess war und seine Schwiegermutter an dessen Theke ihren Cappuccino und gelegentlich auch einen

Rotwein aus Montepulciano trank. Hätte sie nur nicht von dem entführten Kind geredet! Das hatte sie nun davon, dass sie unbedingt das Thema hatte wechseln wollen und ihr nichts anderes eingefallen war als das schwere Schicksal von Habbo Albertsen und seiner Frau, das ihr einfach nicht aus dem Kopf gehen wollte.

Sie war dankbar, als Wiebke ein anderes Thema anschnitt, und hoffte, dass das entführte Baby damit in Vergessenheit geriet. »Im Zug habe ich einen interessanten Anruf bekommen. Leo Schwickerat soll auf der Insel sein. Haben Sie ihn gesehen?«

Die Frage hatte sie an Klaas gerichtet, aber Mamma Carlotta war mal wieder schneller im Antworten. »Wer soll das sein?«

»Ein berühmter Pianist. Er hat früher zu den besten Deutschlands gehört. Vor ein paar Jahren hat er sich allerdings zurückgezogen und gibt nun keine Konzerte mehr. Er macht nur noch Plattenaufnahmen.«

Klaas rief gegen den Lärm des Pürierstabs an: »War der nicht mit Angela Rohlfs verheiratet?«

Diesen Namen kannte Mamma Carlotta. »Die Schauspielerin, die im vergangenen Jahr gestorben ist?«

Wiebke hatte das letzte Brot geröstet und legte sämtliche Toastscheiben auf die Platte, die Mamma Carlotta bereitgestellt hatte. »Die beiden hatten früher ein Haus auf Sylt. Das ist aber schon etwa vierzig Jahre her. Sie gehörten damals zu den Promis, die wilde Partys am Strand feierten und die Nächte im Gogärtchen durchmachten. Die waren oft auf Sylt, ohne dass sich jemand um sie gekümmert hätte.«

Mamma Carlotta verkniff sich die Bemerkung, dass diese Promis es Reportern wie Wiebke Reimers zu verdanken hatten, dass ein solches Leben nicht mehr möglich war. »Heute müssen sie sich verstecken«, sagte sie nur, erlaubte sich aber einen vorwurfsvollen Unterton.

Wiebke nahm ihn nicht zur Kenntnis. »Wenn das stimmt, dass der Schwickerat hier aufgetaucht ist ...« In ihre Augen stieg der Glanz, den das Jagdfieber mitbrachte und den Mamma Carlotta schon kannte. »Das muss etwas mit dem Tod seiner Frau zu tun haben. Ich habe schon während der Zugfahrt recherchiert. Die beiden sind damals Knall auf Fall von Sylt verschwunden und nie zurückgekehrt, obwohl sie vorher jede freie Minute in Kampen verbracht hatten.«

Mamma Carlotta wurde nun deutlicher: »Vielleicht wollten sie hier keinen Urlaub mehr machen, weil die Skandalreporter sie nicht mehr in Ruhe ließen.«

Aber Wiebke schien auch diesmal nicht zu verstehen, was gemeint war. »Kann sein. Angeblich haben sie sich danach ein Haus in den Schweizer Bergen gekauft, wo es ganz einsam ist. Aber dort sind sie seit Angelas Erkrankung nicht mehr gesehen worden.« Wiebkes Eifer war nun so groß, dass sie nicht bemerkte, wie bewundernd Klaas sie anschaute. »Das wäre echt ein Hammer, wenn der Schwickerat sich hier wieder blicken lässt. Warum wohl? Irgendeine romantische Erinnerung? Vielleicht besucht er nach Angelas Tod noch einmal alle Orte, an denen er mit ihr glücklich gewesen ist?«

Diese Vorstellung gefiel Mamma Carlotta. »Che romantico! Führten die beiden eine sehr gute Ehe?«

Wiebke zögerte. »Ich weiß nicht ... Von Affären war auch die Rede. Jedenfalls, als die beiden noch jung waren.«

»Sie werden es herausbekommen«, sagte Klaas, als traute er Wiebke alles zu. Auch das Unmögliche.

»Jedenfalls wenn es stimmt, dass er auf Sylt ist«, antwortete Wiebke optimistisch. »Das ist das Erste, was ich herausfinden muss. Und dann, was er hier will.«

»Notfalls denken Sie sich eine Geschichte aus«, sagte Klaas lächelnd, »und setzen ein Fragezeichen hinter Ihren Artikel.«

Wiebke fühlte sich verstanden und lachte Klaas an. Mamma Carlotta kam nicht umhin festzustellen, dass sie entzückend aussah mit ihren roten Locken, der sommersprossenübersäten Haut und den bernsteinfarbenen Augen.

»Hoffentlich kommt Erik bald«, murmelte sie und dachte dabei nicht an das Essen, das kalt werden könnte.

Was halten Sie von Sünje Poppinga?«, fragte Erik, als sie aus Kampen herausfuhren.

Sören zuckte die Achseln. »Sie ist irgendwie ... komisch. Ihre Vermieter übrigens auch. Die passen gut zusammen.«

Das alte Ehepaar schien nicht mitbekommen zu haben, dass sich die Zeit außerhalb ihres Hauses verändert hatte. Es lebte unter einfachsten Bedingungen, so, wie es vor sechzig Jahren gut gewesen war, als jeder glücklich war, ein eigenes Häuschen zu besitzen. Der Tourismus hatte dieses Haus nicht berührt, der Fortschritt war draußen geblieben. Sie heizten noch mit einem Kohleofen, kochten auf einem Kohleherd, hatten kein Badezimmer, nur eine Toilette in einem winzigen Raum, den sie von der Waschküche abgetrennt hatten. Diese Toilette war ihnen vermutlich aufgezwungen worden, weil die Gemeinde Kampen kein Plumpsklo mehr akzeptierte. Die große Zinkwanne, die Erik in der Waschküche gesehen hatte, wurde wahrscheinlich in die Küche getragen und mit heißem Wasser gefüllt, wenn Badetag war.

Das Gespräch mit den Plogmakers hatte zu nichts geführt. Sie schützen ihre Mieterin, weil sie so war wie sie selbst, während alle anderen sich in den letzten Jahren erschreckend verändert hatten. Und dass sie an diesem Tag das Haus noch nicht verlassen hatte, glaubten sie, mussten aber zugeben, dass sie es nicht mit Sicherheit sagen konnten. Sie nahmen es nur an, weil Sünje nie früh das Haus verließ.

»War Sünje Poppinga schon immer so?«, unterbrach Sören Eriks Gedanken.

Erik nickte. »Sie hatte ein schwieriges Verhältnis zu ihren Eltern. Der Vater lehnte sie ab, die Mutter verhätschelte sie. Die war fest davon überzeugt, dass Sünje das Zeug zur großen Pianistin hat.«

Sören blies die Backen auf und stieß die Luft von sich. »Schrecklich, solche Eltern! Nun muss sie sich ihr Geld als Klavierlehrerin verdienen. Von wegen große Karriere!«

»Und von Gregor Imhoff wissen wir immer noch nicht viel.«

Es war, als hätte Sünje seinen Tod erst realisiert, als Erik es deutlich ausgesprochen hatte: »Er ist tot!« Sie wusste es längst, Klaas hatte sie informiert, aber Erik nahm an, dass es ihr bisher gelungen war zu verdrängen, was sie gehört hatte. Sie schien eine Meisterin im Verdrängen zu sein. Dass Gregor sie keinesfalls geliebt hatte und dass er sicherlich nicht die Absicht gehabt hatte, Sünje zu heiraten, hatte sie wohl ebenfalls verdrängt. Während Erik gewartet hatte, dass Sünje zu weinen aufhörte, hatte er sich heimlich gefragt, ob sie ärztlichen Beistand brauchte. Nicht, um die Trauer zu überwinden, sondern um endlich zu lernen, wie die Realität des Lebens aussah. Wie sollte sie die Zukunft bewältigen, wenn sie es nicht schaffte, die Dinge so zu sehen, wie sie waren?

Er hatte Sören einen fragenden Blick zugeworfen, als Sünje plötzlich aufgestanden war und sich ans Klavier gesetzt hatte. Den Tastenschoner hatte sie zu Boden geworfen und in die Klaviatur gegriffen, dass das alte Instrument bebte. Sie spielte Akkorde, die in keinem Zusammenhang zueinander standen, ohne jede Harmonie. Manche erinnerten Erik an Liszts Liebesträume, wenn im zweiten Abschnitt das Maximum an Tonhöhe und Lautstärke erreicht wurde. Wohlklingende Akkorde allesamt, aber so wuchtig, dass Erik irgendwann glaubte, sie nicht mehr ertragen zu können. Auch Sören war es so gegangen. Er hatte sich erhoben und einen Schritt aufs Klavier zugemacht, als wollte er Sünje hindern, ihr vernichtendes Spiel fortzusetzen.

Sie hatte so abrupt geendet, wie sie begonnen hatte. Den allerletzten Akkord hatte sie regelrecht knallen lassen, dann den Deckel zugeworfen, sodass Erik erschrocken zusammenfuhr, und war aufgestanden. Sie hatte die beiden Männer angesehen, als hätte sie sie zwischenzeitlich vergessen. Mit gesenktem Blick, als schämte sie sich ihres Ausbruchs, hatte sie sich wieder gesetzt und gewartet, bis auch Sören wieder Platz genommen hatte.

Sie hatte sich an Erik gewandt: »Du glaubst nicht, dass er mich geliebt hat? Dass er mich heiraten wollte?«

Erik war es unbehaglich geworden. »Dazu kann ich nichts sagen«, war er ausgewichen. »Ich kannte Gregor Imhoff nicht.«

Die Sonne war soeben hinter den Dünen verschwunden und breitete über Sylt das Licht aus, unter dem die Insel stiller wurde. Ein typischer Hochsommerabend! Noch warm, aber schon von der Kühle der Nacht gezeichnet, noch hell, aber bereits mit langen, schmalen Schatten, noch voller Freude am Tage, aber längst mit der Mahnung, dass es bald vorbei sein würde. Die Autos bogen schon von den Parkplätzen vor den Strandübergängen auf die Hauptstraße ein, die zurück nach Kampen oder voraus nach Wenningstedt und Westerland führten. Ein Strandtag ging zu Ende. Jetzt kamen die Stunden, in denen in den Ferienwohnungen das Essen gekocht und in den Hotels alles für die Nacht vorbereitet wurde.

Erik schwieg und war froh, dass auch Sören eine Weile nichts sagte. Sie waren beide in Gedanken bei Sünje geblieben, bei ihrer Verzweiflung und der Gewissheit, mit der sie die Gefühle von Gregor Imhoff einschätzte. »Oder hat die Küchenhilfe sich geirrt?«, fragte Sören, der wusste, dass Erik die gleichen Gedanken hatte wie er. »War die Frau am Telefon eine andere?«

Erik wurde unsicher. Unwillig schüttelte er den Gedanken ab. Als sie am Inselzirkus vorbeikamen, nahm er sich vor, Sünje zu vergessen und nur noch an Gregor Imhoff zu denken. »Was haben wir erfahren?«, fragte er und gab sich gleich selber die Antwort: »Dass er in Niebüll aufwuchs und seine Mutter früh gestorben ist.«

»Und dass er vom väterlichen Erbe den ›Silbernen Hering‹ gekauft hat. Das war's.«

»Ich glaube«, meinte Erik nachdenklich, »Sünje hat nun begriffen, dass ihre Beziehung zu Gregor in Wirklichkeit gar keine war. Ihr ist bewusst geworden, wie wenig sie von ihm weiß.«

Die Abzweigung nach Wenningstedt kam in Sicht, Sören nahm den Fuß vom Gas, aber Erik, der wusste, welche Gedanken seinen Assistenten beschäftigten, schüttelte den Kopf. »Wir fahren erst ins Büro. Ich möchte den Inhalt der Korbtruhe genauer in Augenschein nehmen. Sie steht in Vetterichs Büro oder im Labor.«

»Und danach?«, fragte Sören hoffnungsvoll. »Ihre Schwiegermutter hat was von Kalbskoteletts gesagt.«

»Sobald wir herausgefunden haben, was der Täter in der Truhe gesucht hat, fahren wir zum Abendessen. Klaas und Wiebke dürften längst im Süder Wung angekommen sein.«

Sören stöhnte auf. »Und was ist mit der Staatsanwältin?«

Erik hielt vor Schreck die Luft an. »Verdammt! Die habe ich vergessen.«

»Dann hat der Anruf auch noch Zeit, bis wir die Truhe durchgesehen haben«, beschloss Sören. »Frau Dr. Speck liebt es doch, wenn man ihr schon kurz nach dem Mordfall mit Verdächtigen und einem überzeugenden Motiv kommt.«

Wiebkes Handy klingelte, als sie gerade beschlossen hatten, mit den Antipasti zu beginnen und darauf zu hoffen, dass Erik und Sören wenigstens rechtzeitig zum Primo Piatto erscheinen würden. Carlotta sah, dass sich Wiebkes Gesichtsausdruck veränderte, dass ihre Augen heller wurden und ihr Blick aufmerksam. Sie war alarmiert, genauso wie Mamma Carlotta.

»Ich soll so schnell wie möglich nach Sylt fahren?«, fragte sie lachend. »Sie werden es nicht glauben, ich bin in Wenningstedt.« Dann trat wieder der Jagdeifer auf ihre Miene. »Leo Schwickerat? Ja, davon habe ich gehört. Ansgar hat mich angerufen. Keine Ahnung, wie der Wind davon bekommen hat. Also stimmt es wirklich.« Sie sprang auf und lief suchend durch die Küche, ohne dass zu erkennen war, was sie suchte. »In Kampen? Ich fahre sofort hin.« Sie beendete das Gespräch und steckte ihr Handy in die Gesäßtasche ihrer engen Jeans. »Sorry, Signora, ich muss noch mal kurz weg.«

»Was ist los?«, fragte Klaas.

»Leo Schwickerat ist in Kampen gesehen worden. Der Chefredakteur der Mattino will, dass ich mich darum kümmere.«

»Sie sollen ihn fotografieren?«

»Klar!«

Klaas erhob sich. »Dann lassen Sie mich fahren. Wie wollen Sie gleichzeitig Auto fahren und fotografieren?«

»Super!« Wiebke lachte. »Wer käme schon auf die Idee, in dem Lieferwagen eines Bäckers eine Reporterin zu vermuten?«

Mamma Carlotta hatte noch die Hoffnung, etwas verhindern zu können. »Bis Sie in Kampen angekommen sind, ist der Mann längst über alle Berge, Signorina.«

»Mal sehen.«

»Warum ist es überhaupt so wichtig, ihn zu fotografieren?«

Wiebke suchte immer noch, und allmählich wurde klar, dass es ihre Tasche war, nach der sie fahndete. Sie fand sich schließlich in der Diele im Schirmständer, und darin auch ihre Kamera, die das Einzige war, was Wiebke noch nie vergessen hatte. »Haben Sie nicht die Bilder von Angela Rohlfs' Beerdigung in den Zeitungen gesehen?«, fragte sie währenddessen. »Leo Schwickerat ist an diesem Tag zur tragischen Figur geworden. Wenn er auf Sylt seinen Schmerz vergessen will, wäre das großartig. Mit der Frage, warum gerade hier, warum nach so vielen Jahren und warum damals mit einem Schlag Schluss gewesen war mit Sylt, lassen sich viele Seiten füllen.« Wiebke band sich wieder ihre Strickjacke um, dann fiel ihr gerade noch rechtzeitig ein, dass sie ihre Schuhe nach dem Betreten der Küche von den Füßen gestrampelt hatte, ohne darauf zu achten, wohin sie fielen. Der eine fand sich unter dem Tisch, der andere hinter Mamma Carlottas Einkaufskorb. »Also los«, kommandierte Wiebke und fuhr sich durch die Haare, sodass ihre roten Locken wie ein Strahlenkranz von ihrem Kopf abstanden.

»Woher weiß der Chefredakteur, dass der Pianist in Kampen ist?«, rief Mamma Carlotta ihr nach, die noch immer eine winzige Chance sah, Wiebke zurückzuhalten. »Wer hat ihn gesehen? Und warum hat derjenige nicht gleich selbst ein Foto geschossen?«

Wiebke drehte sich abrupt um, prallte gegen Klaas, der ihr auf den Fersen war, und taumelte zwei Schritte zurück. »Ein Kollege hat ihn kurz gesehen. Aber der ist auf Boris Becker angesetzt. Er hat sich in einem Baumhaus versteckt und hatte keine Gelegenheit, Schwickerat zu fotografieren.« Wiebke hatte bereits die Hand an der Klinke der Haustür, als sie erneut herumfuhr und auch diesmal gegen Klaas prallte, der dicht hinter ihr war. »Wo ist mein Handy?«

Mamma Carlotta stand auf und klopfte auf ihre eigene rechte Gesäßhälfte. Wiebke verstand, ahmte Mamma Carlottas Geste nach und fand auf diese Weise ihr Handy. »Alles klar!«

Die Haustür wurde aufgerissen, fiel donnernd ins Schloss, und Mamma Carlotta tat die Stille gut, die sich auftat, nachdem der Motor von Klaas' Lieferwagen aufgeheult und sich entfernt hatte. Eigentlich war sie kein Freund der Stille, aber wenn Wiebke in der ihr eigenen chaotischen Art das Haus verlassen hatte, sehnte sie sich oft nach Ruhe und Ordnung. Dass in der ersten Etage Felix' Stimme röhrte: »Ich hab Lothar Matthäus in den Sack geschossen bei einem Benefiz-Fußballspiel«, und seine Gitarre sich Mühe gab, den Gesang zu übertönen, empfand sie in diesem Moment nicht als störend.

Die Truhe stand im Labor, zu einer genauen Untersuchung war es jedoch noch nicht gekommen. Der Mitarbeiter der KTU, der Erik und Sören empfing, verdrehte genervt die Augen. »Ich kann nicht hexen. Die Truhe ist gerade erst gebracht worden.«

Da jeder Kriminalbeamte sich um ein gutes Verhältnis zur

Kriminaltechnischen Untersuchungsstelle bemühte, beteuerte Erik, dass ihm nichts ferner liege, als den gestressten Spurensucher zur Eile anzutreiben. »Ich würde nur gerne einen Blick hineinwerfen. Am Tatort war weder Ruhe noch Zeit.«

Diese Bitte stieß zum Glück auf Verständnis. Erik und Sören erhielten nicht nur die Erlaubnis, sich den Inhalt der Korbtruhe anzusehen, sondern darüber hinaus die Zusicherung, dass von den Blutspuren so schnell wie möglich eine DNA-Analyse gemacht werde. »Wir vermuten zwar, dass es sich um das Blut des Opfers handelt, aber man kann nie wissen. Vielleicht finden sich ja auch andere Spuren, eventuell sogar Hinweise auf den Täter.«

»Wir werten jede Spur aus«, kam es zurück, nun ohne jede Freundlichkeit, da Erik durch diese wenigen Sätze prompt in den Verdacht geraten war, den Mitarbeiter der KTU für unfähig zu halten und ihm vorsichtshalber zu erklären, was von ihm erwartet wurde.

»Puh«, stöhnte Erik so leise, dass es nur Sören hören konnte. Und auch, dass er die Augen verdrehte, sah niemand anderes als sein Assistent.

Sören kniete vor der Truhe, Erik zog es vor, die Prüfung des Inhalts im Sitzen vorzunehmen. Er schnappte sich den Aktenordner, der zuoberst lag, und zog sich an den Schreibtisch von Kommissar Vetterich zurück, der zurzeit verwaist war, weil der Leiter der KTU wohl noch immer im ›Silbernen Hering‹ auf Spurensuche war. Erik genoss die Ruhe, während er den Ordner durchblätterte. Nur gelegentlich drang von draußen Möwengeschrei herein, ein Motorgeräusch, eine Stimme, die etwas rief, dann ein Klappern, als wäre eine Leiter umgefallen.

»In welchem Alter fängt das eigentlich an«, fragte Sören, »dass man alles aufbewahrt, was die Hinterbliebenen später wegwerfen, ohne es sich auch nur anzusehen? Bei meiner Oma haben wir auch so viel Zeug gefunden. Heiratsanzeigen, Glückwunschkarten, Weihnachtskarten …«

»Bei meiner Mutter auch«, erinnerte sich Erik. »Wir haben Unmengen entsorgt.«

»Gregor Imhoff anscheinend nicht. Der hat das ganze Zeug verwahrt.« Sören hielt zwei Päckchen in den Händen, beide mit rotem Samtband zusammengebunden. »Alles fein säuberlich geordnet. Glückwünsche zur Hochzeit, Kondolenzkarten zur Beerdigung von Gregors Vaters, Korrespondenz mit Verwandten, sortiert in Verwandte der Mutter und Verwandte des Vaters …«

»Damals wurde noch nicht gemailt, und niemand verschickte eine SMS. Man setzte sich hin und schrieb am Abend einen Brief.« Erik blickte von der Akte auf, in der er gerade zu blättern begonnen hatte, und betrachtete die roten Samtbänder noch einmal, die himmelblauen Tüll- und die schwarzen Satinbänder, mit denen die Briefe stapelweise zusammengebunden waren. »Glauben Sie, dass Imhoff die Briefe selbst sortiert hat?«

Sören schüttelte den Kopf. »So was machen Frauen. Alte Damen.«

»Ich würde mich nicht wundern, wenn er diese Truhe nicht wegwerfen mochte, weil sie voller Erinnerungen war, denen er sich jedoch noch nicht stellen wollte. Die Stiefmutter ist ja noch nicht lange tot. Sünje hat gesagt, dass ihm ihr Tod sehr nahegegangen ist.«

»Dann muss der Täter jemand sein, der den Inhalt der Truhe kennt. Und der etwas haben wollte. So sehr, dass er Gregors Tod dafür in Kauf genommen hat.«

»Was könnte das sein?« Erik legte den Aktenordner zur Seite.

Sören nahm einen der Briefstapel, löste das Band und kam damit zum Schreibtisch, an dem Erik saß. Anscheinend war ihm das Knien nun doch zu unbequem geworden. »Das kann alles Mögliche gewesen sein.«

»Etwas, was mit der Familie zu tun hat.«

»Da haben Sie wohl recht. In dieser Truhe gibt's nichts anderes als Familienzeug.«

»Vielleicht ging es um ein Testament?« Erik starrte nachdenklich die gegenüberliegende Wand an. »Wie es aussieht, hatte Gregor Imhoff keine nahen Verwandten. Geschwister gibt es nicht, Kinder hatte er keine. Wer mag ihn beerben, wenn er kein Testament hinterlassen hat?«

»Wer verfasst in seinem Alter schon ein Testament?«, warf Sören ein. »Er war gesund, er dachte nicht an den Tod.« Als Erik nicht reagierte, folgte Sören seinem Blick. »Die Mutter ist tot, der Vater auch. Die Stiefmutter lebt ebenfalls nicht mehr. Vielleicht gibt's irgendwo einen Cousin oder eine Cousine. Die wären dann wohl erbberechtigt.«

»Die Stiefschwester nicht«, überlegte Erik. »Die Tochter der zweiten Frau des Vaters war ja keine leibliche Verwandte des Toten.« Er zog den Aktenordner wieder heran. »Warum er den wohl aus dem Regal genommen und in die Truhe gelegt hat? Das muss doch einen Grund haben …«

Wieder senkte sich Stille auf sie herab. Nebenan hörten sie den Mitarbeiter der KTU hantieren, gelegentlich Schritte auf dem Flur. Von draußen kamen die Geräusche und Gerüche herein, die zeigten: Ein Abend in der Hochsaison war angebrochen. Die Familienkutschen waren weniger geworden, stattdessen röhrten die Motoren der Luxuskarossen, Kindergeschrei und Kinderlachen war nicht mehr zu hören, die Rufe, die hin und wieder von der Straße heraufdrangen, waren anmaßender, das Lachen war aggressiv geworden. Die Luft roch nicht mehr nach Sonne und Sonnenschutzmitteln, sie hatte Ausdünstungen von Fast Food und guter Küche aufgenommen, war schärfer und kälter geworden. Aus den Autos, die vorüberfuhren oder vor der Ampel hielten, drang hämmernde Musik, die Erik normalerweise nervös machte. Aber nun nahm er sie nicht zur Kenntnis, nichts nahm er mehr wahr, was an seine Ohren drang. Er beugte sich vor und starrte das Blatt an, das er soeben aufgeschlagen hatte. Das Wummern der Bässe und das Gaspedal, das im gleichen Rhythmus betätigt wurde, drangen nicht zu ihm vor. Er hob nicht einmal den Blick, als sein Handy zu klingeln begann. Zwar nahm er es zur Kenntnis, aber er zog es nur aus der Jackentasche und schob es Sören hin. Wortlos und ohne seinen Assistenten anzusehen.

Das Gespräch, das Sören führte, war nur kurz. »Merkwürdig.« Er sah seinen Chef an, als erwartete er eine Frage von ihm.

Tatsächlich hob Erik nun den Kopf. »Ist was?«

»Das war Rudi Engdahl. Er sagt, in Kampen sind zwei Leute festgenommen worden.«

»Was geht uns das an?«

»Am Wattweg. Im Garten des Hauses, in dem Sünje Poppinga wohnt. Rudi dachte, das könnte uns interessieren.«

»Was sind das für Leute?«

»Er hat sie ins Vernehmungszimmer bringen lassen.«

Erik nickte geistesabwesend und starrte wieder das Blatt an, das er gelesen hatte. »Das ist doch kein Zufall«, sagte er.

Sören verstand ihn nicht. »Was ist kein Zufall?«

»Dass Gregor Imhoff umgebracht wurde, während die ›Arabella‹ vor List auf Reede liegt.«

»Wie kommen Sie jetzt darauf?«

»Der Arabella-Dieb ist der Täter«, sagte Erik mit so großer Bestimmtheit, dass Sören sich keinen Einwand erlaubte. Erik klopfte auf die Akte. »Aus dem Dieb ist ein Mörder geworden.«

Mamma Carlotta ging schlecht gelaunt von einem Fenster zum anderen. Die Kinder hatten sich ein paar Crostini in den Mund geschoben, als ihnen klar geworden war, dass aus dem gemeinsamen Abendessen so bald nichts werden würde, und das Haus verlassen. Mit der Erklärung, sie würden sich in der Dönerbude einen Kebap holen, wollten sie ihre Nonna trösten, aber das war natürlich nicht gelungen. Dönerbude statt cucina italiana? Ohne zu wissen, wie es in einer Dönerbude zuging und wie ein Kebap schmeckte, war Mamma Carlotta davon überzeugt, dass die Kinder sich mit etwas zufriedengaben, was für ihre Pappa al pomodoro, die Braciole ai carciofi und ihre Frittelle eine Beleidigung war. Und wer ihre Küche beleidigte, würdigte auch sie selbst herab. Da konnten die Kinder noch so sehr beteuern, dass sie viel, viel lieber das Essen genossen hätten, das ihre Nonna mit Liebe gekocht hatte, dass es aber bedauerlicherweise ein paar Freunde gab, die auf ihr Erscheinen warteten. Mamma Carlottas Verdacht, dass sie das Haus verlassen wollten, weil ihnen das Zusammensein mit ihren Freunden wichtiger war als la famiglia, hatten sie zwar entrüstet von sich gewiesen, ihre Nonna damit jedoch nicht überzeugt.

Sie kehrte vom Wohnzimmer in die Küche zurück, warf einen Blick auf die Straße, in der Hoffnung, entweder Klaas' Lieferwagen oder Eriks Auto herankommen zu sehen, dann kontrollierte sie die Pappa al pomodoro, die auf dem Wege waren, ihre Konsistenz zu verändern und den Duft der Tomaten zu verlieren. Bei den Kalbskoteletts verhielt es sich ähnlich. Sie hätten längst serviert werden müssen. Die Frittelle hatte sie eigentlich heiß auf den Tisch stellen wollen, aber sie schmeckten zum Glück auch kalt, wenn man Kompott dazu servierte.

Sie hörte ein Geräusch, warf den Deckel auf die Pfanne mit den Kalbskoteletts und lief zum Fenster. »Finalmente!« Dass beide Wagen hintereinander vor der Haustür hielten, hielt sie für einen Trumpf des Zufalls und so konnte Carlotta schon wieder lachen, als sie die Tür öffnete. »Alla buon'ora! Das Essen wäre in den nächsten Minuten ungenießbar geworden.«

Aber auch hier war die Reaktion nicht so, wie sie es erwartet hatte. Kein wohliges Seufzen mit zum Himmel geschlagenen Augen, keine Versicherung, dass man in der letzten Stunde an nichts anderes habe denken können als an das Essen, das im Süder Wung wartete, erst recht keine Entschuldigung, die nach Mamma Carlottas Meinung nun wirklich fällig gewesen wäre.

Klaas war der Einzige, der Einfühlungsvermögen bewies. »Es tut mir leid, Signora«, sagte er leise, während er an ihr vorbei ins Haus ging. »Unglückliche Umstände ...«

Erik folgte ihm schlecht gelaunt, Sören mit einem unsicheren Lächeln, als wüsste er nicht genau, ob er es wagen könnte, sich auf die Seite der Köchin zu schlagen, oder ob es klüger war, sich der Gemütsverfassung seines Chefs anzuschließen. Wiebke betrat als Letzte das Haus, mit niedergeschlagenem Blick, sodass sie mal wieder, zum gefühlten hundertsten Mal, über die Schwelle stolperte, aber rechtzeitig von Mamma Carlotta aufgefangen wurde, während sie sonst oft mit vorgerecktem Oberkörper auf das Treppengeländer zuschoss, das sie bisher zum Glück noch immer rechtzeitig zu fassen bekommen hatte.

Als Mamma Carlotta mit Wiebke die Küche betrat, hörte sie Klaas sagen: »Tut mir leid, Erik. Ich hatte es gut gemeint.«

Erik winkte ab. »Deine Schuld ist das ganz sicher nicht. Es war nett von dir, dass du Wiebke begleitet hast.«

Ehe Mamma Carlotta sich erkundigen konnte, von welcher Schuld hier die Rede war, ging Wiebke dazwischen. »Konnte ich ahnen, dass diese beiden alten Leutchen gleich nach der Polizei schreien?«

»Ist das ein Wunder? Wenn man ihrer Aussage glauben darf, seid ihr durch den Garten geschlichen wie Einbrecher.«

Wiebkes Augen sprühten, ihre roten Locken sahen aus, als wären sie elektrisch aufgeladen. Ihr T-Shirt war aus den engen Jeans gerutscht und legte einen Streifen Haut frei, der nach Mamma Carlottas Meinung für Nierenkoliken und Blasenentzündungen verantwortlich war. Aber Wiebke war derart in Fahrt, dass sie mit einer entsprechenden Warnung hinterm Berg hielt. Sören setzte sich schleunigst, als Wiebke anfing, hin und her zu rennen. Er schien Angst zu haben, ihr in die Quere zu geraten.

»Wie oft noch?«, fuhr sie Erik an. »Ich war Leo Schwickerat auf der Spur. Er ist in Kampen in dieser Gegend gesehen worden.« Sie stellte sich vor Erik hin und hob die Arme, als wollte sie ihn würgen. »Und dann entdecke ich einen Mann, der so gekleidet ist, wie der Chefredakteur gesagt hat, und der offensichtlich nicht erkannt werden will. Hochgeschlagener Kragen, Sonnenbrille, geduckt, Kopf eingezogen. Und der schleicht sich in diesen Garten! Da soll ich erst die Besitzer fragen, ob es ihnen recht ist, wenn ich ihm folge?«

Ihre Stimme war lauter geworden, und Mamma Carlotta war heilfroh, dass die Kinder nicht im Haus waren, die sich vermutlich mit Vehemenz in diesen Streit eingemischt, sich auf die Seite ihres Vaters geschlagen und die Gelegenheit genutzt hätten, Wiebke davon zu überzeugen, dass sie in ihrer Familie am falschen Platz war.

Erik griff nach einem Crostino, als wollte er das Gespräch beenden. »Einen schrecklichen Beruf hast du!«

»Du etwa nicht?«, kam es wie aus der Pistole geschossen zurück. »Aber auf deinen Beruf muss man ja ständig Rücksicht nehmen. Meiner ist dir vollkommen egal.«

Erik sah aus, als bereite ihm Wiebkes Wortschwall Schmerzen, Sören versuchte sich unsichtbar zu machen, Klaas stand da, als wollte er sich bei jedem Einzelnen entschuldigen, und Mamma Carlotta warf ein, dass der Zustand des Essens Vorrang habe und alles andere genauso gut während der Mahlzeit beredet werden könne.

Klaas folgte dankbar ihrer Aufforderung, Platz zu nehmen, aber Wiebke stoppte ihn mit einer energischen Geste. »Wieso haben Sie mir nicht gesagt, dass Ihre Schwester dort wohnt?«

»Was hätte das geändert?«, fragte Klaas zurück.

»Sie hätten mir sagen können, dass Leo Schwickerat unmöglich in diesem Haus wohnen kann.«

»Haben Sie wirklich angenommen, dass er dort wohnen würde? In dieser Bruchbude?«

Beinahe hätte Mamma Carlotta, wie es ihre Gewohnheit war, Frieden stiftend eingegriffen, aber dann fiel ihr gerade noch rechtzeitig ein, dass es auch Vorteile hatte, wenn Wiebke und Klaas aneinandergerieten. Womöglich wurde ihr dadurch eine große Sorge genommen …

»Der Kerl hat diesen Garten natürlich nur zur Flucht genutzt«, fuhr Klaas erregt fort, schob Wiebke zur Seite und nahm nun Platz. »Er ist nicht eingezäunt, am anderen Ende verläuft ein Wanderweg. Da ist er im Nu von der Dunkelheit verschluckt worden.«

Mamma Carlotta legte jedem einen Crostino auf den Teller, dann warf sie einen so verzweifelten Blick in den Topf mit der Pappa al pomodoro, dass jedem klar sein musste, wie kritisch der Zustand von Primo Piatto und Secondo waren. »Handelte es sich denn nun wirklich um diesen berühmten Pianisten?«

Wiebke ließ sich auf einen Stuhl fallen. »Woher soll ich das wissen? Ich habe den Kerl ja nicht erwischt. Die Polizei, dein Freund und Helfer, hat es verhindert.«

Erik wandte sich an Klaas. »Hat Sünje etwas gemerkt?«

»Natürlich«, gab Klaas zurück.

Und Wiebke ergänzte: »Bei dem Geschrei, das die Alte angestimmt hat, bei Blaulicht und großem Polizeiaufgebot war das wohl nicht zu vermeiden.«

Erik sah noch immer Klaas an. »Konnte sie sich erklären, was der Mann in dem Garten wollte?«

Klaas erschrak. »Du meinst, der wollte was von Sünje?« Erik zuckte mit den Schultern, Klaas lehnte sich zurück und schloss die Augen. »Wenn ihr diese Idee ebenfalls gekommen ist, dann habe ich sie morgen am Hals. Wetten, dass sie dann wieder das kleine Mädchen ist, das sich fürchtet und vom großen Bruder beschützt werden muss?« Er schüttelte sich. »Eine Stunde mit meiner Schwester, und ich leide unter akutem Fluchtreflex.«

Die Kinder hatten nur wenige Crostini übrig gelassen, also war der erste Gang schnell erledigt, und Mamma Carlotta konnte die Pappa al pomodoro auftragen. Während jeder nach dem Besteck griff, wurde es stiller am Tisch. Ein paar gemurmelte Komplimente an die Köchin, die Versicherung, es schmecke vorzüglich, ansonsten schien sich nun jeder seine eigenen Gedanken zu dem zu machen, was vorgefallen war. Mamma Carlotta suchte ihr Gedächtnis nach einer Geschichte ab, die ablenken konnte von diesem schrecklichen Thema, das am Ende nicht nur Wiebke und Klaas, sondern auch Wiebke und Erik entzweien würde. Und dann fiel ihr etwas ein.

»Ich habe heute eine interessante Geschichte gehört«, begann sie, und Wiebke fiel sofort ein, als wäre sie dankbar für den Themenwechsel: »Ja, erzählen Sie Erik von dem verschwundenen Baby.«

Mamma Carlotta breitete die Geschichte in aller Ausführlichkeit vor ihrem Schwiegersohn aus, auch diesmal ohne den Ort zu nennen, an dem sie von der schrecklichen Sache erfahren hatte, schilderte die Verzweiflung des Vaters und behauptete, die Mutter liege im Sterben, weil ihr damals das Herz gebrochen worden war. »Kannst du dich an den Fall erinnern, Enrico?«

Erik wurde nachdenklich, dann nickte er. »Die Sylter Polizei hatte nicht lange damit zu tun, es wurde sehr schnell eine SoKo gebildet.«

»Und warum hat diese ... SoKo il bimbo nicht gefunden?«

»Der damalige Staatsanwalt ...« Erik brach erschrocken ab und starrte Sören an, der im selben Moment den gleichen Gedanken zu haben schien.

»Sie haben die Staatsanwältin immer noch nicht angerufen!«

Erik warf Wiebke einen strafenden Blick zu, deren Festnahme in Kampen dafür gesorgt hatte, dass Erik den Gedanken an die Staatsanwältin beiseitegeschoben hatte. Eilig erhob er sich und wischte den Einwand seiner Schwiegermutter, er könne unmöglich das Essen wegen eines Telefonats unterbrechen, beiseite. »Wahrscheinlich erreiche ich sie gar nicht. Es ist ja schon spät. Dann macht es sich aber gut, wenn ich ihr auf die Mailbox spreche. Immerhin weiß sie dann morgen früh, dass ich versucht habe, sie noch heute zu informieren.«

Erik ging ins Wohnzimmer und zog die Tür hinter sich zu. Aufatmend ließ er sich ins Sofa sinken, schob sich eins seiner geliebten grünen Kissen ins Kreuz und blieb eine Weile so sitzen.

Er lauschte auf die Geräusche, die aus der Küche drangen, auf das Geklapper des Geschirrs und die gedämpften Stimmen. Klaas schien sich zu bemühen, die Laune aufzuheitern, er erzählte eine Begebenheit aus ihrer gemeinsamen Jugend, und Erik lächelte, als er merkte, dass Klaas gewaltig übertrieb, nur um die Stimmung in der Küche aufzuhellen. Sein schlechtes Gewissen rührte sich. Klaas war gekommen, um mit ihm das Treffen der alten Spielkameraden zu besprechen, stattdessen war er nun in seinem Konflikt mit Wiebke gelandet, der ihn absolut nichts anging. Dass er sie begleitet hatte, war nett von ihm gewesen. Klaas konnte nichts dafür, dass sie in Polizeigewahrsam gelandet waren, er hatte nur helfen wollen. Hilfsbereit war er schon immer gewesen. Das hatte in der Schule jeder gewusst, nachdem sich endlich die Meinung durchgesetzt hatte, dass attraktive Kerle wie Klaas trotzdem nette Jungs sein konnten.

Er stand wieder auf, als er sah, dass seine kalte Pfeife im Aschenbecher lag. Wie immer, wenn er Zeit gewinnen wollte, zündete er sie umständlich an, paffte ein paar Rauchwolken in die Luft ... und fühlte sich dann nicht besser als vorher. In diesem Fall sogar eher im Gegenteil. Eine so bleierne Müdigkeit überfiel Erik, dass es ihn Überwindung kostete, das Handy zur Hand zu nehmen und die Nummer der Staatsanwältin zu wählen. Er schloss die Augen, wartete auf die Ansage, mit der die Stimme von Frau Dr. Speck den Anrufer darauf hinwies, dass sie zurzeit nicht im Büro sei, sich aber gleich am nächsten Morgen um das Anliegen kümmern würde, vorausgesetzt, man hinterlasse seinen Namen und seine Telefonnummer.

Erschrocken fuhr er zusammen, als der Name »Speck!« an sein Ohr prallte. Augenblicklich saß er aufrecht da, warf die Pfeife in den Aschenbecher, als könne ihn die Staatsanwältin sehen, die niemals einen Hauptkommissar akzeptiert hätte, der zusammengesunken und müde in seinem Sofa saß. Sie selbst war immer auf der Höhe, egal um wie viel Uhr, und ständig im Dienst, sogar zu einer Zeit, in der sich der Normalbürger um die

Tagesschau und sein erstes Bier kümmerte. »Moin, Wolf! Was gibt's?«

Dass er selbst ebenfalls noch im Dienst war, war für sie nicht der Rede wert. Im Gegenteil, pünktlicher Feierabend war für Frau Dr. Speck etwas für Weicheier – oder Dröhnbüdel, wie sie es nannte, wenn sie gut gelaunt war und ihr dann einfiel, dass sie sich im Norden Deutschlands befand, wo Friesisch geschnackt wurde.

Erik musste sich erst ausgiebig räuspern, ehe er in der Lage war zu antworten. »Wir haben einen Todesfall«, begann er schließlich. »Gastwirt in Wenningstedt. Noch nicht lange auf Sylt, aus Niebüll zugezogen.« Er schüttelte sich, als ihm klar wurde, dass er den abgehackten Sprachstil der Staatsanwältin übernommen hatte, den er nicht leiden konnte. Trotzig fuhr er so fort, wie er zu sprechen pflegte: »Es sieht so aus, als hätte der Arabella-Dieb wieder zugeschlagen. Der Kreuzfahrer liegt seit dem frühen Morgen auf Reede.«

»Wozu habe ich angeordnet, dass sämtliche verfügbaren Beamten Streife laufen, wenn die ›Arabella‹ angelegt hat?«

Der Vorwurf in ihrer Stimme machte Erik zornig. »Diesmal ist die Sache untypisch verlaufen. Zunächst dachte ich sogar, dass der Tote nicht das Opfer des Arabella-Diebes sein kann, denn es wurde nichts Wertvolles gestohlen. In der Kasse war Geld, wenn auch nicht viel, nur der silberne Hering, das Wahrzeichen des Fischrestaurants, ist verschwunden. Aber der ist nichts wert. Dachte ich jedenfalls. Dachten alle ...«

»Aha! Sie haben sich also geirrt.«

»Er hing schon immer in einer Vitrine, die ohne Weiteres zu öffnen war. Völlig ungesichert! Jeder hätte ihn nehmen können. Aber niemand hätte es getan, weil er ein scheußliches Ding war, das niemand für kostbar hielt.«

»Aber es *war* kostbar?«

»Ich habe ein Gutachten gefunden. Darin stellt ein Kunstsachverständiger fest, dass der silberne Hering rund hunderttausend Euro wert sein dürfte, wobei unklar ist, ob er auf dem Markt so viel bringen würde, weil er wirklich nicht schön ist. Aber er stammt angeblich aus dem Jahre 1670 und ist in Krakau verschwunden.«

»Derjenige, der ihn gestohlen hat, muss es gewusst haben.«

»Ja, das ist merkwürdig. Wenn Gregor Imhoff anderen davon erzählt hat, hätte er den Hering besser sichern müssen.«

»Was ist das für ein Kunstsachverständiger?«

»Er heißt Robert Spielmann, ich werde ihn morgen früh anrufen.« Und beherzt setzte er hinzu: »Heute konnte ich ihn nicht erreichen.« Dass die Staatsanwältin ihn dieser Lüge überführen würde, war sehr unwahrscheinlich. Sollte er ihr etwa gestehen, dass er viel Zeit vertrödelt hatte, als seine Freundin mit seinem früheren Spielgefährten im Garten einer Zeugin festgenommen worden war? »Ich habe ihn bereits recherchiert. Er ist Mitglied des Bundesverbandes der vereidigten Kunstsachverständigen. Das Gutachten hat also Gewicht.«

Die Stimme der Staatsanwältin wurde nachdenklich. »Sie sagen, niemand hat gewusst, wie kostbar dieser Hering ist?«

»Aber der Inhaber des Restaurants hat es gewusst.«

»Hat er den Arabella-Dieb überrascht? Und sein Eigentum verteidigt?«

Erik bemühte sich, nicht herumzudrucksen. »Sieht so aus, aber … woher wusste der Arabella-Dieb, dass der silberne Hering so kostbar war?«

»Er scheint sich auf Sylt auszukennen, das haben wir ja längst festgestellt. Er weiß, wo es etwas zu holen gibt.«

»Wenn der Kapitän uns Einblick in seine Personalliste gäbe, wüssten wir, ob es in der Besatzung einen Sylter gibt.«

»Finden Sie mehr heraus, Wolf! Damit ich endlich den Durchsuchungsbeschluss ausstellen kann!«

Damit war das Gespräch beendet, und Erik hatte das Gefühl, dass die Staatsanwältin mit dem Stand seiner Ermittlungen durchaus zufrieden war. Sie hatte sogar Tatendrang in ihm geweckt. Er stand auf, ohne sich auf der Platte des vor ihm stehenden Tisches abzustützen, klopfte dynamisch die Pfeife aus und ging zur Tür.

Aber gleich erhob sich die Müdigkeit wieder vor ihm. Am liebsten hätte er sich zurückgezogen, um eine Weile allein zu sein. Er wollte Wiebkes vorwurfsvollen Blick nicht sehen, wollte sich nicht ärgern, nachdem er sich auf sie gefreut hatte, wollte sich auch nicht entschuldigen und genauso wenig eine Entschuldigung von ihr hören. Er wollte nur, dass sie bei ihm war, ohne dass sie sich stritten oder Gespräche führten, die sich um Probleme drehten, von denen Erik nichts wissen wollte. Jedenfalls nicht jetzt! An diesem Abend wollte er sogar am allerliebsten, dass Wiebke früh zu Bett ging und nicht von ihm erwartete, dass er sich ihr anschloss. Er wollte auch, dass Sören sich der geladenen Atmosphäre möglichst bald entzog und nach Hause fuhr. Danach würde er es sich mit Klaas im Wohnzimmer gemütlich machen, das eine oder andere Bier trinken und hoffen, dass seine Schwiegermutter sich nicht einmischte. War das etwa zu viel verlangt?

Als es an der Haustür klingelte, verzog er das Gesicht. Jetzt bloß kein Besuch! Er machte zwei Schritte ins Wohnzimmer zurück, wartete, bis er die Küchentür hörte, und wusste, dass seine Schwiegermutter sich beeilen würde, um zu öffnen. Darauf konnte er vertrauen. In ihrem Rücken huschte er in die Küche zurück und atmete erleichtert auf. Was er jetzt auf keinen Fall wollte, war ein Gespräch mit einer Nachbarin oder einem Mitarbeiter des Touristenbüros, der mal wieder mit einer Umfrage kam. Unerwünschte Besucher abzuwimmeln und alle anderen mit so viel Trara zu begrüßen, dass sich sämtliche anderen Anwesenden unbemerkt zurückziehen und ihre Ruhe haben konnten, war die Spezialität seiner Schwiegermutter. Er selbst brachte beides nicht fertig. Und er fand, dass ihm derartige Bemühungen zurzeit auch nicht zuzumuten waren. Er ermittelte in einem Mordfall! Anstrengungen im zwischenmenschlichen

Bereich waren jetzt einfach zu viel für ihn! Das musste doch jeder einsehen!

Er setzte sich wieder an den Tisch, gab Sören mit einem kurzen Nicken zu verstehen, dass das Gespräch mit der Staatsanwältin zur Zufriedenheit ausgefallen war, und stellte erleichtert fest, dass Wiebke und Klaas ihn nicht beachteten. Sie unterhielten sich angeregt und forderten keinen Gesprächsbeitrag von ihm. Gott sei Dank!

»Sie war tatsächlich noch im Büro?«, fragte Sören flüsternd.

Erik wusste, wen er meinte. »Ich frage mich manchmal, wie das Privatleben von Frau Dr. Speck ...«

Weiter kam er nicht, denn ein markerschütternder Schrei brachte alles zum Schweigen. Sogar die Möwe, die gerade noch kreischend übers Haus geflogen war, verstummte.

Erik war erst in der Lage, aufzuspringen und in die Diele zu laufen, als er den Schrei noch einmal hörte. Leiser diesmal, zitternd, stoßweise und von Silben geformt, die alle auf a, u und au endeten.

Der Morgen war kühl, wie fast jeder Morgen auf Sylt. Ein Sommertag in Umbrien begann lauwarm, mit vielen Gerüchen, die aus den offenen Fenstern kamen, und mit lauten Stimmen. Die Wärme war es, die, solange sie noch erträglich war, aus den ersten Geräuschen des Tages bald Lärm machte und aus den Gerüchen, die aus den offenen Küchenfenstern drangen, einen verlockenden Duft. Auf Sylt war vieles anders, auch der Tagesanbruch. Weil es kühl war, blieben die Fenster geschlossen, Brötchenkäufer, die schnell zurück in die Wärme ihrer Ferienapartments wollten, liefen über die Straße, und die Sylter, die bei gutem Wetter noch mehr zu tun hatten als sonst, hatten es eilig.

Mamma Carlotta ging auf die Terrasse und warf einen prüfenden Blick zum Himmel. Er war blau und verhieß einen strahlenden Sommertag. Aber noch stand die Sonne auf der anderen Seite des Hauses, die Terrasse lag im Schatten. Nein, es war zu kalt, um das Frühstück im Freien einzunehmen. So, wie es in Italien zu dieser Uhrzeit schon zu warm war, um der Sonne Zutritt zu den Wurst- und Käsetellern zu gestatten. Mamma Carlotta fröstelte, schlang die Arme um ihren Oberkörper und kehrte ins Haus zurück.

Aber die paar Minuten im Garten hatten ihr gutgetan. Kälte und Wind füllten sie aus und blieben in ihr, während sie sich einen Espresso kochte. Ihre Wangen waren frisch und kühl, die klare Luft, die sie eingeatmet hatte, stand noch in ihren Atemwegen, als sie den ersten Schluck Espresso schlürfte. Sie glaubte nun, dass sie die Folgen des fehlenden Schlafs würde überwinden können. Die ganze Nacht hatte sie sich im Bett gewälzt, weil ihr die vielen Fragen keine Ruhe ließen und die notwendigen Antworten erst recht nicht. Nur einmal war sie kurz eingedöst, dann aber gleich wieder hochgeschreckt, weil ihr eine innere Stimme suggeriert hatte, dass alles nur ein Traum gewesen war. Und für einige Minuten hatte sie wirklich daran geglaubt. Natürlich, das konnte nur ein Traum sein! So etwas gab es nicht in Wirklichkeit! Nur im Roman, im Film oder in einem Luftschloss.

Aber nun saß sie da, mit der Espressotasse in der Hand, pustete hinein, genoss die Hitze, die in ihr Gesicht stieg, und wusste, dass sie nicht geträumt hatte. Sie trank einen Schluck und gönnte sich sogar einen zusätzlichen Löffel Zucker. An einem solchen Tag sollte man nicht geizig sein.

Aber … konnte sie das Abenteuer wirklich willkommen heißen? Wie gestern Abend schlich sich wieder dieser kleine Teufel in ihr Ohr und piesackte sie. War sie egoistisch, wenn sie die Chance ergriff? Eigennutz hatte nie Platz in ihrem Leben gehabt. Wer sieben Kinder großzog und für einen pflegebedürftigen Mann sorgte, träumte nicht einmal von eigenen Wünschen. So jemand war glücklich, wenn alle anderen es mit ihrer Selbstsucht nicht zu weit trieben. Und jetzt so was!

Sie hörte Eriks Schritte auf der Treppe, stürzte den Espresso hinunter und wappnete sich. Am Abend hatte sie in ihrer Verwirrung seinen Argumenten nicht viel entgegenzusetzen gehabt, aber nun, nach der durchwachten Nacht, würde sie ihm klarmachen können, dass so mancher Passagier der Titanic froh gewesen wäre, wenn ihn jemand von der Kreuzfahrt abgehalten hätte.

Aber Erik durchschaute sie schnell und konterte raffiniert, indem er ihre eigenen Waffen zog. »Vielleicht entgehst du einem Verkehrsunfall, wenn du in den nächsten Tagen nicht in Wenningstedt herumläufst.« Dieses Argument verblüffte Mamma Carlotta derart, dass Erik noch die Gelegenheit hatte anzufügen: »Es bleibt dabei. Du gehst morgen auf die ›Arabella‹ und genießt die Kreuzfahrt. Wir kommen schon zurecht. Klaas hat versprochen, dass er mir hilft, er kann ja gut kochen. Und Wiebke ist schließlich auch noch da.«

Mamma Carlotta merkte an, dass Wiebkes Kochkünste sich auf Nudelauflauf und Spiegelei beschränkten, aber Erik fuhr schon fort: »Abends gehe ich mit den Jungs essen, oder wir grillen im Garten, und mittags reicht ein Fischbrötchen bei Gosch.«

»Aber ich hatte dir versprochen, für deine Gäste zu kochen.«

Erik ging zum Kaffeeautomaten und bereitete sich einen Kaffee zu, der ihm sonst immer von seiner Schwiegermutter vorgesetzt wurde, die nicht wollte, dass er einen Finger krümmte, während sie zu Besuch war. Aber an diesem Morgen, an dem es so viele Gedanken, Fragen und Unsicherheiten gab, hatte sie es glatt vergessen. Erschrocken sprang sie auf. Nicht einmal an den Schinken für Eriks Rührei hatte sie gedacht, der noch gewürfelt werden musste! Und in wenigen Minuten würde Sören erscheinen, der sich ebenfalls auf sein Rührei freute!

Sie riss die Kühlschranktür auf und holte Schinken und Eier heraus, während Erik sagte: »Es kommt überhaupt nicht infrage, dass du verzichtest. Der Mitarbeiter des Touristikbüros ist extra gekommen, damit du heute den ganzen Tag Zeit hast, dich vorzubereiten.« Dass der junge Mann nach dem gewaltigen Schreck, der ihm in die Glieder gefahren war, in die Küche geführt und mit Frittelle und ganz viel Grappa hatte aufgepäppelt werden müssen, ehe er den Rückweg antreten konnte, ließ er unerwähnt. Er verzichtete sogar auf die Ermahnung, dass man einen Friesen niemals mit einer derart gellenden Gemütsbewegung erschrecken dürfe. Auf Sylt schrie man nicht vor Freude.

Mamma Carlotta schlug die Eier so heftig in die Schüssel, dass Erik sich mit seiner Tasse an den Tisch zurückzog. Erst recht, als sie die Pfanne mit dem Öl aufsetzte und damit so unvorsichtig hantierte wie eh und je.

»Aber die Kinder«, jammerte sie.

»Hast du nicht gesagt, dass du jemanden mitnehmen darfst? Du wirst eine Doppelkabine beziehen.«

»Eine einzige Person! Wenn ich Carolina mitnehme, wird Felice traurig sein, und wenn ich Felice mitnehme, wird Carolina es mir nie verzeihen.«

»Wenn du auf die Kreuzfahrt verzichtest, werden dir beide bis zur nächsten Eiszeit böse sein.«

»Madonna! Was mache ich nur?« Das Öl schmurgelte und spritzte, ohne dass Mamma Carlotta die Hitze unter der Pfanne reduzierte. Sie schlug die Eier, bis sie schaumig waren, goss sie schließlich ins Fett und bemerkte endlich, dass es Zeit wurde, den Herd auf schwache Hitze zu regulieren.

Erik lehnte sich erleichtert zurück. Die Gefahr, dass sein Haus in Flammen aufging, war gebannt, die andere Gefahr, dass seine Schwiegermutter sich für die Familie aufopferte, würde er auch noch in den Griff bekommen. »Wir könnten losen«, schlug er vor. »Dann dürfen Carolin und Felix sich nicht beschweren.«

»Einer wird auf jeden Fall traurig sein«, jammerte Mamma Carlotta und rührte die Eier, als ginge es darum, zum schnellsten Rühreiproduzenten von Sylt gekürt zu werden. »Von dir, Sören, Wiebke und deinen alten Fußballfreunden ganz zu schweigen. Und das alles, nur weil ich ...«

Erik stellte die Tasse so heftig zurück, dass sie klirrte. »Schluss jetzt! Hast du dir mal überlegt, wie schlecht wir uns fühlen würden, wenn du für uns verzichtest?«

Das war ein neues Argument, das Carlottas Selbstlosigkeit ins Schwanken brachte. Als ein paar Minuten später auch Sören versicherte, ihm würde kein Essen schmecken, für das die Signora auf eine Kreuzfahrt verzichten musste, kam die Verlockung mit einem Mal ganz nah heran. Sie wurde mit den Händen greifbar.

Nun fiel ihr auch wieder ein, dass ihr Wiebke und Klaas am Vorabend ebenfalls zugeredet hatten. »Wozu haben Sie überhaupt beim Preisausschreiben mitgemacht«, hatte Klaas gefragt, »wenn Sie gar nicht gewinnen wollen?«

Und Wiebke hatte ergänzt: »Sie bringen die Leute vom Touristenbüro in arge Schwierigkeiten, Signora, wenn Sie den Gewinn ablehnen.«

Das glaubte Mamma Carlotta zwar nicht, aber immerhin war es Wiebke gelungen, so etwas wie ein Pflichtgefühl in ihr zu wecken, das Glück zu ergreifen, wenn es ihr hingehalten wurde, und diejenigen, die es ihr boten, nicht zu kränken, indem sie es ausschlug. Dieses Gefühl war über Nacht verloren gegangen, aber nun kehrte die Erinnerung daran zurück.

Am Ende gab das Erscheinen der Kinder den Ausschlag. Sie kamen früher in die Küche, als es in den Ferien üblich war, als hätten sie gewusst, dass die Großmutter sich noch immer mit Entscheidungen quälte, bei denen sie ihr helfen konnten.

»Hast du dir überlegt, wen du mitnimmst?«, fragte Carolin, kaum dass die Nonna ihr den Kakao vorgesetzt hatte.

»Mich natürlich!«, rief Felix.

»Wie willst du das deinem Gitarrenlehrer erklären?«, gab Carolin zurück, die sich offensichtlich nach dem Erwachen gut auf diese Diskussion vorbereitet hatte. »Du hast mit ihm verabredet, in den Ferien täglich Unterricht zu nehmen, damit du vorankommst.«

»Ich sage ihm ab, das geht schon.« Felix brauchte seine italienische Erbmasse nicht lange zu bemühen, um zum Optimismus zu finden. Die lästigen Zusagen, an die sein Vater ihn prompt erinnerte, schob er mit südländischer Sorglosigkeit beiseite.

Aber Erik hatte noch nicht zu Ende gesprochen, da öffnete sich die Tür, und auch Wiebke erschien viel eher zum Frühstücken als sonst. Um sich so bald wie möglich wieder auf die Spur von Leo Schwickerat zu begeben? Oder um die Schwiegermutter ihres Freundes zu ihrem Glück zu überreden?

»Moin!« Wiebke setzte sich neben Erik und griff zu Mamma Carlottas Erleichterung nach seiner Hand. Und sie nickte, als Carolin ihrem Bruder vorhielt, dass Breiti niemals ein Kreuzfahrtschiff betreten würde. Zu Felix' Ärger mischte sie sich sogar ein: »Willst du später wirklich mit Punkrock berühmt werden? Dann darf niemand erfahren, dass du mal auf der ›Arabella‹ gewesen bist. Sonst wirst du total unglaubwürdig.« Das sagte sie in einem Ton, als ginge es ums Wetter und nicht darum, eine Weltanschauung gegen kommerziellen Vorteil zu stellen. »Dekadent würde man dich nennen.«

Felix kam in Schwierigkeiten. Er wusste natürlich, dass er diese Worte selbst in den Mund genommen hatte, als er noch nicht ahnen konnte, dass er einmal die Chance erhalten würde, für ein paar Tage Passagier auf einem Kreuzfahrtschiff zu sein. »Ehe man etwas ablehnt«, sagte er geistesgegenwärtig, »muss man es erst kennenlernen.« Leutselig sah er von einem zum anderen, als könnte er kein Wässerchen trüben.

Aber er wurde schnell überführt. »Faule Ausrede«, bekam er zu hören, Inkonsequenz und sogar Unehrlichkeit wurden ihm unterstellt, sodass er sich am Ende, um das Gesicht zu wahren, erneut bei seinen italienischen Vorfahren bedienen musste. Er erwies sich aus lauter Argumentationsnot als Cavaliere und überließ seiner Schwester mit großer Geste das zweite Bett der Doppelkabine. Etwas verkniffen fiel sein Lächeln zwar aus, aber Mamma Carlotta lobte ihn trotzdem über den grünen Klee, weil er so charmant war, einer Signorina den Vortritt zu lassen. »Generoso, Felice! Molto educato!«

Dass sie mit diesen Worten quasi den Entschluss gefasst hatte, den Gewinn des Preisausschreibens anzunehmen, fiel ihr erst ein paar Augenblicke später auf, als Carolin sich – völlig untypisch – an ihren Hals hängte und mit beinahe italienischer Aufwallung ihre Freude kundtat. Somit stand es fest: Carlotta Capella, eine italienische Mamma aus Umbrien, die, bevor sie ihre erste Reise nach Sylt wagte, nie über die umbrische Grenze hinausgekommen war, würde wie die Passagiere der Titanic an Bord eines Kreuzfahrtschiffes gehen, sich an die Reling stellen, die Arme ausbreiten und ... Sie riss erschrocken die Augen auf, weil ihr etwas Entsetzliches eingefallen war: »Madonna! Ich brauche etwas anzuziehen!«

Robert Spielmann ließ sich nicht lange bitten. Er hörte sich an, was Erik von ihm wollte, legte eine angemessene Betroffenheit an den Tag, als er von Gregor Imhoffs Tod erfuhr, und bat darum, Erik zurückrufen zu dürfen, damit er sicher sein konnte, mit der Polizei zu reden und nicht etwa auf einen Journalisten reinzufallen, der etwas aus ihm herauslocken wollte. Danach redete er frank und frei und erzählte ausführlich, wie es zu seinem Gutachten gekommen war. Seine Stimme war volltönend und sympathisch, die Stimme eines älteren Mannes, noch mit dem Eifer der Jugend, aber schon von der Weisheit des Alters gefärbt. Erik lehnte sich zurück und hörte zu. Er war sicher, am anderen Ende der Leitung einen Mann zu haben, der wusste, wovon er sprach.

»Ostern war ich auf Sylt«, begann Robert Spielmann. »Ein paar Tage ausspannen. Das Wetter war ja sehr gut.« Er habe im Hotel Stadt Hamburg gewohnt und dort auch seine Mahlzeiten eingenommen. Bis auf einen Tag ... »Ich hatte von einem guten Fischrestaurant gehört und bin zu Fuß zum ›Silbernen Hering‹ gelaufen. Ganz nebenbei ... die Lachsforelle im Salzmantel war ausgezeichnet.« Da er allein gewesen war, hatte er sich umgesehen, und ihm war der silberne Hering aufgefallen, der in der gläsernen Vitrine hing. »Ich habe ihn näher betrachtet und wusste sehr schnell, was ich da vor mir hatte.« Wieder war nun der Eifer in seiner Stimme zu hören, die Begeisterung an seinem Beruf. »Der silberne Hering war das außergewöhnlichste und unbestritten wichtigste unter den kostbaren Geschenken, die dem Zaren Alexej Michailowitsch einst bei einer Audienz überreicht worden waren. Das war am 8. Dezember 1671 im Facettenpalast des Kremls. Ein polnischer Gesandter übergab den Hering dem Zaren, der ein passionierter Angler war. Es war ein Geschenk des polnischen Königs Michail. Später befand sich der Hering lange in Krakau. Es ist unbekannt, wo genau und was dort mit ihm geschah. Später galt er als verschollen.«

»Wie konnten Sie so sicher sein, dass es sich wirklich um diesen silbernen Hering handelt?«, fragte Erik. »Könnte es nicht auch eine Nachbildung gewesen sein?«

»Ausgeschlossen«, gab Robert Spielmann so sicher zurück, dass Erik keinen Moment an seinen Worten zweifelte. »Am Bauch des Herings gibt es eine kyrillische Inschrift mit Angaben über das Gewicht und die Entstehung des Herings, dazu den Namen des Künstlers. Nein, nein, das Teil ist echt, keine Frage. Aus getriebenem, gegossenem und punziertem Silber, teilweise vergoldet.«

»Wusste Gregor Imhoff, dass in seinem Restaurant eine solche Kostbarkeit hing?«

Robert Spielmann lachte leise. »Er hatte keine Ahnung. Aus allen Wolken ist er gefallen! Er wollte mir nicht einmal glauben und hat deshalb das Gutachten in Auftrag gegeben, damit er es schwarz auf weiß hatte.«

»Können Sie sich erklären, warum er den Hering nicht gesichert hat, nachdem er wusste, wie kostbar er war?«

Wieder lachte Spielmann. »Er hat gleich gesagt, das würde er niemals tun. Egal, wie kostbar er ist, hat er gesagt, der Hering bleibt in der Vitrine. Hätte er ihn gesichert, wäre den Gästen klar geworden, wie wertvoll er ist, und so wären Begehrlichkeiten geweckt worden. Gregor Imhoff war davon überzeugt, dass der Hering sicherer war, wenn niemand Bescheid wusste. Keiner fand ihn schön, die meisten lachten über das menschliche Gesicht des Fisches, es wäre niemandem eingefallen, den silbernen Hering zu stehlen.« Robert Spielmann zögerte. »Ich musste ihm recht geben, obwohl es mir nicht gefiel. Solange keiner wusste und nicht einmal ahnte, was der Hering wert ist, brauchte er sich keine Sorgen zu machen.«

»Er muss darüber gesprochen haben«, überlegte Erik.

Wieder kam die Antwort Robert Spielmanns unverzüglich. »Er hatte sich vorgenommen, zu niemandem etwas zu sagen.«

»Dann hat vielleicht jemand Ihr Gutachten gesehen?«

»Wie Herr Imhoff mein Gutachten verwahrt hat, weiß ich nicht, Herr Hauptkommissar. Aber ich gehe in jedem Fall diskret mit meinen Aufträgen um.«

Erik riss sich zusammen. »Eine Frage noch … haben Sie eine Vorstellung, wie der Hering nach Sylt gekommen sein könnte?«

»Nicht die geringste. Aber Sie können mir glauben, ich werde mich sofort daranmachen, den Weg des Herings nachzuverfolgen. Sollte ich etwas herausfinden, lasse ich es Sie wissen. Und ich hoffe sehr, dass Sie ihn wiederfinden. Es wäre ein Jammer, wenn ein solches Stück verloren ginge.«

Erik legte viel Herzlichkeit in seine Stimme. »Ich werde mein Bestes tun. Danke, Herr Spielmann, Sie haben uns sehr geholfen.« Er verabschiedete sich und blickte Sören nachdenklich an, der während des Gesprächs ins Zimmer gekommen war. »Wem mag er sein Geheimnis preisgegeben haben?«, überlegte Erik. »Wem hat er verraten, dass er eine Kostbarkeit im Gastraum hängen hat?«

»Jemandem, der ihm sehr nahesteht«, antwortete Sören.

»Und dem er selbst hundertprozentig vertraut.«

»Die Befragungen in der Nachbarschaft haben nichts ergeben. Alle mochten Gregor Imhoff, aber niemand wusste Näheres über ihn. Auf Sylt gibt es wohl keine Verwandten. Aber es wusste auch niemand etwas von Freunden oder guten Bekannten.«

Erik strich sich ausgiebig den Schnauzer glatt, wie er es immer tat, wenn er nachdachte. »Vielleicht war es auch anders ... Gregor Imhoff hat niemandem etwas von dem Wert des silbernen Herings verraten, sondern jemand hat das Gutachten gefunden.«

In Sörens Augen blitzte es auf. »Imhoff verwahrte es nicht im Büro. Die Akte, in der er das Gutachten abgeheftet hatte, lag in der Truhe, zusammen mit den Erinnerungen seiner Mutter. Das mag jemandem komisch vorgekommen sein.«

»Derjenige hat nachgeguckt, was sich in dem Ordner befindet und ...« Erik stieß die rechte Faust in die linke Handfläche.

»Edda Bakkers?«, fragte Sören. »Oder eine der drei Kellnerinnen, die Imhoff beschäftigt hat? Der Beikoch, die Putzhilfe?«

»Wir sollten mit jedem sprechen.«

»Das haben Rudi und Enno gestern Abend erledigt. Über ihren Chef wussten die nicht viel.«

»Wir müssen sie nach dem Hering fragen.«

Aber Sören schüttelte den Kopf. »Wenn einer der Mitarbeiter das Gutachten gelesen hätte, wäre er nachts in das Lokal eingedrungen und hätte den Hering mitgenommen.«

»Stimmt«, gab Erik zu. »Es gab keinen Grund, Gregor Imhoff deswegen zu ermorden.«

»Außerdem ... wie soll man diese Antiquität zu Geld machen? Das Teil kann man nirgendwo anbieten, ohne dass Verdacht geschöpft wird.«

»Trotzdem ist der Hering weg.« Erik stand auf, strich seine Breitcordhose glatt und steckte das Hemd in den Hosenbund, als wollte er einen dynamischen und entschlossenen Eindruck machen. »Wir müssen das Bild des Herings verbreiten. Vor allem in den einschlägigen Kreisen. Alle Antiquitätenhändler müssen wissen, dass der silberne Hering gestohlen wurde, auf sämtlichen Antiquitätenmessen muss es ein Foto von ihm geben.«

»Okay!« Sören erhob sich ebenfalls, jedoch nicht halb so dynamisch wie sein Chef. »Aber wer kauft schon so ein hässliches Ding? Die Tatsache, dass der Fisch hunderttausend Euro wert ist, macht ihn nicht schöner.«

Eine italienische Mamma, die noch nie mit fünf Einkaufstüten einer Boutique nach Hause gekommen war, brauchte selbstverständlich jemanden, mit dem sie ihre Freude teilen konnte, der bestätigte, dass alles, was sie eingekauft hatte, gut zu ihr passte und dass sie sich keine Gedanken über diese Verschwendung machen solle. Vor allem Letzteres war Carlotta wichtig. Denn als sie Annanitas Modestübchen verließ, wurde ihre Euphorie bereits zu Boden gedrückt. Wenn Dino wüsste, wie sie mit ihrer Witwenrente umging, würde er sich im Grabe umdrehen! Und es würde sie nicht wundern, wenn er für einen Sturm sorgte, damit sie seekrank wurde und Gelegenheit hatte, die Verschwendung zu bereuen.

Zum Glück konnte sie einige der Entscheidungen, die sie getroffen hatte, der Verkäuferin in die Schuhe schieben. Sie selbst hätte sich mit einem Sommerkleid und einer hellen Hose begnügt, aber die Verkäuferin hatte behauptet, sie kenne sich aus, und ein festliches Kleid fürs Captain's Dinner müsse sie ebenfalls unbedingt im Koffer haben.

»Captain's Dinner! Veramente!« Mamma Carlotta hatte nicht zu fragen brauchen, was das bedeutete. Sie hatte vor dem Fernseher schon oft begeistert mitgeklatscht, wenn auf dem Traumschiff das Dessert hereingetragen wurde und unzählige Wunderkerzen dem Captain's Dinner einen festlichen Abschluss gaben.

Nun hängte sie tatsächlich eine Einkaufstüte mit einem Cocktailkleid an den Lenker ihres Fahrrades. »Mamma mia!« Kornblumenblau war es, mit schmalen Trägern und vielen Strasssteinchen am Dekolleté, die wunderbar glitzern würden, wenn das Licht der Wunderkerzen darin reflektierte. Als Mamma Carlotta sich darin betrachtet hatte, war es ihr vorgekommen, als sähe ihr eine ganz fremde Frau aus dem Spiegel entgegen. Sie war überwältigt gewesen, und die Verkäuferin hatte leichtes Spiel gehabt. Mamma Carlottas Widerstand war zusammengebrochen und nicht reanimiert worden, als sie außerdem zu hören bekam, dass sie für dieses Kleid eine Korsage brauchte, die ihr Dekolleté besser zur Geltung bringen würde, und besonders feine Strumpfhosen, die so teuer waren, dass sie den Aufdruck auf dem Etikett für einen Irrtum hielt. Aber auch hier hatte die Verkäuferin ganze Arbeit geleistet und versichert, dass diese Strumpfhosen jahrelang halten würden. Und als ihre Kundin endgültig die Waffen gestreckt hatte, nutzte sie sogar die Gelegenheit, auch noch einen Seidenschal hinzuzufügen, den Mamma Carlotta sich umlegen sollte, wenn sie nach dem Captain's Dinner noch an Deck gehen wolle, um den Sternenhimmel zu betrachten. Ja, sie brauchte unbedingt jemanden, dem die ganze Verschwendung von Herzen egal war und der es deshalb schaffen würde, die Aussage der Verkäuferin von Annanitas Modestübchen zu bekräftigen: »So was muss auch mal sein. Man gönnt sich ja sonst nichts.«

Für das, was sie hören wollte, kam nur ein Ort infrage: Käptens Kajüte, wo es zwei Männer gab, die zu allem nickten, was sie ihnen erzählte, und zu jeder Heuchelei bereit waren, wenn sie dafür ihre Ruhe hatten. Tove Griess und Fietje Tiensch würden aus ihren Schuldgefühlen berechtigte Wünsche machen, wenn sie ihnen lange genug vorgeredet hatte, was sie von ihnen erwartete. Und wenn das erledigt war, konnte sie ihre Hände in Unschuld waschen und in aller Ausführlichkeit berichten, wie fassungslos sie gewesen war, als der Mitarbeiter des Touristenbüros bei ihr erschien, um ihr mitzuteilen, dass sie die Gewinnerin des Arabella-Preisausschreibens war. Vielleicht würde sie ihnen sogar vorführen, wie schrill ihr Jubel ausgefallen war, sodass Erik an einen Überfall und der Mitarbeiter des Touristenbüros an eine anstaltsreife Seniorin gedacht hatte.

Die Tür von Käptens Kajüte stand weit offen, an dem Tisch davor hatten sich drei Bauarbeiter niedergelassen, um ein zweites Frühstück einzunehmen. Mit der Vorführung ihres Freudenschreis musste sie also vorsichtig sein. Die drei sahen sehr friesisch aus und würden so ähnlich reagieren wie Tove, der sich bei ihren Geschichten häufig vor Schreck am Grill verbrannte oder die Ketchupflasche fallen ließ.

»Buon giorno!«

In der Imbissstube war es dunkel und kühl, wie zu jeder Jahreszeit. Dunkel, weil Tove erstens mit dem Strom sparsam umging und zweitens seine Gäste gern über den Stand der hygienischen Verhältnisse im Unklaren ließ, und kühl, weil er im Winter auch an den Heizkosten sparte. Aber selbst bei größter Sommerhitze überkam jeden Gast ein Frösteln, wenn er den schlammgrün gefliesten und holzverkleideten Raum betrat. Auch griechischer Wein konnte das finstere Ambiente nicht aufhellen, obwohl Udo Jürgens eifrig vom Blut der Erde, von grünen Hügeln, Meer und Wind sang.

»Buon giorno!«, wiederholte Mamma Carlotta, weil ihr Gruß nicht erwidert worden war. Dann erst hatten sich ihre Augen, die gerade noch in die Sonne geblinzelt hatten, an die Düsternis gewöhnt, und sie erkannte, dass sie auch an diesem Tag in Käptens Kajüte keinen Frohsinn würde verbreiten können. Tove Griess bestrafte gerade die Fischbrötchen, denen anzusehen war, dass sie nicht mehr taufrisch waren, mit bösen Blicken, und Fietje Tiensch stürzte sein Jever mit düsterer Miene hinunter, als hätte es nichts Besseres verdient.

Natürlich versuchte sie trotzdem, die schlechte Laune in der Imbissstube zu heben, indem sie sie zunächst ignorierte. Gelegentlich half das schon, das wusste sie aus Erfahrung, denn oft war die Übellaunigkeit der beiden nichts anderes als Langeweile.

Mit strahlendem Lächeln bestellte sie einen Espresso, erkundigte sich nach dem Befinden, ohne auf Antworten zu warten, und ließ Tove und Fietje raten, wo sie sich in den nächsten Tagen aufzuhalten gedenke. Natürlich kamen die beiden nicht darauf, genau genommen versuchten sie gar nicht, es herauszubekommen. Sie wussten, dass Mamma Carlotta es nicht schaffen würde, mit einer Neuigkeit lange hinterm Berg zu halten.

Die beiden hatten recht. »Auf der Arabella!«, platzte es aus ihr heraus.

Die Reaktion auf ihre Worte war nicht halb so enthusiastisch, wie sie erwartet hatte.

»Sie haben wohl zu viel Geld«, knurrte Tove.

Und Fietje stellte sich so dumm, wie er unmöglich sein konnte. »Arabella? Was soll das sein?«

Er wurde umgehend und äußerst umfassend informiert, und Tove erfuhr in der gleichen Langatmigkeit, warum Mamma Carlotta keinen Cent bezahlen musste, wenn sie mit der ›Arabella‹ in See stach. »Ich habe sogar eine Balkonkabine! Man muss sich das mal vorstellen! Wenn das Schiff auf See ist, kann ich auf meinem eigenen Balkon stehen und aufs Meer blicken.«

»Vorausgesetzt, Sie sind nicht seekrank und kotzen sich die Seele aus dem Leib«, brummte Tove. »Dann nützt Ihnen der Balkon auch nichts.«

Aber Mamma Carlotta ließ sich nicht von seiner Verdrießlichkeit anstecken. Sie bestellte einen weiteren Espresso und ließ Tove und Fietje an ihrer Vorfreude teilhaben. Jedes Wort, das der Mitarbeiter des Touristenbüros gesagt hatte, gab sie weiter, jede ihrer Empfindungen beschrieb sie detailliert. Auch von ihrem Wankelmut erfuhren die beiden und dass die gesamte Familie plus Wiebke Reimers und Klaas Poppinga ihr so lange zugeredet hatten, bis sie tatsächlich bereit gewesen war, sich das große Glück zu schnappen, das man ihr hinhielt. Die drei Bauarbeiter kamen gerade zur Theke, um zu bezahlen, als sie das blaue Cocktailkleid auspackte, um sich versichern zu lassen, dass diese Anschaffung notwendig gewesen war. Tove und Fietje reagierten zwar leider teilnahmslos und geradezu verletzend gleichgültig, aber einer der Bauarbeiter machte ihr ein Kompliment. Jedenfalls glaubte Mamma Carlotta, dass seine Worte so verstanden werden konnten.

»Damit wirste 'n fixen Dutt! Bist ja zum Glück nicht so 'n Strich in der Landschaft.«

Das hatte so freundlich geklungen, dass sie bereit war, auf Toves und Fietjes Ermunterung zu verzichten. Als die Bauarbeiter die Imbissstube verlassen hatten, sagte Tove: »Dann haben Sie wohl nicht daran gedacht, Ihren Schwiegersohn nach meinem Großcousin zu fragen? Klar, so eine Kreuzfahrt ist ja wichtiger.« Die Freude fiel schlagartig von Mamma Carlotta ab, und ebenso jäh stürzte das Schuldgefühl auf sie herab, sodass Tove ihre entgeisterte Miene prompt falsch deutete. »Sie erinnern sich nicht mehr? Der Lütte, der am Strand geklaut worden ist.«

Mamma Carlotta versicherte, dass sie sich selbstverständlich erinnere, dass ihr diese schreckliche Geschichte sogar sehr zu Herzen gegangen sei und dass sie natürlich ihr Versprechen gehalten und ihren Schwiegersohn auf die Entführung angesprochen habe ...

Das hatte sie tatsächlich, aber irgendwas war dazwischengekommen. Fieberhaft dachte sie nach, dann fiel es ihr ein: Eriks Telefonat mit der Staatsanwältin! Danach war der Mitarbeiter des Touristenbüros gekommen, und darüber hatte sie das entführte Baby und dessen bedauernswerte Eltern tatsächlich vergessen. Madonna! Wie konnte sie nur! Ein blaues Cocktailkleid war ihr wichtiger gewesen als eine todkranke Mutter, deren letzter Wille es war, ihrem verschwundenen Sohn noch einmal nahe zu sein. Beinahe hätte sie Tove und Fietje sogar die Korsage gezeigt und sie an ihrer Entrüstung über den Preis einer simplen Strumpfhose teilhaben lassen! Wie konnte sie nur so wenig einfühlsam sein! Schleunigst packte sie das blaue Kleid wieder ein und beteuerte, das verschwundene Baby noch einmal zur Sprache zu bringen. Dass ihr Schwiegersohn gerade in einem Mordfall ermittelte, der seine ganze Zeit in Anspruch nahm, verschwieg sie vorsichtshalber. Und dass er darüber hinaus einem Kerl auf den Fersen war, der Arabella-Dieb genannt wurde, ließ sie erst recht unerwähnt. Sie durfte Tove und seinem Cousin nicht die Hoffnung nehmen. Auf keinen Fall sollten die beiden den Eindruck haben, niemand interessiere sich für ihr Schicksal.

Tove bekam noch viele aufmunternde Worte zu hören, wurde einen dritten Espresso los und ließ sich, während Mamma Carlotta ihn trank, Grüße an seinen Cousin auftragen. Zwar würde Erik zum Mittagessen nicht nach Hause kommen, aber er hatte versprochen, sie am Abend nach List zu bringen und seiner Schwiegermutter und seiner Tochter nachzuwinken, wenn sie im Tenderboot zur ›Arabella‹ fuhren. Sie würde noch die Gelegenheit bekommen, Erik auf das entführte Baby anzusprechen und ihn zu bitten, sich darum zu kümmern, damit nichts versäumt worden war, wenn die Mutter für immer die Augen schloss.

»Ich könnte auch Wiebke Reimers bitten, sich darum zu kümmern«, ergänzte sie. »Sie ist Journalistin und steckt ihre Nase gerne in fremde Angelegenheiten. Sie ... wie nennt man das, wenn un giornalista etwas herausfinden will?«

Tove glotzte sie verständnislos an, aber Fietje antwortete: »Recherchieren!«

»Si! Esatto! Sie recherchiert gern.« In diesem Augenblick fiel Mamma Carlotta auch ein, dass Wiebke von einer Serie über entführte Kinder gesprochen hatte, deren erster Teil das Schicksal der Familie Albertsen sein könnte. Vielleicht war die Idee doch nicht so schlecht? »Kann sein, dass sie was herausfindet«, schloss Mamma Carlotta. »Wiebke ist hartnäckig.«

Angefüllt mit gutem Willen und der Freude am Helfen, verließ sie die Imbissstube und hängte ihre Einkaufstüten an den Lenker. So fest war ihr Wille, Habbo Albertsen und seiner Frau zu helfen, dass sie notfalls sogar bereit war, Erik zu gestehen, wo ihr die Geschichte über das geraubte Baby zu Ohren gekommen war. Aber natürlich nur, wenn es sich gar nicht umgehen ließ ...

Die Schlange vor der Verladerampe war lang. Der nächste Zug nach Sylt würde erst in vierzig Minuten gehen. Erik drehte die Rückenlehne seines Sitzes zurück, sah lange durch das Seitenfenster in den blauen Himmel und schloss dann die Augen. »Ewig diese Warterei!«

Vor und hinter ihnen hatten sich Autos von Urlaubern aufgereiht, mit Kindern auf den Rücksitzen, die ungeduldig herumzappelten, mit Koffern auf dem Dach und Fahrrädern auf einem Träger über der hinteren Stoßstange. Viele ließen ihr Auto stehen und nutzten die Gelegenheit, das Bistro aufzusuchen, um sich mit Getränken und Snacks einzudecken. Erik gab sich Mühe, Verständnis für die Vorfreude aufzubringen, die um ihn herum herrschte, aber es fiel ihm schwer. Dies war wieder einer jener Momente, in denen er es schwierig fand, an einem Ort zu leben, den andere sich für zwei, drei Wochen im Jahr zur Erholung aussuchten. Oder sogar nur für zwei, drei Tage! Die Gewohnheiten der Touristen hatten sich in den letzten Jahren geändert. Immer mehr Kurzurlauber kamen, denen das Wohl der Insel nicht am Herzen lag. Sie saßen auf der Hin- und Rückfahrt je einen langen Tag im Auto, um dann zwei Tage am Strand zu liegen. Was sie an der Insel interessierte, war nur das Wetter. Und da es zurzeit sehr gut war, hatten sich viele Urlauber spontan entschlossen, Sylt einen Besuch abzustatten.

»Zum Glück werden wir früh genug zurück sein, um meine Schwiegermutter und Carolin nach List zu bringen«, murmelte Erik und grinste leicht. »Hoffentlich hält mein Auto die Vorfreude aus.«

Sören drehte ebenfalls die Rückenlehne herunter und faltete die Hände vor der Brust. »Ich hoffe, die Signora kann ein paar schöne Tage auf der ›Arabella‹ genießen«, sagte er, und seine Stimme war voller Herzlichkeit. »Sie hat es verdient.«

Es war eine Weile still im Auto. Sie hörten eine Mutter mit ihrem Kind schimpfen und die Stimme eines Mannes, der seiner Frau etwas nachrief. Obwohl er die Nähe fremder Menschen gern vermied, ließ Erik die Seitenscheibe ein Stück herunter. Er wollte wissen, ob er seine Insel schon riechen konnte. In Niebüll roch es ganz anders als auf Sylt, ländlich, derb, das Leben spielte sich näher am Boden ab. Auf dem Weg nach Sylt begann es zu fliegen, das Leben stieg in die Luft, die es nur auf Sylt gab, leicht, salzig und wandelbar. Er spielte mit dem Gedanken, seine Pfeife hervorzuholen, aber dann konnte er sich doch nicht entschließen, den Geruch da draußen mit Tabak zu verschneiden. Stattdessen durchsuchte er das Handschuhfach in der Hoffnung, eine Tafel Traubennussschokolade zu finden, aber leider vergeblich.

Sören sah ihm dabei zu und gähnte dann herzhaft. »Gregor Imhoff war kein besonders geselliger Typ.«

»Jeder mochte ihn, aber keiner kannte ihn gut«, bestätigte Erik.

Es war nicht schwer gewesen, den Weg zu dem Gasthof zu finden, der einmal Gregor Imhoffs Vater gehört hatte. Der Nebelhof lag außerhalb des Ortes, Richtung Dagebüll. Als Erik und Sören dort ankamen, schien es zunächst so, als hätten sie den Weg vergeblich gemacht. Das Haus war menschenleer, ein Blick durchs Fenster zeigte, dass es auch kein Mobiliar mehr gab. Der neue Besitzer schien andere Pläne mit dem Haus zu haben.

Sören sah sich zweifelnd um. »Hat hier wirklich mal jemand Urlaub gemacht?« Er zeigte auf eine Tür, auf der ›Zu den Gästezimmern‹ stand.

Erik zuckte mit den Achseln. »Vielleicht die, denen die Betten auf Sylt zu teuer sind.«

Sören drehte sich einmal um sich selbst, dann sagte er: »Fahrrad fahren kann man hier sicherlich ganz gut. Und zum Meer ist es auch nicht weit.« Er stockte. »Da kommt jemand.«

Die Frau musste gegen den Wind antreten, ihr Fahrrad quietschte und klapperte, als hätte es schon viele Kilometer auf der Kette. Der Weg war lang und schnurgerade, die Gestalt der Frau wuchs ganz langsam vor einem wolkenlosen Himmel heran. Sie gingen zur Grundstückseinfahrt und sahen ihr entgegen, bis sie endlich auf Hörweite herangekommen war.

»Wollen Sie zu Imhoff?«, fragte sie, noch ehe sie abgestiegen war.

Erik fragte zurück: »Sie auch?«

Aber die Frau winkte ab und zeigte zu einem anderen Hof, der in der Ferne zu erkennen war. »Da will ich hin.«

»Kennen Sie die Familie Imhoff?«

Die Frau war um die sechzig, hatte ein wettergegerbtes Gesicht und helle, wache Augen. Ihre grauen Haare steckten unter einem bunten Kopftuch. Sie trug weite, bequeme Cordhosen, eine Baumwolljacke und trotz des schönen Wetters Gummistiefel. Am Lenker ihres Fahrrades baumelte an der einen Seite eine Milchkanne, auf der anderen ein leerer Stoffbeutel. »Die wohnen hier nicht mehr. Der alte Imhoff ist schon vor Jahren gestorben. Die Frau hat den Nebelhof mehr schlecht als recht weitergeführt, und der Sohn hat ihn aufgegeben, als auch sie gestorben war. Er ist nach Sylt gegangen. Man hört, er hat sich dort ein schickes Restaurant gekauft. Schön eingerichtet soll es sein, habe ich mir sagen lassen. Ja, der Junior legte immer Wert auf ein schönes Ambiente.« Das letzte Wort sprach sie viersilbig aus, so, als hätte sie es soeben erst gelernt. »Wenn er etwas kaufte, musste es immer was Besonderes sein.«

Erik dachte an die neue Einrichtung des ›Silbernen Herings‹ und an die geschmackvolle Möblierung der Privatwohnung von Gregor Imhoff. »Ja, er hatte Geschmack.«

Aber sie hörte nicht auf seine Worte. Anscheinend lebte sie

zurückgezogen, bekam selten jemanden zu Gesicht, mit dem sie sich unterhalten konnte, und redete lieber, als zuzuhören. Abschätzig betrachtete sie das heruntergekommene Gebäude. »Wie schnell das geht mit dem Verfall, wenn niemand mehr darin wohnt und sich keiner mehr kümmert! Frau Imhoff hat ja stets für Blumen gesorgt, und ihre Gardinen waren immer tiptop. Dabei war sie nicht von hier und erst recht nicht vom Fach.« Allmählich wurde ihr klar, dass sie viel erzählte, ohne zu wissen, wem sie sich anvertraute. »Was wollen Sie denn von Gregor Imhoff?«

Erik hielt ihr seinen Dienstausweis hin, was sie dazu bewog, sich ebenfalls vorzustellen. Sie hieß Mieke Oldig und wohnte auf einem Hof am Meer. Früher war sie gelegentlich von Frau Imhoff gebeten worden, bei der Gästeversorgung zu helfen. »Frühstück machen, Betten beziehen, Zimmer putzen ... aber das kam zum Ende hin immer seltener vor.« Prompt wurde sie wieder gesprächig. »Regine Imhoff hat ihr Bestes getan, den Laden zu halten, aber es kamen immer weniger Gäste. Heute wollen die meisten ja in schicken Ferienapartments wohnen und sich lieber das Frühstück selber machen, als sich an Frühstückszeiten zu halten.«

Dann erst kam sie auf die Idee, sich zu erkundigen, was es mit dem Besuch der Sylter Polizisten auf sich hatte. Entsetzt starrte sie erst Erik, dann Sören an, als sie von Imhoffs Tod erfuhr. Ihr Fahrrad begann zu schwanken, sie sah aus, als brauchte sie jemanden, der sie hielt. Erik griff nach dem Rad, Sören nach ihrem Arm und stützte sie. Schwer atmend schleppte sie sich zu der niedrigen Mauer, die das Grundstück einschloss, und ließ sich dort nieder. »Gregor erschlagen?«, keuchte sie. »Aber wieso? Er hat doch niemandem etwas getan.«

»Sind Sie sich da ganz sicher?« Erik setzte sich neben sie. »Kannten Sie ihn gut?«

Mieke Oldig wollte erst spontan bejahen, aber dann merkte Erik, dass sie zögerte. Schließlich sagte sie: »So richtig kannte ihn keiner. Er war immer sehr verschlossen. Das lag wahrscheinlich daran, dass er die Mutter so früh verloren hat.« Erik brauchte sie nicht lange zu bitten, sie war gerne bereit, alles zu erzählen, was sie wusste. »Er war ein Einzelkind. Die Mutter wurde schon bald nach seiner Geburt krank und starb, als er sieben Jahre alt war.« Sie hatte sich nun vom ersten Schock erholt und atmete wieder frei, ohne ihr Entsetzen wegschluchzen zu müssen. »Irgendeine seltene Krankheit hatte sie ...«

»Das ist nicht wichtig«, drängte Erik.

»Ach ja, der arme Gregor ...«, seufzte Mieke Oldig. »Ein Kind ohne Mutter! Der alte Imhoff tat sein Bestes, aber einfach war es auch für ihn nicht. Der Gasthof, das Hotel und dann noch ein kleines Kind!« Sie schüttelte bekümmert den Kopf. »Wir waren alle froh, als er wieder eine Frau fand. Als er sie kennengelernt hat ... da wurde viel geredet. Aber von da an ging es besser. Der Junge hatte wieder seine Ordnung. Er bekam sein Essen, wenn er von der Schule kam, es kümmerte sich jemand um ihn. Hilfe bei den Schularbeiten und immer saubere Kleidung. Kurz nach Regines Einzug wurde er acht Jahre alt, und sie hat einen großen Kindergeburtstag für ihn ausgerichtet. Mannomann, war der Kleene glücklich!« Sie wischte sich eine Träne der Rührung aus dem Auge, dann bekräftigte sie: »Die Regine war richtig für ihren Mann und für Gregor. Und dass der Junge auch gleich eine Schwester bekam, war ebenfalls nicht schlecht.«

Erik hakte nach: »Regine Imhoff hatte eine Tochter?«

»Unehelich! Das habe ich zufällig mitgekriegt. Regine hat ja immer so getan, als wäre ihre Tochter von dem Mann, mit dem sie in London verheiratet war.«

»Sie war schon mal verheiratet gewesen?«

»Nicht lange. Ein Besatzungssoldat soll das gewesen sein. Dem ist sie in seine Heimat gefolgt. Ihre Lütte hat sie bei der Oma gelassen. Und nach einem Jahr war sie wieder da. Geschieden!«

»Wissen Sie, wie dieser Mann hieß?«

»Ich soll mir so einen englischen Namen merken? Ne! Ich hab auch nix übrig für Frauen, die unbedingt verheiratet sein wollen. Wenn Sie mich fragen … ich glaube, die Regine hat eine Heiratsannonce in die Zeitung gesetzt, die wollte wieder einen Mann! Und der alte Imhoff hat darauf geantwortet.«

Sören war es, der Mieke Oldig auf den Weg zurücklockte, auf dem es Interessantes zu erfahren gab. »Was hat es mit der Tochter von Regine Imhoff auf sich? War sie auch glücklich, einen neuen Vater zu bekommen?«

»Nö, das wohl nicht. Die war schon fünfzehn, als sie mit ihrer Mutter nach Niebüll kam. Einmal habe ich sie beobachtet, wie sie ihre Schultasche in einen Misthaufen warf und brüllte, dass sie in diesem Kaff eingehen würde wie 'ne Primel.«

»Wo hat Regine Imhoff mit ihrer Tochter vorher gewohnt?«, fragte Erik. »Vor London?«

»In Nordhorn. Eine Großstadt ist das ja auch nicht gerade. Aber das Mädchen hat sich da anscheinend wohlgefühlt. Sie war bei ihrer Oma aufgewachsen, Regine musste ja arbeiten. Bei der Post, soviel ich weiß. Das Kind wollte auch nicht mit nach London. Und nach Niebüll noch weniger.«

»Wie lange hat die Tochter hier gelebt?«

Mieke Oldig winkte ab. »So richtig hat sie hier gar nicht gelebt. Nach ein paar Wochen ist sie nach Nordhorn zu ihrer Oma zurück, danach ist sie nur in den Ferien auf dem Nebelhof gewesen. Mit Gregor ist sie dann manchmal ans Meer gefahren, oder sie hat den ganzen Tag in der Sonne gelegen. Gregor immer neben ihr. Der ist ihr hinterhergelaufen wie ein kleines Hündchen. Am Wochenende, wenn er schulfrei hatte, ist er sogar oft nach Nordhorn gefahren. Zu Oma, sagte er dann. Er selbst hatte ja keine Großeltern mehr. Ihm hat es gefallen, zu einer Mutter und einer Schwester auch noch eine Oma zu bekommen.« Mieke Oldig schüttelte traurig den Kopf. »Der arme Junge!«

Erik gab Mieke Oldig einen Moment, um die Erschütterung zu verkraften. Dann fragte er: »Lebt die Großmutter noch?«

»Gott bewahre! Die ist längst tot.«

»Hatte Gregor Imhoff sonst noch Verwandte?«

Mieke Oldig schüttelte den Kopf. »Hannes Imhoff war ein Einzelkind, sein Vater ein Findelkind ohne Familie. Die Mutter hatte eine Schwester im Emsland, aber die lebt auch nicht mehr. Und der Cousin, der sie manchmal besuchte, ist nach Neuseeland gegangen.«

»Wie hieß die Stiefschwester?«

Mieke Oldig legte die Stirn in Falten. »Ja, wie hieß sie denn noch? Irgendwas mit A. So ein altmodischer Name. Adele? Ja, ich glaube, sie hieß Adele.«

»Wissen Sie, was aus ihr geworden ist?«

Mieke musste eine Weile überlegen. »Irgendwann hat sie geheiratet. Ich weiß noch, wie die Familie zum Bahnhof fuhr. Piekfein und mit großem Gepäck. Regine war ganz stolz. Der Schwiegersohn hatte irgendwas mit der Seefahrt zu tun. Ich glaube, der war sogar Kapitän. Oder so was Ähnliches.« Sie stand auf, weil ihr eingefallen war, dass die Arbeit nicht länger warten konnte, nur weil einer, der mal in ihrer Mitte gelebt hatte, erschlagen worden war. Dann aber zögerte sie. »Gregor wollte nichts mitnehmen aus seinem Elternhaus.« Sie blickte mit gerunzelter Stirn zum Nebelhof, als müsste sie darüber nachdenken, ob der Sohn recht getan hatte. »Alles ist verschenkt worden oder auf dem Müll gelandet. War ja klar! Gregor und sein exklusiver Geschmack! Nur die Truhe seiner Mutter hat er aus dem Haus geholt. Da war ich selbst dabei!«

Erik war alarmiert. »Eine Korbtruhe?«

Mieke Oldig bestätigte es. »Da bewahrte Regine alles auf. Wenn Sie was über ihre Tochter erfahren wollen, da werden Sie es finden. Ich weiß, dass Regine jeden Brief darin aufbewahrt hat. Gregor hat damals gesagt: Das gucke ich mir später an.« Nun setzte sie einen Fuß aufs Pedal und stieß sich mit dem anderen Fuß ab. »Mehr weiß ich nicht. Und jetzt muss ich weiter. Ich hoffe, ich kann bald in der Zeitung lesen, dass Sie den Mistkerl erwischt haben, der Gregor auf dem Gewissen hat.«

Ihr Abschiedsgruß war kurz und deftig, wie es bei Friesen üblich war. Wenn Mieke Oldig auch wesentlich mehr redete als die meisten Menschen in diesem Landstrich, in ihrem Auftreten war sie so wie alle anderen.

Die Polizisten sahen ihr lange schweigend nach, dann sagte Erik: »Warum haben wir in der Truhe nichts gefunden, was auf die Schwester hindeutet?«

»Weil es jemand herausgenommen und vernichtet hat«, antwortete Sören unverzüglich.

»Die Schwester selbst?«

»Oder Gregor, der nichts mehr von seiner Schwester wissen wollte.«

»Oder aber jemand, der durch die Briefe der Schwester belastet wurde.«

Die Unzugänglichkeit der dörflichen Bevölkerung schlug Erik und Sören entgegen, als sie an den Türen der beiden anderen Häuser anklopften, die es in Sichtweite gab. Misstrauisch wurden sie beäugt und erhielten nur schroffe Antworten, die sie nicht weiterbrachten. Auch in der Schule und in der Kirchengemeinde erfuhren sie nicht mehr als das, was Mieke Oldig ihnen schon erzählt hatte. Und in den Geschäften und Cafés von Niebüll sah es ähnlich aus.

»Man könnte meinen«, sagte Sören, »Gregor Imhoff hätte hier gar nicht gelebt.«

»Hat er ja auch nicht«, kam eine Stimme vom Nachbartisch. »Nicht wirklich.«

Sie waren in einem Stehcafé eingekehrt, um einen Kaffee zu trinken und ein belegtes Brötchen zu essen. Die Bedienung an der Theke hatte nichts von Gregor Imhoff gewusst, sie war eine Saisonkraft, und der Besitzer des Cafés behauptete, er sei neu in

Niebüll und kenne die Familie Imhoff und den Nebelhof nur vom Hörensagen.

Erik wandte sich um und sah den Mann, der sich in ihr Gespräch eingemischt hatte, interessiert an. »Sie kannten Gregor Imhoff?«

Der Mann war um die siebzig, groß und schlank, mit einem intelligenten Gesicht und klugen grauen Augen. Seine Erscheinung war gepflegt, sein Lächeln sympathisch. »Hinrich Bleiken«, stellte er sich vor. »Ich habe hier früher die Stadtbücherei geleitet. Der kleine Gregor ist manchmal gekommen, um sich Bücher auszuleihen.«

»Was wissen Sie von ihm?«, fragte Erik und zückte seinen Dienstausweis.

»Nicht viel. Wie alle hier.« Er war sehr betroffen, als er zu hören bekam, warum die Polizei nach Gregor Imhoff fragte. »Der arme Kerl! Das hat er nicht verdient.«

»Warum haben Sie gesagt, er hätte hier nicht gelebt?«

»Weil er weggegangen ist, kaum dass er die Schule hinter sich hatte. Er hat das Hotelfach gelernt und danach mal in diesem, mal in jenem Hotel gearbeitet. Auf der ganzen Welt! In Niebüll ist er nur noch zu Besuch gewesen. Und dann immer nur kurz. Aber sein Vater hatte Verständnis dafür.« Erklärend setzte er hinzu: »Wir waren Stammtischbrüder. Da erfährt man so einiges.«

»Zum Beispiel?«, fragte Erik gespannt.

»Hannes hatte mal davon geträumt, dass sein Junge den Gasthof übernimmt. Aber als Gregor die großen Hotels kennengelernt hatte, war ihm klar, dass er nicht nach Niebüll zurückkehren würde. Hannes hatte die Hoffnung, hier alles aufzugeben und auf Sylt was Neues anzufangen. Was Schönes! Ein gutes Restaurant, ein feines Hotel garni oder so was. Jedenfalls ein Haus, das Gregor gerne erben und weiterführen würde.«

»Aber daraus ist nichts geworden«, stellte Sören fest.

Hinrich Bleiken wiegte den Kopf. »Er war dicht dran«, sagte

er. »Leider hat er es nicht mehr geschafft. Ich glaube, ich war der Einzige, der wusste, dass er bereits Angebote eingeholt hatte, ehe er starb. Hannes hatte nämlich mehr auf der hohen Kante, als seine Frau ahnte. Die musste immer sparsam wirtschaften und durfte sich nichts gönnen. Und warum? Damit Hannes Imhoff ordentlich was auf die Seite legen konnte für seinen Traum von Sylt.«

»Die Frau hat nichts davon geahnt?« Erik war fassungslos.

Hinrich Bleiken schüttelte den Kopf. »Die hat Hannes' Gerede immer für ein Luftschloss gehalten und sich nicht weiter darum gekümmert. Erst bei der Testamentseröffnung hat sich rausgestellt, dass er viel Geld gespart hatte. So um die zweihunderttausend.«

»Wer hat das Geld geerbt?«, fragte Sören.

»Seine Frau. Gregor hat den Nebelhof bekommen.« Hinrich Bleiken dachte kurz nach, dann ergänzte er: »Hannes ist plötzlich gestorben, und sein Testament hatte er schon Jahre zuvor gemacht. Ich glaube, wenn er mit seinem Ende gerechnet hätte, wäre das Erbe anders ausgefallen. Für Gregor das Geld und für Regine der Nebelhof! Aber Hannes dachte ja …« Er sprach den Satz nicht zu Ende, doch Erik und Sören verstanden trotzdem, dass Hannes Imhoff darauf gehofft hatte, seinen Traum von Sylt zusammen mit seinem Sohn zu verwirklichen.

»Was hat Regine Imhoff mit dem Geld gemacht?«, fragte Erik.

»Gar nichts.« Hinrich Bleiken trank seinen Kaffee aus, als wollte er gehen. »Sie hat es auf der Bank liegen lassen. Aber nicht lange, dann ist sie auch gestorben. Und dann hat das Geld nicht nur Gregor geerbt, sondern auch ihre Tochter. Aber mit hunderttausend Euro konnte Gregor ja auch einiges machen. Und den Nebelhof hat er gut verkaufen können. Da soll jetzt ein Reiterhof draus werden. Das Gelände rund um den Hof ist groß genug für so was.« Er blickte auf die Uhr und machte einen Schritt zur Tür. »Ich muss los. Wenn Sie noch mehr wissen wollen, fragen Sie in der Bücherei nach mir.«

Erik setzte ihm nach und erwischte ihn vor der Tür des Cafés. »Wissen Sie, wie die Stiefschwester von Gregor Imhoff heißt? Und wo sie wohnt?«

Hinrich Bleiken dachte nach, dann schüttelte er den Kopf. »Ne, die habe ich auch nur selten gesehen. Keine Ahnung, tut mir leid.«

Sie hatten noch einen Kaffee getrunken, es dann auch mit einem Tee versucht und sich schließlich auf Anraten der Verkäuferin ein Krabbenbrot einverleibt. Dann waren sie zum Autozug gefahren mit dem Gefühl, nicht viel schlauer zu sein als vorher. Und obwohl Erik beim Warten aufs Verladen nachdenken wollte, döste er schon bald ein.

Die Stimme aus dem Lautsprecher schreckte ihn auf. Und er lächelte, als er merkte, dass es Sören nicht anders ergangen war als ihm. Auch der schaute mit glasigen Augen um sich und hatte Mühe, sich zurechtzufinden. Dann aber ging ein Ruck durch seinen Körper. »Es geht los?«

Erik stellte die Rückenlehne hoch und legte den ersten Gang ein. »Enno und Rudi müssen versuchen, den Namen der Stiefschwester rauszukriegen. Ich würde gerne mit ihr reden.«

Die ersten Wagen fuhren auf den Autozug, das vertraute Poltern der Planken ertönte. Als Erik anfuhr, sagte Sören: »In der Truhe habe ich nichts gefunden, was auf die Schwester schließen lässt. Regine Imhoff hat viele Briefe aufbewahrt, immer nach Absendern geordnet, aber von ihrer Tochter war nichts dabei.«

Erik konzentrierte sich auf das vor ihm fahrende Auto und die Anweisungen der Ordner. »Vielleicht haben die beiden nur telefoniert. Oder das Verhältnis war nicht gut, und es gab keinen Kontakt. Ein falscher Schwiegersohn zum Beispiel verändert manches.«

»Kann schon sein«, meinte Sören und ergänzte, als der Wagen zum Stehen gekommen war und Erik die Handbremse anzog: »Ihre Schwiegermutter hätte immer versucht, mit dem

Mann ihrer Tochter gut auszukommen. Und wenn es noch so ein Kotzbrocken gewesen wäre.«

Erik drehte erneut die Rückenlehne herunter. »Das stimmt. Meine Schwiegermutter kann einem zwar ganz schön auf die Nerven gehen, aber auf ihre Loyalität ist immer Verlass.«

Mamma Carlotta spürte das Kribbeln, das sie auch gespürt hatte, als sie zum ersten Mal nach Rom gefahren war, um dort in ein Flugzeug zu steigen und nach Sylt zu reisen. Jedes Mal, wenn dieses Kribbeln das Herz berührte, genoss sie die wunderbare Erregung, doch wenn es den Magen zum Flattern brachte, litt sie darunter. Lampenfieber, Aufregung, Angst! Vorfreude konnte sie es nur nennen, wenn sie den Gedanken an das Schicksal der Titanic verdrängte.

Ihr Koffer war gepackt, und sie hatte sich fest vorgenommen, ihn kein weiteres Mal zu öffnen, um den Inhalt zu kontrollieren. Drei Mal schon hatte sie nachgesehen, ob sie wirklich an alles gedacht hatte. Nun wollte sie endlich darauf vertrauen, perfekt vorbereitet zu sein, und diese Zuversicht genießen.

Bei Carolin war es noch nicht so weit. Sie war von mehreren Freundinnen besucht worden, von der ihr jede etwas anderes geraten hatte. Keine von ihnen hatte jemals eine Kreuzfahrt unternommen, aber jede hatte schon einmal ›Traumschiff‹ gesehen und hielt sich deshalb für kompetent. Carolin packte seitdem ein Kleidungsstück ein und das nächste aus, nach dem Gespräch mit einer anderen Freundin machte sie es genau umgekehrt. Und als eine mit der Weisheit kam, beim Captain's Dinner dürften Frauen keine Hose tragen, hatte Carolin ihren kompletten Freundinnenkreis losgeschickt, damit jede nach einem angemessenen Kleidungsstück fahndete, das sie Carolin fürs Captain's Dinner leihen konnte. Nun stellte sich eine nach der anderen wieder ein, die Klingel ging ein ums andere Mal, Mamma Carlotta war ständig zwischen Küchentisch und Haustür unterwegs.

»Carolina!«, rief sie in die erste Etage. »Avanti! Du musst fertig werden. Dein Vater wird in einer halben Stunde hier sein. Dann müssen wir los!«

Von oben drang ein spitzer Schrei herunter, und Mamma Carlotta hoffte, dass sie verstanden worden war. Sie bedauerte, dass Felix zum Musikunterricht aufgebrochen war, mit ihm hätte sie sich die Zeit des Wartens vertreiben können. Aber er hatte seine Gitarre geschultert und undeutlich »Gute Reise« gemurmelt, als hätte er noch damit zu kämpfen, dass er als zukünftiger Punkrocker heute nicht auf Kreuzfahrt gehen konnte. Oder war er nur deshalb so kurz angebunden gewesen, weil sie ihn schon wieder dabei ertappt hatte, dass er seine Gitarre ohne den Koffer transportierte? »Felice! Wo ist dein Gitarrenkasten?«

Aber Felix hatte so getan, als hätte er ihre Frage nicht gehört, und war aus dem Haus gelaufen. Und seine Großmutter hatte ihm mit dem unguten Gefühl nachgesehen, dass er seinen Gitarrenkoffer verloren hatte, es aber nicht zugeben wollte. Sie würde ihn ins Gebet nehmen müssen, wenn sie zurückkam. Vorausgesetzt, Erik hatte dann noch nicht bemerkt, dass sein Sohn mit seinem Eigentum mal wieder schludrig umgegangen war. Wieder schlich sich der Vorwurf heran, dass sie hier gebraucht wurde und keine gute Schwieger- und Großmutter war, wenn sie sich ihren Pflichten entzog und stattdessen ihrem Vergnügen nachging. Aber nun war es zu spät. Die Entscheidung war gefallen, sie konnte nicht mehr zurück.

Sie ließ sich am Küchentisch nieder und griff nach einer Zeitschrift, die Carolin dort vergessen hatte. Die Mattino, für die Wiebke häufig schrieb, ein Blatt, das Erik nicht gern in seinem Haus sah, weil er fand, dass Glanz und Glamour irgendwelcher Prominenter kein Thema war, mit dem seine Tochter sich beschäftigen sollte. Natürlich pflichtete Mamma Carlotta ihm dann bei ... und sorgte dafür, dass er nicht mitbekam, wie gern auch sie sich die Kleider ansah, die die Schauspielerinnen bei der Oscar-Verleihung getragen hatten, oder sich darüber informierte, warum die Ehe von Heidi Klum in die Brüche gegangen war.

Zunächst sah sie nur die Fotos an, ohne auf die Texte zu achten, dann las sie auch die Überschriften, und schließlich blieb sie an einem Namen hängen. Er war ihr nicht sonderlich vertraut, aber sie wusste, dass sie ihn kürzlich gehört hatte. Leo Schwickerat! Nun fiel es ihr wieder ein. Wiebke hatte von ihm gesprochen, sie hatte ihn fotografieren wollen, war dabei aber so unvorsichtig vorgegangen, dass die Polizei geholt worden war und sie festgenommen hatte. Wiebke und Klaas gemeinsam!

Vergessen war die Kreuzfahrt, Mamma Carlotta beugte sich tiefer über den Artikel und erfuhr, dass der einstmals bekannte Pianist den ersten Todestag seiner geliebten Frau, der berühmten Angela Rohlfs, an einem geheimen Ort verbrachte. Der Schreiber des Artikels stellte Mutmaßungen an, wo Leo Schwickerat seiner Frau und seiner langjährigen Ehe gedenken wolle, Gewissheiten gab es jedoch keine. In seinem Haus hielt er sich nicht auf, an den Orten, an denen er häufig Urlaub gemacht hatte, war er ebenfalls vergeblich gesucht worden.

Das Bild zeigte ein schönes Paar, das anlässlich einer Filmpremiere fotografiert worden war, sie in Abendrobe, er im Smoking. Angela Rohlfs war eine sehr hübsche Frau gewesen, wenn man ihr auch ansah, dass sie sich einen Teil ihrer Schönheit mit chirurgischer Hilfe erhalten hatte. Leo Schwickerat sah ebenfalls gut aus, er besaß eine herbe Attraktivität, die ihn besonders männlich machte. Sein kantiges Gesicht wurde von einer ausgeprägten Nase dominiert, seine hellen Augen hatten einen intensiven Blick, sein voller Mund verzog sich spöttisch, was seine Ausstrahlung noch intelligenter machte. Er schien ein Mann zu sein, der über den Dingen stand, ohne sie von oben herab zu betrachten. Wie lange würde es dauern, bis auch andere Journalisten auf die Idee kamen, Leo Schwickerat könne nach Sylt zurückgekehrt sein? Wiebke würde sicherlich alles daransetzen, die Erste zu sein, die mit einem Foto aufwarten konnte, das den Pianisten dort zeigte, wo er schöne Tage mit seiner Frau verbracht hatte. Dieser Artikel war noch voller Mutmaßungen, für die nächste Ausgabe wollte der Chefredakteur der Mattino vermutlich Gewissheiten haben.

Mamma Carlotta hörte eine Autotür zuschlagen und ließ die Zeitschrift schleunigst verschwinden. Ein Blick aus dem Fenster zeigte ihr, dass Erik Wort gehalten hatte und pünktlich zurückgekehrt war. »Carolina!«, rief sie in die erste Etage hoch, wo sofort aufgeregtes Stimmengewirr entstand. »Avanti!«

Sie atmete tief durch, dann öffnete sie die Haustür, wie einer jener Titanic-Passagiere es getan haben mochte, als der Chauffeur vorfuhr, um ihn zum Hafen zu bringen: nachdrücklich, mit der gebotenen Erwartung, aber auch mit Überhebung, weil eine solche Reise dem Stand entsprach, in dem man zu Hause war. Dass es auch arme Menschen gegeben hatte, die unter den einfachsten Bedingungen die Passage auf der Titanic hinter sich bringen wollten, vergaß sie in diesem Moment.

Kaum waren Erik und Sören eingetreten, wurde sie wieder die italienische Mamma, der ein Abenteuer bevorstand. »Fürs Abendessen habe ich vorgesorgt«, sprudelte es aus ihr heraus. »Antipasti sind im Kühlschrank, ein Ciabattabrot habe ich beim Bäcker gekauft. Eine Carabaccia habe ich gekocht, ihr müsst nur das Weißbrot noch rösten. Zuerst das Brot in den Teller, dann die Suppe, Enrico! Nicht andersherum!«

»Ich hatte doch gesagt, es ist nicht nötig …«

»Nonsenso!« Erik wurde mit ärgerlicher Miene unterbrochen. »Ich habe Rindfleisch gekocht und eine Salsa verde gemacht. Also einfach die grüne Soße über das Rindfleisch geben – basta! Und der Zuccotto steht im Kühlschrank. Du darfst ihn erst kurz vor dem Servieren herausnehmen, Enrico! So ein Eisbiskuit muss halbgefroren sein.«

»Wir werden schon nicht verhungern.« Erik wurde ungeduldig. »Ist dein Koffer gepackt? Ist auch Carolin fertig?«

Die Antwort war hastiges Getrappel auf der Treppe. Carolins Freundinnen verabschiedeten sich mit neidischen Blicken, vielen guten Wünschen und der Forderung, alles über die coolen Jungs zu berichten, die sie auf der ›Arabella‹ kennenlernen würde. Carolin folgte ihnen mit einem Koffer, an dem sie schwer zu tragen hatte.

»Wir gehen jetzt in Käptens Kajüte eine Currywurst essen«, rief eins der Mädchen. »Du bekommst heute ja wohl Lachs und Kaviar zum Abendbrot.«

Kichernd schoben sie sich gegenseitig aus der Tür und rempelten Sören zur Seite, der sich verlegen an die Wand drückte, während in Mamma Carlottas Kopf zwei Wörter dröhnten: Käptens Kajüte! Beinahe hätte sie auch diesmal nicht an das gedacht, was sie Tove versprochen hatte. Madonna! Über die ganze Aufregung vergaß sie tatsächlich, dass es Menschen gab, die mit einem schweren Schicksal geschlagen waren, während sie selbst sich von der Frage ablenken ließ, wie es wohl beim Captain's Dinner zuging. Unverzeihlich! Jemand, der so viel Glück genießen durfte wie sie, musste erst recht an andere denken, denen es nicht so gut ging.

»Allora, Enrico …«, begann sie vorsichtig. »Ich hätte da noch eine Bitte …«

Erik grinste. »Für Gäste immer eine saubere Tischdecke? Und das gute Geschirr von Tante Rosalinda?«

»No, no!« Mamma Carlotta winkte ab. »Ich meine das verschwundene Baby. Du erinnerst dich, was ich dir gestern erzählt habe? Das Kind, das vor achtzehn Jahren am Wenningstedter Strand geraubt worden ist? Du musstest mit der Staatsanwältin telefonieren, deswegen konnten wir das Gespräch nicht zu Ende führen.«

Erik strich seinen Schnauzer glatt, dann kam ihm eine Erinnerung. »Wie war das? Du hast den Vater kennengelernt?«

»Sì. Er hat mir davon erzählt.«

Eriks Grinsen wurde breiter. »Bei Feinkost Meyer vor der

Fleischtheke? Kein Wunder, dass du immer so lange zum Einkaufen brauchst.«

»Vor einer Theke, sì«, bekräftigte Mamma Carlotta und atmete heimlich auf, weil sie nicht hatte lügen müssen. »Jemand hat dem armen Mann verraten, dass ich die Schwiegermutter von Kriminalhauptkommissar Wolf bin.« Auch das war die Wahrheit. Dass Erik jetzt an die Wurstverkäuferin dachte, war nicht ihre Schuld. »Er hat mich gebeten, bei dir ein gutes Wort einzulegen.« Sie setzte jetzt eine Miene auf, die sie während ihrer langen Ehe häufig geübt und am Ende perfekt beherrscht hatte. »Die arme Mutter wird bald sterben! Und es ist ihr letzter Wunsch, etwas vom Schicksal ihres Kindes zu erfahren. Kannst du dir den Fall nicht noch einmal anschauen? Ich musste versprechen, dich darum zu bitten.«

»Ich habe genug anderes zu tun.« Erik entzog sich ihrem Blick und dem Klang ihrer Stimme, indem er das Spültuch zusammenfaltete und das Geschirrtuch ordentlich auf einen Haken hängte. »Der Mordfall und die Diebstahlserie ...«

»Vielleicht fällt dir ja etwas auf, was diese ... – come si dice? – die SoKo übersehen hat.«

»Ganz bestimmt nicht.« Erik war so unvorsichtig, sie anzusehen, und damit war es um ihn geschehen. Er gab nach, wie auch Dino früher jedes Mal nachgegeben hatte. »Also gut, ich höre mich mal um. Aber versprich dir nichts davon. Und mach dem Vater des Kindes bloß keine Hoffnungen.«

»No, no!« Mamma Carlotta wehrte erleichtert ab. Sie hatte ihr Versprechen gehalten, nur darauf kam es an.

»Ich kann mich auch darum kümmern«, bot Sören an. »Nach Feierabend.«

Mamma Carlotta lächelte ihn dankbar an und wollte bereits das Thema wechseln, noch einmal laut darüber nachdenken, was sie vergessen haben könnte, um sich von Erik bestätigen zu lassen, dass sie an alles gedacht hatte ... da sah sie, dass er selbst den Kindesraub noch in seinem Kopf bewegte.

»Es gab irgendein Merkmal, an dem der Junge zu erkennen gewesen wäre«, sagte er nachdenklich und starrte die Küchenwand an. »Irgendeine kleine Missbildung.«

Mamma Carlotta hätte ihm gern weitergeholfen. Sie erinnerte sich, dass Habbo Albertsen von einem verkümmerten Zeh gesprochen hatte, aber sie hielt es für klüger, dieses Wissen für sich zu behalten, um nicht zugeben zu müssen, wie ausführlich sie mit dem Vater des Kindes gesprochen hatte.

»Ich glaube, es war ein Zeh«, sagte Erik in diesem Augenblick. »Ihm fehlte das obere Glied mit dem Zehennagel.« Er fragte Sören mit hochgezogenen Augenbrauen und einem Wink zum Kaffeeautomaten, ob er einen Espresso wolle. Als dieser nickte, schob er zwei Tassen unter die Düse und ließ das Mahlwerk durch die Küche dröhnen. Erst als der Kaffee in die Tassen rann, sagte er: »Alle Kinderärzte sind damals informiert worden. Sie sollten auf ein Kind mit dieser Missbildung achten. Aber der Kleine ist nie wieder gesehen worden. Man darf den Eltern keine Hoffnungen machen. Wenn sie sich damit abgefunden haben, dass ihr Junge tot ist, wäre es grausam, wieder eine Hoffnung zu wecken, die sich nicht erfüllen wird.«

Sie standen am Hafen und sahen dem Tenderboot nach, das auf die ›Arabella‹ zuhielt, schnell, mit schäumender Bugwelle. Das riesige Kreuzfahrtschiff lag von der Sonne beschienen da, so weit entfernt, dass kaum Leben auf Deck auszumachen war. Sie konnten erkennen, dass das Tenderboot an Fahrt verlor und die Bugwelle versiegte, kurz darauf legte es am Schiff an, vor einer großen Öffnung, in der Bewegung entstand.

»Hoffentlich fällt sie nicht ins Wasser«, murmelte Erik. »Ich weiß nicht mal, ob sie schwimmen kann. Ich glaube nicht.«

Sören wusste, dass Erik nicht von seiner Tochter sprach. »Die Signora kommt überall klar«, behauptete er. »Die würde auch eine Reise durch die Antarktis überstehen.«

»Sie vielleicht. Aber ihre Reisebegleiter …?«

Nun lachten sie beide, leise und verhalten, wie Friesen es tun, aber dieses Lachen hatte trotzdem befreiende Wirkung.

Erik ließ den Blick von der ›Arabella‹. »Haben Enno und Rudi schon was rausgefunden?«

»Sie meinen, zu Gregor Imhoffs Schwester? Bis jetzt nicht. Und übers Wochenende werden sie nichts erfahren. Behörden arbeiten langsam und nur wochentags.«

»Sie scheint, der einzige Mensch zu sein, der Gregor Imhoff nahestand. Ihr könnte er anvertraut haben, dass der silberne Hering sehr kostbar ist.«

»Und dann kommt sie nach Sylt und gibt ihm eins über den Schädel?« Sörens Stimme klang ein wenig anmaßend.

»Vielleicht braucht sie Geld.«

»Dann hätte sie einen Besuch bei ihrem Bruder gemacht und am Ende heimlich den Hering mitgehen lassen. Dafür brauchte sie Gregor nicht zu erschlagen.«

»Er hätte dann gewusst, wer der Dieb ist.«

»Aber hätte er es auch beweisen können?«

»Sie hätte auch heimlich nach Sylt kommen können. Nachts wäre sie dann ins Restaurant eingebrochen, hätte den silbernen Hering geklaut und wäre abgehauen.«

»Vielleicht war es so.«

»Nein! Dr. Hillmot sagt, er ist morgens erschlagen worden. Er war bereits vollständig bekleidet und hatte sich mit seiner Speisekarte beschäftigt.«

»Ja, ja.« Sören wusste das alles selbst. »Dann bliebe ja auch immer noch die Frage, wie sie den silbernen Hering zu Geld machen wollte.«

»Bleibt auch noch die Frage, was sie in der Truhe gesucht hat.«

»Irgendetwas, was sie belastet.« Sören wurde nun eifriger. »Wir haben nichts in der Truhe gefunden, was auf die Schwester weist. Kein Name, kein Foto, kein Brief, nichts.«

»Das muss nichts zu bedeuten haben.« Erik seufzte. »Ich bin

sicher, dass wir die wirklichen Zusammenhänge noch nicht einmal erahnen. Irgendetwas fehlt uns. Ein wichtiges Faktum.«

»Wo können wir ansetzen?«

Das Tenderboot legte wieder ab und kehrte in einem großen Bogen zum Hafen zurück. »Dieser Mann in Sünjes Garten …« Erik ließ den Blick nicht von dem Tenderboot, als wagte er es nicht, Sören anzusehen. »Wenn das gar nicht dieser berühmte Pianist war, den Wiebke unbedingt fotografieren will …«

»Sie meinen, der Mann war nicht zufällig dort? Der hat was mit Sünje Poppinga zu tun?«

Diese Frage mochte Erik weder mit Ja noch mit Nein beantworten. »Aus Sünje werde ich nicht schlau«, sagte er stattdessen. »Am besten, ich rede mal mit Remko über sie. Der ist Psychologe, und er kennt sie von früher. Remko kann mir vielleicht erklären, was sich in ihrem Kopf abspielt.«

Sören hielt das für eine gute Idee. »Sie könnten Sünje zum Essen einladen. Dann kann dieser Psychologe ganz unauffällig mit ihr reden und ihr Verhalten studieren.«

»So machen wir's!« Das Tenderboot wurde größer, das Motorgeräusch lauter. »Sünje hat nicht viel Geld. Und sie ist es nicht gewöhnt, mit wenig auszukommen. Früher hat sie von ihrer Mutter Geld bekommen, sie brauchte nicht von den Klavierstunden zu leben. Das ist ein Motiv.«

»Außerdem ist sie von Gregor Imhoff gedemütigt worden. Gleich zwei Motive.«

»Und sie hat kein Alibi.« Erik beobachtete, wie das Tenderboot erneut anlegte, und betrachtete jedes Mitglied der Crew sehr genau. »Was es mit dem Mann, der durch ihren Garten geflüchtet ist, auf sich hat, werden wir erfahren. Wiebke ist gnadenlos, wenn sie jemandem auf der Spur ist. Wenn es sich um Leo Schwickerat handelte, wissen wir es bald.« Er stieß Sören in die Seite. »Kommen Sie!«

Sie fuhren von dem großen Parkplatz zwischen dem Erlebniszentrum Naturgewalten und dem Gosch-Zentrum mit der nördlichsten Fischbude Deutschlands, dem Restaurant Knurrhahn, der alten Boots- und Tonnenhalle und dem Hafendeck und bogen im Kreisverkehr rechts ab. Gegenüber einer verfallenen Fabrikhalle, dem Bauhof der Gemeinde List, lag die Bäckerei Poppinga. Erik fuhr langsam, machte einen langen Hals, aber im Verkaufsraum konnte er Klaas nicht ausmachen. Der hatte wohl in der Backstube zu tun.

Schweigend setzten sie ihren Weg fort. Erst als die Straße auf der Höhe der Tankstelle nach links weiterführte, sagte Sören, und seine Stimme klang verzagt: »Sie haben Ihrer Schwiegermutter versprochen, sich um den Fall des entführten Kindes zu kümmern. Dass Sie das nicht vergessen!«

Erik brummte etwas Unverständliches. Er hätte es gerne vergessen, und es gefiel ihm nicht, dass Sören ihn daran erinnerte.

»Soll ich die Akten anfordern? Die sind zur Staatsanwaltschaft gegangen, als der Fall geschlossen wurde.«

Erik richtete seinen Oberkörper auf. »Sie glauben doch nicht im Ernst, Sören, dass wir nach so vielen Jahren die Akten studieren, und – zack! – kommt uns eine Idee, was damals passiert sein könnte? Selbst wenn wir die Zeit hätten, die Akten von vorne bis hinten durchzuackern – die SoKo hat damals ganze Arbeit geleistet. Vergeblich!«

»Sie haben es der Signora versprochen!«

Erik blies die Backen auf und stieß geräuschvoll die Luft von sich. »Also gut, wir machen Folgendes, damit Sie beruhigt sind und Ihr Gewissen rein ist ...«

»*Ihr* Gewissen«, betonte Sören. »*Sie* haben es versprochen, nicht ich.«

Noch einmal stöhnte Erik auf. »Dieses entführte Kind war irgendwie verwandt mit Tove Griess, daran erinnere ich mich. Also kehren wir jetzt auf einen Kaffee in Käptens Kajüte ein, reden mit Tove Griess darüber und können später behaupten, wir haben unser Versprechen eingelöst.«

»Nicht wir«, beharrte Sören. »Sie!«

»Meinetwegen!« Erik wurde ärgerlich. »Ich werde also mit Tove Griess reden, mehr kann meine Schwiegermutter nicht von mir verlangen. Wir haben einen Mordfall am Hals! Von dem Arabella-Dieb ganz zu schweigen. Und da soll ich mich mit einem uralten Fall befassen, obwohl ich weiß, dass das nichts bringen wird?«

Er bog an dem Kreisverkehr bei Feinkost Meyer rechts ab und fuhr nach Wenningstedt hinein. Die Einmündung in den Süder Wung ließ er links liegen und fuhr stattdessen kurz darauf in den Hochkamp. Vor Käptens Kajüte kam er zum Stehen, stieg aus und betrat, ohne auf Sören zu warten, die Imbissstube. »Moin!«

Tove Griess' Begrüßung fiel verhalten aus. Misstrauisch sah er Erik und Sören entgegen. »Sie sind hoffentlich nicht dienstlich hier?«

Erik sah sich um und überlegte, ob er Tove Griess bitten konnte, die Musik leiser zu stellen. Die Verkündung eines Schlagersängers, dass er verliebt in die Liebe sei, tat ihm in den Ohren weh. Aber er bezwang sich und nickte Fietje Tiensch zu, der an seinem Stammplatz saß und so aussah, als wollte er vorsichtshalber die Flucht ergreifen. Wo die Polizei auftauchte, fühlte er sich unwohl. Genau wie Tove! Das wusste Erik.

Er schob sich auf einen Barhocker, Sören hockte sich neben ihn. »Keine Angst, wir sind privat hier. Zwei Kaffee, bitte!«

Tove wandte sich dem Kaffeeautomaten zu. »Sie trinken doch sonst Ihren Kaffee nicht bei mir«, knurrte er.

»Wenn Ihnen das nicht passt«, parierte Erik, »können wir auch wieder gehen.«

Darauf antwortete Tove nicht. Er stellte zwei Tassen vor die beiden hin und legte sogar neben jede einen Keks. Und als fiele ihm erst jetzt ein, dass man erstens einen Gast freundlich bediente und sich zweitens besser gut mit der Polizei stellen sollte, schob er zuvorkommend Zucker und Milch heran. »Sonst noch was? Currywurst? Schaschlik? Grillspieß?«

Erik zögerte. Der Hunger musste schon länger in ihm rumoren, aber erst jetzt, angesichts der Bratwürste, die auf dem Grill lagen, wurde er ihm bewusst. Doch noch ehe er eine Entscheidung getroffen hatte, sagte Sören: »Nein danke!« Und zu Erik: »Ihre Schwiegermutter hat vorgekocht. Schon vergessen?«

Erik nickte ergeben und beschloss, die Sache kurz zu machen und nicht lange um den heißen Brei herumzureden. »Sagen Sie mal, Herr Griess ... wie waren Sie eigentlich mit dem Kind verwandt, das damals in Wenningstedt am Strand verwunden ist?«

»Mein Großcousin«, antwortete Tove und schien sich überhaupt nicht zu wundern, dass Erik ihn auf diese Tragödie ansprach, die schon so lange zurücklag. Merkwürdig!

»Ich habe gehört, die Eltern des Kindes sind auf Sylt?«

Tove fragte nicht, von wem er das gehört hatte, sondern antwortete: »Mein Cousin hat seine Frau in die Nordseeklinik gebracht. Krebs! Scheißkrankheit!«

Erik bestätigte es und fand eigentlich, dass er nun sein Versprechen eingelöst hatte. Er hatte sich um den Fall gekümmert! Gerade wollte er das Gespräch mit einem tröstenden Satz abschließen, da ging sein Handy. »Klaas?« Er lauschte kurz in den Hörer. »Du stehst vorm Haus? Wir trinken gerade einen Kaffee in Käptens Kajüte. In ein paar Minuten sind wir da.« Er stockte, dann sagte er: »Gut, meinetwegen. Bis gleich.«

Er steckte das Handy weg und sagte zu Sören: »Klaas kommt her. Wiebke ist anscheinend nicht zu Hause. Er hat vergeblich geklingelt.«

Sören war nicht der Meinung, dass sein Chef bereits alles getan hatte, worum er von seiner Schwiegermutter gebeten worden war. »Waren Sie dabei, als das Kind verschwand?«, fragte er Tove, als könnte er etwas erfahren, was jetzt, nach so vielen Jahren, neues Licht auf den Fall warf.

Tove schüttelte den Kopf. »Nö, aber ich war dabei, als mein Cousin mit seiner Frau vom Strand zurückkam. Völlig kopflos. Fix und fertig!«

»Tja … verständlich.« Nun wusste auch Sören nicht mehr weiter, ließ ein paar Fakten fallen, die ihm einfielen, woraufhin Erik ein paar Ermittlungsergebnisse einwarf, die ihm in den Sinn kamen, und beide schließlich bedauernd ergänzten, dass das Schicksal des Jungen wohl ewig ungeklärt bleiben würde.

Tove schien dennoch zufrieden zu sein, was Erik erstaunte. Er schob die Bratwürste hin und her und knurrte etwas, was sich wie ein Dank anhörte. Er ergänzte sogar: »Nett von Ihnen, sich noch mal darum zu kümmern.«

Erik war derart verblüfft, dass er dem Wirt Grüße an die bedauernswerten Eltern ausrichtete. »Wenn ich was für sie tun kann …« Er unterbrach sich erschrocken. War er verrückt geworden?

Vor der Imbissstube fuhr ein Wagen vor, kurz darauf trat Klaas ein. »Moin! Für mich auch einen Kaffee!«

Tove nahm den neuen Gast zunächst nicht zur Kenntnis. »Das kann doch nicht wahr sein, dass niemand was mitkriegt, wenn ein Kind geklaut wird!«

Klaas wiederholte seine Bitte nach dem Kaffee und erkundigte sich, worum es ging. Während Tove am Kaffeeautomaten hantierte, entgegnete Erik: »Dieser Kindesraub, der nie aufgeklärt wurde.«

Er wollte ausführlicher berichten, aber Klaas konnte sich sofort erinnern. »Ich weiß noch, wie das war. Sünje hatte mal wieder eine ihrer Panikattacken.«

»Sünje?« Erik sah ihn verblüfft an. »Deine Schwester war dabei?«

»Sie hat nie richtig schwimmen gelernt, weil sie so ängstlich ist. Sie hatte mit anderen im Wasser geplanscht, war einen Schritt zu weit gegangen, jemand hat sie gestoßen, sie tauchte unter …« Klaas nahm die Kaffeetasse dankend entgegen und trank einen Schluck. »Das Wasser war nicht tief, es bestand überhaupt keine Gefahr, sie hat nur einen ordentlichen Schluck genommen. Aber du weißt ja, wie Sünje ist. Sie hat nie angemessen reagiert. Sie wurde vor Angst ohnmächtig, alle liefen zusammen, eine Frau machte Mund-zu-Mund-Beatmung … Bis Sünje wieder auf den Beinen war, hatte der Entführer Zeit genug. Alle haben sich ja um meine Schwester gekümmert, niemand hat auf das Baby geachtet.« Er stellte seine Tasse klirrend zurück. »Sünje!«, stieß er erbittert hervor. »Es gab immer schon Ärger mit ihr!«

Carlotta Capella, die sich noch nie auf dem Wasser bewegt hatte, die noch nie in einem Ruderboot, auf einer Segeljolle oder auf einem der Ausflugsdampfer gesessen hatte, die über den Trasimenosee fuhren, betrat ein Kreuzfahrtschiff! Und das, noch ehe sie sich von der rasanten Fahrt im Tenderboot erholt hatte. Mit feierlicher Miene, die ihr bei dem großen Schritt vom Tenderboot an Bord beinahe abhandengekommen wäre, nahm sie ihre Bordkarte in Empfang und ließ sich den Weg zum Aufzug weisen, mit dem sie auf das siebte Deck gelangen konnte, wo sich ihre Kabine befand.

»Ein Aufzug? Auf einem Schiff? Dio mio!«

»Sie können natürlich auch die Treppe nehmen«, sagte die Rezeptionistin, die den Ausruf falsch gedeutet hatte. »Dann lasse ich Ihnen das Gepäck in die Kabine bringen.«

»No, grazie!« Mamma Carlotta lehnte diesen Service, den sie für überflüssig hielt, höflich ab, versicherte aber ausdrücklich, dass sie das Angebot reizend fände, und bedankte sich überschwänglich dafür.

Sie bestieg mit Carolin den gläsernen Aufzug, als beträte sie ein Gotteshaus, und verließ ihn, als wäre ihr zwischenzeitlich die Beichte abgenommen worden. »Carolina! Sieh dir das an!«

Mehrere endlos erscheinende Flure gingen vom Treppenhaus ab, dehnten sich vor ihnen aus, mit unzähligen Türen an beiden Seiten.

Carolin studierte die Schilder, dann wies sie in einen Gang. »Hier entlang!«

Carlotta folgte ihrer Enkelin und bestaunte kurz darauf deren

Geschicklichkeit, als sie die Kabinentür mit der Bordkarte öffnete. Dann entfuhr ihr ein Schrei. »Madonna!«

Der Steward, der gerade den Flur entlangging, kam angelaufen. »Ist alles in Ordnung, Madame?«

Carolin wehrte ihn ab. »Alles okay. Meine Nonna ist immer so, wenn sie sich freut.«

Ob der Steward mit dieser Erklärung etwas anfangen konnte, war nicht zu erkennen, aber er verzog sich wieder, als hätte er alles verstanden.

In der Kabine gab es einen Teppichboden in fröhlichen Farben, das breite Doppelbett zierte eine dunkelrote Bettdecke, die Wände leuchteten in hellem Orange. Mit den Einzelheiten konnte Mamma Carlotta sich jedoch noch nicht befassen. Sie strebte auf die Balkontür zu, hinter der sich das Meer ausbreitete. Kurz darauf stand sie an der gläsernen Brüstung und jubelte so laut, dass sich mehrere Köpfe über die Balkongeländer der anderen Kabinen reckten. »Meraviglioso!«

»Pscht, Nonna! Nicht so laut!«, zischte Carolin.

Aber wie sollte man etwas so Herrliches, derart Einzigartiges und dazu noch Kostenloses annehmen, ohne seiner Freude Ausdruck zu verleihen? Andächtiges Schweigen war nun mal nicht Carlottas Sache. Sie beugte sich weit übers Geländer, um auf den Nachbarbalkon zu blicken, damit sie jemanden fand, mit dem sie ihre Begeisterung teilen konnte. Dort döste ein Mann und schreckte aus dem Halbschlaf, als sie ihn auf das Meer aufmerksam machte, das in der Sonne glitzerte, und ihm erzählte, dass sie nicht einmal in ihrem eigenen Haus in Umbrien einen Balkon habe. »Allerdings ist das auch nicht nötig, denn wir haben einen großen Garten ...«

Carolin zupfte am Ärmel ihrer Großmutter, um sie zum Schweigen zu bringen, während der Mann auf dem Nachbarbalkon hastig nach einem Handtuch griff, um es sich auf den Unterkörper zu legen. Dass er nackt ein Sonnenbad nahm, war Mamma Carlotta vor lauter Entzücken gar nicht aufgefallen.

Nun zog sie eilig den Kopf zurück, beteuerte, dass es ihr unangenehm sei, den Herrn gestört zu haben, und bekräftigte ihn derart vernehmbar in seinem Wunsch, nahtlos braun zu werden, dass es noch im achten Deck mühelos zu verstehen war. Daraufhin zeigten sich weitere Köpfe über den Balkongeländern, und Carolin flüsterte ihrer Großmutter zu, sie solle endlich in die Kabine zurückkommen, ehe sie schon direkt nach ihrer Ankunft für den ersten Aufruhr sorgte.

Carolin zog es aufs Sonnendeck, obwohl die Sonne längst untergegangen und es draußen kühl geworden war. Aber sie hatte richtig vermutet, dass sich dort alles tummelte, was jung und sportlich war. Über die älteren Passagiere, die am Rande des Decks auf ihren Liegen vor sich hin dämmerten, konnte man getrost hinwegsehen. Neben dem Pool hielten sich junge Leute auf, sprangen ins Wasser, demonstrierten Fitness und zeigten ihre straffen Körper. Auch auf dem Volleyballfeld war einiges los, auf der Laufstrecke, die in einer großen Acht übers Deck führte, waren ein paar gut aussehende Jungs unterwegs, und die Poolbar war ein besonderer Anziehungspunkt. Dort ließ sich mit der Bordkarte bezahlen, was später vom Konto der Eltern abgebucht wurde.

Carolin fühlte sich auf Anhieb wohl und am richtigen Platz. Sie beschloss, mit der weiteren Besichtigung des Schiffes zu warten, bis alle attraktiven Jungs sich unter Deck begeben hatten. »Den Rest gucke ich mir nach dem Essen an«, erklärte sie ihrer Großmutter und zog eine Liege heran.

Mamma Carlotta hätte es nicht fertiggebracht, dieser neuen Welt im Ruhezustand zu begegnen. Sie musste sich bewegen, den Neuigkeiten entgegenlaufen. Ihr reichte es nicht, sie auf sich zukommen zu lassen. Sie ging von einer Seite des Schiffes zur anderen, schaute über die Reling, einmal aufs Meer hinaus, dann nach Sylt zurück. Viele Meter unter ihr nahm das Tenderboot gerade eine Gruppe gut gekleideter Passagiere auf, die den Abend offenbar auf der Insel verbringen wollten.

»Das wird eine Riesenparty in der Sansibar«, hörte sie einen Mann sagen, der ein weißes Dinnerjacket trug.

Mamma Carlotta setzte ihre Eroberung der ›Arabella‹ fort. Sie gelangte in den Wellnessbereich, bestaunte die Saunalandschaft, das Kosmetikstudio und das Ruhedeck und konnte nicht fassen, dass es sogar einen Friseur an Bord gab. Nachdem sie einen Blick auf die Preislisten geworfen hatte, vergaß sie allerdings den Wunsch, sich mit einer Ganzkörpermassage in Schwung bringen zu lassen, sondern begab sich auf das Deck mit der Ladenzeile. Eine Modeboutique, eine Parfümerie und eine Kunstgalerie gab es dort, gleich dahinter das Theater, das sich über drei Decks erstreckte, das Fotostudio, der Fitnessraum.

Mamma Carlotta war Feuer und Flamme. Und wenn sie sich in diesem Zustand befand, brauchte sie jemanden, mit dem sie ihren Enthusiasmus teilen konnte. Die Passagiere, die sie bisher angesprochen hatte, hielten es mehr mit stillem Behagen und belächelten sie sogar, als sie ihr kindliches Vergnügen bemerkten. Mamma Carlotta kam es so vor, als hielten sie jeden Freudentaumel für unangemessen und als käme es ihnen auf den Eindruck an, sie seien an solche Genüsse gewöhnt und könnten sie sich so häufig leisten, dass sie über die Freude am Neuen längst hinaus waren. Als Mamma Carlotta erwähnte, dass sie diese Reise im Preisausschreiben gewonnen habe, hatte sie sogar das Lächeln zu sehen bekommen, das Kindern geschenkt wurde, wenn sie zum ersten Mal Schnee erlebten.

Dann musste sie eben mit Carolin über alles reden, was es hier zu sehen und zu erleben gab. Die freute sich zwar auch nur sehr verhalten, aber immerhin hatte sie genauso wenig Erfahrung als Passagier auf einem Kreuzfahrtschiff und würde ihre Nonna nicht belächeln. Außerdem stellte Mamma Carlotta fest, dass die Essenszeit nah war und sich schon einige Passagiere in der Nähe der Eingänge zu den drei Restaurants aufhielten. Sie musste Carolin Bescheid sagen, damit sie einen guten Platz in der Nähe eines Fensters bekamen.

Sie fand ihre Enkelin dort, wo sie sie verlassen hatte, aber neben ihrer Liege stand nun eine weitere, auf der ein junger Mann in Carolins Alter saß und sie ansah, als würde er ihr gern die blonden Haarspiralen vor dem Gesicht wegziehen, um sie genauer zu betrachten.

Carolin trug nicht nur einen entsetzlich knappen Bikini, sondern auch einen ganz neuen Ausdruck im Gesicht, jedenfalls auf dem Teil, der sichtbar war. Für Sekunden war sie ihrer Nonna sogar fremd. Ihr Lächeln war kokett, ihre Miene von einem drolligen Ernst, der dem Jungen wohl zeigen sollte, dass sie zwar interessiert war, aber noch einiges von ihm erwartete, bevor sie bereit war, den Verstand zu verlieren. Sie legte den Kopf schräg, wenn sie ihn anblickte, und bildete sich wohl ein, ihre Brust mit dem Rausrecken derselben automatisch zu vergrößern. All das hatte ihre Großmutter noch nie an ihr gesehen.

Mamma Carlotta war beunruhigt. Hier, auf dem Schiff, trug sie die Verantwortung für Carolin ganz allein, konnte sie nicht auf Erik abwälzen, der manchmal streng war, sich gelegentlich aber auch erschreckend liberal gab. Carolin war gerade erst siebzehn geworden! Dass sie selbst schon mit sechzehn der Liebe fürs Leben begegnet war und noch im selben Jahr die Ehe eingegangen war, hätte sie sich nicht vorhalten lassen. Sowenig sie diese Entscheidung bereute, so zufrieden sie immer in ihrem Leben gewesen war, für ihre Enkeltochter wünschte sie sich etwas anderes als frühe Mutterschaft. Also galt es, die Augen offen zu halten und zu verhindern, was verhindert werden musste.

Mit einem freundlichen Lächeln trat sie näher und sah darüber hinweg, dass Carolin über ihr Erscheinen alles andere als erfreut war. »Wir sollten uns fürs Essen umziehen, Carolina!«

Sie blickte dabei nicht ihre Enkelin, sondern den jungen Mann an, der zum Glück begriff und genau das Richtige tat. Er erhob sich und stellte sich vor: »Hallo! Ich heiße Tilman Flemming.«

Ein blasser Junge, kaum größer als Carolin, unscheinbar, mit einem korrekten Haarschnitt, in unauffälliger Kleidung. Er gehörte nicht zu denen, die am Rande des Pools saßen, ihre Muskeln und ihre Attraktivität spielen ließen und den Mädchen Komplimente nachwarfen.

»Das ist meine Oma«, erklärte Carolin, sah dabei weder Mamma Carlotta noch Tilman an und steckte eine Haarsträhne in den Mund, als wollte sie sich zwingen, nichts mehr zu sagen.

Tilman war ein sympathischer Junge, was natürlich keineswegs bedeutete, dass Mamma Carlotta ihm automatisch vertraute. Auch sympathische Jungs verführten unerfahrene junge Mädchen, das war auf Sylt genauso wie in Italien und auf einem Kreuzfahrtschiff garantiert auch nicht anders als in einer Trattoria.

Tilman aber wusste, wie man sich ins Vertrauen älterer Damen schlich. Er bestätigte, dass es Zeit fürs Abendessen sei, und schaffte es, sich gleichzeitig in Mamma Carlottas Erwartung als auch in Carolins Gunst breitzumachen. »Wie wär's heute Abend in der Bar?«, fragte er mit einem Lächeln, das auch Mamma Carlotta als Sechzehnjährige entflammt hätte. »So gegen zehn? Dann fängt die Black-and-White-Party an.«

Carolin strahlte, Tilman schenkte auch ihrer Großmutter sein schönstes Lächeln. »Sie haben doch nichts dagegen, Signora?«

Das war eindeutig eine Eroberung im Sturm. Tilman war nicht nur so klug gewesen, Carolins Großmutter um Erlaubnis zu fragen, er hatte sogar auf den ersten Blick erkannt, dass er eine Italienerin vor sich hatte. Sieg auf ganzer Linie! Mamma Carlotta, die unter anderen Umständen nur ungern zugelassen hätte, dass ihre Enkeltochter sich zu nachtschlafender Zeit mit einem fremden Jungen traf, nickte, als ginge es um ein gemeinsames Eisessen am hellen Vormittag. Erst später musste sie sich selbst von der Richtigkeit ihrer Entscheidung überzeugen und fand schließlich einen Grund, den sie für stichhaltig hielt: Die jungen Leute befanden sich auf einem Schiff mit klaren Grenzen! Carolin konnte hier nicht verloren gehen, der Junge konnte sie nicht irgendwohin locken, wo es gefährlich war, und die größte Angst aller Eltern war auf der ›Arabella‹ ebenfalls unbegründet – Carolin würde in kein Auto steigen, dessen Fahrer seine Männlichkeit beweisen wollte, indem er die Höchstgeschwindigkeit beträchtlich überschritt und dem Mädchen auf dem Beifahrersitz bewies, was aus seinem alten Schlitten herauszuholen war, seit er tiefergelegt, der Zylinder aufgebohrt und der Hubraum vergrößert worden war. Der männliche Anteil von Carlottas Nachkommenschaft hatte sich sehr erfolgreich mit diesen Dingen beschäftigt. Ihr war die Angst vertraut, die eine Mutter nicht schlafen ließ, bis der getunte Wagen wieder auf den Hof röhrte.

In der Disziplin der Selbstüberredung hatte sie es schon vor Jahren zur Meisterschaft gebracht. Es gelang ihr immer, sich etwas vorzumachen, so lange, bis sie felsenfest von den eigenen Argumenten überzeugt war. Sie sah sogar darüber hinweg, dass Carolin ein Kleid anzog, das ihr eine Freundin geliehen hatte, die kürzlich auf Ibiza gewesen war. Auch hier wandte Mamma Carlotta eine List an, mit der sie sich gern selbst übertölpelte: Sie entfernte sich aus der Zone, in der sie eigentlich mit Ermahnungen hätte aufwarten müssen, und blickte so lange woanders hin, bis sie selbst glauben konnte, dass sie von dem tiefen Ausschnitt und dem skandalös kurzen Rock nichts mitbekommen hatte.

Sie ging wieder auf den Balkon, damit sie auch nicht sehen musste, wie Carolin ihre Haare noch höher auftürmte als sonst und ihre Augen so schwarz umrahmte, wie es Signora Calderoli in Carlottas Dorf getan hatte, als sie ihren dritten Mann beerdigte und am ganzen Körper Trauer tragen wollte.

Zum Glück wurde sie abgelenkt. Nicht von dem herrlichen Ausblick aufs Meer, nicht von der Sonne, die sich anschickte, hinter dem Horizont zu versinken, sondern von einem Boot, das auf die ›Arabella‹ zuhielt. Ein Frachtkahn, der beladen war mit Kisten, Säcken und riesigen Kartons. Anscheinend Proviant für die mehr als tausend Passagiere an Bord, frische Lebensmittel für die Küche, die in jedem Hafen gebunkert wurden. Auf einem Karton konnte Mamma Carlotta die Aufschrift ›Hummer‹ erkennen, in einer halb offenen Stiege unzählige Salatköpfe.

Der Kahn legte an der großen Luke an, wo auch das Tenderboot die Passagiere an Bord gebracht hatte. Wenn sie sich weiter übers Geländer beugte, konnte sie erkennen, dass zwei der Besatzungsmitglieder den Kahn mit je einem Tau befestigten und ihn durch einen metallenen Steg mit der ›Arabella‹ verbanden. Dann wurde ein Frachtteil nach dem anderen ins Schiff geschoben. Mamma Carlotta starrte nach unten, um Carolins Aufputz zu vergessen, und dann … dann vergaß sie ihn wirklich. Auf einer der Kisten entdeckte sie etwas, was dort nicht hinzugehören schien. Einen Gitarrenkasten, so wie Felix ihn besaß. Dunkel, mit hellen Applikationen an den Nähten und einem kreisrunden phosphoreszierenden Schild, wie ihr Enkel eins aufgeklebt hatte. Bei Felix zeigte es den Knochenadler der Toten Hosen. Was auf diesem Schild in der gleichen Größe zu ihr heraufblinkte, konnte Mamma Carlotta natürlich nicht erkennen. Dennoch blieb der Eindruck, dass es Felix' Gitarrenkoffer war, der gerade vom Frachtkahn in die ›Arabella‹ wechselte.

Sie stieß sich vom Geländer ab, starrte aufs Meer und schüttelte den Kopf. Nein, das musste ein Irrtum sein. Wie sollte Felix' Gitarrenkoffer hierhinkommen? Andererseits hatte sie ihren Enkel mehrmals vergeblich gebeten, seine Gitarre so aufzubewahren, wie sein Vater es wünschte. Aber immer wieder hatte er den Gitarrengurt einfach über die Schulter gehängt. Der Verdacht, dass er seinen Gitarrenkoffer verloren hatte, war ihr schon öfter gekommen.

Sie ging in die Kabine zurück, und diesmal nahm sie Carolins Styling tatsächlich nur am Rande wahr. »Weißt du, ob Felix seinen Gitarrenkoffer verloren hat, Carolina?«

Ihre Enkelin, die mit Ermahnungen und Forderungen gerechnet hatte, schien erfreut, dass beides ausblieb. Das war vermutlich der Grund, warum sie sich auf dieses Thema einließ.

»Du kennst ihn doch. Wenn ihm der Kopf nicht angewachsen wäre, hätte er den auch schon irgendwo liegen lassen.«

Sein Schlaf war flach, er schreckte immer wieder hoch, blickte dann jedes Mal zur Uhr, nur um festzustellen, dass erst wenige Minuten vergangen waren, seit er das letzte Mal nach der Zeit gesehen hatte. Erik fragte sich, ob es einen angenehmeren Verlauf des Abends gegeben hätte, wenn seine Schwiegermutter im Haus gewesen wäre. Was ihm häufig auf die Nerven ging, hatte er in diesem Fall vermisst. Wo Mamma Carlotta war, herrschte immer fröhlicher Lärm, ihre Geschichten, mochten sie auch noch so aufgebauscht und übertrieben sein, sorgten zuverlässig für Heiterkeit. Sogar bei ihm! Aber der gestrige Abend war alles andere als fröhlich gewesen. Und es hatte ihm für Klaas leidgetan, der sich große Mühe gegeben hatte, Eriks Schwiegermutter in der Küche zu ersetzen. Wenn sie auch das meiste vorbereitet hatte, so waren doch einige Ergänzungen nötig, die Klaas leicht von der Hand gegangen waren. Erik war ihm dankbar gewesen, dass er nicht selbst das Brot aufbacken und schneiden musste und nicht für das Auftragen der Suppe zuständig war. Natürlich wäre es ihm lieb gewesen, wenn Wiebke sich darum gekümmert hätte und Klaas wie ein Gast behandelt worden wäre, aber Wiebke war noch nicht erschienen, als der erste Gang längst auf dem Tisch stand.

Erst als sie bereits vor leeren Tellern saßen, hatte sie angerufen. »Es dauert noch«, hatte sie hervorgestoßen. »Ich habe ihn gefunden. Ich muss jetzt dranbleiben.«

Erik hatte sich ahnungslos gegeben, obwohl er wusste, von wem sie sprach. »Wen hast du gefunden?«

»Leo Schwickerat natürlich.« Nun flüsterte sie sogar, als wäre sie bereits in der Nähe des berühmten Pianisten. »Ich komme zurück, sobald ich genug Fotos habe.«

»Sollen wir mit dem nächsten Gang auf dich warten?«

»Bloß nicht! Wenn ich zurück bin, habe ich keine Zeit zu essen. Dann muss ich sofort die Fotos an die Redaktion schicken. Und einen Artikel dazu schreiben! Vielleicht kann er dann noch übermorgen ins Blatt. Auf jeden Fall aber morgen in die Online-Ausgabe.«

Felix hatte immerhin einen Zettel auf dem Küchentisch hinterlassen, auf dem er kundtat, dass er mit Ben und Finn so lange proben wolle, wie Bens Eltern es erlaubten, deren Partykeller von den dreien zum Übungsraum auserkoren worden war. Mit Ben und Finn, die Schlagzeug und Keyboard spielten, wollte Felix eine Band gründen, sobald sie auch eine Sängerin gefunden hatten. Davon, dass sie zunächst ihre Instrumente perfekt beherrschen mussten, war selten die Rede.

»Dann essen wir eben ohne Wiebke und Felix«, sagte Erik und hoffte, dass er sich nicht anmerken ließ, wie enttäuscht er war. Sogar verärgert! Ja, er ärgerte sich darüber, dass Wiebke ausgerechnet an diesem Abend nicht bei ihm war. Er hätte gerne mit ihr zusammen den Tisch abgeräumt, hätte dafür gesorgt, dass kein Teller zu Bruch ging, und ihr den Abfalleimer aus der Hand genommen, weil sie jedes Mal den Biomüll mit dem Restmüll verwechselte. Er wollte Wiebke an seiner Seite haben! Er wollte sich auf sie verlassen können! Und außerdem wollte er nicht, dass irgendwelche Promis, die auf Sylt herumliefen, stets wichtiger waren als er selbst. Natürlich wusste er, dass er ungerecht war, denn auch Wiebke hatte schon die Erfahrung machen müssen, dass ein Kinobesuch ausfiel, weil er an einen Tatort gerufen wurde, und ein Abend anders verlief, weil er in Gedanken mehr bei einem Fall gewesen war als bei ihr. Trotzdem wurde er in diesem Augenblick mit der Enttäuschung nur fertig, indem er Zorn daraus machte.

Heimlich sah er nach seinem Handy, aber es war kein Anruf eingegangen. Als er feststellte, dass Sören seine Unruhe durchschaute, ärgerte er sich noch mehr. Auch wegen Sören wollte er nicht länger mit dem Essen warten. Sein Assistent war nur erschienen, weil Mamma Carlotta ausdrücklich für ihn mitgekocht hatte, aber er wollte bald heimfahren, weil es im Fernsehen eine Fußballübertragung gab. Erik wusste, dass er es nicht eilig gehabt hätte, wenn er hier von seiner Schwiegermutter verwöhnt worden wäre.

»Ich will Sie nicht lange stören«, sagte Sören prompt. »Sie wollen ja die letzten Vorbereitungen für die Ankunft Ihrer Freunde treffen.«

Natürlich versicherte Erik, dass Sören auf keinen Fall stören würde, ebenso beteuerte Klaas, dass es ihm nichts ausmache, wenn bei Tisch über den Mord an Gregor Imhoff und den Arabella-Dieb gesprochen würde. »Ist ja klar, dass ihr am Ende eines Arbeitstages in Ruhe darüber reden wollt.«

Das wollte Erik jedoch ganz und gar nicht. Klaas war zwar ein Freund, aber die Ermittlungsergebnisse der Polizei gehörten nicht vor die Ohren eines Außenstehenden. Schlimm genug, dass seine Schwiegermutter oft so viel mitbekam, was sie nichts anging! »Ist es dir recht«, fragte er Klaas, »dass wir Sünje morgen dazubitten, wenn wir im Garten grillen? Sie war ja damals bei unseren Spielen die treueste Zuschauerin. Oftmals die einzige.«

Klaas probierte erst ausgiebig die marinierten Champignons und Zucchinischeiben, ehe er antwortete: »Du kannst versuchen, sie einzuladen. Ob sie kommen wird? Ich weiß es nicht. Sünje lebt völlig zurückgezogen, sie ist Kontakt nicht mehr gewöhnt.« Er fischte eine Garnele vom Antipastiteller und betrachtete sie eingehend, ehe er sie sich in den Mund schob. »Manchmal verlässt sie tagelang nicht das Haus. Ihr einziger Kontakt sind ihre alten Vermieter und die Klavierschüler.«

Erik gab sich zuversichtlich. »Ich versuche es trotzdem.«

»Und ich werde ihr zureden«, versicherte Klaas. »Vielleicht hilft das.«

Es entstand ein kurzes Schweigen, in dem nur das Klappern des Bestecks zu hören war.

»Die SoKo hat Sünje damals unter die Lupe genommen«,

sagte Klaas unvermittelt. »Angeblich hatte sie vorher mit einer fremden Frau gesprochen, die ihr sogar ihren Vornamen verraten hatte. Aber die Polizei hat diese Frau nie gefunden. Die SoKo hatte den Verdacht, dass Sünje mit dem Entführer des Babys unter einer Decke steckte. Für manche sah es so aus, als hätte sie die Eltern gezielt abgelenkt.«

Erik fühlte sich durchschaut, wollte aber trotzdem nicht zugeben, welche Motivation hinter der Einladung von Sünje steckte. »Kannst du dir das vorstellen?«

Klaas schüttelte den Kopf. »Meine Schwester ist zwar ein bisschen komisch, aber nicht kriminell.«

»Dann glauben Sie auch«, mischte Sören sich ein, »dass der Mann, der durch ihren Garten flüchtete, mit Ihrer Schwester nichts zu tun hat?«

Jetzt nickte Klaas. »Was sollte sie mit dem zu schaffen haben?«

Darauf konnte keiner der beiden Polizisten eine Antwort geben. Schließlich sagte Erik: »Wenn Wiebke diesen Leo Schwickerat heute endlich erwischt hat, kann sie uns vielleicht sagen, ob er derselbe Mann ist, den sie mit dir in Sünjes Garten gesehen hat.«

Erik war froh, dass dieses Gespräch von Felix' Erscheinen unterbrochen wurde. Wie immer knallte er die Haustür ins Schloss – so hatte es auch seine Mutter getan –, stürmte in die Küche, als wollte er die darin Versammelten vor dem Brand des Dachstuhls warnen – auch Lucia hatte ihren Mann mit dieser Art des Eintretens oft zu Tode erschreckt – und sich auf einen Stuhl geworfen, als hielte es ihn keinen Augenblick länger auf den Beinen. Ebenfalls wie Lucia! »Caro hat mich gerade auf dem Handy angerufen. Sie musste mir natürlich was vorschwärmen, damit ich neidisch wurde. Wie toll es auf der ›Arabella‹ ist! Und dass sie schon einen super Typen aufgegabelt hat! Und am Buffet gab es sogar Hummer! Dabei hat sie sich davor geekelt.« Er stieß verächtlich die Luft von sich. »Dekadent!«

»Finde ich auch«, bestätigte Erik und gab sich Mühe, ernst auszusehen. »Breiti hätte so was nie gemacht.« Dann sah er durch den offenen Spalt der Küchentür die Gitarre am Treppengeländer lehnen. »Felix, wie oft habe ich dir gesagt, du sollst die Gitarre im Koffer transportieren? So was würde Breiti übrigens auch nicht tun!«

»Den hab ich bei Ben vergessen«, nuschelte Felix und widmete sich ausgiebig der Vorspeisenplatte. »Ich hole ihn morgen.«

Erik wollte sich nicht mehr mit den Erinnerungen an den Abend beschäftigen, sonst würde er nie Ruhe finden. Er gähnte, drehte sich auf die andere Seite, wälzte sich aber gleich wieder zurück und sah erneut auf das Ziffernblatt seines Weckers. Kurz nach zwei! Wenn er nicht bald einschlief, würde er morgen Abend als Erster müde und auch betrunken sein und ins Bett fallen, während die anderen noch in Erinnerungen schwelgten. Er umarmte sein Kissen fest und versuchte, nicht an die leere Bettseite neben ihm zu denken. Hoffentlich machte ihm der Fall Gregor Imhoff morgen keinen Strich durch die Rechnung. Und wenn doch, dann war Wiebke hoffentlich bereit, die Hausfrauenpflichten zu übernehmen. Aber vermutlich würde es doch wieder Klaas sein, der sich um alles kümmerte, wenn er selbst nicht früh genug Feierabend machen und von einem freien Wochenende nur träumen konnte. Ob es ihm gelingen würde, nach dem Aufstehen mit Wiebke zu reden? Deprimiert drückte er sein Gesicht ins Kissen. Sie würde in der Frühe, wenn er das Haus verlassen musste, noch schlafen. Und außerdem wusste er, dass sie niemals auf eine gute Story verzichten würde, um seine Gäste mit Grillsoßen und frischem Brot zu versorgen.

Als er ihre Schritte hörte, kniff er fest die Augen zusammen und bemühte sich um regelmäßige Atemzüge. Tatsächlich schien Wiebke darauf hereinzufallen. Sie machte kein Licht an, weil sie ihn nicht wecken wollte, schlich zum Laptop und verließ mit ihm den Raum genauso leise, wie sie gekommen war. Sie würde jetzt wohl im Wohnzimmer den Artikel schreiben und ihn samt der Fotos zur Mattino schicken. Schrecklich, dieser Beruf! Warum er ihn schrecklicher fand als seinen eigenen, der ihn oft genug ebenfalls um den Schlaf brachte und ihn zu unmöglichen Arbeitszeiten zwang, darüber wollte er nicht nachdenken.

Er öffnete noch einmal die Augen, blinzelte zu dem Tischchen, auf dem Wiebkes Laptop gestanden hatte, schloss sie wieder und zwang sich, nicht mehr an Wiebke zu denken, sondern an die Freunde, die am nächsten Tag auf Sylt erwartet wurden. Wie gut, dass er so vorausschauend gewesen war, bei Feinkost Meyer das Grillfleisch und die Soßen zu bestellen, direkt nachdem seine Schwiegermutter die Nachricht vom Gewinn des Preisausschreibens erhalten hatte. Beides brauchte nur abgeholt zu werden, und er hoffte darauf, dass Wiebke ihn wenigstens dabei unterstützen würde. Als er mit ihr darüber gesprochen hatte, war ihre Antwort gewesen: »Wenn nichts dazwischen kommt, logo.« Für Erik war damit klar gewesen, dass er auf Wiebke nicht bauen konnte. Noch nie in seinem Leben hatte er im Bett gelegen und sehnsuchtsvoll an seine Schwiegermutter gedacht …

Es war spät geworden, sehr spät. Als Mamma Carlotta in dem kleinen Bad ihrer Kabine stand, schaffte sie es nicht mehr, dessen Zweckmäßigkeit zu bestaunen, derart müde war sie. Dass ihr eigentliches Problem der übermäßige Konsum des Rotweins war, wollte sie sich nicht eingestehen. Selbst wenn sie diese Möglichkeit als Grund für ihre Indisposition in Betracht gezogen hätte, wäre es ihr gelungen, sich einzureden, dass ein Rotwein, der kostenlos angeboten wurde, die alleinige Schuld daran trug, dass man zu viel von ihm trank. Solange die Karaffe auf dem Tisch stand, solange es nicht nötig war, ein neues Glas zu ordern, solange der Kellner, ohne zu fragen, eine neue Karaffe brachte, wenn die alte leer war, solange sie sich keine Gedanken darüber machen musste, wie hoch die Rechnung ausfallen würde, so lange musste jeder einsehen, dass es schwer war, unter diesen Umständen nüchtern zu bleiben.

Sie seufzte tief auf, als sie sich im Spiegel betrachtete, und murmelte sich zu, dass sie nur müde sei, nichts anderes als schrecklich müde, und dass es das Normalste der Welt sei zu schwanken, wenn man sich auf einem Schiff aufhielt. Dass dieses Schiff fest verankert auf Reede lag, wollte sie vergessen. Und das gelang ihr vorzüglich.

Es war aber auch ein so interessanter Abend gewesen! Das Restaurant auf dem neunten Deck, das Carolin ausgesucht hatte, war nur zur Hälfte gefüllt gewesen. Viele Passagiere hatten das Angebot angenommen, eine Party in der Sansibar zu feiern und dort zu essen. Die Tenderboote waren unermüdlich zwischen der ›Arabella‹ und dem Hafen hin- und hergefahren.

Zum Glück war es Tilman gewesen, der im Speisesaal auf sie aufmerksam wurde und gemeinsam mit seiner Mutter ihren Tisch ansteuerte. Carolin konnte ihrer Nonna wirklich nicht vorwerfen, sich mal wieder in den Vordergrund gespielt und hilflose Mitmenschen mit ihrem Redeschwall in die Defensive gedrängt zu haben.

Tilmans Mutter war eine große, sehr schlanke Frau. Ihr blondes, lockiges Haar trug sie kinnlang, ihr Gesicht war zart geschminkt, die hellgrauen Augen wurden von dichten Wimpern umkränzt, die erstaunlich dunkel waren. Eine sehr hübsche Frau, die überdies wusste, wie sie ihr Äußeres zur Geltung brachte. Sie trug eine türkisfarbene Hose und einen leichten Pulli in der gleichen Farbe. Der pinkfarbene Gürtel hatte die Farbe ihrer Schuhe, und die Kette, die auf dem Pullover klimperte, besaß unzählige bunte Anhänger, allesamt türkis und pink.

Mamma Carlotta war froh, sich für ihr knallrotes Kleid entschieden zu haben. Wenn sie es trug, passte sie nicht in den Kreis der schwarz gekleideten Witwen ihres Dorfes, also musste es richtig sein für die ›Arabella‹. Darin fühlte sie sich nun bestätigt. Sogar Carolin war dieser Ansicht gewesen und hatte ihre Nonna wohlwollend angeblickt. Ein seltenes Vergnügen, denn Carolin war zurzeit der Meinung, dass alle Menschen über dreißig so peinlich waren, dass man sich für sie schämen musste.

»Schön, Sie kennenzulernen!« Heidi Flemming begrüßte Mamma Carlotta herzlich, schüttelte Carolin freundlich die Hand und schien sich auf nette Gesellschaft zu freuen. »Tilman hat mir erzählt, dass Sie gerade erst an Bord gekommen sind.«

Mamma Carlotta konnte sich wirklich an einem reinen Gewissen erfreuen! Sie hatte nichts getan, was ihre Enkelin später peinlich nennen konnte, weil sie es nicht mochte, wenn ihre Nonna wildfremde Leute in ein Gespräch zog. Heidi Flemming erzählte ohne ausdrückliche Ermunterung, dass sie mit dem ersten Offizier an Bord verheiratet war und schon, als Tilman noch klein gewesen war, ihren Mann gelegentlich auf seinen Reisen begleitet hatte. »Wir sind durch seinen Beruf so häufig getrennt«, erklärte sie. Aber zum Glück habe die Reederei ein Einsehen und stelle jeder mitreisenden Familie eine Kabine zur Verfügung, wenn es gewünscht wurde.

Sie waren noch im angeregten Gespräch, als Tilman und Carolin in die Disco aufbrachen, und Mamma Carlotta fiel es schwer, gleichzeitig sowohl dieses fremde Leben der Flemmings als auch das reichhaltige Buffet zu würdigen. Nichts fehlte dort! Fleisch, Fisch, Salate, Suppen, auch italienische Vorspeisen gab es reichlich, viel Obst, verführerische Desserts und Kuchen. Auf den Tischen standen große Karaffen mit Rot- und Weißwein. Dass sie sich bedienen konnte, ohne die Geldbörse zücken zu müssen, versetzte sie in Euphorie.

»All inclusive«, erklärte ihr Heidi Flemming und war so freundlich, diesen englischen Begriff zu übersetzen, den Mamma Carlotta nicht kannte.

»Tutto incluso? Wir können so viel trinken, wie wir wollen?«

Mamma Carlotta genoss diesen Abend, der so recht nach ihrem Geschmack war. Eine neue Umgebung, eine interessante

Gesprächspartnerin, die Konfrontation mit einem ganz anderen Leben und die Freude an den eigenen Geschichten, die hier noch keiner gehört hatte! Sie fühlte sich im Zentrum eines großen Abenteuers. Was würden die Nachbarn staunen, wenn sie auf der Piazza von Panidomino erfuhren, dass Carlotta Capella an Bord eines Kreuzfahrtschiffes gewesen war und ihr während eines normalen Abendessens Hummer angeboten worden war. Dass sie ihn entsetzt zurückgewiesen hatte, tat dabei nichts zur Sache.

»Tilman wollte unbedingt die Ferien auf der ›Arabella‹ verbringen«, erzählte Heidi Flemming. »Seit fast zwei Jahren war er nicht mehr auf dem Schiff. Seit er von der Dialyse abhängig ist. Tilman ist chronisch nierenkrank.«

Mamma Carlotta erschrak. »Dialisi? Die Enkelin meiner Freundin Marina musste auch zweimal in der Woche nach Città di Castello zur Dialisi. Madonna! Das ist nicht leicht.«

Heidi Flemming war sehr interessiert. »Hat es bei dem Kind mit einer Transplantation geklappt? Tilman steht seit einem halben Jahr auf der Warteliste von Eurotransplant.«

Mamma Carlotta kam in Schwierigkeiten. Sollte sie der besorgten Mutter etwa erzählen, dass die kleine Elena nicht mehr lebte? Dass sie während der Operation gestorben war, in der ihr die Niere ihres Bruders transplantiert werden sollte? No, impossibile! »Elena hat nicht die Niere eines Toten bekommen, sondern die von ihrem Bruder«, wich sie aus.

»Ah! Eine Lebendspende.« Heidi Flemming kannte sich aus.

»Sì!« Mamma Carlotta erzählte, dass es in ihrem Dorf viele Diskussionen gegeben hatte und sich die meisten am Ende der Meinung des Pfarrers angeschlossen hatten. »Der fand, dass man der Schöpfung nicht ins Handwerk pfuschen dürfe. Elenas Mutter war darüber so aufgebracht gewesen, dass sie von da an keinen Cent mehr zur Kollekte beigesteuert hat.«

Mamma Carlotta dachte bekümmert an den Tag vor einem Jahr zurück, an dem die kleine Elena zu Grabe getragen worden war. Der Bruder hatte sein Opfer umsonst gebracht, Elena war aus der Narkose nicht wieder aufgewacht. Ihr Allgemeinzustand war so schlecht gewesen, ihr Körper so schwach, dass sie den Eingriff nicht überlebt hatte, mit dem ihr Bruder ihr das Leben retten wollte. »Die Familie ist weggezogen«, behauptete sie schnell. »Ich weiß nicht, was aus der Kleinen geworden ist.«

Heidi Flemming warf ihr einen misstrauischen Blick zu, sie schien zu merken, dass Mamma Carlotta ihr etwas verschwieg. »Zum Glück gibt es die Urlaubsdialyse«, sagte sie, statt nachzufragen. »An vielen Urlaubsorten haben Hotels Dialysestationen angeschlossen. Und nun auch einige Kreuzfahrtschiffe! So können auch Menschen, die von der Blutwäsche abhängig sind, gelegentlich Urlaub machen.«

»È vero?« Mamma Carlotta pries ausführlich das deutsche Gesundheitssystem, mit dem das italienische nicht konkurrieren konnte. Dann versuchte sie, ihre Kenntnisse über Nierentransplantationen anzubringen. »Ich weiß, man muss lange auf die Niere eines Toten warten. Gibt es keine Lebendspende für Tilman? Sie oder Ihr Mann könnten ihm eine Niere spenden. Unter Blutsverwandten soll es besonders einfach sein. Das hat mir damals Elenas Mutter erklärt.«

Heidi Flemming widmete sich mit einem Mal intensiv einem Salatblatt, das sich nicht aufspießen lassen wollte. Schließlich legte sie das Besteck zur Seite. »Tilman ist nicht unser leibliches Kind«, sagte sie schließlich. »Wir haben ihn adoptiert.«

»Madonna!« Mamma Carlotta fehlten die Worte, die diese Tragödie angemessen kommentierten.

»Wir haben uns natürlich trotzdem als Spender zur Verfügung gestellt, mein Mann und ich«, sprach Heidi Flemming weiter. »Aber wir kommen beide nicht infrage. Ich selbst bin chronisch leberkrank, und mein Mann leidet unter Bluthochdruck.«

Durch Carlottas Kopf rasten die Gedanken. »Vielleicht könnte man jemanden von Tilmans leiblicher Familie finden?«

Aber Heidi Flemming zuckte nur traurig mit den Schultern.

»Tilman wurde in einer Babyklappe abgelegt. Niemand weiß etwas von seiner Herkunft.«

»Babyklappe?« Dieses Wort hatte Mamma Carlotta noch nie gehört. Und als sie erfuhr, was es damit auf sich hatte, musste sie sich erst einmal mit aller Kraft und ihrem ganzen Einfühlungsvermögen in eine Mutter hineinversetzen, die sich zu diesem Schritt genötigt sah. »Mamma mia! Ein Kind einfach weglegen! Wissen, dass man es nie wiedersehen wird! Terribile!« Dann ereiferte sie sich noch ein wenig über leichtfertige Väter, die vor ihrer Verantwortung davonliefen, und über Großeltern, die nicht bereit waren, einen Enkel aufzuziehen, dessen Mutter nicht für ihr Kind sorgen konnte. Danach erst wandte sie sich wieder dem Schicksal der Flemmings zu. »Gibt es keine anderen Menschen, die Tilman so nahestehen, dass sie dieses Opfer für ihn bringen wollen? Gute Freunde vielleicht?«

Heidi Flemming kämpfte nun mit den Tränen. »Tilman hat eine sehr seltene Blutgruppe. AB! Nur fünf Prozent der Deutschen haben diese Blutgruppe, das macht die Sache schwerer. Wir werden wohl warten müssen, bis sich über Eurotransplant eine Spenderniere für Tilman findet. Hoffen wir, dass er so lange durchhält. Noch geht es ihm gut. Er verträgt die Dialyse und kann ein relativ normales Leben führen. Noch ...«, fügte sie bedeutungsvoll hinzu, und dieses Wort stieg auf wie ein Luftballon, von dem jeder weiß, dass er irgendwann platzen wird.

Der Kellner brachte eine neue Karaffe Rotwein, und als das Restaurant schloss, kam Heidi Flemming mit dem Vorschlag, den Abend in der Bar zu beschließen, wo es den wunderbaren Arabella-Cocktail gab, nach dessen Genuss Mamma Carlotta unverzüglich den Weg zu ihrer Kabine einschlug. Zum Glück traf sie unterwegs auf hilfsbereite Mitmenschen, die ihr zeigten, welchen Gang sie zu nehmen hatte, damit sie dort ankam, wo sie hingehörte.

Nun war es ihr gelungen, sich des roten Kleides zu entledigen und ihr geblümtes Nachthemd über den Kopf zu ziehen. Unsicher betrachtete sie eine Weile die Hälfte des Doppelbettes, auf der Carolin eigentlich längst schlafen sollte, aber sie war unfähig, sich mit dem Gedanken auseinanderzusetzen, wo ihre Enkelin sich aufhalten mochte. Heidi Flemming hatte sie beruhigt. Die Disco sei nett und Tilman schon aufgrund seiner Erkrankung keiner, der mit Alkohol unvorsichtig umging. Außerdem war Mamma Carlotta für schwere Gedanken viel zu müde. Schließlich beschloss sie, dass es keinen Sinn hatte, sich Sorgen zu machen und sich den schlimmsten Fall auszumalen, wenn sie sowieso nicht in der Lage war, etwas zu unternehmen, damit Carolin sich schleunigst an die Seite ihrer Großmutter legte. »Sono stanca. Einfach zu müde.«

Nun glaubte sie es wirklich und ließ sich ins Bett fallen. Kurz schaute sie noch zur Balkontür und dachte daran, dass sie eigentlich vor dem Einschlafen den Blick aufs nachtschwarze Meer hatte genießen wollen. Aber sie würde es nicht schaffen, sich noch einmal zu erheben und auf den Balkon zu gehen. Es gelang ihr nicht einmal, dafür einen überzeugenderen Grund zu finden als für alles andere. »Ich bin einfach zu müde. Dio mio, così stanca!«

Sie starrte zu der offenen Balkontür, hinter der es einen schwachen Lichtschein gab, der von den Positionslampen der ›Arabella‹ stammte. Dahinter stand pechschwarz die Nacht. In ihrem Magen rumorte es, in ihrem Kopf drehte sich ein Rad, das sich nicht anhalten ließ. Dazu die fremden Geräusche und Gerüche, die harte Matratze, das unbekannte Licht und die noch fremdere Dunkelheit! Während sie noch dachte, dass sie keine Ruhe finden würde, senkte sich schon der Schlaf über sie …

Der Ton war leise und dennoch durchdringend, penetrant, weil er sich ständig wiederholte, in einem Rhythmus, der sich nicht veränderte und deshalb so nervenzermürbend war. Erik wälzte sich hin und her, als könnte er das hässliche Geräusch mit seinem Körper zur Ruhe bringen. Dann endlich begriff er, dass sein Handy klingelte. Stöhnend tastete er über den Nachttisch, bis er es fand, und drückte eine Taste in der Hoffnung, dass es die richtige war.

Noch bevor er sich meldete, hörte er bereits eine Stimme, die nach ihm rief. »Erik! Erik! Bist du es?«

Nun war er endlich hellwach. »Klaas? Ist was passiert?«

Klaas' Stimme klang undeutlich, so, als sorgte er mit vorgehaltener Hand dafür, dass seine Worte nur an Eriks Ohr drangen und woanders nicht gehört wurden. »Bei meinem Nachbarn wird eingebrochen. Kannst du kommen?«

Erik schwang die Beine über die Bettkante. »Woher weißt du das?«

»Ich habe den Lichtkegel einer Taschenlampe hinter einem Fenster gesehen. Und ich weiß, dass Edlef Dickens zurzeit nicht zu Hause ist.«

»Wo bist du?«

»Hinter seinem Haus. Der Kerl ist noch drin.«

»Geh in deine Wohnung zurück, Klaas. Dass er dich bloß nicht sieht! Der wird nicht lange fackeln.«

Erik war es gelungen, sich mit nur einer freien Hand ein T-Shirt über den Kopf zu ziehen. Beim Anziehen seiner Cordhose erwies er sich als weniger geschickt. Er verhedderte sich im ersten Hosenbein und musste das Handy zur Seite legen.

Als er es wieder zur Hand nahm, hörte er Klaas sagen: »Das ist der Arabella-Dieb! Mach schnell!«

Erik suchte nach seinen Schuhen und schlüpfte in seiner Aufregung mit dem rechten Fuß in den linken Schuh.

»Soll ich ihm nach, wenn er abhaut?«, drang Klaas' Stimme durch den Hörer. »Wenn ich sehe, dass er ein Boot zur ›Arabella‹ nimmt, hast du endlich den Beweis.«

»Halt dich um Himmels willen raus, Klaas!« Erik steckte nun in seinen Schuhen und lief aus dem Schlafzimmer. Dass Wiebke nicht im Bett lag, fiel ihm erst auf der Treppe auf. »Ruf die 110 an. Die Kollegen in List werden schneller vor Ort sein als ich.«

Er lief die Treppe hinab und stockte, als er Licht hinter der Glastür des Wohnzimmers sah. Wiebke blickte erschrocken auf, als er die Tür öffnete. »Ich dachte, du schläfst.«

»Ich muss noch mal los.«

Wiebke hatte ihren Laptop auf dem Schoß. »Ist was passiert?«

Erik winkte ab. »Erzähle ich dir später. Geh jetzt erst mal schlafen. Am Abend könnte es wieder spät werden.«

Als er ins Auto stieg, sah er, dass es halb vier war. Wenningstedt war wie ausgestorben. Niemand war zu sehen, kein Auto auf der Straße. Erst, als er schon auf dem Wenningstedter Weg Richtung Kampen fuhr, kam ihm auf der Höhe der Norddörfer Halle ein Fahrzeug entgegen. Danach war er wieder mit seiner Insel allein. Und als er den Inselzirkus hinter sich gelassen hatte, der mit schwachen Lichtern die Dunkelheit befleckte, waren es nur die Scheinwerfer seines Autos, die in die Seide der Nacht zwei Löcher brannten. Der Mond war nur ein schwacher Schein hinter der dichten Wolkendecke, der es aber schaffte, das Weiß der Dünen noch weißer zu machen, während alles Dunkle sich nicht voneinander unterscheiden ließ.

In Kampen, in der Nähe der Amüsiermeile, war noch was los, aber als er auf das Ortsausgangsschild zufuhr, war dahinter erneut kein Licht mehr zu sehen.

Erst jetzt fragte er sich, warum er eigentlich losgefahren war. Ein Diebstahl in List ging ihn nichts an, dafür waren seine Kollegen vor Ort zuständig. Dass der Einbruch wirklich auf das Konto des Arabella-Diebs ging, war keineswegs sicher. Da konnte auch ein anderer Krimineller am Werke sein. Aber wenn es doch der Gesuchte war? Erik trat das Gaspedal durch. Der Arabella-Dieb gehörte ihm! Klaas wusste, wie wichtig es ihm war, dass er ihn selbst fing. Der Kerl sollte nicht zufällig in die Netze der Polizei geraten, sondern von Kriminalhauptkommissar Erik Wolf gestellt werden. Nur dann würde die Staatsanwältin zufrieden sein.

Am Listro, dem Bistro gegenüber der Tankstelle, folgte er der

Straße nach rechts. Die Apotheke hatte ihr Schaufenster beleuchtet, die Möbeltischlerei dahinter, die mit bunten, überdimensionierten Holzbänken im Vorgarten warb, lag im Dunkeln, genau wie das Wellness- und Therapiezentrum. Als er vor der Bäckerei Poppinga anhielt, war alles ruhig. Erik hatte damit gerechnet, ein flackerndes Blaulicht vorzufinden, aber nichts war zu sehen. Oder hatten die Kollegen den Streifenwagen in einer Nebenstraße abgestellt und sich angeschlichen, um den Dieb auf frischer Tat zu ertappen? Alle Sylter Polizisten wussten ja, dass besondere Aufmerksamkeit geboten war, solange die ›Arabella‹ auf Reede lag.

Er drückte geräuschlos die Autotür ins Schloss und sah sich um. Klaas war nirgendwo zu sehen. Hoffentlich hatte er seine Anweisung befolgt und war zurück in seine Wohnung gegangen.

Erik lief zum Eingang der Bäckerei, in der alles dunkel war, dann zu der Tür an der Seite des Hauses, die in Klaas' Wohnung führte. In der ersten Etage brannte Licht, aber als Erik den Klingelknopf betätigte, geschah nichts. Wo war Klaas? Hoffentlich hatte er sich nicht mit dem Dieb angelegt und den Kürzeren gezogen! Und wo waren die Lister Kollegen? Oder hatte Klaas etwa darauf verzichtet, die Notfallnummer zu wählen? Wo war Klaas überhaupt?

Vorsichtig tastete Erik sich hinters Haus. Seine Augen hatten sich mittlerweile an die Dunkelheit gewöhnt, er konnte einen Treppenabgang, einen gepflasterten Hof und am Ende des Grundstücks drei Garagen erkennen. Der Lieferwagen stand vor einem der Tore. Angestrengt lauschte er. Drang von dort ein Laut herüber? Nein, alles blieb still. Er schlich zum Zaun, hinter dem das Grundstück des rechten Nachbarn lag, mit einem Haus, ähnlich wie Klaas' Bäckerei. Im Erdgeschoss ebenfalls ein Laden, in der ersten Etage die Wohnräume des Eigentümers. Auch hinter diesem Haus gab es keinen Garten, keine Rasenfläche, keine Blumenbeete oder Gartenmöbel. Zwei Autos standen stattdessen dort, vor einem Schuppen konnte Erik immerhin eine Schaukel und eine Rutsche ausmachen.

Er bereute, dass er vergessen hatte, seine Dienstwaffe einzustecken. Er hätte sich viel besser gefühlt, wenn er die rechte Hand in die Jacke schieben und das kühle Metall der Pistole spüren könnte. Aber er war derart müde gewesen, als er losfuhr, dass er sie glatt vergessen hatte.

Nun aber war er hellwach. Mit schnellen Schritten durchquerte er Klaas' Grundstück und spähte über den Zaun des linken Nachbarn. Auch dort sah es ähnlich aus. Autos standen im Hof und mindestens ein Dutzend Fahrräder, eng aneinandergedrängt. Ein Fahrradverleih? Aber auch dort war es finster und menschenleer. Keine Bewegung, kein Laut!

Je länger Erik lauschte, desto lauter wurde die Nacht. Die Stille war nur etwas Vordergründiges, etwas Scheinbares, was in Sicherheit wiegen und alles andere vergessen lassen konnte, was aber auch unheimlich war und Angst erzeugte, wenn man sich der Geräusche der Nacht bewusst wurde und dann die Sicherheit verlor, allein zu sein. Es knackte an der Wand eines Schuppens, es gab ein Huschen an der Hauswand, ein Knarren auf der einen, ein Ächzen auf der anderen Seite. Und plötzlich war ein Knattern zu hören, das im Hafen entstanden sein musste, das Rauschen eines Busses, der vorüberfuhr, ein Windstoß, der die Bäume schüttelte.

Erik konnte nach kurzer Zeit ein Geräusch nicht mehr vom anderen unterscheiden, das Nahe nicht mehr vom Fernen, das Harmlose nicht mehr vom Bedrohlichen. Er zog sich ein paar Schritte zurück, wo er Schutz hinter einem Busch fand, der drei Mülltonnen verbergen sollte. Das rechte Ohr vorgeschoben, die Augen verengt, die rechte Hand trotzdem in der Jacke, obwohl es dort keine Pistole gab – so stand er da und wartete drauf, dass er etwas hörte oder sah, was ihm half, die richtige Entscheidung zu treffen.

Tatsächlich brauchte er nicht lange zu warten. Mit einem Mal hörte er Schritte, eilige Schritte. Sie näherten sich auf dem Bürgersteig, kamen vom Hafen her. Jemand auf der Flucht? Der Arabella-Dieb, dem Klaas Poppinga auf den Fersen war? Oder Klaas, der verfolgt wurde?

Als ihm klar wurde, dass die Schritte vor der Bäckerei zum Stehen gekommen waren, duckte Erik sich. Und als er einen Schatten über die Wand des Nachbarhauses huschen sah, zog er sich noch tiefer in den Busch zurück. Jemand betrat das Grundstück der Bäckerei. Über Eriks Rücken zog eine Gänsehaut …

Sie erwachte durch die Unruhe. Nein, es waren keine Stimmen, kein Lärm auf den Fluren, keine lauten Schritte. Die Unruhe entstand im Schiffskörper selbst. Als ruckelte jemand an ihm, als wollte er sich lösen und brächte es nicht fertig. Nun waren auch metallische Geräusche zu hören, wie leere Tonnen, die aneinanderschlugen, dann schweres Kratzen an der Bordwand, ein Rütteln und leichtes Schwanken.

Mamma Carlotta setzte sich auf und stellte fest, dass es ihr erstaunlich gut ging. Vielleicht hatte ein Rotwein, der tutto incluso war, weniger Alkohol als der, der bezahlt werden musste? Dieser Gedanke gefiel ihr. Sie blickte durch die offene Balkontür hinaus, das Bild davor hatte sich nicht verändert. Aber ein Blick auf die Uhr zeigte ihr, dass es bald so weit sein würde. Das Schiff bereitete sich aufs Auslaufen vor. »Eccitante!«

Sie sprang aus dem Bett, merkte aber gleich, dass sie leichtsinnig gewesen war. Obwohl das Schiff noch nicht abgelegt hatte, schwankte der Boden unter ihr und wurde erst ruhiger, als ihr Kreislauf sich an die veränderte Körperhaltung gewöhnt hatte. Sie atmete tief durch und lief im Nachthemd auf den Balkon. Carolin schlief noch, sie regte sich nicht. Kein Wunder, der Abend war lang gewesen. Wie lang, das wusste Mamma Carlotta zu ihrem eigenen Schrecken nicht. Sie hatte nicht einmal auf die Uhr gesehen, als sie spürte, dass Carolin sich neben sie legte. Madonna! Was für ein Pflichtversäumnis!

Aber ihr schlechtes Gewissen war schnell vergessen, als eine Melodie erklang, in die sie am liebsten eingestimmt hätte. Da sie aber den deutschen Text nicht kannte, verzichtete sie darauf, auch deshalb, weil sie womöglich die anderen Passagiere gestört hätte, die ihre Köpfe über die Balkonreling streckten, die meisten noch zerzaust. Einige rieben sich die Augen, und kaum einer machte sich etwas daraus, in Nachtkleidung auf dem Balkon zu stehen. Beim Auslaufen des Schiffes waren plötzlich alle gleich, auch jene, denen am Abend vorher noch elegante Kleidung und Statussymbole wichtig gewesen waren.

»Muss i denn, muss i denn zum Städtele hinaus ...«

Niemand sang mit, alles blieb still. Wehmut und Rührseligkeit zeigten sich in den Gesichtern, jeder Blick ging in die Ferne, wer sprach, tat es leise, um den Moment nicht zu stören, in dem das Schiff sich in Bewegung setzte. Mamma Carlotta war sicher, dass in Italien jetzt Hochrufe erklungen wären, Gesang und Gelächter, aber da sie die Norddeutschen inzwischen kannte, hielt sie es so wie sie: Sie blickte in stiller Ergriffenheit zum Horizont. Und sie wunderte sich, dass sie sich dabei wohlfühlte. Möglicherweise hatte das Schweigen doch etwas für sich, es konnte positive Gefühle verstärken. Diese Erkenntnis kam Carlotta Capella zum ersten Mal in ihrem Leben.

Dass Carolin vom Abschiedslied der ›Arabella‹ erwacht war, bemerkte sie erst, als sie die Bewegung an ihrer Seite spürte. So schlaftrunken wie alle anderen stand ihre Enkelin da, gähnte herzhaft, war aber schnell auf der Höhe, als ein Boot an der ›Arabella‹ vorbeischoss, auf dem winkende Menschen standen. Carolin winkte zurück, Mamma Carlotta tat es ihr gleich, und beide genossen das wunderbare Gefühl der Zusammengehörigkeit mit allen anderen winkenden Menschen.

Als die Fortbewegung des Schiffes nicht mehr nur eine Ahnung, sondern deutlich zu sehen und zu spüren war, fragte Mamma Carlotta: »Hattest du einen schönen Abend?«

Carolin nickte nur, ohne den Blick vom Horizont zu nehmen.

Ihre Miene war nun nachdenklich, nicht glücklich und versonnen, auch nicht beseelt in Gedanken an ein wunderschönes Erlebnis. Mamma Carlottas Sorge, dass sie etwas getan haben könnte, was jede Großmutter unruhig machte, fiel sofort wieder in sich zusammen. Nein, Carolin sah so aus, als litte sie unter einer Frage, deren Antwort ihr nicht gefiel. Und Mamma Carlotta glaubte zu erahnen, was es war: »Tilman hat dir erzählt, dass er sehr krank ist?«

Carolin nickte. »Er muss heute Mittag an die Dialyse. Ich werde mich zu ihm setzen, damit ihm die Zeit nicht lang wird.«

Mamma Carlotta drückte ihre Hand. »Das ist lieb von dir. Der arme Junge!«

»Er braucht eine neue Niere. Am besten eine Lebendspende.«

»Aber er kennt seine leiblichen Verwandten nicht, das macht es schwieriger.«

»Und er hat eine sehr seltene Blutgruppe. Das macht es auch nicht gerade leichter.« Mit leiser Stimme fügte Carolin an: »Tilman ist wütend auf seine Eltern. Er kann ihnen nicht verzeihen.«

Mamma Carlotta erschrak. »Was kann er nicht verzeihen?«

»Dass sie ihn belogen haben. Er wusste nicht, dass er ein Adoptivkind ist. Das hat er erst erfahren, als seine Eltern es ihm nicht mehr verschweigen konnten. Als er krank wurde, stellte sich heraus, dass die beiden die Blutgruppen A und O haben. Sie konnten unmöglich ein Kind mit Blutgruppe AB bekommen haben. So ist rausgekommen, dass Tilman nicht das leibliche Kind der Flemmings ist. Er hatte auf eine Lebendspende gehofft, aber seine Eltern können ihm nicht helfen.«

Mamma Carlotta schlug die Hände über dem Kopf zusammen. »Una tragedia!« Dann wandte sie ihr Gesicht dem auffrischenden Wind zu und hielt das Schweigen zwischen ihnen für die Zustimmung, die Carolin gesucht hatte.

»Hast du dich verliebt?«, erkundigte sie sich leise.

Carolin nickte, aber antwortete nicht.

»Gibt es ein Problem?«

Wieder nickte Carolin. »Aber das hat nichts mit Tilman zu tun.«

»Sondern?«

Carolin gab sich einen Ruck und wandte sich ihrer Großmutter zu. »Ich habe heute Nacht etwas Merkwürdiges beobachtet.« Sie kehrte in die Kabine zurück, als hätte sie Angst, dass sie draußen auf dem Balkon belauscht werden könnten. Mamma Carlotta folgte ihr auf dem Fuße.

»Tilman hat mir gezeigt, wo die Kabinen der Besatzung sind. Sein Vater hat dort eine Einzelkabine, in die ist Tilman gezogen, damit sein Vater mit seiner Mutter die Doppelkabine bewohnen kann.«

Mamma Carlotta merkte, wie die Sorge sie aufrichtete. Kerzengerade stand sie da und verbot sich die Frage, warum Carolin einem fremden jungen Mann in dessen Kabine gefolgt war. Erstens wollte sie es nicht so genau wissen, und zweitens verbot es der Ernst, mit dem Carolin sprach.

»Wir kamen an einer Kabinentür vorbei«, erzählte Carolin weiter, »die sich gerade öffnete. Tilman war zwei Schritte voraus, aber ich bin beinahe mit dem Mann zusammengeprallt, der aus der Kabine trat.« Bis jetzt hatte sie an ihrer Großmutter vorbeigesehen, nun heftete sie den Blick auf ihr Gesicht. »Er hatte etwas unter den Arm geklemmt. Etwas ganz Merkwürdiges.«

Nun konnte Mamma Carlotta sich nicht mehr beherrschen. »Was, Carolina? Was hast du gesehen?«

Carolin sprach so leise, dass sie kaum zu verstehen war. »Felix' Gitarrenkoffer.«

Ein Signal drang vom Hafen herüber, tief und volltönend, sehr laut, aber weder schrill noch ohrenbetäubend. Das war kein Ruf, der Angst machte, kein Alarm, kein Warnzeichen. Nein, Zufriedenheit und Wohlsein lag in diesem Ton. Ein riesiger, aber harmloser Hund, der verkündete, dass er aufgewacht war und gut geschlafen hatte.

Erik vergaß für Augenblicke seine Arbeit und sah auf. »Die ›Arabella‹ legt ab.«

Er erntete keine Reaktion. Die Spurensicherer sahen nicht auf, auch Sören, der es übel nahm, dass er aus dem Tiefschlaf gerissen worden war, antwortete nicht.

Erik ging zum Fenster, obwohl er wusste, dass die Nachbargebäude den Blick zum Hafen versperrten. Aber das Bewusstsein, dass seine Tochter und seine Schwiegermutter sich auf dem Schiff aufhielten und dass er sie sehen könnte, wenn er auf das Dach dieses Hauses stiege, erzeugte eine Nähe in ihm, als stünde er am Ufer, sähe Carolin und Mamma Carlotta winken und könnte zurückwinken.

Der Blick aus dem Fenster tat ihm gut. Auch deshalb, weil er allen anderen den Rücken zukehren konnte. Die Angst der vergangenen Nacht saß ihm noch in den Knochen. Die vorsichtigen Schritte, die er gehört hatte, der Schatten eines Mannes an der Wand des Nachbarhauses, die Bewegung in der Nähe der hinteren Tür ... er war sicher gewesen, den Arabella-Dieb diesmal auf frischer Tat zu ertappen. Nun war er froh, dass er seine Dienstpistole nicht bei sich getragen hatte.

Kommissar Vetterich sprach ihn von hinten an. »Alles wie gehabt. Keine Spuren. Jedenfalls bis jetzt nicht. Der Kerl versteht sein Handwerk. Er trägt Handschuhe und Überzieher an den Füßen.«

Erik drehte sich um. »Also der Arabella-Dieb.«

»Sieht so aus.«

Erik starrte an Kommissar Vetterich vorbei, ohne etwas zu sehen. »Nur im ›Silbernen Hering‹ hat er Spuren hinterlassen.«

»Nur dort hat er ja auch jemanden umgebracht«, mischte Sören sich ein, der sich langsam damit abzufinden schien, dass er den verlorenen Schlaf so schnell nicht würde nachholen können.

»Also doch nicht der Arabella-Dieb?«, überlegte Erik. »Eigentlich spricht vieles dagegen. Einen Mord hat er noch nicht auf sein Gewissen geladen.«

Sören verzog das Gesicht. »Dann ist es vielleicht Zufall, dass der silberne Hering gestohlen wurde, als die ›Arabella‹ auf Reede lag?«

»Leider helfen uns die Spuren im Hause Imhoff nicht weiter«, mischte sich Vetterich ein. »Das Blut, das wir an der Truhe sichergestellt haben, gehört dem Toten und die wenigen Fingerspuren einem Menschen, der noch nie straffällig geworden ist. Unsere Vergleiche haben keine Aufschlüsse ergeben.«

Erik hatte nichts anderes erwartet. Der Arabella-Dieb arbeitete immer nach dem gleichen Muster. Nur im ›Silbernen Hering‹ war es anders gelaufen. Der Mord passte nicht ins Muster. Vielleicht vergaß er am besten den Arabella-Dieb und den Zusammenhang mit dem Mordfall Imhoff.

Erik wandte sich an Sören. »Haben Rudi Engdahl und Enno Mierendorf noch immer nichts über die Schwester von Gregor Imhoff herausgefunden? Verdammt, das kann doch nicht so schwer sein.«

Sören unterbrach die Durchsuchung eines Schrankes und drehte sich zu ihm um. »Ich rufe gleich im Revier an. Rudis Dienst beginnt um acht.« Er warf Erik einen langen Blick zu, dann schlug er vor: »Wie wär's, wenn Sie sich das Einbruchsopfer vornehmen, Chef? Vielleicht ist dem inzwischen was eingefallen.«

Als hätte er auf sein Stichwort gewartet, erschien Edlef Dickens, Klaas' Nachbar, in der Tür. Er war ein kleiner dicker Mann, der stark schwitzte. Seine Glatze war feucht, sein Gesicht glänzte, sein Hemd klebte am Körper. Die kleinen Augen stachen in die seines Gegenübers, sein Mund war lippenlos, seine Nase sehr klein, die Ohren standen dafür groß und fleischig vom Kopf ab. Er war Erik auf Anhieb unsympathisch.

»Wann sind Sie endlich fertig mit Ihrer Spurensicherung?«,

fragte er mit einer Stimme, die Erik ebenfalls unsympathisch war. Hell und schrill wie die Stimme einer keifenden Frau.

Er machte einen Schritt auf Dickens zu und hinderte ihn damit, in den Raum zu kommen, den er sein Büro nannte. Ebenso gut hätte er ihn Lager oder Werkstatt nennen können, denn neben einem Schreibtisch und ein paar Akten und Karteikästen war der Raum voller Werkzeuge und Ersatzteile. Der Schreibtisch war aufgebrochen worden, sämtliche Schubladen standen offen. In einer war eine geöffnete Geldkassette zu erkennen.

»Meine Tageseinnahmen«, begann Edlef Dickens zu jammern.

»Warum haben Sie das Geld nach Geschäftsschluss nicht zur Bank gebracht?«, fragte Erik.

»Das tu ich sonst immer«, beteuerte Edlef Dickens. »Aber gestern ...« Er zählte eine Reihe von Gründen auf, warum ihm die Zeit gefehlt hatte, zur Bank zu gehen. Kunden, die ihre Leihfahrräder zu spät zurückbrachten, andere Kunden, die sich über die Öffnungszeiten hinwegsetzten, Nachbarn, die ihn aufhielten, und seine Frau, die ihn ermahnt hatte, pünktlich bei den Freunden zu erscheinen, die sie zum Essen eingeladen hatten.

Als Edlef Dickens mit seiner Frau zurückgekehrt war, hatte er laut und vernehmlich über den Verlust seiner Tageseinnahmen geklagt, die sich auf gut tausend Euro beliefen. »Mit einem Fahrradverleih wird man nicht reich«, hatte er immer wieder betont. »Und wenn man nicht reich ist, sind tausend Euro ein Vermögen.«

Aber in diesem Punkt konnte Erik ihm nicht glauben. Auch deshalb, weil sich der Arabella-Dieb noch nie mit einer Beute von gut tausend Euro zufriedengegeben hatte. Kurz darauf wurde es ihm bestätigt. Edlef Dickens warf einen Blick auf sein Handgelenk, stürzte daraufhin ins Wohnzimmer und blieb dort wie vom Donner gerührt stehen. »Meine Rolex!«, stöhnte er und deutete auf den Couchtisch. »Hier hat sie gelegen. Ich habe vergessen, sie gegen diese Uhr auszutauschen.« Er zeigte Erik sein Handgelenk mit einer Armbanduhr, die zur Dutzendware gehörte.

Wie er in den Besitz einer Rolex im Wert von über fünfzigtausend Euro gekommen war, wollte er zunächst nicht erklären. »Das geht niemanden was an.«

Seine Frau aber verriet schließlich, dass es sich um ein Erbstück handle. »Von seinem Vater!« Und an ihren Mann gewandt sagte sie: »Das kannst du doch ruhig erzählen, Edi.«

Dickens blickte seine Frau so dankbar an, dass Erik aufging: Sie war besser und schneller im Lügen und hatte ihrem Mann soeben aus der Patsche geholfen. »Mein Vater war ein bescheidener Mann«, erklärte er. »Die Rolex war das Einzige, was er sich gegönnt hat.«

»Wer weiß, dass Sie eine Rolex besitzen?«, fragte Erik.

»Besaßen«, korrigierte Edlef Dickens bitter, dann erst antwortete er: »Jeder.« Angeblich kannte auch jeder den Hintereingang, und ebenso schien jeder zu wissen, dass es dort am einfachsten war, ins Haus einzudringen. Die Tür war alt, das Schloss hatte schon der Vater anbringen lassen. »Durch den Haupteingang wäre der nicht so schnell gekommen«, jammerte Dickens. »Das muss einer gewesen sein, der sich hier auskannte.«

Erik dachte an den Philippino, den Klaas flüchten gesehen hatte. Woher hätte der wissen sollen, wie leicht in Dickens' Haus einzudringen war? Oder war es Zufall, dass er sich für den hinteren Eingang entschieden hatte?

Sören hatte gesagt: »Wenn der Arabella-Dieb kein Sylter ist, dann gibt es einen Sylter, der ihn berät. Und die beiden teilen sich dann die Beute.«

Erik verließ das Haus der Dickens und betrat die Bäckerei Poppinga. Im Verkaufsraum war viel los, die Brötchenkäufer standen dich gedrängt vor der Theke. Ohne dass er fragen musste, gab ihm die Verkäuferin mit einem Wink zu verstehen, dass der Chef sich in der Backstube befand. Klaas beschäftigte sich mit der Dekoration einer Torte und bemerkte Erik zunächst nicht. Neidvoll stellte Erik fest, dass sein gleichaltriger Freund trotz der gestörten Nachtruhe einen ausgeschlafenen Eindruck machte. Dass seine Attraktivität keinen Schaden genommen hatte, war sowieso klar. Klaas Poppinga würde noch blendend aussehen, nachdem er in einen Komposthaufen gefallen war.

Er lächelte, als er Erik bemerkte. »Hast du schon was herausbekommen?«

Erik schüttelte den Kopf, nahm die Schokoladenrosette entgegen, die Klaas ihm hinhielt, und steckte sie sich in den Mund. »Hm, lecker.«

Klaas rief einem Mitarbeiter zu, dass er mit der Torte weitermachen solle, dann griff er nach Eriks Arm und zog ihn mit sich in den Verkaufsraum, dem das Stehcafé angeschlossen war. »Du bekommst jetzt erst mal ein Frühstück.« Er grinste, als er den Kaffee vor Erik hinstellte. »Wenn das deine Schwiegermutter wüsste! Sie wäre entsetzt, weil du mit leerem Magen das Haus verlassen hast.«

»Wer hat schon einen vollen Magen, wenn er gegen vier aus dem Bett geklingelt wird?« Dankbar nahm Erik das Käsebrötchen entgegen, das ihm Klaas' Verkäuferin vorsetzte. »Soll das eine Wiedergutmachung sein?«

Klaas lachte. »Weil ich dich letzte Nacht erschreckt habe? Ich hätte dir wirklich bessere Nerven zugetraut.«

»Ich hatte dir ausdrücklich gesagt«, schimpfte Erik, »dass du in deine Wohnung zurückgehen sollst. Den Notruf hast du auch nicht gewählt.«

Klaas tätschelte Eriks Arm, als wollte er ihn beruhigen. »Ich weiß doch, dass du den Arabella-Dieb selber überführen willst. Da rufe ich doch nicht deine Kollegen, damit sie dir den Kerl vor der Nase wegschnappen.«

Erik war gegen seinen Willen gerührt. »Und ich will nicht, dass du dich in Gefahr begibst. Du hättest nicht hinter dem Kerl herlaufen dürfen. Stell dir vor, er wäre nicht geflohen, sondern so mit dir umgegangen wie mit Gregor Imhoff.«

Klaas wurde nachdenklich. »Glaubst du immer noch, dass der Mord auf das Konto des Arabella-Diebs geht?«

Darüber wollte Erik nicht mit ihm reden. »Bist du wirklich sicher, dass es ein Philippino war?«

»Er hat sich kurz umgedreht, ich konnte sein Gesicht sehen.« Klaas ging zum Kaffeeautomaten, um sich einen Cappuccino zu machen. »Es war ja dunkel, aber … ich bin sicher, dass es ein Philippino war.«

»Wie kannst du da so sicher sein? Es könnte auch ein Mann anderer südostasiatischer Herkunft sein.«

Klaas lenkte ein. »Ja, stimmt, aber ich dachte …« Er brach verlegen ab.

»Du dachtest, dass auf den Kreuzfahrtschiffen sehr viele Philippinos arbeiten. Richtig?«

Klaas nickt beschämt. Er merkte, dass er einem Vorurteil aufgesessen war, dass er etwas behauptet hatte, weil es nahe lag, nicht weil es mit Sicherheit stimmte.

Erik sagte nichts mehr dazu. »Er ist zum Hafen gelaufen?«

Klaas antwortete erst, als er mit dem Cappuccino zurückgekehrt war. »An der großen Tonnenhalle habe ich ihn aus den Augen verloren. Es war, als hätte er sich plötzlich in Luft aufgelöst. Ich habe noch eine Weile gewartet. Er musste ja ein Boot nehmen, um zur ›Arabella‹ zurückzukehren. Das letzte Tenderboot hatte schon abgelegt, die Besatzungsmitglieder hatten die An- und Ablegestation im Hafen längst abgebaut.«

»Wenn er mit einem Boot zur ›Arabella‹ zurückgekehrt ist, dann muss er Helfer haben«, überlegte Erik. »Sowohl an Bord als auch an Land.«

Klaas stimmte ihm zu. »Vermutlich eine richtige Bande, die in jedem Hafen auf Beutezug geht.«

Aber Erik schüttelte den Kopf. »Das habe ich längst recherchiert. In keinem der anderen Häfen, wo die ›Arabella‹ anlegt, gab es regelmäßige Einbrüche.« Er seufzte auf, dann fragte er Klaas: »Du hast also nichts mehr beobachtet?«

»Im Hafen blieb alles ruhig, daraufhin bin ich wieder zurück-gegangen.« Er grinste Erik verlegen an. »Mir wurde plötzlich klar, dass du mich suchen und dir Sorgen machen würdest.«

»Und da schleichst du dich in den Garten deines Nachbarn, statt nach Hause zu gehen und dort auf mich zu warten?« Erik merkte plötzlich, dass er immer noch wütend war.

»Ich bin zunächst nach Hause gegangen«, entgegnete Klaas heftig. »Das habe ich dir doch schon erzählt. Aber du warst nicht da. Ich hatte jedoch dein Auto gesehen, du musstest also in der Nähe sein. Ich wollte dir Bescheid sagen, dass der Kerl weg ist. War ja klar, dass du auf Beobachtungsposten warst. Du hast damit gerechnet, dass der Arabella-Dieb noch im Haus ist.«

Ein Kunde betrat den Laden und unterbrach das Gespräch der beiden. »Moin, Klaas! Hast du heute schon in die Online-Ausgabe der Mattino gesehen?«

Klaas starrte ihn mit gekrauster Stirn an. »Mattino? Online-Ausgabe? Da habe ich noch nie einen Blick reingeworfen.«

»Dann solltest du es tun. Du wirst dich wundern.« Er wandte sich an die Verkäuferin. »Sechs Rundstücke, bitte, und eine Friesenstange.« Er drehte sich wieder zu Klaas um und grinste noch breiter. »Ist schon erstaunlich, was sich hinter deinem Laden bei Dunkelheit so alles tut.« Dann zahlte er und verschwand. Es schien ihm Spaß zu machen, Erik und Klaas mit fragenden Mienen stehen zu lassen.

Die ›Arabella‹ glitt beinahe geräuschlos durch die Wellen. Die Fensterplätze im Frühstücksrestaurant waren begehrt, aber Carolin ergatterte noch einen freien Tisch in der Nähe des Fensters. Sie sahen mehrere kleine Motorboote vorbeiflitzen und in der Ferne einen Frachter, der auf großer Fahrt war. Die ›Arabella‹ schwankte leicht, was Mamma Carlotta jedoch erst bemerkte, als sie einen Teller in der Hand hielt, auf dem das Brötchen hin und her rutschte, während sie von einem Teil des Frühstücksbuffets zum nächsten ging.

Sie konnte sich gar nicht sattsehen an dem reichhaltigen Angebot. Frische Brötchen, viele verschiedene Brotsorten, Butter, Konfitüre, Honig! Dazu kamen frisch gepresste Säfte, mehrere Kaffee- und unzählige Teesorten, Müslis, Pfannkuchen, Aufschnitt und Schinken, Marinaden, Lachs, Rührei, gekochte Eier, Spiegeleier, gebratener Speck, Schinken, Tomaten, Gurken und sehr viel Obst. Sogar Bratwürste und kleine Steaks waren im Angebot, dazu Nudel-, Kartoffel- und Rohkostsalate, Kleingebäck und überzuckerte Torten. Mamma Carlotta hätte am liebsten alles probiert und bedauerte die Grenzen, die ihr die Natur setzte.

Sie hatten sich vergeblich nach Tilman und seiner Mutter umgesehen. Die beiden waren entweder Langschläfer oder sie aalten sich bereits auf dem Sonnendeck. Carolin war enttäuscht, aber Mamma Carlotta sah den Vorteil, dass sie sich so ungestört mit ihrer Enkelin unterhalten konnte. Denn die erste Aufregung dieses Tages war ja noch längst nicht verkraftet und musste unbedingt zwischen Croissants und Erdbeerkonfitüre, zwischen Lachs und Rührei und zusammen mit einem Stück Marzipantorte erörtert werden.

»Es war Felix' Gitarrenkoffer«, beharrte Carolin.

Mamma Carlotta hatte Zeit zum Nachdenken gehabt, während ihre Enkelin sich frisiert und dreimal umgezogen hatte, bis das Outfit feststand, in dem sie Tilman vor die Augen treten wollte. Und sie war zu dem Schluss gekommen, dass das Kind nicht beunruhigt werden sollte. Also verschwieg sie Carolin, dass sie Felix am Tag vor ihrer Abreise mehrmals ermahnt hatte, seine Gitarre nur in dem dazugehörigen Koffer zu transportieren. Und sie sagte ihr auch nichts davon, dass sie glaubte, den Gitarrenkoffer auf der Stiege mit den Salatköpfen erspäht zu haben, als die ›Arabella‹ mit Proviant beliefert wurde.

»Völlig unmöglich«, entgegnete sie also. »Wie sollte Felix' Gitarrenkoffer auf die ›Arabella‹ kommen?«

Da Carolin diese Frage nicht beantworten konnte und nicht einmal Mutmaßungen fand, ließ sie sich zum Glück schnell von der Idee abbringen, dass es an Bord einen Dieb gab, der es ausgerechnet auf den Koffer abgesehen hatte, in dem Felix seine Gitarre transportierte.

»Assolutamente impossibile«, wiederholte Mamma Carlotta vorsichtshalber und sah nun, dass sie Carolin überzeugt hatte. Sie würde sich in aller Ruhe überlegen, was es zu bedeuten haben konnte, dass Felix' Gitarrenkoffer an Bord war. Und wenn sie keinen Grund fand, würde sie selbst glauben, was sie Carolin soeben versichert hatte: dass es unmöglich war. »Du musst dich geirrt haben. Eine zufällige Ähnlichkeit!«

Vorsichtshalber erkundigte sie sich jedoch trotzdem, auf welchem Deck die Kabinen der Besatzungsmitglieder untergebracht waren. Dass Carolin sie falsch verstand, ertrug sie mit heroischem Gleichmut. »Willst du mich etwa kontrollieren?«

Mamma Carlotta wies diese Unterstellung empört zurück und betonte, dass sie ihrer Enkelin vertraue und sicher sei, dass Carolin nichts tun würde, was ihrer Nonna Sorgen bereiten könnte. Vorsichtshalber fügte sie auch noch an, dass Carolins Mama vom Himmel aus auf sie herabsähe und dafür sorge, dass ihre geliebte Tochter die richtigen Entscheidungen traf. Nun schien Carolin besänftigt zu sein und war so arglos, dass sie sich im Verlaufe der Unterhaltung einige Informationen entlocken ließ, ohne es zu merken. Am Ende wusste Mamma Carlotta jedenfalls, dass Tilmans Kabine die leicht zu merkende Nummer 333 hatte und die Kabine, in der sie den Gitarrenkoffer gesehen hatte, in der Nähe lag. Zwei Türen davon entfernt. Also entweder Nummer 335 oder 331! Mamma Carlotta wusste nicht recht, was sie mit den Kabinennummern anfangen sollte, fand aber, dass es nicht schaden konnte, auf alles vorbereitet zu sein.

Carolin sah ihre Großmutter kritisch an. »Hast du in Annanitas Modestübchen auch Klamotten gekauft, die fürs Sonnendeck geeignet sind?«

Mamma Carlotta sah an sich herab. Zwar hatte sie in ihrem Leben schon gelegentlich müßig in der Sonne gesessen, mit einer

Nachbarin, die zum Plaudern gekommen war, mit einem Enkelkind auf den Knien oder zusammen mit dem Briefträger, der bei ihr gern eine Pause einlegte und sich etwas Kühles zu trinken reichen ließ, aber noch nie hatte sie sich Gedanken machen müssen, ob sie dabei richtig gekleidet war. Doch als sie Carolin aufs Sonnendeck begleitete, musste sie ihr recht geben. Dort hielt sich niemand auf, der eine dunkle Hose trug, so wie Mamma Carlotta, oder eine weiße Bluse, die sie eingepackt hatte, weil mit einer weißen Bluse jede Frau richtig angezogen war. Jedenfalls galt das für ihr Dorf. Eine weiße Bluse war richtig für jeden besonderen Anlass. Und dass eine überraschende Kreuzfahrt ein besonderer Anlass war, hatte für sie außer Frage gestanden.

Nun aber sah sie, dass sie sich getäuscht hatte. Warum nur hatte die Verkäuferin von Annanitas Modestübchen, die sich als Kennerin der Kreuzfahrt ausgegeben hatte, sie nicht darauf aufmerksam gemacht? Die anderen Passagiere hielten sich in Badekleidung auf dem Sonnendeck auf, die jungen Frauen in knappen Bikinis, auch viele der älteren in ähnlichen stoffsparenden Modellen, und wenn sie keine Badekleidung trugen, dann knappe Shirts, weit ausgeschnittene Blusen oder luftige Sommerkleider, die viel Sonne an die Haut ließen.

»Wozu gibt es eine Boutique an Bord?« Carolin winkte Tilman zu, der auf einem der Liegestühle am Pool lag und auf einen zweiten zeigte, der dicht neben ihm stand. »Du schaffst das schon«, ergänzte sie, als sie sah, dass im Gesicht ihrer Nonna die Frage auftauchte, ob sie mit der Unterstützung ihrer Enkelin rechnen dürfe. »Lass dich von der Verkäuferin beraten.«

Zum Glück traf sie Heidi Flemming in der Bordboutique, die sich gern erbot, Mamma Carlotta bei der Auswahl eines passenden Kleidungsstücks zu helfen. Sie riet ihr zu einem einteiligen schwarzen Badeanzug und einem dazupassenden transparenten Pareo in leuchtenden Farben.

»Dio mio!« Mamma Carlotta starrte entsetzt ihr Spiegelbild an. Noch nie hatte sie sich mit nackten Beinen in der Öffentlichkeit sehen lassen! Und nun, mit siebenundfünfzig Jahren, sollte sie damit anfangen?

Doch Heidi Flemming behauptete, ihre Beine könnten sich sehen lassen. Notfalls würde der Pareo alles verhüllen, was sie nicht zeigen wollte, ohne dass sie sich auf dem Sonnendeck zur Außenseiterin mache. »Nur nicht so schüchtern!«

Dass sie sich auf Heidi Flemmings Empfehlung einließ, lag letztlich daran, dass die Verkäuferin erklärte, der Pareo könne auch als überdimensionales Halstuch verwendet werden, sei also vielseitig zu gebrauchen, und von einer überflüssigen Anschaffung könne daher keine Rede sein. »Wenn es regnet, können Sie sich den Pareo über den Kopf legen, und wenn Sie ein Picknick machen wollen, ist er groß genug, um ihn auf der Wiese auszubreiten.«

Das überzeugte Mamma Carlotta. Dass es in Umbrien selten regnete und sie in solchen Fällen einen Regenschirm benutzte, wurde ihr zu spät klar. Auch dass sie noch nie in ihrem Leben ein Picknick gemacht hatte, fiel ihr erst ein, als sie schon an der Kasse stand und die Verkäuferin nach ihrer Bordkarte verlangte, die auf der ›Arabella‹ als Zahlungsmittel galt. »Der Betrag wird später über Ihr Bordkonto abgerechnet.«

Sie erhielt also eine Galgenfrist. Vielleicht wurde der horrende Betrag sogar erst von ihrem Konto abgebucht, wenn die nächste Witwenrente eingegangen war? Das machte ihr die Sache leichter. Und dann fiel ihr auch noch ein, dass sie demnächst ihre Freundin Marina zum therapeutischen Schwimmen nach Città di Castello begleiten wollte. Die Kosten für einen Badeanzug wären also sowieso fällig gewesen.

Da sie Heidi Flemming für ihre Hilfe beim Einkauf ausgiebig danken musste, kam sie nicht einmal dazu, die Hände zu falten und ihrem Dino zu erklären, warum sie nun Besitzerin eines Einteilers war, mit dem sie sich halb nackt in die Sonne legen würde, und eines durchsichtigen Tuches, das so teuer war wie das Tafeltuch, das sie zu ihrer Silberhochzeit angeschafft hatte.

Als sie sich schließlich in der Kabine umgezogen hatte und über den menschenleeren Flur zum Aufzug ging, um sich aufs Sonnendeck zu begeben, vergaß sie Dino sogar völlig. Fest in ihren Pareo gewickelt, steuerte sie auf den Pool zu, an dem Carolin mit Tilman saß und Händchen hielt. Sie stellte sich nicht mehr vor, wie ihr verblichener Ehemann zu Lebzeiten auf eine solch überflüssige Anschaffung reagiert hätte, vergaß sogar die Höhe ihrer Witwenrente und auch Felix' Gitarrenkoffer. Denn was sie sah, als sie sich Tilman Flemming näherte, war so ungeheuerlich, dass sie sich mit der rechten Hand an einem Pfeiler und mit der linken an einer Liege festhalten musste, auf der ein Mann lag, der erschrocken aufblickte. Dass sie mindestens eine ihrer Hände gebraucht hätte, um ihren rutschenden Pareo festzuhalten, fiel ihr erst ein, als er ihr auf die Füße fiel. Mit zitternden Händen nahm sie den Pareo aus den Händen einer jungen Frau entgegen, die sich besorgt nach ihrem Befinden erkundigte. Mamma Carlotta stotterte etwas von Seekrankheit, dann machte sie auf dem Absatz kehrt, flüchtete vom Sonnendeck in die Kühle des klimatisierten Schiffes und dann in die Düsternis des Aufzugs.

»Mamma mia«, flüsterte sie, als sie die Taste drückte, neben der ›Rezeption‹ stand. »Was soll ich nur tun?«

Die Wohnung über der Bäckerei war groß. Sie war einmal das Zuhause für eine Familie gewesen, nun aber wohnte Klaas alleine dort. Erik sah sich erstaunt um, als er das geräumige Wohnzimmer betrat. Es hatte sich nur wenig verändert. Die Möbel, die Teppiche, die Gardinen – alles war noch so wie damals, als er Klaas gelegentlich besucht hatte, um mit ihm Musik zu hören oder Karten zu spielen. Einige Möbelstücke waren in Sünjes Wohnung gelandet, aber Klaas hatte nichts Neues angeschafft.

»Setz dich«, sagte er und lief wieder hinaus.

Erik hörte ihn in dem Raum rumoren, der einmal sein Kinderzimmer gewesen war. Erik ließ sich in das dunkelgrüne Sofa sinken und betrachtete die dunkle Schrankwand, in der noch der Nippes stand, den Klaas' Mutter geliebt hatte, dazu verschiedene Kinderbilder von Klaas und Sünje, das Hochzeitsbild der Eltern, ein Foto der Großeltern. An der Wand hing ein gerahmtes Bild, das die Bäckerei an dem Tag zeigte, an dem sie eröffnet worden war. Auf dem Tisch vor dem Sofa lag eine weiße Spitzendecke, auf der Fensterbank standen Topfblumen in Übertöpfen, die ebenfalls noch Tomke Poppinga angeschafft hatte.

Als Klaas mit seinem Laptop zurückkehrte, fühlte Erik sich wie ein Besucher, der nicht hierhingehörte. Auch Klaas passte nicht in das Mobiliar seiner Eltern. Die geblümte Tapete, der Brokatläufer auf der Kommode und der schmiedeeiserne Kerzenständer, das alles passte nicht zu ihm. Er hatte nach dem Tod seiner Eltern in deren Leben Platz genommen, an das er scheinbar so sehr gewöhnt war, dass er nicht auf die Idee kam, Veränderungen vorzunehmen.

Erik fiel ein, was seine Schwiegermutter im Stehcafé gesagt hatte: Hier fehlt die Hand einer Frau. Merkwürdig, dass Klaas nie geheiratet hatte! Mit der richtigen Frau an seiner Seite sähe es in diesem Haus, in der Bäckerei und der Wohnung anders aus. Aber Klaas hatte zwar auf jeder Hochzeit Musik gemacht und getanzt und nicht selten eine Brautjungfer mit nach Hause genommen, aber eine feste Beziehung war er nie eingegangen.

Das Sofa quietschte, als er sich neben Erik setzte. Wortlos starrten sie den aufgeklappten Laptop an, dessen Bildschirm zu flackern begann und ihnen dann blau entgegenleuchtete. Mit dem Betätigen einiger Tasten ging Klaas ins Internet und dort auf die Startseite der Wochenzeitschrift Mattino. »Online-Ausgabe«, murmelte er und klickte auf das entsprechende Symbol.

Im nächsten Augenblick öffnete sich ein Fenster mit der Titelseite der Mattino, und ein Bild sprang ihnen entgegen. Ein Mann war zu sehen, der einen Trench und einen breitkrempigen Hut trug, als wollte er sein Gesicht verdecken. Da er aber nach oben blickte, war es nicht verborgen geblieben. ›Leo Schwickerat auf Sylt! Dort, wo er mit seiner Frau jahrelang glücklich war, begeht er ihren ersten Todestag!‹

Erik beugte sich vor, als traute er seinen Augen nicht. Dann blickte er Klaas an, der ebenso fassungslos das Foto anstarrte. »Tatsächlich! In deinem Garten aufgenommen! Kann Schwickerat der Mann gewesen sein, den du gestern verfolgt hast?«

»Dieser berühmte Pianist? Was wollte der in meinem Garten?«

»Mitten in der Nacht«, ergänzte Erik, denn die schlechte Qualität des Fotos erklärte sich durch die Dunkelheit, in der es aufgenommen worden war.

Es blieb eine Weile still zwischen ihnen, jeder gab vor, den Artikel zu lesen, aber beide starrten nur das Foto an, das Tor der Garage, das im Hintergrund zu erkennen war, und das Heck von Klaas' Lieferwagen.

Als das Schweigen übermächtig wurde, sagte Klaas: »Der Arabella-Dieb?«

Erik fuhr zu ihm herum. »Leo Schwickerat? Der Mann ist über sechzig. Ich bin davon ausgegangen, dass der Kerl, dem du gefolgt bist, flott auf den Beinen war.«

Klaas nickte, wenn auch widerwillig. »Über sechzig war der nicht. Und wer sagt überhaupt, dass es dieser Mann war, den ich verfolgt habe?«

»Treiben sich noch mehr Männer hinter deinem Haus herum?« Eriks Stimme klang aggressiv, wie immer, wenn er wusste, dass er einen Fehler gemacht hatte.

»Eigentlich nicht …« Klaas stand auf, steckte die Hände in die Taschen seiner Bäckerhose und machte ein paar Schritte hin und her. Dann blieb er stehen und blickte Erik derart vielsagend an, dass dieser wusste, welche Frage im Raum stand.

Er selbst war es, der sie aussprach: »Warum hat Wiebke nichts davon gesagt, dass sie Leo Schwickerat in deinem Garten fotografiert hat?«

Klaas kam um eine Antwort herum, weil es in diesem Augenblick klingelte. Kurz darauf stand Sören im Zimmer. »Rudi Engdahl hat angerufen, Chef. Er hat den Namen von Gregor Imhoffs Schwester herausbekommen.«

»Und?« Erik war nicht besonders interessiert, weil er in Gedanken noch immer bei Wiebke war.

»Adelheid Schmitz«, las Sören von einem Zettel ab. »Die Nachbarin in Niebüll hat sich geirrt. Nicht Adele, sondern Adelheid! Klingt ja auch ähnlich.«

»Regine Imhoff war also eine geborene Schmitz«, meinte Erik nachdenklich.

»Und eine geschiedene Scott«, ergänzte Sören. »Adelheid hat den Geburtsnamen ihrer Mutter behalten.«

Erik blickte Klaas nachdenklich an. »Sagt dir der Name Adelheid Schmitz was?«

Klaas brauchte nicht lange zu überlegen. »Nie gehört.«

»Sie hat geheiratet«, erinnerte Sören. »Heute heißt sie vermutlich anders.«

»Es kann nicht schwer sein, das auch noch herauszufinden«, entgegnete Erik gereizt. »Machen Sie Rudi und Enno Beine.«

»Schon erledigt«, gab Sören grinsend zurück. »Die beiden haben sämtliche Taschendiebstähle zur Seite gelegt.«

»Und sie sollen sich noch einmal die Truhe vornehmen«, fügte Erik an. »Ich möchte wissen, ob irgendwo der Name Adelheid vorkommt. Oder der ihres Vaters.«

»Geht klar, Chef!« Nun wurde Sören auf den Laptop aufmerksam und kam näher. Erik drehte ihn so, dass Sören den Bildschirm erkennen konnte. »Leo Schwickerat?«, fragte Sören verblüfft. »Letzte Nacht?«

»Fragen Sie nicht, was er in Klaas' Garten gesucht hat«, sagte Erik. »Wir wissen es auch nicht.«

»War das der Mann, den Klaas Poppinga für den Arabella-Dieb gehalten hat? Den er bis zum Hafen verfolgt hat?«

Erik schüttelte den Kopf. »Der Mann war jünger, sagt Klaas.«

Sören schnaufte, als hätte er eine körperliche Anstrengung hinter sich. »Ich dachte schon. Schwickerat als Arabella-Dieb! Das wäre ein Ding!«

»Er kann es nicht sein«, gab Erik zurück. »Das Foto stammt von Wiebke. Als ich von Klaas alarmiert wurde, war sie schon wieder zu Hause.«

»Wollen Sie ihn wirklich ganz ausschließen?«, fragte Sören. »Vielleicht war der Mann, den Klaas gejagt hat, ein Gelegenheitsdieb, der mit der ›Arabella‹ nichts zu tun hat.«

»Ein Philippino?«

»Stimmt, auf Sylt leben nicht viele Südostasiaten. Aber trotzdem ...«

»Klaas ist sich schon nicht mehr so sicher«, unterbrach Erik ihn. »Sie wissen doch, wie das ist. Das, was man erwartet, sieht man dann auch. Auf der Polizeischule haben wir schon gelernt, wie vorsichtig man mit Zeugenaussagen umgehen muss.«

»Also könnte Leo Schwickerat durchaus der Arabella-Dieb sein.« Sören dachte eine Weile nach, dann wandte er sich an Klaas. »Oder wollte er vielleicht zu Ihrem Nachbarn? Der kommt mir verdächtig vor. Verdient der wirklich nur mit dem Fahrradverleih sein Geld?«

Klaas verzog das Gesicht. Anscheinend wollte er nichts sagen, was Edlef Dickens in Schwierigkeiten bringen konnte. »Bei dem stehen manchmal heiße Schlitten auf dem Hof. Ein, zwei Tage, dann sind sie wieder verschwunden. Ferrari, Mustang ... teure Autos.«

»Deswegen kann er sich also eine Rolex leisten«, meinte Erik. »Von wegen geerbt.«

»Womöglich ist ihm noch mehr gestohlen worden«, mutmaßte Sören. »Und er will es nicht zugeben, weil er dann verraten müsste, dass er viel Geld mit dem Verschieben von teuren Autos macht.«

»Was sollte das mit Schwickerat zu tun haben?«, fragte Erik.

Sören zuckte mit den Schultern. »Vielleicht gehört er zu Dickens' Abnehmern? Ein Luxusauto passt doch zu so einem Mann.«

»Das wäre kein Grund, sich in der Nacht anzuschleichen.«

»Vielleicht war er mit Dickens verabredet. Leo Schwickerat ist bekannt, der will nicht fotografiert werden, während er bei einem zwielichtigen Autoschieber eine Luxuskarosse abholt.«

»Dickens war nicht im Haus!«

»Vielleicht wusste er das nicht? Ein Irrtum? Er war vergeblich gekommen, und dann sieht er, dass sich jemand in Dickens' Garten schleicht …« Sören sah Klaas fragend an. »Ist das der Mann, den Sie im Garten Ihrer Schwester gesehen haben?«

Klaas hob die Schultern. »Könnte sein. Aber sicher bin ich mir nicht. Es war dunkel, ich habe ihn nur flüchtig gesehen. Wiebke war sich auch nicht sicher.«

Wiebke! Erik wurde aus seinen Gedanken gerissen. Klaas duzte seine Freundin bereits?

Nun wandte Sören sich an ihn: »Gehe ich recht in der Annahme, Chef, dass Frau Reimers das Foto geschossen hat?«

Erik beantwortete diese Frage nur indirekt. »Ich muss mit ihr reden. Vielleicht hat sie eine Beobachtung gemacht. Irgendetwas, was ihr unwichtig erschienen ist. Was für die Leser der Mattino nicht interessant ist.«

»Schon möglich.« Aus Klaas war nichts mehr herauszubekommen, obwohl Erik den Eindruck hatte, dass er mehr wusste. Aber er wollte den Freund nicht unter Druck setzen. »Wann treffen eigentlich unsere Gäste ein?«, fragte er stattdessen.

»Gegen vier kommt der Zug. Dann gibt es bei mir Kaffee und Kuchen. Ich hoffe, du kannst auch kommen. Trotz Arabella-Dieb und Mordfall.«

»Das hoffe ich auch«, seufzte Erik. »Jetzt werde ich erst mal nach Hause fahren und mit Wiebke reden.«

»Bring sie doch später mit«, schlug Klaas vor.

Erik betrachtete ihn und kam nicht umhin, sich mit Klaas zu vergleichen, wie er es als Junge oft getan hatte. Und auch diesmal kam er zu der Feststellung, dass eine Frau verrückt sein musste, die sich für den langweiligen Erik Wolf entschied, wenn ein Mann wie Klaas Poppinga auch zu haben war. »Mal sehen, ob sie Zeit hat«, antwortete er vage, ging zur Tür und drehte sich dort noch mal um. »Hast du mit Sünje geredet?«

Klaas nickte. »Sie will tatsächlich kommen, sie hat sich sogar über die Einladung gefreut. Ich habe ihr versprochen, sie auf dem Weg nach Wenningstedt abzuholen.«

»Wie schön«, antwortete Erik. »Ich freue mich auf heute Abend.«

Das tat er wirklich. Aber er hätte sich noch ein wenig mehr gefreut, wenn seine Schwiegermutter sich ums Essen kümmern würde oder wenn er darauf hoffen könnte, dass Wiebke ihr Bestes geben würde, um die Rolle der Hausfrau auszufüllen. Wenn sie auf diesem Gebiet ihr Bestes gab, war es schon wenig genug …

An der Rezeption gab es einen öffentlichen Fernsprecher, und die Dame hinter der Theke stellte Mamma Carlotta ein Telefonbuch der Insel Sylt zur Verfügung. Fest verknotete sie den Pareo über ihrer Brust, damit er ihr nicht noch einmal auf die Füße fiel, und suchte mit fliegenden Fingern eine Wenningstedter Nummer heraus. »Kann sein«, meinte die Rezeptionistin, »dass die Verbindung nicht gut ist. Wir sind auf See.«

Tatsächlich musste Mamma Carlotta mehrmals nachfragen, bis sie sicher war, dass Tove Griess sich am anderen Ende gemeldet hatte. »Sono Carlotta Capella«, rief sie. Derart aufgeregt war sie, dass ihr die deutschen Vokabeln abhandengekommen waren.

»Wer ist da?«, blaffte Tove zurück.

»Carlotta Capella!«, rief sie so laut, dass in ihrer Nähe jemand erschrocken zusammenzuckte.

»Sie mich auch«, hörte sie Tove knurren, und schon drang das Besetztzeichen an ihr Ohr. Der Wirt von Käptens Kajüte hatte aufgelegt.

Mamma Carlotta stellte fest, dass sie durch ihr lautes Rufen Aufsehen erregt hatte, und gleichzeitig wurde ihr klar, dass sie an diesem Ort die Einzige in Badekleidung war. Alle anderen, die sich vor der Rezeption drängelten, in Katalogen blätterten oder sich über Ausflüge in Amsterdam informierten, waren angemessen gekleidet. Zwar trugen sie Freizeitkleidung, Shirts, Bermudas, kurze Röcke, aber niemand hielt sich in der Nähe der Rezeption in Badekleidung auf. Diese Erkenntnis ging ihr ungefähr so nahe wie die, die ihr auf dem Sonnendeck gekommen war.

Entsetzt floh sie in den nächstbesten Gang, ohne über die Richtung nachzudenken, die sie einschlug. »Madonna!« Ein durchsichtiger Pareo war schon gewagt genug, wenn rundum viel nackte Haut der Sonne entgegengehalten wurde, aber in Gesellschaft ordentlich gekleideter Menschen war er eine Katastrophe. Wie konnte sie vergessen, dass es auf einem Kreuzfahrtschiff eine strenge Kleiderordnung gab? Badekleidung hatte unter Deck nichts zu suchen! Die Beobachtung auf dem Sonnendeck hatte sie völlig konfus gemacht, nur damit war ihr Fehltritt zu erklären. In ihrem Dorf war sie weiß Gott noch nie durch unziemliche Kleidung aufgefallen!

Niemandem dort würde sie später erzählen, dass sie, schockierend leicht bekleidet, vor Menschen, die allesamt in adretter Sommerkleidung steckten, in einen langen Gang geflohen war. Ihre gleichaltrigen Freundinnen würden es für eine gerechte Strafe halten, dass sich dort die Nummern an den Kabinentüren immer weiter von der Nummer entfernten, hinter der Carlottas weiße Bluse auf dem Bett lag, die sie jetzt für ihr Leben gern am Körper gehabt hätte. Während sie weiterhastete, überlegte sie sogar, ob eine italienische Großmutter, die sich derart unschicklich verhielt, diesen skandalösen Umstand am nächsten Sonntag zu beichten hatte.

Sie vergaß diese Frage jedoch wieder, als sie am Ende des Ganges auf ein Treppenhaus stieß, das ihr gänzlich unbekannt war. Nun fiel ihr auch ein, dass die Rezeption auf dem fünften

Deck war, während ihre Kabine sich auf Deck sieben befand. So schnell wie möglich eilte sie die Treppe hinauf, wo ihr zum Glück niemand begegnete, und stand schließlich schweißgebadet auf Deck sieben, wo es genauso aussah wie auf dem fünften Deck, also anders, als sie es in Erinnerung hatte. Nun schwante ihr, dass sie am Bug des Schiffes gelandet war, während sie mit Carolin eine Kabine am Heck bezogen hatte.

Auf dem Absatz machte sie kehrt und rannte mit flatterndem Pareo zurück, froh, dass dieser Gang menschenleer war. Als sie an einer Tür vorbeikam, die auf ein Zwischendeck führte, beschloss sie, den Weg dort fortzusetzen. Dort standen mehrere Liegestühle, auf denen sich Passagiere sonnten, die so ähnlich gekleidet waren wie sie. Hier konnte sie sich sehen lassen, ohne aufzufallen.

Aufatmend lehnte sie sich an die Reling und sah aufs Meer hinaus. Die Sonne stand über der ›Arabella‹ und ließ die Wellen funkeln, ein Containerschiff war in der Ferne zu sehen, von der Insel Sylt war nichts mehr zu erkennen. Für ein paar Augenblicke vergaß sie, was sie auf dem Sonnendeck beobachtet hatte, und genoss den Augenblick, den Wind auf ihrer Haut, das Zischen der Wellen, die das Schiff durchschnitt, und die Einsamkeit, die es auf See auch dann gab, wenn man sich in Gesellschaft vieler Menschen befand. Einsamkeit war nicht Carlottas Ding, aber in diesem Fall half sie ihr, wieder einen klaren Gedanken zu fassen. Erstens: Sie musste Tove erreichen. Zweitens: Sie musste ohne Umweg in ihre Kabine kommen. Und drittens – grazie a Dio! – fiel ihr ein, dass Carolin ihr Handy dabeihatte. Das würde sie benutzen können.

Den Kellner, der mit einem Tablett vorbeikam, auf dem sich benutzte Gläser stapelten, hatte sie auf dem Gang schon gesehen. Sie stürzte sich auf ihn, als hätte sie einen alten Bekannten getroffen, und übersah, dass die Gläser auf dem Tablett gefährlich ins Rutschen kamen, als der gute Mann begriff, dass die Überrumpelung tatsächlich ihm galt.

»Können Sie mir helfen, meine Kabine zu finden?«

Danilo brauchte eine Weile, bis er verstanden hatte, aber dann stellte er das Tablett bereitwillig ab und erklärte Mamma Carlotta, in welche Richtung sie zu gehen hatte. Er konnte ihr sogar erläutern, an welcher Stelle ihr ein Fehler unterlaufen war und sie sich in die falsche Richtung gewandt hatte.

Danilo kam von den Philippinen. Wie die meisten, die an Bord arbeiteten, unterhielt er seine vielköpfige Familie mit dem, was er auf der ›Arabella‹ verdiente. So viel fand Mamma Carlotta noch schnell heraus, bevor ihr wieder einfiel, dass sie es eilig hatte. Dass Danilo demnächst heiraten wollte, bekam sie trotzdem noch mit, und dass sie selbst schon im Alter von sechzehn die Ehe eingegangen war, aus der sieben Kinder hervorgegangen waren, erfuhr Danilo auch noch zwischen Tür und Angel. Dann aber machte Mamma Carlotta sich schleunigst auf den Weg. Danilo rief ihr nach, Eile hätte auf einem Kreuzfahrtschiff nichts zu suchen, sie mache doch Urlaub, aber das ließ sie unkommentiert. Was sie auf dem Sonnendeck gesehen hatte, konnte sie ihm unmöglich erzählen, und außerdem wurde es Zeit, dass sie endlich mit Tove sprach.

Erleichtert schloss sie kurz darauf die Kabinentür hinter sich und stellte schon im nächsten Augenblick fest, dass Carolin ihr Handy tatsächlich nicht mit aufs Sonnendeck genommen hatte. Sie dankte dem Himmel für ihr gutes Gedächtnis und für Toves Telefonnummer, die sich sehr leicht merken ließ.

Tatsächlich war die Verbindung diesmal besser, und Tove verstand auf Anhieb, wer am anderen Ende war. »Was soll das?«, knurrte er ärgerlich. »Sie haben mich ja noch nie angerufen.«

»Ich habe un buon motivo«, gab Mamma Carlotta zurück. »Sie sollten ein bisschen freundlicher sein. Sonst lege ich wieder auf und verrate Ihnen nicht, was ich an Bord der ›Arabella‹ gesehen habe.«

»›Arabella‹? Ach ja, Sie schippern ja mit dem Kreuzfahrtschiff übers Meer. Piekfein vermutlich! Da hätten Sie mal auf meinem Kahn dabei sein sollen, ehe er vor Gibraltar sank.«

Carlotta wurde ungeduldig und entschloss sich zur schnellen Wahrheit, ehe die Telefonverbindung wieder schlechter wurde und Tove ihr erneut von seinem Schiffbruch erzählte, den sie mittlerweile in- und auswendig kannte. »Was glauben Sie, wen ich gesehen habe?« Sie liebte es, eine Überraschung hinauszuzögern, die Spannung auf den Höhepunkt zu treiben, den anderen raten zu lassen, sich an jeder falschen Antwort zu erfreuen und erst im allerletzten Augenblick, wenn die Ungeduld den Siedepunkt erreicht hatte, mit der Überraschung herauszurücken. Diesmal jedoch wartete sie nicht, bis Tove ein paar Namen eingefallen waren, sondern platzte schon mit der Neuigkeit heraus: »Lukas! Ihren Großcousin!«

Sie hatte mit langem Schweigen gerechnet, noch länger, als es von einem temperamentlosen Friesen erwartet wurde, dann mit einem tiefen Seufzen und fassungslosem Stottern. Ein Italiener würde jetzt natürlich schreien, dass es im Nachbarhaus zu hören war, auf die Knie fallen und dem Himmel danken, auf der Stelle nach Einzelheiten fragen, vor lauter Erregung jedoch nicht auf die Antworten hören und erst, wenn er seine komplette Umwelt von der Ungeheuerlichkeit in Kenntnis gesetzt hatte, darüber nachdenken, was die Botschaft für ihn bedeutete. Dass sie eine derart spontane Reaktion im Norden Deutschlands nicht erwarten konnte, war Mamma Carlotta klar gewesen, aber was nun an ihr Ohr drang, hätte sie nicht für möglich gehalten. »Ha, ha, sehr witzig.«

»Sie glauben, ich mache uno scherzo?« Mamma Carlotta war fassungslos.

»Muss ja wohl«, war Toves Antwort. »Wie sollten Sie Lukas denn erkennen?«

»An seinem Zeh!«

Diesmal trat die Stille ein, mit der sie gerechnet hatte. Dann rauschte und raschelte es im Hörer, und Toves Stimme drang nun hallend wie aus einem riesigen Fass zu ihr: »Ich hab auf ›laut‹ gestellt, Signora. Mein Cousin sitzt nämlich an der Theke. Und der hat sich gerade mächtig verschluckt, als er den Namen seines Sohnes hörte.«

»Also noch mal …« Mamma Carlotta setzte sich in Positur, obwohl sie von niemandem gesehen wurde, und rang ihrer aufrechten Brust die lauten und überdeutlichen Worte ab: »Ich habe einen achtzehnjährigen Jungen gesehen, der einen verkümmerten Zeh hat. Das obere Glied fehlt.«

Die Antwort waren wildes Geraschel und entfernte Stimmen. Schließlich war Tove wieder deutlich zu hören. »Habbo ist gerade vom Hocker gerutscht, aber jetzt sitzt er wieder.« Seine Stimme klang nach wie vor erschreckend unbeteiligt. »Was sagen Sie? Achtzehn ist er? Das könnte passen. Lukas hatte vor vier Wochen Geburtstag. Aber sonst …«

»Sie glauben mir nicht?«, ereiferte sich Mamma Carlotta. »Dann sagen Sie mir, welche Blutgruppe Sie haben.«

»Hä?«, machte Tove. »Warum wollen Sie das wissen?«

»Nun sagen Sie schon.«

»AB. Aber wen geht das was an?«

»Der Junge, von dem ich gesprochen habe, hat auch Blutgruppe AB. Und Ihr Cousin?«

Wieder hörte sie schwache Stimmen und dann Toves Antwort: »Der hat auch AB. Hatten wohl mehrere in unserer Familie.«

»Und Lukas?«

Nun hörte Mamma Carlotta ein Poltern und einen erschrockenen Ruf. Sie nahm das Handy vom Ohr und starrte ängstlich das Display an. Dann aber hörte sie laut und deutlich Toves Stimme: »Rufen Sie später noch mal an, Signora! Habbo hat vor lauter Schreck Herzklabastern gekriegt.«

»Herzkla…?« Aber schon drang das Besetztzeichen an ihr Ohr. Ihre Frage wurde sie nicht mehr los.

»Ich muss mit Wiebke sprechen«, sagte Erik, während sie aus List herausfuhren. »Warum hat sie mir nicht gesagt, wo sie Leo Schwickerat fotografiert hat?«

Sören sah so aus, als suchte er nach Gründen, die Wiebke entlasteten, aber dann bestätigte er: »Ja, das ist komisch.«

Erik wurde ungehalten. »Noch komischer ist, dass dieser Leo Schwickerat ständig durch fremde Gärten schleicht.«

»Vorsicht«, mahnte Sören. »Ob er es auch war, der durch den Garten von Sünje Poppinga geschlichen ist, wissen wir nicht sicher.«

»Was wissen wir überhaupt von dem Mann?«

»Das, was in den Illustrierten steht. Er hat eine große Karriere hinter sich. Als Pianist war er schon berühmt, als er Angela Rohlfs heiratete, danach kannte ihn jeder. Auch alle, die mit klassischer Musik nichts am Hut hatten. Er war nicht mehr nur ein begnadeter Musiker, sondern vor allem der Ehemann von Angela Rohlfs. Seine Konzerte waren immer ausverkauft.«

Erik wollte auch etwas beitragen. »Jahrelang haben die beiden auf Sylt Urlaub gemacht. Sie hatten eine Villa in Kampen.«

»Leo Schwickerat war noch öfter hier als seine Frau. Er hat sich häufig Phasen der Ruhe auf Sylt gegönnt, sie dagegen war ständig auf der ganzen Welt unterwegs.«

»Und dann war plötzlich Schluss mit Sylt.«

»Ja, sie haben die Villa verkauft und sich irgendwo in der Schweiz etwas Neues gesucht. Warum? Darüber wurde auf Sylt viel gerätselt. Aber dann zogen sie sich ja zurück, der Rummel um sie ließ nach. Angela Rohlfs kam in ein Alter, in dem gute Rollenangebote seltener werden, Leo Schwickerat fühlte sich den Strapazen der großen Konzerte nicht mehr gewachsen. Sie verschwanden von den Titelseiten.«

»Bis zu Angela Rohlfs plötzlichem Tod!«, warf Erik ein.

»Ja, mit einem Mal waren sie wieder in aller Munde. Leo Schwickerat wurde wie in alten Zeiten von der Presse gejagt.

Das Ende einer großen Liebe! Der bedauernswerte Witwer!«
Sören lachte, als hätte er den Titelzeilen nie Glauben geschenkt.

»Wir müssen versuchen, mehr über ihn herauszubekommen. Das, was nicht in den Zeitungen stand.«

»Ich werde morgen recherchieren«, bot Sören an. »Während Sie mit Ihren Freunden feiern.«

Sein Handy klingelte, als das Ortseingangsschild von Kampen in Sicht kam. Das Gespräch war nur kurz, schon nach wenigen Minuten steckte Sören das Handy wieder weg. »Das war Enno. Er hat sich mit Rudi die Korbtruhe von Gregor Imhoff noch mal vorgenommen. Kein Briefwechsel mit einer Adelheid. Regine Imhoff hat mit allen möglichen Leuten korrespondiert, aber nicht mit ihrer Tochter. Merkwürdig.«

»Vielleicht waren sie zerstritten? So was soll vorkommen.«

»Enno sagt, das hätte er zunächst auch vermutet. Aber dann hat er seine Meinung geändert. Adelheids Name wird in den Briefen von Dritten erwähnt. Und dann immer so, als gäbe es einen regen Kontakt. Sie war auf allen Familienfesten dabei.«

»Haben wir keine Fotoalben gefunden?«

»Kein einziges. Ich kann aber in seinem Computer nachsehen. Vielleicht hat er da Fotos gespeichert.« Sören verzog sein Gesicht zu einem schiefen Grinsen. »Das mache ich auch morgen. Die richtige Unterhaltung für einen Sonntag.«

Erik merkte, dass die Freude auf das Wiedersehen mit seinen alten Freunden der Nervosität wich, die ihn immer befiel, wenn er einen Mordfall zu bearbeiten hatte. Vermutlich würde er sich für ein paar Stunden ins Kommissariat stehlen, um Sören bei der Arbeit zu helfen. »Vielleicht stoßen Sie dann auf die Schwester. Wenn nicht auf ihren jetzigen Namen, dann wenigstens auf ein Foto von ihr.« Er setzte den Blinker und bog rechts ab. »Wir fahren noch kurz bei mir zu Hause vorbei und tun so, als hätten wir Hunger. Ein paar Reste von gestern Abend sind noch übrig. Wenn Wiebke zu Hause ist, bekommen wir vielleicht etwas heraus.«

Sie hatte Eriks Wagen vorfahren sehen und öffnete ihnen die Tür. Ihre Umarmung war flüchtig, aber sie lächelte erfreut. »Ich habe nicht mit dir gerechnet, Erik. Ich dachte, du hast mit deiner Mörderjagd zu tun.«

Erik folgte ihr in die Küche, während Sören in der Diele seine Jacke an den Haken hängte.

Wiebke bewies, dass sie sich Mühe gab, Mamma Carlotta zu ersetzen. Sie kramte alles aus dem Kühlschrank, was am Abend zuvor nicht gegessen worden war, und stellte es auf den Tisch. Verwirrt betrachtete sie dann die Auswahl, als wüsste sie beim besten Willen nicht, was nun damit anzufangen war.

»Wir sollten die Zwiebelsuppe warm machen«, schlug Erik vor und stellte den Topf auf den Herd. »Währenddessen können wir mit den Antipasti beginnen.«

Sören machte sich nützlich, indem er das Brot schnitt, Erik holte Teller und Besteck aus dem Schrank, und Wiebke schob die Antipasti auf der Platte von links nach rechts.

Erik entschloss sich zu einem Überraschungsangriff. »Warum hast du mir nicht erzählt, dass du Leo Schwickerat letzte Nacht in Klaas' Garten erwischt hast?«

»Wie hättest du dann reagiert?«, fragte Wiebke zurück, und die Aggressivität in ihrer Stimme machte Erik wachsam. »Du hättest verlangt, dass ich die Bilder zurückhalte. Dein armer Freund Klaas! Am Ende kommt er noch in Schwierigkeiten!«

Erik warf das Besteck auf den Tisch, statt es neben die Teller zu legen. »Im Nachbarhaus ist letzte Nacht eingebrochen worden!«

»Im Haus neben der Bäckerei? Das konnte ich nicht wissen. Du hast, als du losgefahren bist, nur von einem Einbruch in List geredet.«

Nun fing sie an, die Teller sinnlos auf dem Tisch herumzuschieben. Erik griff nach ihren Händen und zwang sie, ihn anzusehen. »Hast du irgendwas beobachtet, Wiebke?«

»Nur Leo Schwickerat.«

»Was hat er getan?«

»Nichts!«

»Wie – nichts?«

»Er hat sich hinterm Haus auf einen Stein gesetzt und ein Fenster angestarrt.«

»Was für ein Fenster?«

»Genau konnte ich das nicht erkennen. Mir schien, ein Fenster in der ersten Etage von Klaas' Haus.«

»Wie lange hat er dort gesessen?«

»Eine halbe Stunde etwa.«

»Und dann?«

»Dann ist er verschwunden.«

»Was heißt das?« Erik hätte Wiebke am liebsten geschüttelt, damit sie ausführlicher und bereitwilliger berichtete. »Hat er sich in sein Auto gesetzt und ist weggefahren? Hat er sich zu Fuß auf den Weg gemacht? Ist er abgeholt worden?«

»Weiß ich nicht«, antwortete Wiebke trotzig. »Er war plötzlich weg.«

»Plötzlich weg?« Erik starrte sie an, als glaubte er ihr kein Wort.

Wiebke wurde wütend. »Was meinst du, wie so was abläuft? Ich musste aufpassen, dass er mich nicht entdeckt. Immer, wenn ich das Gefühl hatte, dass er auf mich aufmerksam wird, habe ich mich zurückgezogen. Und irgendwann, als ich mich mal wieder aus der Deckung getraut habe, war er nicht mehr da.«

Es entstand Stille, Erik rührte in der Carabaccia, Sören legte das geschnittene Brot in den Korb und stellte ihn auf den Tisch, Wiebke setzte sich, als wollte sie zu essen beginnen.

Dann fragte Erik: »Weißt du, wo Schwickerat wohnt?«

Wiebke lachte. »Schön wär's! Bisher habe ich nur Glück gehabt. Wenn ich eine Ahnung hätte, wo er abgestiegen ist, könnte ich mich ganz gezielt auf die Lauer legen.«

»Der arme Kerl!« Erik schüttelte seinen Unwillen mühsam

ab. »Ich kann verstehen, dass er sich nur bei Dunkelheit raustraut.«

Wiebke verstand den Vorwurf nicht. »Ab jetzt wird es noch schwieriger für ihn. Nun wissen alle, dass er auf Sylt ist. Für mich wird's auch nicht gerade einfacher. Ich muss ihn jetzt in einer großen Meute jagen.«

»Wenn es stimmt, was du in den Aufmacher gesetzt hast, wenn Schwickerat wirklich auf Sylt ist, um hier an die Zeit zurückzudenken, die er mit Angela Rohlfs auf der Insel verbracht hat...« Er holte tief Luft, dann stieß er hervor: »Schämst du dich gar nicht, ihm diese Zeit kaputt zu machen? Warum lässt du ihn nicht in Ruhe um seine Frau trauern?«

Wiebke sprang auf und funkelte Erik finster an. »Weil ich Journalistin bin! Das weißt du! Und komm mir jetzt nicht wieder mit Vorwürfen. Das ist mein Job! Ob dir das passt oder nicht!«

Sie steckte sich einen marinierten Champignon in den Mund und verließ die Küche. Ihre Schritte auf der Treppe waren laut und ärgerlich.

Erik setzte sich und sah Sören entschuldigend an. »Ganz vorsichtig wollte ich es angehen.«

»War wohl nichts«, entgegnete Sören und setzte sich ebenfalls.

Lustlos bedienten sie sich an den Antipasti, niemand sprach Mamma Carlottas Namen aus, aber beide dachten sie daran, wie gemütlich es war, wenn sie am Herd stand, wenn der Duft aus den Pfannen stieg, wenn sie die Familie zum Essen nötigte, eine Geschichte aus ihrem Dorf erzählte und durch ihre Herzlichkeit vergessen ließ, mit welcher Neugier sie die Arbeit ihres Schwiegersohns verfolgte.

»Ich frage mich, wo Felix ist«, brummte Erik. »Wahrscheinlich hat er sich auch mit Wiebke gezofft und es vorgezogen, bei einem Freund zu essen.«

Aber sein Sohn schien nur auf sein Stichwort gewartet zu

haben. Ein Schlüssel drehte sich im Schloss, Erik hörte das Geräusch eines Klangkörpers, der gegen das Treppengeländer schlug, schrammendes Holz und ein Klirren, das sich anhörte wie ein missglückter Akkord. Noch ehe Felix einen Gruß loswerden konnte, sagte Erik: »Du hast deine Gitarre schon wieder ohne den Koffer transportiert.«

Felix sah aus, als bereute er, eingetreten zu sein. »Habe ich vergessen.« Er setzte sich, bediente sich an den Antipasti, klagte darüber, dass seine Nonna nicht anwesend war, und hoffte wohl, dass damit der Gitarrenkoffer vergessen sein könnte. Aber er hatte Pech.

»Hast du ihn irgendwo liegen lassen?«, hakte Erik nach.

»Ja, bei Ben. Ich hole ihn morgen früh.«

Erik bedachte seinen Sohn mit einem strengen Blick und hoffte, dass er damit seinem erzieherischen Auftrag gerecht geworden war. Lucia hätte Felix jetzt auf der Stelle losgeschickt, um den Koffer bei Ben abzuholen, aber er wusste, dass er nicht die Kraft für ein Wortgefecht hatte und es nicht schaffen würde, auf seiner Anordnung zu bestehen. Lucia war eben wie ihre Mutter gewesen: immer bereit zu einer Auseinandersetzung. Der Gitarrenkoffer würde schon wieder auftauchen ...

Mamma Carlotta saß noch auf der Bettkante und versuchte das Wort ›Herzklabastern‹ auszusprechen, ohne sich die Zunge zu verrenken, da öffnete sich die Kabinentür. Carolin kam Hand in Hand mit Tilman herein. Dass sie nicht mit der Anwesenheit ihrer Großmutter gerechnet hatte, war ihr an der Nasenspitze anzusehen. Doch der böse Verdacht, der prompt in Mamma Carlotta hochschoss, fiel gleich wieder in sich zusammen. Tilman wirkte apathisch, er war blass und sein Lächeln angestrengt. Dass er sich mit dem Gedanken trug, die Unerfahrenheit eines jungen Mädchens schamlos auszunutzen, war mehr als unwahrscheinlich.

»Wir dachten, du bist auf dem Sonnendeck«, sagte Carolin

und betrachtete ihre Nonna von Kopf bis Fuß, während Tilman sich an die Wand lehnte, als fiele es ihm schwer, sich auf den Beinen zu halten. »Schick, dein neuer Pareo!«

Mamma Carlotta streckte die rechte Hand in die Höhe, in der sie noch das Handy hielt. »Ich musste ein dringendes Telefongespräch führen. Ich hoffe, du hast nichts dagegen, dass ich dein Handy benutzt habe?«

Carolin sah so aus, als hätte sie eine Menge dagegen, aber in Tilmans Gegenwart wollte sie anscheinend nicht kleinlich sein. Generös ging sie über die Entschuldigung hinweg und suchte in ihrem Nachttisch herum. »Ich will nur schnell ein Buch holen. Während Tilman an der Dialyse hängt, werde ich ihm vorlesen. Dann ist es nicht so langweilig für ihn.«

Carolin war also tatsächlich verliebt! Sie verzichtete auf das Sonnenbad, das Schwimmen im Pool, das Volleyballspielen und auf all die interessanten Angebote eines Kreuzfahrtschiffes, um in der Krankenstation einem nierenkranken Jungen etwas vorzulesen. Mamma Carlotta war zu Tränen gerührt. Carolin zog Tilman sogar all den kraftstrotzenden, gesunden Jungen vor, die in der Nähe des Swimmingpools ihre Muskeln und ihre Coolness präsentierten. Am liebsten hätte sie den beiden spontan ihren großmütterlichen Segen gegeben, aber da sie wusste, wie peinlich ihrer Enkelin emotionale Aufwallungen waren, ließ sie es bleiben.

Carolin hatte die Tür schon wieder geöffnet, da fragte Mamma Carlotta noch schnell: »Weißt du, was Herzklabastern ist, Carolina?«

Carolin blieb wie angewurzelt stehen. »Geht's dir nicht gut, Nonna?«

»Ich will nur wissen, was das ist.«

»Herzrasen«, antwortete Tilman an Carolins Stelle. »Herzanfall, Kreislaufstörungen, vielleicht sogar Herzinfarkt.«

»Dio mio«, stöhnte Mamma Carlotta, dann merkte sie, dass sie ihre Frage erklären musste. »Ich habe auf dem Gang jemanden darüber reden hören. Der Mann sah so aus, als würde er ohnmächtig.«

Tilman grinste, obwohl man merkte, dass es ihm schwerfiel. »Herzklabastern ist wohl kein Begriff, der in einem medizinischen Lexikon zu finden ist.«

Ein paar Augenblicke später war Mamma Carlotta wieder allein und starrte ängstlich das Handy an. Wenn Habbo Albertsen nun einen Herzinfarkt erlitten hatte? Dann war sie womöglich schuld daran! Aber hätte sie ihm die Wahrheit verschweigen sollen? Was jetzt zu einem Herzklabastern geführt hatte, konnte schließlich ein großes Glück für ihn werden, wenn sie mit ihrer Vermutung richtiglag.

Entschlossen wählte sie erneut die Nummer von Käptens Kajüte. Tove war schnell am Apparat, was darauf schließen ließ, dass er nicht mit Herzmassage, Mund-zu-Mund-Beatmung oder anderen Reanimationsmaßnahmen beschäftigt war.

»Endlich!«, blaffte er ins Telefon. »Wir haben uns schon gefragt, wie lange Sie uns hier noch auf dem Trockenen sitzen lassen wollen.«

»Come?« Mamma Carlotta verstand ihn nicht.

»Erst heißt es, Sie hätten Lukas gefunden, und dann hört man nichts mehr von Ihnen.«

Mamma Carlotta wollte die Zeit, in der die Telefonverbindung gut war, nicht mit Rechtfertigungen vergeuden. »Fragen Sie Ihren Cousin, welcher Zeh die Missbildung hatte.«

»Das weiß ich selbst. Der zweite Zeh am rechten Fuß.«

»Esatto!« Mamma Carlotta sprang auf, der Pareo fiel ihr erneut auf die Füße. Aber diesmal stieg sie mit einem großen Schritt ungerührt darüber hinweg und ließ ihn einfach am Boden liegen. »Und was ist mit der Blutgruppe?«

Es dauerte eine Weile, bis sie eine Antwort erhielt. »Habbo sagt, er kennt Lukas' Blutgruppe nicht.« Tove schien plötzlich abgelenkt zu werden. »Er will Sie sprechen«, sagte er, und kurz darauf erklang die Stimme von Habbo Albertsen.

»Was ist mit Ihrem Herzklabastern?«, erkundigte sich Mamma Carlotta zunächst besorgt. »Tutto bene?«

»Das war nur der Schreck«, antwortete Habbo Albertsen. »Bitte erzählen Sie mir mehr von dem Jungen.«

Das ließ Mamma Carlotta sich nicht zweimal sagen. Mit bewegten Worten schilderte sie Tilmans sympathische Ausstrahlung, seine guten Manieren, sein freundliches Wesen. Noch immer nannte sie ihn Tilman und entschuldigte sich bei Habbo Albertsen dafür. »Altrimenti ... sonst bin ich am Ende molto confusa.« Dann schilderte sie die schwere Nierenerkrankung und dass Tilman eine Transplantation benötigte. »Eine Lebendspende wäre am besten. Das Allerbeste wäre, wenn sie von einem Verwandten käme. Mindestens muss er dieselbe Blutgruppe haben.« Sie hörte ein Ächzen am anderen Ende der Leitung und ergänzte, dass der Junge angeblich adoptiert worden sei, davon aber erst erfahren habe, als sich herausstellte, dass er nicht das leibliche Kind der Flemmings sein konnte. »Vielleicht haben sie ihn gar nicht adoptiert, sondern gekidnappt!«

Plötzlich klang Habbo Albertsens Stimme so entschlossen und stark, dass aus Mamma Carlottas schäumenden Empfindungen ein spiegelglattes Vorhaben wurde. »Wir müssen es herausfinden. Ich brauche Sicherheit. Helfen Sie mir dabei, Signora?«

Ihre Zusicherung, dass sie alles tun würde, um Habbo Albertsen das Kind zurückzugeben und seiner sterbenskranken Frau zu einem letzten Glück zu verhelfen, fiel zwar sehr gefühlvoll aus, kam aber mit wesentlich weniger Worten aus, als sie normalerweise für ein solches Ereignis heranzog. Die Sorge, dass sie sich womöglich täuschte, legte sich auf ihre Stimme und blieb dort, als wäre sie zu schwach, um sich zu räuspern. Unsicher wartete sie darauf, dass Habbo Albertsen seine Bitte konkreter formulierte. Aber am anderen Ende der Leitung blieb es still. Mamma Carlotta konnte hören, dass Tove ein Glas auf die

Theke knallte, und meinte zu vernehmen, wie Fietje ein Jever bestellte.

Dann sagte Habbo Albertsen mit einer Stimme, als hätte er soeben eine Entscheidung von größter Tragweite getroffen: »Ich glaube, ich weiß, was zu tun ist.«

Erik hielt es nicht mehr im Haus aus, wo es ohne seine Schwiegermutter frostig und unbehaglich war. Sören folgte ihm auf dem Fuße, auch er schien Mamma Carlotta zu vermissen. Wiebke war nicht wieder in die Küche zurückgekommen, er hatte nur ihre Stimme gehört, als sie mit Felix darüber diskutierte, wie laut die Toten Hosen sich über ›Tage wie diesen‹ auslassen durften. Er erklärte ihr, dass Punkrock nur funktioniere, wenn er Gläser im Schrank zum Klirren brachte, sie verlangte, in Ruhe arbeiten zu dürfen, er behauptete daraufhin, dass ihr primitiver Sensationsjournalismus in einer Bahnhofstoilette zu erledigen sei, und sie stieg prompt in eine Grundsatzdiskussion über den Anspruch eines alleinerziehenden Vaters auf eine neue Liebe ein …

Erik nahm die Platte mit dem Zuccotto. »Besser, wir essen den Nachtisch auf der Terrasse«, sagte er zu Sören und stand auf. Dass der Eisbiskuit unter der Sonne im Nu dahinschmelzen würde, war ihm egal.

Auf der Terrasse stellte er die Platte jedoch nur kurz ab, nahm sie dann gleich wieder auf, als er merkte, dass die keifenden Stimmen auch dort noch gut zu hören waren, und ging zu der kleinen Sitzgruppe am Ende des Gartens, die von einer Hollywoodschaukel dominiert wurde. Erik konnte sie nicht leiden, aber sie war Lucias letzter großer Wunsch gewesen, deswegen blieb sie an ihrem Platz. »Hier haben wir unsere Ruhe.«

Die Stimmen waren nun tatsächlich nur noch sehr leise zu vernehmen, und zum Glück war kein Wort zu verstehen. Sie lehnten sich beide zurück und genossen die warme Luft, die mit genau der richtigen Prise kalter Seeluft gewürzt war. Die Sonne

wärmte, ohne zu brennen, der Wind fächelte, ohne zu kühlen.
»Eigentlich ein perfekter Tag zum Grillen«, murmelte Erik.

»… wenn Sie Zeit und Ruhe hätten«, ergänzte Sören verständnisvoll und setzte in einem Ton, der keinen Widerspruch dulden sollte, hinzu: »Sie kümmern sich heute Nachmittag um Ihre Freunde, bereiten dann ganz in Ruhe den Grillabend vor, und ich erledige den Rest.« Noch ehe Erik protestieren konnte, führte er auf, wie er den freien Samstag zu verbringen gedacht: »Ich versuche, über die Kurverwaltung herauszubekommen, wo Leo Schwickerat abgestiegen ist. Und wenn ich es weiß, werde ich zu ihm fahren und ihn in die Zange nehmen. Er muss uns eine gute Erklärung dafür liefern, dass er bei Dunkelheit hinter der Bäckerei Poppinga hockt. Womöglich zum selben Zeitpunkt, in dem im Nachbarhaus eingebrochen wird.« Sören wurde immer eifriger, als merkte er plötzlich, dass es ihm Spaß machen könnte, auf eigene Faust und Verantwortung zu ermitteln. »Dann durchsuche ich Gregor Imhoffs Wohnung nach Fotos und schaue auch in seinem Computer nach, ob ich ein Foto finde, das seine Schwester zeigen könnte. Irgendwo wird es schon einen Hinweis auf diese Adelheid Schmitz geben. Vielleicht sind Enno und Rudi da auch schon weitergekommen.«

Das Schlagen der Kinderzimmertür war so laut, dass Erik zusammenzuckte. Aber er war entschlossen, sich nicht ablenken zu lassen. »Die Schwester könnte der Dreh- und Angelpunkt sein.«

»Und was ist mit dem Arabella-Dieb?«, fragte Sören. »Haben wir eigentlich zwei Fälle oder nur einen?«

Erik seufzte. »Wenn ich das wüsste …«

Sören grinste leicht. »Irgendwie beruhigt es mich, dass Ihre Schwiegermutter nun auf der ›Arabella‹ ist. Wenn dort jemand etwas zu verbergen hat, muss er sich warm anziehen.«

Eriks Gesicht war unbewegt, aber in seiner Stimme war ein Lächeln zu hören. »Beinahe hätte ich sie gebeten, sich auf dem Schiff nach dem Arabella-Dieb umzusehen.«

Zwischen ihnen entstand die Stille, die beiden nie zur Last wurde. Sowohl Erik als auch Sören genossen sie, keiner von ihnen hatte dann den Wunsch, das Schweigen zu brechen, weil es zur Last wurde. Sie liebten es beide. Eine Möwe schrie über ihnen, der Verkehr auf der Westerlandstraße rauschte, vom Süder Wung drangen ein paar Stimmen herüber, und in dem Baum, unter dem sie saßen, knackte ein Zweig, den ein Vogel gelöst hatte. Eine sommerliche Stille, die im Laufe des Nachmittags immer schwerer werden würde. Nun öffnete sich das Fenster des Schlafzimmers, und Erik hörte Wiebkes gereizte Stimme. Sie ging hin und her, mit ihrem Handy am Ohr. Er überlegte, ob er aufstehen und seine Pfeife holen sollte. Es würde ihm gefallen, sich jetzt zurückzulehnen, den Rauch in den Himmel zu paffen und ihm nachzusehen. Aber er brachte nicht die Energie auf, sich zu erheben.

»Wenn wir irgendwas über Leo Schwickerat herausfinden« begann er sehr leise, »dann sollten wir in diesem Haus nicht darüber sprechen.«

»Sonst steht es am nächsten Morgen in der Mattino online«, ergänzte Sören. »Schon klar.«

Obwohl er sich im Recht fühlte, hatte Erik prompt ein schlechtes Gewissen. Was war aus seiner Liebe zu Wiebke geworden? Sobald sich ihre Berufe in ihr Privatleben drängten, war es mit der Harmonie vorbei. Wie lange würde das noch gut gehen?

Kurz darauf beschlossen sie, ans Meer zu gehen. Nachdem Erik seine Freundin eine Weile beobachtet hatte, deren Bewegungen immer hektischer und deren Stimme immer lauter und aggressiver geworden war, hatte er zu Sören gesagt: »Ich glaube, wir sollten unseren Espresso woanders trinken.« Zwar war es ihm wie ein Verrat an Wiebke vorgekommen, aber er wusste dennoch, dass er der Klügere war, wenn er sich entzog.

Sie standen lange an der Wasserkante zwischen dem neuen Gosch und dem Kliffkieker, dem Neubau des Kurhauses den Rücken zugewandt. Im Kliffkieker hatten sie sich nicht lange aufgehalten. Feriengäste drängten an die Tische, Radfahrer versperrten die Ausgänge, der Ball von spielenden Kindern landete einmal nur knapp neben einer Kaffeetasse. Erik und Sören hatten sich mit einem Blick verständigt, dann gezahlt und den Weg über die Holztreppe bis zum Strand genommen. An der Wasserkante konnten sie der Unruhe den Rücken zukehren, den lauten Stimmen, dem Lachen und Rufen, und sich der Unruhe des Meeres überlassen, die imstande war, für einen Frieden zu sorgen, der den Tag neu beginnen ließ. Der Wind wischte ihn frei, die Brandung übertönte Wiebkes und Felix' Stimmen, die Erik immer noch im Ohr hatte.

Sein Handy hätte er beinahe nicht gehört. Erst als Sören ihn auf das Klingeln in seiner Jackentasche aufmerksam machte, zog er es hervor. Carolins Name erschien im Display, er lächelte, während er abnahm. »Wie geht's den Kreuzfahrern?«, fragte er, statt sich zu melden. Dann fiel sein Lächeln in sich zusammen. »Ach, du bist es! Ist was passiert?«

Sören runzelte beunruhigt die Stirn und beobachtete seinen Chef, der lange zuhörte, ohne ein Wort zu sagen. Aus dem Staunen, das sich zunächst auf seinem Gesicht gezeigt hatte, wurde allmählich Verärgerung. »Was für ein Unsinn! Das glaubst du doch selbst nicht.« Aber dann wurde aus dem Ärger Verunsicherung. »Also gut, ich werde mir den Vorgang noch mal anschauen. Aber das kann dauern. Die Staatsanwaltschaft wird mir die Akten frühestens Anfang der Woche zustellen können.«

Er hielt das Handy ein Stück vom Ohr weg, als hätte er es am liebsten in die Jacke zurückgesteckt, sagte immer wieder: »Ja, ja«, und schließlich: »Grüß Carolin. Und viel Spaß noch.«

Sörens Gesicht war ein einziges Fragezeichen, als Erik ihm erklärte: »Meine Schwiegermutter glaubt, an Bord der ›Arabella‹ das entführte Kind gesehen zu haben.«

»Den Verwandten von Tove Griess?«

»Sie hat einen Jungen mit einem missgebildeten Zeh gesehen.«

»Großer Gott!« Sören war erschüttert.

»Sie sagt, vom Alter her passt es. Und … sie hat noch alles Mögliche gesagt. Aber Sie kennen ja das Redetempo meiner Schwiegermutter. Wie soll man da folgen?«

»Also werden wir beantragen, dass die Staatsanwaltschaft uns den Vorgang zurückschickt.«

»Und dann sollen wir ihn noch mal durchackern?«

»Wenn die Indizien nicht von der Hand zu weisen sind, bleibt uns nichts anderes übrig.«

Erik stöhnte auf. »Das hat mir gerade noch gefehlt.«

Mamma Carlotta hatte sich verlaufen. Nach dem Telefongespräch mit Habbo Albertsen war sie aufs Sonnendeck gefahren, von dort eine Treppe hinabgestiegen, hatte sich im Fitnessraum umgesehen und im Wellnessbereich über die phantastische Wirkung einer Gesichtsmassage informieren lassen. Danach musste sie in die falsche Richtung gegangen sein, sie hatte keine Ahnung, wo sie sich befand. Aber da sie diesmal ihre weiße Bluse trug, war das nicht weiter schlimm. Die ›Arabella‹, wenn sie auch noch so groß war, hatte irgendwo ein Ende, es bestand keine Gefahr, sich dermaßen zu verirren, dass sie bis zum Schlafengehen ihre Kabine nicht wiederfand. Und sie konnte sich überall sehen lassen! Mit einer weißen Bluse, das hatte früher schon ihre Mutter gepredigt, war eine Frau immer gut angezogen. Und die richtige Kleidung, auch das hatte la mamma gewusst, sorgte für ein gesundes Selbstbewusstsein. Es gab also viele Gründe, auf das äußere Erscheinungsbild zu achten. Von einem Pareo hatte Carlottas Mutter vor ihrem Tode mit Sicherheit nie etwas gehört. Wenn sie von unpassender Kleidung gesprochen hatte, war es um eine Kittelschürze beim Geburtstagskaffee einer Nachbarin gegangen oder um eine tief ausgeschnittene Bluse während der Morgenandacht. Dass ihre Tochter Carlotta als Großmutter halb nackt durch ein Kreuzfahrtschiff laufen könnte, wäre der guten Signora niemals in den Sinn gekommen.

Jetzt jedoch wäre sie vollauf mit ihr zufrieden gewesen. Carlotta wanderte in einer Kleidung, die über jeden Zweifel erhaben war, an den Schaufenstern der Läden vorbei, durchquerte das Theater, wo eine Artistengruppe für die Abendvorstellung probte, und ging dann in den Fotoshop, wo sämtliche Bilder ausgestellt waren, die der Bordfotograf von den Gästen gemacht hatte, im Restaurant, an der Bar, am Pool oder an der Reling, den verzückten Blick in die Ferne gerichtet. Schließlich landete sie in einer Kaffeebar am Bug des Schiffes, wo sie sich an einem der Tische nahe der Reling niederließ und einen Espresso bestellte, der zu ihrer Freude ebenfalls tutto incluso war.

Nun endlich, Auge in Auge mit der Unermesslichkeit der See, kam es ihr so vor, als könnte sie sich dem eigenen Kreuzverhör stellen. Hatte sie richtig gehandelt? Oder hatte sie sich von voreiligen Rechtfertigungen um eine ehrliche Antwort bringen lassen? Sie legte den Hinterkopf auf die Rückenlehne ihres Stuhls und schloss die Augen. Es war herrlich, Wind und Sonne auf der Haut zu spüren und das Schäumen der Wellen zu hören.

Das gemeinsame Mittagessen mit Heidi Flemming war eine Qual gewesen. Dass der erste Offizier Bruno Flemming zwischendurch aufgetaucht und Mamma Carlotta vorgestellt worden war, hatte alles noch schlimmer gemacht. Denn auch er wirkte viel liebenswerter, als ein Mann aussehen durfte, der so schwere Schuld auf sich geladen hatte. Dass diese beiden Menschen ihr auf den ersten Blick außerordentlich sympathisch gewesen waren, hatte ihr die Freude an dem großartigen Mittagsbuffet genommen. Sogar der Appetit war ihr abhandengekommen, sodass sie nach der Krabbencremesuppe, dem Salatteller und den Kalbsschnitzeln mit Nudeln und Brokkoli beim besten Willen keine rote Grütze mehr herunterbringen konnte.

Statt einer großen Portion Dolce hatte sie sich also einen Grappa bringen lassen, der bedauerlicherweise nicht tutto incluso war, um Heidi Flemming glauben zu lassen, dass sie unter Magenbeschwerden litt, was ihr die Möglichkeit gab, sich frühzeitig zurückzuziehen.

Heidi Flemming hatte Verständnis gezeigt. »Ich werde gleich nach Tilman und Carolin sehen. Es ist ja so reizend von Ihrer Enkelin, dass sie Tilman nicht alleinlässt.« Sie hatte gelacht, und Mamma Carlotta hätte unter anderen Umständen fröhlich eingestimmt. »Entzückend, so eine junge Liebe! Tilman hatte erst ein einziges Mal eine feste Freundin. Ganz unter uns ...« Sie hatte sich vertraulich vorgebeugt. »Das Mädchen war nicht halb so hübsch und nett wie Ihre Enkelin.«

Mamma Carlotta, die es eigentlich liebte, wenn einer ihrer Angehörigen gelobt wurde, und sich gern lange und ausgiebig darin sonnte, hatte diesmal keine Freude empfinden können. Dass es eine Kindesentführerin war, eine durch und durch kriminelle Person, die voller Anerkennung von Carolin sprach, hatte es unmöglich gemacht, sich an diesen Worten zu erfreuen. Sie hatte sich dennoch zu einem wohlwollenden Lächeln gezwungen, denn sie durfte Heidi Flemming nicht merken lassen, dass es mit ihrer Sympathie vorbei war. Auf keinen Fall durfte in dieser Frau der Verdacht keimen, dass sie durchschaut worden war. Erst musste Erik sämtliche Beweise in der Hand halten, damit er Heidi Flemming verhaften und den armen Tilman seinen leiblichen Eltern zuführen konnte.

Als ihr nun der Espresso serviert wurde, stürzte sie ihn hinunter. Der bedauernswerte Junge! Wie würde er reagieren, wenn er erfuhr, dass die Menschen, die er seine Eltern nannte, ein Verbrechen begangen hatten? Oder war es besser für Tilman, wenn er gar nicht erfuhr, was ihm als Baby widerfahren war? Andererseits konnte die Wahrheit auch eine Chance für ihn bedeuten. Die Chance auf ein Leben ohne Dialyse ...

Habbo Albertsen hatte gesagt: »Ich weiß, was zu tun ist.« Und er hatte keinen Moment gezögert und sich nicht von seinem Plan abbringen lassen, obwohl Tove alles versuchte, um gerade das zu erreichen.

Habbo Albertsen hatte das Telefon wieder auf ›laut‹ gestellt, und Mamma Carlotta hatte nicht nur seine Worte hören können, sondern auch Toves Einwände, gelegentlich Fietjes leise Stimme und manchmal auch die Bestellungen von Currywurst und Pommes frites, das Zischen des Frittierfetts und das Klappern des Bestecks.

»Ich kann hier nicht weg«, hatte Habbo Albertsen klipp und klar erklärt. »Ich muss da sein, wo meine Frau ist. Da ich nicht weiß, wie viel Zeit ihr noch bleibt, werde ich auf jeden Fall in der Nähe der Nordsee-Klinik bleiben.« Auf Toves Hinweis, Yella würde unter diesen Umständen gerne auf seine Besuche am Krankenbett verzichten, hatte Habbo unerwartet barsch reagiert. Auf keinen Fall werde er seiner Frau verraten, dass Lukas womöglich gefunden worden war. »Nicht, solange nicht alles klipp und klar bewiesen ist. Eine weitere Enttäuschung wäre entsetzlich für sie. Ich kann schon gar nicht mehr zählen, wie oft wir gehofft haben und dann enttäuscht worden sind. Nein, dann soll sie lieber glauben, Lukas warte im Himmel auf sie. Ich muss auf jeden Fall auf Sylt bleiben. Aber zum Glück habe ich ja einen Verwandten.« Er hatte eine Pause eingelegt, doch im Hintergrund war es still geblieben. Anscheinend brauchte Tove eine Weile, bis er begriff, dass er gemeint war und was von ihm erwartet wurde. So lange schwieg Habbo Albertsen, dann erst fuhr er fort: »Ich hoffe, dass noch eine Kabine auf der ›Arabella‹ frei ist. Tove wird in Amsterdam an Bord gehen. Dann kann er mit Lukas Kontakt aufnehmen, sich den Zeh ansehen und feststellen, ob es Familienähnlichkeiten gibt.«

Nun war lautes Poltern zu hören. Entweder war Tove vor Schreck und Empörung der Mayonnaisespender von der Theke gefallen, oder er hatte ihn nach Habbo geworfen, ihn jedoch verfehlt. Mamma Carlotta hörte ihn schreien: »Bist du bekloppt? Ich bin Geschäftsmann! Ich kann meinen Laden nicht einfach zumachen. Außerdem will ich nicht auf so ein Kreuzfahrtschiff. Keine zehn Pferde kriegen mich da drauf.«

Habbo Albertsens Stimme war erstaunlich ruhig geblieben. »Ich bezahle die Fahrt nach Amsterdam, die Kreuzfahrt auch und natürlich ebenso deinen Verdienstausfall.«

»Bist du Krösus?«

»Nein.« Nun war die Stimme von Toves Cousin leise geworden, als traute er sich kaum auszusprechen, was ihm auf der Zunge lag. »Aber ich bin ein Vater, der seinen Sohn zurückhaben will. Und ein Mann, der seiner Frau kurz vor ihrem Tod ihren einzigen Wunsch erfüllen möchte.«

Tiefe Gefühle hatten Tove schon immer zur Raserei gebracht. Mamma Carlotta hörte Glas klirren, Fietjes Protest, das Schimpfen eines Gastes und das Schlagen der Tür. Entweder hatte Tove den Gast an die Luft gesetzt, oder der war vor der Wut des Wirtes geflohen.

Als Ruhe eingekehrt war, wandte Habbo Albertsen sich wieder an Mamma Carlotta, nachdem er sich erkundigt hatte, ob sie noch in der Leitung war. »Natürlich stelle ich mich auch als Organspender zur Verfügung. Lukas wird eine Niere von mir bekommen. Selbst wenn die Ärzte mir wegen meiner Herzkrankheit davon abraten.«

»Sie meinen Ihr Herzklabastern?«, fragte Mamma Carlotta gleichermaßen mitfühlend wie fachkundig.

Habbo Albertsen bestätigte es. »Doch zur Not ist ja noch Tove da, wenn er auch als entfernter Verwandter vermutlich nicht so geeignet ist. Aber immerhin hat er die richtige Blutgruppe …«

Weiter kam er nicht. Mamma Carlotta hörte Toves Stimme so klar und deutlich, als wäre sie nicht auf See, sondern lauschte an der Tür von Käptens Kajüte. »Ich lasse mir keine Niere rausnehmen«, brüllte Tove. »So weit kommt's noch! Und allein nach Amsterdam? Das mache ich auch nicht!«

»Dann nimmst du eben deinen Freund mit«, sagte Habbo Albertsen. »Dessen Reisekosten übernehme ich natürlich auch.«

»Ich habe keinen Freund! Ich will auch gar keinen!«

Mamma Carlotta wusste, wen Habbo Albertsen meinte. Wenn

sie sich auch selbst nicht als Freunde bezeichnet hätten, so waren Tove und Fietje doch zwei, die gemeinsam auf der Außenseite der Sylter Gesellschaft standen. Das Zusammengehörigkeitsgefühl, das dort entstanden war und sich nicht leugnen ließ, konnte durchaus diesen schönen Namen erhalten.

»Ich war mal Kapitän!«, dröhnte Toves Stimme. »Auf See war ich zu Hause. Auf einem wackeren Schoner, nicht auf einem Traumschiff! Mit echten Seemännern, nicht mit weiß gekleideten Seeoffizieren. Keine Landratte kriegt mich jemals auf so einen Luxuspott, wo der Käpten zum Dinner einlädt!«

Habbo Albertsen schien mittlerweile vergessen zu haben, dass es am anderen Ende der Telefonleitung jemanden gab, der an dem Gespräch teilnahm. Den Versuch, sich einzumischen, hatte Mamma Carlotta längst aufgegeben. Das Klappern, das an ihr Ohr drang, ließ darauf schließen, dass der Hörer auf der Theke gelandet war, die lauten Stimmen schrien durcheinander, sodass kaum ein Wort zu verstehen war. Dann hatte es in der Leitung zu rauschen begonnen, alle Wörter hatten an Schärfe verloren, waren in den Hintergrund getreten, hatten geschwankt, waren von Augenblicken der Stille zerhackt worden ... und am Ende hatte Mamma Carlotta auflegen müssen. Die Entfernung zwischen Käptens Kajüte und der ›Arabella‹ war gestreckt worden zu einem Abstand zwischen dem einen Ende der Welt zum anderen. Die Telefonverbindung hatte dieser Entfernung nicht standgehalten.

Sie richtete sich auf, nippte das letzte Schlückchen aus ihrer Espressotasse, betrachtete das Meer ohne den Gedanken an seine Unermesslichkeit und dachte an Tilman Flemming, der nicht ahnte, dass seine Gesundheit, vielleicht sogar sein Leben, in einer schmuddeligen Imbissstube in Wenningstedt verhandelt wurde.

Erik hatte sich mit seinem Handy in das kleine Arbeitszimmer zurückgezogen, das früher Klaas' Kinderzimmer gewesen war.

Die Staatsanwältin war wesentlich interessierter, als Erik angenommen hatte. Sie war sogar bereit gewesen, sich seine Geschichte anzuhören, ohne ihn zu unterbrechen, und war ohne Verächtlichkeit ausgekommen, als sie antwortete: »Der Sache müssen wir nachgehen. Wir können nicht einfach sagen, dass Ihre Schwiegermutter sich geirrt hat. Was, wenn sie recht hat?« Sie überlegte kurz, dann fragte sie nach: »Hat sie selbst mit dem Vater des Kindes gesprochen? Ist sie sicher, dass es der zweite Zeh am rechten Fuß ist? Können wir uns irgendwie vergewissern?«

Erik versprach, sich bei dem Cousin des Kindsvaters zu erkundigen, der in Wenningstedt eine Imbissstube betrieb. »Er kann mir sicherlich auch sagen, wie ich den Vater erreichen kann, damit er mir die Angaben meiner Schwiegermutter bestätigt.«

Was die Staatsanwältin dann äußerte, war das Erstaunlichste, das er je von ihr gehört hatte: »Wir sollten die Yellowpress einschalten, sobald wir klarer sehen. Eine so gefühlvolle Geschichte macht sich supergut. Die Polizei, dein Freund und Helfer! Die Staatsanwaltschaft, die auf der Seite der Armen, Hilfesuchenden steht! Ich werde dafür sorgen, dass Ihr Name erwähnt wird, Wolf. Kennen Sie jemanden bei einer Zeitung mit großer Auflage?«

Erik hatte schon verneint, als ihm schlagartig klar wurde, dass er soeben seine Beziehung aufs Spiel gesetzt hatte. Gleichzeitig wurde ihm klar, dass er aus dem Nein ohne weiteres ein Ja machen konnte, wenn er sich nun sofort korrigierte und verriet, dass seine Freundin freie Journalistin und die Mattino ihr Hauptauftraggeber war. Aber dann hatte er sogar geschwiegen, als die Staatsanwältin sagte: »Ich kümmere mich selbst darum.«

Oh, Wiebke! Wenn sie das wüsste! Und wenn er ihr erklären musste, warum er nicht wollte, dass sie mit ihm Hand in Hand arbeitete!

Frau Dr. Speck kündigte noch an, dafür sorgen zu wollen, dass der Vorgang des entführten Lukas Albertsen aus dem Archiv der Flensburger Staatsanwaltschaft umgehend nach Sylt geschickt wurde, und fügte neckisch an, dass sie damit für einen freien Samstag genug getan habe und sich nun ihrer Erholung widmen wolle.

Erik war froh, dass sie nicht wusste, wie er selbst den Rest des Samstags zu verbringen gedachte, obwohl er einen Mordfall am Hals hatte und mit dem Arabella-Dieb immer noch nicht weitergekommen war. Die Staatsanwältin würde die Hände über dem Kopf zusammenschlagen, wenn sie das Gelächter aus Klaas' Wohnzimmer, das Klirren der Kaffeetassen und den Ruf nach einem Köm hätte hören können. Dass ein Kriminalhauptkommissar ohne Freizeit auszukommen hatte, wenn er in einem Kapitalverbrechen ermittelte, war für sie selbstverständlich. Und Erik war sicher, dass sie für einen zünftigen Männerabend im Kreise alter Fußballfreunde sowieso kein Verständnis haben würde.

Er beruhigte sich damit, dass Sören versprochen hatte, das Wochenende im Büro zu verbringen. Sein Assistent würde ihn informieren, sobald er etwas Wichtiges herausfand, und er selbst würde, ohne zu zögern, den Platz in der Mitte seiner alten Freunde verlassen, wenn es notwendig sein sollte.

Er hatte kaum den Hörer aufgelegt, da kam Klaas herein. Fest drückte er die Tür hinter sich ins Schloss und sprach leise. »Gut, dass ich dich kurz allein sprechen kann. Die anderen müssen ja nicht mitkriegen, dass du auch an diesem Wochenende im Dienst bist.«

Er zog etwas hinter seinem Rücken hervor, das Erik zunächst nicht erkennen konnte. Ein Rechteck in einer Größe von etwa sechzig mal siebzig Zentimetern, eingeschlagen in grobes Packpapier. Als Klaas es entfernte, kam ein Gemälde in herbstlichen Farben zum Vorschein. In der Mitte prangte ein weißes Schild mit der Aufschrift ›Nord-Sud‹, rechts davon ein gelbes Buch mit dem Titel ›Goethe‹, dahinter ein Vogelkäfig, ein Blumentopf ...

Erik beugte sich vor und schaute nach der Signatur. »Ist das etwa ein Miró?« Er hatte als Junge von seinem Vater einen Kunstband über moderne Malerei geschenkt bekommen, den er noch immer sehr liebte und gelegentlich durchblätterte. Dieses Bild hatte sogar auf dem Titel gestanden.

»Ich verstehe nichts von Kunst.« Klaas machte eine Kopfbewegung zum Fenster, unter dem sein Garten lag. »Das habe ich vor einer Stunde in der Hecke entdeckt.«

Erik stand auf und warf einen Blick aus dem Fenster. »In der Hecke zum Grundstück von Edlef Dickens?«

Klaas grinste. »Scheint so, als hätte ich dem Arabella-Dieb Beine gemacht. Geld und Rolex konnte er in die Hosentasche stecken, das Bild wäre bei der Flucht hinderlich gewesen.«

Erik sah ihn ungläubig an. »Edlef Dickens besitzt einen Miró? Der muss einiges wert sein.«

Wieder sprach Klaas sehr leise. »Er macht ein Vermögen mit geklauten Autos. Aber er tut so, als hätte er seine liebe Mühe, mit dem Fahrradverleih über die Runden zu kommen.«

Erik betrachtete das Bild genauer. »Ob das Bild echt ist? Vielleicht nur eine Kopie ...«

»Das kannst du doch feststellen lassen, oder?«

»Natürlich.«

Klaas schlug das Papier wieder zurück. »Es wäre mir lieb, du würdest ihm nicht verraten, dass du das Bild von mir hast. Edlef würde wohl erwarten, dass ich es ihm zurückgebe und nicht der Polizei aushändige.«

»Geht klar!« Erik klopfte Klaas freundschaftlich den Oberarm. »Wenn ich den Kollegen einen Wink gebe, sich Dickens' Geschäfte mal genauer anzusehen, wird dein Name natürlich auch nicht fallen.«

»Dafür verstaue ich das Bild unauffällig in deinem Auto.«

»Weißt du, wo es aufbewahrt wurde? Hing es an der Wand?«

Klaas schüttelte den Kopf. »Ich habe es nie gesehen.«

»Der Arabella-Dieb wusste aber von dem Bild …«

»Oder er hat es zufällig gefunden.«

»Das Haus machte nicht den Eindruck, als sei es durchsucht worden.«

»Stimmt allerdings.«

»Der Kerl kennt sich aus«, flüsterte Erik. »Oder er wird von jemandem geschickt, der sich auskennt.« Nun wurde seine Stimme lauter. »Verdammt! Wenn ich nur endlich genug Indizien in der Hand hätte, um die Reederei zu zwingen, mir die Personalliste vorzulegen.«

Von draußen drang ausgelassenes Gelächter herein. »Du kannst später zu Dickens gehen und ihn fragen, warum er das Bild nicht als gestohlen gemeldet hat«, schlug Klaas vor. »Jetzt gibt's erst mal eine Runde Erdbeersekt.«

»Und dann fahren wir zu mir zum Grillen.« Dass Eriks Lächeln zusammenfiel, bekam Klaas nicht mit. »Wiebke wird sicherlich schon alles vorbereitet haben«, ergänzte er.

Carolin hatte angekündigt, am Nachmittag zurück zu sein, aber ihre Nonna hatte damit gerechnet, dass sie es nicht so lange in der Krankenstation aushalten würde. Das Kind war auf einem Kreuzfahrtschiff! Ein riesengroßes Glück, das ausgekostet werden musste! Carolin konnte sich an Deck sonnen, im Pool schwimmen, Sport treiben, den Blick aufs Meer genießen, mit Gleichaltrigen Spaß haben … und was tat sie? Sie hockte mit einem Buch neben einem Krankenbett. So viel Verständnis Carlotta Capella für Amore hatte und so glücklich es sie machte, wenn einer der ihren sich als hilfsbereiter Mensch erwies, jetzt wollte sie nur, dass Carolin das unerwartete Glück genoss, damit sie später noch ihren Kindern und Enkeln würde erzählen können, wie wunderbar das Leben auf einem Traumschiff war. Es wurde Zeit, dass sie jemand daran erinnerte.

Mamma Carlotta bestellte sich einen weiteren Espresso, trank ihn in einem Zuge aus und beschloss dann, sich zur Krankenstation durchzufragen, um scheinheilig neben Tilmans Bett aufzutauchen und sich nach seinem Wohlergehen zu erkundigen. Alles andere würde sich dann finden. Wenn sie von der Sonne, von dem Blick aufs Meer schwärmen und Carolin vor Augen halten würde, was sie versäumte, musste Tilman selbst den Vorschlag machen, ihn allein zu lassen, damit Carolin sich amüsieren konnte. Alles andere spräche gegen den Jungen.

Mamma Carlotta lehnte sich an die Reling und stellte fest, dass auch sie die erste und vermutlich letzte Kreuzfahrt ihres Lebens nicht so unbeschwert genoss, wie sie angenommen hatte und wie es ihrer Meinung nach angemessen wäre. Dass sie mit einer Verbrecherin an einem Tisch gesessen hatte, dass Carolin sich in einen Jungen verliebte, der nicht ahnte, welches Schicksal ihm die Menschen aufgebürdet hatten, die er seine Eltern nannte, und dann … ja, dann war da ja noch Felix' Gitarrenkoffer! Vermutlich hätte sie ihn längst vergessen und ihre Beobachtung als Irrtum abgeschüttelt, aber da Carolin ebenfalls der Meinung gewesen war, das Eigentum ihres Bruders gesehen zu haben, war das eine Sache, der sie auf den Grund gehen sollte. Ein Dieb, der einem Jungen sein Hab und Gut stahl? Oder … der Arabella-Dieb, der es nicht nur auf Wertgegenstände abgesehen hatte, sondern alles mitnahm, was nicht niet- und nagelfest war?

Sie warf einen letzten Blick aufs Meer, kniff noch einmal die Augen zusammen, um das Glitzern der Sonne auf dem Wasser auszuhalten, hielt dem Wind Haut und Haare hin, schloss die Augen und öffnete sie erst wieder, als sie sicher war, dass ihr der Duft des Windes noch lange anhaften würde. Sie stieg in den Aufzug und wählte Deck eins, wo sich die Krankenstation und die Praxis des Schiffsarztes befanden. Dann, als der Aufzug sich gerade in Bewegung gesetzt hatte, drückte sie den Knopf für Deck drei. War dies womöglich eine Gelegenheit, nach Felix' Gitarrenkoffer zu suchen?

Als sie ausstieg, sah sie sich vorsichtig um. Es war still hier, das Deck mit den Kabinen für die Besatzung machte einen unbelebten Eindruck. Wer Dienst hatte, hielt sich auf den oberen Decks auf, wer Pause machte, holte vermutlich versäumten Schlaf nach.

»333«, flüsterte Mamma Carlotta vor sich hin. Das war Tilmans Kabinennummer. Zwei Türen davor oder dahinter gab es eine Kabine, hinter deren Tür Carolin den Gitarrenkoffer ihres Bruders gesehen haben wollte.

Zaudernd betrat sie den Gang, der zu den Kabinen 300 bis 400 wies, unterbrochen durch Treppenhäuser und Ausgänge aufs Deck, wo es jedoch keine Liegestühle gab. Dieses Deck diente nur zur Verbindung des Personaldecks mit der Brücke und den Arbeitsplätzen auf dem Sonnendeck.

Mamma Carlotta war gerade erst bei Kabine 319 angekommen, da blieb sie wie angewurzelt stehen. Durch eine Tür, die aufs Deck führte, sah sie zwei Menschen an der Reling stehen. Eine große, schlanke Frau, von oben bis unten in zartes Gelb gekleidet, und einen Mann in der weißen Uniform des Seeoffiziers. Heidi und Bruno Flemming! Sie standen sehr dicht beieinander, dennoch war auf den ersten Blick zu erkennen, dass sie von einem Streit getrennt wurden. Ihre Bewegungen waren heftig, wenn sie einander anblickten, waren ihre Gesichter wutverzerrt.

Vorsichtig drückte Mamma Carlotta die Tür auf. Nur so weit, dass sich ein schmaler Spalt öffnete, durch den der Wind pfiff. Nun konnte sie die Stimmen der beiden hören. Erregte Stimmen!

»Du wolltest mich verlassen«, stieß Heidi Flemming hervor. »Gib's doch zu!«

»Hirngespinste!«, gab Bruno Flemming erregt zurück.

»Du hattest ein Verhältnis mit ihr! Ich weiß es!«

»Selbst wenn! Dann sind wir quitt!«

Mamma Carlotta hörte Schritte hinter sich und ließ die Tür

wieder ins Schloss fallen. Als sie von hinten angesprochen wurde, hatte sie sich bereits eine Ausrede zurechtgelegt.

»Madame? Was suchen Sie? Kann ich Ihnen helfen?«

Sie drehte sich um und sah den Mann in der Kellneruniform hilflos an. So, wie sie ihren Mann zu seinen Lebzeiten angesehen hatte, wenn er sie dabei erwischte, wie sie an der Tür der Sakristei lauschte, hinter der die Haushälterin des Pfarrers ihrem Dienstherrn verriet, wer den geringsten Teil an der Kollekte beigetragen und wer sogar nur einen Hosenknopf gespendet hatte.

»Ich glaube, ich habe mich im Deck geirrt«, behauptete sie und sah den Kellner kläglich an, als wüsste sie nicht mehr ein noch aus.

Der Mann, ein Philippino wie die meisten seiner Kollegen, erkundigte sich besorgt nach Mamma Carlottas Ziel und führte sie persönlich zum Aufzug, als er hörte, dass sie in die Krankenstation wollte, wo sich ihre Enkelin befand.

Mamma Carlotta warf einen kurzen Blick zurück, ehe sie sich in die Obhut des Kellners begab. Der Streit zwischen Heidi und Bruno Flemming hatte an Schärfe gewonnen. Sie schrie ihn an und er griff nach ihren Schultern, als wollte er sie entweder schütteln oder zur Ruhe zwingen.

Der Lieferwagen der Bäckerei Poppinga fuhr als Erster los, Erik folgte ihm. Klaas fuhr langsam, Erik sah, dass er mit großen Gesten auf alles hinwies, was es vor zwanzig Jahren noch nicht gegeben hatte. Neben ihm saß Coord Rykena, ein kleiner, stämmiger Mann, blond, blass, mit sehr hellen Augen und schütterem Haar. Er war damals der erfolgreichste Torschütze gewesen, ein Spieler, der leicht übersehen wurde und der dann prompt seine Chance nutzte. Er war Krankenpfleger geworden und schien es sich zur Aufgabe gemacht zu haben, Optimismus und Frohsinn zu versprühen, damit niemand seine Hoffnung auf Genesung verlor. Was ihm auch begegnete, er lachte und bewältigte es mit einem Scherz. Lachend hatte er Erik begrüßt und seitdem sein Lachen nicht wieder verloren.

Gerit Eilers und Erasmus Callesen saßen hinter Klaas und Coord. Gerit war ein großer Mann, Besitzer einer florierenden Tischlerei, mit kräftigen Händen und einem starken Körper und trug heute wie damals zu enge Kleidung, als wollte er damit auf seine Muskeln verweisen, die drauf und dran schienen, die Nähte seiner Hosen und Hemden zu sprengen. Er war ein ruhiger, wortkarger Mann, der selten lächelte und niemals laut lachte. Ganz im Gegensatz zu Erasmus, der gern Witze erzählte, sich nach jeder Pointe auf die Schenkel schlug und selten merkte, dass er der Einzige war, der sich darüber amüsierte. Erasmus war lang und dünn, hatte so dichtes Haar, dass der Verdacht, er trüge eine Perücke, nie ganz ausgeräumt werden konnte, und eine Brille mit dicken Gläsern, weil er stark kurzsichtig war. Vor zwanzig Jahren hatte er jedes Mal, wenn sein Schuss am Tor vorbeigegangen war, behauptet, ihn trüge keine Schuld, er könne das Tor einfach nicht erkennen. Er war Lehrer geworden und angeblich der einzige, der noch Freude am Unterrichten hatte, während seine Kollegen die Tage bis zur Pensionierung zählten.

Hinter Gerits und Erasmus' Sitzen stand Klaas' Gitarre. Die Vier hatten schon vor dem Einsteigen damit begonnen, die ACDC-Songs zu singen, die Klaas damals mit der Gitarre begleitet hatte. Es hatte heute so schlecht wie damals geklungen, aber vor zwanzig Jahren waren sie entschieden unbefangener gewesen.

Remko Groot hatte sich zu Erik ins Auto gesetzt. »Was hattest du bei Klaas' Nachbarn zu tun?«, fragte er.

»Eine dienstliche Angelegenheit«, wich Erik aus. »Da ich schon mal hier war …«

Edlef Dickens hatte zunächst nichts von dem Bild wissen wollen, das Erik ihm hingehalten hatte. »Was soll das sein? Ein Miró? Ich kenne das Bild nicht.« Vielleicht hatte Dickens seine

Frau gefehlt, die vermutlich auch diesmal geistesgegenwärtiger reagiert und schneller erkannt hätte, dass er sich mit dieser Behauptung nur verdächtig machte.

Erik hatte ruhig entgegnet: »Gut, dann werde ich das Bild auf Fingerabdrücke untersuchen lassen. Wenn es Ihnen nicht gehört, werden Ihre Abdrücke nicht am Rahmen zu finden sein. Ich darf Sie also bitten, sich noch heute im Polizeirevier einzufinden, damit wir Ihre Fingerabdrücke nehmen können.«

Schon war Edlef Dickens' Widerstand in sich zusammengefallen. »Also gut. Meine Frau liebt die Malerei. Besonders Miró hat es ihr angetan. An ihrem letzten Geburtstag habe ich sie damit überrascht.« Das Bild habe angeblich im Schlafzimmer gehangen. »Ich habe gar nicht gemerkt, dass es fehlte.«

Natürlich glaubte Erik ihm kein Wort. Erst recht nicht, als Edlef ihn ins Schlafzimmer führte und ihm einen Platz über dem Doppelbett zeigte, wo es nicht die geringste Spur gab, die darauf hindeutete, dass dort ein Bild aufgehängt gewesen war.

»Kein Wunder«, hatte Dickens erklärt. »Das Bild hing erst seit vier Wochen dort. In so kurzer Zeit bildet sich kein Abdruck an der Tapete.«

»Und der Nagel? Oder wie hatten Sie das Bild aufgehängt?«

»Der muss rausgerutscht sein, als der Dieb das Bild von der Wand genommen hat.«

»Und das Loch, in dem der Nagel gesessen hat?«

Erik hatte nicht auf eine Antwort gewartet. Er hatte das Bild wieder eingepackt und Edlef Dickens in Aussicht gestellt, er könne es später zurückhaben. »Wenn wir wissen, woher es stammt und dass es nicht irgendwo gestohlen worden ist.«

»Ich hab's in einer Galerie gekauft«, hatte Dickens zu jammern begonnen. »Ich kann Ihnen die Adresse geben.«

Tatsächlich hatte Erik den Zettel eingesteckt, auf dem Dickens die Adresse notiert hatte, dennoch war er nicht bereit gewesen, das Bild zurückzugeben.

Edlef Dickens hatte laut geklagt, dass ein unbescholtener Bürger wie er, der lange auf dieses schöne Bild gespart hatte, nun gleich in bösen Verdacht geriet. Aber Erik hatte ihm nicht lange zugehört. Noch bevor er ins Auto gestiegen war, hatte er die Lister Kollegen zu Dickens bestellt, damit sie sich um dessen verdächtigen Autohandel kümmerten.

»Kannst du hier mal reinfahren?«, fragte Remko und wies auf einen schmalen Weg, der hinter der Tankstelle auf der rechten Seite abging, während die Hauptstraße in einer Linkskurve Richtung Kampen führte.

Erik setzte den Blinker und fragte erst, als er schon abgebogen war: »Was willst du hier?«

Remko kreuzte die Arme vor der Brust, indem er die rechte Handfläche auf den linken Oberarm legte und die linke auf den rechten Oberarm legte. Eine Körperhaltung, die Erik neu war. Vielleicht hatte Remko sie sich im Laufe seiner Berufsausbildung zum Psychiater angewöhnt, als er lernen musste, Ruhe und Verlässlichkeit auszudrücken.

Besonnen war er schon als Junge gewesen, für einen Fußballspieler viel zu ruhig und vor allem zu zaudernd. Wenn ihre Mannschaft verlor, dann wegen Remko, und wenn sie gewann, dann trotz Remko. Aber da ihn alle gernhatten, wurde er nie gebeten, sich eine andere Fußballmannschaft zu suchen.

Dr. Remko Groot war ein Mann, den man schnell wieder vergaß, solange er kein Wort gesprochen hatte. Er wirkte blass, selbst dann, wenn sein Gesicht gerötet war, seine Miene war ausdruckslos und fade. Erst wenn er sprach, erhielt er Aufmerksamkeit. Seine Stimme war dunkel und volltönend, und was er sagte, hatte Gewicht. So war es schon immer gewesen, und seit er als Psychiater arbeitete, hatten seine Worte noch mehr Nachdruck erhalten, weil er wohl gelernt hatte, seine Rhetorik einzusetzen, um ein Ziel zu erreichen.

Sie fuhren die Listlandstraße entlang, und Erik wartete darauf, dass Remko ihm sagte, wohin er wollte. Auf der linken Seite gab es Kasernen, bald darauf ging der Kirchenweg ab, der zur evangelischen Kirche führte, dann gab es lange Zeit Ödland, danach erst waren einige Wohnhäuser zu erkennen. Erik nahm den Fuß vom Gas, da die Straße immer schadhafter wurde, die Fahrbahndecke nur notdürftig geflickt.

Da endlich sagte Remko: »Hier!«

Er wies mit einer Kopfbewegung zu einem dunkel verklinkerten Haus in einem großen Garten. Sowohl das Haus als auch das ganze Anwesen wirkte nicht sonderlich gepflegt. So, als wohnten dort alte Menschen, die es nicht mehr schafften, für Ordnung und Sauberkeit zu sorgen. »Hier wohnte Sina. Weißt du, was aus ihr geworden ist?«

Erik starrte das Haus an, versuchte, sich zu erinnern, aber es gelang ihm nicht. »Sina?«, wiederholte er, um Zeit zu gewinnen, aber die Sekunden, die verstrichen, halfen ihm nicht weiter. »Ein Mädchen, in das du verliebt warst?«

Remko nickte, dann bat er Erik, zu wenden und zurückzufahren. »Sie wird längst nicht mehr hier wohnen.«

Erik kam der Name bekannt vor, aber es wollte ihm nicht einfallen, wer Sina war. Und da Remko nicht bereit zu sein schien, Erik auf die Sprünge zu helfen, bat er ihn, kaum dass sie wieder auf die Hauptstraße eingebogen waren: »Es wäre mir lieb, du würdest ein Auge auf Sünje haben. Sie verhält sich merkwürdig. Du als Psychiater kannst mir vielleicht erklären, was es mit ihr auf sich hat.«

Er erzählte Remko, was er von Sünje wusste, von ihrer starken Bindung an die Mutter und der Zurückweisung des Vaters, von der Pianistenkarriere, die sie machen sollte, und ihrem Beruf, mit dem sie sich mühsam über Wasser hielt. »Klaas meint, sie ist nicht gerade eine begnadete Klavierlehrerin. Sie kann nicht gut mit Kindern umgehen.«

»Klaas sieht immer noch so gut aus wie damals«, antwortete er, ohne auf Eriks Bitte einzugehen. Er wusste nicht, ob Remko überhaupt zugehört hatte. »Erstaunlich, dass er keine Frau gefunden hat.«

Ehe Erik etwas dazu sagen konnte, ging sein Handy. Während er es aus der Jackentasche fingerte, fragte Remko: »Hast du etwa keine Freisprechanlage? Telefonieren im Auto ist verboten, das solltest du als Polizist wissen.«

Erik entschloss sich daraufhin, in die Bucht der Bushaltestelle zu fahren, die es in der Nähe der weiten Heidefläche gab, die von dunklen Häusern umrahmt wurde. Während er Sörens Anruf annahm, stieg Remko aus dem Wagen und sah sich um. Für die Ladenzeile auf der anderen Straßenseite hatte er keinen Blick, er wandte ihr und auch Erik den Rücken zu und betrachtete die Dünenlandschaft, die sich hinter List erhob.

»Sind Sie schon zu Hause, Chef?« Auf eine Antwort wartete Sören nicht. Er hörte den Verkehr rauschen und wusste, dass Erik noch unterwegs war. »Fehlanzeige auf ganzer Linie! Leo Schwickerat hat sich wohl unter Pseudonym angemeldet. Oder er hat ein Haus oder eine Wohnung privat angemietet. Sein Name ist bei der Kurverwaltung jedenfalls nicht aufgetaucht.«

»Seine Adresse kennen wir also noch immer nicht.«

Sören reagierte nicht auf Eriks Worte. »Die Fotos, die ich bei Gregor Imhoff gefunden habe, bringen uns auch nicht weiter. Es gibt ein karges Fotoalbum mit alten Bildern. Aber es lässt sich nicht sagen, ob Imhoffs Schwester auf einem der Fotos zu sehen ist oder nicht. Beschriftungen gibt es keine. Auf dem PC habe ich nur aktuelle Fotos gefunden. Aber ebenfalls keinen Hinweis auf seine Schwester.«

»Wie sieht es mit Imhoffs Mitarbeitern aus? Hat niemand privaten Kontakt zu ihm gehabt?«

»Ich habe mit allen gesprochen. Nein, niemand kannte Gregor Imhoff privat. Und angeblich weiß keiner etwas von einem Gutachten. Dass der silberne Hering kostbar gewesen ist, wollte niemand glauben.«

»Meinen Sie, dass man diesen Aussagen trauen darf?«

Sören zögerte nur kurz. »Ja, außerdem können alle Mitarbeiter ein sauberes polizeiliches Führungszeugnis vorweisen. Es gibt keine Anhaltspunkte dafür, dass sich einer von ihnen den silbernen Hering unter den Nagel gerissen und den Chef erschlagen hat.«

Erik seufzte tief auf und beugte sich vor, um Remko sehen zu können. Dieser drehte ihm noch immer den Rücken zu, betrachtete die Dünen, wandte sich nun aber langsam um. »Wir sollten uns auf die Schwester konzentrieren«, sagte Erik. »Machen Sie Enno Mierendorf und Rudi Engdahl Druck, damit sie endlich herausfinden, wie Adelheid Schmitz heute heißt und wo sie lebt.«

»Geht klar, Chef. Und was ist mit dem Entführungsfall?«

Erik sprach jetzt hastig, weil Remko wieder auf das Auto zukam. »Die Staatsanwältin schickt den Vorgang nach Sylt. Sie ist der Meinung, dass wir uns darum kümmern müssen. Eigentlich hatte ich damit gerechnet, dass sie über die Beobachtung meiner Schwiegermutter lacht.«

Die Autotür öffnete sich, Remko stieg wieder ein.

Erik hörte Sören sagen: »Na, dann kommt ja noch eine Menge Arbeit auf uns zu.«

»Und noch was … Versuchen Sie herauszufinden, ob in letzter Zeit ein Miró gestohlen wurde. Der Titel ist ›Nord-Sud‹.«

»Puh«, machte Sören. »Auch das noch! Hat das mit unserem Fall zu tun?«

Erik wurde einsilbig, wie immer, wenn jemand neben ihm saß, der keinen Einblick in seine Ermittlungen haben sollte. »Ja.«

»Mit dem Arabella-Dieb oder mit dem Mordfall?«

»Ersteres. Vielleicht auch beides.«

»Okay, ich kümmere mich darum.«

»Sie melden sich, wenn Sie etwas Neues wissen«, schloss Erik das Gespräch, verabschiedete sich von Sören, steckte sein Handy weg und fuhr wieder an.

Remko kreuzte erneut die Arme vor dem Körper und sagte: »Sylt ist schön.«

Die Tür der Krankenstation öffnete sich in dem Moment, in dem Mamma Carlotta darauf zusteuerte. Carolin trat heraus, mit bedrückter Miene und ohne das Strahlen, an dem man Verliebte sofort erkennt.

Mamma Carlotta erschrak. »Carolina! Ist was nicht in Ordnung? Geht es Tilman schlecht?«

Aber Carolin machte nur eine abwehrende Geste. Sie fragte nicht einmal, was ihre Nonna auf Deck eins zu suchen hatte. Sie griff nach ihrem Arm und zog sie zum Aufzug. Immer noch schweigend drückte sie auf den Knopf neben ›Deck 12‹.

»Was ist los, Carolina?« Mamma Carlotta bekam es mit der Angst zu tun.

Nun endlich antwortete ihre Enkelin. »Tilman hat Zoff mit seinen Eltern. Sie behandeln ihn wie ein kleines Kind. Mal belügen sie ihn, mal verschweigen sie ihm etwas Wichtiges. Und sie streiten sich ständig. Tilmans Vater ist aus der gemeinsamen Kabine ausgezogen und schläft woanders.«

Sie stiegen auf Deck zwölf aus, wo ihnen Musik, Gelächter und Kindergeschrei entgegenprallte. Auf dem Sonnendeck war viel los. Aber Carolin hatte nicht die Absicht, in den Pool zu springen oder sich von einem Animateur zu einer Polonaise überreden zu lassen. Sie zog ihre Großmutter zur Poolbar und bestellte dort Espresso für sie beide. »Tilman wird gleich nachkommen. Er ist fertig mit der Dialyse.«

»Was sind das für Lügen?«, drängte Mamma Carlotta. »Und was verschweigen sie ihm?«

»Die Adoption«, entgegnete Carolin düster. »Tilman kann ihnen nicht verzeihen, dass sie nie etwas davon gesagt haben. Erst als sich herausstellte, dass er Blutgruppe AB hat, mussten sie es zugeben. Da hat sich gezeigt, dass er gar nicht ihr Sohn sein konnte.«

Mamma Carlottas Herz war voller Mitleid. Der arme Junge! Er ahnte ja nicht, warum seine Eltern ihm seine Herkunft verschwiegen hatten.

»Und nun noch die Sache mit der Lebendspende.« Carolin kehrte dem Treiben am Pool den Rücken zu, als wollte sie nicht sehen, was sie versäumte. Auch ihre Großmutter wandte sich dem Espresso zu, den der Barkeeper vor sie hinstellte.

»Er kann keine Lebendspende bekommen«, erinnerte Mamma Carlotta. »Es gibt keinen leiblichen Verwandten. Und bei seiner seltenen Blutgruppe ...«

»Es gab trotzdem einen Spender«, unterbrach Carolin. »Tilman hatte rein zufällig mitbekommen, dass seine Eltern davon sprachen. Auch hier wollten sie ihm eigentlich verschweigen, dass sie jemanden gefunden hatten, der ebenfalls Blutgruppe AB hatte. Dieser Jemand wollte darüber nachdenken, ob er Tilman eine Niere spendet. Er hatte sich noch nicht entschieden.«

»Dann wollten die Flemmings keine falschen Hoffnungen in Tilman wecken.« Mamma Carlotta ärgerte sich darüber, dass sie Verständnis für das Verhalten dieser beiden hatte, die sie des Kindesraubes für überführt hielt.

»Das haben sie Tilman auch erklärt. Aber es macht ihn wütend, dass er auch hier nur die Wahrheit erfahren durfte, weil er seine Eltern zufällig belauscht hat. Er fühlt sich von ihnen hintergangen.«

»Wird er denn eine Lebendspende bekommen? Hat sich dieser mögliche Spender entschieden?«

Carolin rührte drei Löffel Zucker in ihren Espresso und trank die Tasse in einem Zug leer. »Bis jetzt nicht. Tilman muss weiter warten.«

»Frau Flemming hat mir erklärt, dass jeder Spender vor eine Ethikkommission muss. Er soll eine enge Beziehung zum Organempfänger nachweisen, damit nicht der Verdacht entsteht, die Niere würde verkauft, weil der Spender Geld braucht. Damit darf kein Geschäft gemacht werden! Vielleicht haben die Flemmings eingesehen, dass ein Fremder vor der Ethikkommission keine Chance haben würde.«

»Und warum sagen sie Tilman nichts davon?« Carolins Stimme war nun genauso bitter, wie Tilmans gewesen sein mochte, als er ihr davon erzählte. »Er würde am liebsten in Amsterdam von Bord gehen und nach Hause fahren. Er hat die Nase gestrichen voll von seinen Eltern.«

Mamma Carlotta tätschelte Carolins Arm. »Aber solange du auf der ›Arabella‹ bist, wird auch Tilman hierbleiben. È vero, piccola?«

Das entrückte Lächeln, das sich auf Carolins Gesicht zeigte, bestätigte sie. Carolin und Tilman waren ineinander verliebt. Carolin und ein Junge, der eigentlich mit Tove Griess verwandt war. Was würde Erik sagen, wenn er davon hörte? Mamma Carlotta, die in Carolins Alter vor den Traualtar getreten war, dachte bei jedem ihrer Enkelkinder im Falle einer neuen Liebe darüber nach, welche Folgen eine mögliche Eheschließung haben könnte. Das hatte sie auch schon bei ihren Kindern so gehalten, aber natürlich jedes Mal geschwiegen, weil in den Zeiten der unverbindlichen Liebe niemand etwas von Hochzeit hören wollte. Trotzdem waren jeder neue Freund und jede Freundin für Mamma Carlotta potenzielle Ehekandidaten gewesen. Als ihr Jüngster an einem Sonntagmorgen sein Zimmer mit einem Mädchen verlassen hatte, in dem Mamma Carlotta die Tochter des Bürgermeisters von Città di Castello erkannte, war der ganze Sonntag mit Überlegungen angefüllt gewesen, ob der Bürgermeister einem Capella, der in der Schule einmal sitzen geblieben war und den Ausbildungsplatz schon zweimal gewechselt hatte, die Hand seiner Tochter überhaupt geben würde. Aber schon am Abend hatte sie erfahren müssen, dass es sich nur um einen One-Night-Stand gehandelt hatte. Dieser Ausdruck hatte ihr lange erklärt werden müssen, bis sie verstand, was damit gemeint war. Und eine ganze Woche hatte sie dafür gebraucht, um ihrer Empörung Herr zu werden.

Es war also verfrüht, schon an Hochzeit zu denken, und sie würde diesen Gedanken unter gar keinen Umständen laut werden lassen. Dennoch ... die Vorstellung, dass Erik zur Hoch-zeitsfeier seiner Tochter den Wirt von Käptens Kajüte einladen müsste, den er schon mehrmals verhaftet hatte, machte ihr zu schaffen. Und es fiel ihr ausgesprochen schwer, sich diese Sorge nicht anmerken zu lassen.

Im Kliffkieker war die Hölle los. So wie damals, als sie nach einem der wenigen Fußballspiele, die sie gewonnen hatten, hier eingekehrt waren, um ihr letztes Geld in alkoholischen Ge-tränken anzulegen. Viel konnte es nicht gewesen sein, dennoch wusste Erik genau, dass es gereicht hatte, betrunken auf die Straße zu torkeln und das Fahrrad über weite Strecken schie-ben zu müssen, jedenfalls immer dann, wenn eine Kurve drohte. So war schon die Morgendämmerung heraufgezogen, als er endlich zu Hause ankam. Und jedes Mal, wenn er seitdem den Strandübergang am Kliffkieker benutzte, hatte er an diese Nacht gedacht. Den Wunsch, noch einmal beim ›Tanz op de Deel‹ mit-zumachen, hatte er jedoch nie verspürt.

Der Kliffkieker war einmal der Nachbar des alten Gosch-Res-taurants gewesen, das nun ein Stück weiter gen Süden neu erbaut worden war. Vorne, im verwinkelten Thekenbereich, spielten die ›Hungerhaken‹ auf, mit Klaas Poppinga an der Gi-tarre, der auch den Gesang übernahm, einem Schlagzeuger und einem Keyboardspieler, die beide gut zehn Jahre älter waren als Klaas und nicht annähernd an seine Attraktivität heranreichten. Erik war sicher, dass die Band nur noch existierte, weil der Front-mann der ›Hungerhaken‹ allen Touristinnen den Kopf ver-drehte.

Die Plätze am Fenster waren schon besetzt, als sie angekom-men waren, es blieb ihnen nichts anderes übrig, als sich auf eine der Bänke zu hocken, die im hinteren Bereich des Kliffkiekers an die Wand geschraubt worden waren.

Sünje hatte sich von Coord zum Tanz auffordern lassen, Wiebke hatte keine Lust zu tanzen. Die Oldie-Musik gefiel ihr nicht, das Ambiente erst recht nicht, und die Menschen um sie herum fand sie spießig. »Hier habt ihr früher gefeiert?«

Erik sah sich um und wunderte sich nun selbst. »Damals fanden wir es klasse.«

Gerit und Erasmus versuchten ihr Glück bei zwei Damen, die an einem der Stehtische ihre Cocktails schlürften und durchaus den Eindruck machten, als wären sie einem Flirt zugeneigt. Erik war froh, dass Remko nicht die Absicht bekundete, die Sylter Damenwelt aufzumischen. Er war mittlerweile Antialkoholiker und wurde von Coord deswegen Spaßbremse genannt. Dass er nur alkoholfreies Bier trank, kam Erik dagegen sehr gelegen, der sich unauffällig eines mitbestellte. Er hoffte, die anderen würden nichts davon bemerken, dass er versuchte, halbwegs nüchtern zu bleiben. Er durfte nicht vergessen, dass er bis zum Hals in Ermittlungen steckte und die Staatsanwältin ihm den Wochenendurlaub gestrichen hatte.

Wiebke wandte sich einer Frau zu, die ihre roten Locken bewunderte, und Erik nutzte die Gelegenheit, Remko auf Sünje anzusprechen.

»Was hältst du von ihr?«, fragte er und warf Klaas' Schwester einen bedeutsamen Blick zu, die sich vor Coords Augen bewegte, als schämte sie sich für das, was sie tat. Schüchtern und gehemmt schaukelte sie von einem Fuß auf den anderen, schien sich um anmutige Bewegungen zu bemühen, aber gleichzeitig zu merken, dass sie ihr nicht gelangen. »Mich wundert, dass sie überhaupt bereit war mitzukommen«, ergänzte Erik. »Schließlich ist sie gewissermaßen in Trauer. Der Mann, der ermordet worden ist, hat mal eine Nacht mit ihr verbracht, und sie war sicher gewesen, dass er sie heiraten würde.«

Remko sah ihn fragend an. »Du bist nicht dieser Ansicht?«

Erik schüttelte den Kopf. »Es spricht alles dafür, dass Sünje sich das eingebildet hat. Anscheinend hat sie den Mann nach dieser einen gemeinsamen Nacht regelrecht bedrängt und immer wieder versucht, sich mit ihm zu treffen und die Nacht zu wiederholen. Fast wie eine Stalkerin. Und jetzt? Sie wirkt, als wäre sie von seinem Tod gar nicht berührt. Oder lässt sie ihn nicht an sich herankommen?«

Remko betrachtete Sünje ausgiebig, ehe er entgegnete: »Infantilität.«

Erik war überrascht. »Was meinst du damit?«

»Kindisches, unreifes Benehmen. Mitte des neunzehnten Jahrhunderts entstand dieser Begriff in der Medizin. Ein Nervenarzt hat ihn für Menschen gefunden, die sich als Erwachsene wie Kinder oder Pubertierende benehmen. Sünje zeigt schon in ihrem Äußeren, dass sie infantil ist.«

Erik betrachtete sie eingehend. Sünje trug Jeans, die knapp unter den Knien endeten, eine getupfte Bluse mit Puffärmeln und Rüschen am Kragen und an der Passe. So konnte auch ein zehnjähriges Mädchen gekleidet sein. Ihre Haare hatte sie zu einem hohen Pferdeschwanz gebunden, der auf die rechte Seite gerutscht war, während auf der linken Seite die Haare, die nicht lang genug waren, in unordentlichen Strähnen auf die Schulter fielen.

»Infantile«, fuhr Remko fort, »fallen oft durch egozentrisches Benehmen auf. Wie kleine Kinder haben sie nur die eigenen Bedürfnisse vor Augen.«

Die ›Hungerhaken‹ kündigten eine Pause an. Wiebke löste sich prompt von ihrer Gesprächspartnerin und ging zu Klaas, der sein Instrument zur Seite stellte. Sie besorgte ihm ein Bier, und er sagte etwas, was in ihren Augen ein Lachen entzündete. Sie trug einen knappen Minirock, was Erik jetzt erst auffiel, und sehr hohe Schuhe, die er noch nie gesehen hatte. Vermutlich hatte sie ihn überragt, als sie an seiner Seite die Kneipe betreten hatte, aber auch das war ihm nicht aufgefallen. Klaas hatte ihr sicherlich längst das eine oder andere Kompliment gemacht. Der schöne Klaas, der jede Frau haben konnte! Und er? Er hatte nicht einmal bemerkt, dass sie sich für diesen Abend besonders hübsch gemacht hatte. Erik hatte Mühe, Remko zu folgen.

»Infantile Persönlichkeiten fühlen sich oft ungerecht behandelt und zurückgewiesen. Sie reagieren dann nicht wie Erwachsene, sondern wie bockige Kinder und sind eingeschnappt.«

Aber Erik hatte immer noch Probleme, sich auf seine Worte zu konzentrieren, konnte an nichts anderes denken als an Wiebke.

Sie hatte den Grillabend tatsächlich gut vorbereitet. Der Tisch auf der Terrasse war gedeckt und sogar mit frischen Blumen geschmückt worden, die Grillsoßen hatte sie in den bunten Schälchen angerichtet, die Lucia in der Vorweihnachtszeit für Dominosteine, Zimtsterne und Marzipankartoffeln aus dem Schrank geholt hatte. Wo Wiebke die wohl gefunden hatte? Erik hatte sich sehr zusammenreißen müssen, damit sie nicht merkte, wie ungern er sie auf dem Tisch sah.

»Infantile sind meist überangepasst und wollen es jedem recht machen«, führte Remko weiter aus. »Sie sind unsicher, schüchtern und trauen sich wenig zu.«

Erik riss sich zusammen und versuchte, sich am Gespräch zu beteiligen. »Ich glaube, das trifft alles auf Sünje zu.«

Klaas und Wiebke redeten nun intensiv miteinander. Worüber?

»Infantile bewältigen oft die Ablösung von den Eltern nicht ausreichend. Entweder sind sie an Vater oder Mutter zu stark gebunden oder von den Eltern vernachlässigt worden. Der infantile Mensch lehnt die Welt der Erwachsenen instinktiv ab, er bleibt in der Welt des Kindes. Soziale und emotionale Unreife kennzeichnen ihn. Immer nur haben wollen! Wie in der oralen Phase ...«

Klaas war mit Wiebke direkt nach ihrer Ankunft im Süder Wung in die Küche gegangen und hatte das Grillfleisch auf einer großen Silberplatte angerichtet, gewürztes Öl bereitgestellt und das Dressing für den Salat gemacht, womit Wiebke überfordert gewesen war. Wo sie sich mit der Dekoration des Tisches aufgehalten hatte, ergänzte Klaas die Vorbereitungen mit praktischer

Arbeit. Sünje war anzusehen gewesen, dass sie sich gern an den Vorbereitungen beteiligt hätte. Aber anscheinend war sie noch ungeübter als Wiebke. Ihr fiel nichts ein, was sie hätte beisteuern können. Erik vermutete, dass Sünje noch nie Gäste bewirtet hatte. Sie ging nur gelegentlich in die Küche, war froh, wenn sie irgendetwas heraustragen konnte, und lief immer wieder hin und her, selbst wenn es nur ein Salzstreuer war, den sie auf den Tisch stellen durfte. Erik erinnerte sich an Carolin, die als kleines Mädchen für ihr Leben gern ihrer Mutter in der Küche geholfen und jeden kleinsten Auftrag mit großem Eifer ausgeführt hatte. Als Sünje sich am Tisch niedergelassen hatte, zupfte sie erneut unter der Bluse ihren BH und unter den Jeans ihren Slip zurecht.

»Viele Infantile verfallen einer Sucht, sie sind da viel gefährdeter in ihrer Angst vor dem Erwachsenwerden. Die hohe Zahl der Suchtkranken in unserem Land könnte ein Indikator für den Reifegrad unsere Gesellschaft sein.«

Erik beugte sich vor, um Wiebke und Klaas nicht mehr sehen zu müssen. »Wie reagiert eine infantile Frau, wenn sie nicht bekommt, was sie will? Wenn ein Mann sie zurückweist?«

»Wie ein Kind«, antwortete Remko nach einer Zeit des Überlegens. »Beleidigt, eingeschnappt oder mit übertriebener Hilflosigkeit. Bockig, trotzig! Ein Kind findet sich oft nicht ab, sondern hofft weiterhin, wo jeder Erwachsene die Hoffnung längst aufgegeben hätte, weil sie völlig unrealistisch ist.«

Erik starrte in Remkos Gesicht. »Macht eine infantile Frau das Spielzeug kaputt, wenn es ihr nicht gehören darf?«

Remko gehörte zu den Menschen, die immer erst gründlich nachdachten, ehe sie antworteten. Aber schließlich sagte er: »Ja, auch das ist eine mögliche Reaktion.«

Es war dunkel, stockfinster. Nur ein winziger roter Punkt war zu erkennen, den sie nicht deuten konnte. Das war alles. Er schenkte keine Helligkeit, er zeigte ihr nur, wie dunkel es war.

Der Schiffskörper vibrierte, der Motor dröhnte, all das, was sich auf dem Sonnendeck oder im Theater mit dem Rauschen des Meeres verband, mit dem Schäumen der Wellen, dem Wind, dem scharfen Schnitt des Bugs ins Wasser, besaß hier eine eigene Kraft. Hier unten, in der Nähe der Wasseroberfläche, war nur das Schiff selbst zu hören, das Stampfen der Maschinen, gelegentlich ein Rumpeln, ein Surren, dann wieder nur der Rhythmus der Motoren.

Mamma Carlotta versuchte, gegen die Panik anzukämpfen, die sie ergriff. Fest starrte sie den roten Punk an, als wäre er ein Fenster nach draußen. Mit vorgereckten Armen tastete sie sich voran, dorthin, wo sie den Ausgang vermutete. Durch die kopflose Flucht ins Innere dieses finsteren Raums hatte sie die Orientierung verloren, war sich nicht mehr sicher, wo sich die Tür befand, durch die sie gekommen war. Bewegte sie sich in die richtige Richtung? Oder geriet sie immer weiter in die Finsternis hinein? Wo gab es einen Lichtschalter? Sie brauchte Helligkeit! Sonst konnte sie nicht denken und sich nicht überlegen, wie sie hier herauskam. Sie brauchte eine Hoffnung, die Hoffnung, durch Schreien jemanden auf sich aufmerksam machen zu können, falls sie den Ausgang nicht wiederfand. Nur ... wenn ihr das gelang, was dann?

Sie stieß mit dem Knie an einen großen Koffer, fühlte, dass er schwankte, und griff nach ihm, bevor er umfallen konnte. Leder fühlten ihre Fingerspitzen, altes, brüchiges Leder. Vorsichtig ließ sie sich darauf nieder, ihr Körper blieb jedoch angespannt, denn sie war keineswegs sicher, ob der Koffer ihrem Gewicht standhalten oder unter ihr zusammenbrechen würde. Doch ihre zitternden Beine brauchten Entlastung, ihr ganzer Körper brauchte Ruhe, ihre Gedanken mussten in eine Ordnung gebracht werden. Sie musste einen Weg finden, aus dieser prekären Situation herauszukommen.

Sie hörte ihr eigenes Schluchzen und empfand es wie tröstende Worte. Ja, sie würde weinen müssen, um diese Einsamkeit zu verkraften, vielleicht schreien, um die Dunkelheit und das Alleinsein zu bewältigen, ohne verrückt zu werden. Und sie musste sich stärken, um die Frage auszuhalten, ob sie hier herauskommen konnte, bevor sie verdurstete. »Madonna!« Ob Carolin sie schon vermisste? Wie lange mochte es dauern, bis sie Alarm schlug? Und wann würde jemand auf die Idee kommen, sie ausgerechnet hier zu suchen? So beklemmend die Frage auch war, was geschehen würde, wenn sie gestand, wie sie in diese missliche Lage geraten war, so sehnsüchtig hoffte sie dennoch darauf, dass ihre Enkelin alles tun würde, um die Nonna zu finden. Wie spät mochte es sein? Schon Mitternacht?

Am Abend war Carolin mit Tilman, der sich nach der über-standenen Dialyse gut fühlte, ins Theater der ›Arabella‹ gegan-gen, und Mamma Carlotta hatte mit Felix telefoniert und sich vorgestellt, wie es im Süder Wung drunter und drüber ging, weil sie nicht dort war, um dafür zu sorgen, dass es genug zu essen und zu trinken gab und alle so viel verzehrten, dass sie nach dem Essen dringend einen Grappa für die Verdauung brauch-ten.

Im Hintergrund hatte sie Musik und Gesang gehört. Klaas hatte die Saiten seines Instruments geschlagen und gesungen, weitere Männerstimmen hatten zunächst brummend, unbehol-fen, aber dann laut und enthusiastisch eingestimmt. Mamma Carlotta hatte sogar gemeint, Eriks Stimme zu vernehmen. Diese Vermutung tat sie jedoch schnell als Fehlurteil ab, weil sie sich nicht vorstellen konnte, dass ihr Schwiegersohn über sei-nen Schatten gesprungen war, der bei ihm viel länger war als bei den Menschen, die Carlotta sonst kannte. In ihrer Heimat war es normal, nach dem Essen zu singen und zu tanzen. Aber auf Sylt? Hier sangen und tanzten nur diejenigen, die dafür be-rühmt waren und dafür bezahlt wurden. Dass in Panidomino ein Nonno seine alte Geige hervorholte und etwas zum Besten gab, zu dem seine Gäste sangen und klatschten, oder einer Nachbarin auf der Piazza einfiel, dass sie als junges Mädchen in der Kunst des Stepptanzes unterrichtet worden war, das kam auf Sylt nicht vor. Wenn an diesem Abend im Haus am Süder Wung musiziert wurde, dann hatte Erik sicherlich vorher dafür gesorgt, dass die Türen und Fenster geschlossen waren.

Nun hörte sie auch eine helle weibliche Stimme. »Hat Signorina Reimers leckere Grillsoßen zubereitet?«

Aber Felix hatte nur gelacht. »Papa hat die Soßen bei Feinkost Meyer gekauft, und Wiebke hat die Deckel abgedreht und sie in die Schälchen gekippt. Ausgerechnet in die, die Mama nur während der Adventszeit benutzte.«

Den letzten Satz wollte Carlotta nicht an sich herankommen lassen. Das war nichts, was Wiebke vorgeworfen werden konnte. »Madonna! Fertige Soßen mit Konservierungsstoffen?«

»Das ist schon in Ordnung.«

Aber sie hatte sein Zögern bemerkt. Felix hätte gern diesen Grund zur Kritik aufgegriffen, weil er immer nach jedem Grund griff, der gegen Wiebke ins Feld zu führen war. Aber in diesem Fall hatte er es dann doch nicht fertiggebracht, die Freundin seines Vaters für etwas zu kritisieren, was ihm von Herzen egal war. Und dass sie nicht wissen konnte, dass die bunten Schälchen zur Vorweihnachtszeit gehörten, sah er auch ein. Seine Stimme klang ungeduldig, als er seiner Nonna mitteilte, dass er nun mit Klaas zusammen Gitarre spielen und mit ihm gemeinsam ›Baby, du sollst nicht weinen‹ von den Toten Hosen vortragen wolle. Felix schien auch kein Interesse daran zu haben, sich anzuhören, wie wunderschön es auf einem Kreuzfahrtschiff war, wie herrlich der Blick vom Balkon aufs Meer, wie majestätisch der Sternenhimmel über dem Schiff, wie gut das Essen, wie elegant die anderen Passagiere waren und wie zuvorkommend die Besatzung auf jeden Wunsch reagierte. Ihn interessierte nicht einmal, dass seine Schwester sich verliebt hatte und die erste Kreuzfahrt ihres Lebens auf ganze eigene Weise genoss, zum Beispiel neben einem Bett in der Krankenstation. Nein, Felix wollte das Gespräch beenden und in die Saiten seiner Gitarre greifen, um Klaas vor Augen zu führen, dass er selbst sein musikalisches Talent nicht in einer Oldie-Band wie den ›Hungerhaken‹ auf Sylt vergeuden wolle.

Dass er seine Nonna damit an etwas erinnerte, gefiel ihm natürlich nicht. »Hast du endlich deinen Gitarrenkoffer wiedergefunden, Felice?«

Felix zögerte, schien eine Ausrede auf der Zunge zu haben, dann fiel ihm ein, dass seine Großmutter weit genug weg war, sodass von ihr keine Gefahr drohte, die seinen Vater aufschrecken könnte. Er bestritt nicht einmal, dass er den Koffer verloren hatte, sondern nuschelte nur ein »Nö!« ins Telefon.

Dass Mamma Carlotta dennoch auf langatmige Ermahnungen und Vorwürfe verzichtete, schien ihn zu wundern. Aber wer hinterfragte schon etwas, was ihn erfreute? Felix behauptete, er würde das Ding schon wiederfinden, und es sei total überflüssig, sich darüber Gedanken zu machen. Sie solle lieber die Kreuzfahrt genießen. Im Übrigen müsse er sich jetzt bereit machen für ›Baby, du sollst nicht weinen‹. Der Song verlange einem Gitarristen das Äußerste ab.

Mamma Carlotta hatte das Handy sorgfältig und sehr, sehr nachdenklich in Carolins Rucksack zurückgesteckt. Konnte es sein, dass Felix' Gitarrenkoffer tatsächlich an Bord gekommen war? Warum? Wie sollte das möglich sein?

Wie eine Schlafwandlerin hatte sie die Kabine verlassen und war ins Theater gegangen, das kein abgeschlossener Raum war, sondern ein hoher und schiffsbreiter Hohlkörper, wo es neben der Bühne und den Sitzreihen für die Zuschauer, die sich über drei Decks erstreckten, auch mehrere Bars gab. Dort konnten sich diejenigen niederlassen, deren Interesse an den Vorstellungen unverbindlicher Natur war, die kommen und gehen wollten, wie es ihnen beliebte. Zwei gewundene Treppen führten außerdem von dem Deck, auf dem sich die Bühne befand, zu den oberen Decks, zum Casino, in die Bar, in der Bingo gespielt, und in eine andere, in der Tanzunterricht gegeben wurde.

Carlotta schob sich auf eine Bank, wo gerade ein Platz frei geworden war, und starrte den Chansonnier an, der Frank Sinatra parodierte. Sie lachte, wenn alle anderen lachten, und applaudierte, wenn ihre Sitznachbarn es taten. Aber sie hörte nicht zu und blickte den Künstler an, ohne ihn zu sehen. Ihre Gedanken waren woanders.

Sie hatte die ganze Zeit über einen Gitarrenkoffer vor Augen, auf dem der Adler der Toten Hosen klebte, und Carolin hatte ihn ebenfalls gesehen – in einer Kabine auf Deck drei. Wenn sie beide einen Gitarrenkoffer gesehen hatten, der lediglich Ähnlichkeit mit Felix' Eigentum hatte, der dieselbe Farbe und Größe hatte, der ebenfalls jemandem gehörte, der den Toten Hosen und besonders Breiti nacheiferte, dann musste es ein Zufall sein, dass Felix seinen Gitarrenkoffer verloren hatte und nicht wusste, wo er geblieben war. Mamma Carlotta liebte Zufälle, fand, dass sie die Würze des Lebens waren, dass das Schicksal manchmal Witze erzählte, die dann Zufälle genannt wurden, und amüsierte sich darüber. In diesem Fall aber traute sie sich nicht zu lachen. Die Angelegenheit war zu mysteriös, um lustig zu sein. Und ein Zufall? Nein, daran glaubte sie auch nicht mehr.

Ihr Blick fiel auf Carolin und Tilman, die sich in der letzten Reihe verliebt aneinanderlehnten, und sie vergaß für ein paar Augenblicke den Gitarrenkoffer. Sie war gerührt, als sie sah, wie zärtlich Tilman ihrer Enkelin die Haare aus dem Gesicht strich, um ihr tief in die Augen blicken zu können.

Als sie bemerkte, dass Heidi Flemming das Theater betrat, machte sie sich klein, um nicht von ihr gesehen zu werden. Ein Plausch mit einer Verbrecherin wäre über ihre Kräfte gegangen. Nett und freundlich zu einer Frau sein, die einer jungen Mutter ihr Baby gestohlen hatte? Nein, das schaffte sie nicht. Obwohl Dino früher gelegentlich von ihrem Pokerface gesprochen hatte, wenn es ihr gelungen war, ihren Kindern, solange sie sich im Flegelalter befanden, derart arglose und freundliche Fragen zu stellen, dass diese nicht bemerkten, dass sie in Wirklichkeit von ihrer Mutter verhört wurden. Sie hatten sich von ihr nicht selten in eine Falle locken lassen, die dann prompt zuschnappte. So war Carlotta Capella zu Geständnissen gekommen, die sie nie gehört hätte, wenn sie gleich mit ihrem Verdacht herausgeplatzt wäre oder ihr Misstrauen gezeigt hätte. Als ihr Ältester sich das Auto des Pfarrers ohne dessen Wissen geliehen und es auf dem Weg von Città di Castello nach Panidomino im Straßengraben zurückgelassen hatte, war ihr auf diese Weise noch genug Zeit geblieben, die Sache ins Reine zu bringen, ohne dass ihrem Sohn der Stempel des Kriminellen aufgedrückt worden war. Obwohl Guido während des langen Jahres, in dem er von seiner Mutter dazu verdonnert worden war, im Garten des Pfarrers christliche Nächstenliebe zu praktizieren, oft mit nachträglicher Selbstanzeige gedroht hatte und sogar drauf und dran gewesen war, dem Pfarrer die Wahrheit zu gestehen, als dieser sich sehr wunderte, dass Guido nach exakt einem Jahr mit einem Mal nicht mehr bereit war, im Pfarrgarten das Fallobst aufzusammeln und die Bäume zu beschneiden. Aber seine Lektion hatte er gelernt, da war seine Mutter ganz sicher. Und dem Pfarrer war der Zusammenhang zwischen dem Verschwinden seines Autos und der Abkehr Guido Capellas von tätigem Christentum nie aufgegangen.

Ein Verbrechen an einem Auto war jedoch etwas anderes als ein Verbrechen an einem Menschen. Wenn es um Kindesentführung ging, konnte Mamma Carlotta kein Pokerface hervorbringen. Aber Heidi Flemming durfte nicht merken, dass sie durchschaut worden war, das war wichtig. Erst wenn Erik dafür gesorgt hatte, dass sie verhaftet wurde, konnte Mamma Carlotta ihr zeigen, wie sehr sie sie verachtete. Keinen Augenblick früher!

Sie schob sich aus der Sitzreihe, ohne Heidi Flemming aus den Augen zu lassen, die sich suchend umsah und sich dann zu einer Bar begab und dort etwas bestellte. Diese Zeit nutzte

Mamma Carlotta, um zu verschwinden. Heidi Flemming würde sich vermutlich die Vorstellung des Kabarettisten zu Ende ansehen, Carolin und Tilman ebenfalls, und Bruno Flemming hatte natürlich auf der Brücke zu tun. Der Augenblick war also günstig.

Vorsichtshalber kehrte sie in jenes Treppenhaus zurück, wo sie schon einmal den Aufzug betreten hatte, der sie aufs dritte Deck beförderte.

Dort war es auch diesmal wieder ruhig, der lange Gang, von dem unzählige Kabinentüren abgingen, menschenleer. »Trecentotrentatre«, flüsterte sie vor sich hin. Dann stand sie vor der Kabine Nr. 333, die Tilman Flemming gehörte. Sie sah nach links und nach rechts. Kabine 331 oder 335! In einer der beiden hatte Carolin einen Mann gesehen, der sich einen Gitarrenkoffer unter den Arm geklemmt hatte, der so aussah wie der ihres Bruders.

In diesem Augenblick begriff sie, dass ihr diese Erkenntnis nicht weiterhalf. Wie sollte sie herausfinden, ob Carolin recht gehabt hatte? Die Kabinen waren verschlossen, auch hier, auf dem Personalgang, brauchte man Bordkarten, um sie zu öffnen. Unmöglich, in eine Kabine einzudringen und sie zu durchsuchen. Carlotta schüttelte über sich selbst den Kopf. Was hatte sie sich gedacht? Hätte sie wirklich, wenn es möglich gewesen wäre, eine fremde Kabine betreten und dort die Schränke geöffnet? Sie wusste, dass ihre Neugier mal wieder schneller gewesen war als die Vernunft. Dino hatte ihr früher oft vorgehalten, dass sie die Vernunft einfach ausschaltete, wenn sie von der Neugier dringend gebraucht wurde. So war es auch diesmal gewesen. Sonst hätte sie gleich erkennen müssen, dass sie ein Risiko einging, das sich nicht lohnte. Fremdes Eigentum durchstöbern? Fremde Schränke öffnen? Was, wenn sie dabei ertappt wurde? Und was, wenn sie den Gitarrenkoffer tatsächlich fand? Eine Diebstahlsanzeige aufgeben? Und dabei verraten, wie und wo sie Felix' Eigentum entdeckt hatte? »No! Impossibile!«

Und überhaupt: Carolin hatte gesehen, dass der Mann den Gitarrenkoffer aus seiner Kabine trug. Natürlich würde er ein so großes, sperriges Gepäckstück nicht in dem winzigen Raum aufbewahren. Der Koffer war in keinem Schrank unterzubringen. Wenn er ihn wirklich gestohlen hatte, würde er ihn irgendwo verstecken, wo er nicht auffiel und wo er, wenn er doch jemandem ins Auge stach, dem Dieb nicht zugeordnet werden konnte. Er hatte ihn natürlich weggebracht, damit niemand dahinterkam, dass er einem Sylter Jungen etwas gestohlen hatte.

Plötzlich merkte Mamma Carlotta, wie unsinnig das alles klang. Der Arabella-Dieb war auf Geld aus und auf wertvolle Gegenstände, die sich zu Geld machen ließen. Warum sollte jemand einen Gitarrenkoffer an sich nehmen, der ihm später höchstens zehn Euro einbringen würde?

Sie konnte den Gedanken nicht zu Ende denken, denn in diesem Moment sprang die Tür zur Kabine 335 auf. Ein Mann trat auf den Gang, groß, kräftig, schwarzhaarig, mit dunklen Augen, aufgeworfenen Lippen und olivfarbener Haut. Dass er von den Philippinen stammte, war auf den ersten Blick zu erkennen. Das gesamte Servicepersonal, das auf der ›Arabella‹ arbeitete, kam von dort.

Er starrte Mamma Carlotta an. »Was suchen Sie hier?«

Carlotta Capella, die sonst nie auf den Mund gefallen war, blieb in diesem Augenblick sprachlos. Keine einzige noch so dumme Ausrede wollte ihr einfallen. Stumm stand sie da und sah dem Mann ins Gesicht, registrierte, dass er eine Narbe auf der Stirn hatte, die bis zur rechten Augenbraue reichte, und eine flache, breite Nase, wie man sie bei Boxern häufig sah.

»Haben Sie sich verlaufen?«

Nun fiel ihr ein, dass man auf Deck drei schon einmal mit ihr umgegangen war wie mit einer Frau, die geistig nicht mehr fit genug war, um sich allein in den Gängen eines riesigen Kreuzfahrtschiffes zurechtzufinden. Die Behandlung des Kellners, der sie zum Aufzug geführt hatte, damit sie aufs richtige

Deck zurückfand, hatte sie zwar empört, aber so, wie sie am Nachmittag darin ihre Rettung gefunden hatte, konnte sie sich auch am Abend damit herausreden.

»Ist hier nicht Deck sieben?«, fragte sie und bemühte sich um den verwirrten Gesichtsausdruck von Signora Bianchi, die immer wieder im Nachthemd durch Panidomino geisterte und nicht nach Hause zurückfand.

»Da sind Sie wohl mit dem Aufzug in die falsche Richtung gefahren.« Der argwöhnische Ausdruck verschwand aus dem Gesicht des Mannes. Er lächelte nun. Prompt fiel die Narbe auf seiner Stirn kaum noch auf, sie schien Teil einer negativen Empfindung zu sein und unter seinem Lächeln zu verschwinden.

Er wollte nach ihrem Arm greifen, wie es der Kellner am Nachmittag getan hatte, und sie zum Aufzug führen, da erschien am anderen Ende des Ganges ein Mann, der rief: »Miguel! Komm! Es wird Zeit!«

»Bin schon da!«, rief der Mann zurück und wies in die entgegengesetzte Richtung. »Dort ist der Aufzug«, sagte er zu Mamma Carlotta. »Drücken Sie auf den Knopf neben der Sieben. Glauben Sie, Sie schaffen das?«

Carlotta hätte ihm am liebsten ins Gesicht gelacht und ihn darüber aufgeklärt, dass sie in ihrem Dorf während des Sonntagsgottesdienstes sämtliche Fürbitten auswendig vortrug, während alle anderen sie ablasen, dass mit ihrem Gehirn also weiß Gott alles in Ordnung war … Aber sie nickte wie ein tapferes kleines Mädchen, fuhr mit dem rechten Zeigefinger in die Luft und malte eine Sieben vor die Augen des Mannes, der Miguel hieß. »So sieht die Sieben aus!«

»Richtig«, lobte er sie und lief dem Mann entgegen, der ihn gerufen hatte. Bevor er ihn erreichte, drehte er sich noch einmal um. »Die andere Richtung! Da ist der Aufzug.«

Kurz darauf waren beide Männer verschwunden. Mamma Carlotta war wieder allein und konnte sogar lächeln. Sie war für eine Frau gehalten worden, die ihre Sinne nicht mehr beisammenhatte! Demenzkrank, altersverwirrt! In ihrem Dorf würden sich alle totlachen, wenn sie davon erzählte. Sie musste sich unbedingt merken, dass mit dieser Erklärung vieles möglich war, was unter anderen Umständen sofort zu einer Entlarvung führte.

Zufrieden, dass sie sich einer gefährlichen Situation entwunden hatte, wenn auch mit großem Bedauern, weil sie nichts erreicht hatte, ging sie den Gang zurück. Doch ein paar Meter weiter stockte sie bereits wieder. Auf der linken Seite des Ganges gab es keine Kabineneingänge mehr, sondern breite Türen, die an großen Griffen zur Seite zu schieben waren. Hinter einer meinte sie eine Waschmaschine zu hören, deren Trommel sich drehte, leichter Seifengeruch drang auf den Gang. Ein paar Meter weiter gab es schon die nächste breite Schiebetür, eine, die nicht ganz ins Schloss geschoben worden war. Mamma Carlotta blickte vorsichtig den Gang hinauf und hinunter, ehe sie die Tür aufschob. Dahinter war es dunkel, nur ein kleines rotes Licht brannte. Doch die Helligkeit, die vom Gang in den großen Raum fiel, reichte aus, um zu erkennen, was sich dort befand. Gepäck! Jede Menge Koffer, Taschen und Seesäcke, denen anzusehen war, dass sie ohne Inhalt waren. Vermutlich die Gepäckstücke der Menschen, die auf der ›Arabella‹ arbeiteten. Hier also wurden sie aufbewahrt, wenn ihre Besitzer monatelang an Bord blieben und vermutlich ihre liebe Mühe hatten, ihr Hab und Gut in den Kabinenschränken unterzubringen. Für die großen Koffer war in den winzigen Kabinen kein Platz. Sie wurden in diesem großen Raum verwahrt, bis sie wieder gebraucht wurden, wenn jemand nach Hause zurückkehrte oder Urlaub in der Heimat machte. Natürlich hatte auch ein Gitarrenkoffer keinen Platz in einer engen Kabine, erst recht nicht, wenn es sich um eine Kabine handelte, die sich zwei oder drei Besatzungsmitglieder teilen mussten. Wenn der Mann seine Beute so sichern wollte, dass niemand sie fand, dann hatte er sie womöglich in diesem Gepäckraum untergebracht?

Je länger sie darüber nachdachte, desto sicherer wurde sie. Hier fiel ein Gitarrenkoffer niemandem auf. Und war er nicht ein besonders gutes Versteck? Dass der Koffer keine Gitarre enthielt, wusste sie. Aber vielleicht etwas, von dem niemand wissen sollte?

Mamma Carlotta schob die Tür so weit zu, dass noch genügend Licht in den Raum drang, aber einem Vorübereilenden nicht sofort auffallen musste, dass die Tür offen stand. Sie ging von einem Gepäckstück zum anderen, ihre Schritte hallten, jedes Scharren wurde von den kahlen Wänden zurückgeworfen. Zwar war der Gepäckraum gut gefüllt, aber viele der hölzernen Regale an den Wänden waren leer geblieben. Die meisten hatten ihr Gepäck auf den Boden gestellt, kreuz und quer, ohne erkennbare Ordnung. Sie drang tiefer in den Raum hinein, aber nirgendwo konnte sie einen Gitarrenkoffer entdecken. Unzählige Koffer und Taschen waren dort untergebracht, mehrere Hundert, es würde wohl eine Weile dauern, bis sie alle durchgesehen hatte. Der Arabella-Dieb hatte sicherlich darauf geachtet, dass der Gitarrenkoffer an einer Stelle auf ihn wartete, wo er niemandem ins Auge fiel.

Sie reckte den Hals … in diesem Moment hörte sie eine Tür schlagen und Schritte auf dem Gang. Erschrocken flüchtete sie in die Tiefe des Raums, wo es dunkler war. Ganz spontan und impulsiv. Wie es jemand tut, der ein schlechtes Gewissen hat. Nur weg! Nur nicht gesehen werden! Nur nicht Rede und Antwort stehen müssen!

Genau in dem Augenblick, in dem sie sich hinter einem besonders großen Koffer, der aufrecht stand, duckte, wusste sie schon, dass sie einen Fehler machte. Hatte sie nicht eben eine wunderbare Handhabe entdeckt, an die unmöglichsten Orte des Schiffes zu gelangen, ohne dafür zur Verantwortung gezogen zu werden? Nun aber hatte sie so reagiert wie eine geistig gesunde Frau, die fürchtete, bei ungehöriger Neugier ertappt zu werden. Doch diese Frau hatte nicht bedacht, dass jemand, der vorüberging, die offene Tür bemerken und sie verschließen könnte.

Das Geräusch schien Mamma Carlotta ohrenbetäubend, ein lauter Knall, als die Tür nicht ins Schloss geschoben, sondern geworfen wurde, ein dröhnendes Klicken, ein Saugen, als wäre außen ein schwerer Riegel vorgelegt worden. Sie sprang auf, um noch rechtzeitig zur Tür zu gelangen, denn auf einmal war es ihr egal, ob sie erwischt und mit Vorwürfen überschüttet wurde. Sie wollte gegen die Tür pochen und rufen, hier sei eine hilflose Person eingesperrt worden, eine altersverwirrte Frau, die nicht dafür verantwortlich gemacht werden konnte, dass sie hier gelandet war ... Aber sie stolperte über einen umgestürzten Koffer, geriet ins Straucheln, fiel bäuchlings über ihn und brauchte eine Weile, bis sie wieder auf den Beinen stand. Von da an war sie allein mit einem winzigen roten Licht ...

Sie hatten alles genauso gemacht wie damals, nach dem größten Sieg ihres Fußballvereins. Unbekümmert und fröhlich wollten sie sein und nicht an den nächsten Tag denken, etwas Verrücktes tun und nicht befürchten, dass sie es bereuen könnten. Aber Erik merkte schnell, dass es nicht möglich war, sich auch nur einen einzigen Tag der Jugend zurückzuholen. Das war eine Illusion. Die anderen würden es nicht schaffen und er selbst erst recht nicht. Es würde ihm nicht gelingen, den Beruf auszublenden. Die Staatsanwältin hatte ihm das freie Wochenende gestrichen, er war im Dienst, wenn seine Freunde auch nichts davon wussten. Er wollte nicht, dass sie Rücksicht auf ihn nahmen, sie sollten dieses Wiedersehen so genießen, wie sie es sich gewünscht hatten. In einem geheimen Abkommen mit der Kellnerin ließ er sich weiterhin alkoholfreies Bier in einem Glas servieren, das keinen Aufdruck trug, der ihn verraten konnte. Er würde nicht so wie damals betrunken nach Hause torkeln. Wenn Sören ihn alarmieren sollte, würde er sich sogar ins Auto setzen und zu einem Tatort fahren können.

Auch Remko war nicht mehr derjenige, der er damals gewesen war. Er versuchte, im Gegensatz zu Gerit und Coord, auch gar nicht erst, so zu tun. Zwar war er immer schon der Ernsthafteste von ihnen gewesen, das hatte aber der Beruf noch verstärkt. Dass er mehrmals ausführlich erklärte, warum er zum Antialkoholiker geworden war, machte ihn nicht unterhaltsamer. Und dass er jedes unbedachte Wort, das in seiner Gegenwart fiel, kommentierte und zurechtrückte, schloss ihn bald vom allgemeinen Frohsinn aus. Erik und Remko saßen abseits, ihre Freunde kehrten nur gelegentlich zu ihnen zurück und wurden von Mal zu Mal ungehaltener.

»Warum tanzt ihr nicht?«, fragte Erasmus gereizt. »Es sind genug Singlefrauen da.« Er warf einen anzüglichen Blick zu Klaas, der ›Yesterday‹ sang und von ein paar Frauen, die allein zu der Musik der ›Hungerhaken‹ tanzten, angehimmelt wurde. Auch Wiebke gehörte dazu. »Hast du vergessen, dass Klaas immer schon die besten Frauen bekam? Du solltest aufpassen!«

Und Gerit kündigte an, dass er zwar auf jeden Fall zum Frühstück im Süder Wung erscheinen wolle, was jedoch dazwischen geschehen würde ... er hielt alles für möglich.

Coord kehrte mit Sünje von der Tanzfläche zurück. »Sie ist müde. Sie will nach Hause. Ich bestelle ihr ein Taxi.«

Aber Sünje wehrte ab. Mit weinerlicher Miene setzte sie sich zu Erik und Remko, zerrte ihre Unterwäsche zurecht und verkündete, dass sie von Klaas heimgefahren werden wolle. »Das hat er früher auch gemacht.«

»Er muss spielen«, sagte Erik. »Er kann dich nicht nach Hause bringen.«

»Nur noch eine halbe Stunde«, entgegnete Sünje. »Dann ist Schluss. Mehr wollte der Wirt nicht bezahlen. Danach gibt's nur noch Musik aus der Konserve. Und dann wird Klaas mich heimfahren.«

»Warum bleibst du nicht noch?«, fragte Gerit. »Ein bisschen feiern lenkt dich ab.«

Erik hatte den Verdacht, dass Sünje erst durch diese Bemerkung an den Tod von Gregor Imhoff erinnert wurde. Konnte sie ihn wirklich vergessen haben, solange sie sich amüsiert oder zumindest wohlgefühlt hatte? Wieder verglich er Sünje mit Carolin. Die war als Achtjährige vom Tod ihrer Patentante schwer getroffen worden und hatte an ihrem Grab bitterlich geweint. Aber während des Kaffeetrinkens, das der Beisetzung folgte, war sie bereits wieder lachend mit den anderen Kindern durch den Garten gesprungen. Damals hatte er gedacht, wie gnädig doch die Natur mit den Kindern umging und sie schnell vergessen ließ, was sie traurig gemacht hatte.

Als Klaas sich in der nächsten Tanzpause mit Wiebke unterhielt, merkte er, dass seine Schwester nicht mehr in diese Kneipe, in diese Gesellschaft, in die lärmende Fröhlichkeit passte. Er tuschelte Wiebke etwas zu, dann kehrten sie gemeinsam zum Tisch zurück.

»Ich rufe dir ein Taxi«, sagte Klaas zu Sünje.

Aber die schüttelte den Kopf. »Ein Taxi will ich nicht.«

»Mach dir keine Sorgen. Ich bezahle es.«

Aber darum schien es Sünje nicht zu gehen. »Ich will nicht mit einem fremden Mann allein im Auto sitzen.«

Klaas bemühte sich, niemanden seinen Ärger spüren zu lassen. »Genau wie damals!«, rief er und lächelte in die Runde, als sei er amüsiert. »Musste ich Sünje nicht nach jedem Spiel heimbringen, weil sie sich vor Heino fürchtete, der sie eigentlich nach Hause fahren wollte?«

Erik beobachtete, dass Sünje heimlich auf ihre Armbanduhr sah, als wäre es ihr wichtig, zu einer bestimmten Zeit wieder nach Kampen zu kommen. Oder war sie stolz wie ein Kind, es so lange in der Kneipe ausgehalten zu haben?

»Ein bisschen musst du noch warten«, sagte Klaas, und Sünje nickte folgsam. »Fünf, sechs Lieder noch, dann ist Schluss.«

Sünje stand in der Nähe der Tanzfläche, sah immer wieder auf die Uhr, und als eine halbe Stunde vorüber war, wurde sie unruhig. Die Zugaben, zu denen die ›Hungerhaken‹ genötigt wurden, ärgerten sie. Und nur ihre Schüchternheit hielt sie davon ab, ihren Bruder von der Bühne zu holen, damit er sie endlich heimbrachte.

Klaas sorgte dafür, dass der Schlagzeuger und der Keyboarder ihn vom Abbauen entbanden, sie waren auch bereit, seine Gitarre in Sicherheit zu bringen, damit er sich zunächst um seine Schwester kümmern konnte. Doch was die beiden davon hielten, zeigten sie deutlich. Sünje wurde angesehen wie eine Spielverderberin, die den anderen den Abend kaputt machte.

Klaas ging zur Theke und bezahlte Sünjes Zeche, während sie ihr Handtäschchen nahm und sich verlegen verabschiedete. Dann ging sie zu ihrem Bruder und griff nach seinem Arm, als hätte sie Angst, ihn zu verlieren.

Gerit und Erasmus bekamen von alldem nichts mit, sie steckten bis zum Hals in ihrem jeweiligen Flirt.

Wiebke setzte sich zu Erik. Lächelnd sah sie ihn an, während er sein Glas leerte. »Trink nicht zu viel. Wir können morgen früh nicht lange schlafen, wenn deine Freunde zum Frühstücken kommen.«

Er ließ sie darüber im Unklaren, dass er alkoholfreies Bier trank. »Hauptsache, du bleibst nüchtern. Dann können wir uns das Taxi sparen.«

»Ich bleibe immer nüchtern«, gab sie anzüglich zurück, »wenn ich eine Spur habe.«

Erik runzelte die Stirn. »Leo Schwickerat? Immer noch?«

»Mein Kollege, der auf Boris Becker angesetzt ist, läuft in Kampen herum. Er kennt viele Leute. Wenn der nichts rauskriegt, dann schafft es niemand. Zum Glück ist er ein netter Typ. Der schnappt mir den Schwickerat nicht weg.«

»Und wenn er rauskriegt, wo Schwickerat sich aufhält? Dann gibt er dir Bescheid?«

Wiebkes Lächeln vertiefte sich. »Wir beide pfuschen uns nie ins Handwerk. Wenn ich Boris auf Sylt sehe, werde ich mir die

Story auch nicht unter den Nagel reißen. Selbstverständlich rufe ich ihn dann an. Und wenn mir ein Foto gelingt, überlasse ich es ihm.«

Erik wusste, dass dieses partnerschaftliche Verhalten ungewöhnlich war. Selbst dann, wenn es sich um Kollegen handelte, die für dieselbe Redaktion auf der Jagd waren. Bei Vertretern unterschiedlicher Zeitschriften war es sogar undenkbar. Da war der Konkurrenzkampf mörderisch. Trotzdem erkundigte er sich nicht nach diesem Kollegen. Der Gedanke an ihn beunruhigte Erik zwar, aber er wusste, dass er sich kein weiteres Problem aufladen durfte. Wiebke war acht Jahre jünger als er. Sie war attraktiver, temperamentvoller, unkonventioneller und viel interessanter als er. An die Möglichkeit, dass sich auch andere Männer in sie verlieben könnten, hatte er bisher viel zu wenig gedacht.

Er spürte mit einem Mal eine Kälte in sich, die nicht zu dem warmen Gefühl passte, das Wiebkes Name in ihm erzeugte, der Blick in ihre bernsteinfarbenen Augen, der Griff in ihre roten Locken, der Kuss auf ihre Nasenspitze, mit dem er ungefähr fünfzig Sommersprossen bedachte. Er schloss kurz die Augen, ganz fest, als litte er unter einem akuten Schmerz. Gab es diese Wärme überhaupt noch?

Als er die Augen wieder öffnete, sah er, dass er sowohl von Remko als auch von Wiebke beobachtet wurde. In diesem Moment drehte der Wirt die Musik, die nun vom Band kam, auf. »Marmor, Stein und Eisen bricht ...« Diejenigen, die auf der Tanzfläche herumsprangen, grölten, so laut sie konnten.

Erik musste Wiebke ins Ohr schreien, um sich verständlich zu machen. »Und was ist mit mir? Ich will mit Leo Schwickerat reden. Ich muss wissen, was er hinter der Bäckerei zu suchen hatte, als nebenan eingebrochen wurde. Gibst du mir auch einen Tipp, wenn du ihn findest?«

Wiebkes Augen schienen dunkler zu werden, ihre Sommersprossen hervorzustechen. Ihr Mund wurde hart, das Lächeln verrutschte. Sie beugte sich zu ihm, ihr Parfüm hatte sich mit Biergeruch vermischt. Es kam Erik sogar so vor, als hinge Klaas' Aftershave, mit dem er immer verschwenderisch umging, in Wiebkes Locken.

»Unter einer Bedingung«, sagte sie so nahe an seinem Ohr, dass er ihr Gesicht nicht sehen konnte. »Ich erfahre, was das Verhör ergibt. Und zwar als Erste. Am besten als Einzige.«

Erik antwortete nicht darauf. Sie wusste, dass er eine solche Zusage nicht geben konnte. Eigentlich wusste sie auch, dass sie verpflichtet war, die Polizei bei der Aufklärung einer Straftat zu unterstützen. Und wenn Leo Schwickerat sich wie eine verdächtige Person verhalten hatte und deswegen polizeilich gesucht wurde, war Wiebke verpflichtet, Erik über seinen Aufenthaltsort in Kenntnis zu setzen, wenn sie ihn kannte. Auch dann, wenn ihre Story über Angela Rohlfs' Witwer dadurch zu einer Meldung wurde, die in jeder Zeitung stand. Aber Wiebke wollte natürlich die Exklusivstory, das geheime Gespräch mit Leo Schwickerat, das nur sie geführt hatte, oder zumindest Fotos, die sensationeller waren als die, die ihn beim Betreten oder Verlassen des Westerländer Polizeireviers zeigten.

Doch Erik sagte nichts. Er schwieg auch, als Wiebke ihre Handtasche nahm und in Richtung Toilette verschwand. Hatte sie vorher an die Gesäßtasche ihrer Jeans gegriffen, wo ihr Handy steckte? Hatte es vibriert? Stand sie jetzt neben dem Waschbecken und hörte sich die Nachricht ihres Kollegen an, der auf irgendeinem Baum saß und Boris Becker ausspionierte?

Der Widerwille verursachte Erik Übelkeit. Er nahm einen kräftigen Schluck und fand plötzlich, dass alkoholfreies Bier nicht halb so gut schmeckte, wie er sich vorher eingeredet hatte. Aber den Gedanken, alle Vorsicht über Bord zu werfen und sich ein gut gezapftes Jever zu bestellen, vergaß er gleich wieder, als er Wiebke zurückkehren sah. Sie schob sich durch die Tanzenden, den Blick zu Boden gerichtet, und machte sich so klein wie möglich. Dass sie nicht die Absicht hatte, sich wieder zu Erik zu setzen, bemerkte er sofort. Sie steuerte die Eingangstür an, die sich in diesem Moment öffnete. Vier, fünf Männer drängten herein, deren breite Gegenwart Wiebke nutzte, um zu verschwinden.

Erik legte einen Geldschein auf den Tisch und beugte sich an Remkos Ohr. Mit wenigen Worten machte er ihn zu seinem Komplizen. Remko erfuhr, dass sein freies Wochenende gestrichen worden war, dass er leider nach wie vor im Dienst sein musste und nun ganz plötzlich zu einem Einsatz gerufen worden war. »Sag den anderen nichts davon. Kann sein, dass ich gleich zurück bin. Wenn nicht, sehen wir uns morgen bei mir zum Frühstück. Wie abgemacht!«

Remko lagen einige Fragen auf der Zunge, aber Erik verhinderte, dass er sie stellte. Er hatte keine Zeit für Diskussionen. Er musste Wiebke folgen. Ehe Leo Schwickerat auf dem Titelbild der Mattino erschien, wollte er ihn vor seinem Schreibtisch im Polizeirevier sitzen haben.

Gelegentlich gingen Schritte vorbei, mal leise, dann wieder laute, energische Schritte. Jedes Mal war Mamma Carlotta aufgesprungen, aber kein einziges Mal hatte sie sich entschließen können, an der Tür zu trommeln und so laut zu schreien, dass sie auf dem Gang gehört werden konnte. Die Hoffnung, auf andere Weise ihrem Gefängnis zu entkommen, postierte sich immer noch mit ausgestellten Ellenbogen vor der Angst, zu spät gefunden zu werden. Sie fühlte das Brennen der Scham auf ihrem Gesicht, wenn sie sich vorstellte, was ihre Entdeckung nach sich ziehen könnte. Erst Verwunderung, dann Misstrauen, am Ende vielleicht ein Verhör des Kapitäns, der sie für eine Diebin hielt, oder ein Anruf bei Erik, der dafür sorgte, dass sie im nächsten Hafen abgeholt und nach Sylt zurückgebracht wurde. Dort war er dann womöglich schon bei einem Arzt vorstellig geworden, der sich mit Altersverwirrtheit auskannte. Würde er ihr glauben, wenn sie ihm erklärte, dass sie die Demenzkranke nur gespielt hatte? Vielleicht. Aber dann blieb immer noch die Frage, wie sie ihm erläuterte, warum sie in den Gepäckraum geraten war.

Mamma Carlotta beschloss zu warten. Mittlerweile hatte sie sich an die Finsternis gewöhnt, musste nicht mehr den roten Punkt anstarren, um die Schwärze zu ertragen, und schaffte es sogar manchmal, die Augen zu schließen und sich einzubilden, dass sie in einem taghellen Raum saß. In ihr war ein Grund erwacht, auf den Erfolg des Wartens zu hoffen. Denn es hatte sich etwas verändert. Die Geräusche des Schiffes waren anders geworden, erst lauter, dann unregelmäßiger. Eine Unruhe war zu spüren, die einen Grund haben musste. Das Schiff glitt nicht mehr durch die Wellen, weit vom Land entfernt, auf einer geraden Linie, mit einer Geschwindigkeit, die sich nicht veränderte. Sie war nun davon überzeugt, dass es einen Punkt ansteuerte. Und obwohl sie die Ziffern ihrer Armbanduhr nicht erkennen konnte, wurde ihr klar, dass der Hafen IJmuiden nicht mehr weit sein konnte. Und warum sollte dort nicht das eine oder andere Besatzungsmitglied von Bord gehen? Ein Holländer, der zu seiner Familie zurückwollte. Ein Philippino, der in Amsterdam ein Flugzeug in seine Heimat nahm. Irgendjemand von der Crew, der in den Niederlanden seinen Urlaub verbringen wollte. Wenn das so war, dann musste bald jemand den Gepäckraum öffnen, um seinen Koffer herauszuholen. Bald, sehr bald. Doch kaum hatte sie diesen Gedanken gefasst, begann sie erneut zu zweifeln. War es nicht längst zu spät dafür? Jemand, der in Kürze von Bord ging, hatte vermutlich bereits seine Sachen gepackt?

Jetzt spürte sie eine Bewegung, das Schiff änderte seine Richtung. Und es wurde langsamer. Der Motor dröhnte, ein Rumoren erfüllte den Schiffskörper, als hätte er Mühe mit seiner Stabilität. Er schwankte, obwohl Mamma Carlotta vorher zu der Ansicht gekommen war, dass ein Schiff dieser Größe gar nicht schwanken konnte. Nun war sie ganz sicher: Der Hafen, der die

Nordsee mit Amsterdam verband, lag direkt vor ihnen. Und ihre Hoffnung nährte sich an einer weiteren Erkenntnis: Sie würden einen ganzen Tag in IJmuiden liegen, die Passagiere sollten die Gelegenheit bekommen, ins nahe Amsterdam zu fahren, um sich die Stadt anzusehen. Ein Besatzungsmitglied, das von Bord gehen wollte, hatte also Zeit, seinen Seesack zu packen. Vielleicht wurde die Tür sogar, nachdem sie einmal geöffnet worden war, gar nicht wieder zugeschoben, solange das Schiff im Hafen lag? Sie konnte noch immer darauf vertrauen, aus dem Gepäckraum zu flüchten, ohne gesehen zu werden. Erst wenn das Schiff angelegt hatte, wenn es zur Ruhe gekommen war und sich ihr Gefängnis noch immer nicht geöffnet hatte, wollte sie versuchen, durch lautes Schreien auf sich aufmerksam zu machen. Keine Minute vorher! Der Gedanke an Carolin machte ihr zwar zu schaffen, aber sie würde ihre Großmutter vielleicht gar nicht vermissen. Womöglich glaubte sie, die Nonna stehe an der Reling, um sich das Einlaufen nicht entgehen zu lassen. Möglich aber auch, dass Carolin und Tilman sich einen einsamen Platz auf dem oberen Deck gesucht hatten, um von dort auf den nächtlichen Hafen zu blicken und zu beobachten, wie das Schiff anlegte. In dem Fall hatte ihre Enkelin noch gar nicht bemerkt, dass ihre Großmutter verloren gegangen war.

Sie erhob sich schwerfällig, dehnte ihre Glieder, tastete mit beiden Händen ihre Umgebung ab … dann hörte sie erneut Schritte. Die Schritte mehrerer Menschen. Und Stimmen! Schließlich ein Kratzen, ein Reißen, ein Poltern. Sie machte sich so klein wie möglich. Keinen Moment zu früh wollte sie sich zeigen …

Wiebkes Ungeschicklichkeit war Eriks Glück. Als er den Kliffkieker endlich verließ, waren mehrere Minuten vergangen. Wenn er Pech hatte, saß Wiebke schon in ihrem Auto und raste gen Norden. Es würde schwer sein, sie einzuholen und zu verfolgen, ohne dass sie etwas bemerkte. Aber er sah schon, als er an den

Admiralsstuben ankam, dass Wiebke mal wieder Opfer ihrer Tollpatschigkeit geworden war. Sie hatte den Parkplatz neben dem Minigolfpatz schon erreicht, jedoch augenscheinlich in ihrer Eile einen Begrenzungspfahl übersehen, war gegen ihn geprallt und saß nun am Boden, den Pfahl im Arm und augenscheinlich ein wenig benommen. Erik wäre im ersten Impuls beinahe zu ihr gelaufen, um ihr aufzuhelfen, sie zu fragen, ob sie sich verletzt habe, ob ihr etwas wehtue ... aber er hielt sich zurück. Wiebke durfte nicht wissen, dass er die Absicht hatte, ihr zu folgen.

Also konnte er nur zusehen, wie sie sich mühsam aufrappelte, den rechten Fuß anhob und ihn vorsichtig im Gelenk drehte. Die Absätze ihrer High Heels trugen an dem Unfall anscheinend eine gehörige Mitschuld. Vorsichtig machte sie einen Schritt, noch einen, humpelnd zunächst, aber dann immer sicherer. Erik stellte erleichtert fest, dass sie den Sturz ohne ernsthafte Blessuren überstanden hatte.

Kurz darauf fiel ihre Autotür ins Schloss, und schon heulte der Motor auf. Erik verbarg sich, so gut es ging, bis Wiebke in die Dünenstraße eingebogen war, dann lief er zu seinem Wagen, der direkt vor den Admiralsstuben stand. Obwohl sein alter Ford sofort ansprang und er ganz gegen seine Gewohnheit Gas gab, statt langsam und bedächtig in Fahrt zu kommen, war von Wiebke nichts mehr zu sehen, als er in die Berthin-Bleeg-Straße einbog. Erst an ihrem Ende, wo sie auf die abknickende Hauptstraße stieß, sah er in der Ferne den Kastenwagen, der in halsbrecherischem Tempo auf den Kreisverkehr bei Feinkost Meyer zuraste. Zum Glück war der Verkehr fast zum Erliegen gekommen. Erik pfiff ebenso wie Wiebke auf Verkehrsvorschriften und Geschwindigkeitsbegrenzungen. Er war ein Polizeibeamter im Einsatz! Er durfte so was.

Wiebke durfte es nicht, fuhr trotzdem, so schnell sie konnte, auf Kampen zu und nahm den Fuß nicht vom Gas, als sie das Ortseingangsschild passierte. Mit unverminderter Geschwindigkeit raste sie durch Kampen, was Erik nicht fertigbrachte. Auch ein Polizist im Einsatz durfte kein Menschenleben gefährden. Wiebke dagegen ließ alle Vorsicht fahren. Als sie Kampen verließ, fuhr sie noch schneller als vorher. Aber Erik schaffte es, den Anschluss zu halten.

Welches Ziel steuerte sie an? Er hatte fest damit gerechnet, dass Leo Schwickerat in Kampen gesehen worden war, dass sie ihn dort stellen, fotografieren und womöglich seine Überraschung ausnutzen und ihm ein Interview aufzwingen würde. Aber Wiebkes Ziel war offenbar List. Was mochte Leo Schwickerat nach List ziehen? Vielleicht wusste Wiebke es und suchte nun nach Bestätigung? Sie hatte ihn einmal hinter der Bäckerei erwischt, womöglich rechnete sie damit, ihn dort ein zweites Mal anzutreffen. Wenn ja, dann würde sie Erik Rede und Antwort stehen müssen. Noch einmal wollte er sich nicht damit abspeisen lassen, dass Leo Schwickerat plötzlich verschwunden gewesen war und Wiebke nicht mitbekommen hatte, wohin.

Sie zögerte an keiner Einmündung, an keiner Kreuzung. Erst als die Bäckerei Poppinga in Sicht kam, nahm sie den Fuß vom Gas. Erik beschlich ein ungutes Gefühl. Ob Klaas schon wieder auf dem Rückweg war? Hatte er Sünje bereits in ihrer Wohnung abgesetzt und fuhr nun nach Westerland zurück? Nein, dann hätte er ihm entgegenkommen müssen. Vielleicht hatte Sünje ihn angefleht, noch eine Weile bei ihr zu bleiben, weil ihr gerade in dem Moment eingefallen war, wie traurig sie Gregors Tod machte. Oder … war Klaas nach Hause gefahren? Hatte er sich gesagt, dass es schon zu spät war, um noch einmal zurückzukehren? Dass es vernünftiger war, sich ins Bett zu legen, statt zuzusehen, wie die Freunde immer betrunkener wurden? Womöglich musste er auch morgen schon in aller Herrgottsfrühe in der Backstube seine Arbeit tun.

Erik fuhr nun langsamer und hielt schließlich am Straßenrand an. Eilig löschte er das Licht, damit Wiebke keinen Verdacht schöpfte, aber sie sah sich gar nicht um, als sie ausstieg und auf die Bäckerei Poppinga zuging. Was wollte sie dort? Erwartete sie wirklich, Leo Schwickerat noch einmal in Klaas' Garten zu erwischen? Nein, das konnte nicht sein …

Erik überfiel mit einem Mal die Enttäuschung wie ein Schmerz, der ihn völlig überraschend traf und ihn wehrlos machte. Warum war er nicht gleich darauf gekommen? Leo Schwickerat war nur ein Vorwand gewesen! Er starrte Wiebkes Gestalt an. Konnte das wirklich sein? Die Erkenntnis stieg wie schwere Übelkeit in ihm auf. Ja, so musste es sein!

Nun wurde aus seiner Enttäuschung heftiger Zorn. Er bemühte sich nicht mehr, leise und unauffällig zu agieren. Er warf die Autotür ins Schloss und lief die Straße hinab, bis er an den Schaufenstern der Bäckerei angekommen war. Dahinter war alles dunkel. Der Lieferwagen war nirgendwo zu sehen, Klaas hatte ihn vermutlich in die Garage gefahren.

Erik lief ums Haus herum, ohne darauf zu achten, ob er gehört oder gesehen wurde. Der Eingang, der in die erste Etage, in Klaas' Wohnung, führte, war ebenfalls dunkel. Hinter der Tür mit den braunen Glaseinsätzen gab es kein Licht. Erik wusste, dass das Licht des Hausflurs automatisch anging und erst nach einer gewissen Zeit von selbst wieder erlosch. Diesen Eingang hatte Wiebke also nicht genommen, sondern war in den Garten gegangen. Hatte sie mit Klaas verabredet, dort das Haus zu betreten, wo niemand sie beobachten konnte?

Nun bewegte er sich doch auf Zehenspitzen und bemühte sich, so leise zu sein, dass Wiebke ihn nicht bemerkte. Vorsichtig lugte er um die Hausecke herum. Sah er eine Bewegung im Garten? Ja, an der Grenze zum Grundstück von Edlef Dickens regte sich etwas. Ein Schatten an der Wand, dann knirschende Schritte auf dem Kies. Die Nacht war hell genug, Erik sah, dass die Garage an der hinteren Seite eine Tür hatte, daneben gab es den Kellereingang, durch den Klaas schon als Schuljunge ins Haus gelangt war, wenn er den Schlüssel vergessen hatte.

Erik drehte sich um und ging zur Straße zurück. Er fuhr sich über die Augen, weil er plötzlich alles verschwommen sah. Klaas, der Freund, dem er vertraut hatte! Wiebke, die Frau, die er liebte! Oder … geliebt hatte? Er wusste nicht, ob es vorbei war. Er wusste nicht einmal, ob er wollte, dass es vorbei war, oder ob er versuchen wollte, sie zurückzuerobern. Er fühlte sich schwach und elend, als er seinen Wagen aufschloss. Ein Kampf gegen den attraktiven Klaas Poppinga? Wie sollte er den gewinnen?

Er wendete und fuhr langsam zurück. Kein Auto überholte ihn, keins kam ihm entgegen. Es schien, als wäre er allein auf der Insel. Allein mit dem sternenklaren Himmel, der Straße vor ihm, den Dünen, die auch bei Dunkelheit zu erkennen waren. Er hatte sich noch nie so einsam gefühlt. Doch, einmal! Das war nach Lucias Tod gewesen. Da war er den Strand entlanggelaufen und hatte die Wellen angeschrien. Ja, damals war er ebenfalls grenzenlos allein gewesen. So lange, bis er nach Hause zurückgekehrt war und seine Kinder ihn mit verweinten Augen angeblickt hatten. Diesmal würden sie ihn vielleicht mitleidig anlächeln. Und dann würden sie ihn in das Leben zurückziehen, das er mit ihnen geführt hatte, bevor er Wiebke kennenlernte. Und irgendwann würde er sich darin wieder wohlfühlen. Wiebke zu verlieren, das war leichter. Lucia war von seiner Seite gerissen worden, ohne ein letztes Wort, ohne dass er ihr noch einmal sagen konnte, wie sehr er sie liebte. Wiebke würde sich wohl davonschleichen, das war leichter zu ertragen. Oder würde sie bereit sein, ihm zu erklären, warum sie ihn verließ? Plötzlich fand er in dieser Frage Trost. Ja, er würde darauf bestehen, dass sie es ihm erklärte. Er würde ihr die Trennung nicht leicht machen, indem er ihr die Erklärung abnahm. Nein, er wollte warten. Wiebke sollte ihm sagen, wann ihre Liebe zu ihm verloren gegangen war.

Erik war gerade wieder in Kampen angekommen, da musste er an den Straßenrand fahren, um sich die Augen zu wischen und die Nase zu putzen. Wenn er danach sofort weitergefahren wäre, hätte er den Mann auf der anderen Straßenseite vielleicht nicht zur Kenntnis genommen. Er war dunkel gekleidet und bewegte sich vor einem dunklen Hintergrund. Den Kopf hatte er zwischen die Schultern, die Hutkrempe tief ins Gesicht gezogen, den Kragen seines Trenchcoats hochgeschlagen. Ein großer Mann, in leicht gebeugter Haltung. Kein junger Mann mehr.

Und plötzlich durchfuhr Erik ein Gedanke wie ein Sturm, eine Idee wie eine Windbö. Seine Trauer wurde aufgewirbelt und weggeblasen, als wäre sie leicht wie eine Feder. So hatte Wiebke den berühmten Pianisten beschrieben. Und so hatte er selbst Leo Schwickerat gesehen, als er im Archiv nach Fotos von ihm gesucht hatte. Die Größe stimmte, die Haltung auch, ebenso seine Gewohnheit, sich unauffällig zu kleiden, wenn er nicht gesehen werden wollte. Von dieser Gewohnheit wusste mittlerweile jeder Reporter, dennoch hielt Leo Schwickerat am Trenchcoat und dem Hut mit der breiten Krempe fest, wenn er nicht erkannt werden wollte, und schien immer noch an Unauffälligkeit zu glauben.

Er legte den ersten Gang so vorsichtig ein, als könnte ein Geräusch des Getriebes ihn verraten. Der Mann überquerte die Straße, ohne sich umzublicken, und bog in den Wattweg ein. Erik hatte gelesen, dass Schwickerat seit einem Autounfall eine leichte Gehbehinderung hatte. Seine Schritte waren unregelmäßig, das rechte Bein zog er ein wenig nach. Nur auf den zweiten Blick zu erkennen! Aber hier, in der Nacht, vor einer Kulisse, wo es nichts gab, was von ihm ablenkte, sah Erik es. Die Sicherheit, dass er Leo Schwickerat vor sich hatte, nahm zu. Und die Frage, was er nachts in Kampen machte, verdrängte alles andere.

Der Wattweg war lang, die Grundstücke waren groß, die Häuser versteckten sich hinter Rosenwällen und dichtem Buschwerk. Erik hielt an und machte das Licht aus. Er wartete, bis Leo Schwickerat kaum noch zu erkennen war, dann startete er den Wagen erneut und fuhr, ohne die Scheinwerfer einzuschalten, weiter. Schwickerat schien das Motorengeräusch nicht wahrzunehmen. Jedenfalls drehte er sich nicht um. Wieder hielt Erik am rechten Straßenrand und dachte nach. Schwickerat durfte nicht merken, dass er verfolgt wurde!

Erik stieg aus und drückte die Tür ins Schloss. So schnell er konnte, huschte er im Schatten der Friesenwälle voran und behielt die dunkle Gestalt im Auge. Er musste sich sehr anstrengen, um sie nicht zu verlieren. Schwickerat hielt es genauso wie er selbst. Er lief nicht auf der Straße, sondern nutzte den Schutz der Wälle und Büsche.

Nun schien es, als bewegte er sich langsamer voran. Erik sog scharf die Luft ein, als ihm klar wurde, dass Leo Schwickerat sich dem Haus näherte, in dem Sünje Poppinga wohnte. Aus dem stürmischen Gedanken wurde nun regungslose Angst. Was führte der Kerl im Schilde? Plötzlich wurde Erik wieder unsicher. Handelte es sich wirklich um Leo Schwickerat? War er der Mann, der schon einmal durch den Garten des Hauses geflohen war? Ein Verbrecher? Ein Mann mit finsteren Absichten? Ein Dieb? Ein Mörder? Einer, der es auf Sünje abgesehen hatte? Aber warum? Was hatte Sünje getan? Eine Frau wie sie forderte keinen Kriminellen heraus. Höchstens einen, den das Schwache, Kindliche reizte. Also war sie doch in Gefahr?

Erik zog sein Handy hervor und wählte Sörens Nummer. Einfacher wäre es gewesen, die Lister Kollegen zu alarmieren, aber er wollte diese Angelegenheit selbst erledigen. Das war sein Fall! Das Erscheinen dieses Mannes, ob es nun wirklich Leo Schwickerat war oder nicht, konnte mit dem Mordfall Gregor Imhoff zusammenhängen. Und mit dem Arabella-Dieb. Womöglich verfolgte er gerade den Täter, nach dem er suchte. Aber was hatte Sünje mit ihm zu schaffen? Und wenn sich herausstellen sollte, dass es wirklich Leo Schwickerat war, konnte dieser berühmte Pianist tatsächlich etwas mit seinen Fällen zu tun haben? Obwohl er in der Nacht des Einbruchs bei Edlef Dickens in der Nähe fotografiert worden war, fiel es Erik nach wie vor schwer, daran zu glauben.

Endlich meldete sich Sören. Seine Stimme klang verschlafen,

er brauchte eine Weile, bis er verstand, dass sein Chef am anderen Ende der Leitung war. »Was ist los?« Nun war er hellwach.

Erik zog sich kurz in ein Gebüsch zurück, damit er nicht gehört wurde. Mit wenigen geflüsterten Sätzen erklärte er Sören, dass er Verstärkung brauchte. Die Kollegen aus Westerland sollten das Haus umstellen, und Sören musste so schnell wie möglich zu ihm kommen. »Ich behalte die Sache im Auge. Sobald Sünje Gefahr droht, stürme ich das Haus. Meine Dienstwaffe habe ich dabei.«

Als er das Gespräch beendet hatte, schlich er weiter. Das Haus, in dem Sünje wohnte, war nun zu erkennen, und plötzlich war von dem Mann nichts mehr zu sehen. Erik begann zu schwitzen. Hätte er doch besser die Notrufnummer gewählt? Die Lister Kollegen wären in wenigen Minuten zur Stelle, um zu helfen. Bis Sören mit einem Streifenwagen in List ankam, war womöglich zu viel Zeit verstrichen.

Dann sah er, dass hinter Sünjes Wohnzimmerfenster noch Licht brannte. Sie war nicht gleich zu Bett gegangen, nachdem Klaas sie nach Hause gebracht hatte. Diese Tatsache beruhigte Erik. Ein Einbrecher würde warten, bis sie schlief, damit hatte er Zeit gewonnen. Andererseits ... Sünjes Vermieter waren schwerhörig, die Gegend war einsam, viele der Zweitwohnsitze waren unbewohnt, niemand würde Sünje hören, wenn sie um Hilfe rief.

Er huschte geduckt weiter, sah sich immer wieder um, bewegte sich erst wieder vorwärts, wenn er sicher war, dass niemand ihn sah. Wo war Schwickerat geblieben? Wurde Erik mittlerweile von ihm beobachtet? Musste er sich auf einen Angriff gefasst machen?

In diesem Moment hörte er die Haustür knarren. Der Mann war ins Gebäude eingedrungen. Vermutlich mithilfe eines Dietrichs, sämtliche Schlösser in diesem Haus waren ja uralt. Sicherheitsschlösser gab es dort gewiss nicht.

Erik hielt nun nichts mehr. Er zog seine Dienstpistole und

rannte auf die Haustür zu. Dort setzte er den Daumen auf den oberen der beiden Klingelknöpfe. Er drückte und drückte, hörte die Schelle, aber es rührte sich nichts.

Er warf sich gegen die alte Holztür, einmal, zweimal, dann sprang das Schloss auf, und er stand im Treppenhaus. Hinter der Tür der alten Vermieter blieb es still. Entweder waren sie vor Angst erstarrt oder aber sie hatten nichts mitbekommen, schwerhörig wie sie waren.

Erik wartete eine Weile, bis das Blut nicht mehr in seinen Ohren rauschte und sein Herzschlag sich beruhigt hatte. Nun endlich konnte er lauschen. Kamen Geräusche von oben? Sünje musste gehört haben, dass jemand ins Haus eingedrungen war. Das Kreischen des Schlosses, das Krachen des Holzes. Die Stille der Nacht war gewaltsam durchschnitten worden. Das konnte ihr nicht entgangen sein. Erik wartete auf einen Hilferuf, aber es war still in ihrer Wohnung. Sorgte der Mann dafür, dass Sünje ruhig blieb? Wie war er überhaupt so schnell in ihre Wohnung gekommen? Hatte er geklingelt? War ihm die Tür geöffnet worden und die Haustür ebenfalls? Wie war es möglich, dass die verängstigte Sünje derart naiv und vertrauensselig reagierte, wenn es mitten in der Nacht bei ihr klingelte? Vielleicht hatte sie angenommen, Klaas wäre zurückgekommen?

Erik schlich die Treppe hoch, darauf gefasst, auf der Stelle eingreifen zu müssen, wenn er Sünje schreien hörte, wenn er befürchten musste, dass sie in Gefahr war. Doch er hörte nur das Geräusch einer Tür in der Wohnung, dann Schritte und danach … Stille. Was war in Sünjes Wohnung geschehen?

Das Licht brach herein wie eine Welle in ein kenterndes Schiff. Carlotta Capella hockte hinter einem großen Koffer und versuchte, sich vor dem Grellen zu schützen, das ihren Augen wehtat, und vor den sich nähernden Stimmen, die sie nicht verstand. Der Einbruch in ihre unfreiwillige Einsamkeit war wie eine Überrumpelung, unter der sie sich zunächst duckte. Obwohl sie

Licht und Stimmen herbeigesehnt hatte, tat ihr nun beides weh. Aber nur kurz, dann tat ihr die Gegenwart anderer gut. Sie fühlte sich wie ein Kind, das in den Keller geschickt worden war, seine Angst hatte überwinden müssen und nun froh war, wieder in der Nähe von Menschen zu sein, selbst wenn es nicht die eigene Familie war. Dennoch widerstand sie dem Impuls aufzuspringen und auf die Tür loszustürmen. Nein, sie ließ sich zunächst nicht blicken. Die Hoffnung, ungesehen aus diesem Raum herauszukommen, war nach wie vor wach.

In ihrer Nähe bewegte sich etwas. Sie erschrak, zog sich noch weiter zurück, dann erkannte sie, dass ein Koffer in Bewegung geriet, der wie ein Dominostein von einem zweiten am anderen Ende der Reihe angestoßen wurde. Doch er fiel nicht um, er schwankte nur leicht und stand dann wieder ruhig da. Kurz darauf hatte das Rumoren ein Ende, Schritte entfernten sich, Mamma Carlotta lauschte mit angehaltenem Atem auf ein Geräusch der Tür. Mit bebenden Lippen, aber lautlos flehte sie den Schutzheiligen ihres Dorfes an, der dafür zuständig war, dass seine Bewohner gesund in die Heimat zurückkehrten. Heiliger Adone von Arezzo!

Es schien zu helfen. Die Tür war nach wie vor geöffnet, das Licht blieb bei ihr, der Weg nach draußen war frei. Vorsichtig richtete sie sich auf und warf einen langen Blick zur Tür. Niemand war zu sehen. Sie lockerte ihre verspannten Kniegelenke und drängte sich zwischen den Koffern hindurch.

Nun war sie nur noch auf Flucht aus. Raus aus diesem finsteren Raum! Auf den Gang, in eine Richtung, in der sie niemanden sah und hoffen konnte, dass sie selbst ebenfalls nicht gesehen wurde. Prompt wurde sie unvorsichtig, rempelte einen der leeren Koffer zur Seite, stieß gegen einen anderen, der umfiel und zwei, drei weitere mit sich riss. Sie sah ihnen erschrocken nach. Der Impuls, etwas in Ordnung zu bringen, was sie angerichtet hatte, war da, aber ihr Fluchtreflex war stärker. Dann jedoch, auf den letzten beiden Schritten zur Tür, sah sie etwas.

Und dieser Anblick ließ sie alles andere vergessen. Ein hoher Koffer, höher als viele andere und von ganz anderem Umriss. Die Form eines Gitarrenhalses ragte über andere Gepäckstücke hinweg. Der Aufkleber der Toten Hosen war zwar nicht zu erkennen, aber Mamma Carlotta war dennoch sicher, dass sie den Gitarrenkoffer sah, den sie suchte. Felix Gitarrenkoffer? Sie zögerte nur kurz, dann war klar, dass sie diese Gelegenheit nicht ungenutzt lassen würde. Sie musste feststellen, ob sie recht gehabt hatte!

Sie stieß einen Koffer zur Seite, drängte sich zwischen zwei andere, fegte eine Tasche aus dem Weg und trat einen Rucksack zur Seite, in dessen Träger ihr rechter Fuß geraten war. Dennoch war sie dem Gitarrenkoffer erst zwei, drei Meter näher gekommen, als sie plötzlich eine barsche Stimme hörte: »Was machen Sie da?«

Sie erstarrte und wagte nicht, sich auch nur einen Zentimeter weiter vorwärtszubewegen. Wie angewurzelt stand sie da und schaffte es nicht einmal, sich umzudrehen. Das gelang ihr erst, als die Stimme mit unverkennbarer Schärfe wiederholte: »Was machen Sie da? Kommen Sie sofort heraus!«

Langsam drehte sie sich um, so langsam, als könnte sie sich damit Zeit verschaffen. Zeit zum Nachdenken, Zeit, sich zu überlegen, wie sie aus dieser misslichen Lage ohne Blessuren herauskam. Langsam auch, weil sie nicht sehen wollte, wer sie erwischt hatte, und weil sie Angst vor dem Gesicht hatte, in das sie blicken würde. Ob sie dann einen Menschen vor sich sah, der mit Phantasie und Temperament von einer hanebüchenen Geschichte überzeugt werden konnte? Oder einen, der nur an Fakten interessiert war und so wie die Polizei nach Indizien und Beweisen verlangte?

Schließlich musste sie dem Mann, dem die wütende Stimme gehörte, ins Gesicht sehen, obwohl ihr noch keine Ausrede eingefallen war, nicht einmal eine absurde, völlig unglaubhafte. In der Tür zum Gepäckraum stand einer der Offiziere, in schmucker weißer Uniform, mit Schulterklappen, auf denen mehrere Sterne prangten, die Mamma Carlotta prompt beeindruckten. Ihr war klar, dass sie nun eine gute Erklärung abgeben musste.

Sie setzte die Miene auf, die sie bei Signora Bianchi oft beobachtet hatte, sah verstört um sich und dann dem Offizier ins finstere Gesicht. »Ist hier la stazione centrale? Ich muss nach Città di Castello. Wissen Sie, wann der Zug fährt?«

Er starrte sie eine Weile sprachlos an, dann sagte er: »Ach, du meine Güte!«

Der Zorn fiel von ihm ab, er kam zu ihr und griff nach ihrem Arm. Ohne ein weiteres Wort führte er sie durch die Gepäckstücke, als wäre nicht nur ihr Geist, sondern auch ihr Bewegungsapparat in Unordnung geraten.

Ein junger Mann erschien in der Tür des Gepäckraums, ein Philippino im blauen Arbeitsoverall. Bevor er eine Frage stellen konnte, sagte der Offizier: »Sie hat hier auf den Zug gewartet.«

Die Augen des jungen Mannes wurden groß, dann zog ein Grinsen über sein Gesicht, und er bewegte die flache Hand vor dem Gesicht hin und her. »Ballaballa?«

Der Offizier nickte. »Sonst hätte sie gemerkt, dass die Tür von innen zu öffnen ist.« Er griff nach dem dicken runden Knauf, der neben dem Schloss saß, und drehte ihn. »Man hätte ihr sagen müssen, dass so der Fahrkartenautomat bedient wird, dann hätte es vielleicht geklappt.«

Beide lachten, und Mamma Carlotta hatte Mühe, ihr Feixen auszuhalten. So froh sie einerseits war, dass die beiden ihr die Altersverwirrtheit abnahmen, so ärgerlich war sie andererseits, dass sie nicht darauf gekommen war, die Tür könne sich von innen öffnen lassen. War sie geistig wirklich nicht mehr auf der Höhe? Ging es mit ihr bergab? Bei Signora Bianchi hatte es auch langsam angefangen, nur gelegentlich hatte sie etwas durcheinandergeworfen, bis sie schließlich völlig orientierungs-

los geworden war. Madonna! Sie musste ihre ganze Kraft auf-
wenden, um nicht zornig oder trotzig, sondern weiterhin verwirrt und sogar unzurechnungsfähig auszusehen.

»Haben Sie Ihre Bordkarte dabei?«, fragte der Offizier und
malte mit den Händen ein Rechteck in die Luft vor ihren Augen.
»Bordkarte?«

Mamma Carlotta griff in den Ausschnitt ihrer Bluse, wo die
Bordkarte gelandet war, die sie wie die meisten Passagiere um
den Hals gehängt hatte.

Der Offizier studierte sie. »Aha, Deck sieben.« Dann nahm er
ihr die Karte vom Hals, als wäre sie dazu selbst nicht fähig, und
reichte sie dem jungen Mann. »Bring sie zurück, Danilo, und
erkundige dich, ob sie schon gesucht wird. Kann auch sein, dass
ihre Angehörigen meinen, sie schliefe ganz friedlich. Dann
wäre sie wohl erst morgen früh vermisst worden.«

Mamma Carlotta schwor sich, mit Signora Bianchi niemals so
umzuspringen, wie die beiden Männer sie behandelten. Wie ein
Kind! Gönnerhaft, von oben herab, ohne ihr einen freien Willen
zu lassen. Zwar lächelte Signora Bianchi immer, wenn sie weg-
geführt wurde, wenn man ihr die einfachsten Dinge erklärte
oder abnahm, doch Mamma Carlotta hielt es dennoch für möglich, dass auch sie die Demütigung empfand, unter der sie selbst
jetzt litt. Dio mio! Wie würde Carolin reagieren, wenn ihre Großmutter in die Kabine geführt wurde, als wäre sie nicht mehr
Herr ihrer Sinne? Dass sie sich damit gerade aus einer sehr un-
angenehmen Lage befreit hatte, konnte sie im Moment nicht
glücklich machen.

Erik schlug mit der Faust an Sünjes Wohnungstür. »Aufmachen!« Er schwitzte vor Angst, und gleichzeitig spürte er eine
Eiseskälte über seinen Körper kriechen. »Sofort aufmachen!«

Aber in der Wohnung regte sich nichts mehr, auf seine Aufforderung gab es keine Reaktion. Er lauschte, obwohl es ihm
schwerfiel, die Besonnenheit dafür aufzubringen, und bemühte

ein letztes Mal die Klingel. Nun meinte er ein Geräusch zu hören! Scharrende Schritte, ein Schleichen, ein Huschen. Ein Wispern? Möglich, dass ihn der Wind narrte, der ums Haus strich. In der Sorge um Sünje meinte er sogar, ein Schluchzen zu hören.

Erik machte ein paar Schritte zurück, dann nahm er Anlauf und warf sich mit der linken Schulter gegen die Wohnungstür. Holz splitterte, das Schloss sprang auf, die Tür hing schief in den Angeln, als er die Wohnung betrat, die Pistole im Anschlag. Seine Schulter schmerzte, aber er nahm es kaum zur Kenntnis. »Sünje?«

Wieder glaubte er, ein Geräusch zu hören, aus dem Raum, das dem Wohnzimmer gegenüberlag. Er stieß mit dem Fuß die Tür auf, presste sich dann mit dem Rücken an die Wand des Flurs und wartete auf eine Reaktion. Als alles still blieb, sprang er in die Türöffnung, bereit, jederzeit zu schießen, wenn er Sünje aus einer Gefahr retten konnte.

Sie stand in der Nähe des Fensters, in einem rosa Frottee-schlafanzug, die Arme um den Körper gewickelt, und sah ihn ängstlich und erschrocken an. Es machte den Anschein, als wäre sie aus dem Schlaf aufgeschreckt worden und sei aus dem Bett gesprungen, als ihre Wohnungstür gewaltsam geöffnet worden war. Aber Erik registrierte, dass ihr Bett unberührt war.

»Erik«, flüsterte sie. »Warum tust du das?«

»Wo ist der Kerl?«

»Was für ein Kerl?« Sünjes Stimme war schwach, sie machte einen zaghaften Schritt auf Erik zu. »Was ist los?«

Erik antwortete nicht. Er wirbelte herum, lief auf den Flur und stieß die Tür des Wohnzimmers auf. Noch ehe er es mit vorgehaltener Pistole betrat, bemerkte er, dass das Fenster offen stand. »Verdammt!«

Er blickte hinaus und erkannte sofort, wie einfach es war, aus diesem Fenster zu springen. Auch für einen älteren Mann, wenn er einigermaßen sportlich war. Unter dem Fenster befand sich ein kleiner Anbau, auf dessen Dach der Mann gesprungen sein musste, an der Wand standen zwei Mülltonnen, auf die er sich vermutlich herabgelassen hatte. Von dort war er mit einem Satz auf dem Boden gewesen und hatte fliehen können.

Vorsichtshalber kontrollierte Erik noch die Küche und das Bad, aber er fand nichts Verdächtiges und ging ins Wohnzimmer zurück. Sünje folgte ihm zögernd.

Erik zeigte auf das offene Fenster. »Ich gehe davon aus, dass es geschlossen war?«

Sünje zögerte. »Ich habe gelüftet, als ich heimkam. Kann sein, dass ich vergessen habe, das Fenster zu schließen.«

»Du hast schon geschlafen?« Erik dachte an das unberührte Bett in Sünjes Schlafzimmer.

Sie schüttelte den Kopf. »Ich wollte mich gerade hinlegen.«

Erik ließ sich in einen Sessel sinken und zeigte auf den anderen, damit auch Sünje sich setzte. Erstaunt beobachtete er, dass sie auch diesmal, nachdem sie sich niedergelassen hatte, kurz den Unterkörper anhob und ihren Slip zurechtzerrte. Sie trug also Unterwäsche unter ihrem Schlafanzug. Nun griff sie auch zwischen ihre Brüste und zog dort etwas herab, was in die Höhe gerutscht war. Sie ging sogar mit BH schlafen?

»Was ist denn passiert, Erik?«, fragte sie mit kindlicher, weinerlicher Stimme.

»Ich habe einen Mann beobachtet, der in dieses Haus eingedrungen ist.« Er korrigierte sich: »Der vielleicht eingelassen wurde oder einen Schlüssel besaß ... Jedenfalls hat er sich verdächtig benommen.«

Sie sah auf ihre Füße. »Vielleicht bei den Plogmakers?«

Erik warf ihr einen misstrauischen Blick zu, dann stand er auf und lief ins Erdgeschoss. Das alte Ehepaar Plogmaker stand im Nachtzeug vor seiner Wohnungstür, schweigend und zitternd. Die beiden blickten die Treppe hoch, als dächten sie darüber nach, ob ihre Mieterin Hilfe brauchte, und wenn ja, was in diesem Fall zu tun sei.

»Sie sind Polizist«, stellte der alte Plogmaker fest und wurde von seiner Frau angesehen, als hielte sie ihn für geschwätzig.

Durch Eriks Kopf schoss der Gedanke, dass sich ein Mensch im Nachtzeug, in der Zurschaustellung seiner Gewohnheiten, noch mehr entblößte als mit reiner Nacktheit. Der alte Plogmaker trug eine längs gestreifte braun-beige Pyjamahose, die nicht wesentlich jünger war als er selbst, hatte Pantoffeln an den Füßen, die ihm zwei Nummern zu groß waren, und einen geblümten Bademantel über den Schultern, den er wohl kurz nach der Hochzeit von seiner Frau übernommen hatte, nachdem sie im ersten Glück ihrer Ehe an Gewicht zugelegt hatte. Er war nicht geschlossen worden, darunter konnte Erik eine fahle Brust mit spärlicher Behaarung erkennen. Er war in dieser Kleidung so nackt und angreifbar, dass Erik Mitleid mit ihm hatte. Ebenso mit seiner Frau, deren bodenlanges Nachthemd die nackten Füße freiließ, die alles andere als sauber waren und so lange Fußnägel hatten, dass ihr wohl nur noch die großen, klobigen Holzschuhe passten, die neben der Eingangstür standen. Ihren grauen Haarknoten hatte sie gelöst, die dünnen Strähnen fielen ihr über die Schultern und gaben ihre etwas Hexenhaftes. Der gichtgekrümmte Finger, der zur Haustür zeigte, erinnerte Erik an das Märchen von Hänsel und Gretel.

»Haben Sie das gemacht?«, fragte sie mit erstaunlich kräftiger Stimme, während ihr Mann erleichtert war, dass sich die Polizei eingefunden hatte und sie keine Angst mehr zu haben brauchten.

Erik erklärte den beiden, was ihn zu dieser Maßnahme veranlasst hatte, versicherte, dass die Polizei für den Schaden aufkommen würde, und verlangte dann, einen Blick in ihre Wohnung zu werfen, damit er sicher sein konnte, dass der gesuchte Mann sich nicht dort verbarg. Die Kargheit der Wohnungsausstattung, all das Ärmliche, das es in Kampen sonst nirgendwo gab, setzte ihm zu. Das Schlafzimmer der Plogmakers, das nur das Doppelbett und einen schmalen Spind besaß, die Küche mit dem alten

Herd, dem riesigen Spülstein und dem klapprigen Küchenschrank, das Wohnzimmer, wo die beiden Alten sich anscheinend am Abend ausgezogen hatten, denn ihre Tageskleidung und die Unterwäsche hing über den beiden Stühlen, die es dort gab.

Der Mann, von dem Erik immer noch sicher war, dass er in dieses Haus gelangt war, blieb verschwunden. Als Sören eintraf, beauftragte er ihn, dafür zu sorgen, dass das Haus notdürftig, aber sicher verschlossen wurde und gleich am nächsten Tag die notwendigen Reparaturarbeiten vorgenommen wurden. Dann stiegen sie gemeinsam in die erste Etage hoch, nachdem sie den alten Plogmakers ein weiteres Mal versichert hatten, dass sie ohne Sorge zu Bett gehen konnten.

»Sind Sie sicher, Chef«, raunte Sören auf der Treppe, »dass der Kerl in diesem Haus war?«

Erik nickte, obwohl die Sicherheit längst von ihm abgefallen war.

»Und Sie sind auch sicher, dass es Leo Schwickerat war?« Sören blickte ihn derart ungläubig an, dass Erik sich zur Wahrheit entschloss.

»Nein, sicher bin ich nicht. Aber es könnte der Mann sein, der schon vor Klaas und Wiebke geflohen ist.«

»Das war angeblich auch Schwickerat.«

»Angeblich«, wiederholte Erik. »Sicher waren sich auch Klaas und Wiebke nicht.«

Klaas und Wiebke! Er spürte, wie schwer es ihm fiel, diese beiden Namen auszusprechen, als gehörten sie zusammen. Klaas und Wiebke! Die beiden allein, im Haus der Bäckerei Poppinga! In Klaas' Schlafzimmer?

Sünje empfing sie an der Wohnungstür. Noch immer trug sie den rosa Frotteeschlafanzug, hatte darauf verzichtet, sich etwas überzuziehen. So war sie früher manchmal in Klaas' Zimmer erschienen, wenn sie nicht einsehen konnte, dass die Jungen etwas spielen wollten, was mit einem kleinen Mädchen keinen

Spaß machte. Sie hatte dagestanden und sich geweigert zu gehen.

Erik schob sie in den Flur und die Tür notdürftig zu, die sich nicht mehr schließen ließ. »Hat Klaas öfter Frauengeschichten?«

Sünje sah ihn verblüfft an, und Erik merkte, dass Sören nicht minder überrascht war. Trotzdem setzte er nach: »One-Night-Stands? So wie Gregor Imhoff!«

Sünje drehte sich um, lief ins Wohnzimmer, warf sich dort aufs Sofa und begann zu weinen. Sören folgte ihr, während Erik auf dem Flur stehen blieb.

»Was soll das, Chef?«, warf Sören über die Schulter zurück. »Was haben die Gewohnheiten von Klaas Poppinga mit unserem Fall zu tun?«

Dann hörte Erik, dass sein Assistent versuchte, Sünje zu beruhigen. Er selbst ging ins Schlafzimmer, betrachtete Sünjes Bett, die Kleidung, die sie am Abend getragen hatte und die jetzt unordentlich auf einem Stuhl lag. Er ging ins Wohnzimmer und unterbrach Sörens tröstende Worte. »Warum bist du nicht gleich schlafen gegangen?«, fragte er, ohne auf Sünjes Weinen einzugehen. »Du warst doch so müde.«

Sie sah auf, das Gesicht voller Tränen, die Wangen gerötet, den Mund halb offen. Erik rechnete damit, dass sie ihm weismachen wollte, sie habe schon geschlafen. Dann aber antwortete sie: »Ich habe noch Klavier gespielt. Ich habe gemerkt, dass ich noch nicht zur Ruhe kommen konnte.«

Erik setzte sich ihr gegenüber. Sie starrte ihn an, als hätte sie Angst vor ihm. »Noch einmal, Sünje: War hier ein Mann bei dir?«

Sie schüttelte den Kopf.

»Hast du jemanden gesehen? Im Garten? Vom Fenster aus?«
Wieder schüttelte sie den Kopf.

»Kannst du dir vorstellen, was jemand hier wollen könnte? In diesem Garten? Vor diesem Haus? Mitten in der Nacht?«

Bevor sie erneut den Kopf schütteln konnte, nahm Sören ihre Hand. »Sie brauchen keine Angst zu haben. Gleich werden die Kollegen kommen, die die Türen wieder in Ordnung bringen. Wenn dieser Mann wirklich etwas von Ihnen wollte, wird er keine Chancen haben, hier noch einmal einzudringen.«

Erik fragte sich, wie Sören einen solchen Unsinn reden konnte. Jeder Mann mit finsteren Absichten würde überall eindringen können, wenn er über das entsprechende Werkzeug und genug Skrupellosigkeit verfügte. Erst recht, wenn sich ihm nur zwei alte Leute und eine schwache Frau entgegenstellten. Aber noch mehr fragte er sich, warum Sünje gar nicht den Eindruck machte, als hätte sie Angst.

IJmuiden lag vor ihnen, einer der vorgelagerten Häfen von Amsterdam, in dem die ›Arabella‹ anlegen würde. Die Stadt war einige Kilometer entfernt, weit genug, um nichts zu sehen von hellen Lichtern oder nächtlichem Autoverkehr. Im Jachthafen, der sich dem großen Hafenbecken für die Kreuzfahrtschiffe anschloss, war alles ruhig. Ein paar Laternen blinkten, und in den weißen Holzhäuschen, die zum Jachthafen gehörten, war alles ruhig. Dem Stahlwerk schenkte Mamma Carlotta keinen Blick, aber den Leuchtturm von IJmuiden bewunderte sie ausgiebig, als sie jemanden sagen hörte, er sei von Quirinus Harder entworfen worden. Sie hatte keine Ahnung, wer das war, fand aber, dass es sich bedeutend anhörte und sie darauf mit Bewunderung antworten sollte.

Viele Passagiere hatten sich an Deck eingefunden, diejenigen, die noch gar nicht schlafen gegangen waren, und all die, die vom Rumoren der Schiffsmotoren aufgewacht waren und nun der Stadt entgegensehen wollten. Das Einlaufen in einen Hafen gehörte zu den schönsten Momenten einer Kreuzfahrt, das hörte Mamma Carlotta eine Frau auf dem Nachbarbalkon sagen. Und sie gab ihr heimlich recht. Was für ein erhabenes Gefühl, einem Ziel entgegenzusehen, das mit majestätischer Langsamkeit angesteuert wurde! Dass am Kai nur drei Männer auf das Schiff warteten, die die riesige ›Arabella‹ festmachen sollten, machte Mamma Carlotta unruhig. Aber dann sagte sie sich, dass der Kapitän wissen musste, worauf er sich einließ. Ansonsten war der Hafen menschenleer. Nur in der Ferne waren zwei Reisebusse zu erkennen, hinter den Fenstern gab es Bewegung. Neue Passagiere für die ›Arabella‹?

Mamma Carlotta schloss die Augen. Amsterdam! Wer hätte gedacht, dass sie jemals eine solche Stadt sehen würde! Eine Stadt, in der es einen jungen König gab, eine schöne Königin und drei entzückende Prinzessinnen, deren Fotos häufig in Frauenzeitschriften zu bewundern waren. Mamma Carlotta war es, als wäre sie der Königsfamilie sehr nah, die in allen Zeitungsberichten so fern war. Die Reise nach Sylt war, als sie sie zum ersten Mal angetreten hatte, das größte Abenteuer für sie gewesen, das sie sich vorstellen konnte. Und nun stand sie auf dem Balkon eines Kreuzfahrtschiffes und sah dem Anlegen in einem niederländischen Hafen zu. Und morgen würde es nach Southampton weitergehen. Ein Hafen in der Nähe von London, wo es ebenfalls eine Königsfamilie gab! Das Glück umschloss sie so fest, dass sie nicht einmal bedauerte, es nicht teilen zu können. Denn gerade für diese Tatsache hatte sie sich soeben bei dem Schutzheiligen ihres Dorfes ausgiebig bedankt.

Danilo hatte sie zu ihrer Kabine geführt, obwohl sie ihm immer wieder versichert hatte, dass sie nun gut und gerne alleine weitergehen könne. Nein, er hatte darauf bestanden, sie einem Angehörigen zu übergeben, damit er sicher sein konnte, dass sie nicht noch einmal auf eigene Faust die Kabine verlassen und irgendwo landen würde, wo sie sich nicht selbst befreien konnte. Er hatte sie sogar mit einer Hand festgehalten, während er mit der anderen an die Kabinentür geklopft hatte. Mamma Carlotta war voller Dankbarkeit gewesen, als Carolin nicht öffnete, hatte dann von Danilo die Bordkarte verlangt, um die Tür selbst zu öffnen. Er hatte sie ihr nur ungern überlassen und ihr misstrauisch dabei zugesehen, wie sie sie in den richtigen Schlitz schob und die Tür ohne Weiteres öffnen konnte. Damit schien sie ihn endlich davon überzeugt zu haben, dass ihre Demenz nicht ganz so weit fortgeschritten war, wie es zunächst den Anschein gehabt hatte. Und als sie ihm hoch und heilig versprochen hatte, sofort zu Bett zu gehen und die Kabine nicht wieder zu verlassen, war er endlich bereit gewesen, sie allein zu lassen. Und so stand sie nun am Balkongeländer und würde Carolin, wenn sie wieder in der Kabine auftauchte, weismachen können, dass sie den ganzen Abend hier verbracht hatte, um dem Einlaufen des Schiffes zuzusehen. Was für ein Glück, dass ihre Enkelin jeden Augenblick zusammen mit Tilman genießen wollte. Die beiden würden in einem stillen Eckchen auf dem Sonnendeck sitzen, sich gegenseitig wärmen und den romantischen Augenblick genießen.

Das Schiff war nun festgemacht. Das Vibrieren und der Lärm der Motoren hatten zwar noch kein Ende, aber die dicken Taue waren befestigt, die ›Arabella‹ bewegte sich nicht mehr. Die Hafenarbeiter riefen etwas zu den Besatzungsmitgliedern hoch, und wenn Mamma Carlotta sich vorbeugte, konnte sie erkennen, dass eine große Luke geöffnet und ein Steg herausgeschoben wurde. Im Nu stand das Zelt an seinem Ende, das jeden Passagier der ›Arabella‹ empfing und entließ, die Behälter mit dem Desinfektionsmittel für die Hände wurden darunter aufgestellt. Kurz darauf sah Mamma Carlotta, dass sich der Reisebus auf dem Parkplatz in Bewegung setzte und auf die ›Arabella‹ zurollte. Neugierige, lachende, erwartungsvolle Gesichter zeigten sich an den Fenstern. Und kaum waren die Türen geöffnet worden, quollen die Reisenden heraus und stellten sich an dem geöffneten Gepäckfach auf, dem der Busfahrer einen Koffer nach dem anderen entnahm.

Die beiden Männer, die als Letzte dem Bus entstiegen, erkannte Mamma Carlotta sofort. Weit beugte sie sich über das Balkongeländer und rief: »Huhu!« Dass auf den Nachbarbalkons Gesichter verzogen und Köpfe geschüttelt wurden, bekam sie nicht mit. »Huuuhu!«

Tove Griess war es schließlich, der auf sie aufmerksam wurde. Er blickte hoch, und es war sogar auf die Entfernung zu erkennen, dass er lachte. Er stieß Fietje Tiensch so lange den Ellenbogen in die Seite, bis auch der endlich die Schwiegermutter des Kriminalhauptkommissars von Sylt entdeckte. Fietje nahm sogar seine Bommelmütze ab – eine kleine Sensation –, um damit zu Carlotta hinaufzuwinken.

Die beiden hatten ihr Gepäck noch nicht in Empfang genommen, als Carolin auf dem Balkon erschien. »Tut mir leid, Nonna, dass ich dich so lange allein gelassen habe.« Mit schlechtem Gewissen stellte sie sich neben ihre Großmutter ans Balkongeländer. Sie hatte rosige Wangen, ihre Haare waren zerzaust, die Lippen so rot wie noch nie. »Wir haben die Zeit vergessen. Es war so schön, beim Einlaufen zuzusehen.«

Mamma Carlotta umfing die Schultern ihrer Enkelin ganz fest. »Das verstehe ich doch, Carolina. Du musst dich nicht um mich kümmern.« In Gedanken ergänzte sie, dass sie sogar sehr froh war, von Carolin über Stunden vergessen worden zu sein. So musste sie jetzt nicht Rede und Antwort stehen und zu keiner Lüge greifen, um zu erklären, wo sie sich in den letzten Stunden aufgehalten hatte. Und da sie am nächsten Tag unbedingt dafür sorgen musste, dass Tove Griess Gelegenheit bekam, Tilman ausgiebig zu betrachten und sein Äußeres mit dem seiner Verwandten zu vergleichen, flehte sie Carolin an, es weiterhin so zu halten. »Genieß dein Glück mit Tilman, Carolina. Ich komme schon klar.«

Carolin beugte sich mit einem Mal vor und runzelte die Stirn. »Die beiden da unten sehen so aus wie der Wirt von Käptens Kajüte und der Strandwärter von Wenningstedt.«

»Davvero?« Mamma Carlotta gab sich große Mühe, gleichgültig zu reagieren. »Warum sollen die beiden nicht auch mal eine Kreuzfahrt machen?«

Carolins Antwort kam wie aus der Pistole geschossen. »Weil sie chronisch pleite sind. Das weiß auf Sylt jedes Kind.«

»Vielleicht hatten sie deshalb kein Geld, weil sie für eine Kreuzfahrt gespart haben?«

»Und warum sind sie dann nicht auf Sylt zugestiegen?«

Dafür fand Mamma Carlotta keine noch so faule Ausrede. Mit einem Mal stieg Sorge in ihr auf. Hoffentlich gab es keine Schwierigkeiten mit Carolin. Wenn es Tove Griess gelang, irgendwie Kontakt zu Tilman Flemming aufzunehmen, würde Carolin ständig zugegen sein. Ob das gut ging?

Wiebke schlief noch, als Erik sich auf den Weg machte. Er hätte sie gern geweckt, sie daran erinnert, dass er sie als seine Partnerin, als die Frau des Hauses eingeplant hatte, aber dann war er froh, dass er nicht in Versuchung kommen würde, sie zu fragen, was sie in List gemacht hatte. Nicht jetzt, kurz bevor seine Freunde zum Frühstücken erschienen. Nein, er musste es schaffen zu schweigen, bis der Besuch sich von Sylt verabschiedet hatte. Klaas würde auf der Insel bleiben, auch mit ihm konnte er später reden. Es kam Erik sogar wie eine gerechte Strafe vor, dass die beiden sich von ihm beobachten lassen mussten, ohne zu ahnen, was er wusste. Jeden Blick, jede geheime Botschaft würde er richtig interpretieren, ohne dass Wiebke und Klaas es ahnten. Und dann, wenn die Freunde Sylt verlassen hatten, würde er sie damit konfrontieren, dass er alles wusste. Und er würde sich an ihrer Scham und ihrem Schuldbewusstsein wieder aufrichten.

Während er die Haustür hinter sich ins Schloss zog, wusste er zwar, dass er rachsüchtige Schadenfreude niemals würde aufbringen können, aber dennoch gefiel es ihm, sich einzureden, dass er der Stärkere in diesem bösen Spiel bleiben würde. Er freute sich sogar darauf, Wiebke nach seiner Rückkehr vorhalten zu können, dass sie vergessen hatte, Honig einzukaufen, obwohl sie es versprochen hatte. Wenn sie sich dann schämte, weil sie ihn mit den Vorbereitungen aufs Frühstück alleingelassen hatte, dann geschah ihr das ganz recht. Er hatte ja genauso wenig Schlaf bekommen wie sie. Sogar noch weniger, da es ihm nach seiner Rückkehr lange nicht gelungen war, zur Ruhe zu kommen. Dass sie nicht ahnen konnte, warum er so spät heimgekommen war, schob er einfach beiseite. Natürlich hatte sie, als sie von List zurückgekehrt war, angenommen, dass er noch mit den Freunden feierte. Vermutlich war sie erleichtert gewesen, weil er noch nicht im Bett gelegen hatte und sie ihm nicht erklären musste, woher sie kam. Sicherlich würde er beim Frühstück zu hören bekommen, dass sie nur ganz kurz unterwegs gewesen sei, schon eine halbe Stunde später einsehen musste, dass ihr Kollege falschen Alarm gegeben und Leo Schwickerat sich ein weiteres Mal als Phantom erwiesen hatte. Erik würde dann so tun, als glaubte er ihr. Und auch bei Klaas würde er jede Erklärung abnicken, so absurd sie auch sein würde.

Die Luft war klar und kalt. Ein leichter Wind fächerte die Bäume auf, der Himmel war noch wolkenverhangen. Trotzdem spürte Erik, dass ein sonniger Tag auf die Insel zukam. Es war der Geruch, der es ihm verriet. Weich war die Luft, milde gewürzt, so als hätte seine Schwiegermutter für einen Magenkranken gekocht. Es gab einen alten Onkel in Umbrien, auf den diesbezüglich Rücksicht genommen werden musste, und Mamma Carlotta war es ja stets ein Bedürfnis, es allen recht zu machen. Umso besser war es, dass sie sich in diesen Tagen einmal selbst verwöhnen lassen konnte. Er gönnte es ihr von Herzen, wenn er sich auch andererseits sehnlichst wünschte, sie gerade jetzt im Haus zu haben. Sie wäre entsetzt, wenn sie wüsste, dass er, ein schwer arbeitender Kriminalbeamter, nach einer anstrengenden Nacht höchstpersönlich fürs Frühstück einkaufen musste. Er wusste auch, wie gern sie Wiebke mochte, aber wenn sie ahnte, was er letzte Nacht beobachtet hatte, würde es mit ihrer Sympathie vorbei sein. Dieser Gedanke tat ihm gut. Seine Schwiegermutter würde auf seiner Seite stehen. Ohne Wenn und Aber! So wie auch Lucia immer auf seiner Seite gestanden hatte, auch dann, wenn sie unterschiedlicher Meinung gewesen waren.

Als er mit dem Honigglas die Bäckerei verließ, empfand er Vergnügen bei dem Gedanken, Wiebke ein bisschen zappeln zu lassen. Wenn sie jetzt erwachte, würde sie sich fragen, wo er war, sich Gedanken, vielleicht sogar Sorgen machen … Er schämte sich nur ganz kurz, als er merkte, wie sehr ihm das gefiel, und ging an der Einmündung in den Süder Wung vorbei, überquerte die Straße und bog in den Hochkamp ein. In Käptens Kajüte wurde Frühstück angeboten, er würde Tove Griess antreffen und ihn befragen können. Er hatte der Staatsanwältin versprochen, die Angaben seiner Schwiegermutter zu überprüfen und sie eventuell auch von dem Vater des verschwundenen Kindes be-stätigen zu lassen. Dies war eine gute Gelegenheit.

Aber kurz darauf rüttelte er vergeblich an der Klinke. Dann erst bemerkte er das Schild an der Eingangstür. ›Vorübergehend geschlossen!‹ Kopfschüttelnd las er es wieder und wieder. Tove Griess schloss seinen Laden während der Hochsaison? Das konnte nur bedeuten, dass er krank war. So dumm, während der besten Zeit des Jahres die Imbissstube zu schließen, war nicht einmal Tove Griess.

Ein Tourist aus dem Nachbarhaus erschien, um in Käptens Kajüte das Frühstück einzunehmen, und empörte sich in sol-cher Aufdringlichkeit darüber, vor verschlossener Tür zu stehen, dass Erik froh war, als sein Handy ging. Klaas!

Er drehte sich um, machte ein paar Schritte, atmete tief durch … dann erst drückte er den grünen Knopf. »Guten Mor-gen, Klaas! Hat Wiebke dir etwa nicht aufgemacht?«

»Nein, ich stehe nicht vor eurer Tür, ich bin noch in List«, kam es mit müder Stimme zurück.

»Du denkst an die Brötchen?«

»Natürlich. Ich wollte nur kurz mit dir sprechen, bevor die anderen kommen.«

Erik blieb stehen. »Was gibt's?«

»Sünje hat mich gerade angerufen. Angeblich hat sie während der ganzen Nacht versucht, mich zu erreichen. Aber ich hatte mein Handy in der Jackentasche stecken lassen, und das Festnetztelefon höre ich im Schlafzimmer nicht.«

Oder du wolltest es nicht hören, dachte Erik erbittert, weil es dich bei der schönsten Beschäftigung der Welt gestört hat.

Klaas seufzte. »Gott sei Dank! So habe ich wenigstens ein paar Stunden schlafen können.« Seine Stimme wurde nun sachlich. »Was war los heute Nacht, Erik? Muss ich mir Sorgen um meine Schwester machen?«

Die privaten Probleme traten prompt in den Hintergrund. »Ich weiß es nicht«, antwortete Erik. »Dieser Mann, den ich beobachtet habe, war möglicherweise derselbe, den du mit Wiebke zusammen verfolgt hast.«

»Leo Schwickerat?«

»Es steht nicht fest, dass er es war, den ihr gesehen habt. Ich bin mir ebenso unsicher. Aber dass er das Haus betreten hat, in dem Sünje wohnt, glaube ich wirklich.«

»Sünje sagt, es war niemand bei ihr.«

»Das Wohnzimmerfenster stand offen, als wäre er geflüchtet.«

»Du meinst, sie hat ihn nicht bemerkt?«

Erik zögerte. »Eher hatte ich den Eindruck, dass sie mir das weismachen wollte. Oder ... trägt sie Unterhose und BH unter ihrem Schlafanzug, wenn sie zu Bett geht?«

Klaas schwieg einen Moment verblüfft. »Keine Ahnung.« Dann fragte er so unvermittelt, dass Erik überrumpelt wurde: »Was hast du überhaupt mitten in der Nacht in List gemacht?«

Erik war froh, dass ihm eine Ausrede einfiel. »Sorry, Klaas, Dienstgeheimnis!«

»Der Arabella-Dieb? Oder der Mörder?«

Darauf antwortete Erik nicht. Er war inzwischen an der Westerlandstraße angekommen. »Schnapp dir die Brötchen, und mach dich auf den Weg.«

Er wartete noch am Fahrbahnrand auf eine Lücke in der Autoschlange, als sein Handy sich erneut meldete. »Sören? Sie sind schon wach? Ich habe damit gerechnet, dass Sie bis Mittag schlafen.«

»Hätte ich gerne.« Sören gähnte so herzzerreißend, dass Erik lächeln musste. »Aber ich habe Ihnen versprochen, am Wochenende zu arbeiten, damit Sie Zeit für Ihre Freunde haben.«

Erik fühlte die Wärme der Zuneigung in sich aufsteigen. Sören war wirklich ein durch und durch netter Kerl. Aber getreu des Mottos ›Schweigen ist das Lob der Friesen‹ sagte er nichts. Sören wusste auch so, wie sehr er von seinem Chef geschätzt wurde.

»Ich bin in der Wohnung von Gregor Imhoff«, fuhr Sören fort. »Irgendwie hatte ich das Gefühl, wir könnten was übersehen haben. Ein Testament, einen Hinweis auf andere Verwandte …«

»Und? Haben Sie was gefunden?« Erik musste sich beeilen, zwischen zwei schnell fahrenden Autos auf die andere Straßenseite zu kommen.

»Nicht wirklich, aber etwas ist mir aufgefallen. Er hat sich sehr ausgiebig mit dem Thema Lebendspende befasst. Anscheinend hatte er die Absicht, eine seiner Nieren zu spenden. Er hat schon entsprechende Voruntersuchungen machen lassen. Ich habe Unterlagen darüber bei ihm gefunden.«

Erik musste wieder stehen bleiben. Intensiv nachdenken konnte er nicht, wenn er gleichzeitig darauf achten musste, einen Fuß vor den anderen zu setzen. »Denken Sie an Organhandel?«

Sören zögerte. »Ich dachte eher, dass er jemandem helfen wollte, der ihm nahesteht. Er hat übrigens eine sehr seltene Blutgruppe. AB! Damit ist er sicherlich ein begehrter Spender.«

Erik konnte sich jetzt wieder bewegen. »Eine Lebendspende ist nur zwischen nahen Verwandten möglich, um auszuschließen, dass jemand aus kommerziellen Gründen eine Niere spendet.«

»Ja, nahe Verwandte und sehr gute Freunde. Die Spender müssen vor einer Ethikkommission beweisen, dass sie keine finanziellen Interessen haben.«

»Was wollen Sie nun eigentlich damit sagen, Sören?«

»Dass es einen nahen Verwandten geben muss, Chef! Oder einen sehr guten Freund! Warum finden wir in seiner Wohnung nichts, was auf jemanden hindeutet, der Gregor Imhoff sehr nahegestanden hat?«

Mamma Carlotta fühlte sich nicht wohl, als sie erwachte. Es war eine verschwommene Unlust, die ihr Wohlbefinden beeinträchtigte, irgendeine Unsicherheit, eine Frage, eine kleine Angst vor einer großen Wirkung. Sie öffnete die Augen und versuchte ihr Glück gegen das negative Gefühl zu setzen, dass sie nicht mehr im Gepäckraum gefangen war, dass die Balkontür offen stand, dass ein frischer Wind die Gardinen blähte, dass ein fremder, aber angenehmer Geruch hereinwehte und Geräusche an ihr Ohr drangen, die sie daran erinnerten, dass das Leben manchmal mit so wunderbaren Überraschungen wie einer Kreuzfahrt aufwartete. Sie atmete tief durch, sagte sich, dass sie froh sein konnte, dem finsteren Gepäckraum entkommen zu sein, wenn sie dafür auch vorübergehend zu einer Frau werden musste, die ihre sieben Sinne nicht mehr beieinanderhatte. Dennoch blieb das ungute Gefühl. Der Teil des Koffers, der einem Gitarrenhals ähnlich war, stieg vor ihrem inneren Auge auf, aber sie merkte schnell, dass es das nicht war, was die Bedrückung in ihr erzeugte. Die Frage, ob sie wirklich Felix' Koffer gesehen hatte, setzte ihr einerseits zu, blieb aber andererseits hinter ihrer Stirn stehen, ohne zu wanken, ohne ein Handeln zu fordern. Nein, das war es nicht, was dieses diffuse Unbehagen in ihr erzeugte. Und im nächsten Augenblick fiel es ihr ein. Tove Griess und Fietje Tiensch waren an Bord gekommen. Sie merkte, dass sie nicht damit gerechnet hatte. Und gleichzeitig merkte sie, dass sie sich nicht ausreichend mit den Folgen befasst hatte. Carolin durfte nicht mitbekommen, wie gut sie mit diesen beiden bekannt war. Sie könnte ihrem Vater davon erzählen, das musste unbedingt verhindert werden. Erik würde ihr so lange Vorhaltungen machen, bis sie nicht anders konnte, als ihm zu versprechen, Käptens Kajüte nie wieder aufzusuchen. Und da man ein Versprechen halten musste, würde sie am Ende ihren Espresso und ihren Vino rosso wirklich woanders trinken müssen. Eine schreckliche Vorstellung. Sie hatte sich doch an die Imbissstube, war sie auch noch so schmuddelig, an den Wirt, war er auch noch so grob, und an den Strandwärter, wenn er auch noch so mundfaul war, gewöhnt.

Dann war da noch das Problem, dass Tove sich Tilman würde nähern wollen. Wie sollte das unauffällig vonstattengehen, wenn Carolin ständig in dessen Nähe war? Ihre Enkelin wusste, dass der Wirt von Käptens Kajüte vorbestraft war, dass der Strandwärter von Wenningstedt auf Sylt als Spanner bekannt war, und würde sich auf keinen Small Talk mit den beiden einlassen. Sie würde auch verhindern, dass Tilman ein Gespräch mit Tove begann, und ihm zutuscheln, dass das unmögliche Leute seien, mit denen man besser nichts zu tun hatte. Mamma Carlotta saß nun aufrecht im Bett. Sie musste unbedingt mit den beiden reden, bevor sie etwas Unüberlegtes taten.

Carolin schlief noch und regte sich nicht, als ihre Nonna so geräuschlos wie möglich aufstand, um ins Bad zu gehen. An der Tür zögerte sie, dann entschloss sie sich, doch zunächst auf den Balkon zu treten und den Blick auf den Hafen zu genießen. Sie war nicht die Einzige, die im Nachthemd auf dem Balkon erschien. Am frühen Morgen, im Schutz des eigenen Balkongeländers, waren die Passagiere, die später wohlfrisiert und gut gekleidet am Frühstücksbuffet erscheinen würden, erstaunlich ungezwungen.

Mamma Carlotta riss sich von dem schönen Anblick los, erledigte ihre Morgentoilette schnell und geräuschlos und schaffte es auch, sich anzuziehen, ohne ihre Enkelin zu wecken. Zwar gelang es ihr nicht, die Tür ohne einen Laut ins Schloss zu ziehen, aber das Problem löste sie, indem sie schleunigst den Gang herunterlief, damit sie später reinen Gewissens sagen konnte, sie habe Carolins Stimme nicht gehört, falls diese nach ihr gerufen haben sollte. Ihre Enkelin durfte nicht wissen, was sie vorhatte, sie musste sich beim Frühstücken weismachen lassen, dass ihre Nonna unbedingt vom Sonnendeck auf IJmuiden hatte hinabblicken wollen.

Im Nu war sie an der Rezeption angekommen und erfuhr die Kabinennummer der beiden Neuankömmlinge. Tove und Fietje wohnten auf Deck acht, ihre Kabine lag ziemlich genau über der Mamma Carlottas, aber auf der anderen Seite des Ganges. Sie klopfte leise, ohne dass etwas geschah, dann lauter, ohne eine Antwort zu bekommen, und pochte schließlich mit beiden Fäusten an die Tür. Dass Tove und Fietje schon aufgestanden waren und im Restaurant beim Frühstück saßen, hielt sie für ausgeschlossen.

Und sie hatte recht! Irgendwann vernahm sie eine Bewegung hinter der Tür, hörte ein Rumoren und unsichere Schritte. Dann wurde die Tür einen Spaltbreit geöffnet, und Toves Gesicht erschien. Stoppelbärtig, mit eingefallenen Wangen und rotgeränderten Augen.

»Sie, Signora? Was machen Sie denn für einen Lärm in aller Herrgottsfrühe?« Zögernd öffnete er die Tür ein Stück weiter. »Auf Damenbesuch sind wir aber nicht eingerichtet.«

Mamma Carlotta ging schlagartig auf, dass sie mal wieder gehandelt hatte, ohne die möglichen Folgen zu bedenken. Hätte sie daran gedacht, dass Tove in Unterhosen vor ihr stehen könnte, wäre sie niemals hier erschienen. Und dass Fietje noch im Bett liegen könnte, war ihr ebenfalls nicht in den Sinn gekommen. Aber nun war es zur Umkehr zu spät. Sie nahm ihren ganzen Mut zusammen und betrat die Kabine, ohne auf Toves dicht behaarte nackte Brust und seine Feinrippunterhose zu achten, die er mit einer sinnlosen Geste in die Höhe zog, als käme es darauf an, Mamma Carlotta seinen Bauchnabel nicht sehen zu lassen. Fietje saß auf der rechten Seite des Doppelbettes, zog die Bettdecke bis zum Kinn und starrte Mamma Carlotta an, als wäre er beim Seitensprung erwischt worden. Sehr fremd ohne seine Bommelmütze.

Sie versuchte, sowohl über Toves Unterhose als auch über Fietjes vom Kopf abstehende Haare hinwegzusehen, und rümpfte die Nase. »Hier muss aber mal gründlich gelüftet werden.« Dann erst sah sie sich um. »Sie haben gar kein Fenster?«

Tove beschloss, nackte Brust und Unterhose in Sicherheit zu bringen, indem er wieder ins Bett sprang und so wie Fietje die Decke bis zum Hals zog. Das Bild der Eintracht, das die beiden Männer boten, hätte Mamma Carlotta beinahe zum Lachen gebracht. Sie nahm sich vor, sich daran zu erinnern, wenn Tove seinen einzigen Stammgast mal wieder mit der Grillzange bedrohte und Fietje auch im Hochsommer Troyer und Bommelmütze nicht ablegen wollte.

»Innenkabine«, raunzte Tove, der sich anscheinend nun sicherer fühlte. »Habbo war der Meinung, das reicht für uns.«

Mamma Carlotta suchte vergeblich nach einer Sitzgelegenheit, aber die beiden Sessel waren mit den Reisetaschen belegt und auf dem Schreibtischstuhl standen Toves klobige Schuhe. Also blieb sie am Fußende des Bettes stehen und versuchte, über die beiden hinwegzusprechen, sich auf das Bild über dem Bett und ansonsten nur auf die wichtigen Fakten zu konzentrieren, sich weder über die alkoholischen Ausdünstungen in diesem Raum zu wundern noch über die glasigen Augen der beiden, und noch nicht einmal darüber, dass ein Hemd mit undefinierbaren Flecken über der Stehlampe hing und der Boden mit Gutscheinen für einen Begrüßungscocktail übersät war.

Aber das schaffte sie natürlich nicht. »Waren Sie nach Ihrer Ankunft an Bord etwa noch an der Bar?«

»Jawoll, Signora«, antwortete Fietje mit leiser Stimme, als müsste er eine schwere Schuld bekennen. »Aber die Gutscheine habe nicht ich hinter der Theke weggeklaut. Das war Tove.«

»Die können wir später über die Reling flattern lassen, weil sie uns sowieso nichts nützen«, erklärte der. »Das Personal ist hier pingelig. Die merken, wenn man den ganzen Abend einen Begrüßungscocktail nach dem anderen trinken will.«

»Ist ja auch gar nicht nötig«, ergänzte Fietje. »Außer den Cocktails kriegt man hier ja alles umsonst.«

Toves glasiger Blick war mit einem Mal klar, in Form von Häme und der Freude am Betrug kehrte das Leben in seinen Körper zurück. »All inclusive nennt man so was, Signora.«

Mamma Carlotta kam ein böser Verdacht. »Haben Sie etwa noch in der Nacht versucht, alles zu trinken, was es tutto incluso gibt?«

Tove nickte grinsend. »Bis auch die letzte Bar unbedingt schließen wollte.«

»Das war vor zwei oder drei Stunden.« Nun grinste auch Fietje, als wäre er von Tove angesteckt worden. »Wir müssen jetzt erst mal ausschlafen.«

»Sie sind nicht hier, um zu schlafen«, entgegnete Mamma Carlotta streng und fuhr mit dem rechten Zeigefinger erst Fietje und dann Tove entgegen. »Sie sind hier, um der Gerechtigkeit zum Siege zu verhelfen.«

»Donnerwetter«, staunte Tove. »Ihre Deutschkenntnisse werden ja immer schwulstiger.«

Mamma Carlotta war ebenfalls sehr zufrieden mit ihrer Formulierung und baute sie noch mehrmals ein, während sie den beiden auseinandersetzte, was in den nächsten Tagen ihre Aufgabe war. Sie würde sie so bald wie möglich auf Tilman aufmerksam machen, und Tove musste den Jungen dann genau beobachten, sich den missgebildeten Zeh ansehen und nach Familienähnlichkeiten schauen. »Und dann versuchen Sie, mit ihm ins Gespräch zu kommen. Vielleicht erfahren Sie etwas, was beweist, dass Tilman der Sohn Ihres Cousins ist.« Sie hob den rechten Zeigefinger. »Aber vorsichtig! Meine Enkeltochter darf nichts mitbekommen.«

»Das wird schwierig«, meinte Fietje, ohne zu erklären, warum er dieser Ansicht war.

Aber Mamma Carlotta wurde es schnell klar, als die beiden im Frühstücksrestaurant erschienen. Einer der Kellner, die an der Tür die Gäste begrüßten, starrte Tove und Fietje misstrauisch an, ein anderer sogar ausgesprochen feindselig. Das konnte zwar auch an der Kleidung liegen, in der sie sich von den übrigen Passagieren unterschieden, aber Mamma Carlotta vermutete, dass die beiden Kellner während der Nacht Dienst gehabt und erlebt hatten, wie die beiden auf ein All-inclusive-Angebot reagierten. Darin wurde sie bestärkt, als sie beobachtete, wie Fietje sich der Bier-Zapfanlage näherte und einer der Kellner ihm unauffällig folgte, um ihn im Auge zu behalten. Er konnte ja nicht ahnen, dass für Fietje jeder Tag mit einem frisch gezapften Bier begann und für ihn ein gutes Frühstück ohne Bier undenkbar war. Bis er betrunken war und ungemütlich wurde, brauchte es sehr viele Biere, und die hatte er in der letzten Nacht anscheinend bekommen.

Mamma Carlotta erschrak, als sich jemand neben sie setzte und ihr zutuschelte: »Schauen Sie sich diese Kerle an. Wie die aussehen! Die Jeans von dem einen hat mindestens zehn Jahre auf den ausgefransten Taschen, und der Troyer von dem Kleinen dürfte wirklich mal gewaschen werden.«

Mamma Carlotta wandte sich um und blickte Heidi Flemming ins Gesicht, die wieder mal aussah wie frisch aus dem Ei gepellt. Ihre weiße Hose war blütenrein, das hellgelbe T-Shirt ebenfalls, das perfekte Bild wurde von einem schmalen goldenen Gürtel vervollständigt, zu dem die goldfarbenen Slipper genau passten. Sie war wohlfrisiert, ihr Make-up perfekt.

Mamma Carlotta beschäftigte sich umgehend wieder mit ihrem gekochten Ei. »Warum sollen nicht auch zwei einfache Männer mal eine Kreuzfahrt machen?«

Heidi Flemming lachte verächtlich. »Wir haben beide nicht mitbekommen, wie diese Kerle sich aufgeführt haben, als sie an Bord gekommen sind. Aber mein Mann! Er hat es mir erzählt. Die haben gesoffen, bis sie nicht mehr stehen konnten. Das ist der Nachteil, wenn alle Getränke frei sind. Es gibt immer Leute, die mit diesem Angebot nicht umgehen können.« Sie schüttelte sich, als würde sie vom Ekel erfasst. »Hoffentlich bleiben die heute an Bord. Hier kann man ihnen am besten aus dem Weg gehen. Stellen Sie sich vor, die machen bei der Stadtrundfahrt mit! Möchten Sie etwa im selben Bus sitzen wie diese Kerle?«

Mamma Carlotta hatte Mühe, ihre Empörung zu unterdrücken. Was maßte sich diese Verbrecherin an? Natürlich waren Tove und Fietje keine Engel. Ihr Benehmen in der vergangenen Nacht war sicherlich unmöglich gewesen, und ihre Kleidung wirklich nicht für eine Kreuzfahrt geeignet. Aber dass sich eine Frau über diese beiden, die Mamma Carlotta heimlich ihre Freunde nannte, verächtlich äußerte, obwohl sie selbst ein Verbrechen begangen hatte, das nicht einmal Tove zuzutrauen war, empörte sie. Doch zum Glück fiel ihr rechtzeitig ein, dass sie ihre Abneigung nicht durchblicken lassen durfte. Heidi Flemming musste sich in Sicherheit wiegen. Dass Mamma Carlotta ein kleines bisschen erleichtert war, mit Tove und Fietje die Verabredung getroffen zu haben, ohne einen Blick des Erkennens aneinander vorbeizugehen, mochte sie sich selbst nicht eingestehen. Schnell ließ sie sich auf ein Gespräch mit Heidi Flemming ein, damit sie um die Frage herumkam, ob es sich um eine Charakterschwäche handelte, wenn sie froh war, sich nicht zu ihren Freunden bekennen zu müssen. Mit deutlich zur Schau gestelltem Interesse hörte sie sich an, dass es Tilman zurzeit gesundheitlich sehr gut gehe, was vermutlich damit zu tun hatte, dass er frisch verliebt war, dass seine Mutter glücklich über diese junge Liebe war und dass sie sich, da das Glück zurzeit auf Tilmans Seite zu sein schien, nicht wundern würde, wenn sich in Kürze ein Spenderorgan für Tilman finden würde.

Mamma Carlotta beobachtete Tove, wie er einen voll beladenen Teller zu einem Tisch bugsierte, sich auf dem Weg dahin schon mal eine fettglänzende kleine Bratwurst in den Mund steckte und laut zu Fietje hinüberrief, der noch mit der Wahl des richtigen Brötchens beschäftigt war: »Meinst du nicht auch, dass die Würste in meinem Restaurationsbetrieb besser schmecken?«

Heidi Flemming zuckte zusammen und verzog das Gesicht. Was würde sie sagen, wenn ausgerechnet dieser Mann sich als geeigneter Organspender für ihren Sohn erwies? Aber diesen Gedanken schüttelte Mamma Carlotta schnell wieder ab. Erstens war es mehr als fraglich, ob Tove zu diesem Opfer bereit wäre, zweitens würde Heidi Flemming dafür erfahren müssen, dass sie einen Verwandten Tilmans vor sich hatte, und drittens würde sie nichts davon mitbekommen, weil sie dann im Gefängnis saß. Hoffentlich!

»Der besitzt ein eigenes Restaurant?«, fragte Heidi Flemming ungläubig.

Aber Mamma Carlotta lenkte sie von dieser Frage ab, indem sie mit ihr zusammen erörterte, welcher Ausflug der beste sein würde, um Amsterdam kennenzulernen. Dazu hatte die Frau des ersten Offiziers eine Menge zu sagen, die schon mehrmals in Amsterdam gewesen war und sich daher gut auskannte. Aber Mamma Carlotta hörte ihr gar nicht richtig zu. Sie sah, während Heidi Flemming erzählte, erneut den Koffer vor sich, der die Form einer Gitarre hatte. Vielleicht war es klüger, auf einen Ausflug zu verzichten, um die Gelegenheit zu nutzen, wenn das Schiff sich leerte? Sie wusste, dass sie sich den Koffer unbedingt genauer ansehen musste.

Sie sagte geistesabwesend ein paarmal »no« und im falschen Moment »sì«, dann erst stellte sie fest, dass Heidi Flemming ihr eine Amsterdam-Rundfahrt empfohlen hatte. »Sì, sì«, bekräftigte sie und sagte sich, dass es richtig war, sich Amsterdam anzusehen. Der Koffer konnte warten! Warum sollte er ausgerechnet in IJmuiden von Bord geholt werden? Nein, nein, es würde sich später eine Gelegenheit ergeben. Sie würde noch herausfinden, ob es sich wirklich um Felix' Gitarrenkoffer handelte und warum er im Gepäckraum der ›Arabella‹ gelandet war. Das Schicksal hatte ihr eine Reise nach Amsterdam geschenkt! Sie würde nicht so undankbar sein, dieses Geschenk nicht zu würdigen.

Sie erhob sich und verließ das Restaurant. Als sie an Toves und Fietjes Tisch vorbeiging, würdigte sie die beiden keines Blickes. Sie würden Tilman auch ohne ihre Hilfe finden. Schließlich kannten sie beide die Tochter des Kriminalhauptkommissars von Sylt und würden, wenn sie Carolin entdeckten, wissen, wer der Junge war, dem sie verliebt in die Augen sah.

Die Reisegruppe, der Mamma Carlotta sich anschloss, fuhr mit dem Bus nach Amsterdam, eine Strecke von etwa vierzig Kilometern, die ihr bereits den Atem nahm. Die fremde Umgebung, nicht nur anders als in Umbrien, auch anders als auf Sylt, die hübschen schmalen Häuser, die alle ohne Gardinen auskamen, die vielen Fahrräder und die Grachten, die sich überall auftaten. An vielen Ecken der Stadt gab es Blumenmärkte, an den Fassaden einiger Läden baumelten Holzschuhe, und von den berühmten Coffeeshops ließ sie sich von ihrer Sitznachbarin erzählen, wobei sie erfuhr, dass diese nicht nur berühmt, sondern auch berüchtigt waren. »Da kann man beim Kellner Haschisch bestellen!«

Erik wanderte indessen mit seinen Freunden ein Stück am Strand entlang bis zum La Grande Plage, dem Kampener Strandbistro, in dem sie einen phantastischen Blick aufs Meer genossen. Dann machten sie einen Abstecher zur Vogelkoje. Remkos Vorschlag, die Braderuper Heide zu durchwandern, stieß zu

Eriks Erleichterung auf kein Interesse. »Bist du verrückt? Wir wollen doch heute Abend nicht fußmüde ins Bett sinken.«

Mamma Carlotta wurde während der Führung durchs Anne-Frank-Haus zu Tränen gerührt. Dass sich dieses bedauernswerte junge Mädchen mit seiner Familie zwei lange Jahre vor den Nazis verstecken musste und dann doch entdeckt und ins Konzentrationslager deportiert worden war, erschütterte sie tief. Selbstverständlich kaufte sie ›Das Tagebuch der Anne Frank‹, das sie noch nicht gelesen hatte, fest entschlossen, sich mit diesem Schicksal genauer zu befassen. Sie bekam eine Gänsehaut, als die Besucher durch die als Schrank getarnte Tür treten durften, hinter der das Versteck der Familie Frank gewesen war. Was für eine Tragödie! Was für Unmenschen, die Juden verfolgten, und was für mutige Menschen, die diese zu retten versucht hatten.

Beim Besuch der Kupferkanne fiel Erik wieder ein, wer Sina war, Remkos frühere große Liebe. Sina war Kellnerin in der Kupferkanne! Manchmal, wenn er mit Wiebke hier eingekehrt war, hatten sie sich zugenickt. Er hatte jedoch nur eine vage Vorstellung gehabt, woher er die Frau kannte, die in seinem Alter zu sein schien. Nun wurde es ihm klar. Aber sollte er Remko verraten, wo er Sina finden konnte, dass hier ihr Arbeitsplatz war, sie heute aber anscheinend freihatte? Erik konnte sich nicht entschließen, ins Schicksal einzugreifen. Darüber musste er erst in Ruhe nachdenken. Womöglich traf er die falsche Entscheidung, wenn er hier Vorsehung spielte. Schweigend und gedankenvoll blickte er aufs Watt und steckte die anderen an, die sich ebenso schweigend Pfannkuchen und Friesentorte servieren ließen. Alle streckten sie die Beine aus, lehnten sich zurück und genossen den Augenblick, ohne etwas zu sagen. Es war eine vertraute Stille, die zwischen sie trat. Jeder von ihnen trug in diesem Moment Erinnerungen in seinem Herzen, nahm sie aber nicht auf die Lippen.

Mamma Carlotta bummelte währenddessen mit der Reisegruppe durch die Walletjes, das berühmte Vergnügungs- und Rotlichtviertel, und erfuhr, dass Amsterdam das Venedig des Nordens genannt wurde, als sie eine Gondel entdeckte und mit ihrem überraschten Ruf sämtliche umstehenden Amsterdamer erschreckte. Das Boot war ein getreues Abbild einer venezianischen Gondel. Ihre Insassen wurden von einem Gondoliere lautlos eine Gracht hinabgetragen. Im Zentrum dann, im berühmten Damrak, bekam sie es mit der Angst zu tun. Diese vielen Menschen, dieses Sprachgewirr, diese unzähligen Geschäfte! Wie sollte sie zur ›Arabella‹ zurückfinden, wenn sie hier verloren ging? Strikt hielt sie sich an der Seite der Reiseleiterin, ließ sie nicht aus den Augen und bestieg mit ihr zusammen eins der vielen Ausflugsboote, um eine Rundfahrt durch Amsterdam zu machen. »Dio mio! Che splendido!«

Erik und Klaas waren zu Reiseleitern geworden, die ihre Insel keinen Fremden zeigten, sondern an jeder Ecke Erinnerungen weckten, in jedem andere. Als sie zum Schluss zum Morsumer Kliff fuhren, erzählte Erik von einem Mordfall, der dort seinen Anfang genommen hatte. In einer Scheune hatte er das Auto eines Mordopfers gefunden und hinter einem Strohballen den Toten. Alle hörten schaudernd zu, erinnerten sich mehr oder weniger deutlich an die Zeitungsmeldungen und verglichen Eriks Beruf mit dem eigenen, der jedem von ihnen mit einem Mal reizlos und banal erschien.

Mamma Carlotta ließ sich von einer Niederländerin erzählen, wie beliebt ihr neuer König sei, wie gern das ganze Land Königin Maxima hatte und wie sehr die Königsmutter noch immer verehrt wurde, während Erik seine Freunde an Königin Elisabeth von Rumänien erinnerte, die im Jahre 1888 die Insel Sylt besucht und damit den Grundstein für den Tourismus gelegt hatte. Natürlich erfuhr Mamma Carlotta auch von den drei niederländischen Prinzessinnen, deren Namen alle mit A begannen, von dem Bruder des Königs, der von einer Lawine verschüttet worden und nach einer langen Zeit im Koma gestorben war, während Erik davon erzählte, dass ihm vor Jahren Karl Lagerfeld auf der Insel begegnet war, und über die Schwierigkeiten Sylts berichtete, einen neuen Bürgermeister zu finden.

Als sein Handy klingelte, gab er Klaas ein Zeichen und bat ihn, mit den anderen weiterzugehen. Er würde ihnen folgen.

Sören war am anderen Ende. »Ich dachte, ich melde mich mal.«

Erik lächelte. »Fühlen Sie sich einsam im Büro?«

»Rudi ist ja da. Aber irgendwie ... ohne Sie macht die Arbeit keinen Spaß.«

»Haben Sie was herausgefunden?«

»Nicht viel. Aber immerhin weiß ich nun, dass der Miró nicht gestohlen worden ist. Er wurde rechtmäßig erworben.«

»Ist Rudi noch immer nicht weitergekommen? Hat er Gregor Imhoffs Schwester noch nicht ausfindig gemacht?«

»Wie denn? Glauben Sie, am Wochenende ist irgendein Einwohnermeldeamt oder Standesamt besetzt? Er hat mehrere Anfragen rausgeschickt und überall die gleiche Antwort bekommen: Das dauert. Tut mir leid, dass ich nicht mehr zu bieten habe.«

Erschrocken wehrte Erik ab. »Das ist nicht Ihre Schuld. Morgen bin ich wieder an Bord. Vielleicht finden wir gemeinsam etwas, was uns weiterbringt.«

Sörens Stimme klang zögerlich. »Dieser Leo Schwickerat ...«

»Ich kann den Namen allmählich nicht mehr hören.«

»Also, sagen wir ... dieser Mann, der angeblich in Sünjes Wohnung eingedrungen ist ...«

»Ich bin zumindest sicher, dass er im Haus war. Aber was wollte der Kerl bei Sünje? Und warum tut sie so, als wäre er nicht bei ihr gewesen? Ich bin sicher, dass sie mir etwas vorgemacht hat. Ich glaube nicht, dass sie gerade schlafen gehen wollte und vergessen hatte, das Fenster zu schließen.«

»Also ein Lover, der zu ihr wollte? Vielleicht ist er verheiratet und deswegen darauf aus, dass er nicht gesehen wird.«

Erik bezweifelte das. »Nach Imhoffs Tod hat sie uns erzählt, er hätte sie heiraten wollen. Und nun schon der Nächste?«

»Haben Sie denn das Gefühl, dass sie um Imhoff trauert?«

»Eben nicht!«, antwortete Erik heftig. »Manchmal kommt es mir so vor, als wäre sie zu keinem tiefen Gefühl fähig.«

»Und dann dieser Schwickerat«, seufzte Sören. »Ich habe mit seinem Management telefoniert. Dort habe ich erfahren, dass er in Portugal sein soll.«

Erik stieß ein erstauntes Lachen aus. »Und das Foto, das ihn hinter der Bäckerei Poppinga zeigt?«

»Angeblich eine Fälschung. Oder jemand, der Schwickerat ähnlich sieht. Sein Manager hat mir gesagt, man habe sich entschlossen, nicht darauf zu reagieren. Ein Dementi würde die Sache nur hochkochen.«

»Glauben Sie das?«

Sören zögerte. »Eine Spur von Leo Schwickerat auf Sylt habe ich jedenfalls noch nicht gefunden.«

»Ich müsste mit Wiebkes Kollegen sprechen. Diesem Journalisten, der auf Boris Becker angesetzt ist. Der hat Leo Schwickerat schon öfter in Kampen gesehen und Wiebke dann aus Kollegialität darüber verständigt.« Während Erik das sagte, kam ihm plötzlich unglaubwürdig vor, was Wiebke ihm erklärt hatte, und es hätte ihn nicht gewundert, wenn Sören ganz offen sein Misstrauen geäußert hätte. »Vielleicht sollte ich Wiebke bitten, den Kontakt zu ihrem Kollegen herzustellen.«

»Wenn Ihnen an Ihrer Beziehung nichts mehr liegt …« Sören räusperte sich umständlich, als wollte er diese Anzüglichkeit ungeschehen machen. »Ich habe mich übrigens auch mit den Plogmakers beschäftigt. Viel war da nicht auszukundschaften. Das sind zwei unbeschriebene Blätter. Dass der Verdächtige etwas mit den beiden Alten zu tun hatte, ist nicht anzunehmen.«

Erik blieb stehen und sah zu, wie die Freunde sich immer weiter entfernten. Klaas war der Einzige, der bemerkte, dass Erik zurückblieb. Er sah sich gelegentlich um und ging sogar ein paar Schritte rückwärts, um Erik nicht aus den Augen zu lassen. »Mir ist etwas wieder eingefallen, Sören«, sagte Erik vorsichtig. »Als das Baby am Strand gestohlen wurde …«

»Der kleine Sohn von Tove Griess' Cousin?«

»… da war Sünje auch am Strand. Sie war es, die die Erste-Hilfe-Maßnahme nötig hatte. Dadurch war das Kind für kurze Zeit unbeaufsichtigt.«

Sören schwieg eine Weile. »Sie meinen, Sünje hat was mit der Entführung zu tun?« Als Erik nicht antwortete, sprach er gleich weiter: »Das würde ja auch bedeuten, dass die Entführung und der Mord an Gregor Imhoff zusammengehören.« Wieder schwieg Erik, und Sören beendete das Thema: »Ne, Chef! Das ist nun wirklich reinste Spekulation.«

Mamma Carlotta war erschöpft, als der Ausflugsbus wieder im Hafen ankam, erschöpft und glücklich. Sie würde gleich Erik anrufen müssen, um ihm zu erzählen, was sie alles gesehen und erlebt hatte. Völlig unmöglich, darauf zu warten, bis sie wieder auf Sylt oder aber in ihrem Dorf war, wo es immer genug interessierte Zuhörer gab. Carlotta Capella war in Amsterdam gewesen! Sie kannte niemanden in Panidomino, der schon so weit gereist war. Auf der Piazza würde man an ihren Lippen hängen, wenn sie von den Grachten und den vielen Brücken erzählte, von den Blumen, den Trachten mit den Holzschuhen und den unzähligen Fahrrädern, die über die Straße flitzten und Fietsen genannt wurden. Wie immer, wenn sie viel Neues gesehen und gehört hatte, fühlte sie sich, als wäre sie prall gefüllt und kurz vorm Platzen. Sie musste einfach einen Teil von dem wieder loswerden, was sie aufgesogen hatte wie ein Schwamm.

Es gefiel ihr, dass alle Passagiere, die Ausflüge nach Amsterdam oder in die Umgebung unternommen hatten, an Bord begrüßt wurden wie Angehörige, die nach längerer Reise in den Schoß der Familie zurückkehrten. Strahlend bedankte sie sich für jeden Gruß und konnte darüber hinwegsehen, dass ihre Tasche beim Betreten des Schiffs kontrolliert wurde wie das Gepäck am Flughafen. Sie wusste, dass diese Maßnahme ihrer Sicherheit diente, dennoch empfand sie die Kontrollen wie übelwollendes Misstrauen. Ohne diesen bitteren Beigeschmack hätte sie vielleicht jedem Besatzungsmitglied, das sie begrüßte, überschwänglich die Hand geschüttelt und ihm versichert, dass sie glücklich sei, gesund und munter, noch dazu mit vielen aufregenden Eindrücken, zurückgekehrt zu sein.

Dass Carolin auf dem Balkon ihrer Kabine stand und ihr entgegenwinkte, entlockte ihr mehrere Jubelschreie. Wie ernst ihre Enkelin war, entdeckte sie erst, als sie die Kabine betrat.

»Tilman geht es schlecht«, jammerte Carolin. »Er will nur schlafen. Sein Blutdruck spielt wieder verrückt. Je mehr das Nierengewebe zerstört wird, desto mehr steigt der Blutdruck an.«

»Wäre es nicht besser, il dottore zu rufen?«, erkundigte sich Mamma Carlotta mitfühlend.

»Der Arzt war schon da. Er hat ihm blutdrucksenkende Mittel gegeben. Er sagt, gegen Abend wird es ihm besser gehen.«

»Dann können wir ja zusammen aufs Sonnendeck gehen«, schlug Mamma Carlotta vor. »Das Schiff wird bald auslaufen.«

Eine Stunde später erklang die bekannte Melodie: »Muss i denn, muss i denn zum Städtele hinaus …« Der Kapitän hatte gemeldet, dass alle Passagiere an Bord zurückgekehrt, alle Außenbordtreppen eingezogen und die Leinen losgemacht worden waren. Die ›Arabella‹ drückte sich langsam, ganz langsam vom Kai weg, umschäumt von aufgewühltem Wasser. Sowohl die Hafenarbeiter als auch einige Schaulustige begannen zu winken, und Mamma Carlotta winkte begeistert zurück. Was für ein majestätischer Augenblick! Aus großer Höhe herabzuwinken war viel besser, als einem davonfahrenden Auto oder einem Zug nachzuwinken.

Carolin wusste mittlerweile über jede Einzelheit Bescheid, die

Mamma Carlotta in Amsterdam gesehen und bewundert hatte, und nickte nur noch müde, während ihre Nonna immer wieder bedauerte, wie traurig es sei, dass Carolin keinen Blick für Amsterdam übrig gehabt hatte, weil sie Tilman nicht hatte alleinlassen wollen und für ihn diese Besichtigungsfahrt zu anstrengend gewesen wäre. »Wer weiß, ob du noch einmal in diese wunderbare Stadt kommst, Carolina!«

Carolin war in diesem Punkt sehr optimistisch und ließ durchblicken, dass ihr ein Kuss von Tilman mehr Unterhaltung bot als eine Busfahrt im Kreise rüstiger Senioren. »Wir haben bei einem Volleyballspiel auf dem Sonnendeck zugesehen, bis es Tilman schlechter ging.«

Mamma Carlotta lamentierte daraufhin, dass Carolin also sogar ganz umsonst auf die Amsterdamer Sehenswürdigkeiten verzichtet hatte, weil sie wohl ungeküsst geblieben war, während es Tilman nicht gut ging. »Für Ehepaare ist es normal, dass einer dort ist, wo der andere notgedrungen bleiben muss. Aber ihr kennt euch erst seit Stunden ...«

Daraufhin hatte Carolin beschlossen, das Auslaufen von einem Punkt des Sonnendecks aus zu genießen, an dem sie von vielen jungen Leuten umgeben war, und Carlotta hatte ihr verständnisvoll nachgerufen: »Sì, sì, amüsiere dich, Carolina!«

Als das Schiff den Hafen verlassen hatte und seinen Weg ins offene Meer antrat, merkte sie, dass sie noch immer angefüllt war mit ihrer Freude an dem Neuen, das sie gesehen hatte. So voll waren Herz und Seele, dass es nach wie vor den Reiz in ihrer Kehle, in der Nähe der Stimmbänder gab, der anzeigte, dass herausmusste, was sich in ihr angestaut hatte. Das Gespräch mit Carolin hatte nicht ausgereicht, sie würde entweder Erik oder jemanden in Italien anrufen müssen, um ihre Begeisterung einigermaßen in den Griff zu bekommen.

In der Kabine fand sich zum Glück Carolins Handy. Ihre Enkelin würde empört sein, wenn die Nonna ihr Taschengeld, von dem der Handyanbieter einen guten Teil einsteckte, mit einem Auslandsgespräch über Gebühr belastete, aber Mamma Carlotta musste loswerden, was sie erlebt und gesehen hatte. Und sicherlich würde es Erik sehr interessieren, wie wunderbar es in Amsterdam gewesen war, wie launig die Reiseleiterin sie über alles informiert hatte und wie dankbar sie für dieses Erlebnis war. Dass sie sich dann gleichzeitig ganz unauffällig danach erkundigen konnte, wie Wiebke mit der Versorgung der Gäste klarkam, war ein zusätzlicher Vorteil.

Doch Erik war sehr kurz angebunden. Sie hätten viel Spaß, erklärte er mit einer Stimme, als säße er bei einem Leichenschmaus, und Wiebke sei beruflich unterwegs. »Aber das ist nicht schlimm. Sie hat kein besonderes Interesse daran, sich unsere alten Geschichten anzuhören.«

Dass seine Stimme bedrückt klang, ahnte er vermutlich nicht, doch seiner Schwiegermutter war sofort klar geworden, dass er die Fröhlichkeit nur vortäuschte. Es ging Erik nicht so gut, wie er ihr weiszumachen versuchte, da war sie ganz sicher. Aber natürlich wollte er nichts davon wissen, dass sie ihn durchschaute, und sich auch nicht anhören, wie sehr sie ihn bedauerte. Als sie mit Selbstvorwürfen anfing und bereute, sich auf die Kreuzfahrt eingelassen zu haben, wurde er sogar ungehalten. »Genieß die Zeit, damit tust du mir den größten Gefallen! Und jetzt muss ich Schluss machen. Wir sind auf dem Fußballplatz angekommen und wollen ein bisschen rumbolzen.«

Das Telefongespräch war also auf ganzer Linie unbefriedigend verlaufen, und so beschloss Mamma Carlotta, sich Kaffee und Kuchen zu widmen, nachdem sie wegen des Ausflugs bedauerlicherweise auf das Mittagsbuffet hatte verzichten müssen. Zwar war das Essen in einem Amsterdamer Restaurant auch nicht schlecht gewesen, die Auswahl an Speisen jedoch längst nicht so groß wie auf dem Schiff. Da konnte es nicht falsch sein, sich jetzt in die Sonne zu setzen und Erdbeer- und Schokoladentorte zu genießen. Außerdem war die Gelegenheit günstig, nach Tove und Fietje Ausschau zu halten. Die beiden suchten womöglich vergeblich nach Tilman und sollten erfahren, dass er sich zurzeit in der Kabine aufhielt, weil es ihm nicht gut ging.

Sie entdeckte die beiden sofort, als sie das Restaurant betrat, das am Nachmittag mit einem Kuchenbuffet lockte. Tove saß vor einem Teller, der mit drei großen Kuchenstücken überladen war, während Fietje sich mit einem Streuselkuchen begnügte, statt Kaffee ein Bier vor sich stehen hatte und somit sehr zufrieden wirkte. Mamma Carlotta hörte schon von Weitem, wie Tove herumtönte, dass in seinem Restaurationsbetrieb, wie er Käptens Kajüte immer gern nannte, wenn es keine Möglichkeit gab, den Wahrheitsgehalt seiner Worte zu kontrollieren, der Kaffee viel besser sei und Buttercremetorte dort nur deshalb nicht angeboten wurde, weil die Sylter Feriengäste auf ihre Linie achteten und Obstkuchen bevorzugten. Als er Mamma Carlotta sah, beendete er seine Flunkerei mit undeutlichem Gemurmel. Erst in diesem Augenblick stellte sie fest, wem er seine Märchen erzählte. Heidi Flemming! Sie saß mit Tilman, der immer noch blass aussah, am Nebentisch und schien sich zu überlegen, ob in einem Fall wie diesem höfliche Worte angebracht waren, bevor sie die Flucht ergriff. Wie hatte Tove Griess herausgefunden, wer Tilman Flemming war? War es Zufall, dass Tove und Fietje sich neben die Flemmings gesetzt hatten?

Die Frage wurde ihr bald beantwortet. Mamma Carlotta gelang es, sich unbemerkt in der Nähe niederzulassen, drehte aber dem Tisch, an dem Heidi Flemming sich um Contenance bemühte, vorsichtshalber den Rücken zu. Toves Stimme war laut genug, um die Unterhaltung ohne große Mühe zu verfolgen.

»Man glaubt es nicht«, tönte er. »Man könnte meinen, du wärst mit meinem Cousin verwandt, Junge! Diese Ähnlichkeit!«

Mamma Carlotta durchfuhr ein Stich der Angst, heiß und schmerzhaft. War Tove wahnsinnig geworden? Er konnte doch nicht so deutlich werden! Was, wenn Heidi Flemming Verdacht schöpfte?

Sie ließ absichtlich eine Serviette zu Boden fallen und nahm sich Zeit, sie umständlich aufzuheben. Währenddessen gelang es ihr, einen Blick zurück auf Tilmans Füße zu werfen. Tatsächlich! Er trug nur Badeschuhe, in denen sein missgebildeter Zeh deutlich zu erkennen war. Vermutlich hatte Tove ihn gesehen und daraufhin jede Vorsicht fahren lassen. Wie konnte sie ihn darauf aufmerksam machen, dass er sich vorsichtiger verhalten musste?

Zum Glück blieb Heidi Flemming keinen Augenblick länger sitzen, als nötig war. Mamma Carlotta hörte, wie sie klirrend die Kaffeetasse zurückstellte. »Lass uns nach Carolin schauen, Tilman!«, sagte sie laut und deutlich. »Sie macht sich sicherlich Sorgen um dich.« Als sie an Mamma Carlottas Tisch vorbeiging, blieb sie kurz stehen und tuschelte: »Ich kann verstehen, dass Sie sich nicht zu uns setzen wollten. Diese beiden Kerle sind unerträglich. Vor allem der größere, der angeblich ein Lokal besitzt!« Dann fügte sie in normaler Lautstärke an: »Wissen Sie, wo Carolin ist?«

Heidi und Tilman Flemming hatten sich kaum in Richtung Sonnendeck entfernt, als Mamma Carlotta aufstand, um sich zu Tove und Fietje zu setzen. Die Strafpredigt, die Tove erhielt, war nicht von schlechten Eltern. »Wenn Signora Flemming erfährt, dass Sie auf Sylt leben, kommt ihr vielleicht ein Verdacht«, schloss sie. »Wir müssen sie in Sicherheit wiegen, bis mein Schwiegersohn einen Haftbefehl hat. Das wissen Sie doch!«

Aber Tove war davon überzeugt, das Gespräch mit sehr viel Fingerspitzengefühl geführt zu haben, und sogar Fietje verteidigte ihn. »Nö, die Frau war nur genervt, nicht misstrauisch.«

Tove ließ sich sowieso nichts sagen. »Der Bengel ist Habbos Sohn. Ganz sicher! Er sieht aus wie mein Onkel, Habbos Vater. Was für eine Ähnlichkeit! Man glaubt es nicht!«

Mamma Carlotta, die Angst hatte, dass Carolin sie beim Gespräch mit Tove und Fietje ertappte, verabschiedete sich schnell wieder. Nachdem sie sich von Tove in die Hand hatte versprechen lassen, dass er nie wieder von Familienähnlichkeiten reden würde, ließ sie die beiden mit der Ermahnung allein, es mit dem Verzehr von Kuchen und Bier nicht zu übertreiben.

Das Schiff hatte seine Reisegeschwindigkeit erreicht. Die Wellen zischten und sprudelten an der Bordwand, die Sonne tanzte über dem Schornstein, hauchzarte kleine Wolken bildeten die Eskorte. Das Sonnenlicht brannte nicht, sondern wirbelte, vom Wind ermuntert, über die Haut, der Himmel war nicht mehr schwer und imposant, sondern leuchtend wie ein riesiges blaues Wunder. Trotzdem fehlte Mamma Carlotta die Ruhe, das Bild zu genießen. Sie fürchtete sich vor dem Plan, der an ihrem Herzen anklopfte, aber sie wusste dennoch, dass sie ihn nicht ignorieren konnte. Das Risiko war gering, redete sie sich ein, viel geringer als beim ersten Mal. Wenn sie es nicht wagte, würde die Frage sie verfolgen und ihr die Lust an der Kreuzfahrt rauben. Womöglich würde sie sich später sogar heftige Vorwürfe machen müssen, weil sie zu feige gewesen war. Sie machte an einer der Deckbars halt, bestellte einen Espresso und versuchte den Kellner in ein Gespräch zu ziehen, um das Schicksal um Aufschub zu bitten. Er aber ließ sich nur kurz darauf ein, weil er viel zu tun hatte, und Mamma Carlotta sah ein, dass die Vorsehung ihr damit einen Auftrag erteilte. Sie durfte nicht länger zögern …

Der Fußballplatz lag in der Nähe des Aquariums von Westerland, ein für viele Zwecke genutzter Platz, um dessen Rasenfläche eine Laufbahn herumführte. Er empfing seine Besucher mit einem niedrigen Vereinsgebäude und unbequemen steinernen Bänken. Coord pfiff durch die Zähne, als er feststellte, dass es mittlerweile auch einige Bänke mit Rückenlehne gab, die vor dem Holzhaus aufgestellt worden waren, das es damals ebenfalls noch nicht gegeben hatte. Dort wurden die Trikots aufbewahrt, die in dem Vereinshaus wohl nicht sicher genug waren.

Sie brauchten eine Weile, bis sie die beiden Tore gefunden und aufgestellt hatten, dann versuchten sie, so zu tun, als wären sie noch genauso fit und leistungsfähig wie vor zwanzig Jahren. Erik war erschüttert, als er feststellte, dass er der Konditionsschwächste war. Sogar Remko, der vorher noch versichert hatte, dass Sport für ihn inzwischen Mord sei, lief noch einigermaßen flott über den Fußballplatz, während Erik im Nu aus der Puste war und schließlich stehen bleiben und sich die Seiten halten musste. Keuchend stand er da und beobachtete Klaas, der nicht nur der attraktivste, sondern auch der fähigste Mann auf dem Platz war. Um welche Disziplin es auch ging, Klaas würde ihn immer übertrumpfen. Allenfalls in Intelligenz und Bildung war Erik ihm überlegen, aber welche Frau schaute schon danach, wenn sie das erste Mal mit einem Mann sprach? Klaas dribbelte und schoss, fing den Ball mit seiner breiten Brust auf und köpfte ihn sogar elegant. Klaas war ein Mann, den jede Frau wollte!

Als Felix mit einem Mal am Spielfeldrand auftauchte, gab Erik es auf, mit den anderen mitzuhalten. Zu welchem Schluss Felix kommen würde, wenn er die Leistungen seines Vaters mit denen der gleichaltrigen Freunde verglich, wollte Erik nicht wissen.

Gemächlich, als hätte er keine Lust mehr zum Kicken, ging er auf seinen Sohn zu. »Na? Auch ein bisschen bolzen?«

»Später«, gab Felix zurück. »In einer halben Stunde treffe ich mich hier mit ein paar Kumpels. So lange dürft ihr den Rasen noch haben. Wenn ihr überhaupt so lange durchhaltet.«

Erik überhörte diese Provokation und entschloss sich zur Rache. Wer auf Männer seines Alters verächtlich herabblickte, durfte sich nicht beschweren, wenn eine Retourkutsche kam. »Hast du deinen Gitarrenkoffer endlich wiedergefunden?« Er weidete sich unauffällig an Felix' missmutigem Gesicht und der Art, wie er sich umblickte, als suchte er nach einem Fluchtweg.

»So gut wie«, nuschelte er.

»Weißt du eigentlich, was der gekostet hat?«

»Wenn er nicht wieder auftaucht, kannst du mir die Kohle vom Taschengeld abziehen.«

Erik fand diese Antwort frech und ärgerte sich darüber, dass sein Sohn so gleichmütig mit einer Sache umging, die nicht billig gewesen war. Aber er wollte in Hörweite Sünjes nichts dazu sagen. Erziehung war Familiensache, das ging niemanden etwas an!

Sünje saß auf einer der Bankreihen, so wie früher, als sie treu und brav zu jedem Spiel der Mannschaft gekommen war, in der ihr Bruder mitspielte. Und wie früher machte sie sich so klein wie möglich, indem sie die Arme um die herangezogenen Beine schlang. Früher hatte sie sogar das Kinn auf die Knie gelegt, aber so gelenkig war sie wohl nicht mehr.

Felix nutzte die Gelegenheit, sich mit einem lässigen »Man sieht sich« zu verabschieden und sich eilig zurückzuziehen.

Erik setzte sich zu Sünje. »Es ist beinahe wie früher.«

Sie lächelte. »Damals warst du flotter auf den Beinen.«

Erik schluckte Sünjes Bemerkung herunter, ohne zu reagieren. »Da wir gerade allein sind, Sünje …«

»Die Reparaturarbeiten am Haus sind nur sehr notdürftig erledigt worden«, unterbrach sie ihn.

»Ich weiß. Am Wochenende ist das schwierig. Morgen kommt eine Firma und macht den Rest. Das Haus der Plogmakers wird anschließend erheblich an Wert gewonnen haben.«

Sein Spott erreichte sie nicht. »Die Plogmakers sind noch völlig mit den Nerven fertig«, sagte sie. »Erst werden Klaas und deine Freundin in ihrem Garten verhaftet und nun so was.«

»Wiebke und Klaas haben einen Mann im Garten gesehen und ich gestern Abend auch. Ich bin sogar sicher, dass er ins Haus gegangen ist. Ich habe die Tür gehört.«

Sie tat so, als interessiere sie sich für Klaas' Versuch, den Ball an Remko vorbei ins Tor zu bugsieren, und antwortete nicht. Bockig sah sie aus. Wie ein Kind, das nicht weinen will und die Tränen mit Trotz bekämpft. Das Kleid mit den Rüschen am Oberteil und den Bändern, die auf den Schultern geknotet wurden, war von einer Art, wie sie auch kleine Mädchen trugen.

»Hast du einen Freund?«, fragte Erik leise. »Einen, der nicht will, dass jemand von eurer Beziehung erfährt?« Als sie noch immer nicht antwortete, ergänzte er vorsichtig: »Eigentlich kann ich es mir ja nicht vorstellen. Wo du doch gerade erst den Mann verloren hast, in den du verliebt warst.«

»Gregor wollte mich heiraten«, stieß sie aufgeregt hervor, und ihre Augen füllten sich mit Tränen. »Sonst hätte er nicht …« Erschrocken schwieg sie, als hätte sie beinahe etwas verraten, was geheim bleiben sollte.

»Sonst hätte er nicht mit dir geschlafen?«, fragte Erik so sanft wie möglich. »Mein Gott, Sünje … es gibt für einen Mann viele Gründe, mit einer Frau zu schlafen.«

»Aber er hat gesagt …« Wieder brach sie ab und kämpfte mit den Tränen.

»Was hat er gesagt?«

»Dass ich etwas ganz Besonderes bin.«

»Um eine Frau ins Bett zu bekommen, sagt ein Mann vieles, was er am nächsten Tag schon vergessen hat.« Bedächtig setzte Erik hinzu: »Möchtest du gern heiraten?«

»Ich bin schon über dreißig.«

Erik war gerührt und abgestoßen zugleich, dass sie so offen zugab, worum es ihr ging.

»Mama hat gesagt: Du brauchst nicht zu heiraten, du machst Karriere. Aber nun ist es wohl doch besser, wenn ich heirate.«

»Du meinst … aus finanziellen Gründen?«

Sie wurde wütend. »Soll ich bis zum Sankt-Nimmerleins-Tag Klavierunterricht geben? Das mit der Karriere …« Sie brach ab, dann ergänzte sie, als täte sie es nicht gern: »Es ist nicht leicht, als Pianistin Karriere zu machen. Man muss sehr gut sein. Mama hat immer gesagt, ich wäre sehr gut.«

Erik fühlte Zorn in sich aufsteigen, wenn er an Sünjes Mutter dachte. Sie hatte das Leben ihrer Tochter zerrüttet, indem sie ihr eine Zukunft vorgaukelte, der Sünje nicht gewachsen war. Er versuchte es mit Überrumpelung: »Also, wer ist nun der Mann, der dich gestern besucht hat?«

Aber sie fiel darauf nicht herein, schüttelte nur den Kopf und presste die Lippen zusammen. Sie rückte sogar ein wenig von ihm ab und richtete ihre Unterwäsche, als wäre durch diese kleine Veränderung unter ihrem Kleid bereits alles in Ordnung zu bringen.

Erik glaubte allmählich nicht mehr daran, dass Sünje ihm etwas verschwieg. Außerdem traute er ihr nicht zu, dass sie kurz nach dem Mord an dem Mann, von dem sie sich geliebt gefühlt hatte, heimlich einen Liebhaber empfing. Er würde sicherstellen, dass das Haus der Plogmakers sorgfältig beobachtet wurde. Er hatte keine Ahnung, was ein Mann dort des Nachts suchte, konnte nur hoffen, dass er ihn auf frischer Tat ertappte und es dann erfuhr. Der Name Leo Schwickerat fuhr durch seinen Kopf. Leo Schwickerat, den Wiebke hinter der Bäckerei Poppinga erwischt und fotografiert hatte! Wie hing das alles zusammen?

Er hatte anscheinend länger schweigend nachgedacht, als er wollte. Denn plötzlich stand Klaas vor ihnen. Er setzte sich neben seine Schwester und beugte sich über ihren Schoß zu Erik herüber. »Der Mann, den du gestern im Garten der Plogmakers gesehen hast … den Wiebke und ich verfolgt haben … war das etwa Imhoffs Mörder? Ist meine Schwester in Lebensgefahr?«

Sünje begann prompt zu weinen, sprang auf und lief bis zum Ende der Bankreihe, um sich dort niederzulassen. Weder Erik noch Klaas machten Anstalten, ihr zu folgen oder sie zurückzuholen.

Erik beobachtete sie, während er antwortete: »Um das zu beurteilen, müsste ich wissen, ob jemand einen Grund hat, Sünje nach dem Leben zu trachten.« Sünje suchte nach einem Taschentuch und wischte sich dann, als sie erfolglos blieb, Augen und Nase mit dem Unterarm trocken. »Vielleicht hat deine

Schwester auch in der Nacht, in der sie mit Gregor Imhoff zusammen war, etwas erfahren oder gesehen, was dem Mörder gefährlich werden kann.«

Sünje weinte nun so laut, dass die beiden es hören konnten, was vermutlich ihre Absicht war. Klaas warf ihr einen gereizten Blick zu, und Erik fragte sich plötzlich, ob er die Beziehung zwischen Sünje und Gregor Imhoff falsch eingeschätzt hatte. Vielleicht war es wirklich Liebe gewesen zwischen ihnen? Und die Frau, die Gregor Imhoff mit ihrer Liebe bedrängt hatte, war eine andere?

»Oder glaubst du etwa, der Mord hat etwas mit dem Arabella-Dieb zu tun?«, fragte Klaas unvermittelt.

Erik warf einen warnenden Blick zu Sünje, aber Klaas wehrte mit einer schwachen Geste ab. Scheinbar glaubte er nicht, dass seine Schwester dieses Wort auffassen und weitergeben könnte.

»Möglich ist alles«, antwortete Erik ausweichend.

»Was du mir von dem Arabella-Dieb erzählt hast, passt nicht mit Mord zusammen.«

Erik fragte sich, was Klaas eigentlich wusste, wurde aber in seinen Gedanken unterbrochen, weil Remko, Gerit, Coord und Erasmus verschwitzt, aber glücklich vom Platz zurückkehrten.

»Ich schlage vor«, rief Erasmus, »wir gehen jetzt ins La Venezia auf der Friedrichstraße. Und Erik lädt uns alle auf ein Eis ein, weil er nicht durchgehalten hat.«

Erik lachte. »Das Venezia gibt's schon lange nicht mehr. Aber das Eis bei Leysieffer schmeckt auch super. Da sind sogar die Waffeln hausgemacht.«

Die Tür war schwer, sie ließ sich nur mühsam bewegen. Noch einmal blickte Mamma Carlotta nach rechts und links und hängte sich dann mit ihrem ganzen Körpergewicht an den großen Griff. War der Gepäckraum nach dem Ablegen etwa verschlossen worden? Dann hatte sie keine Chance.

Aber mit einem Mal, als hätte ein Widerstand überwunden

werden müssen, bewegte sich die Tür. Und dann war es ganz leicht. Sie rollte in einer tiefen Schiene am Fußboden, und als sie einmal in Bewegung war, lief sie so leicht nach links, dass Mamma Carlotta erschrak. Das Geräusch, als sie anschlug, war laut, viel zu laut. Aber zum Glück schien es niemand gehört zu haben. Denn auf dem Flur und hinter den Kabinentüren blieb alles ruhig. Sicherlich waren sämtliche Besatzungsmitglieder mit ihrer Arbeit auf den oberen Decks beschäftigt. Sie hatte das Gefühl, auf Deck drei allein zu sein.

Dann aber war ihr, als hörte sie Schritte am Ende des Ganges, als käme jemand auf die Tür zu ... und sie huschte, obwohl sie sich eigentlich noch überlegen wollte, ob es ratsam war, das Risiko einzugehen, in den Gepäckraum. So leise wie möglich schob sie die Tür zu, aber nur so weit, dass noch genügend Licht in den Raum fiel. Jetzt wurde ihr klar, dass sie ihren Plan nicht ausreichend vorbereitet hatte. Sie hätte sich eine Taschenlampe besorgen müssen, dann wäre es möglich gewesen, die Tür fest zu verschließen. Oder gab es hier irgendwo einen Lichtschalter? Sie sah sich um, während sie gleichzeitig angestrengt lauschte. Auf dem Gang war nun alles ruhig. Sie hatte sich offenbar getäuscht. Einen Lichtschalter sah sie nicht, war aber auch viel zu nervös, um danach zu suchen. Nur schnell wieder weg hier! Sich nur vergewissern, ob es sich wirklich um Felix' Gitarrenkoffer handelte, und dann wieder raus auf den Gang! Dass sie sich notfalls noch einmal auf Altersverwirrtheit berufen konnte, machte ihr die Sache leichter, wenn es ihr auch nicht gefiel, das Schicksal damit womöglich zu reizen und zur Strafe demnächst tatsächlich den Postboten für ihren Großvater zu halten und den eigenen Sohn nicht mehr zu erkennen. Vor allem gefiel ihr der Gedanke nicht, dass jemand Carolin beiseitenehmen könnte, um ihr einzuschärfen, besser auf ihre Großmutter achtzugeben ...

Sie ließ die Schiebetür so weit geöffnet, dass sie schemenhaft die Gepäckstücke erkennen konnte. An der linken Wand hatte der Gitarrenkoffer gestanden, aber nun konnte sie dort nicht den typischen Gitarrenhals identifizieren. Ihr Blick irrte umher, es schien ihr, als hätte es in diesem Raum viel Bewegung gegeben. Anscheinend war eine Reihe von Koffern mit ihren Besitzern in Amsterdam von Bord gegangen, andere Koffer waren zur Seite geräumt, vieles von links nach rechts und von vorne nach hinten umgestellt worden. Sie spürte schon die Erleichterung, die sich in Kürze ein schweres Gefecht mit ihrer Neugier und dem Ärger, nichts herausgefunden zu haben, liefern würde. Das wusste sie. Aber der Gitarrenkoffer schien nicht mehr hier zu sein. Der Besitzer war in Amsterdam von Bord gegangen, sie würde, wenn sie nach Sylt zurückgekehrt war, vermutlich von Felix hören, dass sein Koffer sich wieder eingefunden hatte und … in diesem Augenblick sah sie ihn. Er stand nur ein, zwei Meter von ihr entfernt, war ihr so nah gewesen, dass sie ihn deswegen nicht entdeckt hatte. Ihr Blick war durch den Raum geirrt, hatte nur das Weite gesucht und das Nahe übersehen.

Ein Schritt und sie stand neben dem Gitarrenkoffer. Das Licht fiel günstig, sie konnte den Aufkleber der Toten Hosen gut erkennen. Genauso hatte Felix' Aufkleber ausgesehen. Und dann entdeckte sie auch die Schrammen, für die sie ihren Enkel bereits getadelt hatte. Ja, sie hatte Felix' Gitarrenkoffer vor sich. Es gab keinen Zweifel. Wie – per l'amore di Dio – war er in den Gepäckraum der ›Arabella‹ gekommen?

Sie suchte nach den Schnallen, die den Koffer verschlossen, und begann eine nach der anderen aufzuklappen. Das metallene Klacken gellte in ihren Ohren, trotzdem konnte sie jetzt nicht mehr zurück. Sie war allein, niemand in Hörweite, in wenigen Augenblicken würde sie Bescheid wissen. Und dann konnte sie Erik anrufen und ihm sagen, wie sein Fall zu lösen war. Dass Felix' Gitarrenkoffer im Bauch des Schiffes gelandet war, konnte nur etwas mit dem Arabella-Dieb zu tun haben. Wie würde Erik sich freuen, wenn er hörte, dass ihr Hauptgewinn zu diesem Erfolg geführt hatte!

Sie stockte und lauschte. War da ein Geräusch gewesen? Schritte? Ein Schnaufen? Nein, es herrschte Stille auf dem Gang. Sie öffnete eine weitere Schnalle und horchte wieder. Nichts war zu hören. Dennoch wurde sie mit einem Mal von der Angst bedrängt, nicht allein zu sein. Sie musste sich beeilen. Nur ein Blick in den Koffer! Dann würde Erik der Staatsanwältin, die so oft an seinen Fähigkeiten zweifelte, die Lösung des Falls präsentieren können!

Sie spürte ein Vibrieren im Koffer, hörte ein sanftes Klirren und war nun ganz sicher, dass er etwas enthielt, was nichts mit Felix zu tun hatte. Nun hatte sie die letzte Schnalle hochgeklappt, der Deckel konnte geöffnet werden. Aufgeregt, mit zitternden Fingern, wollte sie ihn aufdrücken, da bemerkte sie den Schatten, der in den Gepäckraum fiel. Der Lichtstrahl vom Gang war in einem diffusen Dämmerlicht untergegangen. Jemand war in der Tür erschienen!

Das Entsetzen nagelte sie an ihren Fleck. Nur mit allergrößter Kraftanstrengung schaffte sie es, sich umzudrehen. Aber nicht weit genug. Bevor sie sehen konnte, wer hinter ihr stand, fuhr etwas auf sie nieder. Ein heftiger Schmerz schien ihren Kopf zu spalten, sie wollte die Hände hochnehmen, ihn schützen, den Schmerz ergreifen ... aber sie kam nicht mehr dazu. Ein schwarzes Loch raste auf sie zu und verschlang sie.

Vor dem Leysieffer saß das immer gleiche träge Publikum auf hohen Hockern an Bistrotischen, auf die man sich bequem aufstützen und die Leute beobachten konnte, die zum Meer gingen oder zurückkamen. Müdigkeit stand nicht nur in Eriks Gesicht, sondern auch in den Augen seiner Freunde. Sie waren mundfaul, gähnten gelegentlich, warfen nur die eine oder andere Bemerkung in die Runde und amüsierten sich leise und oberflächlich über alte Männer in zu kurzen Hosen und dicke Frauen in Miniröcken. Das Leben war langsam in dieser Stunde. Niemand hatte es eilig, man lief nicht, man bummelte, aber man flanierte nicht, um zu sehen und gesehen zu werden, sondern trödelte von einem Schaufenster zum nächsten, gleichgültig und ausdruckslos. Es war die Zeit nach der Mittagsruhe und vor der abendlichen Emsigkeit. Ein leichter Wind wehte aufs Meer zu, frischte gelegentlich auf und schob in unerwarteten Böen vor sich her, was leicht genug war. Auf der gegenüberliegenden Straßenseite traten die Kunden des Schokoladengeschäftes Leysieffer mit kleinen Tüten, aus denen hübsche Verpackungen ragten, auf die Friedrichstraße und verstauten sie sorgfältig in ihren Taschen, als die Sonne auf ihre Schokoladenmitbringsel traf.

Plötzlich sagte Remko: »Mein Gott, da ist Sina.« Er sprang auf und lief los, ließ seine Kamera auf dem Tisch liegen und sein Handy daneben. »Sina!«, hörte Erik ihn rufen.

Dann hatte er eine Frau erreicht, die erst stehen blieb, als er ihren Arm berührte, eine Frau in ihrem Alter, die Erik nun ebenfalls bekannt vorkam. Die Kellnerin aus der Kupferkanne! Sie sah Remko zunächst ungehalten an, während er auf sie einredete, dann endlich ging ein Lächeln des Erkennens über ihr Gesicht. Und im nächsten Augenblick fiel sie Remko in die Arme. Jetzt erinnerte sich Erik wieder, wo sie Sina damals kennengelernt hatten. Sie hatte mit ihnen gemeinsam die Tanzstunde besucht, und er hatte sie gelegentlich wiedergesehen, wenn er mit Wiebke in der Kupferkanne in Kampen eingekehrt war.

Remko warf ihnen eine Geste zu, die schwer zu deuten war. Anscheinend wollte er um Verständnis darum bitten, dass ihm Sina in diesem Augenblick wichtiger war als seine Freunde.

»Sina …« Gerit schüttelte den Kopf. »Hoffentlich ist sie verheiratet und unerreichbar für ihn. Remko hat sie all die Jahre nie ganz aus dem Kopf bekommen.«

Erasmus lachte. »Damals wollte sie ihn nicht. Warum sollte sie ihn heute wollen?«

Coord sah die Sache anders. »In zwanzig Jahren kann sich viel verändern. Sina sieht nicht so aus, als hätte das Leben ihr alle Wünsche erfüllt, die sie damals hatte.«

Da musste Erik ihm recht geben. Sina sah älter aus als Remko, obwohl die beiden gleichaltrig sein mussten. Sie gehörte zu den Frauen, die nur mit großer Mühe dafür sorgten, dass man sie nicht dick nennen konnte, die aber immer auf der Stufe unmittelbar darunter waren. Sinas Lächeln war müde, ihr Gesicht blass, ihre Haare mit der herausgewachsenen Dauerwelle zeigten, dass sie es längst aufgegeben hatte, auf ihr Äußeres zu achten. Aber Remko schien von dieser Erkenntnis nicht berührt zu werden. Er strahlte, wie Erik ihn noch nie hatte strahlen sehen, redete auf Sina ein, schien sie etwas zu fragen, immer wieder, und erst zufrieden zu sein, als sie endlich zögernd nickte. Dann hatten die beiden offenbar eine Verabredung getroffen. Remko kam zum Tisch zurück, während Sina langsam die Friedrichstraße hinaufging Richtung Meer.

Remko nahm sein Handy und die Kamera an sich und tastete seine Jacke nach dem Portemonnaie ab. »Ich melde mich«, stieß er hervor. »Ich rufe einen von euch an, damit ihr mir sagen könnt, wo ihr heute Abend weitermacht.«

Ehe jemand antworten konnte, war er schon wieder davon. Dr. Remko Groot, der Zauderer, der Blasse, der Unauffällige! War er gerade über sich hinausgewachsen?

Coord stöhnte leise. »Wenn Remko heute Nachmittag beschäftigt ist, sollte ich die Gelegenheit nutzen, mich für ein, zwei Stündchen aufs Ohr zu legen. Letzte Nacht habe ich kaum ein Auge zubekommen. Remko hat einen ganzen Wald abgesägt.«

»Du brauchst wohl Erholung nach der Rennerei auf dem Fußballplatz?«, stichelte Gerit.

Aber Erasmus fand Coords Idee mit dem kleinen Nachmittagsschlaf gar nicht schlecht. »Umso leistungsfähiger sind wir heute Abend!« Und dann bestärkte er Gerit, mit dem er ein Hotelzimmer teilte, darin, stattdessen einen Spaziergang am Strand zu machen. »Du schnarchst nämlich auch nicht schlecht.« Er lächelte Erik an. »Wo ist eigentlich deine Freundin?«

»Beruflich unterwegs.« Erik war froh, dass niemand Genaueres wissen wollte, denn in diesem Augenblick unterbrach Klaas' Handy das Gespräch.

Als Klaas sich gemeldet hatte, runzelte er die Stirn und schüttelte den Kopf. »In meinem Keller? Kann nicht sein.« Dann, nachdem er eine Weile zugehört hatte: »Vielleicht meine Schwester. Sie ist zurzeit nicht gern allein in ihrer Wohnung. Eigentlich wollte sie sich zwar zu Hause aufs Ohr legen, aber wahrscheinlich hat sie es sich anders überlegt. Ich komme und sehe nach.« Dann wehrte er sehr entschlossen ab: »Nicht nötig. Hier wird die Stimmung sowieso gerade ein bisschen müde.« Er lachte einen nach dem anderen an, um zu zeigen, dass seine Bemerkung scherzhaft gemeint war. Dann verabschiedete er sich und steckte sein Handy ein. »Mein Nachbar«, sagte er zu Erik. »Edlef Dickens hat irgendwelche Geräusche in meinem Keller gehört. Ich sehe mal nach.«

Erik war beunruhigt. »Soll ich mitkommen? Oder den Kollegen in List Bescheid sagen?«

Aber davon wollte Klaas nichts hören. »Seit bei Edlef eingebrochen wurde, hört er die Flöhe husten.« Er sprang auf und rief, schon im Weggehen: »Also, Abendessen bei Gosch? Wie abgemacht? Danach sehen wir weiter.«

Erik blickte ihm und kurz darauf auch den anderen nachdenklich hinterher. Dann saß er allein vor dem Café und wartete darauf, dass seine Gedanken sich ordneten. Edlef Dickens glaubte, dass bei Klaas eingebrochen wurde? Warum wollte Klaas dann nicht die Polizei bemühen? Erik dachte daran, dass er Wiebke dabei beobachtet hatte, wie sie durch den Keller in das Haus der Bäckerei eingedrungen war. Hatte Klaas ihm einen Bären aufgebunden? War es gar nicht Edlef Dickens, sondern Wiebke gewesen, die ihn angerufen und nach Hause gelockt hatte? Oder war Dickens auf Wiebke aufmerksam geworden, wie sie sich ins Nachbarhaus schlich, und Klaas wollte verhindern, dass sie dabei entdeckt wurde? Erik war drauf und dran, seine Pfeife hervorzuholen und sich und seine Gedanken in Tabakrauch zu hüllen. Doch er unterließ es. Zwar war das Rauchen auf der Straße nicht verboten, aber er wusste, dass er sich böse Blicke und vielleicht auch bissige Kommentare von den Nachbartischen einhandeln würde. Beides wollte er auf keinen Fall.

Entschlossen holte er sein Handy hervor und wählte Wiebkes Handynummer, aber sie nahm nicht ab. Als die Mailbox ansprang, legte er wieder auf.

Auf dem Weg zu seinem Auto geschah etwas mit ihm, was selten vorkam. Er fühlte sich einsam. Eigentlich konnte er das Alleinsein genießen, wie seine Schwiegermutter es niemals fertigbrachte, aber diesmal war es kein gutes Empfinden. Er fühlte sich nicht allein, auch nicht einsam, nein, er fühlte sich verlassen. Verlassen von der Frau, die nicht mehr zu ihm gehören wollte, verlassen auch von Carolin und seiner Schwiegermutter, verlassen von Felix, der seinen Freunden den Vorzug gab, verlassen von Klaas … Er holte sein Handy aus der Tasche, entschlossen, sich an einer Stimme zu erfreuen, die ihm vertraut war.

Carolin meldete sich sofort. »Papa? Ich wollte dich auch gerade anrufen.«

Erik versuchte fröhlich zu klingen. »Wie geht's euch? Was macht ihr?«

»Ich liege auf dem Sonnendeck. Aber irgendwie … ist mir gerade langweilig. Die Nonna ist weg.«

»Wie? Die Nonna ist weg?«

»Ich weiß nicht, wo sie ist. Wahrscheinlich hat sie mal wieder jemanden kennengelernt und erzählt ihre Lebensgeschichte. So ein Schiff ist ja groß. Da kann man sich stundenlang nicht sehen. Aber zum Abendessen wird sie auftauchen, ganz sicher.«

Erik lachte, weil er das Gefühl hatte, dass Lachen jetzt die richtige Reaktion war. »Und du? Ich habe mir von deinem Bruder sagen lassen, dass du frisch verliebt bist.«

»Ja, stimmt …« Ein großes Aber schwappte von einem Ende der Leitung zum anderen. »Tilman geht's nicht gut. Er musste sich hinlegen.«

»Was hat er?«

»Er ist nierenkrank. Eigentlich braucht er dringend eine Transplantation. Aber bis jetzt hat sich kein Spender gefunden. Echt blöde, dass er außerdem noch so eine seltene Blutgruppe hat.«

»Ach!« Erik fühlte sich von einem Gedanken berührt, den er nicht fassen konnte. Als hätte er kürzlich etwas erfahren, was nicht wichtig gewesen und deshalb schnell von Aktuellerem zum Einschlafen gebracht worden war.

»Stell dir vor«, fuhr Carolin fort, »wer hier auf dem Schiff ist. Da kommst du nie drauf!«

Erik machte sich nicht die Mühe, mit dem Raten zu beginnen, sondern wartete ab, was er zu hören bekommen würde.

»Der Wirt von Käptens Kajüte!«, platzte Carolin heraus. »Und dieser versoffene Strandwärter, der ständig dort hockt. Die machen eine Kreuzfahrt! Kannst du das glauben?«

»Tove Griess und Fietje Tiensch?« Erik konnte es tatsächlich nicht fassen. Er dachte an das Schild vor Käptens Kajüte und dass er an eine Krankheit des Wirtes geglaubt hatte. »Tove Griess steht immer kurz vor der Pleite. Und Fietje Tiensch vertrinkt den größten Teil seines kleinen Gehaltes. Diese beiden machen eine Kreuzfahrt? Und dann noch in der Hochsaison?«

»Die benehmen sich unmöglich. Kaum waren sie an Bord, sind sie schon unangenehm aufgefallen. Da hatten sie nämlich spitzgekriegt, dass hier die Getränke all inclusive sind, und haben sich erst mal sinnlos betrunken. In Amsterdam sind sie an Bord gekommen und waren beim Auslaufen schon blau.«

»In Amsterdam?« Erik war nun an seinem Wagen angekommen, für den er am Syltness-Center einen Platz gefunden hatte, und schloss ihn auf. »Wieso sind sie nicht in List zugestiegen?«

Carolins Stimme klang empört: »Ich habe nicht die Absicht,

sie das zu fragen, Papa. Am liebsten würde ich ihnen aus dem Wege gehen, aber die beiden hängen ständig in unserer Nähe rum. Natürlich haben sie mich erkannt und meinen nun wohl, wir hätten etwas gemeinsam. Und ewig quatschen sie Tilman an. Der ist schon total genervt.«

Erik hatte es plötzlich eilig, das Gespräch zu beenden. »Sag der Nonna, sie soll mich anrufen, wenn sie wieder auftaucht. Ich muss was mit ihr besprechen.«

Carolins Stimme veränderte sich, wie sie sich immer veränderte, wenn sie von Wiebke sprach. »Braucht deine Lady Instruktionen? Weiß sie nicht, wie man eine Tomate in Scheiben schneidet?« Sie kicherte höhnisch.

Erik überhörte diese Anzüglichkeit und verabschiedete sich von seiner Tochter. Er ließ sich auf den Fahrersitz fallen und schloss die Augen. Dass Tove Griess an Bord der ›Arabella‹ war, konnte nur einen Grund haben. Er war von seinem Cousin geschickt worden. Und dass er sich ständig in der Nähe dieses Tilmans herumtrieb, konnte ebenfalls nur einen einzigen Grund haben. Das sah seiner Schwiegermutter ähnlich! Sie hatte nicht nur ihn informiert, sondern auch gleich Tove Griess und den Vater des verschwundenen Kindes alarmiert! Darüber würde er mit ihr reden müssen. Wie konnte sie, was sie gesehen hatte, gleich überall rumposaunen? Er schüttelte den Kopf, weil ihm gleich der nächste erstaunliche Gedanke kam. Carolin hatte sich also in den Jungen verliebt, der einen missgebildeten Zeh hatte, wie ihn auch der kleine Junge gehabt hatte, der am Strand von Wenningstedt gekidnappt worden war. Gab es solche Missbildungen häufiger? War die Wahrscheinlichkeit, dass es sich um denselben Jungen handelte, vielleicht gar nicht so groß, wie es den Anschein hatte? Er musste sich mal mit Dr. Hillmot darüber unterhalten. Der Gerichtsmediziner wusste vielleicht mehr über solche körperlichen Merkmale. Aber erst einmal musste er sich von seiner Schwiegermutter bestätigen lassen, dass dieser Tilman wirklich der Junge mit dem missgebildeten Zeh war.

Und plötzlich fiel ihm auch wieder ein, was Carolins Erzählung über Tilmans Krankheit in ihm angestoßen hatte. So heftig sprang ihn die Erkenntnis an, dass er dreimal tief Luft holen musste. Dann wählte er Sörens Nummer und sagte ohne lange Vorreden: »Es könnte sein, dass ich weiß, wem Gregor Imhoff mit einer Lebendspende helfen wollte.«

Sören brauchte eine Weile, bis er die Information verarbeitet hatte. »Sie meinen wirklich, der gekidnappte Junge sollte von Gregor Imhoff eine Niere bekommen – sofern es sich bei diesem Tilman überhaupt um das entführte Kind handelt? Dann müsste ja zwischen den beiden eine verwandtschaftliche oder sonstwie enge Beziehung bestanden haben.«

»Bevor wir die Pferde scheu machen, Sören, warte ich erst mal auf den Anruf meiner Schwiegermutter. Sie weiß sicherlich den Nachnamen des Jungen. Ich wollte Carolin nicht fragen, sie muss nicht wissen, was wir vermuten. Und ehe wir uns mit dem Kapitän der ›Arabella‹ in Verbindung setzen, um ihn nach dem Namen zu fragen, sollten wir ebenfalls sicherer sein. Vielleicht war Imhoff ja mit den Leuten, die den Jungen großgezogen haben, verwandt.«

Schwärze! In ihrem Kopf, hinter den Augäpfeln, um sie herum. Alles schwarz! Und Schmerzen! Dio mio! In ihrem Kopf dröhnte es! Und ihre Glieder! Steif und unbeweglich waren sie, Knie und Arme taten weh. Schmerzen, Schmerzen! Das Bedürfnis, sich zu strecken, die Glieder zu dehnen, wurde übermächtig. Die Muskeln an Armen und Beinen waren schon steif, verkrampften sich immer wieder und waren anschließend noch steifer als vorher.

Mamma Carlotta brauchte eine ganze Weile, ehe sie begriff, wo sie sich befand, und sich erinnern konnte, was geschehen war. Sie verzog das Gesicht, als sie an den Schlag dachte, der für eine Weile alles ausgelöscht hatte. Wie lange lag sie hier schon? Geknebelt und gefesselt.

Stöhnend versuchte sie, sich zu bewegen, aber viel Spielraum hatte sie nicht. Der Versuch, sich zu orientieren, gelang zum Glück. Sie kannte den roten Punkt, das Einzige, was die Schwärze unterbrach, und sie erinnerte sich an den Geruch von Leder und Straßenschmutz. Ja, sie war noch immer in dem Gepäckraum. Hier war sie überfallen worden, hier hatte man sie außer Gefecht gesetzt.

Sie lag auf der Seite, die Arme hinter dem Rücken zusammengebunden, die Beine in einem leichten Winkel hinter ihrem Körper. Noch schlimmer als die Fesselung war der Knebel in ihrem Mund. Ein zusammengeknülltes Tuch, von dem ein Zipfel in ihren Rachen ragte und sich bei jedem Atemzug bewegte. Der Drang zu würgen nahm stetig zu. Mit aller Macht lehnte sie sich dagegen auf und versuchte, sich mit konzentriertem Atmen zu beruhigen. Bloß nicht würgen! Am Ende würde sie an ihrem eigenen Erbrochenen ersticken.

Was hatte sie ihren Kindern eingeschärft, wenn diese sich darüber beklagten, dass die Bibelstunden beim Pfarrer so langweilig waren? Und wenn sie Schwierigkeiten hatte, sie vom Sinn des Unterrichts zu überzeugen? Sie war immer der Meinung gewesen, dass die Erklärung »So was muss sein« ausreichte und man nur eine Möglichkeit finden musste, all das, was sein musste, mit Anstand hinter sich zu bringen. Also nicht gähnen und sich rumfläzen, sondern ein frommes Gesicht zeigen und hinter der Stirn unbemerkt einen Ausflug in ein schönes Land machen. Alle Capella-Kinder hatten gelernt, sich mit Träumen zufriedenzugeben, wenn die gute Erziehung an der Realität zu scheitern drohte.

So versuchte ihre Mutter es nun auch. Tief durchatmen, an etwas Schönes denken, sich ans Sonnendeck träumen, sich an den Herd zurückwünschen … aber es klappte nicht. Anscheinend war ihre missliche Lage mit dem Bibelunterricht des Pfarrers doch nicht zu vergleichen. Sie konnte nicht anders, als sich mit dem Grund und den Folgen dieser Freiheitsberaubung auseinanderzusetzen. Der Grund war schnell gefunden: Sie war auf dem besten Wege gewesen, einem Geheimnis auf die Spur zu kommen, dem Geheimnis, das sich in Felix' Gitarrenkoffer verbarg. Und die Folgen? Der Knebel in ihrem Mund schien plötzlich dicker zu werden, sodass sie erneut ihre ganze Selbstbeherrschung zusammennehmen musste. Jemand, der gemerkt hatte, dass sie ihm auf der Spur war, würde sich nicht damit begnügen, sie hier liegen zu lassen. Er würde sie endgültig beseitigen wollen. Wie man auf hoher See einen unliebsamen Zeitgenossen am besten loswurde, lag auf der Hand. Sobald es dunkel war, alle Passagiere schliefen und nur wenige Besatzungsmitglieder zur Wache eingeteilt waren, warf man so jemanden über Bord. Das Geräusch würde im Dröhnen der Maschinen und dem Rauschen der Bugwelle untergehen. Mit dem Knebel im Mund würde sie nicht einmal schreien können, und gefesselt wie sie war, hatte sie keine Chance, sich auch nur für Augenblicke über Wasser zu halten.

Mit dieser Erkenntnis war es vorbei mit dem Vorsatz, diesen Zustand zu überstehen, indem sie sich auf etwas anderes konzentrierte. Es ging darum, sich zu befreien. Unbedingt! Sie wusste nicht, wie viel Zeit vergangen war. Doch dem Täter musste klar sein, dass er sie hier nur so lange verbergen konnte, wie kein Gepäckstück benötigt wurde. Spätestens im nächsten Hafen würde sich der Gepäckraum wieder öffnen. Aber es hatte keinen Sinn, sich zu überlegen, wie weit Southampton entfernt war. Mamma Carlotta wusste schließlich nicht, wie lange sie ohne Bewusstsein gewesen war. Womöglich war es längst dunkel, und der Täter traf bereits Vorbereitungen, um sie über Bord zu werfen. Wenn das so war, hatte sie keine Zeit zu verlieren. Der Dank an den Schutzpatron ihres Dorfes dafür, dass sie wusste, wie dieser Raum von innen zu öffnen war, fiel nur kurz aus. Viel länger war das Gebet, in dem sie ihn anflehte, ihrer Zunge Kraft und Geschicklichkeit zu geben, so wie die Zunge eines Ameisenbärs sie hatte. Denn tatsächlich bemerkte sie gerade, dass sie nicht besonders sorgfältig geknebelt worden war. Der Mann, der sie überwältigt hatte, war vermutlich in Zeitnot gewesen und hatte natürlich auch keine Möglichkeit gehabt, sich vorzubereiten. Er hatte irgendwas genommen, was ihm geeignet erschien, um sie fürs Erste mundtot zu machen. Das Tuch war locker, mit dem Druck ihrer Zunge war es millimeterweise noch vorn zu verlagern und gegen die Zähne zu drücken. Wie besessen arbeitete sie, half mit der Kiefermuskulatur nach, spannte den Rachen an, um dadurch eine Bewegung zu erzeugen, und setzte sogar die Kehle ein, weil sie in ihrer wahnwitzigen kleinen Hoffnung die Angst vor Übelkeit und Würgereiz verloren hatte. Aber dann hörte sie Schritte auf dem Gang, energische Schritte, die langsamer und zögerlicher wurden. Schließlich verstummten sie ganz. Jemand stand vor der Tür des Gepäckraums. Der Täter, der sie holen wollte? Oder jemand, der ihr helfen konnte? Carlotta fühlte einen Schauer der Angst über ihren gepeinigten Körper rieseln.

Schon während der Telefonate, die sie vor ihrem Treffen geführt hatten, war klar gewesen, dass sie dem neuen Gosch in Wenningstedt einen Besuch abstatten wollten. Die vier Freunde, die lange nicht auf Sylt gewesen waren, kannten den Neubau noch nicht, diese große Welle, die dem Meer entgegensprang, durch und durch verglast, alles dem Blick aufs Wasser untergeordnet. Sie wussten eine Menge von dem grasbewachsenen Fischrestaurant, sogar in den süddeutschen Zeitungen war etwas über den phantasievollen Bau zu lesen gewesen, und wollten bei dieser Gelegenheit ausprobieren, ob der Fisch noch genauso gut schmeckte wie früher.

Erik hatte Remko ins Vertrauen gezogen, als er Wiebke heimlich nach List gefolgt war, diesmal jedoch war Remko nicht der Richtige. Er genoss vermutlich gerade die Wiederbelebung einer alten Liebe oder war, wenn es nicht so gut lief, jetzt enttäuscht, weil er eine Erinnerung mit sich herumgetragen hatte, die nichts mehr wert war. Nein, Remko durfte zurzeit nicht gestört werden.

Und Klaas? Es lag nahe, sich an ihn zu wenden. Es lag sogar nahe, sich zu erkundigen, ob tatsächlich jemand in seinen Keller eingedrungen war oder ob Edlef Dickens sich getäuscht hatte. Ja, es lag sogar nahe, Klaas mit dieser Nachfrage in Verlegenheit zu bringen. Denn wenn Erik richtig vermutete, würde Klaas erschrecken, wenn er seine Nummer auf dem Display seines Handys sah, oder gar nicht erst rangehen. In beiden Fällen – wenn er sich mit zitternder Stimme und aufgeblasener Heiterkeit oder aber gar nicht meldete – würde Erik ihn als überführt betrachten.

Wiebke anrufen? Sie darüber informieren, dass alle anderen zum neuen Gosch gingen, er selbst aber einen Abstecher ins Büro machen musste? Nein, er würde heftiger reagieren als sonst, wenn sie ihm vorhielt, dass sein Beruf ständig einen Strich durch private Planungen machte. Wenn er Klaas für überführt hielt, würde er Wiebke vielleicht sogar auf den Kopf zusagen, dass sie sich in Klaas verliebt hatte. Denn dass sie nicht ans Handy gehen konnte, während sie hinter Leo Schwickerat her war, und die Zeit vergessen hatte, würde er sich kein zweites Mal erzählen lassen.

Erik ärgerte sich, als er merkte, dass seine Hände zitterten, während er Klaas' Nummer wählte. Es klingelte nur ein einziges Mal, schon war Klaas am Apparat. Und seine Stimme klang weder schuldbewusst noch aufgesetzt fröhlich.

»Du willst wissen, ob was geklaut wurde? Keine Sorge, es war so, wie ich gesagt habe. Edlef Dickens hat aus einer Mücke einen Elefanten gemacht.«

Erik merkte, dass er ihm unbedingt glauben wollte, und fragte: »Kannst du pünktlich bei Gosch sein?«

»Klar! Ich werde hier nicht weiter gebraucht.«

»Ich komme etwas später. Ich muss kurz ins Büro.«

»Gibt's neue Erkenntnisse?«

»Ja.« Mehr sagte Erik nicht.

»Arabella-Dieb? Oder Mörder? Oder Leo Schwickerat?«

»Vielleicht alles zusammen. Wer weiß? Jedenfalls muss ich ein paar Dinge klären.«

»Okay, ich sage den anderen Bescheid.«

Erik hörte in der Leitung eine Tür schlagen und dann Schritte. »Hast du Besuch?«

»Nein! Wie kommst du darauf?«

»Ich dachte, ich hätte jemanden gehört.«

Klaas lachte. »Die Tür zuwerfen und von einem Zimmer ins andere gehen, das kann ich auch allein. Sogar, während ich telefoniere.«

Der Bahnhof mit den grünen Reisenden im Wind war gerade in Sicht gekommen, als Wiebke sich meldete. Die Hintergrundgeräusche verrieten, dass sie aus dem Auto anrief. »Wo seid ihr?« Prompt wurde sie ärgerlich, als sie hörte, dass Erik ins Büro fuhr. »Immer deine Arbeit!«

»Das sagt die Richtige«, gab Erik zurück. »Oder warst du vielleicht unterwegs, um eine Freundin zu treffen?«

Prompt veränderte sich Wiebkes Stimme. »Okay, ich höre schon auf. Dann wünsche ich dir, dass du einen Erfolg zu verzeichnen hast, wenn du dich in deinen Fall hängst. Wenigstens einer von uns!«

»Demnach warst du nicht erfolgreich?«

Statt einer Antwort gab es ein Gepolter, er hörte Wiebke fluchen, dann heftiges Geraschel und schließlich wieder ihre Stimme. »So ein Vollidiot!«

Erik verzichtete auf die Frage, wen sie meinte und was sich ein anderer Verkehrsteilnehmer hatte zuschulden kommen lassen. Er nutzte eine Lücke im Verkehrsfluss, bog nach links auf den Hof des Polizeireviers ab und nahm den ersten Parkplatz, der sich bot.

»Das Handy ist mir runtergefallen!«

Erik begann zu schwitzen, als er sich vorstellte, wie Wiebke es im Fußraum gesucht und dabei höchstens die Nasenspitze übers Lenkrad gehalten hatte. »Also, was ist? Hast du endlich Erfolg gehabt?«

»Ich dachte, ich hätte herausgefunden, wo Schwickerat wohnt. Aber ... vermutlich wieder eine Fehlinformation.«

Erik hatte das Gespräch eigentlich schnell beenden wollen, schon um Wiebke und andere Verkehrsteilnehmer zu schützen, aber jetzt fragte er: »Wieder von deinem Kollegen, der immer so entgegenkommend ist?«

»Was soll der spitze Ton?«

Erik antwortete nicht. »Kommst du gegen sieben zu Gosch? Oder ist dir langweilig, wenn wir von früher reden?«

»Ja und ja«, antwortete Wiebke und lachte, wie er sie eigentlich gern lachen hörte. »Ich langweile mich, aber ich komme trotzdem. Sieh zu, dass es bei dir nicht zu lange dauert.«

So etwas wie Erleichterung keimte in Erik auf. Würde sie sich nicht wieder mit einer faulen Ausrede entziehen, wenn sie sich emotional so weit von ihm entfernt hatte, wie er befürchtete? War es ein gutes Zeichen, dass sie auch diesen Abend an seiner Seite verbringen wollte? Aber dann fiel ihm ein, dass ja auch Klaas dabei sein würde. Womöglich war er der Grund, dass Wiebke bereit war, sich in der Gegenwart der alten Freunde zu langweilen.

Er wollte etwas sagen, etwas Unverfängliches, etwas Freundliches, aber nichts, womit er den Verdacht erregte, sich einschmeicheln zu wollen. Doch Wiebke war schneller. Als sie weitersprach, war ihre Stimme ernst, sogar so ernst, dass sich in Erik jedes Gefühl zu einer schrecklichen Frage aufbäumte. »Wir sollten heute Abend noch Zeit haben, in Ruhe zu reden. Ich muss etwas mit dir besprechen.«

Erik wollte sich erkundigen, worum es ging, hatte aber Angst vor Wiebkes Antwort und unterließ es deshalb. »Okay«, sagte er nur und beeilte sich, das Gespräch zu beenden. Sie wollte mit ihm reden! Über das Ende ihrer Liebe?

Die Schritte hatten sich irgendwann entfernt, Mamma Carlotta hörte, dass sich jemand die Nase putzte, und stellte sich vor, dass er gerade zufällig vor der Tür des Gepäckraums stehen geblieben war und sich ein Taschentuch herausgesucht hatte. Nun bereute sie, nicht den Versuch unternommen zu haben, sich bemerkbar zu machen. »Hm, hm!« Das hätte sie herausgebracht. Aber natürlich wären diese verzweifelten Töne nicht bis nach draußen gedrungen.

Sie konzentrierte sich erneut auf ihre Zunge und merkte nach einer Weile, dass es leichter wurde. Das Glück, als sie den Knebel ausspucken konnte, war überwältigend. Keuchend drückte sie ihr Gesicht auf den Boden, stieß die Luft aus, sodass sie in warmen Schwaden auf ihre Wangen zurückprallte, und vergaß für eine Weile ihre steifen Glieder. Das ging nicht lange gut, aber die Schmerzen waren von da an leichter zu ertragen, weil jemand, der einen Knebel losgeworden war, hoffen durfte, auch Arm- und Beinfesseln loszuwerden. Ihre Hoffnung wuchs auch deswegen, weil sie nun eine konkrete Chance sah, Hilfe zu erhalten. Sie konnte schreien! Irgendwann würde jemand vorbeigehen und sie hören, und dann war sie gerettet.

Sie lauschte, aber auf dem Gang blieb nun alles still. Die Schritte, die sie kurz zuvor gehört hatte, waren verklungen. Eine Tür, die sich quietschend geöffnet hatte und dann ins Schloss gefallen war, hatte sie verschluckt. Doch sie würden wiederkommen, dieselben oder andere. Wenn Schichtwechsel war, wenn die meisten Besatzungsmitglieder Feierabend machten, dann würde es auf dem Gang von Deck drei ein ständiges Hin und Her geben. Und dann ...

Aber was, wenn ihre Schreie von dem Falschen gehört wurden? Von dem, der sie niedergeschlagen und hier versteckt hatte? Er würde vielleicht schon früher als geplant zurückkommen, um sicherzugehen, dass sie sich nicht befreite und niemanden alarmieren konnte, der ihr half. Um sie endgültig zu beseitigen ...

Nein, sie konnte nicht wagen zu schreien. Wenn der Täter sie hörte, würde ihr letztes Stündlein geschlagen haben. Sie musste erst sichergehen, dass jemand auf sie aufmerksam wurde, der ihr helfen konnte.

Ich verstehe nicht, warum meine Schwiegermutter sich nicht meldet«, sagte Erik, und er hatte es schon so oft gesagt, dass Sören genervt die Augen verdrehte.

»Warum rufen Sie Carolin nicht noch einmal an?«

»Weil sie dann merkt, dass was im Busch ist. Sie darf nicht wissen, warum wir Tilmans Nachnamen erfahren müssen. Was ist, wenn sie mit dem Jungen darüber redet?«

»Das kann ich mir bei Carolin nicht vorstellen.«

»Sie ist verliebt! In diesem Zustand fällt logisches Denken außerordentlich schwer.«

»Sie müssen's ja wissen.« Sören erschrak über seine anzügliche Bemerkung und zog den Kopf ein, obwohl Erik nicht darauf reagierte. Sie sprachen nur sehr selten über Privates, aber natürlich wusste Sören genau, wie es um seine Beziehung mit Wiebke bestellt war. »Vielleicht sollten Sie nun doch zu Gosch gehen«, meinte Sören versöhnlich. »Ihre Freunde sind sicherlich schon mit dem Essen fertig und warten auf Sie. Und Ihre Freundin ...«

In diesem Moment ging Eriks Handy, und der Name ›Carolin‹ erschien im Display. »Na, also«, seufzte Erik, ehe er sich meldete.

Doch am anderen Ende der Leitung war nicht seine Schwiegermutter, wie er es erwartet hatte, sondern seine Tochter. Und ihre Stimme klang so besorgt, dass er sofort alarmiert war. Es schien sogar, als unterdrückte Carolin mit großer Mühe ihre Tränen. »Die Nonna ist weg! Sie ist nicht zum Abendessen gekommen. Ich habe in allen Restaurants nachgeschaut. Niemand hat sie gesehen. Sogar Tove Griess und Fietje Tiensch habe ich gefragt. Die haben auch keine Ahnung, wo sie ist. Sie helfen mir suchen, aber ...« Nun war es mit Carolins Beherrschung vorbei. Sie begann heftig zu weinen, und Erik hatte Mühe, die folgenden Worte zu verstehen. »Was soll ich tun, Papa?«

Er war zunächst unfähig zu antworten. Seine Schwiegermutter? Weg? »Völlig unmöglich«, versuchte er Carolin zu beruhigen. »Die Nonna kann nicht weg sein. Wo sollte sie denn hin?«

»Sie hat gesagt, um sechs treffen wir uns im Restaurant.«

»Sie ist Italienerin, für die ist sieben Uhr noch pünktlich, wenn sie sich um sechs verabredet hat.«

»Aber sie hat immer Angst, dass die besten Sachen vom Buffet verschwunden sind, wenn man nicht pünktlich ist. Vielleicht ist sie über Bord gefallen. Sie hat sich schon einmal so weit über die Reling gebeugt, dass ich Angst bekommen habe.«

»Das hätte jemand mitgekriegt.« Erik ging zum Fenster, damit er Sören, der ihn fragend und sehr besorgt ansah, den Rücken zudrehen konnte. Er selbst fühlte sich derart hilflos, dass er den Blick seines Assistenten nicht aushielt. »Pass auf, Carolin ...« Er starrte die Keitumer Landstraße entlang, verfolgte mit den Augen einen Zug, der langsam in den Bahnhof einfuhr, betrachtete den Parkplatz, den der Bahnhof erst vor wenigen Jahren bekommen hatte, und sah einer Möwe nach, die dort von einem Autodach startete, sich in die Luft schwang und dann auf dem Bahnsteig niederließ, direkt vor den gläsernen Brüstungen, die den Außenbereich des Bistros abgrenzten. »Pass auf«, wiederholte er. »Du gehst jetzt zum Kapitän und meldest die Nonna vermisst.«

»Kapitän?«, wiederholte Carolin, und ihre Stimme klang so ängstlich, als hätte man sie zum Schuldirektor geschickt, nachdem sie bei einem bösen Streich erwischt worden war. »Der ist auf der Brücke. Ich weiß nicht, wie ich dahin komme.«

»Frag jemanden! Ich rufe bei der Reederei an und erkundige mich, wie ich die ›Arabella‹ telefonisch erreichen kann.«

»Okay.« Carolins Stimme klang derart verzagt, dass Erik befürchtete, sie würde schon an dem erstbesten Besatzungsmitglied scheitern, das ihr erklärte, der Kapitän wäre nicht für die Probleme eines jungen Mädchens zuständig. »Ich versuch's.«

»Die Nonna ist nicht über Bord gefallen, Carolin, ganz bestimmt nicht.« Erik wurde nun selbst immer sicherer, weil er sich tatsächlich nicht vorstellen konnte, dass seine Schwiegermutter, die immer und überall mit beiden Beinen fest im Leben stand, über die Reling fiel, ohne dass es jemand bemerkte. »Vielleicht ist sie gestürzt, hat sich verletzt, wird irgendwo versorgt. Jemand, der ihr helfen will, hat sie mit in seine Kabine genommen. Vermutlich ist sie in der Krankenstation und wird gerade verarztet. Frag da am besten zuerst nach. Wenn sie dort nicht ist, dann sag dem Kapitän, er soll sie überall suchen und ausrufen lassen. Auf einem Schiff kann niemand verloren gehen.«

Tatsächlich schien Carolin nun etwas getröstet zu sein. »Gut.«

»Melde dich, sobald du etwas Neues erfahren hast.«

»Und du rufst die Reederei an?«

»Ja, versprochen.«

Erik beendete das Gespräch und blickte Sören hilflos an. »Meine Schwiegermutter hat sich ja schon viel geleistet, aber unauffindbar war sie noch nie. Sie ist kein Typ, der einfach verschwindet. Wo sie sich aufhält, ist ihre Gegenwart derart präsent, dass sie unmöglich verloren gehen kann, ohne dass jemandem auffällt, wie ruhig es mit einem Mal ist.«

Sören lächelte höflich über diesen kleinen Scherz, war aber nicht wirklich amüsiert. Dass Erik damit seiner eigenen Angst die Spitze nehmen wollte, war ihm sofort klar. »Andererseits ist es schon merkwürdig«, sagte Sören. »Sie würde doch nie zulassen, dass Carolin sich ihretwegen Sorgen macht.«

Da hatte Sören absolut recht. Nein, es musste etwas passiert sein. »Ein verknackster Fuß«, machte Erik sich selber Mut. »Wahrscheinlich hat sie schon die ganze Krankenstation durcheinandergebracht, damit sie jemanden findet, der Carolin Bescheid sagt und der ihr etwas vom Buffet in die Kabine bringt.«

Auch damit hatte er einen Scherz machen wollen, aber Sören brachte kein Lächeln mehr zustande. Er sah besorgt aus, außerordentlich besorgt.

Anspannen, entspannen, anspannen, entspannen, dehnen, zurückziehen, dehnen, zurückziehen ... Sie musste eine Pause machen. Es war heiß in diesem Raum, die Luft war stickig, es gab keine Lüftung, keine Bewegung, die die Hitze erträglicher gemacht hätte. Dass sie trotzdem kurz darauf weitermachte, lag nur daran, dass sie merkte, wie sich etwas veränderte. Die Fußfesseln wurden geringfügig lockerer, sehr wenig, dennoch spürbar. Mamma Carlotta war sicher, dass sie nicht mehr so einschneidend waren, nicht mehr ganz so quälend. Anspannen, entspannen! Millimeterweise wurden die Stricke gedehnt. Stöhnend richtete sie ein Stoßgebet an den heiligen Adone von Arezzo, der ihr bis jetzt noch immer eine Eingebung zur rechten Zeit geschickt hatte. Dehnen, zurückziehen!

Auf ihn war auch diesmal Verlass. Bei ihren Bemühungen hatte sich ihr Körper um einige Zentimeter verlagert, ihre Füße waren an einen Widerstand gestoßen. Das Schloss eines Koffers, vielleicht auch ein Griff, der einen Gegendruck erzeugte, sie konnte es nicht ausmachen. Doch da war etwas mit einer Gegenwirkung, etwas, was eine Reibung aufnahm, etwas Stabiles. Aber war es glatt und nur fähig zu glätten? Oder war es scharf und in der Lage zu rauen?

Es war schwer, eine Position zu finden, die es ihr ermöglichte, den Versuch zu unternehmen. Auf der rechten Seite lag sie nun, die Arme mit den gefesselten Handgelenken so weit wie möglich nach hinten gestreckt, damit sie den Widerstand stärkten. Ihre Beine bewegten sich hin und her, immer wieder hin und her, jedes Mal mit der Fessel über das metallene Stück, das sich zum Glück nicht bewegte. Sie stöhnte die Anstrengung heraus, wie sie vorher den Knebel herausgestöhnt hatte. Sie keuchte, verschluckte sich und blieb eine Weile hustend liegen, als sie die entsetzliche Vorstellung packte, dass dieses Verschlucken mit dem Knebel im Mund vielleicht ihr Ende gewesen wäre. Der Schweiß lief ihr in die Augen, Speichel rann ihr am Kinn entlang, aber sie machte weiter. Hin und her! Sie richtete die Ohren auf das Geräusch, das ihre Bewegung erzeugte. Ein glattes Schleifen, aber mit einem feinen scharfen Ton. Ein Geräusch, aus dem ein Reißen werden könnte, wenn sie jetzt nicht nachgab und durchhielt. Hin und her! Mit angespannten Fußgelenken, die Fessel so weit wie möglich gedehnt. Hin und her!

»Sant'Adone di Arezzo! Mi aiuti! Hilf mir!«

Ihr angespanntes Gehör merkte schnell, dass sich der Reibung etwas Knirschendes zufügte, sehr fein und hell, aber hörbar. Ihre Bewegungen wurden hektischer, schneller. Hin und her! Aber sie spürte bald, dass sie sich überforderte. Sie fiel vornüber, lag beinahe bäuchlings da, das Gesicht zu Boden gedrückt, keuchend und schnaufend. Der Wunsch, so liegen zu bleiben und sich lange, sehr lange nicht mehr zu bewegen, war übermächtig. Es brauchte viel Überwindung, um den Oberkörper erneut so weit wie möglich aufzurichten, aus den Armen eine kraftvolle Gegenbewegung zu machen und die Beine wieder in Bewegung zu setzen. Hin und her!

Das Knirschen wurde mächtiger, dunkler, ein feines Reißen fügte sich zu, die Fesseln wurden jetzt merklich lockerer, so locker, dass Mamma Carlotta eine Pause machte, um die Köstlichkeit auszunutzen, die Beine ein wenig zu strecken. Nur ein wenig! Was für ein herrliches Gefühl!

Von da an ging alles schnell. Das Hin und Her ihrer Beine würde bald ein Ende haben können, das spürte sie nun ganz deutlich. Entsprechend motiviert und geradezu euphorisch bewegte sie sich, dachte nicht an den Schmerz und nicht an die Anstrengung. Und dann ... ein letztes Reißen, die Fessel war durchtrennt. Mamma Carlotta ließ sich auf den Bauch fallen, streckte die Beine so lang wie möglich von sich. »Meraviglioso!«

Sie versuchte, auf die Knie zu kommen und sich aufzurichten, was ihr wegen der nach wie vor gefesselten Hände erst nach mehreren Versuchen gelang. Dann stand sie schließlich auf ihren Füßen, bewegte sie vorsichtig, ließ das Blut zirkulieren und machte ein paar kleine Schritte. Sie stieß an einen Koffer, wandte sich nach links, brachte mit dem Knie einen anderen Koffer zum Schwanken, und nach rechts, wo sich ihr ein weiches Gepäckstück in den Weg stellte.

Sie starrte den roten Punkt an, von dem sie wusste, dass er nicht weit von der Tür entfernt war. Als sie das erste Mal mit ihm im Gepäckraum allein gewesen war, hatte sie keine Ahnung gehabt, ob sie sich zum Ausgang oder tiefer in den Raum hinein bewegte. Diesmal wusste sie es. In der Nähe des roten Punktes war die Tür nicht weit. Und dort hatte sie Felix' Gitarrenkoffer gesehen. Mit einem Inhalt, von dem sie sich keine Vorstellung machen konnte.

Sie schob mit den Füßen alles beiseite, was ihr in den Weg kam, und stieß mit den Knien um, was nicht sofort weichen wollte. Immer voran, dorthin, wo die Tür war! Dorthin, wo es die Möglichkeit zur Flucht gab! Damit konnte derjenige, der sie niedergeschlagen hatte, nicht rechnen. Sie wusste, wie der Gepäckraum von innen zu öffnen war.

Sie hatte keine Ahnung, wie weit sie von dem roten Punkt noch entfernt war, wie viele Schritte es noch bis zur Tür waren. Er schien mal näher, mal weiter zu sein, mal links von ihr, mal direkt vor ihr. Verbissen arbeitete sie sich voran und tastete mit den im Rücken gefesselten Händen ein Gepäckstück nach dem anderen ab, auf der Suche nach einer scharfen Kante, einer Schneide, einem Dorn, einer Spitze. Was an den Füßen gelungen war, musste auch an ihren Handfesseln möglich sein.

So emsig suchte sie, dass sie die Schritte auf dem Gang beinahe überhört hätte. Das Geräusch wurde ihr erst bewusst, als es erstarb. Jemand war vor der Tür des Gepäckraums stehen geblieben! Der Täter, der sie holen kam? Oder ein anderer, der nach seinem Koffer sehen wollte? Der würde ihr helfen. Aber vor dem Täter musste sie sich verstecken. Unbedingt! Wenn sie schon in der Nähe der Tür war, dann konnte sie vielleicht auf den Gang fliehen, während der Täter sich den Weg durch die Gepäckstücke zu der Stelle bahnte, an der er sie zurückgelassen hatte. Wenn sie dort um Hilfe rief, würde sie hoffentlich jemand hören.

Tatsächlich vernahm sie nun Geräusche an der Tür, sie wusste, dass sie sich öffnen würde, noch ehe sie sich bewegte. Tief duckte sie sich, so tief, wie es ihr mit den gefesselten Händen möglich war. Ob der Schutz ausreichend war, würde sie erst merken, wenn Licht in den Raum fiel.

Es stach zwischen die Koffer in einer scharfen kerzengeraden Linie. Der Türspalt, der sich geöffnet hatte, war nur schmal, das Licht fuhr auf zwei, drei Koffer zu, war aber nicht breit genug, um den ganzen Raum zu erhellen. Es schnellte an der Stelle vorbei, an der Felix' Gitarrenkoffer gestanden hatte. Mamma Carlotta duckte sich noch ein bisschen tiefer, obwohl sie am liebsten diesen Fleck angestarrt und nie wieder mit den Augen losgelassen hätte. Der Gitarrenkoffer war weg!

Nun öffnete sich die Tür weiter, nicht mehr langsam, sondern mit einem wuchtigen Geräusch. Erleichtert stellte sie fest, dass sie hinter einem sehr großen, aufrecht stehenden Koffer hockte, hinter dem sie auf den ersten Blick nicht zu sehen sein würde. Ihre Augen rasten über die Distanz, die sie würde überwinden müssen. Konnte ihr das wirklich gelingen? Sich zwischen den Koffern hindurchwinden, ohne sie mit den Händen zur Seite stoßen oder sich abstützen zu können? Ihr Herz wurde schwer. Nein, die Chance war gering. Der Mann würde sie im Nu einholen, noch ehe sie bei der Tür war.

Sie machte sich so klein wie möglich, spürte und hörte, dass er eintrat, sah ihn aber nicht. Ein leises Brummen war zu hören, als spräche er mit sich selbst, dann nahm die Helligkeit wieder ab. Er hatte die Tür so weit zugeschoben, dass nur noch wenig Licht in den Raum fiel. Wahrscheinlich wollte er nicht, dass die geöffnete Tür von draußen auf den ersten Blick zu erkennen war. Nein! Er ging auf Nummer sicher! Er schloss die Tür ganz.

Zwei, drei Sekunden sah Mamma Carlotta wieder nichts als den roten Punkt, dann flammte eine Taschenlampe auf. In ihrem Lichtkegel sah sie ein Gesicht, das sie kannte ...

Der Kapitän war höchstpersönlich am Apparat und bereit, die Fragen der Polizei zu beantworten. Es hatte länger gedauert als erwartet, bis Erik an die richtige Telefonnummer gekommen war. In der Reederei war zunächst niemand zu erreichen gewesen, aber schließlich hatte er einen Portier ans Ohr bekommen, der ihm die Telefonnummer eines Mitarbeiters gab, der gegebenenfalls in der Lage sein würde, eine Telefonverbindung zur ›Arabella‹ herzustellen. »Unser Wochenenddienst!«

Als Erik die Nummer der Schiffsrezeption wählte, war es bereits halb zehn. Es wurde Zeit, Wiebke anzurufen, damit sie wusste, warum er noch nicht bei Gosch aufgetaucht war. Doch erstens war ihm der Anruf auf der ›Arabella‹ wichtiger, und zweitens fürchtete er den Vorwurf in Wiebkes Stimme. Aber sie übergehen und stattdessen Klaas' Nummer wählen? Nein, das wäre ein Affront! Er schüttelte den Gedanken ab und sagte sich, dass das Verschwinden seiner Schwiegermutter und die Sorge seiner Tochter ein so gewaltiges Problem waren, dass niemand darauf pochen konnte, das Zusammentreffen bei Gosch sei wichtiger.

Der Kapitän machte einen ruhigen und kompetenten Eindruck. Er verstand sofort, worum es Erik ging, konnte angeblich seine Sorge nachvollziehen und war bereit, sie ihm zu nehmen. »Ihre Tochter? Nein, hier auf der Brücke hat sich kein junges Mädchen blicken lassen.«

»Dann hat man sie nicht zu Ihnen gelassen.«

»Ich werde mich gleich darum kümmern. Wir werden Ihre Schwiegermutter finden. Und wenn nicht ...« Diesen Satz vollendete er zum Glück nicht.

»Es ist wirklich sehr ungewöhnlich, dass meine Schwiegermutter sich nicht bei meiner Tochter meldet und nicht zum Abendessen erschienen ist. Irgendetwas muss geschehen sein.«

»Wie gesagt, ich kümmere mich darum. Geben Sie mir Ihre Telefonnummer, ich melde mich bei Ihnen.«

Erik diktierte sie ihm und atmete auf, als er das Gespräch beendet hatte. Umgehend wählte er Carolins Handynummer. Auf Sörens Frage »Ist Ihre Schwiegermutter gefunden worden?«, konnte er nicht mehr antworten. Er schüttelte nur den Kopf, dann prallte schon Carolins Stimme an sein Ohr. »Sie lassen mich nicht auf die Brücke. Ich glaube, die denken, ich wäre einfach nur neugierig.«

»Keine Sorge, Carolin.« Erik berichtete ihr von seinem Gespräch mit dem Kapitän. »Er wird die Nonna suchen und notfalls ausrufen lassen. Sie wird gleich wieder bei dir sein.«

»Wirklich?«

»Ganz sicher. Und dann ruf mich bitte sofort an.«

»Also gut.«

Sie brauchte nicht lange zu überlegen, dann fiel ihr der Name des Mannes ein. Miguel! So war er gerufen worden, als er Mamma Carlotta auf Deck drei erwischt hatte. Der Mann mit der Narbe auf der Stirn, die verschwinden konnte, wenn er lächelte. Tiefer duckte sie sich in den Schutz des großen Koffers. Dass er ihr nicht helfen würde, war ihr sofort klar. Miguel leuchtete mit seiner Taschenlampe in genau die Richtung, aus der Mamma Carlotta in den vergangenen Minuten geflüchtet war. Zielsicher bahnte er sich seinen Weg und stand kurz darauf dort, wo sie gelegen hatte, als sie aus ihrer Bewusstlosigkeit erwacht war. Er leuchtete die Stelle an und verharrte für Augenblicke reglos. Mamma Carlotta hielt die Luft an und wagte nicht, sich zu bewegen. Ihren Plan, hinter dem Rücken des Täters aus dem Gepäckraum zu fliehen, hatte sie schon verworfen. Unmöglich, schneller an der Tür zu sein als Miguel. Sie konnte ihre

Arme nicht zur Hilfe nehmen, um schnell alles aus dem Weg zu räumen, konnte die Tür nicht öffnen, außerdem fühlte sie sich alles andere als in Hochform nach der Zeit der Bewusstlosigkeit und den Anstrengungen, sich von den Fußfesseln zu befreien. Nein, sie war ohne Chance. Miguel, der zu überlegen schien, wo die Frau geblieben sein könnte, die dort gefesselt und geknebelt gelegen hatte, würde in wenigen Augenblicken mit der Suche nach ihr beginnen und sie im Nu finden. Dann war ihre Chance dahin, die einzige, die sie gehabt hatte. Es würde nie wieder eine geben.

Sie schloss die Augen, die Schmerzen waren wieder da, im Kopf, in den Beinen, in den Armen. Und die Übelkeit, die Hoffnungslosigkeit, die schreckliche Angst. In wenigen Augenblicken würde sie erneut geknebelt und gefesselt sein, diesmal noch fester, ohne Möglichkeit, sich selbst zu befreien. Vielleicht würde er sie gleich umbringen, auf der Stelle. Dabei hatte sie doch gar nichts gesehen. Ob es helfen würde, wenn sie ihm versicherte, von dem Inhalt des Gitarrenkoffers keine Ahnung zu haben?

Sie öffnete die Augen, als alles ruhig blieb. Kein hektisches Suchen, kein Fluchen, keine gemurmelten Fragen. Vorsichtig spähte sie um den Koffer herum und sah, dass Miguel sich umwandte und den Raum wieder verließ, ruhig, ohne jede Eile. Die Tür schloss sich, die Finsternis hieß sie diesmal willkommen wie ein Freund. Das rote Licht schien zu winken: Alles noch mal gut gegangen.

Die Erleichterung nahm Mamma Carlotta für Augenblicke die Kraft, machte sie so schwach, dass ihr die Tränen kamen. Aber nur kurz. Dann verlieh sie ihr Kräfte. Dennoch: Die Frage, warum er sie nicht gesucht hatte, warum er sich so leicht abfand, verwirrte sie. Warum war Miguel nicht erschrocken? Was war er für ein Mann, dass er jemanden niederschlug, fesselte und knebelte und sich dann nicht darum kümmerte, wo sein Opfer geblieben war? Oder vermutete er sie woanders? Diese

Frage bedrückte sie, doch das Glück, sich befreien zu können, löste jedes andere Gefühl auf.

Vorsichtig erhob sie sich, geriet prompt ins Straucheln und fiel hintenüber, weil sie sich mit den Händen nicht abstützen konnte. Schmerzhaft prallte sie auf dem Boden auf, laut und polternd. Erschrocken stöhnte sie auf, nicht nur vor Schmerz, sondern auch vor Angst, von Miguel gehört zu werden, falls er noch vor der Tür stand.

Sie setzte sich hin, richtete ihren Körper auf, indem sie den Rücken an einen Koffer presste und in die Höhe rutschte, dann stand sie auf ihren Füßen und bewegte sich erneut auf das rote Licht zu. Sie wusste, wie die Tür von innen zu öffnen war, aber dass sie wohl nicht in der Lage sein würde, den Knopf zu drehen, das fiel ihr erst jetzt ein …

Der Kapitän rief an, als Erik gerade auf den Parkplatz vor dem neuen Gosch gefahren war und den Motor abgestellt hatte. Er klang ernst und bedrückt, sodass Erik sofort alarmiert war. Die Fahrertür, die er soeben geöffnet hatte, zog er wieder ins Schloss.

»Haben Sie meine Schwiegermutter gefunden?«

»Es tut mir sehr leid, Herr Wolf.« Die Stimme des Kapitäns klang nun wie die eines Polizeibeamten, der besorgten Angehörigen eine schreckliche Nachricht zu überbringen hatte. »Mein erster Offizier hat dafür gesorgt, dass sie überall gesucht wird. Es gibt keinen Fleck auf diesem Schiff, den er nicht hat durchsuchen lassen. Und da die alte Dame …«

»Meine Schwiegermutter ist nicht alt. Erst Mitte fünfzig.«

»Wie tragisch«, kam es zurück. »Ja, manchmal setzt diese Krankheit schon früh ein.«

»Meine Schwiegermutter ist kerngesund.«

Der Kapitän räusperte sich umständlich. »Man hört oft, dass die Angehörigen die Letzten sind, die es bemerken. Ich kann verstehen, dass man das Problem zunächst zu verdrängen versucht.«

Erik merkte, dass seine Angst sich in Wut verwandelte. »Wovon reden Sie eigentlich?«

Der Kapitän sprach nun so sanft wie ein Pfarrer, der einem verirrten Schäfchen den Weg zurück in die Gemeinschaft der Gläubigen ebnen will. »Ich habe gehört, dass sie bereits mehrfach aufgefallen ist«, sagte er. »Anscheinend tritt ihre Demenz nur sporadisch auf, in vielen Situationen scheint sie noch ganz normal zu reagieren.«

Erik hätte beinahe gelacht. »Demenz? Meine Schwiegermutter?« Nun lachte er tatsächlich. Aber nicht, weil er amüsiert war, sondern weil er dem Kapitän zeigen wollte, wie unsinnig sein Verdacht war. »Meine Schwiegermutter denkt fixer als wir beide zusammen. Die hat in einer Geschwindigkeit Deutsch gelernt, das macht ihr so schnell keiner nach.«

Der Kapitän sprach noch immer freundlich. »Sie ist auf dem Personaldeck angetroffen worden, wo sie auf den Bus nach … nach irgendeiner Stadt in Italien wartete. Jemand musste sie zu ihrer Kabine zurückbringen, allein hätte sie den Weg nicht gefunden. Sie war völlig orientierungslos.«

Erik verschlug es die Sprache. Seine Schwiegermutter, die bisher schneller im Denken und Handeln und erst recht im Reden gewesen war, die komplizierte Sachverhalte meist schneller verstand als er selbst und der auch die Hintergründe schon klar waren, während er noch darüber nachdachte – die sollte orientierungslos sein? »Das kann nicht sein!«

Der Kapitän überhörte seinen Protest. »Eine solche Person ist auf einem Schiff natürlich besonders gefährdet. Sie dürfte gar nicht allein sein.« Nun stahl sich ein leiser Vorwurf in seine Stimme. »Demenzkranke sollten an Land bleiben.«

Erik konnte nur flüstern. »Was wollen Sie damit sagen?«

Er hörte, dass der Kapitän tief Luft schöpfte, ehe er antwortete: »Vermutlich hat sie sich verirrt, wusste nicht weiter, hat die Reling für ein Geländer gehalten, das sie überwinden wollte. Und dann …«

Erik brach das Gespräch schnell ab. Er wollte nichts mehr hören von der Hilflosigkeit seiner Schwiegermutter, wollte den Gedanken des Kapitäns nicht folgen, ihn aber auch nicht klar und deutlich eines Irrtums bezichtigen. Dass Mamma Carlotta auf dem Personaldeck auf einen Bus gewartet hatte, war derart schrecklich, dass es gleichermaßen schwer zu glauben wie zu bestreiten war. Er wollte dieses Gespräch einfach nicht mehr, wollte nichts mehr hören. Nein, das durfte nicht wahr sein. Hilflos saß er da und merkte, wie sich seine Augen mit Tränen füllten.

Es gab einmal eine Zeit, da hatte Mamma Carlotta ein Auge auf ihren pflegebedürftigen Mann werfen können und gleichzeitig das andere auf ihren Jüngsten, der ständig Dummheiten machte. Mit der linken Hand konnte sie im Kochtopf rühren, mit der rechten das Brot zerteilen, in ihrem Rücken einem Gespräch lauschen, es kommentieren und dann hinter sich greifen und ihrem Ältesten auf die Finger klopfen, weil er an der Pannacotta naschte, was sie wusste, ohne hinzusehen. Diese langjährige Übung kam ihr nun zugute. Ihr wurde klar, dass sie nicht noch einmal die Kraft aufbringen würde, sich etwas zu suchen, woran sie die Handfesseln aufrauen, reiben und schließlich würde zerreißen können. Diese Geduld brachte sie angesichts der Fluchtmöglichkeit, die sie vor sich hatte, nicht mehr auf. Sie wandte sich um, ertastete hinter ihrem Rücken mit beiden Händen den dicken Knopf, mit dem die Tür von innen zu öffnen war, und redete sich vor, dass sie nach links drehen musste, wenn sie ihn, hätte sie vor ihm gestanden, nach rechts gedreht hätte. Aber ihre Hände hatten die Kraft verloren, taub und unbeweglich waren sie geworden, konnten nicht zupacken, waren den Schmerzen erlegen, die von den Schultergelenken und Oberarmen zu den Fingerspitzen ausstrahlten. Doch es hatte auch einmal eine Zeit gegeben, in der sie sich zu vielen Verrichtungen zwingen musste, die ihr alles abverlangten und an den Rand der Erschöpfung brachten, manchmal sogar darüber hinaus. Und immer, wenn der Tag lang gewesen war, die Nacht aber sehr kurz, weil ihr Mann stündlich umgebettet werden und alle zwei Stunden seine Medikamente bekommen musste, dann hatte sie sich gesagt, dass es sein musste. Und wenn es sein musste, würde es auch gehen. Und es war gegangen. Tag für Tag! Sie war mit wenigen Stunden Schlaf ausgekommen, hatte sich am Morgen nichts anmerken lassen, hatte ihre Pflichten erfüllt und sich gesagt, dass il Dio jedem Menschen nur so viel auferlegte, wie er ertragen und bewältigen konnte. Und wenn er nun von ihr forderte, dass sie all ihre Kräfte zusammennahm, um das Leben zu retten, das er ihr geschenkt hatte, dann würde sie es schaffen. Sie musste es schaffen!

Durch ihren Kopf jagten die Bilder ihrer Kinder und ihrer Enkel, die sie noch nicht verlassen wollte, die Bilder ihrer Schwiegerkinder, Dinos Bild, dessen Abschied so lange gedauert hatte, Lucias Bild, die aus dem Leben gerissen worden war, ohne Abschied nehmen zu dürfen. Nein, Dino und Lucia waren noch nicht bereit, sie dort zu empfangen, wo sie waren. Das spürte Mamma Carlotta genau. Sie gehörte ins Leben, nach wie vor! Sie war Teil dieses Lebens und durfte nicht zulassen, dass aus dem großen Glück, auf Kreuzfahrt gegangen zu sein, ein riesiges Unglück wurde. Nein, es war noch nicht so weit, dessen war sie sich sicher. Sie musste kämpfen! Sie musste es schaffen! Ihr Rücken schmerzte, während sie vorgebeugt dastand, aber ihre Hände gewannen die Beweglichkeit allmählich zurück. Und auch ihre Kraft! Sie spürte es genau: Ihr Wille bewegte etwas.

Tatsächlich bekam sie den Knopf zu fassen, konnte ihn jedoch nicht ganz mit den Händen umschließen, weil er sehr dick war und ihre Hände so eng gefesselt waren, dass sie sich kaum wölben und die Arme sich nicht anwinkeln ließen. So tief wie möglich beugte sie sich vor, bekam den Knopf mit den Fingerspitzen zu fassen, bog sie, bis die Schmerzen, die die Fessel verursachte, so stark wurden, dass sie es nicht mehr aushielt. Aber sie gab nicht auf, versuchte es noch einmal und ein weiteres Mal. Schließlich hatte sie den Knopf so ergriffen, dass er sich drehen ließ. »Nach links«, flüsterte sie. »A sinistra!«

Stöhnend richtete sie sich auf. Das Klicken, das sie gehört hatte, machte ihr Mut. Das musste der Beweis dafür sein, dass sich das Schloss geöffnet hatte. Als sie sich umdrehte, sah sie sofort, dass sie recht hatte. Eine hauchfeine helle Gerade zog sich vom Boden zur Decke, ein winziger Spalt hatte sich geöffnet, der nun Licht hereinließ. Jetzt drückte sie sich mit dem Rücken an die Tür und lenkte ihr ganzes Gewicht und alle Kraft, die noch in ihr war, gegen den Knopf, um die Tür aufzuschieben. Sie bewegte sich zunächst nur schwer, aber schließlich war die helle Gerade einen Zentimeter breit geworden, und endlich, als Carlotta sich noch einmal mit Schwung dagegenstemmte, wurde der leuchtende Spalt so breit, dass sie hindurchpasste. Sie hätte weinen können vor Glück. »Grazie a Dio!«

Vorsichtig streckte sie den Kopf heraus, der Gang war leer. Jetzt nichts wie weg! Ehe Miguel zurückkam. Dennoch beschloss sie, die Tür noch hinter sich zuzuschieben, damit kein unnötiger Verdacht erregt wurde. Auf der Gangseite konnte sie sich gegen den großen Hebel stemmen, der ihre Kraft bereitwilliger aufnahm als der Knopf an der Innenseite. Bevor der Gepäckraum in der Dunkelheit verschwand und die Tür ins Schloss fiel, hatte sie noch sehen können, dass Felix' Gitarrenkoffer tatsächlich nicht mehr an seinem Platz stand.

Vorsichtig bewegte sie sich in Richtung Aufzug, die gefesselten Hände noch immer nach hinten gestreckt. Wie sollte sie erklären, was mit ihr geschehen war? Und wie konnte sie sich von der Fesselung befreien?

Carolin? Nein, das Kind durfte nicht beunruhigt werden. Ihre Großmutter in Fesseln vorzufinden, das würde sie nicht verkraften. Tove und Fietje? Die nutzten garantiert das All-inclusive-Angebot des Schiffes. Und sie konnte unmöglich mit gefesselten Händen in der Bar erscheinen. Was also tun?

Sören sprach so leise, als könne man eine Wahrheit zunichte-flüstern, als würde sie wahrer und schrecklicher, wenn man sie laut aussprächte. »Glauben Sie das?«

Nein, Erik glaubte es eigentlich nicht. Dennoch antwortete er: »Wie kann ich sagen, dass es nicht stimmt? Wenn sie wirklich auf dem Personaldeck gestanden und auf den Bus nach Città di Castello gewartet hat …« Er brach ab, weil er es nicht fertig-brachte, den Satz zu Ende zu führen. Er hatte nach dem Telefo-nat mit dem Kapitän sofort wieder den Wagen gestartet und war ins Kommissariat zurückgefahren. Jetzt mit den Freunden ze-chen und lachen? Völlig unmöglich!

Sören sprang so plötzlich auf, dass Erik erschrak. »Trotzdem glaube ich nicht, dass sie versehentlich über Bord gegangen ist.« Er stellte sich so dicht vor Erik hin, dass dieser unwillkür-lich einen Schritt zurückwich. »Wenn das stimmt, dass sie ihre Sinne gelegentlich nicht mehr beieinanderhat, dann könnte es doch auch sein, dass sie etwas gesagt hat, was sie für sich behal-ten hätte, wenn sie geistig auf der Höhe ist.«

»Sie denken an die Kindesentführung vor achtzehn Jahren?«

Sören nickte. »Der oder die Entführer fühlten sich durch-schaut. Sie mussten Ihre Schwiegermutter loswerden.«

Über Eriks Rücken zog ein kalter Schauer der Angst. »Sie hat-ten Angst, von ihr verraten zu werden? Sie haben sie über Bord geworfen?«

Sören nickte. Seine Augen waren groß und kugelrund, sein Gesicht mit den Apfelbäckchen, das immer so aussah, als wäre er gesund und fröhlich, fiel in sich zusammen. Die roten Wan-gen blieben ihm erhalten, aber sein Gesicht wurde auf einmal schmal, in seinen Mundwinkeln gab es Falten, die Erik noch nie gesehen hatte. Sören nickte, obwohl man merkte, dass er es ei-gentlich nicht wollte.

Erik starrte ihn lange fragend an, Sören starrte genauso lange antwortend zurück. Dann griff Erik zum Telefon. »Ich rufe die Staatsanwältin an.«

»Warum?«

»Ich gehe an Bord. Für die Ermittlungen auf einem deutschen Schiff ist die deutsche Polizei zuständig.«

»Vorsicht, Chef! Ihre Ausbildung ist wohl schon länger her?«

Erik sah Sören stirnrunzelnd an. »Was wollen Sie sagen? Dass ein deutsches Schiff kein deutsches Staatsgebiet ist?«

Sören nickte. »Ein deutsches Schiff in einem fremden Hafen untersteht den Gesetzen des Landes, in dem es angelegt hat, in unserem Fall also denen Englands. Nur außerhalb der Hoheitsgebiete fällt alles, was auf dem Schiff passiert, in deutsche Zuständigkeit.«

Erik setzte sich mutlos. »Ich weiß nicht, wann meine Schwiegermutter verschwunden ist und ob die ›Arabella‹ schon in Southampton angelegt hat.«

»Das lässt sich herausfinden.«

»Und dann soll ich die Hafenpolizei ermitteln lassen? Oder die Kriminalpolizei von Southampton?«

»Und dann die deutsche Bundespolizei«, ergänzte Sören.

»Vorher ist die deutsche Staatsanwaltschaft zuständig.«

»Aber die arbeitet vom Schreibtisch aus. Die Arbeit vor Ort macht die Polizei.«

»Die englische?«

»Vorerst. Alles andere läuft über ein Rechtshilfeersuchen.«

Erik stützte den Kopf auf. »Fährt die ›Arabella‹ überhaupt unter deutscher Flagge? Viele Reedereien lassen ihre Schiffe in Ländern zu, wo sie Steuern sparen können. Bermudas oder Tonga.«

Sören wurde unsicher. »Moment, das haben wir gleich.« Er griff nach der Computermaus und wusste schon Augenblicke später Bescheid. »Deutsche Flagge!«

Erik nahm erneut den Telefonhörer. »Also rufe ich jetzt die Staatsanwältin an.«

Sören sah auf die Uhr. »Es ist Sonntag und schon ziemlich spät. Selbst mitten in der Woche hätte die Staatsanwältin um diese Zeit Feierabend.«

Erik winkte ärgerlich ab und hatte kurz darauf von der Auskunft die Privatnummer von Frau Dr. Speck bekommen.

»Sie wollen sie zu Hause anrufen? Noch dazu um diese Zeit?«

Erik nickte. »Ich kann nicht ohne ihre Einwilligung auf die ›Arabella‹. Wenn wir nicht gerade einen Mordfall hätten, würde ich ja Urlaub nehmen ...« Er hatte die Nummer gewählt und brach ab, weil sich die Staatsanwältin so flott meldete, wie sie es auch tat, wenn sie am Schreibtisch saß. Erstaunlicherweise wunderte sie sich nicht einmal über Eriks Anruf, sie schien vielmehr sehr zufrieden zu sein, dass er einen Fall wichtig genug fand, um ihren Feierabend zu stören. Frau Dr. Speck war ein Workaholic, sie hatte Verständnis für jeden Übereifer und war vielleicht sogar froh, sich um etwas anderes als um ihr Privatleben kümmern zu können, das anscheinend nicht besonders ergiebig war. »Worum geht's, Wolf?«

Erik übernahm ihren minimalistischen Sprachstil, den er eigentlich hasste. Aber diesmal tat es ihm gut, so schnell wie möglich die Fakten loszuwerden und seiner Sorge in wenigen Worten Ausdruck zu verleihen. »Wir haben den Verdacht, dass meine Schwiegermutter einem Gewaltverbrechen zum Opfer gefallen ist. Ich muss auf die ›Arabella‹.«

»Langsam«, wehrte die Staatsanwältin ab. »Sie haben einen Mordfall. Schon vergessen?«

»Sie könnten eine SoKo einsetzen.«

»Wenn jemand auf der ›Arabella‹ ermittelt, dann bin ich das. Sie sind unabkömmlich.« Frau Dr. Speck ließ Erik nicht zu Wort kommen. »Sie wollten sich bei einem Verwandten des entführten Kindes vergewissern, ob der Junge, den Ihre Schwiegermutter gesehen hat, wirklich das entführte Baby sein kann. Vielleicht hatte das Kind am anderen Fuß einen missgebildeten Zeh, oder es war nicht der zweite, sondern der dritte Zeh ...«

»Ich war gestern Morgen bei dem Cousin des Vaters«, verteidigte Erik sich. »Der hat eine Imbissstube in Wenningstedt. Aber sie war geschlossen. Urlaub!«

»Was für ein sympathischer Mensch«, höhnte die Staatsanwältin. »Der Urlaub ist ihm wichtiger als die Entführung eines
Kindes, mit dem er verwandt ist?«

Erik war drauf und dran, ihr zu erzählen, wo Tove Griess sich
derzeit aufhielt, ließ es aber, ohne recht zu wissen, warum. Vielleicht, weil er einen Vorsprung haben wollte. Vielleicht auch,
weil die Vorstellung, dass der ungehobelte Wirt und der schlam-
pige Strandwärter auf die Staatsanwältin trafen, einfach zu
schrecklich war. Frau Dr. Speck würde ein helles Kostümchen
tragen oder einen korrekten Hosenanzug und so verächtlich auf
diese beiden hinabblicken, dass Erik die ungerecht verteilten
Kräfte nicht provozieren wollte. Er mochte weder Tove Griess
noch Fietje Tiensch, aber die Staatsanwältin mochte er noch erheblich weniger.

»Und was ist mit dem Vater?«, fragte Frau Dr. Speck. »Haben
Sie mit dem geredet?«

Erik musste gestehen, dass er nicht wusste, wo Habbo Albertsen logierte. Er wusste nur, dass seine Frau in der Nordsee-Klinik lag, und gleichzeitig wurde ihm klar, dass er dort an die der-
zeitige Adresse ihres Mannes gekommen wäre. Er hätte Sören
damit beauftragen sollen, wenn er schon selbst dem Treffen mit
seinen alten Freunden den Vorzug gegeben hatte.

Die Staatsanwältin stieß einen tiefen Seufzer aus, als hätte
sie ein ungezogenes Kind vor sich. »Ich kümmere mich selbst
um alles. Im nächsten Hafen gehe ich an Bord, und Sie kümmern sich um den Mordfall Imhoff. Vorrangig! Den Arabella-Dieb kann ich vielleicht gleich mit zur Strecke bringen.
Schon deswegen ist es besser, wenn ich selbst auf die ›Arabella‹
gehe.«

Erik warf Sören einen Blick zu, als er einwandte: »Kann sein,
dass die Hafenpolizei bereits ermittelt. Je nachdem, ob meine
Schwiegermutter auf See oder in Southampton verschwunden
ist.«

»Sollten wir auf Vermutungen angewiesen sein«, antwortete

Frau Dr. Speck, »vermuten wir natürlich, dass der Übergriff auf See stattfand. Also außerhalb des englischen Hoheitsgebietes. Damit fällt die Sache in deutsche Zuständigkeit.«

»An Bord ist man der Ansicht, dass überhaupt kein Verbrechen vorliegt«, wandte Erik ein, aber die Staatsanwältin unterbrach ihn sogleich wieder: »Also werde ich einfach als Privatperson auf der ›Arabella‹ auftauchen. Damit umgehen wir alle Probleme.«

Als das Telefonat beendet war, warf Erik den Hörer so heftig zurück, dass er über den Schreibtisch schlidderte und im Papierkorb landete. »Es ist *meine* Schwiegermutter, die Mutter *meiner* Frau, die Großmutter *meiner* Kinder! Wie kommt sie dazu, sich in *meine* Familienangelegenheiten einzumischen?«

Entweder wusste Sören darauf keine Antwort, oder er wagte nicht, sich zu äußern. Er beendete seine Wanderung zwischen Fenster und Schreibtisch, setzte sich auf seinen Stuhl und legte den Kopf auf seine Unterarme. Erik starrte ihn an, und nun erst kam ihm ganz allmählich die Erkenntnis, dass seine Schwiegermutter tatsächlich verschwunden war. Dass er sie womöglich niemals wiedersehen würde.

Er blickte über Sören hinweg aus dem Fenster. »Ich muss zu Carolin. Sie kann das nicht alleine durchstehen.«

Sörens Kopf hob sich. »Sie können aber auch Felix nicht allein lassen.«

Erik ging zum Fenster und sah zwei Jugendliche die Keitumer Landstraße hinaufgehen, die sich gegenseitig in die Seite rempelten und lachten. Er hätte die beiden am liebsten von der Straße geholt, verhaftet und eingekerkert. Wie konnte jemand an so einem Tag fröhlich sein?

Die beiden Kosmetikerinnen lachten herzhaft. »Das sind ja zwei Lausejungen, Ihre Enkel!«

»Sì, sì, es ist schlimm mit den beiden. Hätte ich mich nur nicht darauf eingelassen! Aber sie wollten so gerne Polizei spielen, und ich sollte der Ganove sein, der festgenommen wird. Ich habe mir nichts dabei gedacht ...«

Eine Kosmetikerin näherte sich mit der Nagelschere. »Und dann sind sie einfach abgehauen und haben Sie zurückgelassen?«

Mamma Carlotta seufzte theatralisch. »Ich glaube, sie wollten zu den Spielautomaten. Das habe ich ihnen verboten, weil sie noch zu jung sind. Nun denken sie wohl, sie hätten mich außer Gefecht gesetzt.«

Die Kosmetikerin setzte die Schere an. »Die werden gucken, wenn Sie gleich dort auftauchen und ihnen die Ohren langziehen.«

Mamma Carlotta spürte, dass sich die Fesselung bereits lockerte, eine Welle der Erleichterung überkam sie. »Wie gut, dass die Wellnessabteilung heute so lange geöffnet ist!«

»Wir haben Sauna-Nacht. Sonst schließen wir schon um acht.«

Carlotta riskierte einen Blick zur Uhr. Bereits nach elf! Wie sollte sie Carolin erklären, wo sie so lange gewesen war?

Es dauerte noch eine Weile, bis die dünne Nagelschere es mit der derben Fesselung aufgenommen hatte. Die Kosmetikerin musste Faser für Faser durchtrennen, während ihre Kollegin sich mit guten Ratschlägen beteiligte und Mamma Carlotta die Gelegenheit nutzte, einen kurzen Überblick über ihre Lebensgeschichte zu geben. Sie war erst bei ihrem zweiten Kind angekommen, da fiel die Fessel schon zu Boden. Die fünf weiteren Geburten vergaß sie, nahm die Hände nach vorn, streckte und dehnte sie und seufzte erleichtert. »Dio mio! Das tut gut.«

Nun durften sich die Kosmetikerinnen zur Belohnung noch anhören, wie es Carlotta gelungen war, in die Wellnessabteilung zu kommen, ohne jemanden erkennen zu lassen, was mit ihren Händen geschehen war. Die beiden waren sehr amüsiert, als sie ihnen erzählte, dass ein Mann ihr im Aufzug unbedingt die Übersicht übers Abendprogramm in die Hand drücken wollte und pikiert reagierte, als sie ihm erklärte, dass sie sich vor Bazillen fürchte und niemals etwas in die Hand nähme, was schon ein anderer angefasst hatte. »Danach musste ich nur noch darauf achten, dass mich niemand von hinten sah.«

Den beiden Kosmetikerinnen wurde auf das Herzlichste gedankt und in Aussicht gestellt, als Anerkennung für ihre Hilfsbereitschaft demnächst mit einer Maniküre beauftragt zu werden, vielleicht sogar mit einer Gesichtsbehandlung oder einer Massage. Dann verließ Mamma Carlotta die Wellnessabteilung und fühlte sich für mehrere Minuten so glücklich wie an dem Tag, an dem sie zum ersten Mal wieder in Kleidergröße 42 gepasst hatte. Dieses Glück war jedoch nicht von langer Dauer gewesen, da die Verkäuferin leider bald festgestellt hatte, dass das Kleid falsch ausgezeichnet worden war. Dennoch konnte sie sich an diesen kurzen Triumph sehr gut erinnern.

Noch ehe sie die wiedergewonnene Freiheit ihrer Hände zu Genüge ausprobiert hatte, sie mit großen Gesten vor den Augen eines Gesprächspartners hatte tanzen lassen oder andere Hände geschüttelt hatte, fiel ihr ein, dass zwar ihr größtes Problem gelöst war, dafür aber andere auf sie zukamen. Es war wie damals in dem kleinen Textilgeschäft in Panidomino. Das Glück fiel von ihr ab, die Kopfschmerzen kamen zurück, Hände und Füße schmerzten immer noch. Wie sollte es nun weitergehen?

Sie stellte fest, dass die Bordkarte, die sie an einem breiten Band um den Hals getragen hatte, nicht mehr da war. Hatte Miguel sie ihr abgenommen? Die Kopfschmerzen nahmen zu, weil die Gedanken hinter ihrer Stirn sich gegenseitig jagten, ohne dass einer den anderen zu fassen bekam. Miguel! Er hatte sie daran gehindert, in den Gitarrenkoffer zu schauen, hatte sie niedergeschlagen und ihr die Bordkarte abgenommen. Vermutlich damit sie, wenn sie irgendwann tot aufgefunden wurde, nicht so schnell zu identifizieren war. Wie kam sie jetzt zurück in ihre Kabine?

Sie gelangte auf Deck sieben, ohne von anderen Passagieren

beachtet zu werden. Aber auf ihr Klopfen reagierte niemand. Carolin war vermutlich mit Tilman zusammen, im Theater, an der Bar oder an Deck. Ob sie schon nach ihrer Nonna gesucht hatte? Was mochte sie geglaubt haben, als sie nicht zum Abendessen erschienen war? Sicherlich hatte sie sich Sorgen gemacht. Es wurde Zeit, dass sie ihr genommen wurden.

Mamma Carlotta lief den Gang zurück, um sich schnurstracks auf die Suche nach Carolin zu machen ... da fiel ihr das nächste Problem ein. Was würde geschehen, wenn Miguel sie sah? Wenn er vor Augen geführt bekam, dass sie lebte, dass sie sich befreit hatte? Wie würde er darauf reagieren? Sie brauchte nicht lange nachzudenken. Er würde ein zweites Mal versuchen, sie loszuwerden. Jetzt erst recht! »Dio mio!« Was sollte sie tun?

Wiebke rief an, als Erik sie und seine Freunde bereits komplett vergessen hatte. »Was ist los, Erik? Wann kommst du endlich? Oder hast du über deine Arbeit mal wieder alles vergessen?«

Wäre er ehrlich gewesen, hätte er einfach mit »Ja!« geantwortet. Er warf einen flüchtigen Blick zur Uhr, dann sagte er: »Ich schaff's nicht mehr. Lasst euch von mir nicht aufhalten. Die Jungs wollen feiern.«

»Sie planen, ins Pony zu gehen.«

»Vielleicht komme ich noch nach.« Er wusste, dass er es nicht tun würde, aber so schien es einfacher zu sein.

Es entstand eine Stille in der Leitung, die unangenehm war, weil sie viele ungesagte Worte von einem Ende zum anderen trug. Schließlich sagte Wiebke: »Ich gehe nicht mit ins Pony. Wir sollten miteinander reden, Erik.«

»Worüber?«

»Über Klaas und ...«

»Das interessiert mich jetzt alles nicht«, gab Erik heftiger zurück, als er wollte. »Meine Schwiegermutter ist verschwunden. Und da kommst du mir mit Klaas?«

Diesmal war die Stille eine andere. Diesmal war sie angefüllt mit Entsetzen. »Mamma Carlotta? Verschwunden?« Wiebkes Stimme war kaum zu verstehen, die Fassungslosigkeit hatte ihr den Ton genommen. Dann aber lachte sie. Ja, sie lachte tatsächlich. »Das glaubst du doch selbst nicht. Eine Frau wie deine Schwiegermutter verschwindet nicht.« Und dann lachte sie noch einmal.

»Sorry, hier ist viel zu tun«, sagte Erik und legte ohne Abschiedswort auf. Als sein Handy erneut ging und Wiebkes Name im Display erschien, ließ er es klingeln. Nein, jetzt keine weiteren Erklärungen! Und erst recht kein Gespräch über Klaas! Dass sie ihn verlassen wollte, dass sie sich in Klaas verliebt hatte … das wollte er jetzt auf keinen Fall hören. In seinem Kopf war kein Platz dafür, in seinem Herzen erst recht nicht. Das Schicksal seiner Schwiegermutter füllte alles aus. Alles!

Sören legte den Hörer auf, er hatte mit der Nordsee-Klinik telefoniert und dort mit einer Krankenschwester gesprochen, mit der er über sieben Ecken verwandt war. Ohne Weiteres hatte sie ihm verraten, dass Habbo Albertsen im Hotel Dünenburg in der Elisabethstraße von Westerland wohnte. Ein paar Minuten später bekam Erik die Bestätigung. Sören hatte das Telefon auf ›laut‹ gestellt, Erik konnte hören, wie der Cousin von Tove Griess sagte: »Ja, der zweite Zeh am rechten Fuß. Das habe ich gerade schon der Staatsanwältin gesagt.«

Erik winkte frustriert ab. Das hätte er sich ja denken können. Frau Dr. Speck war natürlich mal wieder schneller gewesen. Aber was spielte das noch für eine Rolle? Das Leben konnte auf einen winzigen Moment zusammenschmelzen und dort eine lange Zeit überdauern. So war es ihm auch nach Lucias Tod gegangen. Nichts hatte ihn mehr berührt, was danach geschah. Lange, sehr lange hatte es gedauert, bis er an seinen Kindern gesehen hatte, dass die Zeit eben doch nicht stehen blieb. Dass sie weitergehen musste, ob man wollte oder nicht. Ohne Lucia. Und nun auch ohne ihre Mutter …

Um sich von seinen Gedanken abzulenken, wählte er Carolins

Handynummer. Sie stotterte schluchzend: »Ach, Papa!«, dann begann sie zu weinen, und er fragte sich, ob sie überhaupt in der Lage war, ihm zuzuhören. Langsam und deutlich erklärte er ihr, dass er nicht zu ihr kommen könne, dass aber die Staatsanwältin an Bord der ›Arabella‹ gehen würde, um zu ermitteln.

Es wunderte ihn nicht, dass Carolin nun noch lauter weinte. »Ich bin hier so alleine, Papa!«

»Was ist mit deinem Freund?«, fragte Erik hilflos.

»Er schläft. Er weiß noch gar nicht, was passiert ist. Ich habe dir doch erzählt …«

»… dass er krank ist, ja.« Er holte tief Luft und schaffte es dann tatsächlich, seine Stimme sachlich und beherrscht klingen zu lassen. »Morgen legt das Schiff in Southampton an. Die Staatsanwältin wird zusteigen und sich um dich kümmern.«

»Aber du sagst sonst immer, dass diese Frau ganz schrecklich ist.«

»Nur dienstlich«, antwortete Erik rasch. »Privat ist sie sehr nett. Du kannst natürlich auch in Southampton von Bord gehen und nach Hause fliegen.« Mit dieser Entscheidung schien Carolin überfordert zu sein, deswegen ergänzte er tröstend: »Am besten, du gehst jetzt schlafen. Du kannst dir das alles morgen noch überlegen.«

»Ich glaube, ich gehe lieber an die Bar«, kam es mit einem Trotz zurück, als wollte Carolin damit gegen das Leben und seine Ungerechtigkeiten protestieren. »Ich weiß nicht, wo Tilmans Eltern sind. Aber ich weiß, wo Tove Griess und Fietje Tiensch sind. Ich brauche jetzt jemanden, der die Nonna kennt.«

»Die kennen sie höchstens ganz flüchtig«, meinte Erik, beließ es aber dabei, weil er wusste, dass seiner Tochter in diesem Moment nicht mit Vernunft und guten Erklärungen beizukommen war. »Versuch es nicht mit Alkohol, Carolin. Damit hat sich noch nie ein Problem lösen lassen. Jeder Kummer wird damit nur noch größer.«

Dass Carolin nicht darauf reagierte, beunruhigte ihn, aber er entschloss sich dennoch, seine Ermahnungen nicht zu wiederholen. Wenn Carolin in dieser Nacht von Tove Griess und Fietje Tiensch lernte, dass sich Trauer und Fassungslosigkeit auch durch wüstes Schimpfen und Fluchen verarbeiten ließen, dann würde es ihr vermutlich keinen seelischen Schaden zufügen. Als er den Hörer aufgelegt hatte, fragte er sich trotzdem, wie seine Tochter all das überstehen sollte.

Sören flüsterte, als schämte er sich seiner Hoffnung: »Ich glaube es erst, wenn man sie gefunden hat.«

Erik nickte, als wollte er sich seiner Hoffnung anschließen. Aber gleichzeitig bewies er, dass er es nicht schaffte: »Wie soll ich das bloß Felix erklären?«

In der Nähe von Toves und Fietjes Kabinentür gab es einen Treppenaufgang. Dort hing ein Schiffsplan, vor dem Mamma Carlotta schon viele Passagiere hatte stehen sehen und überlegen hören, wie sie zum Fotoshop, zum Friseur oder ins Casino gelangen konnten. Sie machte es genauso, drehte allen, die die Treppe benutzten, vor dem Aufzug warteten oder ihm entstiegen, den Rücken zu und hoffte, dass sie auf diese Weise niemandem auffiel. Wenn sie Schritte oder Stimmen hörte, blickte sie in den Gang hinein, um zu kontrollieren, ob Tove und Fietje es waren, die genug des All-inclusive-Angebotes konsumiert hatten. Wenn jemand aus dem Aufzug trat, hoffte sie, dass es einer der beiden war. Doch die Zeit verging, ohne dass Tove und Fietje auftauchten. Sie schlich zu ihrer Tür, weil sie mit einem Mal fürchtete, ihre Rückkehr verpasst zu haben, aber auf ihr Klopfen reagierte nach wie vor niemand. Da eine Frau, die auf einem langen, ansonsten menschenleeren Gang herumstand, Beachtung finden würde, ging sie zu dem Schiffsplan zurück und hoffte weiterhin, dass sie dort niemandem auffiel.

Leider wurde ihr Wunsch nicht erfüllt. Erschrocken fuhr sie herum, als sie von hinten angesprochen wurde: »Signora? Sie schon wieder?«

Sie starrte einem jungen Mann ins Gesicht, den sie sofort erkannte. Aber war es richtig, ihn mit seinem Namen anzusprechen? War es vielleicht klüger, ihm weiszumachen, dass er sich irrte, dass sie eine andere war, als er vermutete? Oder war es womöglich am allerklügsten, das Spiel wieder aufzunehmen, das ihr schon mal geholfen hatte?

Danilo nahm ihr die Entscheidung ab. »Sind Sie wieder weggelaufen? Und Sie wissen nicht, wie Sie zu Ihrer Kabine kommen sollen?« Er nahm ihren Arm und zog sie zum Aufzug. »Ich kann mich noch erinnern. Auf Deck sieben wohnen Sie! Kommen Sie, ich bringe Sie hin.«

Sie folgte ihm wortlos, wie auch Signora Bianchi es meistens tat. Die hatte es ja längst aufgegeben, sich mit einem Irrtum herauszureden oder so zu tun, als freue sie sich über ein Wiedersehen. Aber was bei Signora Bianchi garantiert nicht mehr funktionierte, geschah in Carlottas Kopf noch ganz mühelos: Die Gedanken rasten, die Fragen überholten sie oder kreuzten ihren Lauf. Wie würde Carolin reagieren, wenn ihre Nonna wie ein verloren gegangenes Kind zurückgebracht wurde? Und was würde geschehen, wenn ihre Enkelin nicht in der Kabine war und Danilo sich überlegen musste, wie mit einer altersverwirrten Signora umzugehen sei, die er nun schon zum zweiten Mal hilflos aufgegriffen hatte?

Er konnte sich sogar an die Nummer ihrer Kabine erinnern und klopfte. Als sich in der Kabine nichts rührte, fragte Danilo nach Mamma Carlottas Bordkarte und kontrollierte, als sie wortlos den Kopf schüttelte, ob sie wirklich nicht an ihrem Hals hing. So, wie eine Mutter sicherstellte, dass ihr Töchterchen die Kindergartentasche mit dem Butterbrot umgehängt hatte.

»Sie haben die Bordkarte in der Kabine vergessen?« Lächelnd zückte er eine Karte. »Ein Generalschlüssel«, sagte er. »Den haben alle, die im Zimmerservice arbeiten.«

Er öffnete die Kabine, ließ sie eintreten und bot ihr sogar an, ihr beim Zubettgehen behilflich zu sein.

An diesem Morgen würden die Freunde im Hotel frühstücken. Es war der Tag ihrer Rückreise, sie mussten ihre Zimmer bis zwölf Uhr räumen. Dann wollten sie bei Erik ein Glas zum Abschied trinken, bevor sie in Westerland den Zug besteigen und wieder aufs Festland übersetzen würden.

Erik war nervös, als er sich im Badezimmer das Kinn rasierte. Kopfschüttelnd betrachtete er sein übernächtigtes Gesicht, seine müden Augen, die Stirnfalten, die an Tagen wie diesen noch ausgeprägter waren als sonst. Remko, Erasmus, Gerit und Coord würden vermutlich nicht besser aussehen, aber bei ihnen war der Grund ein anderer. Nein, er selbst hatte die Nacht nicht durchgefeiert, er war nicht zur Ruhe gekommen, weil er zu aufgewühlt gewesen war.

Er glättete seinen Schnauzer, kürzte die äußeren Spitzen und fuhr mit der Bürste über seine Haare. Aber unzufrieden war er immer noch. Mit beiden Händen griff er zu und brachte die Ordnung auf seinem Kopf wieder durcheinander. Vielleicht sah er so ein bisschen weniger wie ein Spießer aus. Vielleicht fand Wiebke ihn so ein bisschen interessanter.

Als er aus dem Bad trat, blieb er kurz stehen und lauschte. Im Haus regte sich nichts. Was hätte er darum gegeben, wenn von unten das Klirren des Geschirrs heraufgedrungen wäre, der Duft des Espressos, mit dem seine Schwiegermutter jeden Tag begann, ihr leises Schimpfen, wenn etwas zu Boden gefallen war, ihre Selbstgespräche und ihr Gesang. Aber unten war alles ruhig. Auch im Wohnzimmer war es still.

Als er heimgekommen war, hatte er zunächst angenommen, Wiebke hätte ihn noch in dieser Nacht verlassen. Im Erdgeschoss war alles dunkel gewesen, auch im Schlafzimmer brannte kein Licht. Aber dann hatte er ein Geräusch aus dem Wohnzimmer gehört, das Knarren des Sofas, das ihm wohlbekannt war. So knarrte es, wenn er seinen Mittagsschlaf dort hielt und sich auf die andere Seite drehte. Wiebke zog es also vor, nicht an seiner Seite zu schlafen. Der Zorn hatte Öl ins Feuer seiner Enttäuschung gegossen und alles auflodern lassen, was auf dem Nachhauseweg nur schwach geglüht hatte. In diesem Moment wünschte sich Erik zum ersten Mal das Temperament seiner italienischen Verwandtschaft und hätte etwas darum gegeben, wenn er seine Gefühle losgeworden wäre, indem er ein Glas an die Wand oder einen Blumentopf aus dem Fenster warf. Warum hatte Wiebke sich nicht gleich entschlossen, bei Klaas zu übernachten? Was wollte sie noch hier, in seinem Haus am Süder Wung? Innerlich hatte sie sich doch bereits meilenweit von ihm entfernt!

Er hatte sich keine Mühe gegeben, leise zu sein. Sogar im Gegenteil. Er hatte das Glas klirren lassen, das er aus dem Küchenschrank nahm, und sich nicht darum geschert, dass die Tür zum Vorratsraum quietschte, als er eine Flasche Rotwein holte. Sie sollte ihre Chance erhalten! Wenn sie nun erwachte oder vor lauter Sorge gar nicht in den Schlaf gekommen war, dann konnte sie sich zu ihm setzen und sich von ihm erzählen lassen, was geschehen war. Aber die Küchentür war geschlossen geblieben, Erik hatte den Rotwein allein getrunken. Mindestens drei Gläser! Sollte Wiebke doch weiterschlafen! Wie konnte sie überhaupt schlafen, nachdem er ihr eröffnet hatte, dass seine Schwiegermutter verschwunden war! Sie hatte ihm nicht geglaubt, so einfach machte sie es sich. Es würde schon alles gut werden, das mochte sie sich gesagt haben. Und damit ihre Nachtruhe nicht durch seine Rückkehr gestört wurde, damit sie nicht in die Verlegenheit kommen würde, ihn zu ermutigen, sich unverzüglich alles von der Seele zu reden und ihn zu trösten, hatte sie sich im Wohnzimmer schlafen gelegt.

Er hatte ihren Laptop und ihr Handy zur Seite geschoben und sein Rotweinglas danebengestellt. Er wusste, dass Wiebke panisch reagierte, wenn irgendeine Art von Flüssigkeit ihrem Laptop nahe kam. Sie hatte einmal ein Glas Wasser umgestoßen, das sich in die Tastatur ergossen und damit die Arbeit von mehreren Wochen zunichtegemacht hatte. Trotzdem hatte Erik das

Rotweinglas nach jedem Schluck heftig zurückgesetzt und einmal sogar ungerührt die roten Spritzer auf dem M und auf der Leertaste betrachtet, ohne sie wegzuwischen.

Nun ging er in Felix' Zimmer, wo es warm und stickig war. Die Ausdünstungen seines Sohnes gaben ihm zu denken, und auch hier sehnte er seine Schwiegermutter herbei. Sie ließ nicht gern zu, dass die Kinder sich am Abend der Familie entzogen, und wenn sie darauf bestanden, wurden die beiden bei ihrer Heimkehr genau betrachtet, unauffällig auf Knutschflecken kontrolliert und mit einer großmütterlichen Umarmung genauso unauffällig beschnüffelt und mit einer Standpauke bedacht, wenn sie nach Alkohol rochen. Erik riss die Vorhänge auseinander und die Fensterflügel auf. Auf Felix' empörtes Grunzen reagierte er mit einem dynamischen »Guten Morgen!« und kümmerte sich nicht um seinen verschlafenen Protest. »Ich muss mit dir reden.«

»Heute Mittag, okay!« Felix linste mit einem Auge nach seinem Wecker. Vor lauter Entrüstung war er mit einem Mal hellwach. »Um acht Uhr? In den Ferien? Bist du bescheuert?«

Erik setzte sich auf die Bettkante. »Du kannst nachher weiterschlafen. Aber erst musst du mir eine Frage beantworten ...«

Es dauerte nicht lange, und er war darüber informiert, was mit Felix' Gitarrenkoffer geschehen war. Sein Sohn hatte schnell – für diese frühe Morgenstunde sogar erstaunlich schnell – begriffen, dass es jetzt auf die Wahrheit ankam.

Felix hatte am Donnerstagvormittag einen Besuch bei seinem Gitarrenlehrer‹ gemacht und mit ihm ›Der letzte Kuss‹ von den Toten Hosen geübt. Als er Eckhard Diekmann verließ, war ein Klassenkamerad vorbeigekommen, der soeben stolzer Besitzer eines Mofas geworden war. Die Frage nach einer kurzen Spritztour hatte Felix unmöglich abschlagen können. Aber mit dem riesigen Gitarrenkoffer auf dem Sozius eines Mofas? »Geht gar nicht. Außerdem waren es ja nur ein paar Minuten.«

»Du hast also die Gitarre einfach stehen lassen.«

»Im Hauseingang. Von der Straße kaum zu sehen«, verteidigte sich Felix. »Wir sind nur bis zum Rathausplatz gefahren und wieder zurück. Das war's.«

Als er zurückgekehrt war, hatte die Gitarre im Hauseingang gelehnt, aber ohne Koffer. Felix hatte sich gefragt, wie jemand so blöde sein konnte, einen Gitarrenkoffer zu klauen und die Gitarre, die viel mehr wert war, stehen zu lassen. Aber er hatte sich mit dieser Frage nicht lange aufgehalten, sondern sich an dem Glück erfreut, dass der Dieb ein Idiot gewesen sein musste. So froh war er gewesen, dass er die Gitarre noch besaß, und optimistisch, dass die Sache mit dem Gitarrenkoffer über kurz oder lang im Sande verlaufen würde.

Erik erhob sich wortlos und verließ das Zimmer seines Sohnes. Was in der vergangenen Nacht geschehen war, welche Ängste seine Schwester ausgestanden hatte, dass die Nonna ein paar entsetzliche Stunden lang als Mordopfer gegolten hatte, das alles brauchte Felix erst später zu erfahren.

Als in der Nacht der erlösende Anruf gekommen war, als er die Stimme seiner Schwiegermutter gehört hatte und glauben konnte, dass sie noch lebte, als sie ihm von dem Gitarrenkoffer an Bord der ›Arabella‹ erzählt hatte, da war sein erster Gedanke gewesen, Sören anzurufen. Die Freude seines jungen Assistenten hatte seine eigene noch weiter verstärkt. Nachdem sie immer wieder hin- und hergeseufzt hatten, wie wunderbar es doch sei, dass Mamma Carlotta mit dem Leben davongekommen war, hatte Sören ziemlich bald bewiesen, dass er nach seiner Heimkehr nicht sofort ins Bett gefallen, sondern noch eine Weile geistig in Bewegung geblieben war. Er schlussfolgerte jedenfalls erstaunlich schnell, fand Erik.

»Der Überfall auf Ihre Schwiegermutter hat also mit der Kindesentführung vor achtzehn Jahren gar nichts zu tun?«

»Anscheinend nicht.«

»Sondern mit dem Arabella-Dieb?«

»Muss wohl so sein.«

»Der silberne Hering ist in Felix' Gitarrenkoffer an Bord gebracht worden?«

»Ich habe die Maße verglichen. Das könnte passen.«

»Der Arabella-Dieb und Gregor Imhoffs Mörder sind demnach ein und dieselbe Person.«

»Sieht so aus.«

»Und dieser Kerl sucht jetzt auf dem ganzen Schiff nach Ihrer Schwiegermutter, weil er befürchtet, dass sie ihn erkannt hat.«

Erik fühlte, dass die Angst erneut an seinen Beinen hochkroch. »Wenn er sie nur kurz außer Gefecht setzen wollte, hätte es gereicht, sie niederzuschlagen und den Koffer in Sicherheit zu bringen, bis sie wieder aufwacht.«

»Vielleicht glaubt er auch, dass sie den silbernen Hering gesehen hat.«

»Hat sie nicht. Sie sagte am Telefon, sie habe etwas klirren hören, wie Metall. Sie hatte gerade die letzte Schnalle geöffnet ... und peng!«

»Er kann also nicht sicher sein, ob sie etwas gesehen hat. Und überhaupt ... sie hätte später von dem Gitarrenkoffer erzählen können. Es ist unwahrscheinlich, dass niemand den großen Koffer gesehen hat. Aber wer immer ihn bemerkt hat, dem ist eine nette, harmlose Geschichte erzählt worden. Ein Mitbringsel für ein Kind, ein Geschenk für die Ehefrau. Derjenige wäre in Erklärungsnot gekommen, wenn Ihre Schwiegermutter verraten hätte, dass der Gitarrenkoffer ihrem Enkel gehört und sie niedergeschlagen wurde, weil sie hineinschauen wollte.«

»Andererseits gilt sie auf dem Schiff als altersverwirrt.«

»Das muss der Arabella-Dieb nicht mitbekommen haben.«

»Sie meinen also, er wollte sie tatsächlich in der Nacht über Bord werfen?« Erik spürte schon wieder einen Schauer der Angst auf seinem Rücken.

Sören war davon überzeugt. »Ich fürchte, dass Ihre Schwiegermutter nach wie vor in Gefahr ist. Sie sollte sich nicht mehr allein auf dem Schiff bewegen. Es muss immer jemand bei ihr sein.«

»Ich werde ihr sagen, sie soll in der Kabine bleiben. Dort ist sie sicher.«

»Ist sie das wirklich? Wenn der Arabella-Dieb zum Service-Personal gehört, hat er einen Generalschlüssel.«

Erik ging in die Küche und stellte die Espressomaschine an. Er wollte eine dampfende Tasse in der Hand halten, wenn er die Staatsanwältin anrief.

Carolin wehrte sich mit Händen und Füßen. »In eine Innenkabine? Nie im Leben! Und dann noch in das Bett, in dem diese schrecklichen Kerle geschlafen haben? Nur über meine Leiche!«

»Natürlich lassen wir die Betten frisch beziehen. Der Zimmerservice ist ja so entgegenkommend.«

»Trotzdem!«

Sie saßen auf dem Balkon und sprachen sehr leise, damit sie nicht belauscht werden konnten. Mamma Carlotta kaute an einem der trockenen Brötchen herum, die Carolin während des Frühstücks in ihrem kleinen Rucksack hatte verschwinden lassen. Neben ihr lagen eine Banane und ein Apfel, die ebenfalls in dem Rucksack Platz gefunden hatten. Wehmütig dachte Mamma Carlotta an das große Frühstücksbuffet, an all die Köstlichkeiten, die dort angeboten wurden, und das Denken fiel ihr ausgesprochen schwer, als ihr der Espresso einfiel, der dort in besonders exzellenter Qualität angeboten wurde. Ohne Espresso hatte sie noch keinen Tag beginnen können!

Nur mühsam erinnerte sie sich an Eriks Argumentation. »Dein Vater sagt, es ist zu gefährlich, Carolina. Der Täter könnte noch einmal zuschlagen. Wenn er einen … come si dice? Ein Schlüssel von einem hohen Offizier im Krieg?«

»Generalschlüssel?«

»Sì. Wenn er den hat, kann er in unsere Kabine eindringen,

und dann ...« Was dann geschehen würde, wagte sie nicht auszusprechen.

»Was will der Kerl überhaupt von dir?« Carolin sah sie mit einem Mal an, als hätte ihre Großmutter etwas auf dem Kerbholz und wäre längst nicht so harmlos, wie sie sich gab. Schon gar kein unschuldiges Opfer. »Warum will er dich loswerden? Was weißt du?«

Mamma Carlotta war nur deshalb so ruhig, weil ihr der Espresso fehlte. »Ich hab's dir schon mal erklärt, Carolina. Der Arabella-Dieb hat anscheinend Felix' Gitarrenkoffer benutzt, um Diebesgut aufs Schiff zu bringen. Und er denkt, ich habe gesehen, was in dem Koffer war. Er hat Angst, dass ich dem Kapitän Meldung mache. Wenn bekannt ist, wer den Gitarrenkoffer an Bord gebracht hat, wäre der Arabella-Dieb entlarvt.«

Carolin sah ihre Großmutter schmollend an. »Du hättest mir eher davon erzählen sollen, Nonna. Und was tust du? Du redest mir aus, dass ich Felix' Gitarrenkoffer gesehen habe.«

Bisher war Carolin ganz und gar von dem Glück erfüllt worden, ihre Nonna lebendig, heile und gesund wieder bei sich zu haben. Als sie endlich in die Kabine zurückgekehrt war, nachdem Mamma Carlotta schon unzählige Gebete an den heiligen Adone von Arezzo gerichtet und ihn gebeten hatte, ein Auge auf die Tugend ihrer Enkelin zu haben, war ihr Gesicht voller Verzweiflung gewesen, und ihre Augen waren rot geweint. Sie hatte einen Freudenschrei ausgestoßen, der glatt von einer Italienerin hätte stammen können. »Nonna, du lebst!«

Ihre Erleichterung hatte keine Grenzen gekannt, das Glück war so groß gewesen, so gewaltig, dass sie geweint hatte, als wäre soeben die Leiche ihrer Nonna gefunden worden. Glück und Angst waren kaum zu unterscheiden gewesen. Zwei gewaltige Gefühle! Allmählich jedoch machte die Erleichterung Platz für die Kränkung, nicht rechtzeitig ins Vertrauen gezogen worden zu sein.

Als Mamma Carlotta Anstalten machte, die Telefonnummer

von Tove Griess' Kabine zu wählen, sprang Carolina auf und lief zur Tür. »Vergiss es«, stieß sie so temperamentvoll hervor, als hätte das italienische Erbe bisher in ihr geschlummert und wäre an diesem Tage erwacht. »Ich lege mich nicht in ein Bett, wo Tove Griess schon ins Kissen gerülpst hat.«

»Aber dein Vater …«

»Ist mir egal, was Papa sagt. Ich gehe zu Tilman.«

»Ma, Carolina … du darfst ihm nicht sagen, was mit mir passiert ist. Alle müssen denken, ich bin über Bord gegangen. Niemand darf die Wahrheit wissen.«

Carolin tippte sich an die Stirn. »Ich soll Tillman was vorjammern? Meine Oma wird gerade von Haien gefressen? Und ich bin ja sooo traurig? Das kann niemand von mir verlangen!«

»Aber wenn er …«

Die schwere Kabinentür knallte ins Schloss. Mamma Carlotta malte sich aus, dass Carolin nun zu Tilman laufen und dort ihr Herz ausschütten würde. Hoffentlich konnte er den Ernst der Lage erfassen und war bereit, über alles zu schweigen. Und dann? Dann würde er ihr vermutlich anbieten, in seiner Kabine zu übernachten, damit sie ohne Angst schlafen konnte. »Madonna!« Carolin war doch erst siebzehn! Ob sie Erik anrufen und mit ihm über ihre Angst sprechen sollte? Er würde vermutlich behaupten, dass Carolin ›schon‹ siebzehn sei, und sie daran erinnern, wie ihr eigenes Leben ausgesehen hatte, als sie in diesem Alter war. »Dio mio!« Es war wirklich schwer zu argumentieren, wenn man selbst mit sechzehn geheiratet und mit siebzehn das erste Kind bekommen hatte! Und wenn sie nun auf ihre eigene Sicherheit verzichtete und die nächsten Nächte in dieser Kabine verbrachte wie die Nächte zuvor? Mamma Carlotta spürte, dass sie den Kopf schüttelte. Nein, nicht nur sie selbst, sondern auch ihre Enkelin würde dann in Gefahr sein! Wenn der Arabella-Dieb Zutritt zu dieser Kabine bekam, war nicht nur ihr Leben, sondern auch Carolins nicht mehr sicher!

Erik hatte recht, sie durfte sich hier nicht mehr aufhalten. Nicht allein und vor allem nicht während der Nacht. Der Arabella-Dieb würde keine Ruhe geben und sie suchen, bis er sie gefunden hatte. Zwei Männer dagegen, einer so stark wie ein Bär, der andere zumindest mit einem Furcht einflößenden bärtigen Gesicht ...

Sie unterbrach ihre eigenen Überlegungen, indem sie nach dem Telefon griff und die Nummer von Toves und Fietjes Kabine wählte. Sie hatte zufällig mitbekommen, dass die Kabinennummern gleichzeitig die Telefonnummern waren, mit denen man sich intern erreichen konnte.

Sie hatte Glück, die beiden hatten ihre Kabine noch nicht verlassen. Nicht einmal das Bett, in dem sie vermutlich noch nicht lange lagen. Das Grunzen, das an ihr Ohr drang, ließ vermuten, dass Tove aus dem Tiefschlaf geholt worden war, nachdem er mal wieder das All-inclusive-Angebot der ›Arabella‹ ausgiebig genossen hatte. Als er begriff, wer sich unterstand, seinen Schlaf zu stören, raunzte er ins Telefon: »Sind Sie wahnsinnig geworden, Signora? Erst lassen Sie sich den ganzen Abend nicht blicken, und dann holen Sie uns in aller Herrgottsfrühe aus dem Schlaf?«

Dass von Herrgottsfrühe keine Rede sein konnte, wollte Tove nicht einsehen. Und warum Mamma Carlotta viele Stunden von der Bildfläche verschwunden gewesen war, erreichte sein Gehirn erst nach mehreren Wiederholungen. »Hä? Niedergeschlagen? Gefesselt und geknebelt? Haben Sie schlecht geträumt, Signora? Oder sind Sie ...«

Carlotta ließ ihn nicht ausreden, aus Angst, er könnte vermuten, sie sei nicht mehr ganz klar im Oberstübchen. Allmählich wurde sie empfindlich, wenn man ihr Denkvermögen anzweifelte. Konnte es sein, dass eine bewusste Irreführung am Ende zur Wahrheit wurde? Als Strafe für die Lüge, die sie einigen aufgetischt hatte?

Ärgerlich über diese Gedanken, mit denen sie sich selbst

Angst machte, sagte sie: »Mein Schwiegersohn möchte, dass ich mit Ihnen rede.«

Damit hatte sie Tove Griess nun komplett durcheinandergebracht. »Der Bulle? Woher weiß der überhaupt, wo wir sind? Und was will der von uns?«

Er brauchte noch eine ganze Weile, bis er eingesehen hatte, dass die Sache derart kompliziert war, dass man sie am Telefon nicht klären konnte. Er versprach, sich in der nächsten halben Stunde zu erheben, sich unter eine kalte Dusche zu stellen und dann bei Mamma Carlotta vorzusprechen, noch ehe es zum Frühstücken ging. »He, Fietje!«, hörte Mamma Carlotta ihn rufen. »Aufstehen! Die Signora braucht uns!«

Endlich nahm die Staatsanwältin am anderen Ende ab. »Was gibt's, Wolf?«, fragte sie, als hätte sie in der vergangenen Nacht gut und ausgiebig geschlafen. Dabei konnte sie nur wenige Stunden Ruhe genossen haben.

»Wo sind Sie?«, fragte Erik zurück.

»Am Flughafen. Ich checke nach Southampton ein.«

»Meine Schwiegermutter hat sich gemeldet«, erklärte Erik. »Sie lebt. Zwar war sie das Opfer eines Überfalls, aber sie hat sich selbst befreien können.«

»Moment mal …« Der Staatsanwältin, die es sonst immer eilig hatte und die nervös reagierte, wenn sie mit Eriks Bedachtsamkeit konfrontiert wurde, ging es nun ein wenig zu schnell. Sie hörte sogar zu, ohne ihn zu unterbrechen.

Dann aber schoss sie die Fragen auf ihn ab. »Wer weiß, wo Ihre Schwiegermutter ist?«

»Nur meine Tochter.«

»Der Täter hat also keine Ahnung?«

»Nein! Das hoffe ich jedenfalls.«

»Er wird Ihre Schwiegermutter suchen.«

»Das befürchte ich auch.« Erik berichtete, dass er seiner Schwiegermutter den Rat gegeben habe, in einer anderen Kabine zu übernachten. »Der Großcousin des verschwundenen Kindes ist an Bord. Mit ihm soll sie die Kabine tauschen.«

»Wir können davon ausgehen, dass der Anschlag mit der Kindesentführung zusammenhängt?« Frau Dr. Speck erwartete keine Antwort. »Natürlich checke ich trotzdem ein. Anscheinend werde ich auf der ›Arabella‹ gebraucht. Ich melde mich, wenn ich an Bord bin.«

Erik spürte, wie die Erleichterung sich in ihm ausbreitete. Jetzt erst gestand er sich ein, dass er befürchtet hatte, die Staatsanwältin könnte es nun, nach dem Auftauchen seiner Schwiegermutter, nicht mehr für nötig halten, auf der ›Arabella‹ zu ermitteln. Dass die Gefahr noch nicht gebannt war, brachte ihn um den Verstand.

Frau Dr. Speck, die nicht begreifen konnte, dass jemand schwieg, weil die Erschütterung ihm die Worte nahm, bewies mal wieder, wie unsensibel sie war. »Oder haben Sie etwa angenommen, ich würde nun nach Flensburg zurückkehren? Das Leben Ihrer Schwiegermutter scheint Ihnen nicht besonders wichtig zu sein, wenn Sie der Ansicht sind, dass man in einem solchen Fall nichts zu unternehmen braucht.«

Erik war stumm vor Empörung. Diesen Satz würde er niemals vergessen und auch nicht vergessen wollen. Und sollte er je in die Versuchung kommen, Frau Dr. Speck sympathisch zu finden, dann würde er sich diesen Satz in Erinnerung rufen und wieder wissen, dass sie ein unangenehmer, empfindungsloser Mensch war.

Die Staatsanwältin schien nichts von seinen Gefühlen zu bemerken. »Haben Sie schon in die Mattino online geguckt, Wolf? Dort wird Ihr Name erwähnt.«

Erik war noch immer unfähig zu reagieren. Dass die Staatsanwältin es für möglich hielt, ihm sei das Leben seiner Schwiegermutter gleichgültig, hatte er noch längst nicht überwunden.

»Ich habe eine Pressemitteilung rausgegeben. Wie so oft hat die Mattino online zuerst reagiert. Ich habe an den Sylter Entführungsfall von damals erinnert und noch weitere Entführungsfälle zur Sprache gebracht. Die Bevölkerung wird begeistert sein, wenn sich in den nächsten Tagen herausstellt, dass der Fall Lukas Albertsen gelöst ist. Richten Sie sich darauf ein, demnächst als Held zu gelten.« Sie lachte, und dieses Lachen fand Erik nicht nur unangenehm, sondern unerträglich.

»Und Sie als die Heldin, die keine Mühe gescheut hat, die Wahrheit ans Licht zu bringen?« Seine Antwort war tonlos gekommen, ohne Respekt, ohne Höflichkeit. Er wunderte sich darüber, dass er zu dieser Anmaßung fähig war.

Die Staatsanwältin bewies, dass sie nicht nur hart im Austeilen, sondern auch hart im Nehmen war. Oder fehlte es ihr derart an Feinfühligkeit, dass sie eine Beleidigung gar nicht erkannte? Jedenfalls lachte sie schon wieder. »Sie sagen es! Aber jetzt muss ich Schluss machen. Boarding beginnt.«

Sie legte auf, ohne sich zu verabschieden. Wie immer! Aber diesmal ärgerte sich Erik nicht darüber, sondern war froh, ihre Stimme nicht mehr hören zu müssen.

Ein Artikel in der Mattino online! Mit einem Mal wusste er, warum Wiebke sich im Wohnzimmer schlafen gelegt hatte. Sie musste noch in der Nacht erfahren haben, welche Meldung am Morgen erscheinen würde. Vielleicht wusste sie sogar, dass sein Name genannt wurde. Und wenn es ganz besonders schlimm gekommen war, glaubte sie, dass er selbst hinter diesem Artikel steckte. Und sollte sie ihn ins Kreuzverhör nehmen, würde er sogar zugeben müssen, dass die Staatsanwältin diesen Artikel angekündigt und er nichts unternommen hatte, um der ehrgeizigen Journalistin Wiebke Reimers einen Vorteil zu verschaffen. Eine Todsünde! Erik glaubte, dass Wiebke ihm eher einen Seitensprung verzeihen würde als den Boykott ihrer Arbeit.

Seitensprung! Er lachte bitter. Wiebke hatte schon oft über Freiheiten in der Liebe geredet, was er bisher nie ernst genommen hatte. Aber wenn sie glaubte, dass er ihre Affäre mit Klaas hinnehmen würde, dann hatte sie sich getäuscht. Wenn sie ihm nicht treu sein wollte, dann ...

Weiter kam er nicht mit seinen Gedanken. Sein Handy klingelte, im Display erschien eine Nummer, die er nicht kannte. Zu seiner Überraschung war Remko am anderen Ende der Leitung.

»Wo bist du?«, fragte Erik. »Wie geht's dir?«

Remko war verlegen. »Ich habe die Nacht bei Sina verbracht.«

Erik stieß einen Laut der Überraschung aus. Remko! Er machte tatsächlich Nägel mit Köpfen! »Und trotzdem bist du schon so früh auf?«

»Geht nicht anders«, kam es zurück. »Sina muss zur Arbeit. Ich wollte sie zwar überreden, krankzufeiern, aber sie ist eben sehr gewissenhaft. Das war sie ja früher schon.«

Erik konnte sich nicht erinnern, wie Sina früher gewesen war. »Und Coord?«, fragte er. »Der wird sich Sorgen machen.«

»Ich fahre jetzt ins Hotel«, antwortete Remko schnell. »Ich wollte aber vorher mit Wiebke sprechen. Ich kenne ihre Handynummer nicht.«

»Mit Wiebke?« Erik war perplex. »Sie schläft noch.«

»Kannst du ihr etwas ausrichten?«

»Natürlich.«

»Sie hat mir erzählt, dass sie hinter Leo Schwickerat her ist. Und ich habe zufällig von Sina erfahren, wo er wohnt. Ganz in ihrer Nähe. In dem Haus, das ihm früher gehört hat. Sina hat ihn schon ein paarmal dort gesehen. Wiebke wird sich freuen, wenn sie das hört. Sie muss es nur geschickt anstellen, dann kann sie tolle Fotos machen.«

Es klopfte, und Tove Griess stand vor der Tür, in einer ausgebeulten Jeans und einem T-Shirt, aus dem er die Ketchupflecken nicht herausbekommen hatte. Hinter ihm duckte sich Fietje Tiensch, angetan mit seinem Troyer, auf dem Kopf die Bommelmütze, die er tief in die Stirn zog, während er die Kabine betrat.

Tove ging schnurstracks auf die Balkontür zu, lamentierte, dass ihm diese komfortable Kabinenkategorie verweigert worden war, nannte seinen Cousin geizig und hielt die Welt mal wieder für ungerecht, die einer Preisausschreibengewinnerin eine Balkonkabine zudachte und einem Wirt, der sein Geld im Schweiße seines Angesichts verdiente, im Hochsommer neben heißem Frittierfett und im Winter vor dem kalten Zapfhahn, eine Innenkabine. Dabei logierte er doch aus reinem Edelmut auf diesem Schiff, weil er seinem Cousin helfen wollte und für dessen Sohn womöglich sogar eine Niere hergeben würde. »Das hat man nun von seiner Großherzigkeit!«

Mamma Carlotta schloss die Balkontür vor seiner Nase, damit Toves Meinung nicht auf sämtliche Nachbarbalkons drang, während Fietje murmelte: »Schnack kein dummes Zeug, Tove. Hast du schon vergessen, wie du dich gesträubt hast, diesen Kahn zu betreten?«

Tove schien es tatsächlich vergessen zu haben. Jetzt aber fiel es ihm wieder ein, und er wechselte das Thema. »Haben Sie uns nix anzubieten? Wir sollten endlich darauf anstoßen, dass Sie nicht über Bord gegangen sind, Signora.«

Mamma Carlotta griff nach einer Wasserflasche, aber Tove verhinderte, dass sie sie aufschraubte. »An Wasser hatte ich nicht gedacht, Signora.«

Mamma Carlotta sah ihn kopfschüttelnd an. »Alkohol schon vor dem Frühstück?«

»Sekt ist kein Alkohol.«

»Und Bier auch nicht«, ergänzte Fietje.

Aber auf diese Diskussion wollte Mamma Carlotta sich nicht einlassen. Und Tove vergaß seinen Wunsch schnell wieder, als ihm angeboten wurde, den Rest der Reise in dieser Balkonkabine zu verbringen. »Jedenfalls so lange, bis sich herausgestellt hat, wer mich niedergeschlagen hat. Mein Schwiegersohn hat gesagt, nur so wäre ich sicher.«

»Die Kabinen tauschen?« Tove war hocherfreut.

Doch es zeigte sich schnell, dass Fietjes Intelligenz trotz seines täglichen Bierkonsums wacher war. Während Tove sich noch über die unverhoffte Chance freute, Passagier in einer Kabine der gehobenen Kategorie zu sein, vergewisserte sich Fietje: »Ihr Schwiegersohn sagt, Sie sollen hier nicht schlafen? Damit der Kerl Sie nicht noch einmal erwischt?«

»Esattamente«, gab Mamma Carlotta zurück. »In Ihrer Kabine wird der Kerl mich nicht vermuten. Deshalb hat mein Schwiegersohn gesagt, wir sollen die Kabinen tauschen.«

»Ein gutes Geschäft«, tönte Tove.

Aber Fietje wandte ein: »Und was ist, wenn der Kerl nachts kommt? Das Licht wird er sicherlich nicht einschalten, ehe er zuschlägt.«

Toves Kinnlade klappte herunter, er sah Fietje an, als hielte er ihn für ein Genie. »Genau! Wenn der Kerl nicht richtig hinguckt, kriegen Fietje und ich eins über den Schädel.«

An Mamma Carlotta hatte sich dieser Gedanke auch längst herangeschlichen, aber sie gab sich große Mühe, über Toves Ängste zu lachen. »Sehen wir uns vielleicht ähnlich?«

»In der Nacht sind alle Katzen grau«, sagte Tove mit geradezu feierlicher Miene. »Der Typ sieht nur jemanden im Bett liegen und dann ...«

»Ne, Signora!«, bekräftigte Fietje. »Das wird nix. Das können Sie nicht von uns verlangen.«

»Außerdem haben wir genug damit zu tun«, fiel Tove ein, »die Sache mit meinem Großcousin aufzuklären. Und wie soll ich dem Jungen eine Niere spenden, wenn mich vorher irgendein Idiot ins Jenseits befördert?« Er schien nun darauf bedacht zu sein, das Thema zu wechseln. »Wann hat Ihr Schwiegersohn endlich alle Beweise beisammen? Es wird Zeit, dass die sogenannten Eltern von Habbos Sohn hopsgenommen werden. Die Frau von meinem Cousin wird nicht mehr lange leben. Soll sie etwa nicht mehr mitkriegen, dass ihr Junge aufgetaucht ist?«

Mamma Carlotta sah eine Möglichkeit, Tove doch noch zu

überreden. »Vielleicht hängt der Überfall auf mich ja auch mit der Kindesentführung zusammen«, sagte sie düster. »Wer weiß?«

Tove glotzte sie überrascht an. »Wie kommen Sie darauf?«

Mamma Carlotta zögerte. Durfte sie über den Arabella-Dieb sprechen? Erik konnte sehr ungemütlich werden, wenn sie seine Dienstgeheimnisse ausplauderte. Nein, es war besser, darüber zu schweigen. Nur gut, dass es über die Kindesentführung genug zu reden gab. »Vielleicht haben die Entführer gemerkt, dass ich etwas weiß. Da wollten sie mich mundtot machen.«

»Die Flemmings?«, fragte Tove.

Fietje schob seine Bommelmütze in den Nacken. »Es könnte auch sein, dass die mit der Entführung gar nichts zu tun haben. Vielleicht haben sie den Jungen im guten Glauben adoptiert. Babyhandel! Schon mal davon gehört?«

Mamma Carlotta lief ein Schauer über den Rücken. »Per l'amore di Dio!« Aber schnell kam sie auf den Boden der schaurigen Tatsachen zurück. »Wenn die Flemmings es nicht waren ... wer sollte dann gemerkt haben, dass ich etwas über die Entführung weiß?«

Fietje war sicher, dass sie auf dem Holzweg war. »Das muss damit nichts zu tun haben. Keiner kann wissen, dass Sie auf Tilmans Zeh aufmerksam geworden sind.«

Mamma Carlotta hätte gern von Felix' Gitarrenkoffer gesprochen und dass sie darin die Beute des Arabella-Diebs vermutete. Sie waren weit weg von Sylt, sogar in einem anderen Land! Galt in England die gleiche Verschwiegenheit wie in Deutschland? Sie war schon auf dem besten Wege, eine goldene Brücke von ihrer lästigen Pflicht zur genüsslichen Indiskretion zu schlagen, da stellte Tove selbst infrage, ob er es verdient hatte, etwas zu erfahren, was Erik ein Dienstgeheimnis nannte.

»Aber die Kabine tauschen ... ne, das tun wir trotzdem nicht«, beschloss er.

»Sie überlassen mich also ... al mio destino?«

»Destino? Was soll das denn heißen?«, fragte Tove.

»Mein Schicksal! Sie lassen zu, dass der Täter mich noch einmal erwischt?«

Diese deutlichen Worte machten Tove verlegen. Natürlich wollte er nicht, dass Mamma Carlotta etwas passierte, aber er wollte genauso wenig, dass ihm selbst etwas passierte. »Dann legen wir eben Fietje in Ihr Bett«, schlug er vor. »Der hat einen Bart. Dann sieht doch jeder sofort, dass da keine Frau im Bett liegt.«

Fietje jedoch wurde ganz gegen seine Gewohnheit plötzlich sehr lebhaft. Nein, in solche Gefahr wollte er sich nicht begeben. Schließlich war es möglich, dass der Täter nicht genau hinsah oder dass er seinen dünnen Bart in der Dunkelheit nicht erkennen konnte. »Da schlafe ich lieber an Deck.«

»Dann machst du es dem Kerl ja noch einfacher«, höhnte Tove. »Dort kann er dir im Vorübergehen den Schädel einschlagen.«

»Warum sollte er das tun?«, fragte Fietje.

Darauf wusste Tove keine Antwort. Gerade wollte er sich Fietje anschließen, sich vorstellen, dass es etwas für sich haben könnte, die Nacht unter freiem Himmel zu verbringen, vorausgesetzt, man hatte etwas Hochprozentiges im Arm ... da widersprach sich Fietje selbst: »Schlafen an Deck ist verboten. Ich habe neulich miterlebt, wie ein Pärchen, das es sich auf dem Sonnendeck bequem gemacht hatte, in die Kabine geschickt wurde.«

Daraufhin verfiel er in tiefes Schweigen. Tove versuchte ebenfalls, die Sache in Vergessenheit geraten zu lassen, indem er die Wand anstarrte, aber Mamma Carlotta sah nach wie vor aufmerksam von einem zum anderen. Sie war eine Frau! Sie musste erwarten dürfen, dass zwei starke Männer sich wie Kavaliere verhielten und sich ihrer annahmen. Für einen italienischen Mann war so etwas selbstverständlich! Für Friesen etwa nicht?

Als das Problem sich einfach nicht von selbst lösen wollte,

sagte Tove schließlich: »Also gut! Dann gibt's ja nur eine Möglichkeit. Da wir natürlich bereit sind, Sie zu beschützen, nehmen wir Sie eben in die Mitte. Ihre Enkelin wird ja wohl bei ihrem neuen Freund pennen. Aber für drei ist unser Doppelbett groß genug. Sie kommen in die Besucherritze!«

Erik war der Meinung gewesen, Kampen gut zu kennen, aber im Ericaweg war er noch nie gewesen. Obwohl ihn das, was er vorhatte, voll und ganz in Anspruch nahm, brachte er es nicht fertig, auf sein Ziel zuzusteuern, ohne sich nach links und rechts umzuschauen. Diese Wohnlandschaft östlich der Hauptstraße, die nach List führte, ließ niemanden unberührt. Zwar konnte Erik sich gut vorstellen, dass angesichts dieser Platz-, Material- und Geldverschwendung auch viele negative Gedanken wucherten, er jedoch schaffte es, ganz ohne Neid jedes einzelne Anwesen zu bestaunen. Riesig waren die Grundstücke, auf denen große Villen standen, allesamt im friesischen Stil erbaut, mit Reetdächern und verschnörkelten Holztoren, an deren Füßen zumeist ein Findling lag. Auf ihm stand der Name des Anwesens, niemals der Name der Besitzer, aber Bezeichnungen wie ›Haus Rosemarie‹ oder ›Sylter Domizil‹. Alle Grundstücke wurden von akkuraten Friesenwällen umschlossen, davor gab es gepflegte Grünstreifen, die die schmale Fahrbahn von den Grundstücken trennte. Bürgersteige brauchte hier niemand.

Viele der Häuser waren von der Straße aus kaum zu sehen, so dicht waren die Büsche und der Baumbestand. Wenn sie zu erkennen waren, so wurde doch jedem Vorübergehenden der Blick auf die Haustür verwehrt. Die Zuwege, die meist aus handverlegten Kieseln bestanden, führten zwischen schräg gepflanzten Hecken geschwungen aufs Haus zu. Wer es verließ oder betrat, war nicht zu sehen, erst recht nicht, wie es hinter der Eingangstür oder den Fenstern aussah. Ruhe lag über dem Ericaweg, nicht einmal Möwengeschrei war zu vernehmen. Kein Motorgeräusch, keine Stimmen, kein Kinderlärm. Nur gepflegte Friedlichkeit und stiller Reichtum, von der Sonne beschienen, von einem blauen Himmel behütet!

Erik hatte sein Auto am Anfang des Wattweges stehen lassen und war zu Fuß gegangen, um die Atmosphäre auf sich wirken zu lassen. Als er vor dem Grundstück ankam, das Remko ihm genannt hatte, zögerte er. Das weiß gestrichene Holztor war geschlossen, unbefugtes Eintreten sicherlich nicht erwünscht. Er machte einen langen Hals und konnte so den Weg zur Garage erkennen, zu der es bergab führte. Von dort ging es vermutlich in den Keller des Hauses, über einer eingefügten Schleuse, die der Sicherheit diente. Hier also hatte Leo Schwickerat mit Angela Rohlfs Urlaub gemacht. Hier hatte die große Schauspielerin sich auf ihre Rollen vorbereitet und der Pianist für seine Konzerte geübt. Erik verspürte so etwas wie Feierlichkeit im Angesicht dieser vergangenen Bedeutung.

Ob Leo Schwickerat daheim war, ließ sich nicht erkennen. Es gab keine Bewegung hinter den Büschen oder in den Fenstern, von denen Erik immerhin zwei erkennen konnte, auch kein Wagen war zu sehen. Wenn er im Haus war, hatte er es an diesem Morgen vermutlich noch nicht verlassen. Auch deswegen hatte Erik nicht gezögert, nach Kampen zu fahren. Zu dieser Morgenstunde war es am wahrscheinlichsten, Leo Schwickerat anzutreffen.

Die Klingel entdeckte er zufällig. Sie war so versteckt angebracht, als sollte kein Fremder sie aufspüren, als wäre sie nur für Eingeweihte gedacht, Freunde des Hauses oder Lieferanten. Er betätigte sie, jedoch ohne Reaktion. Eine Weile lauschte er und glaubte plötzlich, leises Klavierspiel zu hören. Noch zweimal, dreimal drückte er den Klingelknopf – und das Spiel erstarb. Nun war er sicher, dass Leo Schwickerat zu Hause war, aber nicht öffnen wollte. Weil er vermutlich niemals öffnete, wer immer Einlass begehrte? Wieder klingelte Erik, aber nach wie vor tat sich nichts. Wurde er vielleicht durch eine versteckte Kamera beobachtet? Betrachtete Leo Schwickerat ihn unbemerkt?

Stellte er fest, dass er den Mann vor seiner Tür nicht kannte, und beschloss, weiter Klavier zu spielen, ohne sich um ihn zu kümmern?

Plötzlich wurde Erik von Zorn gepackt. Er war die Polizei! Leo Schwickerat stand im Verdacht, in fremde Gärten und Häuser eingedrungen zu sein, vielleicht sogar Straftaten begangen zu haben. Da konnte er sich nicht einfach in seinen Luxus und seine Popularität zurückziehen und den Polizeibeamten vor seiner Tür stehen lassen, ohne ihm zu öffnen!

Er zog seinen Dienstausweis aus der Tasche, hielt ihn in die Höhe, vielleicht in den Sucher einer Kamera, dann klingelte er noch einmal. Und als sich nun immer noch nichts tat, entschloss er sich zu handeln. Lieber wäre es ihm gewesen, Sören bei sich zu haben und ihn, den sportlichen jungen Mann, zu bitten, das Tor zu übersteigen, aber das musste er mit Mitte vierzig auch noch schaffen.

Entschlossen stellte er den rechten Fuß auf ein Querbrett. Die Alarmanlage begann zu jaulen, als er das andere Bein hinüberschwang. Erik hatte damit gerechnet, stockte nicht, zögerte nicht, sprang auf der anderen Seite zu Boden. Er warf keinen Blick zurück, kontrollierte nicht, ob er Aufsehen erregte, sondern lief den Weg, der eine Rechtskurve machte und dann nach links schwang, auf die Haustür zu. Er pochte dagegen und rief: »Polizei! Aufmachen! Sofort aufmachen!«

Die Alarmanlage verstummte, er hörte Schritte hinter der Tür und ein leises Wischen in Augenhöhe. Ein Spion! Erik hielt seinen Dienstausweis davor und wiederholte: »Aufmachen!«

Er hörte, dass die Sicherheitskette vorgelegt wurde, dann öffnete sich die Tür. Ein Mann erschien in dem Spalt, der sich aufgetan hatte. Erik erkannte ihn sofort.

Als sie im Hafen von Southampton anlegten, wurde Mamma Carlotta nervös. Schon wieder ein fremdes Land, und sie war nicht dabei, es zu begrüßen! Nie hatte sie sich träumen lassen, mal nach England zu kommen, wo es eine Queen und einen Königspalast gab und wo die Königin der Herzen gelebt hatte. Und nun konnte sie nicht wie die anderen Passagiere an der Reling stehen und beim Einlaufen zusehen. »Che sfortuna!«

Tove und Fietje schlichen sich immer wieder auf den Balkon, obwohl Mamma Carlotta sie händeringend bat, in der Kabine zu bleiben, damit sich niemand fragte, warum sich auf dem Balkon der Signora, die oft genug durch lautes Jubeln und ungehobelte Begeisterung aufgefallen war, zwei Männer aufhielten. Aber beide konnten sie es nicht lassen, streckten zwar nicht den Kopf übers Geländer, versuchten aber dennoch, so viel wie möglich zu sehen. Und ihre Stimmen waren zu laut, während sie Mamma Carlotta von dem berichteten, was sie sahen und was sie selbst verpasste.

»Der ganze Hafen steht voller Autos«, erklärte Tove.

»Import und Export«, kommentierte Fietje.

»Man glaubt's nicht! Hier gibt's auch Ikea. Schaut genauso aus wie in Hamburg.«

»Sieh sich einer diesen Berg an aufgestapelten Containern an«, staunte Fietje.

»Und wo ist die Stadt?«, fragte Tove.

»Ich sehe nur ein paar Hochhäuser dahinten. Das muss sie wohl sein.«

»Da, ein Teil der Stadtmauer.« Tove zeigte nach rechts. »Ziemlich verfallen. Aber ein paar der Bögen kann man noch erkennen.«

Mamma Carlotta bat sie immer wieder, wenn auch nur ganz leise und in freundlichstem Ton, sich unauffälliger zu verhalten, denn sie war ihnen gleichzeitig sehr dankbar, dass sie bei ihr blieben, während Carolin von ihren Plänen in die Flucht geschlagen worden war. Aber Tove und Fietje verließen den Balkon erst, als das Rumoren in den Gängen zunahm, weil die Passagiere sich zu ihren Ausflügen aufmachten.

»Ich muss wissen, ob die Staatsanwältin pünktlich im Hafen

angekommen ist«, überlegte Mamma Carlotta. »Sie will mit mir reden. Enrico sagt, ich soll ihr den Tatort zeigen.«

»Tatort?«, fragte Fietje. »Was für ein Tatort?«

»Da, wo ich niedergeschlagen worden bin«, antwortete Mamma Carlotta und wechselte schleunigst das Thema, damit sie nicht erklären musste, was sie im Gepäckraum gemacht hatte. »Die Staatsanwältin wird an Bord ermitteln.«

In Toves Gesicht zog prompt eine Sturmflut auf, in Fietjes Miene dagegen erschien Durst. Eine Staatsanwältin erzeugte in beiden die gleiche Abneigung, die sie auch ergriff, wenn die Polizei auftauchte. Bei Tove hieß sie Wut, bei Fietje Sauflust.

Mamma Carlotta beachtete ihre abweisenden Mienen nicht. »Ich sollte nun wohl in Ihre Kabine umziehen. Der Zimmerservice kann bald erscheinen. Hier darf mich niemand sehen.«

»In unserer Kabine auch nicht«, gab Tove zu bedenken.

Aber darüber hatte Mamma Carlotta schon nachgedacht. »Wir hängen das Schild an die Klinke, das es in jeder Kabine gibt. Bitte nicht stören!«

»Und wer putzt uns das Klo?«, fragte Fietje. »Und wie kommen wir an frische Handtücher?«

Mamma Carlotta winkte ab. »Zu Hause wechseln Sie auch nicht jeden Tag die Handtücher. Und das Putzen werde ich natürlich erledigen.«

Tove und Fietje fiel nichts mehr ein, was dagegensprach, die komfortable Balkonkabine zu verlassen. Entsprechend ungehalten waren sie. »Glauben Sie nicht, dass wir den ganzen Tag in unserer Kabine sitzen und auf Sie aufpassen«, knurrte Tove.

Fietje, der sensibler war, sah ihn strafend an. »Das ist auch gar nicht nötig. In unserer Kabine vermutet die Signora ja kein Mensch.« Er lächelte Mamma Carlotta an, während er sich nachdenklich am Bart zupfte. »Hat Ihre Enkelin eigentlich schon von Toves Idee erfahren? Sie muss doch wissen, was wir geplant haben, damit Ihnen nächste Nacht nichts passiert. Und die Kleene muss ja auch noch etwas finden, wo sie schlafen kann.«

»Die hat sich verknallt«, brummte Tove. »Also wird sie bei ihrem neuen Freund pennen, ist doch klar.«

»Das ist überhaupt nicht klar, Signori!«, wehrte Mamma Carlotta ab. »Meine Enkelin ist ein anständiges Mädchen.«

»Und wie soll das sonst gehen?«, blaffte Tove. »Für vier ist kein Platz in unserem Bett.«

Darauf fand Mamma Carlotta zu ihrem größten Leidwesen keine Antwort. Aber zum Glück regelte sich ja vieles von selbst, wenn man nur lange genug abwartete.

»Andiamo!«, rief sie, als ginge es zu einem der Ausflugsbusse, die am Kai warteten. »Gehen wir in Ihre Kabine!«

Leo Schwickerat sah noch immer verärgert aus, gab sich aber Mühe, es zu verbergen. Widerwillig hatte er Erik eingelassen, machte nun jedoch keinen Schritt auf die Wohnzimmertür zu, als wollte er Erik an der Haustür abfertigen. »Was will die Polizei von mir?«

Er erinnerte Erik an die vielen Homestorys, die über ihn und seine Frau veröffentlicht worden waren. Er war leger, aber gut und teuer gekleidet, lässig, aber gepflegt, auf vorbildliche Art gealtert. Er trug eine helle Leinenhose, dazu braune Slipper und ein mintgrünes Poloshirt. Es stand ihm vorzüglich, brachte seine gesunde Bräune zur Geltung und ließ sein silbernes Haar leuchten. Sein Gesicht war schmaler geworden, die Wangen waren nicht mehr so voll wie früher, die große Nase stach noch stärker hervor. Höflichkeit stand auf seinen Zügen, als wäre sie aufgemalt worden, damit sie dort blieb, auch wenn er verstimmt war. Eriks Eindringen ärgerte ihn nach wie vor, er hatte aber eingesehen, dass er es nicht verhindern konnte.

Erik blickte zu der breiten Glastür, die ins Wohnzimmer führte. »Ich habe einige Fragen. Können wir uns setzen?«

Schwickerat bewegte sich nicht vom Fleck. »Seit wann interessiert sich die Polizei für mein Privatleben?«

»Seit das Foto in der Mattino online erschien, das Sie hinter der Bäckerei Poppinga zeigt. Seit Sie im Garten der Plogmakers gesehen wurden und flüchteten.« Er warf dem berühmten Pianisten einen prüfenden Blick zu, weil er Protest erwartete. Als er ausblieb, fügte er noch an: »Und seit ich selbst beobachtet habe, dass Sie in Sünje Poppingas Wohnung eingedrungen sind und danach ebenfalls flüchteten.«

Wenn Leo Schwickerat diese Verdächtigungen von sich gewiesen hätte, wäre Erik um Beweise verlegen gewesen. Lediglich das Foto, das ihn hinter der Bäckerei Poppinga zeigte, hätte als Beweis dienen können. Aber wenn der Pianist die Argumentation seines Managements übernommen und behauptet hätte, es handle sich um eine zufällige Ähnlichkeit, wäre Erik dennoch in Bedrängnis gekommen.

Doch nun änderte sich etwas in Leo Schwickerats Gesicht. Die Höflichkeit, zu der er sich gezwungen hatte, wich ernsthafter Liebenswürdigkeit, der Ärger, den er bisher mühsam verborgen hatte, fiel von ihm ab. »Kommen Sie«, sagte er und ging Erik voraus ins Wohnzimmer.

Sie betraten einen großen, hellen Raum. Auf den grauen Bodenfliesen lagen bunte Teppiche, an den weißen Wänden hingen nur wenige Bilder. Die Möbel waren schwer und ausladend, riesige Schränke, tiefe Sessel und breite Sofas, aber der Raum wirkte dennoch nicht überladen. Er war groß genug für wuchtiges Inventar. Auf dem quadratischen Couchtisch, auf dem man einen Kleinwagen hätte parken können, stand ein üppiger Blumenstrauß in angemessener Dimension. Eine breite Schiebetür stand offen, dahinter konnte Erik einen schwarzen Flügel sehen, auf dem mehrere Notenblätter lagen.

»Nehmen Sie Platz«, bat Schwickerat und öffnete die zweiflügelige Tür, die in den Garten führte, als brauchte er frische Luft für das, was kam. Erik sah eine makellose Rasenfläche, von dichtem Buschwerk umsäumt, und ein paar Blumenbeete, die jedoch nur spärlich bepflanzt waren.

»Einen Kaffee?«, fragte Schwickerat.

Erik lehnte dankend ab. Er wollte keine vertrauliche Atmosphäre schaffen, legte Wert darauf, dass dieses Gespräch sachlich und nichts als zweckdienlich war. Plaudereien wollte er nicht, und Schwickerat sollte auf keinen Fall den Eindruck gewinnen, dass Erik an seiner Person interessiert war. Hier ging es nur um Fakten.

»Ihr Manager hat behauptet«, begann Erik noch ehe Schwickerat sich zu ihm gesetzt hatte, »das Foto in der Mattino Online zeige nicht Sie, sondern jemanden, der Ihnen ähnlich sieht.«

»Aber das haben Sie nicht geglaubt.«

»Natürlich nicht.«

Nun setzte Leo Schwickerat sich ihm gegenüber, stützte die Unterarme auf seine Schenkel und sah auf den Boden, während er sprach. »Sie haben recht. Der Mann auf dem Foto bin ich.«

Erik versuchte zu verbergen, wie gespannt er war, aber ob es ihm gelang, wusste er nicht. »Sie waren auch der Mann, der durch den Garten der Plogmakers geflüchtet ist. Und Sie waren auch derjenige, der in Sünje Poppingas Wohnung war und durchs Fenster geflohen ist.«

Es brauchte zwei, drei Atemzüge, dann nickte Leo Schwickerat. »Ja, stimmt. Das war ich auch.«

Erik lehnte sich zurück und verschränkte die Arme vor der Brust. »Dann bitte ich Sie, mir zu erklären, was das alles zu bedeuten hat.«

Er war sicher gewesen, dass Leo Schwickerat nach dem ersten Eingeständnis nun bereitwillig erzählen würde, aber er hatte sich getäuscht. »Was geht Sie das an?«, fragte Schwickerat. »Das ist meine Privatsache.«

Erik sah ihn verblüfft an. »In der Nacht, in der Sie hinter der Bäckerei fotografiert wurden, ist im Nachbarhaus eingebrochen worden.« Er stand auf und ging zu einem Gemälde, das so aussah, als wäre es sehr teuer. »Unter anderem wurde ein Miró gestohlen.« Er drehte sich um und sah Leo Schwickerat an. »Und eine Rolex.«

Schwickerat sah auf seine Uhr, und Erik vermutete, dass er eine Rolex am Handgelenk trug. Dann blickte er zu dem Bild und grinste leicht. »Sie halten mich für einen Dieb?«

»Das habe ich nicht gesagt.« Erik kehrte zu seinem Platz zurück und setzte sich. »Ich wollte Ihnen nur erklären, warum ich wissen muss, was Sie in jener Nacht hinter der Bäckerei getan haben. Und natürlich, ob Sie etwas beobachtet haben.«

Schwickerat schüttelte den Kopf. »Ich habe nichts gesehen.«

Erik fragte nicht weiter, wartete nur ab, während er die Augenbrauen hochzog und Schwickerat ins Gesicht sah. Dieser verstand und nickte, weil er einzusehen schien, dass er nicht länger schweigen konnte.

»Ich habe alte Erinnerungen genossen«, sagte er leise.

Wieder sah Erik ihn nur an und wartete.

»Sie wissen, dass mir dieses Haus mal gehört hat?«

Erik nickte. »Das ist mir bekannt.«

»Wir haben es damals an Freunde verkauft. Sie waren bereit, es mir in diesem Sommer zu vermieten.«

»Seit über zwanzig Jahren sind Sie nicht mehr auf Sylt gewesen«, stellte Erik fest. »Nun ist Ihre Frau gestorben, und Sie kehren zurück. Gibt es da einen Zusammenhang?«

Schwickerat nickte. »Tomke Poppinga.«

Erik runzelte die Stirn. Klaas' Mutter? »Sie ist schon vor Jahren gestorben.«

»Ich weiß. Kurz nachdem ich das letzte Mal auf Sylt war.«

Erik ahnte plötzlich, was er zu hören bekommen würde. »Sie hatten eine Affäre mit Tomke Poppinga?«

Leo Schwickerat lächelte, als amüsierte ihn Eriks Erstaunen. »Sie war eine sehr schöne Frau.«

Ja, das war sie. Erik stimmte ihm stillschweigend zu. Tomke Poppingas Schönheit war unter den Frauen ihres Alters oft ein Thema gewesen, auch seine Mutter hatte häufig über sie gesprochen. Und der Bäcker Poppinga war nicht selten dafür bewundert worden, dass es ihm gelungen war, diese attraktive Frau für sich zu gewinnen. Zwar hatte es auch Stimmen gegeben, die behaupteten, Poppinga wäre glücklicher mit einer Frau geworden, die zwar nicht so schön, dafür aber tüchtig und gut fürs Geschäft gewesen wäre, aber der Neid war sowohl auf männlicher als auch auf weiblicher Seite nie ganz zum Schweigen gekommen.

Leo Schwickerat und die Frau eines Bäckers! Ein Mann, der mit einem Star wie Angela Rohlfs verheiratet gewesen war, einer ebenfalls sehr schönen Frau, die darüber hinaus begabt, berühmt und steinreich gewesen war! Erik konnte nicht verhehlen, wie verblüfft er war.

»Im Übrigen ist ›Affäre‹ nicht das richtige Wort«, korrigierte Schwickerat. »Ich habe sie geliebt.«

Erik war verblüfft. »Und Ihre Frau?«

»Sie hatte keine Ahnung. Jahrelang. Aber dann ...« Er brach ab.

»Dann kam sie dahinter?«

Schwickerat nickte. »Ich musste mich entscheiden. Und ich habe mich für Angela entschieden.«

Erik spann den Faden weiter. »Aber sie hat von Ihnen verlangt, dass Schluss ist mit Sylt?«

Wieder nickte Schwickerat. »Sie wusste, dass ich es nicht ausgehalten hätte, Tomke zu sehen, ohne mich ihr zu nähern.« Er zögerte und sagte dann kaum hörbar: »Und unserer gemeinsamen Tochter.«

Sie hatten sich in die Innenkabine geschlichen, Mamma Carlotta eskortiert von zwei Männern, die sich benommen hatten wie Bodyguards, sodass sie schon Angst gehabt hatte, gerade dadurch aufzufallen und den Täter auf sie aufmerksam zu machen. Aber sie waren ungesehen in die Kabine gekommen, die kleiner war als die Balkonkabine und viel zu klein erschien für drei Personen. Es war, als beanspruchte Mamma Carlottas Problem den Platz für zwei weitere.

Sie saß auf einem Stuhl, Tove und Fietje hockten vor ihr auf der Bettkante. Hinter ihnen prangte ein großes Bild an der Wand, das aussah wie ein Fenster. Darauf leuchteten das Meer und ein blauer Himmel, am Horizont war ein Frachter zu erkennen. Eine kleine Illusion für die Bewohner einer Innenkabine, die sich so vielleicht einbilden konnten, einen Blick hinauszuwerfen.

Fietje sah sich verlegen um. »Ein gutes Buch zum Zeitvertreib haben wir nicht zu bieten, Signora.«

»Und aus dem Fenster gucken können Sie auch nicht«, ergänzte Tove und wies zum Fernseher. »Am besten, Sie zappen sich durch die Programme. Irgendwas wird es schon geben, was Sie interessiert.«

Mamma Carlotta betrachtete die beiden mit einer Mischung aus Enttäuschung und Erleichterung. »Sie wollen nicht hierbleiben und mir Gesellschaft leisten?« Aber bevor Fietje und Tove etwas entgegnen konnten, gab sie die Antwort schon selbst: »No, no, Sie haben recht. Hier ist es zu eng für drei Personen.«

Fietje war zufrieden. »Dann werden wir uns jetzt mal nach einem gepflegten Bier umsehen.«

Und Tove versprach: »Heute Mittag bringen wir Ihnen was zu essen in die Kabine. Keine Sorge! Sie werden schon nicht verhungern.«

Die beiden verdrückten sich, die schwere Tür fiel mit einem deftigen Laut ins Schloss. Stille tat sich auf. Eine laute, ohrenbetäubende Stille. Doppelt schwer durch die fremden vier Wände, in denen sie sich befand, eine erdrückende Last, weil es unmöglich war, sich von ihr abzulenken. Der Fernseher half Mamma Carlotta nicht weiter, die Bilder blieben fremd, die Stimmen der Moderatoren und Schauspieler erreichten sie nicht, die Musik traf nicht ihr Herz. Sie merkte schnell, dass sie sich nicht ablenken lassen wollte und es nichts geben würde, was sie von ihrer Einsamkeit befreite.

Sie ging von der Tür zum Schrank und wieder zurück, dann betrat sie das kleine Bad, betrachtete die Unordnung, ohne sie zu sehen, blickte über die Unterhose hinweg, die am Fuß der Dusche lag, und starrte ihr Gesicht im Spiegel an. Manchmal half es ja, sich mit Selbstgesprächen zu überlisten!

»Hier ist nichts los, Carlotta! Du wolltest den Buckinghampalast sehen. In der Bar wird gleich Bingo gespielt. Und was tust du?«

Daheim in Umbrien half es gelegentlich, etwas vor sich hin zu murmeln. Dort war sie nie ganz allein, es gab immer ein Familienmitglied in der Nähe, und die Chance war groß, bei gleichzeitigem Gemurmel, Türenschlagen, Fußaufstampfen und Geschirrgeklapper jemanden auf den Plan zu rufen, der wissen wollte, was los war. Hier jedoch würde niemand auftauchen, weil auch niemand auftauchen sollte! Das Schild ›Bitte nicht stören!‹ hing außen an der Türklinke. Sie befand sich schließlich in dieser Kabine, weil sie nicht gehört und vor allem nicht gesehen werden wollte.

Mamma Carlotta merkte, dass sie es nicht lange aushalten würde. »Finito«, sagte sie leise, und dann noch einmal lauter: »Finito! Nur ganz kurz! Cinque minuti al massimo!«

Energisch öffnete sie den Kleiderschrank und besah sich den mageren Inhalt. Als sie eine Wollmütze entdeckte, größer als Fietjes Bommelmütze und ohne Bommel, fasste sie einen Entschluss. »Questo va bene! Das geht!«

Leo Schwickerat erzählte, ohne Erik anzusehen. Meist sah er auf seine Füße, gelegentlich irrten seine Blicke durch den Raum. Er schien Erik vergessen zu haben, oder er wollte ihn vergessen, damit ihn nicht der Mut verließ. Was er berichtete, schien er nie zuvor jemandem anvertraut zu haben.

»Riko Poppinga war klar, dass das zweite Kind, das seine Frau erwartete, nicht von ihm war. Es konnte nicht von ihm sein! In diesem Augenblick konnte er auch nicht mehr darüber hinwegsehen, dass seine Frau einen anderen liebte. Vorher hatte er es nicht wissen wollen, hatte die Augen verschlossen, wenn die Be-

380

weise sich ihm aufdrängten, und darauf gewartet, dass sich die Sache von selbst erledigte. Als ihm aufgegangen war, wie der Liebhaber seiner Frau hieß, war er womöglich froh, dass es jemand war, der selbst darauf bedacht sein musste, dass diese außereheliche Beziehung nicht ans Licht kam. Noch mehr als der Bäcker selbst. Er hätte mit peinlichen Fragen rechnen müssen, mit Häme oder Schadenfreude, ich dagegen musste befürchten, dass die gesamte Presse sich auf mich stürzte. Nicht nur auf mich, sondern auch auf meine Frau. Das hätte ich Angela nicht antun können.«

Erik hatte sich noch nicht von der Wucht der Erkenntnis erholt, dass Sünje Poppinga die Tochter des weltberühmten Pianisten Leo Schwickerat war. Deswegen also war sie von Klaas' Vater nicht geliebt worden. Und deswegen hatte Tomke Poppinga sie zu einer Karriere als Pianistin drängen wollen. Sie hatte gehofft, dass in Sünje das Erbe ihres Vaters schlummerte. »Hatten Sie in all diesen Jahren Kontakt zu Sünje?«

Leo Schwickerat schüttelte den Kopf. »Ich habe sie nur wenige Male gesehen. Zum letzten Mal kurz nach ihrem ersten Geburtstag. Ich hatte ihr heimlich ein Geschenk gebracht.« Er verzog das Gesicht, als hätte er Zahnschmerzen. »Nicht heimlich genug. Meine Frau ging zufällig in dem Dünenabschnitt spazieren, in dem ich mich mit Tomke und Sünje getroffen habe. In völliger Einsamkeit! Niemand weit und breit. Aber … meine Frau suchte natürlich die Einsamkeit, wenn sie spazieren gehen wollte. Die Presse … Sie wissen ja.«

»Sie hat Sie erwischt? Mit Ihrer Geliebten und Ihrem Kind?« Durch Eriks Kopf schwirrten Schlagzeilen, die er vor vielen Jahren gelesen hatte. Zwei Fehlgeburten, die Angela Rohlfs erlitten hatte, ihr Kummer über ihre Kinderlosigkeit, er glaubte sich sogar an eine Totgeburt zu erinnern. »Sie erkannte, dass Sie Vater geworden waren, während sie selbst nicht Mutter werden konnte?«

Nun erntete er einen erstaunten Blick von Leo Schwickerat.

Dieser hatte anscheinend nicht damit gerechnet, dass Erik sich so gut an die Zeitungsmeldungen erinnerte, die nun schon über dreißig Jahre alt waren. Erik wunderte sich ja selbst darüber.

Schwickerats Erzählung floss jetzt nicht mehr, seine Worte kamen stockend, als fielen sie ihm schwer. »Sie hatte längst einen Verdacht. Er wurde ihr bestätigt, als sie mich mit Tomke und Sünje sah.« Tief seufzte er auf, strich sich über die Haare und fuhr sich über die Augen. »Aber sie hat mir irgendwann geglaubt, dass ich sie immer noch liebte. Dass ich sie auch liebte. Dass ich zwei Frauen liebte! Eine, die ich verehrte und bewunderte, und eine, die mich verehrte und bewunderte. Mir wurde klar, wie schwierig es all die Jahre für mich gewesen war, neben meiner erfolgreichen Frau die zweite Geige zu spielen. Meine eigene Karriere wurde ja nie so beachtet wie Angelas. Ich habe Tomkes Bewunderung genossen.«

Erik sah ihn zweifelnd an. »Sie hatten viele Bewunderinnen!«

Leo Schwickerat nickte. »Ja, das allein war es natürlich nicht. Es war auch …« Er suchte nach Worten und ergänzte dann so schlicht und damit so ergreifend: »Es war eben Liebe. Aber ich musste mich entscheiden. Zwischen meiner Liebe zu Angela, die schon viele Jahre Bestand hatte, und meiner Liebe zu Tomke, die noch so unsicher war.«

»Aus der aber ein Kind hervorgegangen war«, ergänzte Erik.

»Dennoch habe ich mich für Angela entschieden«, sagte Leo Schwickerat und sah nun sehr traurig aus. Seine unglücklichen Augen passten nicht zu dem, was er sagte: »Ich habe es nie bereut.«

Erik versuchte das Gespräch in Gang zu halten. »Sünje hat nie erfahren, wer ihr Vater ist?«

»Erst vor ein paar Wochen.« Nun verschwand die Traurigkeit aus Schwickerats Augen, die Flamme eines kleinen Lächelns erhellten sie. »Nach Angelas Tod wollte ich meine Tochter endlich kennenlernen.«

»Hatten Sie von Tomkes Tod erfahren?«

»Ja, durch Zufall. Die Freunde, die dieses Haus übernommen haben, erwähnten es beiläufig. Sie kauften gerade in der Bäckerei Poppinga ein, als ein Krankenwagen vorfuhr, weil die Frau des Bäckers einen Schlaganfall erlitten hatte. Sie hatten auch mitbekommen, dass der Krankenwagen wieder weggeschickt und ein Leichenwagen bestellt wurde.« Danach sei seine Ehe noch einmal in eine Krise geraten, erzählte er weiter. Angela habe zwar endlich die Angst verloren, dass Leo erneut Kontakt zu Tomke aufnehmen könnte, aber die Angst, dass er sich seiner Tochter annehmen wolle, wurde daraufhin so groß, dass die Ehe der beiden kurz vor dem Aus stand. »Aber dann starb sie. Auf die gleiche Weise, wie Tomke gestorben war. Schlaganfall!«

»Sie brauchten keine Rücksicht mehr auf Ihre Frau zu nehmen und konnten sich mit Sünje in Verbindung setzen. Nicht einmal auf Tomkes Mann brauchten Sie mehr Rücksicht zu nehmen. Er lebt ja auch nicht mehr.«

Leo Schwickerat nickte. »Ich hatte versucht, Sünje zu vergessen, aber das war mir natürlich nicht gelungen. Oft hatte ich daran gedacht, heimlich Kontakt mit ihr aufzunehmen, nun endlich konnte ich ihr die Wahrheit sagen. Und ich konnte wieder nach Sylt fahren.«

»Wie hat Sünje reagiert?«

»Es war nicht einfach, mich ihr zu nähern. Es war auch nicht leicht, sie davon zu überzeugen, dass ich ihr Vater bin. Aber dann konnte sie mir doch glauben. Sie sah die Ähnlichkeit zwischen uns, verstand, von wem sie ihr Talent geerbt hatte, und begriff schließlich, warum sie von dem Mann, den sie für ihren Vater gehalten hatte, nicht geliebt werden konnte.« Er lächelte, wie nur ein Vater lächeln konnte, der stolz auf sein Kind war. »Sie ist so schön wie ihre Mutter.« Er griff sich an die Nase, und sein Lächeln vertiefte sich. »Aber die hat sie leider von mir geerbt.«

»Aus dem Talent, das Sie ihr ebenfalls vererbt haben, hat sie leider nicht viel machen können. Es reichte nicht zur großen Pianistin.«

»Tomke hätte sie nicht zwingen sollen«, antwortete Schwicke-rat. »Sie spielt gut, aber eben nicht gut genug. Für eine Karriere muss man sehr, sehr gut sein und noch besser als das.« Er wurde jetzt nachdenklich. »Außerdem fehlt es ihr an Persön-lichkeit. Sie hätte eine Karriere niemals durchgestanden.«

Erik dachte an das, was Remko ihm erzählt hatte. Infantilität! Sünje war nie richtig erwachsen geworden. Aber darüber wollte er mit Leo Schwickerat nicht reden.

»Sünje hat eingesehen, dass wir uns nur heimlich sehen kön-nen. Ich bin nur bei Dunkelheit zu ihr gegangen. Das Foto, das in der Mattino online veröffentlicht worden ist, war schon schlimm genug. Eine Journalistin ist hinter mir her, der ich ein paarmal nur knapp entwischt bin. Wenn sie mich mit Sünje fo-tografiert, wird man von einer Liebschaft mit einer jungen Frau reden. Damit könnte Sünje nicht umgehen. Aber ich glaube, für sie würde alles noch schlimmer, wenn bekannt würde, dass sie meine Tochter ist. Sünje ist nicht stark genug für so viel Öffent-lichkeit.«

»Deswegen sind Sie geflüchtet. Einmal vor dieser Journalistin und Sünjes Bruder und ein zweites Mal vor mir.«

Wieder setzte Leo Schwickerat das Lächeln eines Vaters auf, der stolz auf sein Kind ist. »Sünje hat immer dichtgehalten.«

Erik winkte ab. »Das sind Ihre Privatangelegenheiten, sie ge-hen mich nichts an. Mich interessiert nur die Nacht, in der Sie sich hinter der Bäckerei Poppinga aufgehalten haben.«

»Früher hatte ich oft an diesem Platz gesessen und darauf gewartet, dass das Licht in Tomkes Schlafzimmer anging. Wenn es dreimal an- und ausging, konnte ich zu ihr kommen. Wenn es zweimal an- und ausging, konnte sie sich aus dem Haus schleichen, und wir sind zum Ellenbogen gefahren.«

»Haben Sie an diesem Abend wirklich nichts beobachtet?«

»Nur Sünjes Bruder habe ich gesehen.«

»Ja, Klaas hat den Einbrecher auf frischer Tat ertappt und ist ihm gefolgt.«

»Das habe ich nicht bemerkt«, gab Schwickerat zurück. »Ich habe nur gesehen …« Er sprach nicht weiter, sondern sprang mit einem Mal auf. Erik erschrak, als Schwickerat zur geöffneten Terrassentür lief. »Verdammt! Wie kommt dieses Weib in meinen Garten?« Im selben Moment merkte er, dass er einen Fehler gemacht hatte, und fuhr wieder zu Erik herum. »Verdammt! Verdammt! Ich glaube, sie hat mich erwischt.« Der Unterarm, den er vor sein Gesicht hielt, kam viel zu spät.

Erik saß da wie vom Donner gerührt. Er verstand Schwickerats Erregung nicht und begriff nicht, was geschehen war.

»Verdammt!«, schrie Schwickerat noch einmal. »Ihretwegen habe ich die Alarmanlage abgestellt!« Nun fuhr er Erik an: »Sie sind Polizist! Sorgen Sie dafür, dass ich nicht von Journalisten belästigt werde. Schnappen Sie sich diese Frau! Sie schikaniert mich schon eine ganze Weile. Dass sie hier eindringt, ist ein Straftatbestand. Hausfriedensbruch!«

Jetzt endlich begriff Erik, was geschehen war. Im Nu stand er neben Schwickerat, schob ihn zur Seite und lief in den Garten. Er sah Wiebke, wie sie von einem Baum kletterte, um die Flucht zu ergreifen. Als sie Erik erkannte, erstarrte sie mitten in der Bewegung und sah ihm mit offenem Munde entgegen …

Die Hose hatte sie mehrfach umgekrempelt, bis sie endlich die richtige Länge besaß, den Knopf bekam sie gerade zu. Zum Glück gab Tove nichts auf gute Passform und trug seine Jeans gerne weit und bequem, sodass Mamma Carlotta ebenfalls darin Platz fand, wenn auch nur ganz knapp. Sie war froh, dass das weite karierte Hemd sehr lang war. So verbarg es ihre Kehrseite, die sich noch niemals in eine so enge Verpackung hatte zwängen müssen. Toves Strickmütze hatte sie so tief in die Stirn gezogen, wie Fietje es mit seiner Bommelmütze tat, und fühlte sich gut gerüstet, als sie den Gang hinabging. Freiheit! Sie war kein Mensch, der es in einer engen, fensterlosen Kabine aushielt.

Sie steckte die Hände in die Hosentaschen, wie sie es bei Tove gesehen hatte, bemühte sich um männliche Schritte, breitbeinig, mit vorgerecktem Bauch, und blickte zu Boden, als wäre sie in Gedanken. Am Ende des Ganges, dort, wo sich die Treppenhäuser und Aufzüge befanden, zögerte sie. Womöglich war es besser, sich nicht aufs Sonnendeck zu begeben, wo es immer sehr voll war. Auf einem der Zwischendecks würde sie hoffentlich weniger auffallen. Dort hielten sich diejenigen auf, die den Trubel scheuten, dort kamen auch seltener Besatzungsmitglieder vorbei.

Sie lief die Treppe hinab, nicht leichtfüßig wie sonst, sondern immer noch breitbeinig und stapfend. Auf Deck fünf öffnete sie eine Tür, die nach draußen führte, ging schnurstracks zur Reling und war froh, nun allen anderen, die ihr folgten, den Rücken zukehren zu können. Dann erst stellte sie fest, dass sie die falsche Seite gewählt hatte. Sie blickte nicht auf den Hafen, sah nicht die Neuankömmlinge, konnte nicht beobachten, wie die Passagiere zu ihren Ausflügen starteten, sondern blickte aufs Meer. Auf einigen Liegen sonnten sich die Passagiere, denen das Einlaufen egal war und die nur ihre Ruhe haben wollten. Mamma Carlotta wollte sofort kehrtmachen, um auf die andere Seite des Schiffes zu wechseln, doch in diesem Augenblick öffnete sich die Tür, und einige Passagiere traten heraus. Als sie einen Blick zurückwarf, stellte sie fest, dass weitere folgten. Es war heikel, sich durch sie hindurchzudrängen. Sie wollte niemandem nahe kommen.

Unauffällig sah sie sich um. Gab es irgendwo ein Plätzchen, wo sie von niemandem gesehen wurde? Ihr Blick fiel auf die Kette am Ende des Decks, an der ein Schild baumelte: ›CREW ONLY‹. Überall auf dem Schiff gab es Türen und Schranken, die mit diesem Schild versehen waren. Carolin hatte ihr die Worte übersetzt, sie wusste also, dass ein Passagier dort keinen Zutritt hatte. Aber … sie war eine Italienerin, sie sprach kein Englisch, sie konnte sich über diese Anordnung hinwegsetzen und im

Notfall mit staunenden Augen behaupten, sie habe ja keine Ahnung gehabt ...

Mit flinken Fingern hakte sie die Kette auf und hinter sich wieder zu. Ehe sie sich auf die steile Treppe zubewegte, die zu Deck vier hinabführte, sah sie sich noch einmal um. Nein, niemand war auf sie aufmerksam geworden. Alle Augen waren auf die Ferne gerichtet, aufs Meer, auf den Horizont.

Sie hastete weiter Richtung Bug und kletterte die steile Treppe hinab. Auf Deck vier war es tatsächlich viel ruhiger als weiter oben. Auf diesem Deck versperrten die Rettungsboote die Sicht, nur zwischen den Booten gab es jeweils einen knappen Meter freier Reling, wo man hindurchlugen konnte, ohne aber den Blick nach rechts oder links genießen zu können. Kein Deck, um die Schönheit des Meeres zu genießen! Aber genau richtig für eine Frau, die nicht gesehen werden wollte. Nun musste sie nur noch von Luv nach Lee wechseln, dann würde sie unbesorgt frische Luft genießen können, ohne aufzufallen, würde den Neuankömmlingen entgegenblicken und vielleicht sogar die Staatsanwältin entdecken können. Es wäre gut zu wissen, ob sie an Bord kommt. Erik hatte gesagt, er sei sich nicht sicher, ob sie noch eine Kabine auf der ›Arabella‹ bekommen würde, aber angefügt, dass Frau Dr. Speck Himmel und Hölle in Bewegung setzen würde, damit ihre Wünsche erfüllt wurden.

Mamma Carlotta wollte sich von der Reling lösen, konnte sich aber nicht so schnell von dem Bild losreißen, das sie vor Augen hatte. Sie blickte über die Reling in die Tiefe, eine Bewegung zwei Decks unter ihr weckte ihre Aufmerksamkeit. Eine große Luke wurde geöffnet, die gleiche, durch die vor List frischer Proviant an Bord gekommen war. Auf einem dieser Boote, die die Lebensmittel transportiert hatten, war ihr Felix' Gitarrenkoffer aufgefallen.

Aber diesmal war kein Schiff in Sicht. Und in der Luke zeigte sich kein Fuß, kein Tau, kein Steg, nichts, was darauf schließen ließ, dass neue Ladung erwartet wurde. Es wurde auch nichts hinausgeworfen, wie es auf See geschehen konnte. Verklappen nannte man das, Tove hatte es ihr erklärt, als sie empört festgestellt hatte, dass Abfall mir nichts, dir nichts ins Meer gekippt wurde.

Sie wollte sich gerade abwenden, da bemerkte sie eine Bewegung unter sich. Ihre Augen waren schon weggehuscht, ihr Blick war ihren Füßen bereits vorausgeeilt, da zuckte er zurück und sah das Unglaubliche. Ein Mann stürzte aus der Luke, kopfüber fiel er ins Meer. Als wollte er einen letzten Blick auf die Welt werfen, drehte sich der Körper an der Wasseroberfläche auf den Rücken, die Arme breiteten sich aus, dann zogen ihn die Beine hinab. Die Hände waren das Letzte, was Mamma Carlotta sah. Fassungslos starrte sie auf den Punkt, an dem der Mann versunken war. Es war, als hätte er sie angesehen, als hätte sein letzter Blick ihr gegolten. Ungläubigkeit, Betäubung, die Leere, die sie erfüllt hatte, als sie gefesselt und geknebelt im Gepäckraum zu sich gekommen war – all das hielt die Welt für einen langen schrecklichen Augenblick an. Sie drehte sich erst weiter, als Mamma Carlotta einsehen musste, dass das, was sich vor ihren Augen abgespielt hatte, Wirklichkeit gewesen war. »Madonna!«

»Mann über Bord!«, hörte sie eine Stimme schreien, die von unten kam, und sah kurz darauf einen Rettungsring fliegen. Er landete weit weg von der Stelle, wo der Mann versunken war, wippte nun träge auf den Wellen und wurde dann Meter für Meter ins Meer hinausgezogen.

In der Luke entstand Bewegung. Mamma Carlotta sah Füße, Hände, die sich am Rand der Luke festhielten. Dann verschwanden sie wieder. Auf Deck drei waren noch immer Stimmen zu hören, schrille, aufgeregte, und Schritte liefen hin und her. Eine dröhnende Stimme ertönte, die scheinbar einer kompetenten Person gehörte, die Anweisungen gab. Mamma Carlotta lief ins Treppenhaus zurück und die Treppe hinab. Doch der Blick durch die Tür wurde ihr verwehrt, ein Mann in weißer Uniform bewachte sie und bat Carlotta, ein anderes Deck zu wählen. Dass er sie mit »Madame« anredete, fiel ihr erst später auf. Aber die deprimierende Einsicht, dass ihre Verkleidung keinen Sinn gehabt hatte, war nichts gegen die niederschmetternde Erkenntnis, dass sie Zeugin eines Mordes geworden war.

»Per l'amore di Dio!«

Wiebke war so entgeistert, dass sie jeden Fluchtgedanken vergessen hatte. Nach wie vor hockte sie auf einem kräftigen Ast, den Oberkörper an den Stamm des Baumes gelehnt, der ihr Sicherheit gab, die Kamera noch immer in beiden Händen. Erst als ihre Beine zu zittern begannen, umfing sie den Stamm, um nicht herunterzufallen, und ließ zu, dass die Kamera vor ihrem Körper baumelte und an den Ast schlug, auf dem sie saß.

Erik sah, dass sie es aufgegeben hatte, so schnell wie möglich vom Baum herunterzukommen. Sie wusste natürlich, dass die Flucht nichts mehr nützte, sie konnte sich Zeit lassen. Wie immer sicherte sie als Erstes ihre Kamera, die ihr wichtiger war als alles andere, hielt sie mit der linken Hand fest, während sie sich mit dem rechten Arm weiter an den Stamm klammerte und versuchte, die Füße auf den nächsten, tieferen Ast zu setzen. Erik mochte sich nicht vorstellen, was aus ihrem Kletterversuch geworden wäre, wenn sie darauf gehofft hätte, dass ihr die Flucht gelingen könnte. Wenn Wiebke in Eile war, konnte eigentlich nur schiefgehen, was sie plante. In Eile war sie jetzt zwar nicht mehr, aber nervös und aufgeregt immer noch und deshalb nicht weniger gedankenlos und unachtsam. Der Ast unter ihr geriet ins Schwanken, wieder war die Kamera ihr wichtiger als ihre eigene Unversehrtheit, und prompt verlor sie das Gleichgewicht, rutschte am Stamm entlang, suchte dort vergeblich nach Halt und folgte dem brechenden Ast. Als Erik bei ihr ankam, lag sie am Boden, die Kamera fest vor den Bauch gepresst.

»Wiebke!« Er nahm ihr die Kamera ab und half ihr auf, was sie erst zuließ, als sie sich überzeugt hatte, dass ihr wichtigstes Arbeitsgerät unversehrt war. »Was machst du hier?«

»Was wohl?«, fauchte sie ihn an, und Erik ärgerte sich über seine dumme Frage.

Leo Schwickerat kam nun heran. Seine Stimme war schneidend. »Rechnen Sie mit einer Anzeige«, sagte er zu Wiebke, die ihm nur einen kurzen Blick zuwarf und sich dann darauf konzentrierte, wieder auf die Beine zu kommen. Sie klammerte sich kurz an Erik fest, machte einen vorsichtigen Schritt und stellte fest, dass alles nicht halb so schlimm war, wie es sich angefühlt hatte. Sie humpelte zwei Schritte nach rechts, dann blieb sie stehen und drückte den Rücken durch. Sie war wieder ganz die Alte, furchtlos und angriffslustig.

»Klar«, sagte sie in Schwickerats Richtung. »Das können Sie ja gleich erledigen. Praktisch, dass Sie die Polizei im Haus haben.«

Leo Schwickerat schien die Angriffslust nicht zu entgehen, er merkte auch, dass sie sich nicht gegen ihn, sondern gegen Erik richtete. Nun fiel ihm auch auf, dass der Kriminalhauptkommissar die lästige Journalistin mit Vornamen angesprochen hatte. »Kennen Sie sich?«

Eine klare Antwort erhielt er kurz darauf, obwohl Erik nicht mehr dazu kam, seine Bekanntschaft mit Wiebke Reimers zu erläutern. »So ist das also!«, fauchte sie Erik an. »Nicht nur, dass du meine Arbeit ignorierst, du boykottierst sie sogar. Die Mattino online wird von dir informiert, ohne dass ich etwas davon weiß!«

»Das war ich nicht, das war die Staatsanwältin«, warf Erik ein und ärgerte sich im nächsten Augenblick über diese lahme Rechtfertigung.

»Klar, du hattest keine Ahnung«, höhnte Wiebke. »Ich biete der Mattino eine Serie über entführte Kinder an und bekomme zu hören, dass die Staatsanwaltschaft mir zuvorgekommen ist.

Und ein gewisser Hauptkommissar Wolf spielt in dem Artikel sogar eine Hauptrolle.«

»Wiebke, das ist …«

Aber sie ließ ihn nicht aussprechen. »Du bist natürlich auch rein zufällig hier. Ein Spaziergang in Kampen, und da begegnete dir Leo Schwickerat und lud dich zum Kaffee ein. Da hattest du natürlich keine Zeit, mir einen Tipp zu geben.«

Erik war dankbar, dass er darauf nicht antworten musste. Leo Schwickerat reagierte so wütend, dass er selbst nicht zu Wort kam.

»Das wäre ja noch schöner«, fuhr er Wiebke an, »wenn die Polizei den Sensationsjournalisten Tipps gäbe! Was bilden Sie sich eigentlich ein?« Er machte einen Schritt auf Wiebke zu, und Erik bewunderte, obwohl er es eigentlich nicht wollte, dass sie keinen Zentimeter zurückwich. »Sie waren es vermutlich auch, die mich hinter der Bäckerei Poppinga überrascht hat?« Er wartete Wiebkes Reaktion nicht ab, die Antwort auf seine Frage schien er zu kennen. »Widerlich, ihr Schmierfinken von der Presse!« Diese Worte spuckte er vor Wiebke ins Gras. »Widerlich, ihr alle miteinander!«

Wiebke schien solche Beschimpfungen zu kennen, sie blieb ruhig und unberührt. »Schon klar, dass die Pressefreiheit den Leuten nicht gefällt, die etwas zu verbergen haben«, entgegnete sie, und Erik erschrak über diese unverfrorene Antwort. Was dachte sich Wiebke bloß, Leo Schwickerat so etwas ins Gesicht zu sagen?

»Pressefreiheit nennen Sie das?« Der Pianist sah aus, als wollte er Wiebke tätlich angreifen. Dann aber bezähmte er sich und wandte sich an Erik. »Schaffen Sie mir diese Person vom Hals! Und ich hoffe, Sie ersparen mir, persönlich ins Polizeirevier zu kommen, um Anzeige zu erstatten.«

Erik nickte und griff nach Wiebkes Arm. »Komm!«

Aber Schwickerat war noch nicht fertig. Er streckte Wiebke die Hand entgegen und verlangte: »Her mit der Kamera!«

Wiebke lachte nur verächtlich. »Das könnte Ihnen so passen.«

Schwickerat wandte sich erneut an Erik. »Nehmen Sie ihr die Kamera ab! Ich will, dass die Bilder gelöscht werden.«

Wiebke funkelte Erik an, als wollte sie ihn warnen. Für einen Moment hatte er nur Augen für den bernsteinfarbenen Glanz in ihrem Blick, für die tanzenden Sommersprossen auf ihren Wangen, für die Grübchen und die roten Locken, die ihr in die Stirn fielen. Er musste sich sagen, dass er ihre Liebe längst verloren, dass sie sich bereits einem anderen zugewandt hatte, damit er die Kraft aufbrachte, Schwickerats Bitte zu erfüllen. »Das war Hausfriedensbruch, Wiebke. Du kannst diese Fotos sowieso nicht veröffentlichen, ohne eine Menge Ärger zu bekommen.«

»Und wenn ich den in Kauf nehme?«

Erik schüttelte nur den Kopf, auf eine Diskussion mit Wiebke wollte er sich nicht einlassen. Er griff nach ihrer Kamera, ließ sich von ihrer Gegenwehr nicht beeindrucken, griff fester zu und spürte schließlich, dass sie nachgab. Sie händigte ihm die Kamera aus und sah zu, wie er Foto für Foto löschte. »So brisant waren die sowieso nicht«, murmelte er und war genauso froh wie Schwickerat, dass diese Bilder nicht in den nächsten Tagen durch die Yellow Press geistern würden.

Leo Schwickerat war beruhigt und machte ein paar Schritte zur Seite. »Verdammte Paparazzi«, murmelte er.

Wiebkes Blick brannte, als Erik ihr die Kamera zurückgab. »Das verzeihe ich dir nie.«

Erik spürte Müdigkeit in sich aufsteigen. Sie fühlte sich an wie Trauer und blieb direkt hinter seinen Augen stehen, deren Lider mit einem Mal schwer wurden. Er blinzelte ein paarmal, ehe er sicher sein konnte, dass er sich keine Tränen abwischen musste. »Ich weiß«, entgegnete er. »Aber das ist nicht weiter schlimm. Ich habe dich doch schon verloren.«

Sie sah ihn überrascht an. »So siehst du das?«

»Wolltest du nicht mit mir über Klaas sprechen?« Es gelang

ihm tatsächlich ein überlegenes Grinsen. »Mein Gott, Wiebke ... ich weiß doch längst Bescheid.«

»Du weißt schon ...« Sie brach ab.

Er schob sie zur Terrasse, aber Leo Schwickerat stellte sich in den Weg. »Ich will diese Frau nicht in meinem Haus haben. Soll sie doch den Weg nehmen, den sie gekommen ist.«

Wiebke nickte schweigend, drehte sich um und drängte sich ohne ein weiteres Wort durch die Büsche. Im Nu war sie verschwunden, ein Rascheln war zu hören, dann ein Sprung. Wiebke schien wieder auf der Straße zu stehen. Ein Schmerzensschrei blieb aus. Erik hatte damit gerechnet, dass Wiebke sich in ihrer Erregung in den Heckenrosen die Arme aufschrammen oder einen Stein übersehen, stolpern und sich die Knie aufschlagen würde. Aber nichts war zu hören, auch ihre Schritte nicht. Sie wurden wohl von der weichen Sohle ihrer Turnschuhe verschluckt.

Leo Schwickerat wies zum Haus. »Ich habe Ihnen alles gesagt, ich denke, dass wir unser Gespräch beenden können.«

Erik nickte, obwohl er das dumpfe Gefühl hatte, dass er irgendetwas nicht erfahren hatte, weil Schwickerat sich unterbrochen hatte, als er auf Wiebke aufmerksam geworden war. Aber er wusste nicht mehr, wo sie stehen geblieben waren, und er traute sich nicht, eine Fortsetzung des Gesprächs zu verlangen. Schweigend ging er vor Schwickerat her, durch die Terrassentür ins Haus, durchquerte das Wohnzimmer und blieb erst an der Tür stehen, die in die Diele führte.

»Danke für das offene Gespräch. Dass davon nichts an die Öffentlichkeit dringen wird, versteht sich von selbst.«

Leo Schwickerat nickte. »Was solche Versprechen angeht, habe ich zwar viel Vertrauen verloren, aber bei einem Kriminalhauptkommissar baue ich immer noch darauf, dass er schweigen kann.« Er ging an Erik vorbei und öffnete ihm die Haustür. »Mal sehen, wie lange ich noch auf Sylt bleibe. Das hängt von Sünje ab. Ich würde sie gerne mit mir nehmen, in die Schweiz, aber sie will sich nicht von ihrem Bruder trennen. Und auch nicht von Sylt ...«

Durch Eriks Kopf geisterte die Vorstellung, dass Sünjes Bruder wohl demnächst mit dieser Enthüllungsjournalistin liiert sein würde, die Leo Schwickerat gerade aus seinem Garten vertrieben hatte, aber er mochte sich nicht ausmalen, was das für die Vater-Tochter-Beziehung bedeutete, die gerade erst entstanden war. Vielleicht war das zwischen Wiebke und Klaas ja auch nur ein Strohfeuer, das schnell in sich zusammenfallen würde. Das Leben eines Bäckers und das einer Journalistin passten genauso wenig zusammen wie das eines Kriminalbeamten und einer Reporterin, die ständig auf Sensationen aus war. Er verabschiedete sich von Leo Schwickerat und hatte den Gedanken an Wiebke und Klaas schon abgeschüttelt, als das Handy ging und Sörens Stimme zu hören war. »Rudi Engdahl hat endlich Gregor Imhoffs Schwester gefunden.«

»Adelheid Schmitz! Das wissen wir doch längst.«

»Ihren heutigen Namen meine ich natürlich!«

Der Kapitän war ein gut aussehender Mann von Mitte fünfzig, sehr charmant, ein Mann, der die Frauen liebte. Er plauderte lächelnd, machte Komplimente und griff immer wieder nach dem Arm der Staatsanwältin, als wäre er um ihre Sicherheit besorgt. Mamma Carlotta hatte Verständnis für Frau Dr. Speck, die ihn anlächelte, als wollte sie ihn am liebsten fragen, ob er verheiratet war, und wenn nicht, wie es um seine Beziehungsfähigkeit bestellt war. Mamma Carlotta selbst hatte schon immer eine Schwäche für Männer in Uniform gehabt, wobei die einzigen, die ihr regelmäßig begegneten, der Dorfpolizist und der Briefträger waren. Ihr Dino hatte nie erfahren, dass sie eine Weile überlegt hatte, ob sie sich für einen jungen Carabiniere entscheiden sollte, der stets eine schmucke Uniform am Körper und eine teure Sonnenbrille auf der Nase trug, bis ihre frühe Schwangerschaft ihr eine eindeutige Entscheidungshilfe bot.

Nicht, dass sie es jemals bereut hatte, aber ihre Vorliebe für Uniformen war geblieben. Und die weiße des Kapitäns mit den beeindruckenden Sternen auf der Schulter hätte sie anstelle der Staatsanwältin auch nicht kaltgelassen. Hoffentlich konnte sie sich bald von dem Kapitän trennen! Sie musste erfahren, was geschehen war! Von Angst getrieben, vom Entsetzen gejagt, war Mamma Carlotta auf Deck vier hin und her gelaufen, hätte am liebsten geschrien, hatte es aber geschafft, keinen Laut von sich zu geben. Dem Opfer hätte kein Hilferuf mehr geholfen, das hatte sie sich zum Glück schnell klarmachen können. Jetzt aber musste es heraus! Wenn sie nicht bald mit der Staatsanwältin reden konnte, würde sie platzen!

Der Kapitän und Frau Dr. Speck kamen eine schmale Treppe herunter, die anscheinend von der Brücke aufs Deck hinabführte. Mamma Carlotta lief ihnen nach, natürlich mit sicherem Abstand, aber so, dass sie die beiden nicht aus den Augen verlor. Sie wechselten einmal unter Deck, begaben sich ins Treppenhaus und bestiegen dort einen Aufzug. Atemlos beobachtete Mamma Carlotta auf der Anzeige über den Fahrstuhltüren, wo er hielt, dann nahm sie den nächsten und drückte ebenfalls auf die Drei. Hoffentlich waren die beiden nicht spurlos verschwunden, wenn sie auf dem Deck ankam, wo die Besatzungsmitglieder ihre Kabinen hatten. Was hatte der Kapitän vor? Wollte er die Staatsanwältin in seine Kabine einladen? Oder hatte Frau Dr. Speck es geschafft, ihn davon zu überzeugen, dass sie, obwohl sie als Privatperson gekommen war, als Ermittlungschefin auf der ›Arabella‹ alle polizeilichen Freiheiten genoss?

Als Mamma Carlotta dem Aufzug entstieg, blickte sie sich vorsichtig um. Sie konnte Stimmen hören, aber nicht ausmachen, woher sie kamen. Ebenfalls war sie nicht sicher, ob sie dem Kapitän und der Staatsanwältin gehörten. Zu sehen war niemand. Doch das kannte sie ja schon. Mittlerweile fühlte sie sich auf diesem Deck regelrecht zu Hause. Aber diesmal durfte sie sich nicht erwischen lassen! Mittlerweile hatte es sich unter den Besatzungsmitgliedern womöglich herumgesprochen, dass die altersverwirrte Dame bedauerlicherweise über Bord gegangen war. Die Staatsanwältin war die Einzige, der sie sich zeigen durfte. Nur gut, dass Erik vor längerer Zeit gezwungen gewesen war, seine Schwiegermutter Frau Dr. Speck vorzustellen. Das hatte ihm damals nicht behagt, aber heute konnte es ein entscheidender Vorteil sein.

Dass die Tür zum Gepäckraum offen stand, bemerkte Mamma Carlotta erst, als sie nur noch zwei, drei Meter davon entfernt war. Wie gut, dass sie ihre Sneaker angezogen hatte, auf denen sie sich lautlos bewegen konnte. Und kurz darauf wusste sie, dass die Stimmen, die sie gehört hatte, von dort kamen. Zwei Menschen hielten sich im Gepäckraum auf und tuschelten miteinander, als sollte ihr Gespräch nicht gehört werden. Sie schlich sich näher heran und lauschte.

»Du bist schuld, wenn Tilman stirbt.«

Heidi Flemming! Mamma Carlotta erkannte die Stimme sofort. Mit wem sprach sie? Mit ihrem Mann?

»Du hast es gerade nötig, von Schuld zu reden«, zischte jemand zurück. Bruno Flemming? »Wenn Tilman stirbt, hast du ihn umgebracht. Nur du!«

»Nein! Du hast es nicht geschafft, ihn zu retten!«

Nun hörte sie ein Kratzen und Schieben, als würden Gepäckstücke bewegt. Mamma Carlotta musste sich von der Dramatik dieses Gesprächs lösen. Sie fuhr auf dem Absatz herum und lief zurück. Als sie hörte, dass sich die Schiebetür des Gepäckraums bewegte – ein Geräusch, das ihr noch derart vertraut war, dass es ihr einen Schauer über den Rücken jagte –, war sie am Aufzug angekommen. Mit zitternden Fingern drückte sie den Knopf und verbot es sich zurückzublicken. ›Heiliger Adone von Arezzo, sorge dafür, dass sie mich von hinten nicht erkennen!‹

Auf den Heiligen war Verlass. Mamma Carlotta hörte, dass die Tür wieder ins Schloss geschoben wurde, und vernahm Schritte, die sich in die entgegengesetzte Richtung entfernten.

»Madonna!« Sie war gerettet. Jedenfalls fürs Erste. Wo aber war der Kapitän mit der Staatsanwältin geblieben?

Das erfuhr sie im nächsten Moment, denn eine Tür am Ende des Ganges wurde geöffnet. Es musste die Stimme des Kapitäns sein, die sagte: »Immer gerne, Frau Staatsanwältin. Wenn Sie noch mehr von unserem schönen Schiff sehen wollen, stehe ich zur Verfügung. Nur leider … ich muss nun zurück auf die Brücke. Darf ich Sie jetzt schon in meine Kabine einladen? Wir sollten in aller Ruhe einen Kaffee zusammen trinken. Oder ein Glas Sekt. Ganz, wie Sie wollen.« Seine Stimme war voller Schmelz, Verlockung und Verführung.

»Ja, gern«, trillerte die Staatsanwältin.

Der Aufzug kam, und gleichzeitig entdeckte Mamma Carlotta auf der rechten Seite eine Tür, die zu den Waschräumen führte. Dort konnte sie sich womöglich verbergen und musste sich nicht von dem Geschehen auf Deck drei trennen. Außerdem würde sie vielleicht die Möglichkeit bekommen, mit der Staatsanwältin zu reden, sobald diese allein war. So ruhig es ihr möglich war, ohne sich ihre Angst und Eile anmerken zu lassen, machte sie zwei, drei Schritte auf die Tür zu … und hatte sie auch schon erreicht. Der Vorraum, der zu den Toiletten und Duschen führte, war zum Glück menschenleer. Das Herz pochte ihr bis zum Hals, das Blut rauschte in den Ohren, sie musste sich an den Türrahmen lehnen, weil ihr die Beine schwach wurden. Dann erst fühlte sie sich dazu in der Lage, sich umzudrehen, die Tür mit einem Fuß aufzuhalten, den anderen auf den Gang zu setzen und das linke Ohr vorzuschieben, damit sie etwas hören konnte.

»Vielen Dank noch mal«, hörte sie Frau Dr. Speck sagen. »Ich weiß es zu schätzen, dass Sie mich empfangen haben und mir freie Hand lassen.«

Mamma Carlotta traute sich weiter vor, denn die Stimmen, so gut sie auch zu verstehen waren, schienen weit genug entfernt zu sein, um sich ein wenig Leichtsinn zu erlauben.

»Ah, da ist mein Erster Offizier! Er kann Ihnen alle weiteren Fragen beantworten.«

Mamma Carlotta wagte es nun, den Hals so lang zu machen, dass sie in den Gang blicken konnte. Frau Dr. Speck und Bruno Flemming begrüßten sich, während Heidi Flemming hinter dem Kapitän herlief und durch die hintere Tür verschwand.

Bruno Flemming wirkte steif und befangen. Kerzengerade stand er da, den Rücken durchgedrückt, als erwarte er Vorwürfe. »Geht es um Fragen, die das Schiff betreffen?«

Die Staatsanwältin lachte. Herausfordernd strich sie sich über den kurzen Rock ihres hellen Kostüms, als wollte sie Bruno Flemming auf ihre Beine aufmerksam machen. Die Absätze ihrer Pumps waren von schwindelerregender Höhe, ihre Kostümjacke war nur mit einem Knopf geschlossen worden, der spannte, als sollte ihre Oberweite besser zur Geltung kommen. Dass das Shirt, das sie darunter trug, einen tiefen Ausschnitt hatte, war wohl kein Zufall.

Sie lachte noch einmal, als wollte sie auch Bruno Flemming zu einem Lächeln zwingen, was ihr aber nicht gelang. »Eigentlich bin ich hier, um mich über das Verschwinden eines weiblichen Passagiers zu informieren. Wie ich vom Kapitän hörte, ist die Frau vermutlich über Bord gegangen, bevor die ›Arabella‹ im Hafen anlegte. Also ist die deutsche Polizei für den Fall zuständig.« Sie hob die Hände, als wollte sie Einwände von vornherein unterbinden. »Aber, wie gesagt … ich bin als Privatperson hier. Ermittlungen werden wir erst in Gang setzen, wenn ein Verdacht besteht.«

»Was für ein Verdacht?«, fragte Bruno Flemming.

»Nun … es könnte ja sein, dass es kein schrecklicher Unfall war, sondern ein Mordanschlag.«

»Auf eine alte Frau?« Mamma Carlotta schluckte mit Mühe den Ärger über Flemmings respektlose Äußerung herunter. Sie war keine alte Frau, nur weil ihr unterstellt wurde, an Demenz zu leiden. »Die Alte war verwirrt, völlig orientierungslos! Mehrfach ist sie aufgefallen, nur ihre Familie scheint noch nichts davon mitbekommen zu haben.« Er schüttelte den Kopf. »Völlig unverständlich so was.«

Die Alte? Bruno Flemming wurde Mamma Carlotta immer unsympathischer. Wie konnte er in diesem despektierlichen Ton von ihr reden? Nur, weil er sie für altersverwirrt hielt? Unerhört! Sie nahm sich vor, nie wieder zu dulden, dass von Signora Bianchi respektlos gesprochen wurde.

Die Staatsanwältin spielte ihre Rolle gut. Sie gab Bruno Flemming recht, ergänzte dann aber: »Merkwürdig natürlich, dass gerade schon wieder jemand über Bord gegangen ist. Auch ein schrecklicher Unfall?«

Sie hatte also mitbekommen, dass ein Unglück geschehen war. Ob sie auch etwas beobachtet hatte?

Bruno Flemmings Füße wurden unruhig. Mamma Carlotta konnte hören, wie sie über den Teppichboden scharrten. »Leider kommt so was öfter vor. Davon weiß man an Land nicht viel. Jeder Kapitän ist froh, wenn er am Ende einer Fahrt noch alle Leute an Bord hat. Es ist gar nicht so selten, dass im Heimathafen einer fehlt. Zum Glück haben die Passagiere nichts davon mitbekommen. Jedenfalls glaube ich das.«

»Gab es denn keine Möglichkeit, ihn zu retten?«

»Jemand hat ihm einen Rettungsring nachgeworfen. Aber leider zu spät. Er ist sofort untergegangen.«

»Wie ist das möglich?«, fragte Frau Dr. Speck. »Konnte er etwa nicht schwimmen?«

Mamma Carlotta spähte so weit wie möglich auf den Gang und sah, dass Bruno Flemming hilflos die Schultern zuckte. »Miguel Mercado gehörte zu denen, die es mit der Sicherheit nicht so genau nahmen. Eigentlich hätte er als verantwortlicher Versorgungsoffizier gar nicht selbst Hand anlegen müssen, wenn es darum ging, Kartons zu stapeln oder Fässer zu verstauen. Aber so war er nun mal. Er beließ es nicht dabei, die Arbeiten zu beaufsichtigen, er musste immer selbst mit anpacken.

Möglich, dass er gestürzt ist, sich am Kopf verletzt hat und benommen war, als er ins Wasser fiel.«

»Keiner hat beobachtet, wie es passiert ist?«

»Ich war selbst in der Nähe, aber wie es geschehen ist, kann ich nicht sagen. Nur so viel: Es standen mehrere Kisten herum, die eigentlich ordentlich aufgestapelt sein sollten. Werkzeug lag am Boden, was auf keinen Fall sein darf. In der Nähe einer offenen Luke muss immer alles besonders gut aufgeräumt sein. Sonst passiert genau das, was nun mit Miguel geschehen ist.«

Mamma Carlotta zog sich in den Waschraum zurück. Miguel? Er war es, der vor ihren Augen versunken war?

In diesem Augenblick klappte eine Kabinentür, jemand murmelte einen Gruß, den Bruno Flemming erwiderte, dann kamen Schritte auf die Tür zu, in der Mamma Carlotta stand. Entsetzt wurde ihr klar, dass sie hier nicht gesehen werden durfte. Die Waschräume standen ausschließlich der Besatzung zur Verfügung. Wenn sie entdeckt wurde, war sie geliefert. Da man sie nicht mehr an Bord vermutete, würde ihr nicht einmal der Hinweis auf ihre Altersverwirrtheit aus der Patsche helfen.

Sie hatte keine Zeit zu überlegen. Die Hoffnung, dass jemand zum Aufzug wollte, um zu den oberen Decks zu fahren, erfüllte sich nicht. Die letzten beiden Schritte waren so nah bei der Eingangstür, dass es keinen Zweifel gab: Jemand wollte die Waschräume betreten.

Es blieben ihr nur Sekunden, um eine Entscheidung zu treffen. Die nächste Tür! Schon die zweite wäre einen Schritt zu weit weg.

Sie riss die Tür auf und stand in einem Duschraum mit mehreren Kabinen, allesamt mit einem Plastikvorhang von den Waschbecken und Urinalen getrennt. Wieder war keine Zeit zum Nachdenken. Wenn derjenige, der ihr folgte, diesen Raum betreten würde, musste sie schnell handeln.

Mit einem Satz verschwand sie hinter einem der Duschvorhänge und zog ihn hinter sich zu. Keinen Augenblick zu früh! Schon öffnete sich die Tür, sie hörte Schritte und das Knarzen eines Hosenreißverschlusses.

»Jemand da?«, rief eine männliche Stimme.

Mamma Carlotta brummte etwas, so tief wie möglich, so unhörbar und so unverständlich wie nötig. Dann sah sie ein, dass es hinter ihrem Duschvorhang nicht still bleiben durfte. Das Wasser andrehen? In voller Kleidung? Noch dazu in Toves?

Aber sie hatte keine Wahl, wenn sie nicht wollte, dass jemand den Vorhang beiseiteschob, um nachzusehen, warum sich jemand zum Duschen zurückgezogen hatte, ohne das Wasser anzudrehen. So weit wie möglich stellte sie die Füße an den äußeren Rand, drehte das Wasser an, ließ es aber nur tröpfeln.

»Gehen die Duschen schon wieder nicht?«

Sie brummte wieder so tief wie möglich und hoffte, dass der Mann vor dem Urinal damit seine Zweifel verlor. Ihr blieb wohl nichts anderes übrig, als die Dusche noch weiter aufzudrehen. Hoffentlich hielt der Mann sich nicht lange mit dem Händewaschen auf, und hoffentlich wollte er kein Gespräch mit einem Kollegen beginnen, der bald mit dem Duschen fertig sein musste!

Ihre Position würde sie nicht lange halten können. Mit den Füßen auf der äußersten Kante der Duschtasse, mit den Händen an der gegenüberliegenden Wand, den Wasserstrahl dazwischen, der sie zwar nicht direkt traf, aber dennoch ihre Hosenbeine vollspritzte. Und dann trat zu ihrem Schrecken ein zweiter Mann ein. Als sie seine Stimme hörte, ahnte sie, um wen es sich handelte.

Die Ruhe, die er kurz zuvor genossen hatte, der blaue Himmel, die Wärme, die Windstille, das alles bereitete ihm jetzt Missvergnügen, als fände er es ungerecht, dass über diesen Kampener Villen das Wetter besser war als woanders, als bekämen diese reichen Leute, die sich solche Zweitwohnsitze leisten konnten, nicht nur mehr Geld, sondern dazu noch mehr Sonnenschein.

Erik ging mit dem Handy am Ohr auf sein Auto zu. »Was wissen Sie über Adelheid Flemming?«, fragte er Sören.

»Bis jetzt noch nichts«, kam es zurück. »Aber ich werde mich gleich darum kümmern.«

Erik sah erleichtert zu, wie ein Motorrad in den Wattweg einbog und die gepflegte Stille durchbrach. »Denken Sie daran, Sören! Diese Frau könnte der Dreh- und Angelpunkt sein. Es muss einen Grund haben, dass wir über die Stiefschwester von Gregor Imhoff nichts im Nachlass der Mutter gefunden haben.«

»Klar, Chef! Das kriege ich raus.«

»Ich fahre jetzt nach Hause. Ein Abschiedstrunk mit meinen Freunden, dann komme ich ins Büro.«

»Moment mal«, rief Sören. »Wollen Sie mir nicht erzählen, was Sie bei Leo Schwickerat erfahren haben?«

»Später«, gab Erik zurück, dachte an Wiebke und wusste, dass er noch nicht fähig war, darüber zu reden. »Das hat Zeit.«

Er hatte sich gerade ins Auto gesetzt, als das Handy erneut klingelte. Diesmal war die Staatsanwältin am anderen Ende. Erik hievte sich wieder aus dem Wagen heraus, in dem es warm und stickig war. Er lehnte sich gegen die Fahrertür und hielt sein Gesicht der Sonne hin, während er zuhörte.

»Ich habe den Arabella-Dieb«, rief die Staatsanwältin, und in ihrer Stimme lag nicht nur die Zufriedenheit, die ein Ermittlungserfolg erzeugte, sondern auch eine Menge Schadenfreude. Nach wie vor liebte sie es, wenn sie einem anderen, vornehmlich Kriminalhauptkommissar Wolf, überlegen war. »Die Beweise sind eindeutig.«

Erik stand augenblicklich aufrecht. »Was?«

»Allerdings ist er tot. Über Bord gegangen.«

»Und woher wissen Sie, dass er der Arabella-Dieb war?«

»Weil ich in diesem Moment in seiner Kabine stehe und der silberne Hering vor mir liegt.«

Frau Dr. Speck ließ sich Zeit mit der Erzählung, schmückte sie aus und legte Wert auf jeden noch so unbedeutenden Nebensatz. Sie erzählte, dass sie mit dem Kapitän ein gutes Gespräch geführt habe und von dem Ersten Offizier an Bord alles habe erfahren können, was sie wissen wollte. »Obwohl ich offiziell als Privatperson auf der ›Arabella‹ bin.« Der erste Offizier hatte ihr auch Zutritt zu Miguel Mercados Kabine verschafft. Und dort hatte sie alles gefunden, was als Beweis nötig war: den silbernen Hering aus dem gleichnamigen Restaurant in Westerland, einen Gitarrenkoffer, in dem er anscheinend transportiert worden war, und sogar die Bordkarte von Eriks Schwiegermutter. »Die hatte er ihr wohl abgenommen, damit sie später, wenn ihre Leiche irgendwo angespült worden war, nicht so schnell identifiziert werden konnte.« Sie lachte. »Beide Fälle sind gelöst, Wolf! Mord und Diebstähle. Fehlt nur noch die Kindesentführung! Die nehme ich mir als Nächstes vor.«

»Können Sie vorher Fingerabdrücke in der Kabine des mutmaßlichen Mörders und Arabella-Diebs nehmen?«, fragte Erik.

»Ich habe alles dabei. Privatperson hin oder her. Dachte mir schon, dass ich es gebrauchen könnte.«

»Wir sollten sie mit den Abdrücken in Gregor Imhoffs Wohnung vergleichen. Sicher ist sicher.«

»Da gebe ich Ihnen recht, Wolf! Ich mache hier, was geht, die Rechtslage ist mir egal. Um so einen Fall aufzuklären, darf man nicht pingelig sein. Zum Glück hat Flemming mich allein gelassen. Er vertraut mir anscheinend.«

»Wer?« Erik hatte sie sehr gut verstanden, musste diesen Namen aber unbedingt noch einmal hören.

»Flemming, der Erste Offizier. Ein sehr angenehmer Mann. Äußerst kooperativ.« Sie redete immer schneller, ein Zeichen dafür, dass das Gespräch bald zu Ende sein würde. »Ihre Schwiegermutter kann sich jetzt natürlich wieder überall zeigen. Sagen Sie ihr das, wenn Sie mit ihr telefonieren.« Damit legte sie auf, wie immer ohne Abschiedsworte.

Erik ließ sich auf den Fahrersitz fallen und atmete tief ein und aus. Flemming! Der Erste Offizier hieß so wie die Schwester von Gregor Imhoff. Hatte das etwas zu bedeuten?

Ihre Hosenbeine wurden immer feuchter, die Sohlen ihrer Sneakers ebenfalls. Die Muskulatur ihrer Arme begann zu zittern, die Füße fingen zu rutschen an, minimal, aber stetig. Irgendwann würde sie in der Duschtasse landen, direkt unter dem Wasserstrahl. Und dann?

»Schlimme Sache, das mit Miguel«, hörte sie die Stimme sagen, die sie im Gepäckraum mit Heidi Flemming hatte sprechen hören.

Der andere gab ein zustimmendes Grunzen von sich, dann hörte Mamma Carlotta das Wasser im Waschbecken rauschen. »Was ist das für eine Frau, die sich Miguels Kabine ansieht?«

»Eine Staatsanwältin aus Flensburg. Sie hat Diebesgut entdeckt. Der gute Miguel war wohl kein unbeschriebenes Blatt. Unter seinem Bett war eine kostbare Antiquität versteckt. Und der Kerl, dem sie gehörte, ist der Schädel eingeschlagen worden. Auf Sylt!«

Es blieb eine Weile still, Mamma Carlotta hatte schon die Hoffnung, dass sie bald von der Anwesenheit der beiden erlöst sein würde, da ergänzte der Mann, den Mamma Carlotta für Bruno Flemming hielt: »Ist vielleicht nicht das Schlechteste, dass er nicht mehr lebt. Er wäre in den Knast gewandert. Ausgerechnet ein Kerl wie Miguel, der auf allen Meeren zu Hause war.«

»Der wäre im Knast eingegangen wie 'ne Primel. Ist wirklich besser so. Wieso hast du nichts gemerkt, Bruno? Du warst doch in der Nähe der Luke.«

Aha, sie hatte also recht gehabt mit ihrer Vermutung. Bruno Flemming! Mamma Carlotta konnte trotz ihrer prekären Situation noch stolz auf ihre Spürnase sein.

»Ich habe mit Miguels Leuten geredet und nicht weiter auf

ihn geachtet. Aber ich habe ihm noch gesagt, er soll dafür sorgen, dass aufgeräumt wird. In der Nähe einer offenen Luke darf es keine Stolpersteine geben.«

Wieder herrschte ein paar Augenblicke Stille, in denen Mamma Carlotta vorsichtig ihre Körperhaltung veränderte, um die Beinmuskeln zu entlasten und die Hände daran zu hindern, an der gefliesten Wand hinabzurutschen.

»Miguel war komisch in letzter Zeit«, hörte sie den Ersten sagen. »Er hatte Heimlichkeiten, das ist mir aufgefallen.«

»Wirklich?«, fragte Bruno Flemming interessiert. »Hat er dir was anvertraut?«

»So gut standen wir nicht miteinander. Aber ich habe mir gedacht, dass er vielleicht ein Ding dreht. Einmal hat er gesagt, er würde gerne in Spanien von Bord gehen und eine Weile in Andalusien leben. Er käme mal für eine Zeit ohne Heuer aus.«

»Aha!« Bruno Flemmings Stimme klang jetzt wie die eines Vorgesetzten, der einen Mitarbeiter bei einer Pflichtverletzung ertappt hatte. »Dann wollte er wohl in Vigo die Beute verkaufen und sich dort ein schönes Leben machen. Vielleicht sogar für immer. Ich habe gehört, dass er schon viele Diebstähle auf dem Kerbholz haben soll. Die Staatsanwältin hat davon gesprochen, dass es jedes Mal, wenn wir vor Sylt angelegt haben, Diebstähle gegeben haben soll. Allesamt mit fetter Beute!«

»Ehrlich?«

»Wird in der Mannschaft darüber geredet?«, erkundigte sich Bruno Flemming. »Als Offizier erfährt man ja so was nicht.«

Nun fühlte sich der andere anscheinend ausgehorcht. »Ich habe nichts gehört«, entgegnete er kurzab.

Das Rauschen des Wassers hatte ein Ende, der Händetrockner pustete, dann ging die Tür. War die Gefahr vorüber? Mamma Carlotta lauschte angestrengt und kam zu der Ansicht, dass sie allein war. Sie stöhnte auf und stellte das Wasser ab. An ihrer unbequemen Körperhaltung konnte sie jedoch noch nichts ändern. Sie musste warten, bis das Wasser abgelaufen war.

In diesem Augenblick hörte sie Schritte, und schon im nächsten wurde der Duschvorhang zur Seite gerissen. Sie starrte in das Gesicht eines Mannes, der sie hämisch angrinste. »Sieh einer an! Die verrückte Signora! Da stecken Sie also!«

Diese respektlose Ansprache war wie ein Schuss, der auf sie abgefeuert wurde, schmerzend und verletzend, aber mit einer Kugel, die wie ein Geistesblitz durch sie hindurchfuhr. Ihre Rettung? Angestrengt holte sie sich das Gesicht von Signora Bianchi ins Gedächtnis zurück, ihr kleines Lächeln, ihr ängstliches Staunen, dann fragte sie: »Wissen Sie, wann der Bus nach Città di Castello fährt?«

Bruno Flemming antwortete nicht, griff nach ihrem Arm und zog sie aus der Dusche. Dann sah er, dass sie nasse Spuren auf dem Boden hinterließ und blickte sie ärgerlich an. »Meine Güte! Was Demenz aus einem Menschen machen kann!« Er zog sie aus dem Duschraum und blickte in den Gang, der menschenleer war. »Kommen Sie!« Noch immer hielt er ihren Arm so fest, dass es wehtat. Gerne hätte sie sich ihm entwunden, aber sie dachte an Signora Bianchi, die immer alles mit sich geschehen ließ, solange man ihr gut zuredete. Sie versuchte, ihre trippelnden Schritte nachzuahmen, obwohl sie dadurch Bruno Flemmings Ungeduld weckte. »Ein bisschen schneller, wenn ich bitten darf!« Er ließ ihren Arm los und stieß sie vor sich her. »Da lang.«

Er schob sie durch die Tür am Ende des Ganges, durch den sie den Kapitän und auch Heidi Flemming hatte gehen sehen. Dahinter tat sich ein weiterer Gang auf, es war Schluss mit dem Teppichboden und den farbenfrohen Türen. Mamma Carlotta erkannte sofort, dass es nun zu den Arbeitsplätzen der Besatzungsmitglieder ging. Hier wohnte niemand mehr, hier ging es zum Maschinenraum, in die Wäscherei, in die Vorratsräume und die Küche. Unterschiedliche Gerüche empfingen sie, angenehme und unangenehme. Es roch nach Schmieröl und Schmutz, nach Waschmitteln und versengtem Stoff, nach Plastikbehältern und Gemüseresten, nach gebratenem Fleisch und kochender Soße. Ebenso unterschiedlich waren die Geräusche. Schlagende Maschinenteile, klirrende Utensilien, gedämpfte Stimmen, rotierende Kessel, schleudernde Trommeln, klappernde Automaten, das Klirren von Flaschen, Gläsern und Porzellan, das Poltern von metallenen Gefäßen, Hacken, Rühren, Schaben, Reiben.

Wo wollte er sie hinbringen? Tief hinein in den Bauch des Schiffes? Dorthin, wo selten jemand zu tun hatte? An eine Stelle, wo nur gelegentlich ein Arbeiter hinkam? Wo nur etwas zu tun war, wenn das Schiff auf See war, oder nur, wenn es in Seenot geriet? Sie hatte das Gefühl, in einen tiefen Wald geführt zu werden, aus dem sie niemals wieder herausfinden konnte. Sie musste etwas tun, ehe sie keine Chance mehr hatte, sich zurechtzufinden.

Mamma Carlotta spürte, wie es in ihren Augen brannte. Eigentlich wusste sie schon jetzt nicht mehr, wo sie sich befand, wohin sie würde fliehen können, wenn sie die Gelegenheit bekäme. Trotzdem loderte der Fluchtgedanke in ihr auf. Sie musste einen Weg aus den Händen Bruno Flemmings finden, ehe er sie dorthin gebracht hatte, wo eine Flucht nicht mehr möglich war. An eine Luke, aus der er sie stoßen konnte?

Sie kamen der Küche immer näher, das war am Geruch und an den Geräuschen deutlich zu erkennen. Nun öffnete er eine Tür, hinter der beides wieder ausgeschlossen wurde, als sie zufiel, die Gerüche und auch die Geräusche. Anscheinend waren sie im Vorratsraum gelandet. Ein Lager von gewaltigen Ausmaßen, die mit einem Blick nicht zu erfassen waren. Tonnen versperrten die Sicht auf Säcke, diese standen vor riesigen Flaschen und Kartons, Fässer stapelten sich vor Tüten, und hohe Regale waren so dicht nebeneinander aufgebaut, dass zwei Personen zwischen ihnen nicht aneinander vorbeigehen konnten.

Mamma Carlotta versuchte, mit Bruno Flemming ein Gespräch aufzunehmen, wie sie es von Signora Bianchi kannte. »Wo gehen wir hin? In den Garten?«

»Ja, in den Garten«, murmelte Flemming. So wie es auch die Kinder von Signora Bianchi taten, wenn sie die Mutter mal wieder irgendwo aufgelesen hatten. »Es hat wohl keinen Sinn, Sie zu fragen, wo Sie in der Zwischenzeit gewesen sind? Alle glauben, Sie sind über Bord gegangen. Und Ihre Enkelin hat sich zwar meinem Sohn anvertraut, aber mir gegenüber schweigt sie.«

Woher wusste er, dass Carolin mit Tilman gesprochen hatte, dass sie ihn einweihen musste, weil sie ihm unmöglich vorspielen konnte, dass sie um ihre Nonna trauerte, während diese sich längst in Sicherheit befand? Hatte Tilman seinem Vater verraten, dass die Signora wohlauf war? Ja, so musste es sein.

»Aber ... ich wollte den Bus nehmen.«

»Schon gut, ich zeige Ihnen die richtige Bushaltestelle.«

Madonna, wie entwürdigend war es doch, wenn so herablassend mit einem gesprochen wurde! Die arme Signora Bianchi! Ob sie noch wahrnahm, was Mamma Carlotta so sehr kränkte? Bisher hatte sie angenommen, dass es richtig war, zu allem Ja und Amen zu sagen, was Signora Bianchi vorbrachte, und sie nicht mit Widerspruch und Korrektur zu verwirren. Aber jetzt war sie nicht mehr so sicher, ob das die richtige Form war, mit einer Demenzkranken umzugehen.

Als sie an den Kanistern mit dem Olivenöl vorbeikamen, vergaß sie Signora Bianchi. Eine Idee blitzte in ihr auf, ein Strohhalm zeigte sich und winkte, als sollte sie nach ihm greifen, als wollte er sie retten. Sie wusste nicht, ob sie in Gefahr war, sie konnte nicht beurteilen, ob Bruno Flemming ihr wirklich helfen wollte, sie wusste nur, dass sie wegwollte. So hatte sie es Erik versprochen. Niemand sollte sie zu Gesicht bekommen!

Sie verlangsamte ihren Schritt, reagierte nicht auf Bruno Flemmings Stöße, mit denen er sie vorantreiben wollte. Wie gut, dass sie kein Misstrauen in ihm erzeugte. Demenzkranke konnten tun, was sie wollten, es wurde nicht hinterfragt.

Sie blieb stehen und widerstand seiner drängenden Hand. »Hier wohnt mein Cousin«, behauptete sie und wies auf die Olivenölkanister. »Numero trenta! Wir könnten ihn besuchen.«

Bruno Flemming betrachtete sie kopfschüttelnd. Er sah jetzt freundlich aus, in seinen Augen stand Mitleid, aber auch die Ungeduld, die oft in den Gesichtern von Signora Bianchis Kindern erschien. Wollte er ihr etwas antun? Nein, Mamma Carlotta überfielen Zweifel. Was, wenn er sie nur auf diesem Weg in ihre Kabine bringen wollte?

Sie war völlig durcheinander. Es gab keinen Grund, vor dem Ersten Offizier der ›Arabella‹ Angst zu haben. Andererseits … er war womöglich ein Kindesentführer. Doch er konnte nicht ahnen, dass sie davon wusste. Warum aber hatte er mit ihr nicht den Aufzug bestiegen und sie dorthin gebracht, wo sie hingehörte? Warum dieser Weg hinter die Kulissen des Schiffes? Sie war sicher, dass kein Passagier hier jemals gewesen war.

Sie wechselte ihren Gesichtsausdruck und sah, dass Bruno Flemming es bemerkte. »Ich muss Ihnen etwas gestehen, Signore.«

»Aha, jetzt bricht wieder die Zeit an, in der Sie Ihre Sinne beieinanderhaben?« Er grinste höhnisch, und vorbei war es mit dem freundlichen Ausdruck. »Mannomann, ist das immer so bei Demenzkranken? Mal völlig verrückt und dann wieder für eine Weile ganz normal?«

In der Nähe war eine Tür zu hören, Schritte erklangen. Mamma Carlotta wollte herumfahren, wurde aber von Bruno Flemming daran gehindert. Grob stieß er sie den Gang entlang. »Weiter!«

»Aber der Bus«, jammerte Mamma Carlotta, die es nun für richtig hielt, sich erneut Signora Bianchi zum Vorbild zu nehmen. Ihr Gefühl sagte ihr, dass es ungefährlicher war, sich verwirrt zu geben.

Bruno Flemming verdrehte die Augen. »Das hat ja nicht lange angehalten mit Ihrem intelligenten Gesichtsausdruck.«

Sie sah eine breite Metalltür vor sich, die ihr Angst machte, eine von diesen schweren Türen, die nur mit Kraftanstrengung zu öffnen waren und die mit einem Geräusch ins Schloss fielen, das endgültig schien und schlagartig einsam machte. Wie die Tür in der Metzgerei ihres Onkels, hinter der geschlachtet wurde, vor der das Schreien der Tiere nicht zu hören war.

Sie hatte Angst! Sie wusste nicht, warum und wovor, aber die Angst war da. Ein Bauchgefühl! Da konnte ihr Kopf noch so sehr darauf pochen, dass es keinen Grund zur Angst gab.

Sie sah, dass Flemming wieder unaufmerksam wurde, und diesen Moment nutzte sie. So schnell, dass er es nicht verhindern konnte, griff sie mit beiden Händen nach einem Kanister und ließ ihn auf seine Füße fallen. Er jaulte auf, wollte seine Füße befreien, fiel dabei vornüber, stieß schmerzhaft mit den Knien irgendwo an, rollte mitsamt dem Kanister voran und brauchte eine Weile, bis er wieder auf die Beine kam.

Spätestens jetzt, als er von hinten sah, wie behände sie sich voranbewegte, würde er erkennen, dass ihre Demenz gespielt gewesen war. Carlotta Capella rannte um ihr Leben, ohne zu wissen, ob es in Gefahr war. Trotzdem rannte sie, weil ein Gefühl ihr sagte, dass sie auf Nummer sicher gehen sollte. Und weil Erik es ihr eingeschärft hatte. Aber dieses Tempo war ihr nicht mehr vertraut, schon lange hatte sie sich nicht mehr derart beeilen müssen, eigentlich nicht mehr, seit ihr Jüngster die Gasse in ihrem Dorf heruntergerollt war und sie ihn unbedingt auffangen musste, bevor er auf die stark befahrene Kreuzung purzelte. Bruno Flemming war jünger als sie und sicherlich auch sportlicher. Ihre Chance war also einzig und allein ihr Vorsprung. Wenn sie den nicht aufgab, wenn es ihr gelang, einen Weg zu finden, den er nicht voraussehen konnte, wenn sie Haken schlug, Türen in die eine Richtung aufriss und andere in die entgegengesetzte, dann konnte sie es vielleicht schaffen, ihm zu entkommen. Jetzt kam es darauf an, nicht noch tiefer in den Schiffsbauch vorzudringen, wo nur gelegentlich jemand hinkam. Sie musste dorthin, wo es Menschen gab, die ihr helfen konnten.

Automatisch schlug sie die Richtung ein, aus der ihr vertraute Gerüche entgegenkamen. Die Küche! Dort würde sie sich in Sicherheit bringen können! In einer Küche gab es immer Rettung! Vorausgesetzt, man war kein Suppenhuhn ...

Es war ein spontaner Entschluss gewesen, als er an der Ampel wartete, um nach links in die Hauptstraße von Kampen abzubiegen, die kurz darauf am Ortsausgangsschild zur Wenningstedter Straße wurde. Er hatte schon den Blinker gesetzt, da fiel sein Blick auf die Straße, die schräg gegenüber in die Dünen führte. Die Ampel wurde grün, und er fuhr nicht links ab, sondern geradeaus zur Uwe-Düne. Lange war er nicht mehr dort gewesen. Als Kind hatte er mit seinen Eltern oft einen Ausflug dorthin gemacht. Er hatte es geliebt, seine Insel von oben zu betrachten, und auch später noch oft die Aussicht genossen, die sich von dort bot. Der Ausflug zur Uwe-Düne war einer der ersten gewesen, den er mit Lucia unternommen hatte. Und auch mit Wiebke war er zur Uwe-Düne gefahren, als sich herausstellte, dass sie zwar schon oft beruflich auf Sylt, aber noch nie dort gewesen war.

Er stellte den Wagen am Westerweg ab, wo der Fußweg begann, der zu den über hundert Stufen führte, die zu bewältigen waren und mit dem schönsten Ausblick belohnten, den Erik sich vorstellen konnte. Wiebke hatte an seinen Lippen gehangen, und er hatte es genossen, ihr zu erzählen, was auf Sylt jedes Kind wusste. »Die höchste Erhebung der Insel«, hatte er stolz erzählt. »Über fünfzig Meter hoch! Sie wurde nach dem Sylter Uwe Jens Lornsen benannt, einem Keitumer, auf den die Insel sehr stolz ist. Ein Freiheitskämpfer, der sich für Menschenrechte und freiheitliches Denken eingesetzt hat! Er war Regie-

rungsbeamter und für eine Weile sogar Sylter Landvogt. Ein un-
abhängiges Schleswig-Holstein war Anfang des neunzehnten
Jahrhunderts sein Ziel.«

Als er sich an den Aufstieg machte, dachte er daran, wie er
versucht hatte, mit Wiebke Schritt zu halten, die auch auf den
letzten Stufen ihr Tempo nicht drosselte. Verzweifelt hatte er
versucht, sich nicht anmerken zu lassen, wie sehr ihn der Aufstieg aus der Puste brachte und wie gerne er die letzten zwanzig Stufen gemächlich erklommen hätte. Oben angekommen,
hatte er aufs Reden verzichtet, um erst mal wieder zu Luft zu
kommen, aber auch, weil der Ausblick ihm die Sprache verschlug, so wie immer. Auf der Uwe-Düne war er schweigsam.
Schon seine Eltern hatten, wenn sie oben angekommen waren,
nichts gesagt, sondern den Ausblick in Stille genossen. Eine
spektakuläre Rundumsicht! Und Friesen genossen nun mal
schweigend!

Wiebke war das natürlich nicht gelungen. Sie hatte begeistert
in alle Richtungen gezeigt und von ihm verlangt, ihr zu erklären, was sie sah. Jetzt stand Erik auf der hölzernen Aussichts-
plattform und hätte ihr gerne noch einmal alles erzählt. Dass
man manchmal sogar bis nach England gucken konnte und fast
immer bis nach Dänemark. Ach, Wiebke! Warum hatte er nicht
besser auf ihre Liebe achtgegeben? Er tastete nach seiner Pfeife,
stellte verärgert fest, dass er sie im Auto vergessen hatte, und
war dann froh, dass er nicht in Versuchung kam, die wunderbare Luft und den unverwechselbaren Geruch mit Tabakrauch
zu verändern.

Er blickte nach Westerland zu den Hochhäusern, die aus
den Dünen stachen, zu dem weißen Kampener Leuchtturm
mit seiner schwarzen Bauchbinde, den König Friedrich VII.
von Dänemark hatte errichten lassen ... da hörte er sein Handy
läuten.

Klaas war am anderen Ende. »Erik! Wo bist du?«

Erik mochte nicht zugeben, dass er seine Zeit auf der Uwe-

Düne vertrödelte. Ein Blick auf die Uhr zeigte ihm, dass er einen Fehler gemacht hatte, als er der Erinnerung an Wiebke den Vorzug gegeben hatte. »Sorry, ich musste unbedingt etwas erledigen. Seid ihr etwa schon im Süder Wung angekommen?«

»Wir stehen vor deiner Haustür. Wiebke ist nicht da.«

Heuchler, dachte Erik. Du weißt doch, dass sie mich verlassen wird, vielleicht schon verlassen hat. Trägt sie ihren Laptop und die Kamera vielleicht in diesem Augenblick in dein Haus?

»Ich bin in einer Viertelstunde da«, sagte er stattdessen. »Der Hausschlüssel liegt auf dem Fensterbrett im Fahrradschuppen. Macht es euch schon mal gemütlich. Der Sekt steht im Kühlschrank.«

Er warf einen letzten Blick gen Norden, wurde für einen wunderbaren Augenblick eins mit dem Strand, dem Wind und dem aufgewühlten Meer, dann löste er sich von dem Beruhigenden, das er auf der Uwe-Düne immer fand, und machte sich an den Abstieg. Wiebke war nicht zu Hause! Wohin mochte sie gefahren sein?

Der Mann kam mit drohender Gebärde auf sie zu. Er erinnerte sie erschreckend an Tove Griess, wenn dieser einem Gast gegenüberstand, der Ansprüche an Qualität und Sauberkeit an ihn richtete, die in Käptens Kajüte noch nie erfüllt worden waren. Unter seiner weißen Kochmütze wölbten sich die Augenbrauen wie bei Tove nach vorn, die kleinen Augen funkelten. »Was wollen Sie hier? Wer sind Sie?«

Mamma Carlotta zupfte sich die Schürze zurecht, die sie an einem Haken gefunden hatte, und drückte die weiße Haube fester auf ihren Kopf. »Die neue Aushilfe. Ich soll mich hier melden.«

Zu ihrer Erleichterung stellte sie fest, dass der Mann unsicher wurde. Und darüber hinaus hatte er offenbar Hilfe dringend nötig. So beschloss er, sich nicht erst zu erkundigen, warum er von einer neuen Aushilfe nichts wusste, sondern teilte sie gleich zum Gemüseputzen ein. »Möhren in kleine Würfel! Porree in Ringe! Verstanden?«

»Non c'è problema«, entgegnete Mamma Carlotta und griff nach dem Messer.

Doch das Misstrauen war noch nicht ganz aus dem Gesicht des Kochs gewichen. »Wie kommt eine Italienerin in England an Bord eines deutschen Schiffes?«

»L'amore«, seufzte Mamma Carlotta.

»Sie haben einen Engländer geheiratet, sind ihm in seine Heimat gefolgt, haben nun die Nase voll von ihm und arbeiten lieber auf einem Schiff als in der eigenen Küche?« Er lachte.

»Esatto«, antwortete Mamma Carlotta freundlich und nahm sich die erste Möhre vor.

Der Koch besah sich eine Weile, wie sie damit umging, dann grunzte er zufrieden und ging zum Herd. »Immerhin wissen Sie, wie man Gemüse schneidet. Wenn Sie fertig sind, nehmen Sie sich die Sellerieknollen vor.« Mamma Carlotta konnte noch hören, wie er zu einem Kollegen sagte: »Endlich mal jemand mit Sachkenntnis.«

Sie hätte sich wohlgefühlt, wenn ihr nicht die Angst im Nacken gesessen hätte, dass Bruno Flemming auftauchte und sie bezichtigte, ihn vorsätzlich schwer verletzt zu haben. Und wenn es hier ein bisschen fröhlicher zugegangen wäre, hätte es ihr auch besser gefallen. Aber in dieser Küche wurde nicht geplaudert und gelacht, hier wurde verbissen und emsig gearbeitet. Das Tempo war höllisch, zu etwas anderem als zu dem, was getan werden musste, blieb keine Zeit.

Mamma Carlotta, die schon als Kind Freude am Kochen gehabt hatte, verlor sie in dieser Küche in wenigen Minuten. Eigentlich hatte sie jemanden in ein Gespräch verwickeln und sich dann ganz nebenbei erkundigen wollen, was Bruno Flemming eigentlich für ein Mann war. Aber daran war gar nicht zu denken. Sie durfte nicht stehen, wo sie wollte, durfte nur reden, wenn es um die Arbeit ging, und sich ansonsten ausschließlich beeilen.

»Schneller! Schneller!« Dieser Ruf ging ständig durch die Küche.

Nein, so stellte sie sich das Kochen nicht vor. Kochen war für Mamma Carlotta Unterhaltung, ein kreativer Akt, eine Freude, die sie teilen wollte, eine Kunst, für die sie Anerkennung brauchte. Sie legte das Messer zur Seite und dachte darüber nach, wie sie diesem Stress am besten entkommen konnte. Aber schon hörte sie eine Stimme hinter sich. »Weiter, weiter!«

Wie konnte sie aus dieser Küche verschwinden? Die erste Erleichterung, dass sie sich hierher hatte flüchten können, fiel bereits von ihr ab. In Gedanken bereitete sie ihre nächste Flucht vor. Nun dachte sie mit schlechtem Gewissen an ihre Cousine Rosella zurück, die nach dem Tod ihres Mannes gezwungen gewesen war, in der Kantine einer Versicherung ihr Geld zu verdienen, und jeden Abend nach Hause gekommen war, als hätte sie in einem Steinbruch geschuftet. »Fürs Kochen Geld bekommen«, hatte Mamma Carlotta manchmal spöttisch gesagt, »das ist doch wunderbar. Ich kann mir nichts Schöneres vorstellen.« Jetzt jedoch bekam sie eine Ahnung davon, wie schwer Rosella ihren Lebensunterhalt verdient hatte, ehe sie endlich ihre Rente einreichen konnte.

Verzweifelt sah sie zur Uhr. Wie lange würde sie hier noch Gemüse schneiden müssen, ohne zu reden? Wann würde es eine Pause geben? Aber da das Mittagessen nicht mehr fern war, machte sie sich wenig Hoffnung. In den nächsten zwei, drei Stunden würde sie sich hier wohl zur Eile antreiben lassen müssen. Die Erleichterung, vor Bruno Flemming sicher zu sein, machte nun nicht nur dem Überdruss, sondern auch der Sorge Platz, dass man sie vermissen könnte. Wenn Tove und Fietje in die Kabine zurückkamen, um ihr Essen zu bringen, würden sie sich Sorgen machen.

Weiter kam sie mit ihren Befürchtungen nicht. »Schneller!«,

rief jemand in ihrem Rücken, der scheinbar bemerkt hatte, dass sie sich in Gedanken verlor. »Schneller!« Und dann kam noch der unangenehme Gedanke hinzu, dass sie sich möglicherweise in Bruno Flemming getäuscht hatte, dass ihre Angst vor ihm völlig unbegründet gewesen war. Wie sollte sie später erklären, dass er sie in Toves Kleidung hinter dem Vorhang einer Männerdusche entdeckt hatte, dass sie nach dem Bus nach Città di Castello gefragt, ihm einen Olivenölkanister auf den Fuß geworfen hatte und vor ihm in die Küche geflohen war? Mit einem Mal kam ihr das eigene Verhalten völlig absurd vor.

Erik war kaum in den Süder Wung eingebogen, als er feststellte, dass Wiebkes Kastenwagen nicht vor der Tür stand. Sie war also noch immer nicht zu Hause. Er nahm den Fuß vom Gas und ließ den Wagen ausrollen. Zu Hause? Sein Heim war nicht mehr Wiebkes Zuhause, genau genommen war es das nie gewesen. Wiebke hatte ihre Wohnung in Hamburg behalten, hatte die Wochenenden bei ihm verbracht und gelegentlich auch ein paar Wochentage, wenn sie einem Prominenten auf Sylt nachstellte. Es würde ihr vermutlich nicht viel ausmachen, ihre Sachen zu packen und ihren Platz hier zu räumen. Den Platz in seinem Herzen hatte sie ja längst aufgegeben.

Laute Stimmen und Gelächter drangen aus der Küche. Auch eine weibliche Stimme gehörte dazu. Nein, nicht Wiebkes. Sünje war mitgekommen, um die Freunde zu verabschieden, die in einer Stunde wieder in den Zug steigen würden.

Als er sie sah, wurde ihm schlagartig die Ähnlichkeit mit ihrem Vater bewusst. Wenn sie auch die Schönheit von ihrer Mutter mitbekommen hatte, die Nase war das Erbteil ihres Vaters und die Haarfarbe auch.

Er warf Klaas nur einen flüchtigen Gruß zu, während er sich den anderen lächelnd zuwandte und hoffte, dass sie nicht merkten, wie sehr er sich dazu zwingen musste. Als er die Küche betreten hatte, war ihm aufgefallen, dass Wiebkes Regenmantel nicht mehr an der Garderobe hing. Sie hatte ihn in den letzten Tagen kein einziges Mal getragen, weil das Wetter sehr schön gewesen war, und würde ihn auch heute nicht benötigen. War sie etwa sofort nach ihrem Aufeinandertreffen in Schwickerats Garten hier gewesen, um ihre Sachen zu packen?

Am liebsten wäre Erik unverzüglich in die erste Etage hochgestiegen, um nachzusehen, ob im Schlafzimmer noch ihr Laptop stand und im Schrank ihre Kleidung hing. Aber er bezwang sich. Er hatte die alten Freunde über seine Arbeit sträflich vernachlässigt, nun musste er wenigstens in der letzten Stunde ihres Aufenthaltes auf Sylt ein guter Gastgeber sein.

Er goss sich ein Glas Sekt ein und gesellte sich zu der gemütlichen Runde um den Küchentisch. Wie würde seine Schwiegermutter jetzt strahlen und auftischen, was der Kühlschrank und der Vorratsraum hergaben! Sie war ja umso glücklicher je größer die Runde war, die sich um den Tisch versammelt hatte.

Gerit prostete ihm zu. »Schade, Erik, dass du so viel zu tun hattest.«

Coord lachte, als Erik ein erschrockenes Gesicht zog. »Hast du etwa geglaubt, wir haben nicht gemerkt, dass du während unseres Besuches gearbeitet hast? Wenn auch ganz heimlich? Echt schade, aber so ist das wohl bei Kriminalbeamten.«

Erasmus verzog das Gesicht, als wäre ihm eine schmerzhafte Erkenntnis gekommen. »Was bin ich froh, dass ich nicht Polizist geworden bin. Das war früher mein größter Wunsch.« Er zeigte auf Gerit, Coord und Erasmus. »Eurer ebenfalls! Nur Remko hatte immer schon die Idee zu studieren.«

Er wurde von allen bestätigt, und Erik war froh, als sich das Interesse Remko zuwandte, der mit seiner wiedergefundenen Liebe zu Sina für eine Sensation gesorgt hatte. »Ihr seid beide geschieden. Jetzt könnte das mit euch was werden.«

Remko lächelte so vielsagend, dass Erik sich vorstellen konnte, ihn demnächst öfter auf Sylt zu treffen. Remko selbst war jedoch skeptisch. »München und Sylt – das liegt verdammt weit auseinander.« Er sah auf die Uhr, dann zu Erik. »Es wird Zeit. Können wir uns noch von Wiebke verabschieden?«

Erik sah Klaas ins Gesicht, als er antwortete: »Ich glaube nicht, dass sie kommt. Wahrscheinlich hat sie Leo Schwickerat endlich gefunden. Sie war ihm lange auf der Spur.« Nun sah er Sünje an, die auf ihre Hände starrte, dann ihren Unterkörper anhob und ihren Slip zurechtzerrte.

Als Eriks Handy ging, rief Erasmus: »Armer Erik! Du hast ja wirklich keine ruhige Minute.«

»Tut mir leid«, entgegnete er. »Das ist mein Mitarbeiter. Ich muss rangehen.«

Er nahm das Gespräch an, als er auf die Diele getreten war. »Ich komme gleich ins Büro«, sagte er, statt sich zu melden. »Eine Stunde noch. Höchstens.«

»Ist okay, Chef«, antwortete Sören. »Ich wollte Ihnen auch nur sagen, dass die Akten aus Flensburg gekommen sind. Sie wissen ja … über den Entführungsfall Lukas Albertsen. Sein Vater hat gerade angerufen, er wird langsam ungeduldig. Seiner Frau geht's schlechter, wir sollen uns beeilen.«

Erik seufzte. »Die Arabella-Diebstähle sind angeblich gelöst, der Mordfall Gregor Imhoff auch … wir haben also Zeit, die Akten noch mal gründlich durchzuarbeiten. Solange das Entführungsopfer und die mutmaßlichen Entführer an Bord der ›Arabella‹ sind, ist ja keine Gefahr im Verzug.«

Er spürte eine Bewegung in seinem Rücken. Klaas stand hinter ihm. Erik hatte nicht gemerkt, dass er aus der Küche getreten war. Klaas legte die Hand auf die Klinke der Tür zur Gästetoilette, als er fragte: »Was sagst du da? Der Arabella-Dieb ist gefasst?«

Erik beendete das Telefongespräch, ehe er antwortete: »Und der Mörder von Gregor Imhoff auch. Es war ein und derselbe.«

Das Lächeln, mit dem Klaas ihn bedachte, war ihm mit einem Mal unerträglich. »Sobald die vier weg sind, Klaas, sollten wir mal in Ruhe miteinander reden.«

Klaas zuckte gleichgültig mit den Schultern, als erwartete er nichts Böses. »Soll ich sie zum Bahnhof bringen? Oder willst du sie mitnehmen, wenn du ins Büro fährst?«

Erik überlegte kurz. Die Frage, ob Wiebke aus seinem Hause ausgezogen war, wollte er so bald wie möglich beantworten. Nicht erst am Abend, wenn er von der Arbeit zurückkam. »Du würdest mir einen Gefallen tun, wenn du sie zum Zug bringen könntest.«

»Kein Problem«, entgegnete Klaas und betrat die Gästetoilette. Erik hörte, wie er die Tür verriegelte, und fand, dass er diese Gefälligkeit durchaus hatte fordern können. Nach allem, was Klaas ihm angetan hatte! Er würde jedes Detail zur Sprache bringen, wenn sie allein waren. Klaas sollte nur nicht glauben, er würde ohne Vorwürfe davonkommen. Erik würde von ihm verlangen, sich dazu zu äußern, und Klaas würde sich anhören müssen, was er, Erik, davon hielt, dass ein Freund dem anderen die Frau ausspannte.

Sünje reagierte verlegen, als sie von den vier Freunden zum Abschied umarmt wurde. Als wäre ihr die Nähe dieser Männer peinlich, die ihr doch seit so vielen Jahren vertraut waren. Wie passte das damit zusammen, dass sie sich auf einen One-Night-Stand eingelassen hatte, als sie Gregor Imhoff gerade erst ein paar Stunden kannte? Erik beobachtete sie heimlich, wie sie sich schnell aus den Armen löste, verlegen die Haare zurückstrich und ihren Oberkörper weit vorstreckte, damit sie nicht mehr als die Schultern und die Wangen des nächsten berührte, der sich von ihr verabschiedete, und dann wieder ihre Unterwäsche zurechtzupfte.

Als sie mit Erik zusammen Klaas' Wagen nachwinkte, fragte sie: »Klaas sagt, du hast Gregors Mörder gefunden.«

Erik dachte, dass er korrigieren müsste, die Staatsanwältin habe ihn gefunden, aber er nickte. »Ein Offizier der ›Arabella‹.«

»Der den silbernen Hering haben wollte?«

Wieder nickte Erik. »Er ist in der Kabine des Mannes gefunden worden.«

»Also ein Zufallstäter?«

Erik beobachtete Sünje, wie sie die Gläser zusammenstellte und dann das Wasser einließ, um sie zu spülen. »Hilft es dir zu wissen, wer Gregor auf dem Gewissen hat?«

Sünje zuckte nur die Achseln, gab Spülmittel ins Wasser und prüfte die Temperatur.

»Der Mörder lebt nicht mehr. Durch einen Unglücksfall ist er über Bord gegangen. Er konnte nicht gerettet werden.«

»Dann hat er ja seine Strafe bekommen.« Sünje begann zu spülen. »Kann sein, dass ich demnächst in Klaas' Café arbeite. Er hat jetzt das Geld zusammen. Er kann anbauen.«

Erik war überrascht. Über das, was Sünje sagte, und über den plötzlichen Themenwechsel. »Und deine Klavierschüler?«

»Es werden immer weniger, ich verdiene nicht genug. Und die Plogmakers sind alt. Wenn die sterben und das Haus verkauft wird, kann ich dort nicht mehr wohnen. Wahrscheinlich wird es abgerissen und an seiner Stelle eins dieser schönen Friesenhäuser errichtet. Ich verdiene mit dem Klavierunterricht zu wenig, um mir auf Sylt eine Wohnung leisten zu können.«

»Du könntest wegziehen.« Erik dachte an Leo Schwickerat, der seine Tochter gerne mit in die Schweiz nehmen würde.

Sünje nickte. »Ja, das könnte ich. Mal sehen.«

»Danke fürs Spülen.« Erik ging zur Tür. »Ich muss mal eben was erledigen.«

Ein paar Minuten später stand er im Schlafzimmer vor dem geöffneten Kleiderschrank. Wiebkes Hälfte war leer. Kein Kleidungsstück mehr. Ihr Laptop war verschwunden, ihr Drucker auch. Im Badezimmer war die Hälfte des Spiegelschrankes ausgeräumt, ihre Kosmetika waren nicht mehr da. Nur ein Lippenstift lag noch auf der Heizung, den hatte sie wohl vergessen. Erik starrte ihn lange an. Aus! Vorbei!

Er wusste nicht genau, was er fühlte, Schmerz, Enttäuschung,

Zorn. Von allem ein bisschen. Eine Mischung aus vielen Gefühlen, die sich nicht miteinander vertrugen. Dass Liebe auch noch dazugehörte, merkte er schnell. Aber sie war nicht mehr imstande, alle anderen Gefühle erträglich zu machen. Wiebke hatte ihn verlassen. Er konnte sich noch so oft vorreden, dass sie nicht zusammengepasst hatten und dass es vielleicht besser war so ... der Anblick der leeren Fächer im Badezimmerschrank tat trotzdem schrecklich weh.

Er ging ins Schlafzimmer, stellte sich vor den geöffneten Kleiderschrank und gewöhnte sich an das Bild, das sich ihm bot. Wenn er seine eigenen Sachen in mehrere Fächer verteilte und die Kleiderbügel ein wenig auseinanderzog, würde nichts mehr daran erinnern, dass er Wiebke einmal die Hälfte des Schrankes zur Verfügung gestellt hatte. Nach Lucias Tod war es viel schwerer gewesen, den ganzen Platz für sich allein zu nutzen. Ihre Kleidung hatte er selbst aus dem Schrank holen müssen. Es war der letzte Schritt gewesen, der zeigte, dass Lucia nie wieder zurückkehren würde. Vor diesem Schritt hatte er sich gefürchtet und mehrere Monate gebraucht, bis er ihn gehen konnte. Das war jetzt anders. Wiebke war nicht seine Frau, sie hatte nur ab und an in seinem Haus gewohnt und ihre Kleidung selbst mitgenommen. Darüber würde er hinwegkommen.

Er starrte auf den Boden des Faches, in dem Wiebkes Wäsche gelegen hatte. Im Fach darunter war ein Stapel T-Shirts deponiert gewesen, die immer auf Sylt blieben, die sie nie mit nach Hamburg nahm. Auch weg! Alles weg!

Die Sonne brach in diesem Augenblick durch die Wolken, die vor einer Stunde heraufgezogen waren. Ihre Strahlen trafen etwas, was dort lag, wo früher Wiebkes T-Shirts aufbewahrt worden waren. Erik bückte sich und griff danach. Eine Kette! Er betrachtete sie genauer. Hatte er die jemals an Wiebke gesehen? Er konnte sich nicht erinnern. Es handelte sich um ein silbernes Band, an dem ein funkelnder Tropfen hing, etwa so groß wie sein Daumennagel. Eine schöne Kette, sie wirkte kostbar. Hatte

Wiebke sie vergessen? Er besah sie sich von allen Seiten und war sicher, dass sie ihm aufgefallen wäre, wenn Wiebke sie getragen hätte. Wertvoll konnte sie natürlich nicht sein, Wiebke hatte kein Geld für teuren Schmuck und legte auch keinen Wert auf solche Accessoires. Vielleicht hatte sie die Kette geschenkt bekommen?

Er steckte sie in die Hosentasche und ging in die Küche zurück. Sünje war fertig mit dem Spülen und wischte gerade über den Tisch. Sie sah ihn stolz an und erwartete augenscheinlich ein Lob. Wie ein Kind, das etwas geschafft hatte, was ihm nicht zugetraut worden war.

»Danke, Sünje«, sagte er. »Das hast du großartig gemacht.«

In diesem Augenblick fuhr Klaas' Wagen vor. Sünje suchte nach ihrer Handtasche, aber Erik drückte sie auf einen Stuhl, als sie zur Tür gehen wollte. »Warte, ich möchte Klaas noch etwas fragen.«

Er sorgte dafür, dass Klaas sich setzte, dann holte er die Kette hervor und legte sie in die Mitte des Tisches. Er beobachtete Klaas genau, als er sagte: »Die hat Wiebke hier vergessen. Hast du sie ihr geschenkt? Dann nimm sie mit, und gib sie ihr. Sicherlich seht ihr euch heute noch.«

Er fühlte sich in seinem Verdacht sofort bestätigt. Klaas' Kinnlade sackte herab, er sah derart verdutzt aus, dass Erik an seiner Miene ablesen konnte, wie er nach Ausflüchten suchte. Klaas stotterte sogar, als er sagte: »Wieso ... warum sollte ich Wiebke ... ich verstehe nicht.«

Erik war nun so ruhig, wie er es nie für möglich gehalten hätte. »Ich weiß, was zwischen euch ist. Anscheinend glaubt ihr beide, ich wäre mit Blindheit geschlagen.«

Klaas' Hand tastete vorsichtig nach der Kette, als wagte er nicht, sie anzufassen. »Aber ... Wiebke und ich ... du irrst dich!«

Erik schloss kurz die Augen, um sich weiterhin zur Ruhe zu zwingen. Auf keinen Fall wollte er mit Eifersucht herausplatzen.

»Bitte keine Ausflüchte, Klaas. Meinst du, ich hätte Wiebke abgenommen, dass sie ständig hinter Leo Schwickerat her ist?« Er
warf Sünje einen Blick zu, die prompt auf ihre Hände sah, die
Finger knetete und dann den Unterkörper anhob und die Bein-
ausschnitte ihres Slips lockerte. »Ich kann mir auch denken, warum Wiebke ihn ausgerechnet hinter deiner Bäckerei fotografiert hat. Ist sie öfter durch den Hintereingang in deine Wohnung
gekommen?« Er beugte sich weit vor. »Versuch gar nicht erst zu
leugnen. Ich habe gesehen, wie sie durch den Keller in dein
Haus gegangen ist. Nach unserem Abend im Kliffkieker.« Er
lehnte sich zurück, kreuzte die Arme vor der Brust und konnte
sich nun sogar an Klaas' entgeistertem Gesichtsausdruck wei-
den. »Habt ihr wirklich geglaubt, dass ich nichts davon mit-
bekomme?«

Klaas schien Mühe zu haben, etwas zu entgegnen. Er setzte
mehrmals an, bis er herausbrachte: »Sie war in meinem Keller?«

Erik wurde ungeduldig. »Hör auf zu leugnen, Klaas. Wir sind
erwachsene Menschen. Wenn du Wiebke liebst, dann solltest du
dazu stehen.«

Nun mischte Sünje sich ein. »Du hast dich in Wiebke verliebt? Aber ... das darfst du nicht. Sie ist Eriks Freundin.«

Dass es an der Tür klingelte, behagte Erik gar nicht. Er wollte
dieses Gespräch nicht unterbrechen, wollte es so lange fortset-
zen, bis Klaas es endlich zugab! Aber er sah ein, dass er nicht so
tun konnte, als wäre er nicht zu Hause. Ärgerlich stand er auf
und ging zur Tür.

Davor stand Sören. »Moin, Chef! Ich dachte, ich schaue mal
eben vorbei.«

Erik ließ ihn verblüfft ins Haus. »Ich wäre gleich ins Büro gekommen.«

Sören grinste schief. »Ich wollte Sie nicht holen, ich wollte
nur ...« In diesem Moment stellte er fest, dass Erik Besuch
hatte. »Oh, störe ich?« Verlegen stand er neben dem Küchen-

tisch, auf dem sonst immer Antipasti, Primo Piatto, Secondo oder Dolce auf ihn warteten. Diesmal lag eine auffällige Kette darauf. Sören stutzte und beugte sich darüber, dann stieß er einen Pfiff aus. »Donnerwetter! Das Ding sieht kostbar aus! Wo haben Sie die Kette her, Chef?«

Erik bedachte Klaas mit einem anzüglichen Blick. »Glauben Sie, Herr Poppinga kann einer Frau ein teures Schmuckstück schenken?«

»Ach so! Nö, das wohl nicht.« Trotzdem beugte Sören sich tiefer über die Kette und nahm sie schließlich sogar in die Hand. »Sieht toll aus! Als wäre sie echt!«

Je länger Mamma Carlotta in der Küche arbeitete, Radieschen schnitt und Salatblätter zerpflückte, desto unsinniger kam ihr diese Tätigkeit vor. Was hatte sie sich dabei gedacht? Warum war sie vor Bruno Flemming geflohen? Was hatte sie befürchtet? Es war seine herablassende Art gewesen, von der sie sich bedroht gefühlt hatte. Dabei hatte seine Überheblichkeit nicht ihr, sondern einer altersverwirrten Person gegolten. Signora Bianchi erlebte so etwas jeden Tag. Seine groben Hände, die barschen Worte, der Weg durch den Lagerraum, das alles hatte damit zu tun, dass Bruno Flemming glaubte, mit einer Frau umzugehen, die nicht mehr richtig mitbekam, was um sie herum geschah. Sonst hätte er ihr erklärt, warum er diesen Weg genommen hatte, sonst wäre er höflich und achtsam mit ihr umgegangen.

Aber das war ja nicht das Einzige gewesen, was ihr Angst eingeflößt hatte. Da war auch noch das Baby, das vor achtzehn Jahren am Strand von Wenningstedt verschwunden war. Der kleine Junge, der heute Tilman Flemming hieß. Ja, ihre Angst vor dem ersten Offizier war auch in dem Verdacht entstanden, dass er zu so etwas Schrecklichem wie Kindesentführung fähig war. Den Verdacht war sie einfach nicht losgeworden. Kein Wunder, dass sie vor einem solchen Mann Angst bekam, wenn er sich anders verhielt, als man es erwartete.

Schrecklich, was die Angst aus einem Menschen machte! Sogar aus einer Frau, die sieben Kinder zur Welt gebracht und jahrelang ihren todkranken Mann gepflegt hatte, die vom Metzger ihres Dorfes gerufen wurde, wenn es galt, einen Stier festzuhalten, der sich weigerte, die letzten Stufen zum Schlachthof zu gehen, eine Frau, die es geschafft hatte, sich allein von Knebeln und Fesseln und aus einem finsteren Gepäckraum zu befreien. Jemand wie sie durfte sich eigentlich nicht so schnell einschüchtern lassen! Dass jemand Miguel umgebracht hatte und nun auch ihr ans Leder wollte, hatte dafür gesorgt, dass sie allen und jedem misstraute. Es war ihre eigene Schuld gewesen. Hätte sie ihm nicht die Demenzkranke vorgespielt, hätte er ihr erklärt, warum er sie dorthin führte, wo eigentlich nur die Crew hinkam.

Ihre Augen huschten durch den Raum, in dem es allmählich ruhiger wurde. Die ersten Gerichte waren aufs Buffet gewandert, der größte Ansturm war vorüber. Es wurde Zeit, dass sie sich davonmachte. Während der Arbeit war es ihr nicht gelungen, die Flucht zu ergreifen, aber die nächste Gelegenheit würde sie nutzen.

»Pause!« Dieser Ruf war wie eine Erlösung.

Mamma Carlotta warf das Messer zur Seite und lief in den Vorraum, wo sie die Schürze und die weiße Haube gefunden hatte. Beides hängte sie an den Haken zurück, nahm die Wollmütze, die sie dort zurückgelassen hatte, und setzte sie sich auf die Locken. Sie duckte sich, als sie den Koch schreien hörte: »Wo ist die neue Aushilfe?«

Im Nu stand sie auf dem Gang und lief los. In welche Richtung? Sie wusste es nicht. Nur weg!

Sie begegnete keinem Menschen, während sie nach einem Ausgang suchte. Überall herrschte Geschäftigkeit, viele Stimmen waren zu hören, aber sie blieben alle hinter geschlossenen Türen und in weiter Ferne. Der Gang, auf dem sie sich bewegte, schien ins Nichts zu führen. Irgendwann blieb sie stehen und beschloss, erst einmal in Ruhe nachzudenken, bevor sie immer tiefer in den Schiffsbauch hineinlief und sich womöglich noch weiter verirrte.

»Madonna, dieses Schiff ist so riesig wie una città.« Panidomino hatte ungefähr so viele Einwohner, wie die ›Arabella‹ Menschen beherbergte. Und sie konnte gar nicht mehr zählen, wie oft Touristen sich in ihrem kleinen Dorf verirrt hatten und sie gefragt worden war, wo es zu der Olivenhandlung ihres Cousins oder der Pizzeria ihres Bruders Michele ging. Wenn sie hier auf jemanden traf, den sie nach dem Ausgang fragen konnte, wie würde er dann reagieren? Sie fragen, wie sie hereingekommen war? Ihr vorwerfen, dass sie hier nichts zu suchen habe? Würde sie verraten müssen, dass Bruno Flemming sie hinter die Kulissen geführt hatte? Vermutlich würde ihr auch dann nichts anderes übrig bleiben, als sich so verwirrt zu geben, dass man sie an die Hand nehmen und zum Aufzug führen würde.

Sie seufzte. Allmählich war sie es leid, die verwirrte Alte zu spielen. Sie wollte zurück! Am liebsten in ihre lichtdurchflutete Balkonkabine. Aber wenn sie endlich in Toves enger Innenkabine angekommen war, würde sie auch zufrieden sein. Tove und Fietje würden sie schon vermissen. Und sie wollte mit Carolin reden. Das Problem, das am Abend auf den Nägeln brennen würde, wenn es darum ging, wo ihre Enkelin übernachten sollte, konnte nicht früh genug angegangen werden. »Dio mio!« Hoffentlich war Miguels Mörder bis zum Abend gefunden worden! Hoffentlich konnte sie dann Carolin in ihre Balkonkabine holen und dafür sorgen, dass sie ein unbescholtenes junges Mädchen blieb! »Lucia, hilf mir! Es geht nicht nur um deine Mutter, sondern auch um deine Tochter!«

Als sie in einem Raum angekommen war, der voller Maschinen stand, in dem es dröhnte und stampfte, nach Diesel roch und das Wasser von den Wänden lief, schickte sie auch ein Gebet an Dino und an den heiligen Adone von Arezzo, aber nichts schien zu helfen. Sie hatte sich heillos verirrt. Und kein Mensch war in Sicht, der ihr helfen konnte. Sie war sogar bereit, jedem, der ihr begegnete, zu gestehen, warum sie davongelaufen war. Wenn sie nur endlich aus diesem Gewirr wieder herausfand! Umkehren? Versuchen, den Weg zurückzugehen, damit sie wieder in der Küche ankam und ein zweites Mal den Rückweg antreten konnte? Diesmal nicht kopflos, sondern wohlüberlegt? Und vielleicht sogar mit dem Mut, eine Tür zu öffnen, hinter der es Stimmen gab, und sich den Weg zeigen zu lassen?

Noch hatte sie die Antwort auf diese Fragen nicht gefunden, als sich eine Hand auf ihre Schulter legte und sie erschrocken zusammenfuhr ...

Klaas lachte. »Ein Freund von mir hat seinen Trödel bei mir eingelagert. Er verdient sein Geld auf Flohmärkten, aber ihm war der Lagerraum gekündigt worden, wo er das ganze Zeug sonst aufbewahrt. Wiebke hat sich die Sachen angesehen, die Kette hat ihr gefallen. Billiges Zeug!« Er griff nach der Kette und steckte sie ein. »Ich gebe sie ihr zurück.«

Erik wurde von einem merkwürdigen Gefühl übermannt. Ja, er gestand es sich nun ein: Es wäre ihm lieber gewesen, Klaas hätte weiterhin geleugnet. Aber nun hatte er zugegeben, dass Wiebke durch seinen Keller ins Haus gekommen war, und sich bereit erklärt, ihr die Kette zurückzugeben. Damit war der Satz, der seit Tagen in Eriks Kopf herumgegeistert war, in Stein gemeißelt worden. Wiebke war aus seinem Haus ausgezogen, weil sie mit Klaas zusammen sein wollte. Wiebke hatte ihn betrogen. Er bedeutete ihr nichts mehr. Er fragte sich, was Wiebke ihm gesagt hätte, als sie mit ihm über Klaas sprechen wollte, wie sie es erklärt hätte. Aber er war dennoch froh, dass er diese Worte nicht mehr hören musste.

Klaas erhob sich, Sünje sprang sofort auf und stellte sich neben ihren Bruder. Sie sah ängstlich von einem zum anderen, als hätte sie noch nicht verstanden, warum zwischen Erik und Klaas plötzlich Feindseligkeit herrschte.

Sören war es, der die beiden zurückhielt und damit die Frage verschob, wie man auseinandergehen sollte. Er wandte sich an Sünje: »Sie waren damals dabei, als der kleine Lukas Albertsen am Wenningstedter Strand verschwand. Das geht aus den Akten hervor. Die SoKo hat damals lange mit Ihnen geredet. Über die Frau, mit der Sie kurz vor der Entführung ins Gespräch gekommen waren.«

Erik sah Sören erstaunt an, und dieser erklärte kurz, ehe Sünje antworten konnte: »Ich habe mit dem Studium der Akten begonnen.«

Klaas griff nach der Hand seiner Schwester. »Das ist alles lange her. Der Fall ist damals nicht aufgeklärt worden, obwohl die Polizei alles versucht hat. Warum kommen Sie jetzt wieder damit an?«

Erik war froh, dass Sören das Gespräch übernahm. »Weil sich neue Indizien ergeben haben.« Er stand auf und stellte sich vor Sünje hin. »Was war das für eine Frau?«

Sünje sah einen nach dem anderen gequält an und zerrte an ihrem BH herum. »Das habe ich doch alles schon erzählt. Es war ein völlig belangloses Geplauder. Wir kamen auf Vornamen zu sprechen, und sie erzählte mir, dass sie Adelheid hieße und ihr Leben lang unter diesem altmodischen Namen gelitten habe. Die SoKo hat damals lange nach dieser Frau gesucht, sie aber nicht gefunden. Sie hatte mir erzählt, dass sie Heidi genannt werden wollte, aber es wurde auch keine Frau mit diesem Namen gefunden, die auf meine Beschreibung passte.«

»Glauben Sie, dass sie damals die Wahrheit gesagt hat? Könnte ja auch sein, dass sie Ihnen etwas vorgemacht hat, was von ihrer Person ablenken sollte. Sie wollte, dass die Polizei nach einer Adelheid oder Heidi sucht.«

»Keine Ahnung!«, antwortete Sünje gereizt. »Das habe ich damals nicht gewusst und weiß es heute erst recht nicht.«

»Danke, Frau Poppinga«, sagte Sören förmlich.

Erik ging wortlos zur Küchentür und öffnete sie. Klaas trat ebenso wortlos hinaus, und Sünje folgte ihm, ebenfalls ohne etwas zu sagen. Beide drehten sich nicht um, während sie die Stufen vor der Haustür hinabgingen, und Erik wartete vergeblich auf einen lapidaren Abschied oder ein letztes versöhnliches Wort. Klaas ging einfach, und Sünje lief hinter ihrem großen Bruder her, wie sie es früher schon getan hatte.

Erik kehrte in die Küche zurück, wo Sören schweigend am Tisch saß und auf seine Hände starrte. Erik beachtete ihn nicht, sondern öffnete den Kühlschrank und holte die Antipasti heraus, die seine Schwiegermutter immer direkt nach ihrer Ankunft auf Sylt einlegte. Felix hatte zwar dafür gesorgt, dass sie stark dezimiert worden waren, aber sie würden noch so lange reichen, bis Mamma Carlotta zurückgekehrt war. Er legte sie auf eine Platte. Noch immer sprachen sie beide kein Wort. Als er zwei Teller und Besteck aus dem Schrank holte, brüllten in der ersten Etage die Toten Hosen los. Als zeigten sie, dass das Leben weitergegangen war, fragte Erik endlich: »Sind Sie deswegen gekommen? Um Sünje zu befragen?«

»Ich wusste gar nicht, dass sie da ist«, entgegnete Sören, und wieder trat Stille ein, diesmal jedoch nur kurz. »Die Schwester von Gregor Imhoff heißt auch Adelheid. Vielleicht lässt sie sich ebenfalls gern Heidi nennen.«

Erik erschrak. »Wir haben vergessen, uns nach dem Nachnamen von Tilman zu erkundigen. Meine Schwiegermutter sollte ihn mir gestern nennen. Aber dann war sie verschwunden und …«

»Ich habe ihn«, unterbrach Sören ihn. »Carolin wollten wir ja nicht fragen, so viel stand fest. Ich habe in der Krankenstation angerufen und nach Tilman gefragt. Als Freund habe ich mich ausgegeben, der glaubt, dass Tilman zurzeit an der Dialyse hängt. Aber er ist erst morgen wieder dran.«

»Und dann haben Sie so geschickt gefragt, dass sein Nachname gefallen ist?«

Sören nickte. »Er heißt Flemming. So wie der erste Offizier der ›Arabella‹.«

»Und seine Mutter?«

»Heidi.«

Erik schloss die Augen und lehnte sich zurück. »Der arme Junge! Wie wird er das verkraften?«

»Aber wie hängt dieser Versorgungsoffizier da mit drin?«, fragte Sören. »Wenn Miguel Mercado der Mörder von Gregor Imhoff war ...«

»Vielleicht war er es nicht«, unterbrach Erik aufgeregt. »Dass er der Arabella-Dieb war, zeigt der silberne Hering in seiner Kabine. Er hat den Gitarrenkoffer aus dem Gepäckraum geholt, nachdem er meine Schwiegermutter dort niedergeschlagen hat. Aber der Diebstahl und der Mord hängen vielleicht gar nicht zusammen?«

»Sie meinen ... der silberne Hering wurde gestohlen und Gregor Imhoff zufällig ein paar Stunden später erschlagen?«

»Vorher! Ihm wäre aufgefallen, wenn der silberne Hering weg gewesen wäre. Erst der Mord, dann der Diebstahl.«

»Das würde bedeuten, dass der Dieb am helllichten Vormittag in den ›Silbernen Hering‹ gegangen ist, den Besitzer des Restaurants erschlagen aufgefunden und dann die Gelegenheit genutzt hat, die Antiquität zu stehlen.«

»Das passt! Ich weiß ja inzwischen, wann Felix seinen Gitarrenkoffer unbeaufsichtigt gelassen hat.«

»Aber wie konnte er wissen, dass der silberne Hering so kostbar ist?«

Darauf wusste Erik keine Antwort, doch Sören wartete gar nicht erst ab. »Dann brauchen wir nur noch das Ergebnis der Fingerabdrücke. Vetterich müsste längst damit fertig sein.« Er griff nach seinem Handy. »Ich rufe ihn an. Er kann es zwar nicht leiden, wenn man ihn drängt, aber es hilft vielleicht, wenn er weiß, wie eilig es ist.«

Seine Stimme veränderte sich, als am anderen Ende abgenommen wurde. Erik konnte Kommissar Vetterich hören, denn Sören hatte sein Handy auf den Tisch gelegt und den Lautsprecher eingeschaltet. Vetterich bellte seinen Namen ins Telefon, wie es seine Art war, und er wurde nicht freundlicher, als Sören ihn besonders liebenswürdig an den Abgleich der Fingerabdrücke erinnerte und seine Bitte sogar mit einem kleinen Kompliment garnierte: »Ich weiß ja, wie flott Sie sind, aber unsere Ungeduld ist nicht mehr zu ertragen.«

»Ich wollte Sie auch gerade anrufen«, sagte der altgediente Spurenfahnder keinen Deut verbindlicher. »Der Abgleich hat nichts ergeben. Die Fingerabdrücke stimmen nicht mit denen überein, die wir am Tatort gefunden haben.«

Erik beugte sich verblüfft vor. »Sind Sie sicher?«

»Wenn Sie keine intelligenteren Fragen mehr haben, können wir das Gespräch gerne beenden«, blaffte Vetterich zurück.

Erik entschuldigte sich, Sören fand noch ein paar versöhnliche Worte, erkundigte sich aber dennoch, ob er wirklich alles richtig verstanden habe. »Miguel Mercado hat also die Vitrine, in der der silberne Hering hing, nicht angefasst?«

»Vielleicht mit Handschuhen«, kam es mürrisch zurück.

»Und die Spuren, die Sie an der Korbtruhe gefunden haben ...«

Weiter kam er nicht. »Spreche ich eigentlich Chinesisch?«, raunzte Vetterich. »Ich habe Ihnen gesagt, dass keine der Spuren, die wir gesichert haben, mit denen übereinstimmen, die die Staatsanwältin übermittelt hat. Kapiert?«

»Ja, kapiert«, antwortete Sören kleinlaut.

Erik wollte noch einen Dank anschließen, aber Vetterich hatte schon aufgelegt.

Sören sah seinen Chef fragend an. »Also war Miguel Mercado gar nicht im ›Silbernen Hering‹?«

»Jedenfalls hat er dort keine Spuren hinterlassen«, entgegnete Erik. »Die Tatsache, dass der silberne Hering in seiner Kabine gefunden wurde, spricht jedoch für sich.« Er zögerte, ehe er fortfuhr. »Oder es steckt Manipulation dahinter.«

»Das würde bedeuten, dass Miguel Mercados Tod doch kein Unglücksfall war.«

Erik stand auf. »Jetzt wird's aber Zeit, dass wir ins Kommissariat kommen.«

Sören erhob sich zögernd. »Erst mal sollten Sie Ihr Handy suchen. Die Staatsanwältin hat mehrfach versucht, Sie zu erreichen, und schließlich im Büro angerufen.«

»Was wollte sie?«, fragte Erik, dem plötzlich klar wurde, dass Sören einen besonderen Grund gehabt hatte, zu Hause zu erscheinen und nicht im Büro auf ihn zu warten.

Sören blickte betreten auf seine Fußspitzen und dann bedeutungsvoll zu dem Teller mit den Antipasti. »Ich wollte es Ihnen am Telefon nicht sagen: Ihre Schwiegermutter ist schon wieder verschwunden.«

Erik wurden die Beine schwach, er musste sich erneut setzen. »Was?«

»Anscheinend hat sie es in der engen Kabine nicht ausgehalten, hat sich mit den Klamotten von Tove Griess verkleidet und ist abgehauen. Das ist leider schon eine ganze Weile her.« Sören setzte sich zu seinem Chef. »Die Staatsanwältin war zu der Kabine von Tove Griess gegangen, um mit ihr zu reden. Aber da machte niemand auf. Kurz darauf kamen die beiden, um Ihrer Schwiegermutter Essen zu bringen. Aber die Kabine war leer.«

Die Küchentür öffnete sich, Felix trat ein. Sein begehrlicher Blick fiel auf die Vorspeisen, dann erst bemerkte er, dass sein Vater und dessen Mitarbeiter mit versteinerten Mienen am Tisch saßen. »Was ist denn hier los? Ihr seht ja aus, als wäre jemand gestorben!«

Danilo betrachtete sie kopfschüttelnd. »Wie sind Sie denn hierhin gekommen?«

Vor Erleichterung kamen ihr die Tränen. Der gute Danilo! Er würde sie aus diesem Gewirr hinausführen, ihm konnte sie sich anvertrauen. Ihr Glück war so groß, dass sie verführt war, es mit der reinen Wahrheit noch zu vergrößern. Sollte sie Danilo gestehen, dass sie ihm die Demenzkranke nur vorgespielt hatte? Es wäre eine Auszeichnung, ihm alles zu erzählen, was dazu geführt hatte, dass sie im Gepäckraum auf den Bus nach Città di Castello wartete.

Aber ehe sie sich entschlossen hatte, sagte Danilo schon: »Wenn Sie immer noch die Bushaltestelle suchen, hier ist sie nicht. Sie kommen jetzt erst mal mit.« Verwundert sah er sie von Kopf bis Fuß an. »Wie sind Sie denn angezogen? Diese Klamotten können unmöglich Ihnen gehören. Himmel, Sie kann man ja wirklich keinen Augenblick allein lassen.«

Er war nicht mehr so sanft und freundlich wie vorher, aber Carlotta erinnerte sich prompt, dass auch die Familie von Signora Bianchi irgendwann die Geduld verloren hatte und nur noch mit strengen Anweisungen kam, obwohl Signora Bianchi weder auf Strenge noch auf irgendeine Anweisung reagierte.

»Wie lange treiben Sie sich hier schon herum«, fragte Danilo mit scharfer Stimme, »während alle anderen denken, Sie wären über Bord gegangen?«

Nun hätte Mamma Carlotta eine Erklärung abgeben können, aber etwas war zwischen ihnen entstanden, was sie hinderte. Musste Danilo nicht eigentlich sehr erstaunt sein, dass er sie antraf? Warum wunderte er sich nicht, dass sie noch lebte? Und vor allem: Warum freute es ihn nicht?

Während er sie unerbittlich mit sich zog, schaffte sie es nicht mehr, die trippelnden Schritte von Signora Bianchi nachzuahmen. Warum war Danilo mit einem Mal so barsch?

Es stellte sich heraus, dass sie nur wenige Meter und lediglich zwei Türen von einem der Treppenhäuser entfernt gewesen war. Aber Danilo holte dort nicht den Aufzug, sondern drängte sie eine schmale Treppe hoch, die so steil war wie die Stiege zu dem Speicher ihres Hauses in Panidomino.

»Schneller«, befahl er, als Carlotta zögerte.

Wohin wollte er sie bringen? Was hatte er mit ihr vor? Warum war er so verändert? Es wurde Zeit, dass sie ihm die Wahrheit sagte. Nicht mehr, um ihn mit ihrem Vertrauen auszuzeichnen, sondern um ihm klarzumachen, dass sie eine Frau war, die ihre sieben Sinne beisammen hatte und sich später beim Kapitän über seine unfreundliche Behandlung beschweren würde.

Sie versuchte, seinen Arm abzuschütteln. »Ich will nicht …«

Weiter kam sie nicht. Danilo versetzte ihr einen so heftigen Stoß, dass sie vornübertaumelte und beinahe gestürzt wäre. »Mund halten!«

Empört wollte Mamma Carlotta sich diese Behandlung verbitten, aber er ließ ihr keine Zeit. »Weiter!«

In diesem Augenblick begriff sie, dass Danilo nicht unhöflich war und sie auch nicht verächtlich behandelte, wie manche Menschen es mit Altersverwirrten oder geistig Behinderten taten. Nein, sie erkannte, dass Danilo ihr Feind geworden war. Warum? Das konnte sie sich nicht vorstellen. Aber dass er eine Bedrohung für sie geworden war, stand fest.

Sie blieb stehen, widersetzte sich seinen Stößen und schüttelte den Kopf. »Der Bus nach Città di Castello! Hier fährt er ab. Hier muss ich warten.«

Danilo verdrehte die Augen. »Verrückte Alte! Dann bleib meinetwegen hier stehen, ich hole etwas, was dir Beine macht.«

Er öffnete eine Tür, die den Blick in eine winzige Kabine freigab. Seine Kabine? Mamma Carlotta sah, wie er die Tür eines schmalen Schrankes öffnete und darin herumsuchte. Das war die Gelegenheit! Anscheinend glaubte er fest daran, dass sie auf dem Gang auf den Bus warten würde. Was für ein Glück, dass sie ihm nicht die Wahrheit gestanden hatte!

Mamma Carlotta lief auf die Tür am Ende des Ganges zu, ohne zu wissen, wohin sie führte.

»Hierbleiben!«, hörte sie Danilo schreien.

Ein weiterer Gang tat sich auf, dann sah sie ein Fenster, dahinter blauen Himmel und ein Stück vom Meer. Der Bug eines Rettungsbootes, zwei Passagiere an der Reling! Sie rannte, so schnell sie konnte, und noch ein wenig schneller, als sie Danilos Schritte hinter sich hörte. Irgendwo musste es eine Tür nach draußen geben. Und dann war sie gerettet!

»Stehen bleiben!«, brüllte Danilo.

Aber in dem Moment, in dem er die Tür sah, wurden seine Schritte schon langsamer. Er wusste, dass er verloren hatte. Mamma Carlotta riss die Tür auf, sprang nach draußen, kümmerte sich nicht um die erschrockenen Blicke eines älteren Paares, machte zwei, drei Schritte auf die Reling zu und lehnte sich darüber. Tief atmete sie ein und aus. Luft! Frische Luft! Freiheit, die salzig schmeckte! Wenn Danilo ihr jetzt folgte, würde er nicht wagen, nach ihr zu greifen.

»Können wir Ihnen helfen?«, fragte der Mann.

Und seine Frau ergänzte: »Geht's Ihnen nicht gut?«

Mamma Carlotta lächelte sie dankbar an und versicherte, dass es ihr nicht besser gehen könne. Solange die beiden in ihrer Nähe waren, konnte sie sich sicher fühlen. Sie wagte es sogar, sich mit dem Rücken an die Reling zu lehnen, großspurig und herausfordernd, und die Tür zu betrachten, aus der Danilo treten musste, wenn er die Verfolgung noch nicht aufgegeben hatte. Doch sie blieb geschlossen. Danilo hatte kapituliert. Dass das Ehepaar sie nun mit konsternierten Augen betrachtete, war ihr egal. Sie hätte ihnen sogar sehr gerne erzählt, warum sie diese unkleidsame Strickmütze trug, die überdies viel zu warm war, und warum sie sich Männerkleidung angezogen hatte, die ihr zu groß war. Aber dazu war keine Zeit. Sie musste unbedingt Tove und Fietje finden, Ausschau nach Carolin halten, die in diesen Minuten vom Ausflug nach London zurückkehren musste, und mit der Staatsanwältin reden. Ein Handy, um Erik anzurufen, hatte sie ja nicht. Also blieb ihr nichts anderes übrig, als zur Rezeption zu gehen und nach der Kabinennummer von Frau Dr. Speck zu fragen. Ob man sie ihr nennen würde? Einer Frau, die aussah wie ein Mann und in einer Kleidung steckte, die nicht nur hässlich, sondern auch ungepflegt war?

»Eguale!« Sie musste es versuchen. Dass an der Rezeption immer viel los war, dass sie sich in eine Reihe würde eingliedern und sich auf diese Weise gut sichtbar für alle würde machen müssen, bereitete ihr Kopfzerbrechen. Andererseits konnte Danilo ihr nichts anhaben, solange Menschen in ihrer Nähe waren. Sie musste es also versuchen. In Kürze würden sie wieder ablegen, dann hatte die Staatsanwältin Zeit, bis sie auf Guernsey anlegten, um Danilo zu verhaften.

Frau Dr. Speck gab zu verstehen, dass sie keine Zeit hatte und sich wegen wichtiger Ermittlungsarbeit nicht mit irgendwelchen Telefonanrufen befassen konnte. »Der Kapitän hat mir gerade erzählt, dass Tilman Flemming einen Unfall hatte, und dieser Wirt aus Wenningstedt … wie heißt der noch?«

»Tove Griess.«

»Der soll herumgetönt haben, er habe dieselbe Blutgruppe wie Tilman und könne ihm Blut spenden. Das scheint einer zu sein, der zum ersten Mal in seinem Leben etwas Gutes tun will und nun dafür sorgt, dass alle Welt es erfährt.«

Erik musste, obwohl er es eigentlich nicht wollte, zugeben, dass sie den Wirt von Käptens Kajüte mit großer Menschenkenntnis beurteilte. Er verzichtete jedoch auf jedes anerkennende Wort und erkundigte sich zunächst nach seiner Schwiegermutter. »Ist sie noch nicht aufgetaucht?«

»Machen Sie sich keine Sorgen, Wolf«, antwortete die Staatsanwältin mit einer Gleichgültigkeit, als glaubte sie immer noch, dass Eriks Interesse an der Unversehrtheit seiner Schwiegermutter nicht besonders groß war. »Sie ist nicht entführt worden, sondern nur abgehauen. Das ist ein Unterschied.«

»Als sie im Gepäckraum niedergeschlagen wurde«, gab Erik gereizt zurück, »war sie auch nicht entführt worden.«

Die Staatsanwältin stöhnte auf. »Es wird Zeit, dass ich endlich mit ihr rede. Ich weiß noch immer nicht, was in dem Gepäckraum eigentlich passiert ist.«

Erik ließ sich versprechen, dass Frau Dr. Speck alles tun würde, um seine Schwiegermutter zu finden, dann ging er das Wagnis ein, ihren Ermittlungserfolg infrage zu stellen. »Möglicherweise«, formulierte er vorsichtig, »ist Miguel Mercado doch nicht der Mörder von Gregor Imhoff. Vielleicht ist er nicht einmal der Arabella-Dieb.«

Erik sah, dass Sören sich vor seinen Computer setzte und sich kurz darauf in Fotografien vertiefte, die auf dem Bildschirm erschienen. Antiquitäten, Schmuckstücke und teure Uhren.

»Reden Sie keinen Unsinn, Wolf! Alles spricht gegen ihn.«

»Nicht alles! Die Fingerabdrücke, die am Tatort gefunden worden sind, zum Beispiel nicht. Es gibt keinen Abdruck von Miguel Mercado.«

»Er hat natürlich mit Handschuhen gearbeitet. Ein Profi.«

Nun vergrößerte Sören eines der Fotos, stützte das Kinn auf und betrachtete das Schmuckstück auf seinem Bildschirm genauer.

»Es kann auch sein, dass ihm die Indizien, die Sie in seiner Kabine gefunden haben, untergeschoben wurden. Von dem wirklichen Mörder! Und der hat dann noch einen zweiten Mord begangen.«

»Sie wollen behaupten, Miguel Mercado ist nicht versehentlich über Bord gegangen, sondern gestoßen worden?«

»Behaupten nicht, aber es in Erwägung ziehen. Wir müssen wissen, von wem die Fingerabdrücke stammen, die wir am Tatort gefunden haben.«

»Das hört sich an, als hätten Sie bereits einen Verdacht.«

Erik schöpfte tief Luft, ging zum Fenster und sah hinaus. Jetzt kam es auf Diplomatie an. Wenn die Staatsanwältin sich kritisiert fühlte, würde sie von ihrer Meinung nicht abweichen. Erik sah einer Möwe nach, die sich über die Keitumer Landstraße treiben ließ, und antwortete erst, als er sich beinahe so leicht fühlte wie sie: »Wir brauchen die Abdrücke der Flemmings.«

Die Staatsanwältin unterbrach ihn prompt. »Wenn Sie Bruno Flemming verdächtigen, an Miguel Mercados Tod schuld zu sein, das können Sie vergessen. Ich kann natürlich als Privatperson hier keine Alibis überprüfen, aber ich habe zufällig mitbekommen, dass Flemming zwar in Mercados Nähe war, aber mit anderen sprach, als er durch die Luke fiel.«

Erik versuchte, sich die Enttäuschung nicht anmerken zu lassen. »Ich denke an den Tod von Gregor Imhoff. Vielleicht suchen wir ja zwei oder sogar drei Täter. Heidi Flemming ist die Stiefschwester von Gregor Imhoff. Sie war damals in der Nähe, als Lukas Albertsen verschwand.«

»Ist das sicher?«

Erik war erleichtert. Diese Frage zeigte, dass die Staatsanwältin aufgeschlossen für eine neue Theorie war. »Ich habe mit einer Zeugin gesprochen. Sie hat damals ein Gespräch mit einer Frau geführt, die Adelheid hieß, sich aber Heidi nennen lassen wollte.«

»Das fällt ihr jetzt ein? Hat sie das der SoKo damals etwa nicht erzählt?«

»Doch, aber die hat vergeblich nach dieser Frau gefahndet. Wenn ich ein Foto von Heidi Flemming hätte, könnten wir vielleicht beweisen, dass sie am Wenningstedter Strand war, als Lukas Albertsen geraubt wurde. In Gregor Imhoffs Nachlass haben wir leider nichts von der Stiefschwester gefunden. Kein Foto, keinen Brief, gar nichts. Und das ist unser zweites Indiz. Es scheint so, als hätte Gregor Imhoffs Mörder nichts zurücklassen wollen, was auf die Stiefschwester hinweist.«

»Und der silberne Hering?«

Erik zögerte keinen Augenblick. »Den hat der Mörder oder die Mörderin mitgehen lassen, um das wahre Motiv zu verschleiern. Alles sollte nach Raubmord aussehen.«

»Und wie sieht das wahre Motiv aus?«

Nun wurde Erik wieder unsicher. »Es muss irgendwie mit dem Kindesraub zusammenhängen.«

Zum Glück ließ sich die Staatsanwältin damit abspeisen. »Ist einer Frau die Tat zuzutrauen?«

»Dr. Hillmot glaubt es.«

»Könnte Heidi Flemming wissen, wie kostbar der silberne Hering ist?«

»Wenn Gregor Imhoff seiner Schwester vertraut hat, könnte er es ihr erzählt haben. Ich gehe davon aus, dass die Beziehung der beiden nicht schlecht war. Hätte Gregor Imhoff sich sonst mit dem Gedanken befasst, Tilman eine Niere zu spenden?«

»Vielleicht war sie für einen anderen bestimmt.«

»Das glaube ich nicht. Gregor Imhoff hatte sonst keine Verwandte, gute Freunde anscheinend auch nicht. Und die Blutgruppe passt.«

»Also gut!« Diesmal war Erik froh, dass die Staatsanwältin nicht lange fackelte. »Ich gehe in die Krankenstation und drücke den Flemmings etwas in die Hand, worauf sie ihre Fingerabdrücke hinterlassen. Da fällt mir schon was ein. In einer halben Stunde habe ich die Abdrücke gesichert, und zehn Minuten später ist die Datei mit den Abdrücken in der KTU.«

Erik glaubte ihr jedes Wort, vermutete sogar, dass Vetterich die Datei noch eher bekommen würde. Zufrieden beendete er das Telefongespräch und wandte sich Sören zu. Der hockte immer noch vor seinem Computer und starrte dasselbe Bild an.

Erik trat hinter ihn und erschrak. Schwer stützte er sich auf die Rückenlehne von Sörens Stuhl und beugte sich über dessen Kopf, um dem Bildschirm so nahe wie möglich zu kommen. »Was ist das?«

Sörens Stimme war tonlos. »Eins der Schmuckstücke, die dem Arabella-Dieb in die Hände gefallen sind.«

Erik schwieg so lange, bis das Dröhnen in seinem Kopf nachließ und sich der unangenehme Wirbel vor seinen Augen aufgelöst hatte. Er richtete seinen Oberkörper auf, betrachtete den Bildschirm von oben, machte einen Schritt nach links und dann nach rechts, um das Bild auch aus anderen Perspektiven zu betrachten. Dann erst sagte er etwas, und es war ihm egal, dass seine Stimme zitterte: »Die Kette, die Wiebke von Klaas geschenkt bekommen hat.«

»Weißgoldanhänger mit Diamant«, las Sören vor, »Drei Komma zwei Karat, Brillantschliff, konfliktfreier Diamant aus Südafrika.«

»Konfliktfrei?«, fragte Erik, obwohl es ihn gar nicht interessierte. »Was heißt das?«

»Es gibt sogenannte Blutdiamanten«, erklärte Sören. »Sie werden in Konfliktgebieten illegal geschürft und verkauft, um Geld für Waffen zu bekommen.« Er drehte sich zu Erik um und sah ihn eindringlich an, als wäre er noch nicht sicher, dass sein Chef die richtigen Schlüsse zog. »Die Kette gehörte der Frau eines bekannten Sängers. Sie wurde gestohlen. Nach unseren Unterlagen vom Arabella-Dieb! Der Diamant ist acht Millimeter breit und zwanzig Millimeter hoch. Der Wert: siebzigtausend Euro.«

In den langen Gängen, die oft sehr einsam waren, traf sie diesmal auf viele Passagiere. Die meisten kehrten von Ausflügen zurück und strebten ihren Kabinen zu, um sich mit Dusche und Fußcreme auf den Abend vorzubereiten. Sie waren allesamt zu erschöpft, um auf eine unpassend gekleidete Person aufmerksam zu werden. Unter ihren Augen hätte ein Pareo zu Boden flattern können, es wäre vermutlich nicht zur Kenntnis genommen worden. Alle hätten sie müde darüber hinweggesehen.

In einem der Treppenhäuser, das Mamma Carlotta kreuzte, wurde sie auf Schritte aufmerksam, die sich deutlich von allen anderen unterschieden. Kurze, schnelle, entschlossene Schritte, noch dazu auf hohen Absätzen, die den Boden zum Vibrieren brachten. Wer mochte nach einem langen Tag in London noch derart frisch und energiegeladen sein, dass er zu diesem Tempo und solcher Ausdauer fähig war?

Mamma Carlotta drehte sich um und erkannte die Frau sofort. Die Staatsanwältin! Sie trug einen hellgrauen Hosenanzug, als wollte sie klarmachen, dass sie nicht zum Vergnügen auf der ›Arabella‹ war, und dazu Schuhe, die nicht nur sehr hohe Absätze, sondern sogar eine Plateausohle besaßen, damit sie in etwa zu der Größe gelangte, die ihr für ihre Position passend erschien.

»Signora Speck!«

Die Staatsanwältin blieb wie vom Donner gerührt stehen, als sie eine Person in aufgekrempelten Jeans und einem karierten Hemd auf sich zukommen sah, mit einer Strickmütze in der Hand, aus der sich ein langer Wollfaden gelöst hatte und hinter ihr herschwebte.

»Wie sehen Sie denn aus?«, fragte sie und beantwortete ihre Frage gleich selbst. »Ach so, das sind die Klamotten von diesem schrecklichen Wirt. Er hat mir erzählt, dass Sie seinen Kleiderschrank geplündert haben.«

Mamma Carlotta sah sich wachsam um und flüsterte vorsichtshalber: »Ich wollte gerade nach Ihrer Kabinennummer fragen. Ich muss Sie sprechen.«

Die Staatsanwältin griff nach ihrem Arm und zog sie zum Aufzug. »Warum?«

»Ich werde verfolgt und bedroht.«

»Das weiß ich doch!«

Der Aufzug kam, Mamma Carlotta wurde von der Staatsanwältin hineingeschoben. Sie hätte gerne erzählt, was ihr widerfahren war und dass sie nun wusste, wie der Arabella-Dieb hieß, aber sie waren nicht allein in dem Aufzug, und es schien Mamma Carlotta nicht ratsam, einen Verdacht vor Zeugen auszusprechen. »Wo fahren wir hin?«, fragte sie stattdessen.

»In die Krankenstation. Tilman Flemming hatte einen kleinen Unfall, seine Eltern sind bei ihm.«

»Meine Enkelin Carolina wird auch bei ihm sein!«

Sie stiegen aus, und die Staatsanwältin ergänzte flüsternd: »Ich brauche Fingerabdrücke von den beiden. Sie können mir dabei helfen. Ihnen erst was in die Hand drücken und dann unter ihrem Hemd verschwinden lassen. Darunter ist ja genug Platz.«

»Warum?«, fragte Mamma Carlotta, während sie Frau Dr. Speck folgte, die mit einem rasanten Stakkato auf die Tür der Krankenstation zusteuerte.

Sie machte eine wegwerfende Handbewegung. »Eigentlich habe ich die Fälle ja längst geklärt. Was Ihr Schwiegersohn in drei Wochen nicht schafft, erledige ich in einer halben Stunde.« Sie seufzte tief auf, als beklagte sie ihr Schicksal, das sie mit unfähigen Mitarbeitern strafte. »Aber nun will er unbedingt auf Nummer sicher gehen. Er glaubt nicht mehr daran, dass Miguel Mercado der Arabella-Dieb ist.«

»Das stimmt. Ich weiß, dass es ein anderer ist.«

»Sie haben mit Ihrem Schwiegersohn telefoniert?« Die Staatsanwältin drückte auf den Klingelknopf neben der Tür der Krankenstation und wartete ungeduldig darauf, dass sie sich öffnete. »Verrät er Ihnen etwa Dienstgeheimnisse?«

»No, no!« Mamma Carlotta wehrte entsetzt ab. »Das tut Enrico niemals. No. Mai!« Aber sie kam nicht mehr dazu, der Staatsanwältin von Danilo zu erzählen, denn was plötzlich durch die offene Tür an ihr Ohr drang, verschlug ihr die Sprache.

»Ich habe dieselbe Blutgruppe! Ich kann ihm Blut spenden!« Die Arzthelferin, die die Tür geöffnet hatte, sah sich, obwohl nur zwei Frauen davorstanden, schlagartig einer Übermacht ausgesetzt. Ihr verwirrtes Gesicht zeigte, dass in der vergangenen Stunde das ruhige Leben auf der Krankenstation des Kreuzfahrtschiffes, in der es sonst um Seekrankheit, verstauchte Knöchel und verdorbene Mägen ging, komplett durcheinandergewirbelt worden war.

Frau Dr. Speck trug kurz und bündig ihren Wunsch vor, dem Patienten Tilman Flemming einen Krankenbesuch abzustatten, von seinen Eltern zu erfahren, wie es dem Jungen ging und ob sie irgendwie helfen könne. Mamma Carlotta hielt sich so dicht hinter ihr, dass ihr ramponiertes Äußeres von dem Erscheinungsbild der Staatsanwältin quasi aufgesogen wurde und nicht mehr ins Gewicht fiel. Das hoffte sie jedenfalls.

Aus dem Sprechzimmer tönte schon wieder Toves Stimme: »Ich habe dieselbe Blutgruppe!« Die Arzthelferin schien sich mittlerweile zu fragen, warum sie sich von dieser Behauptung dermaßen hatte einschüchtern lassen, dass sie die beiden Männer eingelassen hatte. Und als sie Mamma Carlotta genauer in Augenschein nahm, ging ihr wohl auf, dass sie den gleichen Fehler ein zweites Mal gemacht hatte. Doch sie hatte längst den Überblick verloren, fragte nicht mehr, wer zu wem gehörte, protestierte auch nicht, als die Staatsanwältin auf die geöffnete Tür des Sprechzimmers zuging, und wagte es genauso wenig, nach der Befugnis der Frau in Männerkleidung zu fragen.

»Wir müssen auf Tove Griess aufpassen«, flüsterte Mamma Carlotta in den Rücken der Staatsanwältin. »Der verquatscht sich leicht.«

»Soll er doch«, kam es zu ihrem Erstaunen zurück. »Die neuen Indizien sind nicht von Pappe.«

Wer noch den Verdacht gehabt hätte, Mamma Carlotta litte unter Altersverwirrtheit, der wäre in diesem Augenblick eines Besseren belehrt worden. Im Nu hatte sie kombiniert, dass die Staatsanwältin die neuen Indizien nicht hier an Bord gefunden haben konnte. »Mein Schwiegersohn hat also mal wieder gute Arbeit geleistet. Benissimo!« Sie legte die Hände auf die Brust, damit sie diesen Augenblick in ihrem Herzen einschließen und Erik später davon erzählen konnte.

Nun war die Stimme des Schiffsarztes zu hören. »Der Patient braucht keine Blutspende. So schwer verletzt ist er nicht. Die Wunde wird geklebt, heilen tut sie dann von selbst. Was Tilman jetzt braucht, ist etwas ganz anderes.« Und mit donnernder Stimme ergänzte er: »Er braucht Ruhe.«

Seine Stimme wurde sogar noch lauter, als er die Staatsanwältin zur Kenntnis nahm. Mamma Carlotta, die die Schwelle nicht übertreten hatte und aus dem Hintergrund über die Schulter von Frau Dr. Speck lugte, nahm er zum Glück nicht wahr. Und auch Carolin, die neben Tilmans Liege stand und seine Hand hielt, bemerkte ihre Großmutter nicht. »Was ist hier eigentlich los? Kann hier jeder rein- und rauslaufen, wie's ihm passt?«

Diese Frage galt seiner Helferin, die hereinwieselte und mit vielen Halb- und Nebensätzen zu erklären versuchte, warum es ihr nicht gelungen war, Unbefugte vom Sprechzimmer fernzuhalten. Aber niemand hörte ihr zu.

Heidi Flemming hatte nun anscheinend genug von Toves Protzerei. »Halten Sie endlich den Mund! Ich frage mich schon die ganze Zeit, was Sie eigentlich von meinem Sohn wollen. Ständig belästigen Sie ihn.«

Tove machte einen Schritt auf sie zu, was in Käptens Kajüte oft schon ausreichte, um einen Gast, der sich beschweren wollte, in die Flucht zu jagen. Aber Heidi Flemming machte es ihm nicht so leicht. »Am besten, Sie suchen sich die nächste Zapfanlage. Da stören Sie wenigstens niemanden. Oder haben Sie endlich genug All-inclusive-Bier getankt?«

Der Schiffsarzt wollte sie in ihrer Aufforderung bestärken. Es schien, als versuchte er bereits seit Längerem, Tove und Fietje loszuwerden. Aber Toves Selbstbewusstsein hatte Aufwind erhalten – vermutlich aufgrund seiner neu gefundenen Opferbereitschaft. »Sie sollten ein bisschen freundlicher zu mir sein«, fuhr er Heidi Flemming an. »Ich könnte Tilman nämlich eine Niere spenden.«

»Jawoll«, warf Fietje ein, um an seine Gegenwart zu erinnern.

»Und wenn er mich darum bittet«, fuhr Tove fort, »dann mache ich das sogar. Wahrscheinlich aber eher mein Cousin. Der ist da ganz wild drauf.«

Wenn Mamma Carlotta nicht so in Sorge gewesen wäre, dass Tove etwas ausplauderte, was noch nicht ans Licht sollte, hätte sie gelächelt. Typisch Tove Griess! Er spielte den Helden, weil er genau wusste, dass er als sehr entfernter Verwandter und noch dazu als einer, der keine tiefe Beziehung zu Tilman hatte, ohnehin nicht als Lebendspender infrage käme.

Tilman, der mit geschlossenen Augen dagelegen und Carolins Hand gehalten hatte, richtete sich nun auf. »Was sagen Sie?«

Heidi Flemming drückte ihn wieder zurück. »Hör nicht auf diesen Kerl, Tilman. Das ist dummes Geschwafel. Warum sollte irgendein Wildfremder dir eine Niere spenden wollen? Höchstens, um viel Geld dafür zu kassieren. Und das ist in Deutschland verboten.« An Tove gewandt ergänzte sie: »Sehr freundlich von Ihnen, mein Herr! Aber eine Lebendspende ist nur unter Verwandten ersten Grades möglich. Oder unter Menschen, die sich sehr nahestehen. Sie können also aufhören, sich hier aufzuspielen. Wenn Sie Geld brauchen, dann suchen Sie sich einen anderen Weg. Ihre Niere ist hier nicht gefragt.«

»Ich habe dieselbe Blutgruppe wie Tilman«, schrie Tove schon wieder. »Und mein Cousin auch.«

Nun mischte sich auch Bruno Flemming ein. »Woher wissen Sie überhaupt, welche Blutgruppe mein Sohn hat?«

»Er selbst hat es mir erzählt«, behauptete Tove.

»Das stimmt nicht.« Tilmans Stimme war leise und gequält.

»Schluss jetzt!«, riss die Staatsanwältin das Wort an sich, als der Schiffsarzt schon den Mund aufgemacht hatte, um zu protestieren. »Sie hören sofort mit dem dummen Gerede auf, Herr Griess.«

Der Schiffsarzt machte den Mund wieder zu. Scheinbar hatte Frau Dr. Speck ausgesprochen, was er selbst hatte sagen wollen. Mamma Carlotta wagte sich einen weiteren Schritt vor, was die Arzthelferin nicht bemerkte, die sich zurückgezogen, die Tür aber offen gelassen hatte, damit sie das Schauspiel mit anhören konnte. Nun noch zwei Schritte, und Mamma Carlotta war mitten im Geschehen, ohne dass es jemand bemerkte.

In Bruno Flemmings Gesicht flackerte das Misstrauen. »Woher wissen Sie, welche Blutgruppe mein Sohn hat?«, wiederholte er mit gefährlich leiser Stimme.

»Was redest du mit diesem Kerl?«, ging seine Frau dazwischen. »Mein Bruder hat auch dieselbe Blutgruppe. Und der steht Tilman wenigstens nahe, wenn die beiden auch nicht blutsverwandt sind.«

»Fragen Sie mich mal, wie nah mein Cousin Ihrem Sohn steht. Wenn Sie das wissen, lachen Sie sich tot!«, blaffte Tove sie an.

Die Staatsanwältin wollte sich einmischen, verhindern, was verhindert werden musste, aber Heidi Flemming war mittlerweile derart erregt, dass sie sie nicht zu Wort kommen ließ. »Wir sind nicht auf Fremde angewiesen, die Blutgruppe AB haben. Mein Bruder hat auch AB, und er wird sich bestimmt zu einer Lebendspende entschließen.«

Frau Dr. Speck drehte sich um und gab Mamma Carlotta unauffällig einen Wink. Diese verstand sofort und erkundigte sich besorgt, ob Tilmans Mutter ein Glas Wasser bräuchte.

Sie bekam keine Antwort auf diese Frage, wurde nur verdutzt angesehen, weil sie bisher niemandem aufgefallen war. Mamma Carlotta griff trotzdem zu einem Glas, das neben dem Waschbecken stand, füllte es und drückte es Heidi Flemming in die Hand. Die stellte es ärgerlich wieder weg, während der Schiffsarzt empört fragte, wer hier eigentlich der Herr im Haus sei.

Aber in dieser Stunde blieben viele Fragen ohne Antwort. Die Staatsanwältin zog einen Plastikschnellhefter hervor und sorgte auf diese Weise dafür, dass niemand merkte, wo Mamma Carlotta das Glas verschwinden ließ, das Heidi Flemming in der Hand gehabt hatte. Sie überreichte den Hefter dem ersten Offizier, der ihn verblüfft betrachtete. »Was soll ich damit?«

Wortlos nahm die Staatsanwältin ihn wieder an sich und schob ihn in ihre Handtasche zurück. »Sprechen Sie von Gregor Imhoff?«, fragte sie Heidi Flemming, und nun endlich schienen sich sämtliche Anwesenden zu fragen, was sie eigentlich hier wollte.

»Ja, mein Stiefbruder«, gab Heidi Flemming gereizt zurück.

Frau Dr. Speck setzte das überhebliche Grinsen auf, von dem Mamma Carlotta wusste, dass Erik es hasste. »Sie haben wohl länger nicht mit ihm gesprochen?«

Mamma Carlotta bestand darauf, ein Fest zu feiern. So wurde es in ihrem Dorf gemacht, wenn jemand von einer großen Reise zurückkehrte, und so wurde es erst recht gemacht, wenn er auf dieser Reise gefährliche Abenteuer hatte bestehen müssen und einer Gefahr nur mit knapper Not entkommen war. »Nicht einmal Signor Temperini ist gefesselt und geknebelt worden, als er der Mafia in die Hände fiel.«

Sören hatte seinen Chef zum Flughafen begleitet, und seine Erleichterung, Mamma Carlotta gesund und munter wiederzusehen, war so gewaltig, dass sein friesisches Temperament ins Brodeln geriet. Spontan schloss er sie in seine Arme. »Signora! Wir haben uns solche Sorgen um Sie gemacht!«

Mamma Carlotta, die mit einer derart gefühlvollen Aufwallung nicht gerechnet hatte, strahlte. Und nachdem sie auch ihren Schwiegersohn in eine Umarmung gezwungen und Felix, der als Einziger ihre Emotionalität zu schätzen wusste, das lachende Gesicht abgeküsst hatte, beschloss sie, noch ehe Carolin ihre Familie mit einem leisen »Hi« begrüßt hatte: »Heute Abend wird gefeiert! Ich werde gleich bei Feinkost Meyer alles Nötige besorgen.« Sie war Erik schon zwei Schritte voraus, drehte sich nun aber noch einmal um. »Oder ist der Filialleiter immer noch im Urlaub? Wird er etwa nach wie vor von dieser unfreundlichen Frau vertreten, die ich nicht leiden kann?«

Erik hatte keine Ahnung, und auch Sören musste passen. Carlotta winkte ärgerlich ab. »Eguale! Ich werde sie einfach keines Blickes würdigen. Vielleicht erkundige ich mich sogar – so, dass sie es hören kann –, wann der Filialleiter zurückkommt, damit in dem Laden endlich wieder Ordnung herrscht und die Kunden freundlich bedient werden.«

Die Aussicht auf diesen Racheakt beflügelte ihre Wiedersehensfreude. Beinahe hätte sie vergessen, Westerlands Flughafen zu loben, so winzig und unscheinbar er auch war. »Wie nett! Hier kann man sich wenigstens nicht verlaufen. In Rom ist man lange unterwegs, wenn man die Ankunfts- mit der Abflughalle verwechselt hat.«

Erik bestätigte, dass das auf dem Sylter Flughafen selten vorkam, und nickte auch, als Mamma Carlotta sich daran erfreute, dass es nur ein paar Schritte bis zu seinem Auto waren, denn der Parkplatz lag direkt vor dem Eingang des Flughafens.

Sie breitete die Arme aus, drehte sich einmal um sich selbst und rief: »Nur Landschaft, Wiesen, Himmel und Möwen! Splendido! In Rom sind überall Häuser!«

Erik verzichtete auf die Korrektur, dass es sich bei den Wiesen um die Start- und Landebahn handelte und dass man auch am römischen Flughafen wohl nicht ohne eine große Freifläche auskam. Er griff stattdessen nach Carolins Arm und drückte ihn. Genau das Maß an Wiedersehensfreude, das seiner Tochter so gut gefiel wie ihm selbst. »Wie geht's deinem Freund?«

Carolin traten prompt die Tränen in die Augen. »Nicht gut. Seine Eltern sind verhaftet worden. Beide! Musste das sein, Papa?«

Erik nickte. »Wir haben in der Wohnung von Gregor Imhoff Fingerabdrücke gefunden. Als wir wussten, dass sie Bruno Flemming gehören, hat er alles zugegeben. Er ist ein Mörder.«

»Und Tilmans Mutter eine Kindesentführerin! Das ist alles ganz schrecklich für ihn.«

»Das kann ich mir vorstellen«, gab Erik zurück. »Der arme Junge! Ist er noch auf der ›Arabella‹?«

Carolin nickte. »Er braucht erst mal eine Blutwäsche, bevor er transportfähig ist.«

»Wärst du gern bei ihm geblieben?«

Carolin hielt ihr Gesicht der Sonne entgegen, und Erik wusste, dass sie den Wind auf ihrer Haut genoss und die würzige Luft einatmete, die es nur auf Sylt gab. Als sie ihn wieder ansah, sagte sie: »Er wird mich ja besuchen, wenn er nach Sylt kommt.«

»Ich habe mit Herrn Albertsen gesprochen«, erklärte Erik und nahm seine Tochter beiseite, nachdem er das Auto aufgeschlossen und Sören damit begonnen hatte, das Gepäck im Kofferraum unterzubringen. »Er wird nach Guernsey fliegen und Tilman abholen.«

Nun konnte Carolin die Tränen nicht mehr zurückhalten, sie ließ sich schluchzend an die Brust ihres Vaters fallen. »Wie können Menschen nur so etwas Schreckliches tun?«

»Die Verzweiflung«, gab Erik hilflos zurück. »Nur damit ist es zu erklären. Die Staatsanwältin hat lange mit Heidi Flemming gesprochen. Sie hatte damals eine Totgeburt erlitten und war in großer Angst, dass ihr Mann sie verlassen würde, wenn sie ihm kein Kind schenken konnte. Er war auf See, wusste noch nichts von ihrem Schicksal, sie erholte sich hier auf Sylt und fragte sich, wie sie ihrem Mann beibringen sollte, dass wieder einmal eine Hoffnung gestorben war. Schon das dritte Mal! Und dann sah sie die Tragetasche, die allein im Strandkorb stand. Sie hatte es nicht geplant, es war eine ganz spontane Idee. Sie nahm das Baby und ging davon. Niemand hat es bemerkt. Alle Blicke waren auf Sünje Poppinga gerichtet, die an der Wasserkante einen Schwächeanfall erlitten hatte.«

»Aber Tilmans Vater ...«

»Er hatte keine Ahnung. Heidi Flemming ist noch am selben Tag mit dem Baby zu ihrem Mann an Bord gegangen. Sie wollte weg aus Deutschland. Es war ja klar, dass man nach dem Kind suchen würde. Bruno Flemming war glücklich über seinen Sohn. Dass er nicht sein Fleisch und Blut war, hat er erst gemerkt, als Tilman krank wurde. Die Ärzte haben ihm klipp und klar gesagt, dass er unmöglich der Vater eines Kindes sein könne, das Blutgruppe AB hat. Zunächst hat er seine Frau verdächtigt, ihn betrogen zu haben, aber dann ... dann musste sie ihm gestehen, was sie getan hatte. Und er hat sie gedeckt, weil er seinen Sohn nicht verlieren wollte.«

Sören hatte das Gespräch zwischen Erik und Carolin mitbekommen und machte nun einen Schritt auf die beiden zu. Carolin, die mit den Tränen kämpfte, wandte sich ab. Sie hatte genug gehört. Mehr wäre über ihre Kräfte gegangen.

»Ist die Tatwaffe mittlerweile bekannt?«, fragte Sören leise.

Erik nickte. »Flemming sagt, auf der Fensterbank neben einem Tisch hätte ein hölzerner Kegel gestanden. Der Stammtisch eines Kegelvereins! Damit hatte Imhoff den Tisch für den Verein reserviert, wenn er erwartet wurde, stand der Kegel in der Mitte des Tisches. Flemming hat ihn genommen und ...« Erik ersparte sich und Sören den Rest des Satzes. »Dass der Kegel fehlt, ist anscheinend noch nicht aufgefallen.«

»Woher wusste Flemming, dass der silberne Hering sehr wertvoll ist?«

»Imhoff hatte es seiner Schwester am Telefon erzählt. Sie war die Einzige, die er ins Vertrauen gezogen hatte.«

»Und die hat mit ihrem Mann darüber gesprochen.«

Beide standen sie nun da, sahen in den Himmel, als interessierte sie die Flugbahn einer Möwe oder der Zug der Wolken. Schließlich seufzte Erik tief auf. »Flemming hat geglaubt, damit könnte er das wahre Motiv verschleiern. Er war sicher, dass wir nach dem Dieb des silbernen Herings suchen würden und keinen Gedanken an ein privates Motiv verschwenden würden.«

»Hätte ja auch beinahe geklappt«, gab Sören zurück. »Spontan ist der Entschluss, seinen Schwager umzubringen, jedenfalls nicht gekommen. Er muss sich vorher überlegt haben, die Briefe an sich zu nehmen. Durch sie hat Imhoff erfahren, was seine Schwester getan hatte. Sie hätten auch das wahre Motiv verraten, wenn wir sie gefunden hätten.«

Erik bestätigte seinen Assistenten. »Also ein kaltblütig geplanter Mord.«

Das Auto war bepackt, Mamma Carlotta und Felix waren eingestiegen. Carolin nahm hinten neben ihrem Bruder Platz, Erik setzte sich ans Steuer. Sören griff nach seinem Rennrad und versprach, dass er pünktlich zum Essen kommen würde, das Mamma Carlotta zur Feier des Tages kochen wollte.

Als Erik den Motor startete, zählte sie an den Fingern ab, mit wie vielen Gästen sie zu rechnen hatten. »Wiebke natürlich! Und Klaas Poppinga sollten wir auch einladen.«

»Der kann nicht«, entgegnete Erik. »Wiebke auch nicht.«

»No? Che peccato! Vielleicht sollten wir ausnahmsweise Tove Griess und Fietje Tiensch einladen? Sie haben mir sehr geholfen. Und als Dank ...«

Weiter kam sie nicht. Erik antwortete mit einem kategorischen »Die kommen mir nicht ins Haus!«. Auch die Kinder standen im Nu auf seiner Seite, und Mamma Carlotta sah ein, dass sie ihre Überredungskünste, auf die sie eigentlich sehr stolz war, in diesem Fall nicht einzusetzen brauchte. Nur einen schwachen Versuch machte sie noch: »Die beiden haben eine viel anstrengendere Rückreise als ich. Sie durften nur bis Hamburg fliegen und sitzen nun noch im Zug, mir dagegen hat die Reederei sogar den Rückflug bis Sylt bezahlt.«

»Soll ich Mitleid mit ihnen haben?«, fragte Erik gereizt zurück. »Gib dir keine Mühe. Die beiden werden niemals an meinem Tisch sitzen.«

»Was ist mit Dr. Hillmot? Der freut sich immer so sehr über eine Einladung zum Essen.«

»Meinetwegen.«

»Und die Staatsanwältin?«, fragte Mamma Carlotta.

»Die wohnt in Flensburg.«

»Aber ... sie will ein paar Tage Urlaub auf Sylt machen. Sie kommt mit dem nächsten Flugzeug. Auf dem, das ich genommen habe, war kein Platz mehr.«

Erik bog auf die L 24 ein, die nach Wenningstedt führte. »Die Staatsanwältin soll in der Sansibar essen. Da passt sie hin.«

»Aber … ich habe sie schon eingeladen.«

Erik machte eine Vollbremsung, was für ein Hupkonzert hinter ihnen sorgte. »Du hast … was?«

»Sie hat sich sehr gefreut«, verteidigte Mamma Carlotta sich. »Und da sie dich so gelobt hat, dachte ich, das wäre eine Gelegenheit, für eine bessere Arbeitsatmosphäre zwischen euch zu sorgen.«

Stöhnend legte Erik den ersten Gang ein und fuhr weiter. »Das darf doch nicht wahr sein!«

»Sie weiß, dass der Mordfall Gregor Imhoff ohne dich nicht aufgeklärt worden wäre. Die Staatsanwältin wäre dabei geblieben, dass Miguel Mercado der Mörder ist, und Bruno Flemming wäre davongekommen. Aber zum Glück bist du ja so ein guter Kriminalbeamter. Du bist nicht darauf hereingefallen.«

Felix beugte sich vor. »Erzähl!« Er reagierte nicht auf Carolins leises: »Ich will nichts mehr davon hören«, sondern wiederholte: »Wieso hat dieser Kerl den armen Gregor Imhoff abgemurkst?«

Erik wollte nicht darauf antworten, aber Mamma Carlotta klärte ihren Enkel bereitwillig auf. Vermutlich, damit sie mit Erik nicht mehr über den Besuch der Staatsanwältin diskutieren musste. »Gregor Imhoff hatte in der Hinterlassenschaft seiner Stiefmutter Briefe gefunden. Darin hatte Heidi Flemming ihrer Mutter gestanden, dass sie ein Baby entführt hat. La Mamma hatte ihr ins Gewissen geredet, allerdings vergeblich. Verraten wollte sie ihre Tochter jedoch nicht. Ganz anders Gregor Imhoff! Er hat verlangt, dass seine Schwester sich selbst anzeigt. Diese Chance wollte er ihr geben. Wenn sie dazu nicht bereit war, wollte er sie anzeigen.«

»Genug jetzt«, bat Erik. »Das geht den Jungen nichts an.«

»Carolina weiß es doch auch«, rechtfertigte Mamma Carlotta sich. »Warum soll Felice nicht ebenfalls erfahren, was passiert ist? Schließlich spielte sein Gitarrenkoffer eine entscheidende Rolle.«

Diese Logik verschlug Erik die Sprache. Er sagte nichts mehr, als seine Schwiegermutter ihrem Enkel erzählte, dass Bruno Flemming versucht hatte, Gregor Imhoff umzustimmen. Tilman würde die Wahrheit nicht verkraften, hatte er ihn beschworen. Schlimm genug, dass er so schwer krank war. »Aber Gregor Imhoff hat sich nicht darauf eingelassen.«

»Und dann hat Flemming ihm eins über die Rübe gegeben«, schloss Felix. »Aber wieso hat er den silbernen Hering mitgenommen?«

»Damit dein Vater glaubte, es habe sich um einen Raubmord gehandelt«, antwortete Mamma Carlotta. »Aber natürlich ist Enrico darauf nicht hereingefallen. Er ist ein so guter agente di polizia.«

»Jetzt müssen sie also beide ein paar Jährchen brummen«, stellte Felix fest und rieb sich die Hände. »Die Frau dafür, dass sie das Baby geklaut hat, und der Mann dafür, dass er Gregor Imhoff erschlagen hat.«

»Und für den Mord an Miguel Mercado«, ergänzte Mamma Carlotta, während sie durch den Kreisverkehr nach Wenningstedt hineinfuhren.

»Anstiftung zum Mord«, korrigierte Erik. »Wenn du hier schon alles erzählst, dann bitte richtig.«

»Sì, sì! Allora, Felice ... Miguel Mercado hatte deinen Gitarrenkoffer gesehen, den Bruno Flemming mit den frischen Lebensmitteln an Bord schmuggeln wollte. Mit dem silbernen Hering! Er wollte ihn auf hoher See über Bord werfen. Aber Miguel Mercado hat nicht geglaubt, dass da eine Gitarre als Geschenk für Tilman drin ist. Er hat reingeguckt und sich gedacht, dass Bruno Flemming ein Dieb ist. Er wollte seinen Anteil am Verkauf des silbernen Herings.«

Erik gefiel es nicht mehr, dass er schweigend zuhören sollte, während seine Schwiegermutter und sein Sohn über seinen Fall diskutierten. »Bruno Flemming ist zum Schein darauf eingegangen«, übernahm er nun die Berichterstattung. »Aber dann hat Mercado auch noch mitgekriegt, dass Flemming deine Nonna im Gepäckraum gefesselt hat, und hat die Daumenschrauben angesetzt. Er hat so viel Geld von Flemming verlangt, dass der nur noch einen Ausweg sah.«

»Mord!«, antwortete Felix zufrieden.

»Er dachte, er hätte es raffiniert angestellt«, fuhr Mamma Carlotta fort. »Ein Mann namens Danilo hat nämlich Miguel niedergeschlagen und ihn dann durch die Luke geworfen. Er war Bruno Flemming verpflichtet. Der hatte Danilo vor Jahren das Leben gerettet. Er war in Lissabon von einer Straßengang angegriffen worden ...«

»Schluss jetzt!«, bestimmte Erik, als er vor seinem Haus vorfuhr. »Das reicht! Du hilfst beim Auspacken, Felix!«

Mamma Carlotta stieg aus und sah sich um, als bestünde die Möglichkeit, dass sich der Süder Wung in den paar Tagen ihrer Abwesenheit von Grund auf verändert haben könnte. »Ich werde sofort eine Einkaufsliste schreiben. Was soll ich kochen? Vielleicht als Antipasto una Panzanella. So ein Brotsalat schmeckt immer. Poi ... als Primo Piatto Pasta? Nudeln sind das Beste. Was soll ich für eine Soße machen? Ah, ich weiß schon. Salsa etrusca! Hoffentlich haben sie bei Feinkost Meyer alten Pecorino! Und als Secondo ... da brauche ich etwas Besonderes. Wenn schon die Staatsanwältin zu Besuch kommt.« Sie überhörte Eriks Protest und fuhr fort: »Ich mache Coniglio ripieno, gefülltes Kaninchen! So, wie es meine Tante Domenica früher machte. Werde ich bei Feinkost Meyer ein frisches Kaninchen und Kalbfleisch bekommen? Wenn nicht, wird die Vertreterin des Filialleiters etwas von mir zu hören bekommen! Und als Contorni?«

Erik trug den Koffer hinter seiner Schwiegermutter her und wartete geduldig, bis sie die Haustür aufgeschlossen hatte. Währenddessen überlegte sie laut weiter. »Was serviere ich zu dem Kaninchen? Fenchel? Sì, finocchi e patate. Das Kaninchen schmeckt am besten mit Kartoffeln. Nun noch das Dolce!« Sie betrat die Küche und sah sich wohlgefällig um. »Hast du hier alles aufgeräumt, oder hast du nie gekocht, Enrico?« Ehe er antworten konnte, fuhr sie schon fort: »Una Torta al Cocco. Kokoskuchen wird allen schmecken.« Sie drehte sich um und sah Erik strahlend entgegen. »Aber nun erzähl mir erst einmal, wie es mit deinen Freunden war. Hat Signorina Reimers gut für euch gesorgt? Wieso hat sie nicht auf meine Rückkehr gewartet? Und warum wird Klaas Poppinga nicht zum Abendessen kommen? Ich habe mich so auf ihn gefreut. Sicherlich hätte die Staatsanwältin es zu schätzen gewusst, einen so schönen Mann am Tisch sitzen zu haben.«

Dr. Hillmot war der Erste, der erschien. Der dicke Gerichtsmediziner war bekannt für seinen unbändigen Appetit und für seine Meinung, dass Kochen Frauensache sei. So kam bei ihm, dem Junggesellen, nie etwas anderes als Fast Food auf den Tisch. Nur gelegentlich erbarmte sich seine Schwester, die in einer Fischhandlung arbeitete, und briet ihm ein Fischfilet, wenn er ihr lange genug versichert hatte, dass niemand den Seelachs so köstlich zubereiten könne wie sie. Dr. Hillmot hätte jeder Frau, die die Bereitschaft erkennen ließ, sich für ihn an den Herd zu stellen, ins Gesicht gelogen, was sie hören wollte, und wäre zu allen Versprechungen bereit gewesen, die er mit gefülltem Magen sofort wieder vergaß.

Bei Mamma Carlotta jedoch kamen seine Komplimente aus ehrlichem Herzen. »Signora!«, rief er und ließ seinen dicken Bauch wackeln. »Grazie tante für die wunderbare Einladung!« Er streckte ihr einen Blumenstrauß entgegen, den sie strahlend in Empfang nahm, und behauptete, er träume seit seinem letzten Besuch in dieser Küche jede Nacht von ihren Profiteroles. Schnuppernd bewegte er sich in Richtung Backofen. »Das riecht ja wunderbar.«

Als Sören erschien, hatte Dr. Hillmot sein Lobeslied auf den Duft in der Küche noch nicht beendet, in den Sören unverzüglich einstimmte, wenn auch friesisch verhalten. Auch er hatte diesmal etwas mitgebracht, ein weißes Blumentöpfchen mit einem rosa Alpenveilchen. Mamma Carlotta redete so lange darüber, dass er doch quasi zur Familie gehöre und deswegen ein Gastgeschenk völlig überflüssig sei, bis das Töpfchen einen Platz am Küchenfenster gefunden hatte und Felix mit seiner Gitarre hereinkam. Auf der Terrasse ließ Erik gerade einen Sektkorken knallen, und Felix bot an, das erste Gläschen für den Empfang der Gäste mit einem besonders schönen Lied der Toten Hosen zu begleiten. »›Traumfrau‹! Das ist geil.«

Aber seine Nonna machte sich Sorgen um die Nachbarn, die womöglich ihre Feriengäste verlieren würden, wenn sie in dem Holzhaus im Garten keine Ruhe bekamen. »Haben die Toten Hosen kein leises Lied, Felice?« In aller Ausführlichkeit erzählte sie von dem Studenten, der in Panidomino am Sonntag die Orgel spielte und sich gelegentlich auf die Piazza setzte und dort mit zartem Gitarrengeklimper die Gespräche der Frauen untermalte. »Das stört gar nicht. Kannst du so was nicht, Felice?«

Aber leise Musik lehnte Felix rundheraus ab. Und als seine Schwester auf der Terrasse erschien, ihr deprimiertes Gesicht hinter zwei frisch über den Lockenstab gedrehten Haarspiralen verborgen, schlug er trotz gegenteiliger Bitten zwei-, dreimal kräftig in die Saiten. »Meine Schwester trauert«, sang er im Rhythmus seiner Schläge. »Ihr Liebster ist nicht bei ihr. Wie lange kennt sie ihn eigentlich? Vier Tage oder vier Jahre?«

Carolin antwortete mit einem vernichtenden Blick, Erik mit einem warnenden, Sören guckte in den Kirschbaum, als wäre er taub, Mamma Carlotta tadelte Felix für seine Herzlosigkeit, und Dr. Hillmot versuchte die Situation zu retten, indem er Carolins Frisur bewunderte und sich erklären ließ, wie sie aus ihren glatten Haaren diese extraordinären Spiralen machte und den Rest so hoch auftürmte, ohne dass die Pracht nach dem ersten Kopfnicken in sich zusammenfiel.

Die Ablenkung gelang, Carolin konnte schon wieder lächeln, als sie ihr Sektglas erhob, und nickte, als ihre Nonna ihr versicherte, dass Tilman den schweren Schicksalsschlag, unter dem er jetzt litt, überwinden würde, wenn er sich ihrer Unterstützung sicher sein konnte. Prompt wurde Carolins Haltung heroisch, sie wuchs ein Stück in die Höhe und blickte auf Felix und seine niederen Wünsche hinab, für die eine Liebende und Aufopfernde wie sie nur ein mildes Lächeln erübrigte.

Felix ging ins Haus zurück, als fühlte er sich unwohl an der Seite seiner selbstlosen Schwester, die bereit war, sich für ihren neuen Freund aufzuopfern, und damit in dieser Runde ein Wohlwollen erntete, das Felix gern für sein Gitarrenspiel erhalten hätte. »Ich rufe Klaas an und frage, ob er nicht doch kommen kann. Und ob er seine Gitarre mitbringt …«

Mit diesen Worten und der Aussicht auf ein brillantes Duett ging er ins Haus, unterstützt von seiner Großmutter, die ihm nachrief: »Sag ihm, es ist reichlich zu essen da. Wenn er in der Bäckerei viel zu tun hat, kann er auch später dazukommen.«

Mamma Carlotta warf Erik einen Blick zu, der ihm sagen sollte, dass er sich viel zu schnell abspeisen ließ, wenn er vergeblich eine Einladung aussprach, und nahm sich vor, bei einer guten Gelegenheit auch Wiebke Reimers anzurufen. Vielleicht hatte sie noch auf Sylt zu tun, dann würde sie Wiebke überreden, die Arbeit ruhen zu lassen und zum Abendessen zu kommen. Und wenn sie schon wieder in Hamburg war, sollte sie wenigstens wissen, welche Köstlichkeiten sie verpasste und dass Carlotta es sehr bedauerte, ihr nicht von ihren Erlebnissen während der Kreuzfahrt berichten zu können. Sicherlich litt Wiebke darunter, dass sie nicht dabei sein konnte, wenn Mamma Carlottas Rückkehr gefeiert wurde, und würde sich getröstet fühlen, wenn ihr gesagt wurde, wie schmerzlich man sie vermisste.

Die Staatsanwältin klingelte an der Tür, als Felix gerade mit der Mitteilung auf die Terrasse zurückkehrte: »Klaas ist nicht in der Bäckerei. Die Verkäuferin weiß nicht, wann er zurückkommt.«

Eriks Stimme klang ungewöhnlich scharf. »Ich habe dir gesagt, dass er nicht kommen kann. Warum rufst du trotzdem bei ihm an?«

Felix kam nicht zu einer Antwort, was Mamma Carlotta sehr begrüßte, die schon einen Streit befürchtete, der den Familienfrieden gefährden konnte. Denn den wollte sie der Staatsanwältin unter allen Umständen präsentieren. Ein Hauptkommissar, der in liebevoller familiärer Umgebung lebte, war ein guter Hauptkommissar! Das sollte ihr unbedingt demonstriert werden.

Erik ging zur Tür und kam wenige Augenblicke später mit Frau Dr. Speck auf die Terrasse, wo Mamma Carlotta sie schon mit einem Sektglas erwartete. »Buon giorno, Signora!«

Die Staatsanwältin trug Freizeitkleidung, eine rosa Baumwollhose und ein weißes, tief ausgeschnittenes Top, das Dr. Hillmot den Schweiß auf die Stirn trieb. Auf hohe Absätze verzichtete sie auch im Urlaub nicht. Ihre silbernen Sandaletten machten sie um mindestens zehn Zentimeter größer.

Anerkennend sah sie sich um. »Sie haben es ja richtig nett hier, Wolf!« Dann betrachtete sie neugierig Mamma Carlotta. »Dass Sie sich nach all den aufregenden Ereignissen gleich in die Küche gestellt haben ... Donnerwetter!«

Mit diesen freundlichen Worten legte sich Frieden über Wenningstedt. Der Wind war eingeschlafen, die Wolken, die während des Tages über die Insel getrieben worden waren, hatten sich aufgelöst, der Abend war still und warm geworden. Still, weil das Fehlen des Windes für eine Ruhe sorgte, die auf dem Festland niemandem auffiel, der nicht mit dem Wind lebte, und warm, weil es immer der Wind war, der die sommerliche Hitze vergessen ließ. Im Kirschbaum flatterte es, Vogelgezwitscher drang zu ihnen herüber, in den Büschen wisperte es, in den Blumenbeeten huschte kleines Getier über den Boden. Ein schöner Tag! Einer, den sogar Carlotta Capella, die auf Sylt immer fror, einen Sommertag nennen konnte. Ein Tag, der Erik friedlich stimmte, obwohl er zunächst mit zusammengezogenen Augenbrauen auf das Erscheinen der Staatsanwältin reagiert hatte. Jetzt jedoch konnte er sich entspannen.

Der warme Frieden schien auch Frau Dr. Speck zu berühren. Sie hob das Sektglas und lächelte Erik zu, als hätte es nie einen Zwist zwischen ihnen gegeben. »Danke für die Einladung.«

Mamma Carlotta sah Eriks Zögern und atmete heimlich auf, als er ebenfalls das Glas hob und zurücklächelte. Sie war zufrieden. Es war eine gute Idee gewesen, die Staatsanwältin einzuladen. Wer bei ihr Bruschette, Pasta con Salsa etrusca, gefülltes Kaninchen und Kokoskuchen gegessen hatte, konnte ihrem Schwiegersohn keinen Ärger machen, wenn es im Polizeirevier Westerland mal wieder etwas gemütlicher zuging, als die Staatsanwältin zu akzeptieren bereit war. Eine Hand wusch die andere! Das war in Italien so und musste auch auf Sylt richtig sein! Mamma Carlotta hatte früher nicht ohne Grund und immer mit dem gewünschten Erfolg die Lehrer ihrer Kinder zu Ferragosto eingeladen und sie auch hinzugebeten, wenn in der Familie ein Geburtstag gefeiert wurde.

Zufrieden holte sie die Silberplatte mit den Bruschette auf die Terrasse, die sie im Stehen, mit dem Blick in den Garten, zu sich nahmen. Dann erst bat sie die Gäste in die Küche an den Tisch, was Dr. Hillmot beinahe überhört hätte, da er sich mit einem Eifer in eine Unterhaltung mit Frau Dr. Speck geworfen hatte, als bestünde die Möglichkeit, dass sie irgendwann bereit sein könnte, ein Menü mit vier Gängen für ihn zu kochen.

Die Nudeln waren bereits fertig, sie wurden in einem großen Topf warm gehalten, und die Soße brauchte nur noch ein letztes Mal abgeschmeckt zu werden, dann war sie servierfertig. Der Abend versprach, angenehm zu werden. Die Staatsanwältin hatte tatsächlich in dieser privaten Atmosphäre das Strikte, Dominante verloren und schien bereit zu sein, sich den Gewohnheiten im Hause Wolf anzupassen. Sie bedankte sich artig für die Nudeln, die ihr aufgetan wurden, verlangte auch keine besonders kleine Portion, wie Mamma Carlotta befürchtet hatte, und lachte nur, als der Schwung, mit dem die etruskische Soße auf ihrem Teller landete, für hässliche Spritzer auf ihrer Hose sorgte. Erik sah zwar immer noch so aus, als wäre ihm ihre Anwesenheit in seiner Küche alles andere als angenehm, aber er schien sich damit abgefunden zu haben.

Mamma Carlotta gab noch einmal Wasser in die Ofenform mit dem gefüllten Kaninchen und stach mit einer Gabel mehrmals ins Fleisch, sodass der Saft austrat, den sie in eine Tasse löffelte, damit er später mit dem Fond zu einer guten Soße wurde. Währenddessen holte Erik eine neue Flasche Wein aus dem Keller, Dr. Hillmot fesselte die Staatsanwältin mit Erzählungen aus seinem beruflichen Alltag, und Sören erklärte sich bereit, die Nudelteller und die Schüsseln abzutragen. Da das gefüllte Kaninchen noch eine Weile brauchte, nutzte Mamma Carlotta die fehlende Aufmerksamkeit an ihrer Person dafür, sich aus der Küche zu drücken und zum Telefon zu schleichen. Die Nummer, die sie anwählen wollte, war zum Glück eingespeichert. »Signorina Reimers? Sind Sie noch auf Sylt?«

Wiebke reagierte nicht sofort. Ihr Schweigen schien sogar so, als hätte es ihr die Sprache verschlagen. »Warum fragen Sie, Signora?«, stammelte sie schließlich.

»Wir vermissen Sie! Erik sagt, Sie hätten keine Zeit, zum Essen zu kommen, aber ich kenne ihn ja. Seine Einladungen sind immer ein wenig … leidenschaftslos. Vielleicht haben Sie gar nicht verstanden, dass wir heute meine Rückkehr feiern?«

Nun schien Wiebke sich gefangen zu haben. »Erik hat also noch gar nicht mit Ihnen gesprochen?«

»Naturalmente hat er mit mir gesprochen. Er hat mich ja vom Flughafen abgeholt.«

»Ich meine … er hat noch nicht erzählt, dass wir Schluss gemacht haben?«

Mamma Carlotta war wie vom Donner gerührt. »Finito? Aber … das verstehe ich nicht! Er war doch immer so verliebt. Und Sie auch. Oder nicht?«

»Vorbei«, flüsterte Wiebke. »Er behindert meine Arbeit, er respektiert nicht, was ich tue, und dann unterstellt er mir sogar, dass ich eine Affäre mit Klaas Poppinga habe. Das war zu viel.«

»Dio mio!« Mamma Carlotta war fassungslos. »Das kann doch nur ein Missverständnis sein. Soll ich mit ihm reden, Signorina? Sicherlich wird er einsehen, dass er Ihnen unrecht getan hat, wenn ich es ihm erkläre.«

»Ich vermute, dass er es schon eingesehen hat«, kam es düster zurück. »Aber es ist zu spät, Signora.«

»Certo?« Mamma Carlotta hielt vergeblich nach einem Hocker Ausschau, den sie jetzt hätte gebrauchen können. »Bitte, schließen Sie die Tür nicht ganz, Signorina. Vielleicht ist Enrico bereit, sich zu entschuldigen.« Sie merkte, dass Wiebke zögerte. »Würden Sie dann noch mal in Ruhe mit ihm reden?«

»Vielleicht …« Das war alles andere als eine Zusage, aber Mamma Carlotta spürte doch die Hoffnung, die in diesen beiden Silben mitschwang. »Mal sehen …«

Verzweifelt versuchte sie, in diese kleine Flamme der Hoffnung zu pusten, um daraus ein wärmendes Feuer zu machen, da öffnete sich die Küchentür, und Erik schaute in die Diele. »Das Kaninchen riecht so komisch. Ich glaube, du solltest mal in den Ofen sehen.«

Mamma Carlotta beendete das Gespräch, ohne Wiebkes Namen zu nennen. Es schien ihr klüger zu sein, Erik nicht zu verraten, dass sie sich um die Wiederbelebung seiner Liebe kümmern wollte. Er sprach in solchen Fällen ja immer gern von Einmischung.

Tatsächlich musste das Kaninchen unbedingt aus dem Ofen, und schon während sie es aufschnitt, wurde ihr klar, dass Erik nicht die Wahrheit gesagt hatte, als er behauptete, Klaas habe keine Zeit zu kommen. Vermutlich wollte er ihn nicht an seinem Tisch haben, weil er noch immer glaubte, dass Wiebke eine Affäre mit ihm hatte, was Mamma Carlotta für ausgeschlossen hielt. Der reizende Klaas Poppinga! Niemals!

»Enrico«, fragte sie leichthin, als fiele es ihr jetzt ganz zufällig ein, »bist du sicher, dass Klaas Poppinga heute keine Zeit hat? Vielleicht solltest du ihn noch mal anrufen, damit er wenigstens zum Dolce kommen kann. Ich könnte ihm natürlich auch etwas von dem gefüllten Kaninchen zurückstellen.«

Ehe Erik etwas entgegnen konnte, übernahm schon die Staatsanwältin das Antworten. »Wie soll jemand zum Dolce kommen, der im Knast sitzt?«

Erik sah dem Wagen der Staatsanwältin vom Fenster aus nach. Sie sollte sich nur nicht einbilden, dass sich ihr Verhältnis nun grundlegend geändert hatte. Dass sie ihm unterstellt hatte, gleichgültig mit dem Leben seiner Schwiegermutter umzugehen, hatte er noch nicht vergessen. Und er wollte es auch nicht vergessen. Trotzdem war der Abend mit ihr erstaunlich angenehm gewesen. Vergnüglicher, als er sich jemals hätte vorstellen können. Aber dass seine Schwiegermutter sich nun eine Menge darauf einbildete, die Zukunft seiner dienstlichen Ermittlungen vereinfacht zu haben, ärgerte ihn trotzdem.

»Frau Dr. Speck ist keine nette Person, nur weil ihr dein Essen geschmeckt hat.«

Davon wollte Mamma Carlotta natürlich nichts hören, und wie immer in einer solchen Situation, wechselte sie das Thema. »Ist alles in Ordnung mit dir und Signorina Reimers?«

Erik wurde wachsam. Das klang ja ganz so, als hätte seine Schwiegermutter einen Verdacht. »Hast du etwa eben mit Wiebke telefoniert?« Er knallte den letzten Teller in die Spülmaschine, sodass er zerbrach. »Du mischst dich schon wieder in meine Angelegenheiten ein!«

»Ma, Enrico … ich wollte doch nur …«

»Halt dich da raus!«

»Wie kannst du glauben, sie hätte mit Klaas Poppinga …«

»Ich will darüber nicht reden.«

»Madonna! Wie kann man nur so verstockt sein! Wo er ihr doch jetzt sowieso nicht mehr gefährlich werden kann!«

Wütend ließ Erik sie mit der Arbeit des Aufräumens allein. Warum verstand sie nicht, dass er nicht über Wiebke reden wollte? Und über Klaas auch nicht? Mittlerweile sollte sie doch eingesehen haben, dass er nicht zu denen gehörte, die ihre Probleme bewältigen, indem sie sich jemandem anvertrauen. Er nicht! Er war wie Carolin, die auch nicht mit ihrer Großmutter über Tilman reden wollte. Vielleicht über seine Krankheit, aber auf keinen Fall über die Verbrechen der Flemmings, Tilmans Zukunft mit seinen leiblichen Eltern und wie sich all das auf ihre junge Verliebtheit auswirken würde. Nein, sie waren sich sehr ähnlich, seine Tochter und er, während Felix sich vermutlich gleich zu seiner Nonna setzen und mit ihr stundenlang Mutmaßungen über Klaas Poppinga anstellen würde.

Er hatte gerade den Fuß auf die erste Treppenstufe gesetzt, um ins Schlafzimmer und dort unverzüglich ins Bett zu gehen, als es klingelte. Stirnrunzelnd sah er zur Uhr. Um diese Zeit? Hatte die Staatsanwältin etwa ihren Hotelschlüssel oder ihr Make-up-Täschchen hier vergessen?

Aber vor seiner Tür stand Klaas' Schwester. Verblüfft sah er sie an. »Sünje! So spät noch?« Er machte einen Schritt zur Seite und ließ sie eintreten.

Sünje sah ihn verlegen an. »Tut mir leid, wenn ich störe. Aber ich habe noch Licht gesehen ...«

Prompt schaute Mamma Carlotta aus der Küche und hoffte auf einen späten Gast, der noch mit Torta al Cocco zu beglücken war. »Es ist noch ein Rest da, Signorina!«

Aber Erik winkte ab und führte Sünje ins Wohnzimmer. Nachdrücklich schloss er die Tür hinter sich, damit seine Schwiegermutter nicht auf die Idee kam, ihm zu folgen.

»Du willst wissen, warum Klaas verhaftet worden ist?«

Sünje schüttelte den Kopf. »Ich weiß es. Ich durfte ihn besuchen. Kommissar Mierendorf hat es mir erlaubt.«

»Du hast nichts davon gewusst?« Er wies auf einen Sessel, aber Sünje setzte sich nicht.

Sie schüttelte den Kopf, schien aber nicht an einem Gespräch über Klaas interessiert zu sein. »Ich wollte dir nur sagen, dass ich Sylt verlassen werde.«

»Du gehst in die Schweiz?«

Überrascht sah sie ihn an. »Woher weißt du das?«

»Von deinem Vater«, gab Erik zurück. »Von Leo Schwickerat.«

Nun war sie doch bereit, Platz zu nehmen. Es schien sie zu drängen, Erik die Geschichte zu erzählen, die er schon aus Schwickerats Mund erfahren hatte. Und so hörte er sich alles noch einmal an und bekräftigte Sünje in dem Entschluss, ihrem Vater zu folgen. »Du hast auf Sylt keine Zukunft.«

Zu dieser Ansicht war Sünje ebenfalls gekommen. »Mit Klaas' Café ... das wird ja nichts mehr.«

Erik staunte darüber, wie gefasst sie war, und hoffte, dass es ihrem Vater gelingen würde, aus ihr eine selbstbewusste Frau zu machen, die es nicht nötig hatte, einem One-Night-Stand übermäßige Bedeutung beizumessen und auf Heirat zu hoffen, wo keine Gefühle vorhanden waren. Als er die Tür hinter ihr ins Schloss gedrückt hatte, fiel ihm auf, dass Sünje kein einziges Mal ihre Unterwäsche zurechtgezerrt hatte. Vielleicht würde sie auch in Zukunft nichts mehr zurechtrücken müssen, was ihr unbequem war.

Mamma Carlotta erschien in der Tür, kaum dass Sünje sich von Erik verabschiedet hatte. Und da er wusste, dass sie sowieso keine Ruhe geben würde, war er bereit, ihr die skandalöse Geschichte um Leo Schwickerat und der Frau des Bäckers von List zu erzählen. So würde sie ihn nicht noch einmal nach Wiebke fragen ...

Der nächste Morgen begann spät. Mamma Carlotta hatte ihren Wecker am Abend zuvor ausgestellt, und auch Erik war wohl der

Ansicht, dass es nicht auf pünktlichen Dienstantritt ankam, wenn sämtliche Fälle, die auf seinem Schreibtisch lagen, geklärt waren und die Staatsanwältin Urlaub machte. Die beiden Rotweinflaschen, die Carlotta vor dem Schlafengehen mit Erik geleert hatte, standen noch in der Küche und wurden umgehend entsorgt, damit sie sich nicht an den übermäßigen Alkoholkonsum erinnern musste. Er machte es notwendig, den Tag mit einem dreifachen Espresso zu beginnen. Es war ihr sogar recht, dass Erik noch schweigsamer war als sonst und Sören sich freigenommen hatte, um den Tag bei seinen Eltern zu verbringen.

Als Erik aus dem Haus war und in den Kinderzimmern alles ruhig blieb, beschloss sie, dass ihr ein Spaziergang guttun würde. Die Morgenkühle war frisch und unverbraucht, sie war die beste Medizin, wenn der Genuss von Rotwein das Wohlbefinden angegriffen hatte. Die Kraft der Sonne wurde noch durch einen zarten Wolkenschleier gedämpft. Dass der Tag heiß werden würde, war nur eine Prophezeiung, noch längst keine Last.

Mamma Carlotta war kein Mensch, der gern planlos umherbummelte, sie brauchte ein Ziel, das es anzusteuern galt. Zum Beispiel Annanitas Modestübchen, dessen Verkäuferin unbedingt erfahren musste, dass das blaue Cocktailkleid, das sie Mamma Carlotta empfohlen hatte, für das Captain's Dinner genau richtig gewesen war. Es hatte stattgefunden, als das Schiff den Hafen von Guernsey verlassen hatte, und Mamma Carlotta in wahre Ekstase versetzt. Wie im Fernsehen war es abgelaufen! Das Dessert war, genau wie am Ende jeder Folge von ›Traumschiff‹, mit Wunderkerzen geschmückt hereingetragen worden, Musik war erklungen, und alle hatten im Rhythmus geklatscht. »Splendido!«

Die Verkäuferin hörte sich gern alles an. Erst, als zwei Kundinnen den Laden betraten, die Beratung nötig hatten, wurde sie nervös. Und nach einem Blick auf die Uhr verabschiedete sich Mamma Carlotta bereitwillig, weil sie es für möglich hielt, dass in Käptens Kajüte schon einen Tag nach der Rückkehr des Wirtes die Tür geöffnet war und ein Frühstück angeboten wurde, dessen Zutaten mindestens fünf Tage alt waren.

Tove Griess war so schlecht gelaunt, als hätte jemand von ihm verlangt, sein eigenes Frühstück zu verzehren. Die Tür zu der Imbissstube stand offen, dahinter herrschte finstere Kühle, die im Laufe des Tages wohltuend werden würde, in diesen Vormittagsstunden jedoch wenig einladend war. Angeblich war Tove nichts anderes übrig geblieben, als Käptens Kajüte umgehend wieder zu öffnen, weil der Verdienstausfall, den sein Cousin ihm gezahlt hatte, nur ein Tropfen auf dem heißen Stein gewesen war. »Aber was tut man nicht alles für die Familie!«, sagte er und sah Mamma Carlotta auffordernd an, weil er Zustimmung erwartete. Schließlich kannte er ihre Prioritäten, wenn es um la famiglia ging.

Doch Mamma Carlotta ließ sich nicht täuschen. Tove wollte seine Vorräte loswerden, bevor sie zu schimmeln begannen, und seinen Cousin übers Ohr hauen, der ihm vermutlich den Dienstausfall für eine ganze Woche gezahlt hatte.

Sie nahm auf einem Hocker vor der Theke Platz und freute sich, dass Fietje in diesem Moment erschien, um sein Frühstücks-Jever einzunehmen. »Moin, Signora! Alles gut überstanden? Das Kreuzfahren, das Geknebelt-und-gefesselt-Werden, die Flucht in die Küche und dann noch die Zeit in Toves Klamotten! Gab's noch mehr?«

Atemlos ließ er sich an seinem Platz an der kurzen Seite der Theke nieder. So viele Worte am frühen Morgen, und dann noch auf nüchternen Magen, waren eindeutig zu viel für den Strandwärter. Dass er ausnahmsweise ein belegtes Brötchen wollte, weil er auf der ›Arabella‹ gelernt hatte, dass der Tag mit frischem Backwerk noch besser begann als lediglich mit einem frisch gezapften Bier, brachte er noch mit Mühe heraus, ehe er in die erste Morgenlethargie verfiel, auf die noch einige folgen würden.

»Frische Brötchen gibt's nicht«, knurrte Tove. »Der Bäcker

hat nicht geliefert. Dieser Klutenbakker nimmt nicht mal das Telefon ab, wenn man sich beschweren will.« Er holte ein Toastbrot hervor und hielt es Fietje unter die Nase. »Davon kann ich zwei Scheiben auf den Grill legen und dann ein Stück Käse drauf.«

Noch vor einer Woche hätte Fietje dieses Angebot vollauf zufriedengestellt. Nun aber hatte er ein paar Tage das Frühstücksbuffet eines Kreuzfahrtschiffes genossen und nörgelte: »Da bin ich aber was Besseres gewöhnt.«

Tove knallte das Toastbrot unter die Theke und zog sein Angebot damit zurück. »Lachs und siebzehn Sorten Marmelade kriegst du bei mir jedenfalls nicht.«

Mamma Carlotta witterte Unfrieden und gleichzeitig eine gute Gelegenheit, mit den Neuigkeiten rauszurücken, die ihr auf der Seele lagen. »Das mit den frischen Brötchen wird wohl auch morgen nicht klappen«, erklärte sie und wartete, bis die Spannung auf dem Siedepunkt angelangt war, ehe sie fortfuhr: »Ich nehme an, dass die Bäckerei Poppinga in Kürze geschlossen wird.«

Tove glotzte sie ungläubig an. »Das kann nicht angehen. Klaas Poppinga will sogar ein Café anbauen. Das hat er mir vor ein paar Tagen noch erzählt. Er hat jetzt endlich die Kohle zusammen, hat er gesagt.«

Aber Carlotta schüttelte bedeutungsvoll den Kopf. »Wenn er wirklich viel Kohle hat, dann darf er sie nicht behalten. Das ganze Geld stammt nämlich aus dem Verkauf von Diebesgut.«

Wenn sie ein Frühstücksgast wie jeder andere gewesen wäre, hätte Tove ihr den Vogel gezeigt, da es sich aber um die Schwiegermutter des Sylter Hauptkommissars handelte, war er vorsichtig. »Kann nicht sein. Klaas Poppinga ist eine ehrliche Haut.«

Sogar Fietje mischte sich ein. »Und aussehen tut er wie ein Filmstar.«

Mamma Carlotta flüsterte, um der Mitteilung die nötige Bedeutung zu verleihen. »Er ist der Arabella-Dieb.«

467

Zum Glück wusste sie, dass dieser Begriff noch heute im Inselblatt Erwähnung finden und vielleicht sogar vom Nachrichtensprecher eines lokalen Rundfunksenders ausgesprochen werden würde. Da durfte sie das Wort, das Erik so lange eine Last gewesen war, ohne Bedenken in Käptens Kajüte verbreiten. »Immer, wenn die ›Arabella‹ auf Reede lag, verschwanden auf Sylt große Geldbeträge, kostbare Antiquitäten, teure Uhren und wertvoller Schmuck. Mein Schwiegersohn war deshalb der Meinung, dass der Dieb zur Besatzung der ›Arabella‹ gehören müsse.«

»Aber in Wirklichkeit hat Klaas Poppinga die Sachen geklaut?« Toves Blick war immer noch ungläubig.

»Er hatte zufällig mitbekommen, dass Enrico vom Arabella-Dieb sprach. Von da an ist er nur auf Beutezug gegangen, wenn die ›Arabella‹ vor Sylt ankerte. So ist niemals der Verdacht auf ihn gefallen.«

»Das ist ja ein Ding!« Tove schwankte zwischen Empörung und Anerkennung. Er sah sogar ein bisschen so aus, als ärgerte er sich, dass er nicht selbst auf diese Idee gekommen war. »Aber den silbernen Hering hat er nicht geklaut. Das war dieser Drecksack, der meinem Cousin das Kind weggenommen hat.«

»Nein, das Kind hat seine Frau an sich genommen«, korrigierte Mamma Carlotta und erzählte weiter: »Dass Klaas Poppinga überführt werden konnte, ist Enricos Freundin zu verdanken.« Sie stockte, überlegte kurz, beschloss dann aber, Wiebke nach wie vor Eriks Freundin zu nennen. Das würde sich schon wieder einrenken mit den beiden! »Die hat entdeckt, dass er in seinem Keller das reinste Warenlager hat. Eine Kostbarkeit neben der anderen. Vieles hatte er schon verkauft, aber er musste natürlich vorsichtig sein, dass die Sachen nirgendwo auftauchten, wo sie als Diebesgut erkannt wurden.«

»Der schöne Klaas!« Tove konnte es immer noch nicht fassen, und Fietje schob seine Bommelmütze in den Nacken, damit er sich die Stirn kratzen konnte.

Dann fiel Mamma Carlotta ein, dass ihre Erschütterung über die Fehleinschätzung des attraktiven, sympathischen Bäckers nichts gegen die Gemütsbewegung war, die es in Toves Familie gegeben hatte. »Wie geht es Tilman? Oder ... soll ich den Jungen jetzt Lukas nennen? Und wie geht es Ihrem Cousin und seiner Frau?«

Tove war ein Mann, dem tiefe Gefühle so fremd waren, dass er darauf nur mit Wut reagieren konnte. Er knallte die Grillzange auf die Theke und schlug das Fischmesser auf den Stapel frischer Geschirrtücher, der dort lag. Als wollte er einen Rhythmus vorgeben, in dem er berichtete, dass Habbo Albertsen sich umgehend auf den Weg zu seinem Sohn gemacht hatte und seine Frau in der Nordsee-Klinik darauf wartete, ihren Jungen zu sehen. Als seine Augen feucht wurden, war er drauf und dran, mit der Faust einen Teller zu zerschlagen, aber er bezähmte sich im allerletzten Augenblick, warf seinen Oberkörper vornüber und knallte seine Unterarme und die Stirn auf die Theke. Direkt vor Mamma Carlottas Espressotasse! Die Rührung hatte ihn übermannt. Käpten Tove erlitt seinen ersten seelischen Schiffbruch, denn ein Kerl wie er durfte eigentlich nicht weinen. »Ich könnte dieser Hexe den Hals umdrehen, die das getan hat!«

Aber so oft er auch mit den Fäusten neben seinen Kopf auf die Theke schlug, die Tränen wollten sich einfach nicht zurückdrängen lassen. Mamma Carlotta, die zunächst wie erstarrt dasaß und auf den haarlosen Kreis auf seinem Kopf starrte, der ihr noch nie aufgefallen war, legte schließlich vorsichtig eine Hand auf seine rechte Faust und drückte sie sanft.

Das war zu viel für Tove Griess. Schlagartig hatte er seine seelische Erschütterung überwunden, wischte sich mit dem Ärmel über die Augen und knurrte: »Noch einen Espresso, Signora? Oder lieber einen Vino rosso?

Mamma Carlotta wehrte erschrocken ab. »Kein Alkohol zu dieser Tageszeit!«

»Der Rotwein aus Montepulciano ist Ihnen wohl nicht mehr gut genug«, blaffte er, »seit Sie den Rotwein auf der ›Arabella‹ genossen haben?«

Mamma Carlotta antwortete nicht darauf. Sie wusste, dass Tove gerade mit der ihm eigenen Art seine Emotionen bewältigte, und reagierte nicht auf seinen Zorn.

Fietje schaffte es sogar, seine Gefühlsregungen überhaupt nicht zur Kenntnis zu nehmen. »Das kann gar nicht sein«, meinte er, nachdem er lange überlegt hatte, »dass Klaas Poppinga der Arabella-Dieb ist. Ich habe gehört, dass er selbst gesehen hat, wie der Arabella-Dieb bei seinem Nachbarn eingestiegen ist. Bei Edlef Dickens!«

Mamma Carlotta war froh, dass sie über Toves Tränen hinwegsehen konnte. »No, no! Das war ein Bluff. Damit wollte er Enrico in die Irre führen! Er war in Sorge, dass der Diebstahl des silbernen Herings auch dem Arabella-Dieb in die Schuhe geschoben wird. Dann wäre er am Ende noch des Mordes an Gregor Imhoff angeklagt worden.« Sie stürzte den Espresso hinunter und gab Tove etwas zu tun, indem sie ihm die Tasse mit einer auffordernden Geste hinschob. »Mein Schwiegersohn hat mir das in der letzten Nacht alles genau erklärt.« Sie seufzte tief auf, als hätte sie selbst mit diesen Ermittlungen eine Menge zu tun gehabt. Dann hielt sie den Zeitpunkt für gekommen, Tove Griess eine gewagte Frage zu stellen: »Wie sieht es mit der Lebendspende für Ihren Großcousin aus? Glauben Sie, dass Sie als entfernter Verwandter eine Chance haben?«

Tove setzte den nächsten Espresso vor sie hin und wartete, bis ein Gast, der gerade die Imbissstube betrat, so aufmerksam war, dass er seine Worte aufnehmen konnte. »Ich hätte dem Jungen eine Niere gegeben, ist ja wohl Ehrensache!« Obwohl er sich bemühte, ernst und verantwortungsvoll dreinzuschauen, war seine Stimme voller Protzerei. Und seine Erleichterung blinzelte mühelos durch den Altruismus, mit dem er eigentlich prahlen wollte. »Aber mein Cousin hat sich bereits untersuchen lassen. Sein Arzt hat gesagt, er könne es riskieren. Und Habbo ist schließlich ein Verwandter ersten Grades. Der leibliche Vater! Die Sache ist eindeutig.« Er tönte noch ein wenig herum, wie gern er sich als Lebensretter betätigt hätte, aber in Fietjes und Carlottas Augen erschien bald Überdruss, und der neue Gast war auch nicht ganz so fasziniert von seinem Edelmut, wie Tove angenommen hatte. So wurde er schon nach wenigen Minuten wieder der Alte, brummte die Gäste unfreundlich an, schimpfte mit Fietje, als dieser den Eichstrich an seinem Glas kontrollierte, und forderte Mamma Carlotta auf, die Hose und das Hemd, das sie sich widerrechtlich in seiner Kabine angeeignet hatte, zu waschen und zu bügeln, damit dieser Duft, den er schrecklichen Weibergeruch nannte, aus seinen Klamotten kam.

Das Leben hatte sich wieder eingependelt, nachdem es während der Kreuzfahrt in alle Richtungen ausgeschlagen war. Aber zum Glück blieb noch eine Menge zurück: Erlebnisse, Erinnerungen, Erfahrungen, neue Meinungen, die auf der Piazza in Panidomino für Aufsehen sorgen würden.

Mamma Carlotta zahlte und verließ Käptens Kajüte in Richtung Meer. Ein Spaziergang an der Wasserkante entlang, den Blick auf den Horizont gerichtet, das Gesicht dem Wind entgegenhalten und spüren, wie er immer wieder die Sonne von der Haut wischte. So würde ihr bestimmt etwas einfallen, damit Erik sich wieder mit Wiebke versöhnte! Das wäre ja gelacht!

Danksagung:

Ich danke meinen beiden Erstlesern, die mir mit viel Geduld, Rat und Tat zur Seite gestanden haben, meinem Sohn Jan und meiner Freundin Gisela Tinnermann, und auch Silke Muci, die alles Italienische kontrolliert und korrigiert hat.

Crostini coi fegatini

300 g Hühnerleber, etwas Fleischbrühe, eine rote Zwiebel, ein halbes Glas Vinsanto, 50 g Kapern, Brotscheiben (ungesalzenes Landbrot), Olivenöl

Allora … es gibt viele Rezepte für Crostini, gute und schlechte. Dieses hier ist besonders bekannt, an Festtagen macht es jede Hausfrau in Panidomino, jede natürlich ein bisschen anders. La fantasia ist hier gefragt. Ich halte mich am liebsten an die klassische Variante:

Die Leber spülen und abtropfen lassen. Die Zwiebel fein schneiden und in einer Pfanne in Olivenöl andünsten. Dann die Leber fein gehackt zufügen! Sie braucht etwa eine halbe Stunde, bis sie gar ist. Währenddessen immer wieder mit Vinsanto aufgießen. Naturalmente muss man sich zwischendurch auch selber einen Vinsanto genehmigen, dann geht das Kochen noch besser von der Hand (am besten mit Cantuccini). Am Ende alles mit Salz und Pfeffer abschmecken, die Kapern zugeben und die Lebermischung pürieren. Dann die Brotscheiben rösten, mit ein wenig Brühe benetzen und die Lebermasse darauf verteilen.

Carabaccia

Dies ist eine Zwiebelsuppe aus der Toskana. Sie wissen, ich komme aus Umbrien, aber ich habe Verwandte in der Toskana, die Familie meiner Schwägerin Elisabetta. Von ihnen habe ich gelernt, eine gute Carabaccia zu kochen.

Das brauchen Sie: 1 kg Zwiebeln, 150 g Erbsen, 1 Selleriestange,
1 Möhre, ½ l Hühnerbrühe, Weißbrot, 1 Glas Weißwein, Olivenöl,
Parmesankäse

Die Zwiebeln werden in dünne Scheiben geschnitten. Sì, sì, das gibt viele Tränen, aber es hilft nichts. Die Zwiebelringe werden dann mit dem feingeschnittenen Sellerie und der geraspelten Möhre im Olivenöl eine gute halbe Stunde gedünstet. Dann hat das ganze Gemüse seine Feuchtigkeit abgegeben. Nun die Erbsen dazugeben und das Ganze fertig garen.

Das Weißbrot in feine Scheiben schneiden, rösten und mit etwas heißem Wasser benetzen. Darauf die Carabaccia in tiefen Tellern auf dem gerösteten Brot anrichten und mit reichlich Parmesan bestreuen.

Pappa al pomodoro

250 g altbackenes Brot, 1 l Wasser oder warme Gemüsebrühe,
600 g Tomaten, 4 große Knoblauchzehen, Olivenöl, 1 Bund Basilikum

In einer großen Kasserolle bräunt man langsam in 4 El Öl den Knoblauch, dann die gehäuteten Tomaten in Stücken, das gehackte Basilikum und zuletzt die dicken Brotscheiben. Kurz die Hitze höher stellen und mit Wasser oder Gemüsebrühe ablöschen. Rühren, bis ein suppiges Mus entsteht. Nicht so dünn wie eine deutsche Tomatensuppe, sondern etwas dicker. Dann salzen und pfeffern. Basta!

Salsa verde

Diese grüne Soße soll es auch in Germania geben, habe ich gehört. Aber ob sie auch so gut ist wie die, die in Umbrien gekocht wird? Probieren Sie es aus:

1 Sträußchen Petersilie, 100 g Essigkapern, 3 hart gekochte Eier, eine Prise Thymian, 1–2 El Rotweinessig, Olivenöl

Petersilie waschen, mit den anderen Zutaten zusammen fein hacken und mit 4 El Öl, dem Essig und einer kleinen Prise Thymian vermengen. Attenzione bei dem Thymian, das kräftige Aroma ist manchmal sehr vorherrschend!

Diese Salsa schmeckt wunderbar zu gekochtem Rindfleisch. Ich gebe sie aber oft auch auf frisch getoastetes Weißbrot als Antipasto. Buono!

Maccharoni con salsa etrusca

400 g Nudeln, 60 g in Öl eingelegte getrocknete Tomaten, 40 g alter Pecorino, ein hart gekochtes Ei, 30 g entsteinte schwarze Oliven, 15 g Petersilienblätter, 6 El Olivenöl, 1 Knoblauchzehe, 1 scharfe Chilischote (peperoncino), ½ El Pfeffer, Salz

Die abgetropften Tomaten, den Pecorino und das gekochte Ei in Stücke schneiden. Dann zerkleinern Sie sie zusammen mit den Oliven, der Petersilie, dem Knoblauch und der Chilischote mit dem Pürierstab oder einem elektrischen Zerhacker. Diese Hackmischung dann in eine Schüssel geben und einen El Öl nach dem anderen dazugeben. Am Ende mit Pfeffer und Salz würzen. Die Soße schmeckt mit jeder Nudelsorte, aber mein Dino mochte sie am liebsten mit Maccheroni.

Zuccotto

Wollen Sie einen Mann verwöhnen? Ihm beweisen, dass Sie die beste Köchin sind? Das schafft man am besten mit einem perfekt zubereiteten Zuccotto.

Allora ... Sie brauchen 4 Eier, 150 g Zucker, 150 g Mehl, Zitronenschale, ½ l Sahne, 100 g bittere Schokolade, 100 g kandierte Früchte, 50 g Puderzucker, Kakaopulver, 20 g Butter und süßen Vinsanto.

Das Biskuit: Zucker und Eier werden schaumig geschlagen. Wann ist der Schaum richtig? Wenn ein Tropfen einen Augenblick an der Oberfläche bleibt. Wenn er sofort untergeht, muss man weiterrühren. Sonst wird das Biskuit wie Gummi und geht nicht schön auf. Also Attenzione! Danach Mehl, eine Prise Salz und die geriebene Zitronenschale untermengen und in die gebutterte Form gießen. Im heißen Ofen 30 Min. backen und auskühlen lassen. Die Sahne mit dem Puderzucker steif schlagen und im Kühlschrank aufbewahren. In einem Topf wird dann die Schokoladencreme zubereitet: Butter, Kakao, Zucker und ca. 4 El Wasser lässt man 5 Minuten köcheln. Dann abkühlen und dabei öfters umrühren, da sich sonst eine Haut bildet. Wenn die Creme kalt ist, vermischt man sie mit Schlagsahne und stellt sie kalt. Die übrige steife Sahne wird mit den klein gehackten kandierten Früchten und der grob geraspelten Schokolade vermengt und ebenfalls in den Kühlschrank gestellt. Eine Schüssel wird dann mit den Biskuitscheiben ausgelegt, die mit Vinsanto getränkt werden. Dann die Sahne-Schokoladen-Mischung einfüllen, darauf die Sahne mit den kandierten Früchten und obenauf eine Biskuitplatte, die sorgfältig zugeschnitten werden muss. Und natürlich mit Vinsanto getränkt! Alles gut mit der Hand anpressen und das Eisbiskuit vor dem Anrichten 4–5 Stunden im Kühlschrank aufbewahren. Nicht in die Tiefkühltruhe stellen! Zuccotto soll keine Eiscreme sein, sondern ein halbgefrorenes Dolce. Buon appetito!

Panzanella (Brotsalat)

Panzanella lieben meine Kinder ganz besonders. Mein Ältester, Guido, isst immer so viel, dass er Primo und Secondo nicht mehr schafft. Sandra, meine Schwiegertochter, ist dann immer sehr ärgerlich. Aber ... Panzanella ist ja auch zu lecker.

Sie brauchen für 4 Personen (das würde allerdings nicht reichen, wenn jemand wie mein Guido mit am Tisch sitzt) 400 g altes Brot, das mindestens zwei Tage alt ist, 400 g Tomaten, 1 große Zwiebel, Basilikumblätter (ca. 20), ca. 10 El Olivenöl, 2 El Weinessig, Salz.

Das Brot in Scheiben schneiden und sie 10 Min. in kaltem Wasser einweichen. Währenddessen die Tomaten klein schneiden, entkernen und abtropfen lassen. Die Zwiebel schälen, vierteln und eine halbe Stunde in kaltes Wasser legen (das macht sie milder). Nun die Brotscheiben aus dem Wasser nehmen, gut ausdrücken und in große Krumen zerteilen. Am besten tun Sie so, als wollten Sie sich die Hände waschen. Immer die Handflächen aneinanderreiben, bis das Brot in die Schüssel gekrümelt ist. Die Tomaten dazugeben, auch die Zwiebel (abgegossen, abgetrocknet und in Scheiben geschnitten) sowie die Basilikumblätter. Das Ganze mit der Hälfte des Olivenöls anmachen und vorsichtig umrühren. Eine Stunde in den Kühlschrank! Danach mit dem restlichen Öl, Salz und Essig abschmecken.

Coniglio ripieno (gefülltes Kaninchen) für 6 – 7 Personen

1 Kaninchen (ca. 1,5 kg), 400 g Kalbsfleisch, 400 g Schweinefleisch, 200 g Kochschinken, 200 g Mortadella, 50 g Pistazien, 1 Gl. trockener Weißwein, 50 g geriebener Pecorino, 6 El Olivenöl, 2 Rosmarinzweige, 2 Knoblauchzehen, 1 Ei, Salz und Pfeffer

Am besten, Sie lassen sich von Ihrem Metzger die Knochen entfernen. Sollten Sie das Kaninchen bei Feinkost-Meyer in Wenningstedt kaufen: Der Metzger dort macht das ganz hervorragend. Zu Hause schneiden Sie dann das Kalb- und Schweinefleisch klein und mischen es mit den geschälten Pistazien. Nun den Kochschinken und die Mortadella würfeln und dazugeben, außerdem den geriebenen Pecorino und das Ei. Das Ganze mit Salz und Pfeffer würzen. Ecco, da haben Sie die Füllung für das Kaninchen! Schön gleichmäßig füllen, danach das Kaninchen mit Küchengarn umwickeln. Von außen muss es auch noch gewürzt werden! Reiben Sie die Knoblauchzehen darüber, und verteilen Sie ein wenig frischen Rosmarin darauf und natürlich salzen und pfeffern. In einen Bräter mit Olivenöl, dann ab in den Ofen und bei 180 Grad backen. Gut von allen Seiten anbräunen lassen und es immer wieder mit dem Öl begießen. Wenn il coniglio schon braun ist, mit Wein ablöschen und es bei 150 Grad zu Ende backen. Währenddessen gelegentlich wenden und mit der Gabel einstechen, denn der Saft soll austreten. Er ergibt mit dem Fond in der Ofenform eine wunderbare Salsa.